U0717920

安徽大学文学院
文典学术论丛

中国当代长篇小说论

王达敏 著

凤凰出版社

图书在版编目（CIP）数据

中国当代长篇小说论 / 王达敏著. -- 南京 ： 凤凰
出版社，2019.12
（安徽大学文学院文典学术论丛）
ISBN 978-7-5506-3091-8

Ⅰ．①中… Ⅱ．①王… Ⅲ．①长篇小说－小说研究－
中国－当代 Ⅳ．①I207.425

中国版本图书馆CIP数据核字（2020）第004542号

书　　　名	中国当代长篇小说论	
著　　　者	王达敏	
责 任 编 辑	郭馨馨	
装 帧 设 计	徐　慧	
出 版 发 行	凤凰出版社(原江苏古籍出版社)	
	发行部电话025-83223462	
出版社地址	江苏省南京市中央路165号,邮编:210009	
出版社网址	http://www.fhcbs.com	
照　　　排	南京凯建文化发展有限公司	
印　　　刷	南京新世纪联盟印务有限公司	
	江苏省南京市建邺区南湖路27号春晓大厦5楼,邮编:210017	
开　　　本	718毫米×1005毫米　1/16	
印　　　张	24.5	
字　　　数	340千字	
版　　　次	2019年12月第1版	
印　　　次	2019年12月第1次印刷	
标 准 书 号	ISBN 978-7-5506-3091-8	
定　　　价	118.00元	

（本书凡印装错误可向承印厂调换,电话:025-68566588）

安徽大学文学院文典学术论丛

总　　序

吴怀东

这套丛书是安徽大学文学院一批在岗教授各自的专题论文集,内容涵盖文艺学、现当代文学、古代文学、古代汉语、现代汉语等学科,是诸位专家多年研究心血的沉淀,其学术质量、学术贡献都得到各自学术领域同行专家的认可,对此读者自有公论,无需辞费。我们集中推出,既是学术积累的需要,也是对我们这个团队多年科学研究和学科建设工作的 一个小结,在此我们郑重感谢诸位专家的辛苦劳动,感谢凤凰出版社的大力支持! 这套丛书以刘文典先生的名讳命名,至关这套丛书的撰述动机乃至我们学院的学术追求,值得郑重说明。

如果将民国时期建立于当时安徽省会安庆的安徽大学算作 1958 年重建于今天省会合肥的安徽大学的前身,安徽大学的校史已近百年。出生于合肥的刘文典与安徽大学及安徽大学文学院有着深刻的渊源:早在1927 年,刘文典就受邀主持安徽大学的筹建工作;1928 年,安徽大学正式成立并招生,刘文典任预科主任兼文学院院长,并实际主持校政。刘文典主政安徽大学,是安徽大学的荣幸和精彩开始,而刘文典主政文学院,更给文学院的建设、发展奠定了崇高的起点和正确的方向。

刘文典,原名文聪,字叔雅。原籍安徽怀宁,1889 年出生于合肥。1906 年入芜湖安徽公学学习,为该校教师陈独秀、刘师培所欣赏。1907年加入中国同盟会,1909 年赴日本留学。辛亥革命爆发后,他于 1912 年回国,在上海于右任、邵力子等主办的《民立报》担任编辑。1913 年再度赴日本,1914年加入中华革命党,任孙中山先生秘书。1916年,刘文典回国,一直在北京大学任教,研究诸子著作。1923年出版专著《淮南鸿烈集解》,后从事《庄子》、《说苑》等书的校勘,撰写了《三余札记》。1927年参与筹建安徽大学;1928年11月,安徽发生学潮,刘文典被迫离开安徽大学,回到北京,就任清华大学中国文学系教授、主任。1939年,刘文典完成《庄子补正》、《说苑斠补》等著述,著名学者陈寅恪为《庄子补正》作序,云:"先生此书之刊布,盖将一匡当世之学风,而示人以准则,岂供治《庄子》者必读而已哉!"抗战期间,刘文典任教于昆明西南联合大学;抗战结束直到新中国成立后,他一直在云南大学任教,直至1958年因遭批斗而突发急症,病逝于昆明。

简单而庄重地回顾刘文典的经历是要说明,他从革命家实现华丽转身而成为杰出学者。乍看起来,这两种身份似乎没有什么相关性,其实,革命是改造社会最激烈的方式,而在大学进行学术研究、培养优秀人才、开启民智为人类生存、发展而求解,何尝不是改造社会的重要而有效的方式?放眼刘文典做出选择的那个时代,他的选择并非特例、孤例。同样是同盟会会员出身的蔡元培,于1916年受命出长北京大学,其就职演说明确提出"大学者,研究高深学问者也",坚持"思想自由,兼容并包"的办学思路。1915年,自由革命家陈独秀在上海创办《青年杂志》,因其于1916年受聘为北京大学文科学长而进入高等教育领域,这份杂志也随之迁到北京并易名为《新青年》出版,并立即产生巨大轰动效应。正是在刘文典所处的北大时代,开放的学术孕育了伟大的思想文化,影响中国百年命运的新文化运动因此而蓬勃展开;也正是在这种自由而激进的氛围里,推动近代以来中国实现变革、真正改变中国国运民心的伟大组织——中国共产党应运而生。

刘文典及其并世知识人,遭遇了中华民族"亡国灭种"的巨大危机。其时,传统文化面临断裂,中外交流、对撞剧烈,工具理性严重冲击价值理性。他们做出了艰难选择。他们以学术报国,努力开启民智,在学术方法上实现了古典与现代、中与西的融汇,从而走在时代前列,建构了百年来中国学术乃至思想的基本框架,这种学术精神、学术品格和学术方法具有超越时空的意义。我们不排除学术研究对于个人具有劳动交换而谋生的性质与功能——"著书都为稻粱谋"(龚自珍《咏史》),但是,社会之所以需要知识和思想,需要我们知识分子这个群体,根本上需要我们像马克思那样"为人类而工作"(《青年在选择职业时的考虑》),正因如此,马克思才说"在科学的入口处,正像地狱的入口处一样"(《政治经济学批判序言》)。在英国伦敦海格特公墓马克思的墓碑上,便镌刻着马克思的名言:"哲学家们只是用不同的方式解释世界,而问题在于改变世界。"(《关于费尔巴哈的提纲》)知识者正是通过科学地研究自然界和人类社会,"解释世界",发现真理以影响大众从而"改变世界"。中国最伟大的思想家孔子两千多年前就倡导"为己之学",反对"为人之学"(《论语·宪问》)。宋代著名思想家张载说,知识者应该将"为天地立心,为生民立命,为往圣继绝学,为万世开太平"(《横渠语录》)作为自己的信仰。一百年前的 1919 年,现代学术大师马克斯·韦伯说:"今天,作为'职业'的科学,不是派发神圣价值和神启的通灵者或先知送来的神赐之物,而是通过专业化学科的操作,服务于有关自我和事实间关系的知识思考。"(《以学术为业》)这也正是二十世纪中国最杰出的学者、一生追求"自由之思想,独立之精神"的陈寅恪在 1927 年所说的"吾侪所学关天意"(《挽王静安先生》)的核心内涵。现代大学是现代社会生产知识与思想的专业"工厂",是"研究高深学问"的地方,决定现代大学地位的就是其卓越知识与思想的生产能力。"大学之道,在明明德,在亲民,在止于至善。"(《大学》)大学的知识者应该具有最纯粹的学术信仰,是人类文明的研究者、创造者和守护者、传播者。学术信仰、学术精神,就是深入地研究世界、勇敢地发现真理并追求真理。清代著名学者章学诚对堪称"乾嘉学术第一人"的戴震学术特点的评论,其实可为今日学界之镜鉴:"戴君学术……戒人以凿空言理,其说深探本原,不可易矣!"(《文史通义·内篇·书〈朱陆〉篇后》)在"地球村"的时代,中国亟需面对真问题的真学术,因为,没有严格的"实事求是"(《汉书·河间献王传》),必然不会有方向正确且真正有效的"经世致用"。

　　时间已经走到二十一世纪，可是，从人类文明发展史和中西关系史来看，我们仍然面对刘文典所面对的时代命题——国家要强大，民族要复兴，人民要幸福，人类文明要交流互鉴。如今，人类科技发展到了一个产生颠覆性突破的关键时刻，世界上的国家关系到了数百年来最大转折的十字路口，中国的发展、中国文化的发展也迎来一个重新审视的历史机遇期，创新能力的竞争更加激烈。虽然我们研究的不是现代科学技术，也不是实用的经济学、法学、社会学等，可是，我们研究的学问至关民族精神的塑造和每个人的精神生活，至关中国的"软实力"提升和中国之崛起；如果没有汉语，中国人必然无法沟通、交流，文化必然无法传承；如果缺少文学的滋养，中国人的心灵将无处安顿，人将因为单纯追求物质利益而沦落。在此背景下，研究中国语言文学，责任重大，使命崇高，任重道远，这也是我们时代所有中国语言文学研究者共同的责任和使命。

　　奠定刘文典在现代学术史上地位的就是《淮南鸿烈集解》，此书已被公认为《淮南子》研究的学术经典；刘文典当初受命负责筹建安徽大学，社会各界看重的正是其超卓的见识、杰出的学术成就和重要的学界地位。安徽大学文学院既然是国学大师刘文典亲手开创的学院，理当继承前辈高尚的学术品格，弘扬前辈执着的学术精神，开展"高深学问"之研究以丰富时代精神生活，甚至引领社会进步，并在此过程中确立我们学院的研究特色甚至优势，彰显我们的贡献。应该说，曾经在非常艰难的环境里，在资源严重不足的条件下，经过多年的卧薪尝胆，我们在某些研究领域所取得的成就与特色已得到学术界认可，但我们学院的整体研究特色还不够鲜明，学科的综合实力还有待于提升。如今，在伟大的新时代里，我们文学院的全体同仁必将进一步"澡雪精神"，坚守"板凳要坐十年冷，文章不写一句空"的态度，"衣带渐宽终不悔"，努力创造出能够引领学术发展、不负先贤的学术成就、思想成果。

附：《安徽大学文学院文典学术论丛》总目

王达敏《中国当代长篇小说论》

赵　凯《马克思主义文论与当代文艺批评》

欧阳友权《走进网络文学批评》

刘　飞《中国文学批评散论》

周志雄《批评之途》

王泽庆《文学的跨界诠释》

丁　放《中国词学论集》

陈道贵《六朝唐代文学论丛》

吴怀东《杜甫与唐代文学论稿》

方盛良《清代文献文学探微》

耿传友《徽学与明清文学论稿》

杨　军《汉语音韵丛考》

曾　良《俗写与历史词汇丛札》

吴早生《汉语的信息结构与主观表达研究》

2019 年 10 月 13 日于合肥

目　录

第二辑

第三辑

第一辑

中国新文学第一部"完全忏悔"之作

——再论《古船》

被芦青河淤泥掩埋千年的"古船"重见天日,但它早已折断风帆,船体残破朽碎,成为时间终了的意象。而于1986年扬帆启航的《古船》已经驶入宽广永恒的正典之域,尽管它不甚完美,可它是原创性、经典性的。张炜亦坦言:《古船》有缺陷,毛病很多,它"必然地保留了那个年纪的艺术和思想的残缺,但却被更为重要的东西所弥补和援助了"[①]。这"更重要的东西"是什么?张炜没有直说,可意思还是能够把握的,那就是纯粹、勇气和青春的创造力。在我看来,这"更重要的东西"则是原创性和经典性。《古船》自发表出版以来,不同年代对它的评价,最终都落到原创性、史诗性和经典性上。80年代:雷达著文评价《古船》是"民族心史的一块厚重的碑石"[②];罗强烈认为《古船》是"中国当代文学史上少数几部具备了史诗品格的长篇小说之一"[③]。90年代:王彬彬的评价较罗强烈又进了一步,指出"《古船》不但是近数十年中国长篇小说中最优秀的几部之一,而且也是七十多年新文学史上的长篇佳作"[④]。郜元宝从经典性的思想深

---

① 张炜:《古船·后记》,作家出版社1996年版,第397页。

② 雷达:《民族心史的一块厚重的碑石》,《当代》1987年第5期,第232页。

③ 罗强烈:《思想的雕像:〈古船〉的主题结构》,《文学评论》1988年第1期,第13页。

④ 王彬彬:《悲悯与慨叹——重读〈古船〉与初读〈九月寓言〉》,《当代作家评论》1993年第1期,第57页。

度方面立论,认为"《古船》不仅浓缩了八十年代中国文学的批判力量,代表了八十年代反思的深度,也为九十年代的小说设立了一个并不容易超越的水准"①。新世纪:美国著名汉学家葛浩文说《古船》"无论在内容、风格还是历史视角方面,都称得上突破之作。张炜创造了中国小说的一座里程碑、一部对一切人类进行言说的作品"②。刘再复直言《古船》是"一本难得的杰作"③。

《古船》这种原创性、史诗性和经典性品质的形成,主要得益于三种创造。一是它与莫言的"红高粱系列"、乔良的《灵旗》等小说一道,成为新历史小说的滥觞。而在史诗水平上表现新历史小说所体现的新的历史观,即用民间历史观或客观历史观突破正统历史观,对民国以来的历史、特别是中国当代历史如土改、大跃进、共产风、"文化大革命"进行颠覆性的重新审视,《古船》应该是最具深度和力度的第一部。时至今日,我们仍然能够看到它深广的影响,看到它对甚至包括《故乡天下黄花》《旧址》《白鹿原》《羊的门》《丰乳肥臀》《生死疲劳》等在内的优秀作品的沾溉。二是它以家族之间的恩怨沉浮及附于其上的阶级斗争反映时代的演变,古老的洼狸镇四十余年的历史是中国当代的缩影。三是它具有悲悯性质的古典主义气质,即具有史诗的深厚、崇高和正典的纯粹持久。

其实,《古船》更是一部忏悔之作。从根本上说,《古船》的原创性、史诗性和经典性是由忏悔意识来支撑的。《古船》的忏悔意识和忏悔形象的价值,只有到新世纪才逐渐显现出来。我的判断是:《古船》是一部纯正的忏悔之作,而且是中国新文学乃至整个中国文学第一部"完全忏悔"之作。

---

① 郜元宝:《"意识形态"与"大地"的二元转化——略说张炜的〈古船〉和〈九月寓言〉》,《社会科学》1994年第7期,第68页。

② 张炜:《古船》封底,作家出版社2013年版。

③ 刘再复、林岗:《罪与文学》,中信出版社2011年版,第69页。

一

"完全忏悔"概念源自基督教。基督教神学关于"完全忏悔"与"不完全忏悔"的区分,始于中世纪,特别是 12 世纪以降的天主教神学,从忏悔行动、忏悔对象、忏悔情状和忏悔后果等方面,对这两种忏悔作了比较。其区别之要点:"完全忏悔"指基于上帝之爱并回应上帝之爱的幡然悔悟,充满了感恩和自由之释然,其忏悔最终实现的是人的"新生"和重获自由。"不完全忏悔"则是因为道德上的恶行而畏惧上帝的惩罚之正义而引起的悔罪,伴随着由恐惧和悔恨而产生的不安,其忏悔之后果是恶行本身的效应非但没有消除,还严重阻碍了"完全忏悔"的发生①。

借用基督教"完全忏悔"的概念来表述《古船》主角隋抱朴忏悔的性质,其语义必然有所变化。在基督教神学里,它是忏悔类型在内涵方面的表述,而在本文里,它则是忏悔过程是否完整完善的表述。我所定义的"完全忏悔"是指人物走完了忏悔的全程,其过程由三个相互联系又相互递进的环节构成:良心发现、人性觉醒(知罪、归罪)→人性剖析、灵魂搏斗(负罪、赎罪)→人性升华、精神超越(人性新生、灵魂复活)。隋抱朴从对家族罪恶(原罪)的忏悔到对阶级罪恶(原罪)的忏悔,再到对人类罪恶的忏悔,即由知罪、认罪到负罪、赎罪再到精神超越,是"完全忏悔"的完整表述。

隋抱朴是中国民间贵族之子,又是乡镇磨坊里的思想者,他身负双重原罪,一个是家族原罪,一个是阶级原罪。他的家族原罪意识源自他父亲隋迎之。洼狸镇老隋家是民族资本家,起初只有一个小小的粉丝作坊,到隋恒德这一代,老隋家的粉丝工业达到极盛。他们在河两岸拥有最大的粉丝厂,并在南方和东北的几个大城市开了粉庄和钱庄,其影响甚至达及海外,辉煌了好几辈子。到 20 世纪三四十年代,老隋家传到隋迎之这一

---

① 黄瑞成:《"忏悔"释义》,《宗教学研究》2004 年第 1 期,第 87 页。

代。土改前夕,亲家欠债赖债被人打死,隋迎之惊吓至极,顿时产生了一种负罪感,觉得老隋家的财富是剥削穷人之所得。接下去的日子里,隋迎之日夜计算着隋家从祖辈开始欠下的债。抱朴问父亲欠谁的债,父亲说:"我们欠大家的。"全镇最富有的人家居然欠下别人的债,抱朴怎么也不信。他问到底欠谁的?欠多少?父亲回答:"里里外外,所有的穷人!我们从老辈儿就开始拖欠……"一个星期之后,隋迎之骑马外出还账,"从今天起,只有一个小粉丝作坊算是他们老隋家的,其余粉丝工厂,全交出去了"。土改时,他因交出了粉丝厂而落得开明绅士的身份,躲过了公开的批斗。而那些土地多、开工厂的人,均被批斗、镇压。然而,尽管他躲过了批斗却没有躲过土改激进分子赵多多的恐吓,临终前,他对抱朴说:"老隋家的欠账还没有还完,事情得及早做,没工夫了。"隋家的原罪就这样经由父亲隋迎之传给了儿子隋抱朴。犹如灵魂附体,这种原罪意识把抱朴变成了一个虔诚的忏悔者。他的原罪意识和忏悔意识之强烈,以至于他对老隋家、对自己的谴责达到了绝对不能容忍的地步。他总认为老隋家的罪恶深重,他要替家族赎罪,而且把所有的罪恶都记在自己的身上,"我是老隋家的人哪!""我是老隋家有罪的一个人!"抱朴对家族罪恶的自觉担当,显示了自我忏悔的道德自觉和自我审判的人性力量。

这种源自中国民间的"忏悔贵族",尽管根植于中国现实土壤,但在精神气质上则与俄罗斯文学的"忏悔贵族"遥相呼应,一脉相承。我相信,最喜欢托尔斯泰且每年必读《复活》一二次的张炜,是从托尔斯泰及其《复活》等小说中吸取了精神资源,然后才创作出《古船》及隋抱朴形象的,二者之间有着互文关系。比如托尔斯泰,出身显贵,又当过军官,年轻时代过着放荡的贵族生活,但作为作家,他一生都在与各种罪恶作坚决的斗争。他目睹农民被贵族地主的盘剥而处境悲惨,于是深感自己作为贵族地主阶级的"罪恶",他不能原谅自己,经过长久的反省和忏悔,他终于抛弃贵族立场,完全站到农民立场。他放弃财产,自己参加劳动,自食其力。他与他所处的贵族阶级彻底决裂,惊世骇俗,连深爱他的夫人也无法理解。各种势力聚集阴谋,对托尔斯泰进行迫害,威逼他承认错误,收回对教会的攻击。托尔斯泰始终不屈服,82 岁那年离家出走,病死在阿斯达波沃车站。

文学创作是托尔斯泰忏悔的真相告白,他不仅写作了代表"19 世纪全世界的良心"的自传《忏悔录》,而且还把"忏悔意识"灌注到《一个地主的早晨》《复活》等带有自传色彩的小说中,创造了一个个"忏悔贵族"形象,《复活》中的聂赫留朵夫是其中最具代表性的忏悔形象。

《古船》仿佛是《复活》的中国版。有作者指出张炜的文学创作与托尔斯泰有多方面的意义联系,比如贵族忏悔。托尔斯泰笔下的贵族对自己的身世家族有一种负罪感,并因负罪而至赎罪,因而都具有忏悔意识。张炜笔下的贵族忏悔,其原因也同托尔斯泰一样,认为自己家族世代脱离劳动,靠剥削他人积累财富,不劳而获,由此而指出家族之所以衰败是获罪遭罪的结果。死去的已经死去了,那么活着的人就要承担起赎罪的责任。因此,张炜笔下的人物除具有贵族意识外,还具有忏悔意识①。应该说,这种比较还是纸面文章。关键是两个国度的"忏悔贵族"在精神气质上有着相似性,他们同属于世界文学"忏悔家族"成员,又同为"忏悔贵族"一脉,也就是说,张炜的中国民间忏悔贵族与托尔斯泰笔下世代承袭的忏悔贵族的相似,主要是精神气质方面的。尽管如此,两个国度的两个民族的"忏悔贵族"毕竟产生于不同的文化土壤,并受不同的现实力量的规约,因此,他们的忏悔前因与忏悔路径有所差异。中国民间资本家隋迎之、隋抱朴父子之忏悔,首先是被残酷现实惊恐,进而醒悟而产生负罪感的,而聂赫留朵夫等俄罗斯贵族之忏悔,则是由宗教忏悔伦理注入其中而产生罪感意识的,并自始至终在灵魂之域展开,因而更具崇高性和震撼力。

再说阶级原罪。我们曾根据战争和革命的需要,把人分成"属己"与"异己"两个敌对阶级。这种二元对立的区分泾渭分明,敌与我、善与恶、好与坏一目了然。战争年代的地主、富农和封建贵族、资本家统统被划为

---

① 张中峰、孙世军:《张炜创作中的托尔斯泰"痕迹"》,《殷都学刊》2004 年第 1 期,第 94 页。

敌对阶级,阶级的区分,成为 20 世纪中国最大的政治事件。这种阶级的划分并未随着战争的结束而结束,在接下来的从土改开始的"革命年代",阶级成分观念在中国牢牢地扎下根,"阶级"成为中国政治生活的主流语汇,而"阶级"又总是与"革命"联手,"阶级"是"革命"的重要内容,"革命"是"阶级"的表现形式。可以说,从新中国成立之初的土改到反右到"文化大革命"等政治运动,几乎都是针对地富阶级、反革命右派和资产阶级的。根据战争模式划分阶级阵营,好处是简单易辨识,弊处是盲目粗暴,贻害无穷。于是,在很长的历史时期里,被划定为何种阶级,是人间与地狱的区别。抱朴生于富贵之家,先天命定了他要承受阶级原罪,而不问他是否愿意。尽管老隋家从 20 世纪三四十年代开始衰退,并于 40 年代逐渐被老赵家取代;尽管隋迎之真心诚意地忏悔赎罪,把产业全部交了出去,由此获得了开明绅士的身份;尽管隋抱朴甘愿负罪,认领痛苦,放弃家族复仇,但革命内部对隋家阶级属性的定性却是难以改变的,这就决定了作为贵族之子的抱朴不仅要认领家族原罪,还要被迫承受阶级原罪。

家族原罪被阶级原罪的巨大破坏力所绑架,老隋家就在劫难逃了。视老隋家为仇敌的赵多多,借助革命之力、阶级之势,迅速地由一个流氓无产者摇身一变而成为新生革命政权的一员战将,他发誓:要把老隋家的人统统干掉! 土改时期,他违反党的政策,丧心病狂地迫害老隋家,先是吓死隋迎之,继而三番五次地领人抄家,接着又害死茴子。"文化大革命"开始,隋家兄妹三人成为造反派迫害的对象,屡受侮辱毒打。

家族原罪和阶级原罪原本一体两面,源出一途,却意义有别。对于抱朴,家族原罪是他甘愿认领的负罪,与善和良知有关,与人性的质量有关;而阶级原罪却是强加于他的负罪,与恶和暴力有关,与血统论有关。怎样承受这两种性质的原罪,对抱朴是一个巨大的考验。

二

紧随罪感意识而产生的是赎罪意识。知罪要负罪,而负罪的目的是赎罪,只有进入到忏悔第二环节的赎罪,真正有价值的忏悔才算开始。

身负双重原罪的抱朴,首先要面对的是家族原罪。按常理,父亲还了一个星期的账,又交出了全部粉丝工厂,作为隋家后代的抱朴实际上已经无罪可赎了,也就是说,他不应该再承担还债、赎罪之责了。但罪感意识早已渗透到抱朴的灵魂深处,他觉得怎么也还不清祖辈留下的欠债。这笔债既实际又模糊,经常纠缠着他的,是父亲一开始就盘算的那一笔数不清的账,"夜晚显得漫长而乏味了。睡不着,就算那笔账。他有时想着父亲——也许两辈人算的是一笔账,父亲没有算完,儿子再接上"。这种负罪感让他异常痛苦,"他继续算那笔账。密密的数码日夜咬着他,像水蛭一样吸附在他的皮肤上。他从屋里走到屋外,走到粉丝房或'洼狸大商店'中,它们都悬挂在他的身上,令人发痒地吮着"。但明眼人很快发现,抱朴在既无罪可赎又无人向他追罪的情况下继续为家族赎罪,实际上是把"无罪之罪"化为生命力量,在赎罪中磨砺精神,以求道德的完善和良心的安宁。

当家族原罪在土改革命中被强行纳入阶级原罪之域后,抱朴无可反抗,但要他束手领罪,又非他所愿。在这种情况下,他只能像耶稣那样,甘愿背负沉重的十字架为人类犯下的罪恶赎罪。抱朴用同情、宽容的态度看待世界,将"人之罪"转化为"我之罪",在行动上,就是放弃复仇,阻止"阶级"的相互残害。而要将其实施起来,最好的应对之策莫过于托尔斯泰式的"勿报复""勿以恶抗恶"的"不抵抗主义"。刘再复、林岗称"抱朴是一个不自觉的托尔斯泰论者,但却是一个更加伦理化的中国托尔斯泰论者"①。

说得没错。目睹了家道的毁灭,继母茴子被凌辱自尽,以及兄妹三人在历次政治运动中备受侮辱、迫害的经历,按理说,抱朴应该产生仇恨并生复仇之心。如果说,在阶级原罪紧紧捆绑着他们的年代,他们即便有复仇之心,也无复仇之胆,那么,到了阶级解散、阶级原罪随之崩溃的改革开

---

① 刘再复、林岗:《罪与文学》,中信出版社 2011 年版,第 71 页。

放年代,他们要实施复仇行动就水到渠成了,何况他们都已经长大成人,具备了复仇的能力,更何况他们的复仇直接面对的不是整个"阶级",而是有选择地针对直接迫害他们的人,具体地说,他们要复仇的第一个人无疑是土改中的流氓无产者、"文化大革命"中的造反派赵多多,其次是洼狸镇的太上皇赵炳(四爷爷)。但他自始至终没生丝毫复仇之心,而且极力阻止弟弟见素去复仇,兄弟二人由此产生矛盾。

洼狸镇近四十年的阶级斗争,说穿了,就是老隋家与老赵家的家族之斗,而决定两家命运的主要因素,是阶级力量而非家族力量。但家族力量往往附势而上成为帮凶,有时直接代阶级行使权力,其破坏力既隐蔽又凶残,表现在赵多多身上,那就是丧心病狂地迫害老隋家。现在好了,时代变了,一心想着向老赵家复仇的见素终于盼来了机会。洼狸镇改革初年,赵多多承包了粉丝厂,见素不能容忍粉丝厂姓赵。他对抱朴说:"我要夺回赵多多的粉丝大厂。粉丝大厂姓隋。它该是你的、我的。"抱朴摇摇头,告诫见素:"它谁的也不是。它是洼狸镇的。"言下之意,粉丝厂既不是你的我的,也不是赵多多的,它是全洼狸镇人的。他怕见素没有明白他说的话,于是忍痛地说起父亲的不幸,以开导毫无负罪感的弟弟。他说父亲开始也以为粉丝厂是老隋家的,结果这个误会害得他后来吐血,两次骑马外出还债,最后死在一片红高粱地里。见素显然听不进抱朴的话,他执意要报复。

这里的路被堵住了,但并不妨碍见素改变思路,采取另一种报复方式:寻找机会下手制造"倒缸"。"倒缸"是粉丝作业中的重大事故,重者会导致企业崩溃。此事他没有做成,但暗暗喜欢他的大喜姑娘见他有此意,制造了"倒缸"。他希望抱朴不要来"扶缸",让赵多多损失越大他越解恨。抱朴遵从当地民间伦理的准则,不仅来"扶缸"了,而且还严厉地指责见素的不仁不义:"粉丝厂'倒缸'没人扶,就是全镇的耻辱!'扶缸如救火',自古洼狸镇就有这句话。"粉丝厂每次"倒缸",无一例外均由抱朴全力以赴解决。这种行为既是道德的善举,更是抱朴以此替家族、替自己,进而替制造罪恶的人赎罪之举。见素辩解,言其事不是自己干的,但他起意了。

抱朴相信此事非见素所为,由于他起意了,起意就有罪。"不过我心里早就把这笔账记在老隋家身上了。我老想这是老隋家人犯下的一个罪过,太对不起洼狸镇……"

抱朴之所以极力阻止见素复仇,是因为他目睹了太多的复仇制造的苦难和流血祸及众生。《古船》里,不论是还乡团令人发指的杀人,还是穷人肆意报复的杀人;不论是因为阶级对立的杀人,还是出于家族世仇的杀人,其要害都是复仇,且复仇的方式、残忍的手段如出一辙。因此,他有充分的理由去说服见素忘掉仇恨,放弃报复。他对见素说:"镇上人就是这么撕来撕去,血流成河。你让我告诉你过去的事,我还是不能。我没有那样的胆量,我说过我害怕你。你有胆量,我不想和你一模一样的胆量。如果别人来撕我,我用拳头挡开他也就够了。如果坏人向好人伸出爪子,我能用拳头保护好人也就够了。……我最怕的就是撕咬别人的人。因为他们是兽不是人,就是他们使整个洼狸镇血流成河。我害怕回想那样的日子,我害怕苦难!"害怕苦难必然怨恨制造苦难的人,可抱朴的怨恨并非指向某个具体的人,比如赵多多、赵炳,他说:"我不是恨着哪一个人,我是恨整个的苦难、残忍。"我们可以将抱朴这句话理解为他对"人之恶"的恐惧与否定。正是对"人之恶"的防范与恐惧,抱朴患上了"怯病",其症状是胆小怕事、犹豫不决、瞻前顾后、吞吞吐吐、怕与人处、自我折磨,像鸵鸟一样,将身子缩进古堡似的磨屋,一边伴着老磨迟缓地磨着岁月,一边思考世事人生。他自己给出的理由是:"后来我还想就这么一辈子了,坐到老磨屋里吧,让老磨一天到黑这么磨,把性子磨钝、磨秃,把整个儿人都磨痴磨呆才好!"

这肯定不是他的真实想法,而是无奈之举。作为一个为家族进而为人类赎罪的忏悔者,仅有思想是不行的,还要有实质意义上的行动,而抱朴恰恰是一个长于思索而少于行动的思想者,为此,他的内心非常痛苦,长久地承受着自责的煎熬和灵魂的搏斗。他羡慕桂桂天真不记恨,可自己做不到;他恨自己胆子太小,顾这顾那,既害了小葵,又毁了自己的下半辈子;他恨自己没敢站出来夺下赵多多手里的粉丝厂,把它交给镇上人,结果使整个洼狸镇都遭受了损失；他更恨自己怕这怕那，偏偏又知道恨、知道爱。他经常处于两难之境，他最恨苦难、残忍及制造罪恶的人，然而，要阻止罪恶的发生蔓延，他就要行动，而行动就意味着以恶抗恶，这是他不愿做也不愿看到的；不采取阻止罪恶的行动，罪恶就会任其发展，这又会让他痛心疾首。中国的忏悔者走到"革命时代"，常常会陷入困境，进则亡，退则败，看来，托尔斯泰"勿以恶抗恶"的"不抵抗主义"最终也救不了抱朴。负罪的抱朴之赎罪不能完全遁入内心，他必须走出古老腐朽的磨屋而采取相应的行动，这就把抱朴及《古船》的忏悔叙事逼到了险象环生的境地，抱朴忏悔赎罪是否成功取决于他如何超越此境而跃上新境。

三

但跃入忏悔赎罪新境是艰难的。一个不争的事实是，中国文学缺乏忏悔意识，而中国现当代文学中的忏悔形象，如《狂人日记》里的"狂人"、《伤逝》里的涓生、《古船》里的隋见素和四爷爷、《活着》里的福贵、《大浴女》里的尹小跳、《男人立正》里的陈道生、《水在时间之下》里的"水上灯"、《万箭穿心》里的李宝莉、《蛙》里的姑姑、《认罪书》里的金金、梁知、梁新等人物，其忏悔的最好水平，均止于赎罪阶段，即忏悔的第二阶段，而不能像《复活》里的聂赫留朵夫和《罪与罚》里的拉斯柯尼科夫那样，最终在基督教超越性伦理的引导下进入人性升华、灵魂复活之境。唯有《古船》里的隋抱朴是个例外，作为民族资本家的后代，他主动承受着祖辈犯下的"家族原罪"和自己犯下的"当下之罪"，还要被迫承受"阶级之罪"，是一个自觉地承受苦难而避免洼狸镇人流血受苦的人。在经受人性的拷问后，特别是在《共产党宣言》思想的引领下，他最终走向了生命的复活，即跃入忏悔赎罪的第三阶段，使《古船》成为中国新文学乃至整个中国文学中第一部"完全忏悔"之作，抱朴自然成为中国新文学乃至整个中国文学中第一个"完全忏悔"形象。

如同忏悔正典之作，《古船》仍然采取"罪与罚"的忏悔形式。这里的

"罚"是抱朴自我归罪后的"自罚",无论是替家族、替自己赎罪,还是替人类的罪恶赎罪,他都是自觉的领受。抱朴避免洼狸镇人流血受苦的方式,是在有限地阻止见素复仇的情况下,主要以自己受苦的方式,即躲进磨屋而不参与复仇的方式来制止流血。中国现实语境中,苦难的表现形态主要有三:一是由物质性的匮乏而引起的物质性苦难;二是由不幸的命运或种种权力压迫造成的生存性苦难;三是由价值失范、意义虚无和精神焦虑造成的精神性苦难。而民间中国对待苦难亦有三种境界:第一种境界,屈服于苦难或厄运而忍辱苟活。第二种境界,承受苦难,与苦难同在,在默默的隐忍或抵抗中化解苦难,作被动式的有限度的抗争,多数处于苦难中的普通百姓活在这种境界里。这种境界最好的走向,是通向生命本真状态,乐观地活着,如《活着》里的福贵。第三种境界,主动积极地抗争苦难,在体验苦难中体现出生命的强大和精神的崇高,并为人类提供可以效仿的理想的道德原则和精神向度。

表面看来,抱朴的受苦与苦难的第二种表现形态及应对苦难的第二种境界相似,深入其中体会考量,发现二者有着质的差别。中国民间通常的苦难形态及忏悔者应对苦难的态度,借助陈思和的说法,是"忏悔主体从抽象的人转移到具体的人"或"作者自身",即"忏悔的人";而抱朴自觉承受"家族原罪"和"阶级原罪"进而承受"人之罪",是"人的忏悔",即以"人的罪恶"为对象的忏悔。在 20 世纪中国,"忏悔的人"之忏悔始终停留在具体的和阶级的层次上,而以人的缺陷、人的罪恶为对象的忏悔,即"人的忏悔"则表现为 20 世纪现代科学成果在人对自身认识范畴中的一种折射,表现为人对自身局限(在文学中往往以"恶行"来表征局限)的深刻理解和感悟,"这种忏悔的对象不是个人,它指向个人具体背后的某种人类普遍性。"①简单地说,前者是具体的人的忏悔,不像后者那样,具有超越自身而为"人之罪"赎罪的博大胸怀。

① 陈思和:《中国新文学发展中的忏悔意识》,《上海文学》1986 年第 2 期,第81—82 页;祥耘、陈思和:《忏悔意识在世界的传播及其对中国的辐射》,《学术界》2010 年第 3 期,第 209—210 页。

　　这种源于忏悔的受苦意识明显带有宗教伦理的特色,具体地说,带有托尔斯泰的特色。这里,我们借助舍勒的受苦理论来透析抱朴的受苦及忏悔的意义。舍勒说:一切受苦都是"替代性"和"自甘性"的,以便整体受苦较轻。根据人类受苦及对待受苦和痛苦的态度,舍勒将其概括为这样一些方式:使受苦对象化和听天由命(或主动忍受);享受主义地逃避痛苦;漠化痛苦直至麻木;英勇式的抗争并战胜受苦;抑制受苦感,并以幻觉论否认受苦;视一切受苦为惩罚,并以此使受苦合法化;最后是神奇无比、微言大义的基督教受苦论:福乐的受苦,并通过上帝的慈爱在受苦中施予的拯救,将人从受苦中赎救出来——"十字架的大道"。但如何对待痛苦和受苦,始终存在着两条截然对立的道路。第一条道路是主动从外部反抗受苦的客观自然的或社会的原因,即坚决"抵抗不幸",这曾是西方主动型英雄式的抵抗。第二条道路不是要根除不幸和承受不幸之苦,而是尽可能彻底圆满地排除随意的自发的抵抗,以便从内部阻止一切可能的承受不幸之受苦,这种不抵抗不幸而通过忍受不幸,承受不幸之苦,以佛陀为代表。基督教吸收了"勿抗不幸"的思想,但基督教不会对不幸和恶听之任之。耶稣常表示,"他自己的痛苦和人类的负罪迫使他呼唤,而他知道自己是'替'人类受苦,他在自己的心灵深处承受着人类的负罪以及人类固有的一切不幸。这一切迥异于佛陀那种不动心、淡漠、陌化泰然任之。"但在东正教会(又以俄国正教为甚)被动忍受痛苦和靠不抵抗来消除不幸的理念,几乎在各个方面压倒了主动排除不幸和邪恶的思想,这一点已被以伟大的俄国作家和思想家(特别是托尔斯泰和陀思妥耶夫斯基)所证明。"他们诗意化、先知化地赞美恭顺的被动性忍耐品质。"这种被动性英雄品质之楷模理念,已深植为心性质素,既迥异于主动性英雄品质之西方理念,也显著地不同于印度、尤其佛教对待痛苦、受苦、不幸的邪恶的方式。① 自然也有别于民间中国对待痛苦、受苦的方式。

　　抱朴身上的托尔斯泰痕迹非常明显,他不能容忍家族复仇和阶级之

---

　　① 刘小枫选编:《舍勒选集》(上),上海三联书店 1999 年版,第 641—654 页。

间的相互残杀,不能容忍苦难和流血祸及无辜百姓,为此,他常常孤坐磨屋思考。对待恶,他放弃以恶抗恶的方式,在思索和隐忍中承受苦难。但是,这种赎罪方式既不利于忏悔跃入人性新境,也不利于复仇及苦难的消除。这时的抱朴思想中急需引入一种更先进且更具行动性的精神资源。我们发现,抱朴多年反复研读的《共产党宣言》承担了这个重任。久读《共产党宣言》,抱朴天目顿开,豁然开朗,竟然从中领悟到这是"一本讨论过生活的书,一本值得读一辈子的书";两位伟大人物见过的苦难比谁都多,他们只想着让受苦的人尽快地摆脱血泪。为什么这本书影响巨大,要用全世界的文字写出来,"就因为他们在和全世界的人一块儿想过生活的办法"。

《共产党宣言》的奥义变成抱朴的思想,集中体现在他与见素彻夜的深谈之中。他说:"怎么过生活?这不是一个人的事情,绝不是!你错就错在把它当成一个人的事情。那些吃亏的人,都是因为把它当成了自己的事情。""一个人千万不能把过生活当成自己一个人的事情,那样为自己就会去拼命,洼狸镇又会流血。"世事复杂,道理却简单,只要大家想着一起过好生活,彼此善爱,就会放弃复仇,摆脱苦难、不幸和流血,就会把生活过好。

忏悔跃入生命新境非常艰难,但在抱朴身上,却在不经意间就实现了,不能不说是个天大的奇迹!这个中国民间的思想者,是如何实现这一伟大思想工程的呢?仔细辨析,其间的思想脉路还是清楚的,其思想逻辑是这样演进的:抱朴身上突出地显现出两种思想,一种是托尔斯泰宗教特色的"勿以恶抗恶"的"不抵抗主义"思想(托尔斯泰宗教观即托尔斯泰主义是东正教传统与西方启蒙思想的融合,其主要思想是"爱一切人""勿以恶抗恶""道德上的自我完善"),此中还包含着中国传统的内省意识,以及自觉为"人之罪"赎罪的受苦情怀;二是《共产党宣言》通过阶级斗争而达到解放全人类的宏大思想中所蕴含的"大家一起过生活"的朴素思想。这两种思想属于两种思想体系,在中国当代语境中,贬抑前者盛赞后者早已成为主流意识形态话语,张炜不能不受其影响。因此,二者之间很难通融,对立倒是它们的常态。关于这一点,早有学者提出质疑,雷达指出:作者通过抱朴钻研《共产党宣言》,"试图刻划一个初具共产主义理想的农村新人,但在我看来,他更像一个怀抱大仁大爱的人道主义者。"他的忏悔和拯救之道,带有抽象的人道精神和"理想化"的虚幻色彩,其忏悔的东方式的含有禁欲色彩,他能否真正顿悟《共产党宣言》,"成为真正的新人,令人担心"①。吴俊直言抱朴手不释卷地诵读《共产党宣言》,"是作品中一处最大的牵强附会",很大程度上,它恐怕只是一种"点缀",一个由作者生硬安排的"契机"。"它反映了作者在掉进了观念陷阱之后,无暇分辨是非曲直而随意拿起一件现成的武器盲目挥舞时所显露出来的一种窘态。"但吴俊有一句话很要紧,他说:尽管我质疑《共产党宣言》对抱朴生活转折的合理性,但我比任何人都更加坚定不移地相信,只有《共产党宣言》思想的巨大历史穿透力和现实感召力,才使抱朴最终由一个被扭曲的人升华为真正自由解放的人②。换言之,《古船》只有如此嫁接,才能完成理论预设。至于理论是否符合现实,那就只能存疑了。

我的理解是,由于作者揭示了托尔斯泰宗教伦理和《共产党宣言》中都蕴含着希望人类摆脱苦难的思想,故而在托尔斯泰宗教伦理之上再植入《共产党宣言》中"大家一起过好生活"的超越性思想,就会出现人物精神新变的奇迹。当前者先期到达抱朴意识中时,后者由于抱朴的"怯病"而处于纯粹思索状态。当"思想者"脱胎换骨要采取行动时,后者则顺势而入,迅速成为引领抱朴进入生命新境的主要精神力量。

仿佛是身体里注入了新的生命力量,抱朴觉得他不能再犹豫、再像死人一样孤坐磨屋,他催促自己走出磨屋,振作起来,和全镇人一起过好生活,不能让苦难和流血老跟着洼狸镇人。他内心充满力量,而好运恰恰也在这时降临于他。粉丝厂形势急剧恶化,面临倒闭,恶人赵多多于绝望中醉酒撞车自焚,抱朴自荐担任粉丝公司经理,洼狸镇翻开了历史新的一

① 雷达:《民族心史的一块厚重的碑石》,《当代》1987年,第236—237页。
② 吴俊:《原罪的忏悔,人性的迷狂——〈古船〉人物论》,《当代作家评论》1987年第2期,第82—84页。

页,抱朴"新人"形象由此产生。

四

《古船》里纯粹意义上的忏悔形象,我个人以为,仅抱朴一人。至于评论中经常提到的见素和四爷爷是不是忏悔形象,或者说他们的忏悔是否真正意义上的忏悔,我有自己的理解。

见素是为家族而战的复仇者,它的主要对手是赵氏家族的"恶人"赵多多。赵多多承包经营粉丝厂,在他看来,粉丝厂应该姓隋,是他和抱朴的。尽管父亲在三十多年前已经将粉丝厂全交了出去,但在见素的意识里,粉丝厂是隋家的,赵多多承包经营粉丝厂,是隋家的奇耻大辱。所以,他朝思暮想的一件事,就是从赵多多手里夺回粉丝厂,以达到复仇的目的。他的复仇计划和复仇行动总是受挫,最后,他甚至想联合老赵家的人对付抱朴,虽然未果,但他起意了,起意就有罪。在一部以赎罪拯救为主旨的小说里,是不允许复仇占有上位的,于是,在抱朴决定告别"旧我"而向"新我"跃入之时,见素莫名其妙地得了不治之症。绝望之际,见素对哥哥敞开心扉,说了这么一段带有忏悔意味的话:

> 我回城后想来想去,决定还是把粉丝公司夺回来,不管它落在谁手里,一定要让它姓隋。因为你多次表示过,它不能姓隋!我积攒着力气,一边通过张王氏和四爷爷联系,准备最后打这一仗能赢,能把你打败,夺回粉丝公司!⋯⋯你看吧哥哥,我昏到这样,我想联合老赵家的人来对付你了,我住院前几天还在想这些。你现在骂我吧,打死我我也不还手,因为我起意了。不过还是老天有眼——它在紧急关口判了我的死刑,让我害了绝症。那场争斗再没有了,老天惩罚了我,我对你、对大喜、对一切别的人犯下的罪过,一下子了结了。

这段话首先是认错懊悔,然后才是知罪认罪,且知罪认罪里还隐含着

17

"复仇而不得"的无奈之感。这说明,见素的浅显忏悔与真正出自"否定与建构"双向运作的忏悔还有相当大的距离。也就是在他说完这段话后,他仍然纠缠于母亲的死因,当他终于从抱朴叙述中得知真相后,又起了复仇的恶念。从这个意义上来说,见素不是忏悔形象,他的认错懊悔是特定情境中良知的一时醒悟,由于它的力量远逊于强大的复仇之力,所以不能将认错懊悔发展到知罪认罪进而赎罪的水平。

四爷爷赵炳是个厉害的角色,他既是赵氏家族的最高权威,又是洼狸镇永远不倒的土皇帝。从土改到大跃进,他主掌洼狸镇,该做的都做完了后,他"功成身退"。他深谙进退之道,虽辞官隐退,但洼狸镇还在他的掌控之中,好多大事还是他说了算。他左右着洼狸镇的现实关系及全镇人的命运,做了不少伤天害理的事,可他对这些罪过从未有过忏悔。他的忏悔仅限于奸污少女含章一事上。而他给出的忏悔原因却是:"我明白我已破了规矩,这个事情上不会有好结果。"他知道含章终究有一天会向他复仇,于是等着这个"结果"的到来。他认为一切都在规矩里,坏了规矩就要受罚。这哪是忏悔,分明是后悔性的认错,把罪责降到犯错上。而他向含章的真情道白,分明又有知足与认罪混杂的成分:"我已知足。我是什么人?洼狸镇上一个穷光蛋。你是老隋家的小姐,又是第一美貌。我死而无憾,所以我就等着结果。"只有等到这个"结果"即含章刀刺他之后,我们才从他那声长叹中听到了忏悔之音:"我对老隋家人做得……太过了。我该当是这个……结果!"

尽管如此,我仍然认定四爷爷不是一个真正的忏悔者,他充其量只是一个根据民间伦理准则而有选择性地领罪的人。

(原载《杭州师范大学学报》2017 年第 2 期)

《蛙》的忏悔意识与伦理悖论

从莫言的文学观开始

莫言谈创作，有一句话广为流传。这句话是这么说的："把好人当坏人写，把坏人当好人写，把自己当罪人写。"莫言说这是他文学创作以来所遵循的基本观念。乍一听，这句话容易产生歧义，但莫言对其的解释却是明确的。他说"把好人当坏人写"，不是说要把好人写成坏人，而是说我们在写好人的时候不能把好人脸谱化，"应该认识到好人也是人，英雄身上也有流氓气，流氓身上也有豪侠气。无论多么伟大的一个人，他身上也有凡人的一面"；他们在某一时刻也会做出不道德的举动，也会生出阴暗的心理。"把坏人当好人写"，意思是说我们要善于发现坏人身上残存的人性，坏人也并非完全丧失了人性，"即便是一个十恶不赦的强盗，他在某一时刻也会流露出慈悲的心肠来"。① 总之，"把好人当坏人写"与"把坏人当好人写"，合起来就是"把人当作人来写"。用余华在《活着·前言》里的话来说，就是"对善和恶一视同仁，用同情的眼光看待世界"。

"把人当作人来写"，这是人道主义的基本命题。对于莫言来说，"把人当作人来写"则意味着他超越性的观念引导着他的文学创作的基本原

---

① 莫言:《莫言讲演新编》,文化艺术出版社 2010 年版,第 164—165、221 页。

则,即他站在超阶级、超政治、超善恶的立场,站在全人类的立场,把人作为自己描写的终极性的目的。至少从《红高粱家族》开始,莫言就把人道主义的这一基本命题贯穿在《丰乳肥臀》《檀香刑》《生死疲劳》《蛙》等小说中。《红高粱家族》里的"我爷爷"余占鳌既是一个杀人越货、到处绑架的土匪头子,又是一个名满天下的抗日英雄。《丰乳肥臀》里的母亲忍辱负重,她不断地生育,孩子却来自不同的父亲。因丈夫不能生育,她要获得起码的做人的权利只能与各种男人苟合。她的女儿们有的嫁给了国民党,有的嫁给了共产党,有的嫁给了伪军。所以,她忽而是窝藏反革命的敌对分子,忽而又成了革命烈属。战争年代里,她的女儿女婿之间经常刀枪相见、势不两立,但他们生了孩子全都送到她这儿来。她养育着国民党的后代、共产党的后代、伪军的后代,对儿女们送来的孩子,她一视同仁,而不管他们的父母属于哪个阶级、哪个阵营。《檀香刑》描写刽子手的心理、看客的心理。刑场上,前者杀人是在替朝廷执法,并将杀人当作一件艺术品来完成,所以带有表演的性质,且是和受刑者合演;后者是观众,同时也参与了台上的表演,三者同场表演,缺一不可。血腥屠杀伴随着狂欢般的叫好声,映现出的则是人性的撕裂及病态的心理,正如赵甲师傅在执刑数十年之后才悟出的一个道理:"所有的人,都是两面兽,一面是仁义道德、三纲五常,一面是男盗女娼、嗜血纵欲。"《生死疲劳》里的地主西门闹在土改中被误杀,他感到很冤枉,急于转世,于是就不屈不挠地去阎王爷那里告状,要讨个说法。随着他不断地转世,由驴、牛、猪、狗、猴一路轮回转世,他慢慢地认同了动物性,而淡忘了最初坚持的人性,"当他最终转世为人后,只剩下一个局外人的身份。"①《蛙》里的姑姑,计划生育实施之前,她被乡亲们视为"活菩萨""送子娘娘";计划生育实施之后,她一变而成为扼杀婴儿乃至夺走产妇性命的"恶魔"。

最后是把自己当罪人写。莫言说:"每个作家最后面对的肯定是自我,所谓一个作家的反思、文学的反思,最终都是要体现在作家对自己灵

---

① 莫言:《莫言对话新录》,文化艺术出版社 2010 年版,第 308 页。

魂的剖析上。如果一个作家能剖析自己灵魂的恶,那么他看待社会、看待他人的眼光都会有很大的变化"。① 在他看来,具有深厚的人道主义传统的俄罗斯文学,无疑是这方面最优秀的代表,以托尔斯泰、陀思妥耶夫斯基为代表的一批文学大师,基于忏悔赎罪而进行人性剖析、灵魂拷问的写作,把俄罗斯文学推向了世界文学的高峰。反观中国文学,"《红楼梦》之后到建国之前,除了几部黑幕小说、几部武侠小说、几部艳情小说,外加五四时期的一批作品,有关人的本质追寻,有关灵魂拷问,有关信仰和拯救的小说,几乎是空白。我们的封建文化背景下的文学,缺少触及灵魂的传统,我们太多复仇的文学,太多复仇的教育,却没有宽恕和忏悔的传统。"②这其实是学界普遍的看法,我们可以从夏志清的《中国现代小说史》、刘再复和林岗的《罪与文学》等学者的论著里看到这样的表述。由于缺少忏悔意识,中国现当代作家经常把罪责推给历史、推给社会、推给他人,而不愿也不敢正面地解剖自己。只有把自己当罪人来写,才能写出真正触及灵魂的作品来,于是便有了忏悔之作《蛙》。现在可以说,莫言在《蛙》之前明确地生发出"罪"的意识及忏悔意识,可能正是《蛙》产生的思想资源。《蛙》的出现,标志着莫言的文学创作由人道主义的基本命题(把人当作人来写)进入到忏悔命题。

沉重吊诡的忏悔

《蛙》是忏悔之作,莫言文学创作中真正意义上的第一部忏悔之作。由忏悔书写自然想起莫言于 1985 年发表的短篇小说《白狗秋千架》,这是一篇读后让人心痛的悲情小说,我对莫言小说的喜爱,不是始于名声很大的《透明的红萝卜》和《红高粱家族》,而是这篇无论在当时、还是在今天都很低调的小说。它把苦难融入纯情之中,散发着野情野趣,人物的行为不

① 莫言:《莫言对话新录》,文化艺术出版社 2010 年版,第 379 页。
② 莫言:《莫言讲演新编》,文化艺术出版社 2010 年版,第 238—239 页。

合乎道德却合乎人性。小说结尾,在高粱地里辟出一块空间的暖对"我"说:"好你……你也该明白……怕你厌恶,我装上了假眼。我正在期上……我要个会说话的孩子……你答应了就是救了我了,你不答应就是害了我了。有一千条理由,有一万个借口,你都不要对我说。"一边是十年前在我的鼓动下荡秋千而出事故瞎了右眼,后来嫁给了丑陋的哑巴,又一胎生了三个哑巴的苦命女人的哀求,一边是"我"向小我两岁、"我"习惯叫她小姑的暖的懊悔:"姑……小姑……都怨我,那年,要不是我拉你去打秋千……"眼看着负罪忏悔已经来到了施爱易、认罪也易的欲望激情之地——高粱地,但认错后悔最终没有入负罪赎罪之道,它顺着原道书写出"人性之梦"。我想,莫言当时可能没有想到或者根本不愿把《白狗秋千架》写成忏悔之作,若想到或愿意的话,对于极具想象力、创造力而又不按照常规出牌的莫言来说,绝对不是难事。何况在他之前,张承志于1982年发表的《黑骏马》已经作了成功的创造而声名鹊起。准确地说,《黑骏马》虽然不是严格意义上的忏悔之作,但它灌注了深深的忏悔意识,那就是白音宝力格对索米娅的负罪忏悔:"我从来没有想到荒僻草原上有这样一个严厉的法庭,在准备着对我的灵魂的审判。"我将《白狗秋千架》和《黑骏马》视为一对血脉相连的兄弟,它们的男主人公都是因为有负于女主人公而懊悔而悔恨,最终的情感走向虽然有所差异,但毕竟大同小异。可就是因为道德意识的这种刻度不大的差异,还是使两篇优秀小说的人性内涵有了一些质的差别。

《蛙》的忏悔书写,依然是忏悔标准表达式的逻辑展开,即人物的忏悔由"犯罪"到"认罪"再到"赎罪"这三个环节构成,然而,由于它与计划生育这一非常敏感的国策密切相关——彼此相生又相互定义而变得非常吊诡,以致难以判断。

先看看是哪些人因负何种罪责而忏悔?《蛙》里的忏悔者,就其性质而言,有三种类型:一是计划生育政策坚定的执行者,如姑姑和小狮子;二是自己与计划生育有关的忏悔者如蝌蚪,或自己与计划生育执行者有关的忏悔者如王肝,他们所错所罪皆由"自私的恶"引发,为私心、私欲、私利所陷;三是代父亲杉谷在侵华战争中所犯罪行而向我姑姑、我的家族以及我故乡人民谢罪的日本作家杉谷义人。

在《蛙》这部小说中,姑姑万心是一个牵一发而动全身的核心人物,一个根红苗正、经历不凡、医术高超而成为高密东北乡百姓仰慕的"圣母级"人物。每当想起这样一位英雄般的人物,竟然在计划生育中变成夺人性命的"恶魔"时,心中总会生起惋惜和同情之情。进入晚年后,姑姑在良心的感召和梦魇的惊恐之下,经常忏悔,说自己手上沾着鲜血,难以救赎,"姑姑一直认为自己有罪,不但有罪,而且罪大恶极,不可救赎。"当院长求她给王小梅做人流手术时,她直言拒绝:"这种伤天害理的事儿,我再也不会做了!我这辈子,亲手给人家流掉的孩子,已经有两千多个了!这种事儿,我再也不干了。"良心上承受着不可饶恕的罪责,幻觉中又经常感受着魂灵的追罪索命。她感觉耿秀莲的死、王仁美的死、王胆的死,还有那些被引流掉的婴儿,都化成了魂灵"青蛙"向她复仇,让她无处躲藏。正是认罪赎罪心理的驱使,姑姑嫁给了和自己并没有感情的民间泥塑大师郝大手,因为只有郝大手可以帮助她赎罪。她让被她引流掉的 2800 个婴儿,通过郝大手捏成泥娃娃,想象着他们再去投胎降生,用这种方式弥补她心中的歉疚,以此赎罪。

姑姑的助手兼"帮凶"的小狮子,同样是计划生育政策坚定的执行者,"她当年跟着我姑姑转战南北,与形形色色的人打交道,锤炼出了一副英雄加流氓的性格。"直到过了生育的年纪之后,她才醒悟悔罪,后悔当年跟着姑姑执行严酷的计划生育政策,引流了那么多婴儿,伤了天理,导致老天报应,使自己不能生育。她不顾乱伦之指责,偷采丈夫的精液,让在毛绒玩具厂火灾中毁了容的陈眉为其代孕,以此弥补人生的遗憾,进而自我救赎。

第二种类型的忏悔者,一个是小说的叙事者"我",即剧作家蝌蚪。蝌蚪身上隐含着很多卑微而自私的想法,始终被深重的罪感意识所纠缠而难以解脱。年轻时,他曾经独自为前途着想而断送了妻子王仁美的性命,"是我为了那所谓的'前途',把王仁美娘儿俩送进了地狱","我是唯一的罪魁祸首"。他忏悔自己犯下的罪,想用"诉说"的方式,即写作的方式赎罪:"我原本以为,写作可以成为一种赎罪的方式,但剧本完成后,心中的罪感非但没有减轻,反而变得更加沉重。"而在现实的赎罪之中,他在得知陈眉为其代孕的真相后,心里把陈眉所生的孩子想象为那个夭折婴儿的投胎转世,不过是自我安慰。让他没想到的是,他的这种赎罪行为,仍然隐含着过多的自私的成分,其本身又导致了更深重的罪孽,即在这种所谓的忏悔赎罪之中,代孕者陈眉成了新的受害者。另一个是痴迷小狮子十几年的王肝,据他自己说,十二年里,他给小狮子一共写了五百多封信。为了表示对小狮子的爱,他不惜出卖了袁腮、王仁美,甚至自己的妹妹王胆;为了小狮子他可以大义灭亲,出卖任何人。但小狮子对他从未动过心,小狮子与蝌蚪结婚后,他如梦方醒,才明白自己做的这些傻事实际上是在造孽,他自我归罪而忏悔,特地到王仁美的坟前烧纸道歉:"因为我的出卖,才使袁腮锒铛入狱,才使王仁美母子双亡,我是杀人凶手。"

第三种类型的忏悔者是代父忏悔即"无罪之罪"的杉谷义人,而当年驻守平度城的日军司令杉谷,由于已经过世而成为忏悔的"不在场者"。人死罪去,追罪止于死者。小说对杉谷义人代父忏悔赎罪的描写,是在叙事者蝌蚪与杉谷义人的通信中叙述出来的,他在人道主义的语境中表达了三层意思。其一,借姑姑之口对杉谷的评价:"我姑姑还悄悄地对我说,她对令尊没有什么坏印象。侵华日军军官中,确有许多如中国电影中所表现的那种穷凶极恶、粗暴野蛮者,但也有如令尊那种文质彬彬、礼貌待人的。我姑姑对令尊的评价是:一个坏人群里的不太坏的人。"其二,用人道主义的眼光看待战争与人的不幸遭遇,"按说,您也是战争的受害者。您信中提到,战争期间您与母亲所过的提心吊胆的生活以及在战争之后所过的饥寒交迫的生活。其实,您的父亲也是战争的受害者,如果没有战争,如您所说,他将是一位前途远大的外科医生,战争改变了他的命运,改变了他的性格,使他由一个救人的人变为一个杀人的人。"其三,赞扬杉谷义人代父谢罪忏悔的精神:"您父亲驻守平度城时,您才是一个四五岁的孩子,您父亲在平度城犯下的罪行,没有理由让您承担,但是您承担了,您勇敢地把父辈的罪恶扛在自己的肩上,并愿意以自己的努力来赎父辈的罪,您的这种担当精神虽然让我们感到心疼,但我们知道这种精神非常可贵,当今这个世界最欠缺的就是这种精神,如果人人都能清醒地反省历史、反省自我,人类就可以避免许许多多的愚蠢行为。"一部正面描写计划生育的小说中插入这么一段代父谢罪的叙述,仿佛一段画外音,感觉有没有它都无甚关系。细究有深意,它谴责战争,同情杉谷及家人的不幸遭遇,重在写杉谷义人代父谢罪的忏悔之心,以及蝌蚪对其理解中散发出的人道主义思想。蝌蚪后来的忏悔与杉谷义人的谢罪"形成了一种互调的关系",同样,姑姑后来的忏悔亦与此形成了这种隐形的关系。

实际上,出现在这部小说中的许多人都有罪,除计划生育政策的执行者外,那些违规怀孕超生的人也有罪,而那些明目张胆地与计划生育政策对抗的富人、权贵者和无良不仁者更是有罪。莫言显然没有把罪责及赎罪之忏悔推及所有人,若这样去写会是另一部小说,而且难度也要小得多。《蛙》的写作难度之大,已经超过了《丰乳肥臀》《檀香刑》《生死疲劳》,其难题主要表现在计划生育政策的执行者与被执行者(受害者)之间构成的冲突体现为伦理悖论,各自的背后都有着不可调和的利益诉求。在政策宣传和行政处罚难以生效的情况下,暴力执法就成为唯一的、无奈的选择。难题在于:若暴力执法,则意味着反人性、反人道,意味着对计划生育政策的合法性构成质疑乃至否定,而计划生育作为国策又是不能否定的;若放弃严格执法,则意味着对偷孕超生行为失去控制,意味着计划生育政策成为一纸空文。还有,姑姑和小狮子承认过去的工作是伤天害理,等于间接地否定了计划生育政策的合法性;而支持计划生育政策又等于认可姑姑和小狮子们的暴力执法。说到底,《蛙》的难题是现实本身所具有的难题,如何处理这个以伦理悖论出现的难题,对莫言是一个很大的挑战。

伦理悖论与利益双值区

莫言是如何处理这个难题的呢? 不难想象得出,莫言的思想无疑是矛盾的,一方面,计划生育是国策,国家把道理说得很明白,我想他在理性上是非常赞同计划生育政策的。另一方面,他又同情那些因种种原因而偷孕偷生者,特别是对计划生育实施过程中的反人性、反人道的暴力行为,他极为反感。他自然明白这是一个两难的现实问题,当记者问他怎样面对这个敏感题材时,他竟然出示太极推手招式,反复强调:"写的时候我并没考虑到是否题材敏感、是否讨好这些想法,只要是社会现实,我就有权利去写。""写作不是比谁大胆,不是比谁敢写敏感题材。我想写的只是人物,写一个之前没有的人物。"因此,他一再提醒访谈者,希望读者首先从文学的角度来读《蛙》,因为这部小说最早也是从人物生成的。"首先打动我的是姑姑这个人物原型,是她曲折、丰富的人生经历。而我也想到了,一个作家、一个小说家最根本的任务并不是要用自己的小说来再现一个事件,而是借这个事件塑造一个人物。"[①]莫言作如是说,只能说明推测作家的创作心理是危险的。但我依然固执地认为,这个问题太直接太敏感了,以至于莫言不可能装聋作哑视而不见。希望读者从文学的角度读《蛙》,自然没错,要读者只关注人物而忽视与人物命运相关的"事件",对于有些作品可以,比如莫言的名篇《透明的红萝卜》《红高粱家族》,甚至《丰乳肥臀》《生死疲劳》,但对于《蛙》这样的小说,所有人物的行为皆因"事件"而起,所有人物的命运同样皆与"事件"密切相关,只关注人物而忽视"事件"的存在,显然是行不通的。莫言这般反复强调,说穿了,还是因为这个题材太敏感。

莫言怎么能不关注作为"事件"的计划生育呢?阅读全书,发现莫言借人物之口反复强调计划生育政策的必要。小说写到王仁美"违法"怀孕二胎,丈夫蝌蚪迫于压力,哀求姑姑不要把王仁美拉去做流产,姑姑斩钉截铁地说:"计划生育不搞不行,如果放开了生,一年就是三千万,十年就

---

① 《莫言:〈蛙〉中'蝌蚪'的原型是我自己》,http://book.sina.com.cn/author/subject/2009-12-21/1900264449_2.shtml;石剑峰:《"一个孩子,一代人灵魂深处的痛"》,《东方早报》2009年12月10日第B04版;严锋:《莫言谈文学与赎罪》,《东方早报》2009年12月27日第B02版。

是三亿,再过五十年,地球都要被中国人给压扁啦。所以,必须不惜一切代价把出生率降低,这也是中国人为全人类做贡献!"给已经生育的男人结扎,让已经生育怀孕的妇女做流产,是计划生育政策的执行者姑姑的两件大事,小说的许多情节都围绕这两件大事展开。若有人违抗计划生育政策,姑姑便强行执法,不惜推倒房屋,甚至逼出人命。当违法二胎的家人藏匿孕妇拒不交出时,姑姑就带领执法队开着拖拉机先拉倒他家四邻的房屋,让邻居们逼着这家藏匿的孕妇自己走出来。她说:"我知道这没有道理,但小道理要服从大道理,什么是大道理,计划生育,把人口控制住就是大道理。"计划生育的重要性,又是由姑姑作出了解释:"计划生育是国家大事,人口不控制,粮食不够吃,衣服不够穿,教育搞不好,人口质量难提高,国家难富强。"最后,小说借叙事者"我"对计划生育的必要性作了言简意赅的总结:"在过去的二十多年里,中国人用一种极端的方式终于控制了人口暴增的局面。实事求是地说,这不仅仅是为了中国自身的发展,也是为全人类做出贡献。毕竟,我们都生活在这个小小的星球上。地球上的资源就这么一点点,耗费了不可再生。从这点来说,西方人对中国计划生育的批评,是有失公允的。"

强调计划生育的必要,是因为它表达了国家的利益诉求,但小说主要目的,恰如温儒敏先生所说,它主要不是写计划生育之"必要",而是写计划生育"实施之难"。此难有二:一是"计划生育政策实施过程所引起的巨大的精神变迁历史,里边有现实的无奈,历史选择的困境";二是那些千方百计违抗计划生育政策想超生的人,也有其利益诉求,"为传宗接代,延续香火,是要养儿防老"。这种非常顽固的观念,也是很实际的需求,你可以说他们落后,但不能否认他们的诉求有其合理性,"在缺乏完善的养老和医疗保障体制的情况下,这些观念总是生生不息,不可能靠政策实施就根除"[①]。还有一点,生育自由观即生育是人的自由权利的观点,也为计划

---

① 温儒敏:《莫言〈蛙〉的超越与缺失》,《百家评论》2013 年第 3 期,第 18—19 页。

生育政策的实施增加了难度。一边是国家利益诉求,一边是个人利益诉求,《蛙》写出了这种两难之境,对处于这种困境中的人,很难对他们的行为作出绝对性的道德评判,任何简单的道德评判只会陷入伦理悖论的怪圈之中。

国家利益诉求与个人利益诉求是国家伦理与个体伦理的具体体现。国家伦理是指一个国家作为一个现实存在的实体所应当遵循的伦理规范,它有两个维度:"第一维度是作为对内享有主权的国家对其所属公民、组织的维度,国家伦理是国家与公民发生相互关系时国家所应当遵循的道德规范,对自己本国的国民而言,国家应当具有保障自由、为人民服务、公平正义、自由民主、宽容和谐、和平稳定、共同富裕等道德属性;第二维度是作为对外享有主权的国家对其他国家及其国民的维度,国家伦理是国家与国家及其公民发生相互关系时应当遵循的道德规范。对于他国而言,国家之间应当具有和平共处、不以武力相威胁、彼此尊重主权、承担共同责任,对待他国公民应当遵守保障安全、平等关怀等道德属性。"①计划生育作为一项基本国策,从国家伦理的角度评判,它毋庸置疑是善的和正义的,具有合法性。2001 年 2 月 29 日全国人民代表大会常务委员会第25 次会议审议通过,2002 年 9 月 1 日起实施的《中华人民共和国人口与计划生育法》再次指出:我国人口众多,实行计划生育是基本国策,"为了实现人口与经济、社会、资源、环境的协调发展,推行计划生育,维护公民的合法权益,促进家庭幸福、民族繁荣与社会进步"。但从个人伦理和生命伦理的角度来看,生命是一切价值中最高价值,任何人不能剥夺他人的生存权。生育自由论者认为,生育是人的自由权利,个人有权选择"是否生育的自由;以什么方式生育的自由;选择在何种社会环境中生育的自由",总之,"生育行为方式的选择、生育数量的多少、生育性别的取舍,均是个体'天然'或'自然'的权利,政府、他人不应当加以限制、干预,恰恰相

---

① 田文利:《国家伦理及其现实机制》,知识产权出版社 2010 年版,第 172 页。

反,而应当尽力维护"①。从理论上讲,国家伦理与个人伦理的这种矛盾
应该能够解决,理由是:"在普遍有效的现代生育伦理规范体系尚未形成
的阶段,或者说,当人们在生育选择尚未形成健全的实践理性和道德自觉
之前,政府的政策是最基本、最重要的生育调控力量。而政府政策调控的
普遍有效性,不只是决定于它的权威性和科学性,同时也决定于它的道德
合理性,即具有公共'善'的特性和令人诚服的正当性或正义性。"②国家
伦理涵盖个人伦理,是全体公民利益的体现,因此,个人利益诉求应当服
从国家利益诉求。姑姑就是这么做的,当国家伦理与个人伦理发生严重
冲突而不能平衡时,她只能选择前者,她也明白,遵从国家伦理必然伤害
个人伦理和生命伦理,而要尊重个人伦理和生命伦理,又会伤害国家伦
理。更何况,个人生育自由绝对化的生育观,忽视了个体的自由要依赖于
个体生活其中的社会和文化,忽视了他人的权利和自由。岂不知,个体总
是处于一定的社会关系中,个体的自由必然要受到社会的影响和制约;没
有限制的自由会造成对他人自由的侵害。1974 年布加勒斯特国际人口
会议通过的《世界人口行动计划》提出:"个人的生殖行为同社会的需要和
愿望应该相互协调","夫妇和个人行使这种权利时,应考虑他们现有的子
女和将来的子女的需要,以及他们对社会的责任。"

　　理论上说得通,现实中未必做得到。做不到的后果,必然会在国家伦
理/国家利益诉求与个人伦理/个人利益诉求之间出现"利益双值区"。在
这个二元对立的价值区域,由于利益双方互不相让又不善于协调,必然造
成冲突,冲突的结果必然是强势一方规约并压制弱势一方。而弱势一方
只要不愿意放弃自身利益诉求,必然会引来强势一方对其采取暴力手段,
在这种情况下,悲剧就产生了。小说中的直接受害者是那些偷孕超生的
妇女们及其家庭,那些被引流掉的婴儿,而代国家执法的姑姑和小狮子

---

　　①　王荣发、朱建婷编著:《新生命伦理学》,华东理工大学出版社 2011 年版,第
59—60 页。

　　②　同上,第 79 页。

们,实际上也是受害者。暴力执法本非他们所愿,实在是无奈的选择。这是时代的悲剧,从国家利益出发,姑姑必须执行计划生育政策,但是想到受害者,姑姑的内心也非常痛苦。历史之罪本不该由姑姑和小狮子们来承担,但罪总是与人形影不离,这就决定了姑姑和小狮子们的悲剧命运,历史之罪只能由他们来承担。关键的问题,是要对姑姑和小狮子们的忏悔的性质作出准确的评判。我认为,姑姑和小狮子等人的自我归罪、自我忏悔,是对计划生育政策实施过程中暴力野蛮行为的否定,而不否定计划生育政策本身。从这个意义上来说,温儒敏先生说《蛙》主要写计划生育政策实施之难,莫言希望读者从文学角度读《蛙》,各从不同角度表述了如何把握《蛙》之要义的方向。

姑姑忏悔的伦理学分析

莫言一再声称,《蛙》的根本目的是写姑姑这个典型人物形象。姑姑极具传奇色彩又跌宕起伏的人生,携带着太多的历史信息,她是一个被"革命"定义了政治立场、又被"革命"扭曲了人性、既善又恶的丰富复杂的人物形象。从出身来看,用今天的话来说,姑姑是一位标准的红二代;从职业身份来看,姑姑是乡间一位妇科医生,一位地地道道的接生员。她的一生随着命运的起伏及思想的变化,大致可以分为三个阶段。第一阶段是 20 世纪 50 年代,那是姑姑充满革命激情、声誉鹊起的"黄金时代"。即使到了晚年,姑姑还经常怀念那段美好的日子:"那时候,我是活菩萨,我是送子娘娘,我身上散发着百花的香气,成群的蜜蜂跟着我飞,成群的蝴蝶跟着我飞。"姑姑仿佛是天生的妇产科医生,她干这行有悟性,手上有感觉,见过她接生的女人或被她接生过的女人,都对她佩服得五体投地。她差不多被乡里的女人们神化了,甚至连母牛难产,也不得不喊姑姑来解决,神奇的是,"那母牛一见到姑姑,两条前腿一屈,跪下了"。

第二阶段从 60 年代到 70 年代,那是姑姑的人性被"革命"扭曲的时代。革命性原本就是姑姑的标识,仿佛与生俱来。姑姑是个阶级观念很强的人,1953年4月4日她接生的第一个孩子是陈鼻,为此她甚为遗憾。她说她接生的第一个孩子应该是革命的后代,没想到却是一个地主的狗崽子。但她将婴儿从产道中拖出来的那一刻却忘记了阶级和阶级斗争,体会到的则是一种喜悦、一种纯洁的感情。这说明,此时的姑姑虽然充满着革命性、阶级性,但人性在不经意间,也能像野花一样悄悄地开放。1960年姑姑的人生发生了逆转,她的对象驾机叛逃台湾,尽管王小倜有意留下的日记客观上帮她洗清了问题,但姑姑的政治背景显然有了污点。在阶级斗争高于一切的革命年代,这一重大事件使姑姑的人生发生了巨大变化,她从党极其信任的宠儿突然变成一个不被信任的人,这是她心中最大的痛苦。因此,当她重新获得工作并取得组织的信任后,就用一种"愚忠"的方式,即用一种极端革命的方式,来证明自己的政治态度和革命立场,表现在计划生育工作上,就是带着一种强迫的病态的疯狂来完成任务。她说:"我告诉你们,姑姑尽管受过一些委屈,但一颗红心,永不变色。姑姑生是党的人,死是党的鬼。党指向哪里,我就冲向哪里!"对那些超计划怀孕的女人,她一个都不放过。"我不怕做恶人,总是要有人做恶人","我不下地狱,谁下地狱!"她之所以越来越革命,越来越暴力,不惜毁坏名声而背负骂名,就是唯恐落后而再次被冷遇。

这样的人在乡亲们的眼里已经成为"杀人魔王",但姑姑也有人性柔情的一面。当做引产的妇女发生危险时,姑姑首先为其输血。当王仁美引产失败而死亡后,姑姑主动向王仁美父母请罪。当姑姑看到王胆在船上开始分娩,她连忙上船帮王胆把孩子生下来。这一情节符合人物的情感逻辑,因为姑姑本质上是一位妇产科医生,虽然她在执行计划生育政策的时候是国家的一个工具,但她的道德底线是:没出"锅门",那就不是一个孩子,就是块肉;生出母腹,他就是个生命,我们就要爱。

也就是在追赶王胆这个重要时刻,我们同时看到了来自小狮子和秦河的人性绽放。当姑姑带着小狮子等人开着快艇追赶载着王胆的木筏时,小狮子故意落水,借此拖延时间,以便让王胆生出孩子。而对姑姑痴迷的秦河,竟然也敢违背姑姑的意志,悄悄地使机动船熄火,为王胆生出孩子争取时间。他们玩的这点小聪明，根本瞒不过姑姑，而姑姑竟然没有将其揭穿并制止，说明她也暗暗地希望王胆尽快生出孩子。正因为姑姑、小狮子等人心底尚存着善根，才有他们后来的忏悔。

第三阶段是八九十年代之后，姑姑告别革命而忏悔的时代。晚年的姑姑精神处于极度的痛苦和心灵的搏斗之中，有时候她认为自己是一个好人，有时候认为自己是一个罪人，所以她要忏悔。姑姑的忏悔既是良心的发现之所至，更是现实力量的使然。革命时代的计划生育由"革命"保驾护航，采取运动的方式，雷厉风行；当市场经济登上社会主导地位后，市场这只看不见的手在击溃"计划"之时，同时也取消了"革命"，计划生育已难执行，有钱的罚着生，没钱的偷着生，当官的让二奶生，看着这项伟大神圣的事业被漫画般的丑化、被肢解，姑姑一定有一种被戏耍、被愚弄的感觉，与之相生的，一定是自我怀疑、自我否定的后悔感觉。由此而想到自己的罪过，无论自己有多少理由，毕竟有那么多的婴儿及孕妇死在她手里。她也是一个有血有肉的人，良心不能原谅她，罪感意识强烈地谴责着她，她自我归罪认罪。她的罪感意识之强烈，以至于罪感意识被幻觉化，在梦魇中感受着恐惧的迫压，感觉着那些因她丧命的婴儿幻化成青蛙向她追罪索命，蛙声里"有一种怨恨，一种委屈，仿佛是无数受了伤害的婴儿的精灵在发出控诉！"在几种力量的作用下，姑姑开始忏悔，由认罪负罪而赎罪。

写到这里，我注意到温儒敏先生对姑姑忏悔的看法，他说《蛙》表现忏悔，却显得过于简单。原话是这么说的："'姑姑'晚年对自己所从事的计划生育工作完全否定，把自己说成'手上沾满腥臭的血'，这就是'忏悔'？相信因果报应，总幻想着无数小泥娃娃将要去投胎，就是'忏悔'？这种'忏悔'的精神内涵未免过于简单。忏悔不应当只源于恐惧的逃脱，也不只是道德上的自责和懊悔，而应当是一种担当、再生与希望。而在《蛙》的结尾，我们就几乎看不到担当、再生与希望。"①要是在以前，我会非常同意温儒敏先生的这种看法。以前，我和温儒敏先生一样，认为写忏悔就要

① 温儒敏：《莫言〈蛙〉的超越与缺失》，《百家评论》2013年第3期，第21页。

像西方忏悔文学、特别是要像托尔斯泰、陀思妥耶夫斯基为代表的俄罗斯文学那样，人物的忏悔要经过从人性觉醒、良心发现而认罪，再到负罪赎罪而灵魂复活的发展过程，忏悔既是否定又是希望。反观中国文学不仅忏悔之作少，而且普遍水平不高，人物的忏悔多止于赎罪的初级阶段，远不能像俄罗斯经典忏悔文学那样，人物最终在宗教超越性伦理的引导下进入人性升华、灵魂复活之境。我同许多学者一样，为中国文学的这种缺陷而遗憾。当然，我们也为中国文学的这种缺陷寻找了许多原因，其中最重要的原因是，中国文化里缺乏宗教的忏悔意识。自从读到摩罗的论文《原罪意识与忏悔意识的起源及宗教学分析》之后，我对忏悔意识的起源及发展有了新认识。原罪意识和忏悔意识并非基督教的专利，它原本就是人与生俱来的一种意识，在人类文明发展的历史长河中，它在不同文化中有着不同的境遇，因而出现了不同的发展路向，产生了内涵有别的忏悔文化、忏悔文学（这个问题，我将另文论述）。中国传统文化的特点，是以社会性伦理取代宗教性伦理，中国人的忏悔，更多受人性的善和现实伦理的引导，因而缺乏人性新生和灵魂复活的精神力量。姑姑思想情感的形成，基本上接受了两种思想的影响，一是无神论的革命思想，二是中国民间伦理思想，其中包括以信仰、迷信为核心的神秘文化提供的伦理意识。前者对她的影响是直接的，以教育方式灌输于她，后者则隐于无意识之中，在潜移默化中生成。姑姑晚年的忏悔，明显是对前者的告别，对后者的靠拢，其道德的"自责和懊悔"，源自民间伦理播撒的道德原则，其幻觉化的恐惧意识，则源自民间伦理中由神秘文化提供的因果报应伦理观念。据此可以说，姑姑忏悔的思想资源主要来自中国民间伦理及善的人性力量。要求姑姑"再生"，既超出了姑姑的思想境界，也不符合文本语境。指出这个事实，并不表示我要对包括《蛙》在内的所有中国现当代忏悔之作所具有的缺陷进行辩护，而承认这个事实，则意味着我们可以把温儒敏先生的看法，视为对中国当代作家的一种提醒、一种更高的要求。

（原载《中国现代文学研究丛刊》2016 年第 4 期）

被"平庸的恶"绑定的小说

——乔叶长篇小说《认罪书》批评

在我的阅读史上,《认罪书》①是一部让我的判断严重失误的小说。2014 年 1 月,在中国小说学会"2013 年度中国小说排行榜"评审会上,我力推《认罪书》,声称它是 2013 年乃至近年来最好的长篇小说之一。最终,它顺利上榜,在入榜的五部长篇小说中名列第二。最近几年,我密切关注文学中的人道主义描写,期望读到震撼人心的灵魂之作,遗憾的是,我的期待一再落空。不能一味地去责怪中国作家,我们的文化土壤显然没有为他们提供多少能够冲刺思想高地的文化资源和精神资源,而且,我们所处的这个物质时代,尤其不利于产生这样的灵魂之作。在这种由期望变奢望的心态中读到直接以认罪忏悔为主旨的《认罪书》时,我如获至宝,直扑作品之要义,哪还顾得上它有无问题。时隔半年,当我盯上"中国当代文学中的忏悔意识"这个目标而重读《认罪书》时,竟然得出了与原初判断几乎迥异之判断。我不得不说,这是一部要义明确而思想混乱、文本逻辑与作者意图严重背离、作者及隐含作者以代言人角色强行登堂说教的小说。说得严重些,所有症状之所起,皆因作者对阿伦特那个时髦了半个世纪,至今仍然热度不减的概念——"平庸的恶"的误读误用之所致。

---

① 乔叶:《认罪书》,《人民文学》2013 年第 5 期发表、北京十月文艺出版社 2013 年 11 月出版。它一经问世便受到广泛好评,多位评论家称它代表了 70 后所能达到的最新最好的水准,体现了这一代作家驾驭大文本的能力。2013 年 12 月获得人民文学长篇小说优秀奖。

正是这个简单好用然而又容易让人上当的概念,把作者及《认罪书》引入了自我矛盾之中。

一

《认罪书》是一个复仇女子临终前写的忏悔录,这种"忏悔—赎罪"性质的人道主义之作,近期有方方于 2008 年发表出版的长篇小说《水在时间之下》,写一个名叫"水上灯"的汉剧名伶恩怨情仇的一生,复仇与忏悔的一生。所不同者,《水在时间之下》是重写复仇施恶,简写赎罪忏悔。我曾在一篇文章中说:"这部描写汉剧名伶水上灯苦难、复仇、赎罪的一生的故事,实际上只写了水上灯前二十多年的苦难史和复仇史,即从 1920 年写到抗日战争结束,而之后漫长的五十多年的赎罪史,作者只用了二千多字的《尾声:活在时间之下》作了一个极其简单的介绍。忏悔赎罪是一种纯粹高尚的情感和行为,水上灯的人性升华有待于她赎罪描写的质量,由于作品重在描写水上灯的苦难和复仇,其人性建构性的积极力量没有得到足够长度内容的支持,故而没有积累起情感的、思想的、精神的厚度和力度。"①《认罪书》则由一个名叫金金的女子在复仇过程中,追踪并逼出一个个有罪之人。在她看来,不单是她一个人有罪要认罪,是所有有罪之人都要认罪。他们的罪具有普遍性,像病菌,基于遗传根性,既相互感染又代代相传。

印在《认罪书》腰封上的内容简介可作为这部小说的"引子",我稍加修改录于此:源城市卫生局局长梁知在省委党校进修期间,与个性叛逆的 80 后女孩金金发生婚外情。两情缠绵至深时,梁知进修结束,抛弃金金回到家乡。已经怀有身孕的金金由爱生恨,决定去源城报复梁知。她设计嫁给梁知的弟弟梁新,得以顺利进入梁家。在步步为营的复仇计划中,

---

① 王达敏:《"忏悔—赎罪"型人道主义的中国化——再论方方长篇小说〈水在时间之下〉》,《文艺争鸣》2011 年第 6 期,第 139 页。

她惊讶地发现这个家庭曾经存在一个跟她长得很像的女孩梅梅。围绕梅梅的身世,金金不仅挖掘出这个家庭的一段隐秘家史,更在逐步接近真相的过程中,将每一个人都逼到了生与死的边缘……

这是一个漫长而复杂的故事,拆开来看,是三个故事,准确地说,是关于三个女人的故事。第一个故事自然是金金的故事,故事发生在当下,即从2002年至2012年;第二个故事是梅梅的故事,这个被金金勘探出来的故事大约发生在1986年至1992年;第三个故事是梅梅的母亲梅好的故事,这个被梅梅的故事顺带而出的故事发生在"文化大革命"期间。

三个故事环环相生又环环相扣,仿佛冥冥之中有一种神秘之力掌控着故事的走向、人物的命运、人性的善恶,要想弄清楚其中的玄机及作者的意图,只能跟着金金的视角走。两次阅读这篇小说之所以得出两种判断,是因为它有其特殊性:文本意义随叙事视角而移动。窃以为,若跳开金金的视角而从隐含作者或作者视角去看这部小说,就会像我初次阅读一样,主动地配合隐含作者和作者的代言人(申明和在地上练字的单姓老人)的意图,就会偏离作品航向而得出另一种判断。

既然是金金的认罪书、忏悔录,小说先从金金的故事展开。金金人生的第一页印有耻辱的标记,一个严酷的真相是:她是一个野种。家境贫寒,母亲生下大哥后寡居,饥饿、暴力反复肆虐,为了生存,母亲屈从于各种男人,于是又有了二哥、三哥、四哥和她。她憎恨耻辱的出身,更何况她的生父是一个"寒碜的哑巴",她以他为耻,狠下决心不认这个爹。她自小就明白世道,故而有意蓄恶施恶,用强悍蛮横守护尊严。卫校毕业后,为了得到一份体面的工作而与县中医院院长儿子假恋爱,伎俩败露后,被医院辞退,还因为男友父亲的势力及来自民间伦理的压力,她在小城已经无法存身了。一气之下,她直奔郑州找生活。她与梁知从偶遇到相爱,爱得真诚,全无金钱的算计和美色的诱惑。但浮于情感表面的真诚抵不过藏于人心里的需要,她和他,在真诚的情感之下,还隐藏着各自需要的冲动,这就埋下了危机。在梁知那里,他对她好,首先是因为金金酷似他的初恋情人梅梅,这是他的秘密。他明明白白地告诉金金,他对她完全是哥哥对妹妹的那种好;他不能离婚,不能给她完整生活。而在她那里,她不满足妹妹的待遇,她要占有他,其动机确实有委身求生计的考虑。她甚至不指望他离婚,即使做不成梁太太,那么,做编外小老婆也行。梁知绝情地与她分手,她觉得是耻辱,特别是当她发现自己成了梅梅的替代品之后,更加剧了她的怨恨和复仇之心,决定以梅梅为武器,加倍报复梁知。她给出的理由是:对梁知,"我狠杀不放的理由,最开始自然是因为爱情,后来是因为他负心,再然后是因为孩子,再然后是他把我逼到绝境,知道梅梅的事后,我更理直气壮,因为也要替梅梅算账"。于是引出第二个故事——梅梅的故事。

梅梅的故事实际上也是一个婚外情故事。梅梅与梁知是异父异母兄妹,二人感情很好而且自然相爱,后母——梁知母亲张小英看出苗头,将其掐死在萌芽之中。梅梅两次高考落榜,在后母张小英的安排下,她先当了两年民办教师,接着又被送到分管教育的副市长钟潮家里当保姆。张小英之所以主动送梅梅给钟副市长当家庭服务员,显然有讨好巴结的成分,当然也有为梅梅将来工作考虑的成分。钟副市长喜欢梅梅,是因为梅梅太像他的梦中情人梅好。为了梁知的晋升,梅梅不得不让钟潮上了身,怀了孩子,但她不接受钟潮的许诺——在退居二线后离婚再娶她,执意南下打工。钟潮瞒着梅梅抱走孩子,梅梅在市政府门前撒泼哭闹,梁知和梁新不敢得罪钟潮,又顾及颜面,不但不伸出援手,反而哄骗梅梅离开,后又恶语相伤,致使梅梅绝望自尽,屈死于异乡。

梅梅故事的叙事功能之一,是引出她母亲梅好的故事,同时还引出关于"文化大革命"政治暴力的叙写。梅好天生丽质,从小娇惯,戏校毕业后进源城豫剧团当演员,与梁知母亲张小英同为剧团的当家花旦。二人同时喜欢梁文道,张小英端着架子不肯主动,梅好见好示爱嫁给梁文道,生下梅梅。"文化大革命"爆发,梅好父亲梅校长被批斗,为救父亲,梅好被包括钟潮在内的五个红卫兵侮辱致疯,几年后投河而死。

金金生下梁知的孩子,取名安安。安安一岁多患白血病,听说"脐带血移植"是最好的救治方法,梁知出主意与金金造人。梁新意外发现真相,他接受不了,狂怒而去遇车祸身亡。梁知痛感罪孽深重,切脉自尽。

至此,金金猛然发现,出现在三个故事中的所有人,包括她自己,几乎人人有罪。有罪就要知罪、认罪、赎罪,一句话,有罪就要忏悔。忏悔之重要,是因为它蕴含二义:既有自我归罪、人性觉醒后的悔悟,又有悔罪赎罪后人性的获救;前者具有谴责否定的意义,后者具有重生建构的意义。用小说中申明的话来说:"忏悔所意味的绝不仅是个人良知,也绝不仅是自我洗礼和呵护心灵,更不仅是承认过错请求谅解的姿态,从更深的意义上来说,忏悔意味的是我们自身的生存质量,意味的是我们对未来生活所负起的一种深切责任。"说白了,忏悔的意义在于从个人灵魂的获救重生为出发点,从而构建起群体面对未来的发展伦理。

梁知忏悔了,对梅梅、金金、梁新造成的严重伤害,使他承受着道德和良心的谴责。临终前他反复地对金金说:"人如果有罪的话,是不能自己原谅自己的。自己原谅自己,这是不行的。"他原谅不了自己,只能采取彻底否定自己的形式——切脉自尽。梁新忏悔了,他悔恨自己怎么那么无情,在姐姐最需要他的时候,他反而说出那么狠的话;而正是这句话,让姐姐对这个世界彻底地绝望,"我是一个杀人狂,杀了姐姐。"就连"无罪之人"的梁文道也默默地忏悔了,当年他看着妻子梅好走进群英河而没有前去拦她,我想,这肯定不是他的本意,他与梅好恩爱,看着患精神病的梅好长期处在痛苦的非人状态,与其让她活着受人欺负、侮辱,还不如让她彻底解脱。尽管如此,他仍然深感内疚,觉得亏欠了她、有罪于她。表现在行动上,他为梅好守孝三年,然后才与张小英结婚。

在这部小说里,其认罪忏悔直逼灵魂、最具人性深度的人物,无疑是复仇女神金金。她这样剖析自己:

> 我一个自诩的复仇者,一个自诩的法官,在来到梁家之后,以梅梅的历史为最初的线索和最后的铁证,一直追究、研析和审判着所有人的罪,但却几乎忘记了,自己也是一个有罪的人。对于婆婆和庄雅姑且不论,对于梁新,我的罪自不待言:欺瞒,哄骗,不忠,利诱,简直

是罪大恶极。对于梅梅,我当然也是有罪的。如果说爱是一个银行,如果说梁知、梁新和婆婆他们都贷着梅梅银行的款,那么,在梅梅死去十年之后,我却托她的福,开始享用这笔贷款的红利……我是梅梅的强盗和窃贼。不,不仅是对梁新和梅梅,还有我为了进县人民医院而利用过的青春痘,到郑州后为了打发无聊时光和解决手头拮据而上过床的那些男人,在诊所打工时蒙蔽过的那些求医问药的陌生人,还有那个我拒不相认的差点儿被我推进井里的哑巴……即使是对于欠我最多的梁知,我也没有自己认为得那么委屈。从最初的认哥哥,到后来想方设法要他喜欢我,用尽心思想要怀上他的孩子,在怀上他的孩子后又跑到源城要他承担责任……对于这个男人,我一直都是贪婪的。十分贪婪。可当这种十分贪婪的贪婪被他识破后我就恼羞成怒,还伪装成一个受害者的模样闯进他的生活,试图给他以绵延无期的纠缠和折磨……

　　……

　　没错,我发现了他们的罪。他们一个一个都有罪。但是,现在,我居然也发现了自己的罪,这么多罪。我一直觉得自己是在与他们为敌。但是,现在,我知道了:其实我不是在与他们为敌,我是在与自己为敌,在与自己的内心为敌。在与自己的内心为敌了这么久之后,我最终发现:自己等于他们。

但不是所有的有罪之人都愿意认罪,比如那几个用极端残忍的暴力手段迫害梅好、犯有刑责之罪的造反派,就拒绝认罪。在其中的一个造反派看来,这根本就不是个事,"我也就是个兵,跟着人家瞎胡闹,那个时候,人都是瞎胡闹,我跟你说,人家都瞎胡闹的时候,你不跟着瞎胡闹还真不行","要认起真来,我还是受害者呢。十年浩劫啊,耽误了我多少事!"至于梅好被迫害致疯,他认为那是梅好心眼儿小,想不开,怪不着别人。又比如钟潮,他应该是"文革"中迫害梅好的五个造反派之一,但在他的叙述中,他巧妙地将自己移换到屋外,成了梅好受害的旁观者、见证者,意在为自己开脱罪责。罪沉在心里，躲过了刑责之罪，却躲不过良知的追罪。在与梅梅的关系上，他仍然采用太极推手的战术。他是制造梅梅悲剧的罪魁祸首，但他却把所有的过错几乎都推给了梅梅，而把自己装扮成一个有情有义的人。再比如张小英，临终前的赎罪忏悔就显得不那么真诚，她坦言她亏欠了梅好和梅梅，可话里话外又吐露出辩解的味道。

二

《认罪书》捅破了一个令人震惊的秘密，在这部以"追罪"与"认罪"为主要内容的小说里，几乎每个人都是有罪的，而不分他们是否是好人与坏人、受害者与迫害者、造恶者与旁观者。

现在要追问的是：一、《认罪书》所写的各种各样的罪体现为什么样的"恶"？人们如何面对罪责？二、三个环环相生、环环相扣又各自独立的故事，暗示着某种必然性，由它们组构的这部长篇小说想表达什么样的思想？

乔叶及其代言人——文化学者申明和在地上练字的单姓老人——对此作了明确的解释，分而析之。

一、所有的罪源于"平庸的恶"

在一篇访谈中，当记者高丽问乔叶，你在《认罪书》中想表达的"罪"是一种什么样的"罪"时，乔叶说：哲学家汉娜·阿伦特在《艾希曼在耶路撒冷》（又译为《耶路撒冷的艾希曼》，以下用这个译名）里谈到一种观点，是"平庸人的恶"①，我想表达的东西也源于此。导演陈凯歌说过，我们的国民性中有很不可思议的一点，就是当灾难来临的时候，没有一个人敢起来控诉，只会服从。而灾难过去之后，都只有控诉，没有忏悔。通常情况下，

---

① 通常译为"平庸的恶""平庸的邪恶""平庸之恶""恶的平庸"，都是一个意思。译为"平庸人的恶"，意思完全变了。本文中非直接引文，一律用"平庸的恶"。

人们对自己应该承担的"罪"普遍采取三种态度:否定、推卸和遗忘。忏悔基本上是没有的,倘若出来一个忏悔的,那就是一个异类,大家就会牢牢记住,比如巴金和陈小鲁。"我在《认罪书》中想思考和表达的就是这个,即在重大的历史事件和灾难中,或平常生活中的食品、药品安全问题面前,我们作为平常人,作为芸芸众生中的一分子,应当承担什么样的责任?"我最想认知的"罪","其实是指我们作为个体应该承担却不去承担的那部分责任"①。

把"平庸的恶"的观点搬到小说中,就出现了两个唠唠叨叨地阐释其要义的代言人。先是申明揭发当年的造反派、如今的文化学者盛春风在"文革"中的过激行为,把所谓的"黑帮分子"推进粪坑淹死,给女校长剃阴阳头。盛春风知罪却不认罪,他说自己当时糊涂,唯恐不革命,跟风做过一些微末之事。还说自己是一个纯粹的理想主义者,在"文革"那段日子里,心里充满了单纯的革命热情,一直觉得自己是在为民族为国家而奋斗。"文革"结束后,他说我为自己委屈,为自己不平,说自己只是浪花里的一滴水,跟着潮流也是不得已。我是一个地地道道的受害者,"如果做错了事,那也该是时代负主要责任。"申明揪住盛春风不放,理由只有一个,那就是他对历史的态度不对,即把所有罪过推给历史,为自己开脱罪责。

第二个代言人——在地上练字的单姓老人,他出场的时候,小说已近尾声了。他叙述的"文革"故事是自己的亲身经历及所见所闻,其意思有三层。第一层意思:"文革"开始时,他是初一学生,由于害怕,被迫顺着大家批斗李老师,不经意间推了李老师一把。从那一刻起,他一直处在悔恨之中。第二层意思:当年带头批斗、殴打李老师的铁卫红至今拒不认罪。第三层意思:外号叫"疙瘩"的同学知错知罪而不认罪,理由是他们当时都太小,太革命,说到底,"咱都是受害者"。

① 引自高丽:《拿什么来拯救,罪恶?》,http://news.hexun.com/2014-01-17/161505019.html。

　　这就是"平庸的恶"最常见的表现形式,申明继续追罪,从政治伦理、民族心理和人性哲学等方面一一揭破"平庸的恶"的秘密。研究"文革",申明发现:"无论是出生入死九死一生的受难者,还是浑浑噩噩迷迷糊糊的盲目派,或者是隔岸观火袖手旁观的逍遥派,绝大多数的亲历者都是在控诉和辩解,也有的是沾沾自喜的炫耀,甚至是赤裸裸的兴奋和快乐,很少有人去进行深刻的反省和真诚的忏悔。"当年参加过"文革"的人数以亿计,有那么多人共同造成了这场灾难,可是当这场灾难结束后,造难者四散而逃,只剩下受害者。"这就是最本质的灾难,因为这种灾难的根儿还在,这让灾难随时可以发芽开花,卷土重来。"为什么不忏悔成为不约而同的普遍现象,申明勘探出三种原因。其一,许多人不忏悔,各有心结隐语。有的说自己参加"文革"完全是出于革命热情,怀抱着崇高的思想;有的说自己年幼无知,是被蒙蔽被诱惑的,自己也是受害者;有的说和别人相比,自己不是最坏的,虽然有错,可某些人的错比自己更多更大,怎么也轮不到自己去忏悔。其二,往民族心理上探究,许多人不忏悔,是要面子。受中国传统文化影响,人们即使有忏悔意识,也不敢去忏悔;即使有人忏悔,也不会有多少人为忏悔者之忏悔而感动。如此一来,忏悔者往往感觉心理压力很大,忏悔也就越来越少。其三,旁观无罪论。这种声音多来自"文革"中的逍遥派,他们说自己不曾作恶,只是旁观,罪与他们无关,所以不必忏悔。申明的态度是:面对恶行,旁观也是犯罪。他引无名诗人的诗阐发这种看法:"在洪水中,每一滴水珠都是有罪的/在雪崩中,每一颗雪末都是有罪的/在沙尘暴中,每一粒沙子都是有罪的/灾难里的一切,都是有罪的。"又引马丁·路德·金的话直指旁观者实为罪恶的同谋者:"社会最大的悲剧,不是坏人的嚣张,而是好人的过度沉默。换句话说,沉默的好人是坏人的同谋,而且最终也逃避不了坏人的伤害。"这个世界,谁都置于其中,谁都不可能当一个真正的看客,"每一个人都是你,每一个人都是我。"

二、"文革"基因的遗传性和危害性

《认罪书》由金金的故事追踪出梅梅的故事,再上溯到梅好的故事,其中是作者的意图在起关键作用,其意图是表现"文革"与当下现实有着代际遗传的关系。乔叶的理解是这样的:"我们当下生活的很多问题都不是从石头缝里蹦出来的,而是和历史有着扯不开的'血缘关系',很多东西在历史中都可以找到源头。'文革'就是一个时间距离我们比较近的源头,所以我的小说是从当下作为切口,然后回溯到'文革'。"作者在表达对历史的看法时,其实是在表达对当下生活的看法:"这是我在《认罪书》中的努力和探索,也代表了我作为一个写作者是如何解读历史的。"①换成金金的表述,就具体化了:"仔仔细细地追究下去,我和'文革'不仅有关系,似乎还不只是那么一点点关系。梁知,梁新,梅梅,梅好,公公,婆婆,钟潮,秦红,还有我的母亲,还有我从来没有认过的那个哑巴父亲,还有我那四个哥哥……他们哪一个和'文革'没有关系? 既然这么多和我有关系的人都和'文革'有着枝枝蔓蔓丝丝连连的关系,我怎么能认为和'文革'没有一点儿关系?"

我们都和"文革"有关系,我们都是"文革"的"带菌者",恰如毕飞宇说,"文革"作为事件已经结束了,但"精神却还在"。这"精神"就是"文革"遗传性基因,它具有代际复制的功能,可以潜移默化地影响甚至深刻地改变并未经历过"文革"的下一代人的思想和行为。作为一种基因、一种病毒,它"一直运行在无数人的血液里,从过去流到今天,还会流向明天。如果不去反思和警惕它的存在,那么,真的,我们一步就可以回到从前"②。

现在清楚了,作者创作《认罪书》的主要意图有两个,合起来是一个,那就是从"当下之罪"追溯到"原初之罪",反思"文革"政治暴力下"平庸的

---

① 引自高丽:《拿什么来拯救,罪恶?》,http://news. hexun. com/2014-01-17/161505019. html。

② 《乔叶:新书〈认罪书〉的故事主体不是新闻事件》,http://www. chinawriter. com. cn/news/2013/2013-12-25/186381. html。

恶"的表现,以及"文革"的遗传性和危害性。

三

我说作者误读误用了"平庸的恶"的概念,可能说得有点夸张,但问题确实首先出在这里。

锁定"平庸的恶"的概念。1960 年 5 月 11 日,以色列情报部门摩萨德以秘密绑架的方式,在阿根廷逮捕了前纳粹军官阿道夫·艾希曼。艾希曼是犹太人大屠杀中执行"最终解决方案"的主要负责人,1941 年至1945 年任纳粹盖世太保犹太事务部主任。他负责将 300 万犹太人遣送到死亡集中营,被称为"死刑执行者"。第二次世界大战后,艾希曼被美国俘房,但之后逃脱,在经过漫长的逃亡之后,他流亡到阿根廷。艾希曼被逮捕后于 1961 年 2 月 11 日在耶路撒冷受审,同年 12 月被法庭认定有罪并判处死刑,1962 年 6 月 1 日被执行绞刑。

1961 年 3 月,阿伦特以《纽约客》杂志报道员的身份见证了以色列法庭对艾希曼的审判,共写了五篇报道,后结集为《耶路撒冷的艾希曼》。在报道中,阿伦特提出"平庸的恶"的概念。对耶路撒冷的"玻璃亭中的男子"(艾希曼站在法庭上一个防弹大玻璃亭里),阿伦特的第一个印象是,"他一点也不粗野(nicht einmal unheimlich),也不是非人类的,也不是难以理解的"①。她大吃一惊,开始改变原来的看法,从而对极权统治下产生的恶即对自己过去的观点开始发生变化。阿伦特的这一发现为越来越多的事实所证明。纳粹时代无数有着良好修养、受过高等教育和职业训练的知识分子狂热地投身于纳粹的"运动",在纳粹党卫军的血债累累的刽子手中,还有不少具有博士学位的军官,有的甚至还拥有双博士学位。即使是在纳粹集中营,据一些幸存者说,大多数集中营里通常只有一个或

---

① 引自伊丽莎白·扬-布鲁尔:《爱这个世界:阿伦特传》,孙传钊译,江苏人民出版社 2012 年版,第 368 页。

最多几个纳粹党卫军人是惨无人道的。大部分人虽算不上善良,但他们的行为却是可以理解的。

法庭只根据事实的审判遮蔽了这些一眼看上去不像"坏人"的战争罪犯,为何犯下弥天大罪的内在动因。阿伦特高人一筹的地方,是她从最容易被人们忽视、又最容易受人指责的地方追踪,从而发现了这一具有普遍性的恶。她说:我是在专门的严密的事实的层面上,在触及审判中无论谁的眼睛都不能不回避的某种不可思议的事实时,提出"平庸的恶"这一概念的。艾希曼既不阴险奸刁,也不凶横,而且也不像理查德三世那样决心"摆出一种恶人的相道来"。"恐怕除了对自己的晋升非常热心外,没有其他任何的动机。"用通俗的话来说,他完全不明白自己所做的事是什么样的事情,他反复强调自己只升到中校军衔而没能出人头地,并不是自己的原因。"在法庭大致上他是能领会问题的内容,最后陈述时,他谈到'(纳粹)政府命令的价值转换'。他并不愚蠢,却完全没有思想——这绝不等同于愚蠢,却又是他成为那个时代最大犯罪者之一的因素。"这就是平庸!这种脱离现实与无思想性能够发挥潜伏在人类中所有的恶的本能,表现出巨大能量①。简言之,艾希曼的邪恶"在于他心甘情愿地参与了极权统治将人变为多余人的'伟大事业',并毫无保留地将体现这种'伟大事业'的法规当作最高的道德命令,从根本上说,他所体现的平庸邪恶指的是无思想,甚至无动机地按照罪恶统治的法规办事,并因而心安理得地逃避自己行为的一切道德责任。邪恶的艾希曼并不是另一世界中的'妖魔鬼怪',而是我们所熟悉的世界中的熟悉人物。"②在极权主义暴力下,谁绝对服从命令、尽忠职守,谁就不能分辨是非善恶,更不能察觉自己行为的邪恶,即使被指控为有罪,仍然具有推卸罪责、拒绝认罪忏悔的理由。正因为艾希曼的"平常",因而显得格外可怕,他甚至比想象中的恶人更邪

---

① 汉娜·阿伦特:《耶路撒冷的艾希曼:伦理的现代困境》,孙传钊等译,吉林人民出版社 2011 年版,第 51 页。

② 徐贲:《人以什么理由来记忆》,吉林出版集团有限责任公司 2008 年版,第 30 页。

恶、更可怕。

必须指出,阿伦特把艾希曼的罪行确定为"平庸的恶",不是如同某些浅薄者指责的那样,说她有意要为艾希曼开脱罪责,而是要确定这种罪的性质。"平庸的恶"是人消极性根性的一种表现,揭示出极权专制下人为恶的特性,但并不以此作为判罪与否的根据。因为极权主义危害的是全人类,所以,阿伦特认为应该给艾希曼定罪的不仅是遭受苦难的犹太人,而是全人类。阿伦特在《极权主义的起源·初版序》中就指出:"极权主义企图征服和统治全世界,这是一条在一切绝境中最具毁灭性的道路。它的胜利就是人类的毁灭;无论在哪里实行统治,它都开始摧毁人的本质。"[①]在阿伦特看来,"平庸的恶"不是一种简单的道德判断,而是指极权主义中一个不思考的人为恶的基本特征。法庭最终认定艾希曼犯了比那些实际操作杀人机器的人更大的罪——反人类罪,阿伦特同意法庭的这一判决。

再指出,"平庸的恶"的概念既然是对极权统治下一种普遍的恶的定义,那么,严格地说,它只能适用于解释极权主义、暴力政治下,那些无自主、无思想、无判断、盲目顺从一类人犯罪的性质。但这个概念被误用被滥用的现象还是经常发生,比如《认罪书》。

《认罪书》的三个故事,唯有梅好的故事给出了"平庸的恶"的种种表现。无论是丧心病狂,以迫害为乐事的造反派,或是向组织检举丈夫问题而导致丈夫投河寻死的张小英,还是被政治暴力和苦难麻木了意志的梁文道,他们都是有罪之人。其区别是,造反派对梅好的残忍迫害尽管是在革命的名义下实施的,考虑到他们当时年幼,有盲目随从和跟风起哄的成分,但这并不能作为他们拒绝认罪的借口。"文革"之后,对这些盲从而无思想的造反派,时代是宽容的,既不追究他们的刑法罪过,也不深究他们的政治罪过,我想,将心比心,他们至少应该在道德上和良知上有所悔悟

---

① 汉娜·阿伦特:《极权主义的起源·初版序》,林骧华译,三联书店 2008 年版。

吧！令人遗憾的是，他们（包括张小英）要么避罪，要么把一切罪过全部推给历史。只有梁文道默默地自我归罪——道德上和良知上的认罪。

这个故事中的有罪之人为恶所困，为恶所驱，是"平庸的恶"真正意义上的认领者。理由是他们施恶纵恶的行为符合"平庸的恶"的两个条件：一是他们无自主、无思想、无判断的犯罪行为及其对待"罪"的态度，符合"平庸的恶"的性质。二是他们的犯罪是在"文革"政治暴力的迫压下盲目发生的。

但梅梅的故事和金金的故事，原本就是通俗大众的婚外情故事，既与"文革"无涉，也与政治暴力无关，陷于其中的人，均为私欲私利私心所俘，所错所罪皆由"自私的恶"发出。像钟潮、张小英这种知罪而有意辩解的人毕竟少数，多数人都经历了良知觉醒而悔恨、知罪、认罪、忏悔的重生，即便是死，也是一种重生。如此看来，这两个故事里的"罪"不符合"平庸的恶"的特征。

先把这个问题暂时放下，再分析第二个问题。作者通过《认罪书》想表现"文革"的遗传性和危害性，这是一个很好的想法，可惜，她的意图并没有在小说中得到实现。梅好的故事是"原初之罪"，直接表现了"文革"的危害性，但梅梅的故事和金金的故事已经与梅好的故事断开，人物贯穿三个故事不能作为"历史必然性"的根据，从三个故事中我们实在看不到"文革"基因的代际遗传在哪些方面发生了必然联系。至于金金那段看似颇有道理，实则没理找理的废话空话，分明是作者越俎代庖，为她表达这层思想而硬塞给金金的。我在想，一个被爱情弄得焦头烂额，一心想复仇的女子，哪有心思和水平去思考这么深刻的时代命题？

"平庸的恶"和"文革"基因的遗传性，一个指向人性恶的根性，一个指向历史的隐秘性。当这两个意图在现有故事中难以实现时，作者便笨拙地塞进申明和单姓老人这两个与作品毫无关系的"多余人"，让他们按照自己的意图作笨拙的说教，目的是把作品的语义及读者的阅读理解朝着这两个"思想焦点"上转移。作为作者意图的代言人，申明和单姓老人的出现，可谓这部小说最糟糕的人物，最没有灵魂的人物，最没有理由存在的人物。

文学有自己的逻辑，当乔叶为了更大的意义价值而粗暴地干涉文本时，我们不愿意看到的一幕还是发生了：作者与作品较劲，作品反抗作者意图的干预，最终，二者都受到了严重伤害，彼此之间在主旨设定、观念阐发、意蕴营构和叙事意图等方面始终没有达成一致性。

若不取这种写法，《认罪书》至少可以根据现有故事作出三种写法。一是仍然写这三个故事，将"平庸的恶"植于梅好的故事，并打通三个故事内在的必然联系，即"文革"某种基因在三个故事中的遗传生成。这种写法，反思小说和寻根小说作了初步尝试，德国作家本哈德·施林克的长篇小说《朗读者》及改编的同名电影，亦可参考。二是将这三个故事或者将前两个故事写成真正意义上的追罪与赎罪、复仇与忏悔的故事，就会创作出中国式的"复活"故事。三是删去申明和单姓老人叙述的故事，让彼此相像的三个女人的故事纯粹化，那必定是另一番风景、另一种魅力。

乔叶是一个有思想且专注生命意义的作家，虽然我批评了《认罪书》，但我依然不能压抑对这部小说的喜爱。很多学者指出，中国文化里缺少忏悔意识，中国文学中真正意义上的忏悔之作极少，近三十年来，"忏悔"作为文学母题才在中国当代文学中生成，于是才有一批忏悔之作，其代表作有巴金的《随想录》、张炜的《古船》、张贤亮的《绿化树》和《男人的一半是女人》、余华的《活着》、方方的《万箭穿心》和《水在时间之下》、许春樵的《男人立正》、莫言的《蛙》、乔叶的《认罪书》、王十月的《人罪》等。忏悔意识的缺失，对中国文学走向人性深处进而走向世界，是一个无形的障碍。我们的文学特别是"五四"以来的文学，有很多指向传统文化和社会现实的"批判"，而少有针对自我的人性拷问、灵魂剖析；也不乏基于民族的、阶级的、革命的、家族的乃至个人的"复仇"，但难见复仇之后的悔恨忏悔。这种极不相称的文学现象的背后实际上隐藏着一个巨大的民族文化心理问题。

乔叶借助一个女子的复仇而追历史之原罪，其视野从情场复仇进入历史之思，从追罪到认罪，从犯罪到忏悔，指认历史之罪源于人之罪。人之罪不仅是"极端之恶"之所致,更与"平庸的恶"的普遍存在密切相关。这一思考是极有价值的,其价值在这部小说中尽管没能得到很好发挥,但它只要出现就不会消失。它拓展了乔叶的思想空间,提高了乔叶的认识深度。据说现在的作家普遍不读书,尤其不读文学之外的社会科学类的新书,我估计,很多作家可能不知道阿伦特——20世纪首屈一指、最具原创性的女哲学家、思想家和政治理论家,不了解她在提出"极端的恶"之后为何又提出"平庸的恶"。乔叶能够用"平庸的恶"的概念来思考中国问题,仅凭这一点就让我对她高看。而单看申明和单姓老人的"文革"叙述及对历史之罪、人之罪的论述,亦能看出乔叶用心之深。理论是思想和观念凝定的形态,其功夫只要上身,自然就会成为人的素养,这次用力太过偏了方向,下次将其完美地溶入文本之中,定会创作出过人之作。

梅好死了,梅梅死了;梁知死了,梁新死了;梁文道死了,张小英死了;最后,金金也死了。人死了,恶没走,罪还在,乔叶正好重新出发。

（原载《文艺研究》2015年第2期）

梦中的洛神

——重读张贤亮《男人的一半是女人》等

2008 年初,张贤亮写了一篇题为《一切从人的解放开始》的文章,他在文中叙述了自己落难、苦役、劳改、监禁二十余年的炼狱生涯,反思建国后施行的政治运动,一个接着一个,一个套着一个,莫名其妙,无中生有,陷人以罪,逐渐培养出国人的仇恨心理,阶级斗争把人与人的关系简化为"敌我友"的关系。"整了二十多年,已经把我的亲情感全部整光",①悲语感伤,"我可以说,在中国作家中,我是背负'身份''成分'担子最沉重的一个,经受的磨难也最多,所以对'身份识别制度'最敏感。"②

磨难最多的人自然最有资格描写苦难,最有权利发泄积怨,最有理由仇恨施恶于他的时代及直接迫害他的人。在这个时候,一个作家思想境界的高低、是否优秀,就充分地显示出来了。若一味叙写苦难,只能陷入苦难,被苦难所俘获,沉入苦难的泥淖之中。苦难叙事源起于情感良知,遵循善的原则,以怜悯同情为主要内容。但这种美好情感常常在累积过程中又滋生出仇恨情感,致使良知在同情与仇恨之间动摇、彷徨、痛苦,而同情与仇恨又会彼此借力,难分难解。严重的情况下,基于人道主义的良知和同情被反人道主义的仇恨感所取代。例如,从新写实小说演变而来的底层文学,较多作品的苦难叙事不同程度地暴露出这种思想倾向。

---

① 张贤亮:《遗传——"父子篇"之三、之四》,《大家》1994 年第 5 期,第 155 页。
② 张贤亮:《一切从人的解放开始》,《收获》2008 年第 2 期,第 131 页。

由阶级斗争年年讲、月月讲、天天讲的斗争哲学培养起来的仇恨心理具有遗传性，"在清水里泡三次，在血水里浴三次，在碱水里煮三次"（阿·托尔斯泰在《苦难的历程》第二部《一九一八年》的题记）的张贤亮，重返文坛之际，已经具备了一个优秀作家所具有的现代眼光和超越意识。他写苦难又超越苦难，其苦难叙事总是把个人的苦难、知识分子的苦难与整个民族的苦难、时代的苦难相联系，在反思历史和人的命运之中灌注人道主义情怀。能够写出悲怆忧伤而又浪漫温美的《灵与肉》《绿化树》《男人的一半是女人》的张贤亮，除了在"清水里泡"、"血水里浴"、"碱水里煮"之外，想必在人道主义里也浸润良久了吧！

一、 作者与人物

张贤亮，江苏盱眙人，1936 年 12 月生于南京。张家世代官宦，其高祖被清朝诰封为"武德骑尉"，与高祖合葬于盱眙县古桑乡的高祖母，还有与曾祖合葬于黄石的曾祖母都是"皇清诰封恭人"。曾祖父是清末长江水师的一名军官，被封为"武功将军"，谢世后葬于黄石西塞乡。祖父张铭，号鼎承，出生于曾祖父任职的黄石，他在美国读书时就参加了孙中山先生创建的同盟会，获得了芝加哥大学和华盛顿大学两个法学学士学位后回国，一直在民国政府做不大不小的官，是辛亥革命后第一任天长县县长，"五四"之前的安徽政法大学堂校长，20 年代"宁汉分裂"时任武汉国民政府的外交部长，曾为蒋介石的特使出访尼泊尔。他一身毛病，挥霍浪费，不正正经经地做学问干事业，却把玩发挥到极致，"他并不是玩世不恭地玩，而是正儿八经地玩。他有条件这样玩。他把他的精力和生命都投在'玩'这个项目上，都发泄在这个项目上。"他于 1977 年去世，享年 94 岁，病故时任上海市人民政府参事室参事。外祖父是清末鸿儒，名震一时，曾做过湖广总督的总文书，清末最后一任江夏县知县。父亲毕业于哈佛大学商学院，"九·一八事变"后回国参加抗日，先后结交过张学良、戴笠等国民党高官，当过张学良的英文秘书，办过公司，开过工厂，但他没有认认真真地做好过一件事,"他既不像官僚,也不像资本家,完全是一副艺术家的派头。每天搞一帮票友唱京剧、唱昆曲、要不就忙着办画展",纯粹是一个俄罗斯文学中的奥勃洛摩夫,即"多余人"的典型。在这一点上,他与其父可谓一脉相承。1949年作为旧官员被关押,1952年被捕,1954年死于狱中。①

　　这是张家的最后一个"贵族"。祖父和父亲把喜剧的角色扮演完了,剩下的悲剧角色只能由他们的后代来扮演。1955年,张贤亮带着母亲和妹妹离开北京,举家迁银川,先当农民后到甘肃省干部文化学校任文化教员。1957年7月因在《延河》文学月刊上发表了长诗《大风歌》被打成"右派分子",关进银川市南梁农场劳改。1960年的一天,他逃离被关押了三年的农场,但很快被抓回来,从此过着遥遥无期的劳役生活。在这期间,他以"书写反动笔记和知情不报"的罪名被判三年管制,"社会主义教育运动"中被判"反革命分子"劳教三年,"文化大革命"中的1968年升级为"反革命修正主义分子"被群专,1970年又被投进农垦兵团监狱,1973年出监狱。从1957年至"文化大革命"结束,背负着"右派分子"原罪的张贤亮,运动一来就被抓去劳改,劳改几年后又被转移到另一个农场就业改造,境遇悲惨。而这些莫名其妙的惩罚,全是由第一次罪名派生出来的。

　　1978年冬,张贤亮在就业的农场改造时,听说中央发布了一个"43号文件",是关于右派分子改正的,改正后的右派分子就成了正常人。于是,他抱着侥幸心理,从放羊的贺兰山脚下跑到农场,蹲在场部政治处办公室门口,瞅个空子钻进去,涎着脸皮向政工干部要求"改正"。他们说要"研究研究",他就反复往返几十里跑了无数次,最后得到的答复是:由于你戴上"右派分子"帽子后又加了顶"反革命分子"帽子,"43号文件"与你无关——文件上明确规定,在被划为"右派分子"后又连续犯罪的"分子",不在被"改正"之列。

_____

　　① 参见张贤亮:《小说中国及其他》,长江文艺出版社1999年版,第321—328页;张贤亮:《遗传——"父子篇"之三、之四》,《大家》1994年第5期,第154—162页。

"改正"这条路走不通,就想方设法走另一条路。"我必须有一块敲门砖将它敲开",于是想起写小说。1979 年他在《宁夏文艺》发表了三篇小说,被当时的自治区副书记兼宣传部长的陈冰先生看到后,指示相关单位尽快落实政策。1979 年 9 月,张贤亮获得了彻底平反,并当上了农场中学教员。我曾在《余华论》里写道:"20 世纪 70 年代末至 80 年代初的青年作家,很多人都是带着这种实用功利的目的走上文学之路的。当人生之路很狭窄,选择的机会极少极少的时候,自然会使很多没有更多机会选择人生之路的青年将目光盯上了文学。动机不崇高,却很实用,但这并不妨碍他们在成为作家之后再追求崇高。"①比如余华,开始写小说并不是出于对文学的热爱,而是为了不拔牙,为了从镇卫生院调进文化馆工作。莫言说他最初想当作家,是想每天吃三次肥肉馅饺子,而真正开始文学创作时,其动机也非常简单明了,就是想赚一点稿费买一双闪闪发亮的皮鞋,再买一只上海造的手表。利用文学选择人生、改变人生,是那个特殊年代对文学特别的善待。

1980 年张贤亮调入《朔方》文学杂志社任编辑,1981 年开始专业文学创作。其代表作,短篇小说有《灵与肉》《初吻》《邢老汉与狗的故事》《肖尔布拉克》等,中篇小说有《河的子孙》《土牢情话》《绿化树》等,长篇小说有《男人的风格》《男人的一半是女人》《习惯死亡》等。曾三次获得全国优秀短篇小说奖和中篇小说奖(1980 年的《灵与肉》,1983 年的《肖尔布拉克》,1984 年的《绿化树》);九部小说改编成电影电视;作品译成三十多种文字在世界各国发行,是新时期以来在国际上产生了重要影响的小说家。

1992 年下海经商,创办镇北堡华夏西部影视城。如今,该影视城已经成为中国西部最著名的影视城,是宁夏集观光、娱乐、休闲、餐饮、购物、体验于一体的重要旅游景区,中国西部题材、古代题材的电影电视最佳外景拍摄基地,被誉为中国一绝。

张贤亮以小说名世,他的多数小说及其代表作均创作于 80 年代,所

---

① 王达敏:《余华论》,上海人民出版社 2006 年版,第 174 页。

以，我们今天谈论张贤亮小说，实际上仍然是谈论他 80 年代小说。就其题材和内容来看，张贤亮小说有三类。第一类小说以《邢老汉与狗的故事》《河的子孙》为代表，主要描写政治运动对农村经济和道德的冲击，农民生活的艰难。第二类小说以《龙种》《男人的风格》为代表，直接表现改革者姿态，展现当前的社会生活。第三类小说包括《灵与肉》《土牢情话》《绿化树》《男人的一半是女人》《习惯死亡》等作品，试图表现知识分子的苦难历程，反思历史和人生。

第三类小说数量最多，影响最大，不仅充分地体现了张贤亮的思想情感和艺术风格，而且蕴含着以悲情主义为基调的人性本位的人道主义思想，其中又以《灵与肉》《绿化树》《男人的一半是女人》为代表。

这些各自独立成篇又相互联系的小说的主人公，《土牢情话》是石在，《灵与肉》是许灵均，《绿化树》和《男人的一半是女人》是章永璘，《习惯死亡》是无名氏，实际上，他们是一个人，"一个出身于资产阶级家庭，甚至曾经有过朦胧的资产阶级人道主义和民主思想"的知识分子。仔细辨认，这个知识分子与作者出身相同，经历相同，遭遇相同，就连习惯、情感和性格也大致相似，简直成了作者的化身。当有人问张贤亮这里有多少真实的成分时，他直言相告："作品的情节是构想的，但感情和细节却完全'货真价实'。"[①]从这个意义上来说，这些小说带有作家自叙传的特征，他走进他的小说，不仅充当了小说中的男主角，而且还请这些男主角来描写他落难、劳改、苦役、监禁的苦难历程，以表现中国当代知识分子的精神演变史。

二、 那里有他生命的根

想当年，《灵与肉》《绿化树》《男人的一半是女人》是何等的风靡，特别是开中国当代文学性描写之禁，并将其推向巅峰的《男人的一半是女人》，

---

① 《张贤亮选集》（一），百花文艺出版社 1995 年版，第 185 页。

惊醒了多少男人和女人的春梦？张贤亮这个写男女之爱的一等高手把情爱性爱写得风生水起、情色滚滚，怎能让人不激动？才子为文，向来从男女之事入题，如果是才子配佳人，那便是绝配。写的人多了，渐渐便形成了"才子佳人"叙事模式。这是一个大范畴、大结构，里面装着许许多多的风流韵事。在传统小说、戏曲、神话和传说中，"私定终身后花园，落难公子中状元"是这一叙事模式最常见的题材。"公子落难小姐搭救"、"才子落难美人搭救"这类才子佳人的爱情故事，无论怎样坎坷曲折，最终以书生金榜题名抱得美人归而导向大团圆结局，表现了"愿天下有情人终成眷属"的愿望。即使是悲剧，也会是或人鬼团聚、或生死同穴、或双双化蝶成仙的结局。到中国现当代文学，这一叙事模式因时代的变化而加入了恋爱自由、婚姻自由、反传统和革命的内容，又演变出"革命加恋爱"、"始乱终弃"、"棒打鸳鸯两分离"、"痴情女子负心汉"等故事。

这三部小说可以装入"才子佳人"这只大筐子，既不沉底，也不溢出。早有研究者发现了张贤亮小说的"才子佳人"叙事模式是一个显性结构，并将其定义在"才子受难佳人搭救"这一功能指向上。才子是"受难的知识分子"，即作者之化身的许灵均、章永璘，佳人是"底层劳动妇女"。"才子佳人"没有错，"佳人搭救"不全对，比如许灵均和秀芝，则是两个苦命人的相互搭救、相互感激。照我粗俗的说法，这三部小说均是写一个落难倒霉男人和一个好女人的故事。

这个倒霉男人每当危难时刻总会有一个女人来怜悯他、关爱他。这些女人美丽、善良、温情、豪爽、坚韧，富有同情心和正义感，一个个成了落难男人的保护神。

张贤亮笔下的第一个"保护神"形象名叫秀芝，她在《灵与肉》里出现时，小说已经过去三分之二的篇幅。她是牧马人"郭谝子"为"老右"许灵均送来的老婆，一个为饥饿所迫，拿着美丽的青春当赌注的四川女子，别看她初来时不起眼，"她并不漂亮，小小的翘鼻子周围长着细细的雀斑，一头黄色的、没有光泽的头毛。神情疲惫，面容憔悴。"可她"像一株顽强的小草一般，在石板缝中伸出自己的绿茎"。她用自己的勤快、贤惠、乐观经营起一个温暖的家,用自己的善良和朴实贴心贴肺地守护着丈夫不受迫害,"我们清楚她爹可是个老实巴交的下苦人,三脚踢不出个屁来,狼赶到屁股后头都不着急。要是欺负这样的人,真是作孽,二辈子都要背时!"

而在这之前的许灵均,则是一个倒霉透顶的人。他出生于钟鸣鼎食的资产阶级家庭,却没有享受到资产阶级生活,反而被烙下"原罪"的胎记。三十年前的解放前夕,父亲带着外室去了美国,母亲死在医院,舅舅把母亲所有的东西卷走,他成了一个无依无靠的孩子。1957年学校支部书记要完成抓右派的指标,又把他推到他父亲所属的资产阶级那里,他成了一个受歧视、受迫害、受遗弃的"右派分子","他成了被所有的人都遗弃的人",流放到荒凉偏僻的农场来劳改。

现在好了,他改变命运的机会终于来了。父亲专程从美国回来,要把他一家接到美国。"去"还是"留"? 他几乎连想都没想,他已经和生他养他的这块土地难舍难分了。不是说他这么做有多么爱国,多么崇高,他根本没有想到这些,实在是他割舍不了生命之情。

他怎能不深深地迷恋于此地呢? 在他成为弃儿时,是共产党收留了他,并把他送到学校接受教育。现在,他是农场学校教师,牧民们需要他教育他们的孩子,"有什么能比在别人眼里看到自己的价值更宝贵、更幸福呢?"他知恩图报,之所以不愿出国,想必这也是原因之一吧?

更重要的是,他实在是太爱这里的土地、这里的人了,是他(它)们给了他新的生命。

　　他解除劳教以后,因为无家可归,于是被留在农场放马,成了一名放牧员。

　　清晨,太阳刚从杨树林的梢上冒头,银白色的露珠还在草地上闪闪发光,他就把栅栏打开。牲口们用肚皮抗着肚皮,用臀部抗着臀部,争先恐后地往草场跑。土百灵和呱呱鸡发出快乐和惊慌的叫声从草丛中窜出。它们展开翅膀,斜掠过马背,像箭一样地向杨树林射去。他骑在马上,在被马群踏出一道道深绿色痕迹的草场上驰骋,就像一下子扑到大自然的怀抱里一样。

草地上有一片沼泽,长满细密的芦苇。牲口们分散在芦苇丛中,用它们阔大而灵活的嘴唇揽着嫩草。在沼泽外面,只听见它们不停的喷鼻声和哗哗的蹚水声。他在土堆的斜坡上躺下,仰望天空,雪白的和银白的云朵像人生一样变化无穷。风擦过草尖,擦过沼泽的水面吹来,带着清新的湿润,带着马汗的气味,带着大自然的呼吸,从头到脚摩挲遍他全身,给了他一种极其亲切的抚慰。他伸开手臂,把头偏向胳肢窝,他能闻到自己的汗味,能闻到自己生命的气息和大自然的气息混在一起。这种心悦神怡的感觉是非常美妙的。它能引起他无边的遐想,认为自己已经融化在旷野的风中,到处都有他,而他却又失去了自己的独特性。他的消沉、他的悲怆,他对命运的委曲情绪也随着消失,而代之以对生命和自然的热爱。

而这里的牧民,野性豪爽,纯朴仗义,他们从来没有把他当"右派"对待。对这个落难书生,他们同情他、保护他,每当政治运动需要把他拉出去示众时,这些粗中有细的血性汉子找个理由,带着他骑上马,"晃悠晃悠地离开了闹腾腾的是非之地"。西北边远之地,穷山恶水,荒凉贫瘠,远离政治权力中心,阶级斗争的指令送达到这里时,已经大打折扣了。虽然农场实行军事化管理,但它的农业生产方式,又决定了它以农业文化包裹政治文化。农业文化生产着民间伦理,在这里,民间伦理的承载者,甚至包括干部和劳改人员,既接受阶级斗争的指令,同时又以自己的伦理观念对阶级斗争持一种冷漠、疏远、鄙夷、抵抗、游戏的态度。

更可况,他们还给他送来一个老婆;在大家生活条件都很困难的情况下,他们纷纷伸出援手为他建立了一个温暖的家庭。所以,他要回去!那里有他在患难时帮助过的人,有他汗水浸过的土地,有他相濡以沫的妻子和女儿,"那里有他的一切;那里有他生命的根!"记得张贤亮在《满纸荒唐言》一文中也表达过这样的情感:"漂母一饭,韩信终生不忘;我在困苦中得到平凡微贱的劳动者的关怀,一点一滴积累起来,即使我结草衔环也难以回报。"①

《灵与肉》发表于 1980 年 9 月,1981 年 1 月张贤亮写了一篇谈《灵与肉》的文章,其中有一段解题释义的文字,值得引录:

> 《灵与肉》并不是出于当前有些人想出国,以致人才外流这种背景的考虑写的。……写《灵与肉》,一,我是为了反我一直深恶痛绝的"血统论";二,我想表现体力劳动和与体力劳动者的接触对一个资产阶级家庭出身的小知识分子的影响,以及三十年历史变迁对人与人的关系的调整。②

我要说,作者对自己的这篇小说的解读并不高明,他明显受到当时社会思潮的影响,站在反思立场作如是说。当然没有错,可你就是觉得他没有落到实处,没有把这篇小说所蕴含的美的东西指出来。还是余华说得对,作家在创作时,经常会讲述了他意识到的事物,同时也讲述了他所没有意识到的事物,一部作品完成之后,作者也成了读者,这时,"他发现自己知道的并不比别人多"。③ 以我之见,这篇小说的要义,是表现了人道主义的宽容和感恩的情感。

三、 梦中的洛神

从《灵与肉》到《绿化树》《男人的一半是女人》,落难才子的人没变,名字则改为"章永璘";好女人是新人,先出现的是"马缨花",继而出现的是"黄香久"。她们是西北苍凉粗粝高原上盛开的女儿花,作者"梦中的洛神"。张贤亮小说以苦难现实铺底,浓郁的悲情主义色彩涂抹其上,那是一层薄薄的雾气般的水彩,色调灰暗阴沉。这三篇小说,仍然以灰暗阴沉

---

① 引自《张贤亮选集》(一),百花文艺出版社 1995 年版,第 190 页。
② 同上,第 183 页。
③ 余华:《我能否相信自己》,人民日报出版社 1998 年版,第 136 页。

作为底色背景,主色调则是由浪漫主义情感抒写的自由、理想和梦想等内容构成。"那些美丽而又善良的女主人公就是他为生活编织的梦想,是他在幻觉中为悲情世界找到的洛神,也是他从荒凉的边地为自己捡回的童话。"①张贤亮由衷地赞美:"她们就像蒲公英一样,虽然被风无情地吹散,但只要一落地就能生根、发芽、开花。她们并不妖娆美丽,她们从不炫耀自己,而她们绿色的群体却使大地春意盎然。"②她们是我的"梦中的洛神"。

自古才子爱美人,佳人慕才子。如此深情地赞美高原惊艳脱俗的女儿花,原本就是才子张贤亮弹奏的心曲:我应该在此表示感激中国老百姓的宽厚,农场的"革命群众"从来没有把我当作"犯人","虽然半生戴着'帽子',辗转在劳改农场、农垦农场与'牛棚'之间,九死一生,而我一生中最大的幸福是所遇到的女人全都是善良的女人。这让我九死而不悔。感谢上帝对我如此厚爱!"③

梦中的洛神马缨花,倾注了作者太多的感情,她的影子、性格、心灵,"凝聚了我观察过的百十位老老少少劳动妇女身上散射出来的圣洁的光辉",④简直就是一位中国化的圣母形象。其形象,北人南相:

> 首先让我惊奇的是她面庞上那南国女儿的特色:眼睛秀丽,眸子亮而灵活,睫毛很长,可以想象它覆盖下来时,能够摩擦到她的两颧。鼻梁纤巧,但很挺直,肉色的鼻翼长得非常精致;嘴唇略微宽大,却极有表现力。很多小说中描写女人都把眼睛作为重点,从她脸上,我才知道嘴唇是不亚于眼睛的表现内在情感的部位。线条秀美的嘴唇和她瘦削的脸腮及十分秀气的鼻子,一起组成了一个迷人的、多变的三

---

① 杨天树、王晓静:《宁夏名人与黄河文化》,《朔方》2011年第4期,第112—113页。

② 《张贤亮选集》(一),百花文艺出版社1995年版,第199页。

③ 张贤亮:《一切从人的解放开始》,《收获》2008年第2期,第130页。

④ 同②,第190页。

角区。她的皮肤比一般妇女黑,但很光滑,只是在鼻子两侧有些不显眼的雀斑。下眼睑也有一圈淡淡的青色。这淡淡的青色,使她美丽的黑色的眸子表现出一种令人难以忘怀的深情。她脸上各个部分配合得是那样和谐,因而总能给人以愉快与抚慰。从她和我谈的不多的话里,从她的行动举止来看,我感到她的性格是泼辣的、刚强的、爽朗的、热情的。这和她南国女儿式的面庞也极吻合。

其性格,乐观开朗,善良纯真,泼辣有度,外柔内刚,风流坦荡,结婚和没结婚的男人都格外地迷恋她,尽其所能地讨好她。她则把女人的魅力和生存智慧发挥得淋漓尽致,"那鬼女子机灵得很,人家送的东西要哩,可不让人沾她身。"唯独对"右派分子"章永璘,她真心诚意相待,绝不敷衍。她用成熟女人的温情安慰着他那颗受伤的孤独的心;她用她家的粮食把饥肠辘辘的他喂养成一个身强力壮的真正的男人;她家的小屋为他避风遮雨、复活生命。他搜遍伟大的词,觉得只有"圣洁"、"崇高"、"神圣"、"仁慈"这些词才配她。

她为何如此照拂他? 我私下揣想,她主动关爱他,是天性善良之使然,他的不幸动了她的恻隐之心;可能还因为他和她年龄相近,又单身,且相貌不俗;更重要的是,他是读书人,她同千千万万中国社会底层没有文化的百姓一样,对读书人有着一种仿佛与生俱来的尊敬,见不得他们遭罪受苦。所以,当他抑制不住长期被压制的情欲而把她搂进怀里想继续往下进行时,马缨花戛然而止,深情地劝他:"行了,行了……你别干这个……干这个伤身子骨,你还是好好地念你的书吧!"在她心里,"似乎只觉得念书是好事,是男人应该做的事,是一种高尚的行为"。

章永璘呢? 唯有得到马缨花这样温情的女人的照拂,才显现出男人的活气,成为正常人,进而接上过去的记忆,意识到自己是一个"知识分子"。身份的确认使他开始"超越自己",觉得不能再继续作为一个被怜悯者、被施恩者的角色来生活。在她的施恩下生活,"我开始觉得这是我的耻辱,我甚至隐隐地觉得她的施舍玷污了我为一个光辉的愿望而受的苦行"。与此同时,他对她的感情也开始变化,发现她虽然美丽、善良、纯真,但终究还是一个未脱俗的女人,他和她有着不可能拉齐的差距。过去的经历和知识总使他觉得自己"属于一个更高的层次",在精神境界上他要比她优越,由此断定:"她和我两人是不相配的!"他曾有过和她结婚,在农村建立一个小家庭的念头,可是现在,在清醒地意识到他们之间难以弥合的差距后,他退缩了。一个虽然劳改释放但仍旧戴着"右派分子"帽子,刚从地狱的十八层上到十七层,仍然处在人下人的"非人"章永璘,竟然在被马缨花喂饱之后,反而暗暗地瞧不起她。

这些心理描写怎么看怎么别扭,分明是作者理性暴力强行介入之结果,既不符合人性演进之逻辑,也不符合民间伦理的道德诉求。一个中国民间叙事中突然插入大段的一如 19 世纪俄罗斯文学《复活》《罪与罚》等作品的心理剖析、灵魂拷问的描写,恰似一首中国西北民歌中没道理地嵌入一段交响乐,总让人不舒服。也许是作者为了表现章永璘经受苦难历程的深度和人性的复杂性,故而让他在欲望与理性、人性本真与道德变形、感恩者与背叛者的两种力量和两种角色中进行灵魂搏斗,为即将登场的忏悔铺垫。

读到这里时,我紧张得手心捏出了汗,生怕这个不知天高地厚、忘恩负义的家伙冒冒失失地和马缨花摊牌而伤害了她。我也感觉到作者写到这里时极为小心,他让章永璘的自我剖析和反复自辩的理性牵制住他那危险的念头,不让其自由任性。当他发现他有异样时,便提前制止了他的欲念,并将其导向忏悔之途。

他的情敌海喜喜因他的介入而成了一个失恋者,一个逃亡者。这个外表粗豪不羁、暴躁蛮横而心地纯朴多情的汉子只能选择离开,当他再次踏上逃亡之路时,真心诚意地告诉他,马缨花是个好女人,你和她成家吧!他的心被深深地刺痛了,是他造成了别人的不幸,"而被害者不但宽容了自己,还尽其最后的可能,再次施与了他的恩惠,那自己就不仅是忏悔,而是一个镂心的痛苦了。"接着,谢队长也劝他和马缨花结婚。

身体已经落地,灵魂跟着要上岸。让章永璘意想不到的是,他求婚的话一出口,便遭到马缨花委婉的拒绝。当他得知她现在暂时不想跟他结婚,全是为了他、为了这个家着想时,他才恍然大悟并深深地自责、忏悔。他从马缨花、谢队长、海喜喜身上看到了人性的美好,他们的优秀品质"成了我变为一种新的人的因素"。

俄罗斯文学一再演奏的人性觉醒、灵魂复活的交响乐又响起了,章永璘如同聂赫留朵夫和拉斯科尼科夫等忏悔贵族,经忏悔赎罪、人性升华、灵魂复活而成为一个新人了吗?我怀疑,至少在《绿化树》和《男人的一半是女人》这两部小说中,章永璘的"新人"理想仅仅处于梦想水平,一进入现实,他又重蹈覆辙,在欲望与理性、感恩者与背叛者之间徘徊、搏斗。章永璘身上有中国没落贵族的血液,却没有俄罗斯忏悔贵族的精神高度。

因小人暗中使坏,他被农场当作调皮捣蛋的人送到另一个以"专门整治人"出名的农工队。在这里,他遇到了第二个"梦中的洛神"黄香久。相比较而言,如果说马缨花是善的化身,美附丽其上的话,那么,黄香久则是美的化身,善随其后。黄香久惊艳脱俗的美是章永璘透过芦苇丛无意中撞见的:

> 她在洗澡。
>
> 她也不敢到排水沟中间去,两脚踏着岸边的一团水草,挥动着滚圆的胳膊,用窝成勺子状的手掌撩起水洒在自己的脖子上、肩膀上、胸脯上、腰上、小腹上……她整个身躯丰满圆润,每一个部位都显示出有韧性、有力度的柔软。阳光从两堵绿色的高墙中间直射下来,她的肌肤像绷紧的绸缎似的给人一种舒适的滑爽感和半透明的丝质感。尤其是她不停地抖动着的两肩和不停地颤动着的乳房,更闪耀着晶莹而温暖的光泽。而在高耸的乳房下面,是两弯迷人的阴影。

见到如此美的裸体景象,章永璘惊得连气都喘不过来。不仅如此,她的脸也很好看:

在她扬起脖子、抬起头的当儿，那绿色的芦苇上立即现出了一张讨人喜欢的面孔。眼睛、鼻子、嘴都不大，但配合得异常精巧，有一种女性特有的灵气。她的一头湿漉漉的短发妩媚地抿在脑后，使一张女性十足的脸平添了几分男孩子的英武气概。她那眉毛更增加了整个面部的风韵，细细的、长长的，平直地覆盖在她的眼睑上，但在她被凉水一激的时候，眉毛两端又高高地挑起和急遽地垂下去。生动得无可名状。

世界死了！此时世界上只剩下了她，世界因她的存在而光彩起来！

她叫黄香久。和章永璘一样，她也是一个倒霉透顶的苦命人。因犯"男女关系"，被判过三年劳改，结过两次婚，离过两次婚。但在他脑子里定格的，是她"美丽的、诱人的、丰腴滚圆的身体"。他欲望着她，经马婆子说合，他们跳过恋爱直接结婚了。一旦获得了她，他那古怪的想法又借助理性"超越自己"，对她对婚姻不满，在生存与背叛之间游移。他需要一个借口、一个理由来支持自己把背叛的念头变成行动，当他发现黄香久与支书曹学义私通后（黄香久与支书私通，非她所愿，这里既有生存的需要，其中还有章永璘性无能的原因，何况仅此一次），背叛合理化了。尽管黄香久在此期间已经把他从性无能的"废人"、"半个人"变成了一个完整的人，使其恢复了男性的雄健壮伟，并真诚地认了错，他还是固执地要抛弃她。

《男人的一半是女人》里的章永璘，不仅没有向"新人"迈进，反而退步了。鸡肠狗肚的他把贞操看得比什么都重要，耿耿于怀，伺机报复，私愤难泄于外，便把性生活当作粗暴复仇的手段。这说明，他还是一个被传统观念制约的人，一时很难成为真正意义上的新人。王晓明在二十多年前对章永璘这个人物作了这样的评价：他非但不是英雄，也谈不上是大恶，既非知识分子的代表，更谈不上是民族良知的体现，甚至常常不能算是一个男人。他仅仅是一个男人一个为生命而拼命挣扎的男人，一个集软弱和机敏于一身的受难者。① 我的看法是，章永璘生不逢时，是一个被身份定义，被阶级斗争陷害的知识分子，一个被侮辱、被欺凌、被迫害的受难者，一个在炼狱里苦苦挣扎的矛盾复合体；他的苦难一定程度上体现了中国当代知识分子的命运和时代的命运。

从人道主义及审美效果看，这两部小说中的马缨花和黄香久形象远胜于章永璘形象。她们是集善和美于一身的仁慈者、拯救者，面对不幸的受难者，在需要付出怜悯、同情、关爱、搭救时，她们一点也不含糊；当她们自己受到委曲、伤害，特别是在她们被抛弃时所表现出来的宽容和豁达态度，让人心灵震撼。比如黄香久，对负心汉章永璘既怨恨又心痛，她主动于离婚分手之夜献身留念的一幕，放射出人性的光辉，"只有女人能够既被男人抛弃而又一往情深地爱着男人，也只有女人能够在被抛弃的同时，又以感情的痴迷衬显出背叛者的价值。"②对于这般心地善良而命运多舛的女性，我们唯有合掌祈福，而不敢有半点亵渎。

四、 人道主义的历史反思

人道主义文学，行进到第二次世界大战后的 20 世纪四五十年代时，出现了一道明显的分水岭。在这之前的人道主义文学，经过人文主义、启蒙主义和浪漫主义的反复浇灌培育，到 18—19 世纪时已经枝繁叶茂了，关注人的犯罪与人的救赎、人性的堕落与人性的复杂、人的生存与人的发展，成为人道主义文学思想的主向，它在雨果、哈代、卢梭、大仲马、梅里美等作家笔下流光溢彩，在托尔斯泰、陀思妥耶夫斯基为代表的俄罗斯文学那里达到巅峰。两次世界大战彻底破坏了人类的美好愿望，对人的自信心和自尊心是一次刻骨铭心的巨大伤害，至今未能愈合。人道主义从此改变走向，不再是乐观浪漫地攀登人性高峰，尽情抒写人性崇高、灵魂复

---

① 王晓明:《所罗门的瓶子——论张贤亮的小说创作》,《上海文学》1986 年第 2 期,第 93—94 页。

② 同上,第 94 页。

活,而是在质问、反思的引导下往人性深处下潜,潜入到人性最隐蔽的幽深处,寻找恶之源,谁之罪。战争罪恶毁灭人性,同时又唤醒人性,《辛德勒的名单》《拯救瑞恩大兵》《钢琴家》《美丽人生》《命运无常》等作品从谴责战争、同情受害者到抒写极端处境中的美好人性,进而从反思战争上升到反思生命的水平。《细细的红线》《浩劫》《朗读者》等作品则继续反思追问,我们曾是一家人,为何要充满仇恨,互相对抗自相残杀?严重的现实问题还在于,战争结束了,但战争罪恶还在蔓延,继续祸及正在成长的下一代,不亚于另一场战争。《朗读者》揭示,战争像一场瘟疫,一种慢性毒药,一种可以在复制中遗传的基因密码,处在这个生命链上的所有人,都是战争罪恶的带菌者。

张贤亮小说的现实背景是 1957 年的反右派运动和"文化大革命"。新中国前二十多年的阶级斗争愈演愈烈,革命一场接着一场。反右派运动是"文化大革命"的提前预演,"文化大革命"是"反右派运动"的登峰造极的表现。用战争方式发动的政治运动,是一场看不见硝烟的战争,一点也不逊色真正的战争。我越来越意识到,"反右派运动"和"文化大革命"对于民族精神和人性毁坏的程度,甚至比战争更厉害。战争是双刃剑,一面在毁灭人性,一面在铸造民族精神和人性精神。比如抗日战争,一面是日本帝国主义的残酷屠杀,一面是中华民族精神的急剧上升。可"反右派运动"和"文化大革命"对人性的毁灭是彻底的,由于它们是在合法化的名义下实施的,无论是手持武器的批判者,还是束手就擒的被批判者,都被荒诞的政治暴力愚弄了,以至于整个民族陷入了思想疯狂而实际上精神沙漠的状态。

"文化大革命"终结之后崛起的新时期文学,认真地做着清理废墟、唤醒人性的工作,劫后余生的作家们对"极左"政治罪恶给国家、民族、家庭、个人造成的毁灭性灾难有着切肤之痛,对其的揭露、剖析、批判如同一场歼灭战。我们显然没有意识到,极左政治暴力导演的"反右派运动"和"文化大革命"作为事件已经结束了,但它携带的病毒却潜伏下来了,几十年的"极左政治运动"和变态的阶级斗争为我们的民族强行注入了过多的病毒。张贤亮意识到了这一点,2005年当他又发表了一个讲述"文革"故事的作品后,有记者问他,"文革"过去几十年了,你为什么一直在讲述这个主题? 他说:"这可能是我一辈子的主题,因为这就是我的命运",无论是《灵与肉》《绿化树》《男人的一半是女人》《习惯死亡》《我的菩提树》等,还是《青春期》,都笼罩和纠缠在这样的记忆中。之所以如此,是他认识到,"虽然从政治角度来看'文革'结束了,但是在文化上、民族心态上这样的阴影并没有消除,我们没有来得及对这场革命给人心灵造成的伤害、摧残进行清理,甚至,我们都忘记了这沉重的一页,我们经历的一切被遗忘了。"①毕飞宇对其的表述是:"事件结束了,精神却还在。"②毕飞宇说他在《平原》的结尾安排了一个带菌者的角色,无非是想说出一个简单的事实,"文革"作为政治事件结束了,但它的毒菌依然存在。

能够意识到这一点的作家让人敬重,如果这个作家还能够把这种认识给予文学,那他一准是个好作家。一个作家是否优秀,是否伟大,首先取决于他思想站立的高度,认识事物的深度,张贤亮无疑是具备了这种素质的好作家。章永璘已然成为可以解开一个时代密码的符号,可能由于这个形象还处于发展之中,③就目前他所有的表现来看,他还是一个未完成的形象。

(选自王达敏《批评的窄门》,安徽教育出版社2015年版)

---

① 张贤亮:《我的人生就是一部厚重的小说》,《文学界》2009年第1期,第24页。

② 毕飞宇、张莉:《牙齿是检验真理的第二标准——关于社会价值观的对话》,见毕飞宇《推拿》,人民文学出版社2008年版,第327页。

③ 张贤亮在《绿化树》的题记中说:我要写一部书,这部书描写一个出身于资产阶级家庭,甚至曾经有过朦胧的资产阶级人道主义和民主主义思想的青年,经过"苦难的历程",最终变成了一个马克思主义的信仰者。这部书的总标题为《唯物论者的启示录》,共有九部"系列中篇"组成。

论中国当代小说的"宗教忏悔"及其局限性

——论霍达、张承志和北村长篇小说①

　　忏悔意识在宗教中广泛存在,不论是基督教还是伊斯兰教都认为人生而有罪,应当忏悔和赎罪。受宗教影响较深的文学作品往往具有强烈的忏悔意识,从而表现出思想的深广和感人至深的力量,如受东正教影响的俄罗斯文学。不少人认为中国文学缺乏自省,缺少对终极意义的追寻,少有振聋发聩的忏悔之作,正是因为中国宗教传统的匮乏。因此,从宗教中寻找生命意义和文学价值,成为中国当代一些作家的选择。当代文坛具有宗教信仰的作家不多,较为知名的有霍达、北村和张承志。北村信仰基督教,霍达、张承志信仰伊斯兰教,相对其他作家而言,他们的小说从整体上表现出明显的宗教忏悔意识,强化了中国当代小说的灵魂向度。但源于宗教的忏悔也容易被宗教所禁锢:宗教建立在"信"的基础上,排斥人的自由意志;它更多地关注来世和死后的彼岸世界,相对忽视现实中的此岸世界。文学可以借助宗教的思想资源,但文学毕竟不是宗教典籍,不应基于神性,无条件地皈依宗教,而应基于人性,对宗教本身进行深入的思考和追问,显示个体生命的意义和价值。为方便起见,题目中用了"宗教忏悔"的提法,但这种提法也许并不合理,容易被理解为"在宗教范畴内的忏悔"。尽管宗教可以为忏悔提供思想资源,但真正的忏悔应当超越宗

　　① 本文是博士生课程讨论成果,王达敏提供了论题和基本观点,由汪琳博士撰写。

教,因此,题中的"宗教忏悔"应解释为"源于宗教的忏悔意识"可能更为确切。

一、 宗教忏悔的超越性

张承志的忏悔意识在草原小说《黑骏马》中初露端倪,但大量出现还是在他接受哲合忍耶信仰后创作的系列西部小说中,如《黄泥小屋》《残月》《终旅》《心灵史》等。他作品中的忏悔更多地体现为富有血性的集体献祭牺牲,哲合忍耶教徒称之为束海达依。"束海达依,单数形是舍西德,基本的涵义就是为伊斯兰圣教牺牲"①。这种牺牲精神与他们的清洁意识密切相关:他们在敬拜真主前,会严格按照教规进行大净、小净。身体需要水来清洁,而灵魂则需要真诚的认罪和忏悔才能清洁,没有什么忏悔比献上自己的生命更真诚。哲合忍耶教徒们将"手提血衣进天堂"视为无上的荣耀,对他们来说,这不是死亡,这是忏悔和献祭后获得的永生。

北村信主前的作品中没有忏悔,只有绝望,"主人公竟然无一例外地死去,没有一个漏网"②。1992 年,北村接受基督教信仰后,其创作的小说被称为神性小说,其中多部以忏悔为主题,如《施洗的河》《孙权的故事》《我与上帝有个约》《愤怒》等。这些小说中的主人公在绝望无助中,犯下了严重的罪行,接受基督后开始忏悔,得到救赎。即使有人没能逃脱肉体的死亡,如《我和上帝有个约》中的陈步森,也得到了心灵的解脱和灵魂的救赎。

霍达作品中的忏悔意识突出体现在小说《穆斯林的葬礼》中。小说叙述了一个穆斯林玉器世家跨越三代的家族史,全书以"月"和"玉"两大意象结构全篇,"月"的篇章叙述当下,"玉"的篇章追溯历史。"月"是伊斯兰文化的象征,"玉"则代表中国传统文化。尽管小说对这两种文化没有明

---

① 张承志:《心灵史》,花城出版社 1991 年版,第 51 页。
② 北村:《施洗的河·后记——我的大腿窝被摸了一下(创作谈)》,花城出版社 1993 年版,第 255 页。

显的褒贬,但全书却弥漫着感伤的情调,流露出面对伊斯兰文化传统消褪时的惆怅。受伊斯兰教的影响,这部小说中的不少情节设置、人物形象都体现出反躬自省的忏悔意识,如梁君璧为韩新月清洗埋体时的忏悔和赎罪,韩子奇临死前对自己一生所作所为的惶恐和忏悔。

宗教信仰使他们小说中的忏悔意识都表现出对世俗伦理的超越。

张承志小说中的哲合忍耶教徒毕生追求的是高悬头顶的一弯新月,而不是尘世中有着暖暖灯火的"黄泥小屋"。牺牲意味着肉体的毁灭,意味着抛下世俗的一切,因此,他们极少去考虑世俗的利益得失和肉体的生存毁灭。为实现"手提血衣进天堂"的追求,他们不惜散尽家财、舍弃家庭、献上生命。《终旅》中的汉子,《西省暗杀考》中的竹笔老满拉、喊叫水马夫、伊斯儿、师傅,《心灵史》七代光阴中的历代毛拉和阿訇、数不胜数的教众,无一不是如此。在张承志的西部小说中,现世是一段苦难之旅,有着"主人家"无所不在的强权和狰狞;现世也是一段暗夜的朝拜之旅,心怀信仰的人们抛弃所有,通过心灵忏悔和肉体牺牲祈求死后真主的悦纳和灵魂的永生。

北村作品中的主人公多在追求世俗价值的道路上纠结、彷徨,直到最后才发现追求的虚无。无论是金钱、名誉、地位,还是爱情、婚姻、学术、艺术,它们均属于被造之物。被造之物终将毁灭,归于虚无,基督才是唯一的真理和生命。所以,北村作品中的人物命运往往只有两种结果:一种是执迷不悟,最后在精神崩溃中死去;另一种是彻底抛弃世俗的一切,接受上帝,在忏悔认罪中得到灵魂的拯救。《玛卓的爱情》《玻璃》等作品都描述了单单追求世俗价值的人的崩溃和毁灭。《玛卓的爱情》中刘仁和玛卓在尴尬忙乱的新婚之夜后,迎来了更加一地鸡毛的婚姻生活。玛卓是个单纯的文学女青年,她追求纯粹的爱情和精神生活,轻视物质和金钱。同时,她又极度敏感和脆弱,精神和生活都无法独立,有着严重的病态依赖。丈夫刘仁爱着玛卓,却无法忍受清贫和自己的无能。他丢下妻儿,去国别家为稻粱谋。失去刘仁的玛卓,连自己都无法照顾,更无法照顾儿子,生活和精神都陷入极度的紊乱。尽管物质生活有了起色,玛卓和刘仁却先后自杀。《玻璃》中的达特和李是一对性格各异的校园诗人,因对诗歌的共同热爱惺惺相惜,诗歌始终维系着达特和李超乎寻常的友谊。毕业后的多数时间里,李像隐士一样埋头写诗,理所当然地依靠达特生活。达特亦将李的追求视作自己的追求,毫无怨言地供奉着李的生活所需。然而,李穷尽心血追求诗歌,却发现自己的诗歌生涯走到了尽头,精神和肉体都难以为继。最终,李认识到终极价值不在诗中,基督才是真理和生命。他抛弃诗歌,成为了一名传教士。达特无法接受基督教信仰,李的离去使他的精神支柱轰然倒塌。在人生幻灭的绝望中,达特杀死了李,被执行了死刑。玛卓、刘仁、达特这类人物的命运证实了,基督之外的世俗追求均是虚无。而另一种人物的命运才是否定之后的肯定,这类人物大多是北村忏悔意识最浓郁的小说的主人公。他们犯过错,甚至罪大恶极,但他们选择了信仰上帝,从而得到救赎。《施洗的河》中的刘浪丧尽天良、坏事做绝,抢劫、奸淫、杀人……几乎各种触目惊心的罪行都有他的份,他甚至杀死了自己的亲弟弟刘荡。尽管刘浪利用不法手段得到了金钱、权势和地位,却终日活在不安和恐惧中,他尝试了各种方法,还是找不到生命的意义。最后,基督的爱使他忏悔了自己的罪行,并返回樟坂,感化了昔日的仇敌而重获新生。《我和上帝有个约》中的陈步森自幼缺少关爱,长大后加入犯罪团伙,一次入室抢劫中,陈步森和同伙残忍杀害了已经离职,并且心存正义的副市长李寂。之后,陈步森无意中遇到李寂正在上幼儿园的儿子,在好奇心的驱使下,陈步森与这个孩子有了互动,并进一步接触了孩子的外婆。孩子的纯洁、老人的信任触动了他的良心。陈步森逐渐融入李寂的家庭,冒着被逮捕的风险,关心和照顾他的儿子和疯掉的妻子。在这过程中,陈步森接受了基督,真诚地忏悔,最终抛开一切顾虑,向警察自首,坦然接受死刑,并捐献了遗体。陈步森的肉体毁灭了,灵魂却得到了拯救。类似的人物还有《愤怒》中的陈百义、《孙权的故事》中的孙权。

他们作品中所表现出来的忏悔意识与他们信仰的教派不无相关。尽管宗教不同,但他们的教派却都属于各自宗教中的神秘主义支派:张承志选择了哲合忍耶,北村则倾向奥古斯丁。神秘主义教派的共同特点是关注内在生命,轻视外在生命,因此多表现为精神的苦修和肉体的禁欲。这种教派精神对于功利、浮躁来说无疑是一剂心灵良药。

哲合忍耶是中国伊斯兰教神秘主义派别苏菲派的四大门宦之一,盛行于西部宁夏回族自治区的西海固地区。张承志正是在这里回归母族,接受了哲合忍耶教信仰。西海固干旱少雨,自然环境非常恶劣,被联合国粮食开发署认为是最不适宜人类居住的地方之一。然而,苏菲神秘主义却在这块贫瘠的土地上生长得茂盛葳蕤,人们在绝望的现实中看不到现世的未来,只能将希望寄托于冥冥之中的真主,渴望奇迹,期望死后的世界。在极度贫乏的物质世界里,西海固的人们因苏菲主义教派的信仰而得到了精神世界的丰盛。"苏菲各教派的信徒们只相信神秘感,只相信自己的想象力和直觉,只相信异变、怪诞、超常事物,只相信俗世芸芸众生不相信的灵性,只相信克拉麦提奇迹。"①他们宁肯忍受肉体的饥渴,也要节省下珍贵的水做大小净,用洁净的身体敬拜真主,期望得到清洁的灵魂。他们认为现世是忏悔赎罪的旅程,苦难和死亡都是忏悔的方式。真正的永生不在肉体,而在灵魂。

奥古斯丁受柏拉图的理念哲学影响颇深,强调灵魂与肉体、精神与物质的对立,是彻底抛弃世俗生活的唯灵论。奥古斯丁的《忏悔录》以自传的形式记载了他抛弃世俗生活,皈依上帝的过程。书中,奥古斯丁真诚地打开内心忏悔:他曾沉溺于文学、雄辩术、情欲等世俗的虚荣和快乐,在追求真理的道路上又一度被摩尼教、占星术误导;即使认识到基督就是真理后,他依然因为无法放下情欲而迟疑不决,直到遇见蓬提齐亚努斯。蓬提齐亚努斯向他讲起自己的两位同事放下高官厚禄和未婚妻去侍奉天主的经历。这个故事深深地打动了奥古斯丁,使他激动不已,在异乎寻常的心灵活动中,奥古斯丁经历了一次神秘的宗教体验。在小花园中沉思时,他听到有个孩子说:"拿着,读吧! 拿着,读吧。"于是,奥古斯丁回屋拿起使

---

① 张承志:《心灵史》,花城出版社1991年版,第7页。

徒书信集,随意翻开了一页,这页书中写着:"不可沉醉在酒食之中,不可陷入淫欲,不可热衷于竞争嫉妒,应当服从主耶稣基督,不要纵情恣肆于肉体的嗜欲。"这段话让一直难以放下世俗的奥古斯丁幡然醒悟,在这之后,他彻底皈依了基督。奥古斯丁的忏悔是背离预设本质、沉迷世俗的自责,在这一点上,北村的神性小说与奥古斯丁的《忏悔录》如出一辙。不管是热爱诗歌的李,一度迷恋权力、金钱和情欲的刘浪,还是曾经迷茫无所追求的孙权,都有着在窄门外徘徊的奥古斯丁的影子,他们最后幡然醒悟抛下曾经迷恋的一切,接受基督,都体现出信仰至上的理念。

相对于张承志和北村对世俗价值的决绝态度,作为伊斯兰教徒的回族作家霍达要温和得多,这也许与她自幼在北京长大,受汉文化影响较深,喜爱史学有关。霍达从小喜欢太史公的春秋笔法,长大后师从历史学家马非百先生,尤喜秦史。这样的文化背景体现在作品中,使《穆斯林的葬礼》兼有汉文化面对现实人生的入世态度和伊斯兰教文化的出世精神。"新月"是伊斯兰教的象征,代表至高纯洁和生生不息;"玉"是中国传统文化的象征,却也冰清玉洁。但纵观全书,我们也不难发现作者在这两种不同的价值取向上还是有所偏重的:"月"代表超越性的价值,虽然难以企及,但人应穷尽一生去追寻、敬拜;"玉"尽管代表了艺术之美和人的高尚情操,却是世俗的价值,人过于执著世俗的美和价值,便会容易迷失自己。尽管《穆斯林的葬礼》中的种种悲剧有其发生的时代背景和命运之手的无形掌控,但也与人们在世俗红尘中各自的执迷不悟有着千丝万缕的联系。小说中的人物韩子奇是最具忏悔意识的人物形象,他的一生弃月追玉,注定了他的悲剧命运,也暗含了作者的态度。

韩子奇的弃月追玉体现在他人生的三次重大选择上。第一次是在他少年时期。韩子奇是个孤儿,起初跟随吐罗耶定巴巴四处流浪朝拜清真寺。在去圣地朝拜的路上,他们投宿在回族琢玉艺人梁亦清的家中,琳琅满目的精美玉器让年幼的韩子奇叹为观止。他决心留下来,放弃朝拜的圣行,成为梁亦清的徒弟。第二次是在战争爆发后。因为担心玉器被毁,几番踌躇,韩子奇最终选择抛妻弃子,带着多年积攒下来的玉器漂洋过海,来到异域他乡。而梁冰玉由于恋爱受阻,怀着逃避的心态悄悄跟随韩子奇上了船。由于与家里音讯不通,在长期相处中韩子奇和梁冰玉惺惺相惜,最终走到了一起,成为后来所有悲剧的缘起。第三次是在战争结束回国后。韩子奇和梁冰玉的结合在博雅宅中引发了一场家庭风暴,梁君璧无法接受丈夫和妹妹的结合。韩子奇必须二选其一:要么留下,继续"玉王"的事业;要么抛下所有,与梁冰玉带女儿去国外。韩子奇第三次选择了"玉",造成了冰玉母女的永远分离。韩子奇痴迷于玉,在道德情操上也是一位比德于玉的君子。恩师归真后,为了报恩,韩子奇在世人的不解与非议中,忍辱负重投奔到仇敌门下。在完成撑起"玉器梁"必要的积累后,韩子奇又回到梁家报恩,并与梁亦清的长女梁君璧结婚。在生意场上,韩子奇精明灵活,却不坑蒙拐骗,在玉器行里有个好名声。纵然如此,"玉"始终是世俗层面的追求,哪怕再美好再精致,也是被造之物,不是生命的真正价值所在。在归真之际,韩子奇终于醒悟。"为了那些玉,他放弃了朝觐的主命;为了那些玉,他抛妻弃子;为了那些玉,他葬送了冰玉母女……他好糊涂啊,那些玉,本不属于他这个'玉王',也不属于当年的'玉魔'老人,不属于任何人,他们这些玉的奴隶只不过是暂时的守护者,玉最终还要从他们手中流失,汇入滔滔不绝的长河。他自己,只能赤条条归于黄土,什么也不能带走,只有一具疲惫的躯壳,一个空虚无物的灵魂,一颗伤痕累累的心,和永不可饶恕的深重的罪孽……"①

二、 三种不同的"宗教忏悔"

宗教能够赋予小说超越性的忏悔精神。然而,北村、张承志和霍达对待文学有着不同的态度,他们从不同的写作立场出发,使作品呈现出截然不同的面貌。北村神性小说中的忏悔是偏离基督道路的自责,他企图通过忏悔来启示人们与以往的生活决裂,信靠基督过另一种新的生活。北

---

① 霍达:《穆斯林的葬礼》,北京十月文艺出版社 2015 年版,第 591 页。

村小说中的故事、人物和情节设置等呈现出宗教寓言的特点。张承志西部小说中的忏悔和赎罪具有共性的宗教精神,体现为牺牲献祭这种激烈的忏悔行动。尽管这种行动维护了集体的心灵和尊严,却忽略了个体生命的旷野呼告。对北村和张承志而言,文学不是最终的目的,宗教或宗教精神才是,文学只是宣教的工具。对霍达而言,文学就是目的,宗教不过是文学抒写的对象之一,她在《穆斯林的葬礼》后记中写到,"面对文学,我有着宗教般的虔诚"①。因此,《穆斯林的葬礼》是以文学为本位,为人心立传的小说,它的忏悔是个体生命在追求真善美过程中的心灵挣扎。

1. 因信称义的宗教寓言——北村

北村相信"因信称义"。信能称义,不信便会导致不义和死亡。《发烧》叙述的故事其实是人对上帝的一次试探。主人公矮子是一个天才少年,在父母不幸的婚姻中,过早地洞悉了人的丑陋,生活中特立独行、愤世嫉俗。他觉得世人有罪、污浊不堪,他憎恶这些人,潜意识里认为自己跟别人是不一样的。因为圣经上说有罪的人受惩罚,没罪的人不担忧。矮子决定要开始一场赌局,这场赌局的对象是上帝;在 SARS 病毒猖獗,人人自危的情况下,他要跑遍整个城市。"如果连他这样的人都中标,矮子就要思考自己的行为,是否违背了某种法则? 历来都有赎罪的说法,他必须为他的罪付出代价,而现在是最好的机会。矮子认为,他把自己抛出去,是一种动人心魄的试验。他在期待这个结果的到来。"②在这场赌局中,矮子目睹了别人的卑鄙和罪恶,却也没能洁身自好。因为孤独和冲动,他和一个陌生女孩发生了关系。就在矮子觉得自己永远都不会得SARS 的时候,他感染上了病毒。小说结束时,矮子终于认识到"最令人恐惧的不是黑暗,而是过于强烈的光线",因为在"最辉煌的中心,什么也看不见"——世俗的眼睛只能看见有阴影的东西,而无罪的基督没有黑暗和阴影,正是这最辉煌的中心,常人无法看见,惟有信心才能看见。

---

① 霍达:《穆斯林的葬礼·后记》,北京十月文艺出版社 2015 年版,第 604 页。
② 北村:《发烧》,北京十月文艺出版社 2004 年版,第 21 页。

忏悔说到底还是人的忏悔,尽管其中有神的光照。北村作品中预设的"信",给了小说以前提和结论——得救必须先信。"信"的理念先行会压制忏悔的论辩性,从而影响忏悔向真实的个体灵魂开掘的深度。而忏悔的论辩性和质疑性也必然会影响人对神的信心。刘再复和林岗在《罪与文学》一书中认为文学忏悔的论辩过程正是向个体灵魂挺进的过程,写出个体灵魂的"旷野呼告"正是小说所应有的深度。作为教徒,北村对文学和文学的独立性始终持否定态度,因此其小说的忏悔意识始终受到"信"的压抑,难以突破狭义忏悔的范畴。尽管在后期小说《我与上帝有个约》和《愤怒》中的陈步森和李百义身上有对个体良知和责任的体认,但他们最终将自身的罪交托给了上帝,忏悔变成心灵的解脱。

北村的神性创作分为三个阶段。这三个阶段创作的小说从表达对神的发现到阐述人性圣化的困境,再到成为神在世上的"光"和"盐",都暗含着基督与世俗的二元对立。在这种对立中,北村总是轻而易举地裁判基督的胜利。

第一个阶段,他写了《施洗的河》《孙权的故事》等作品。这些作品中的忏悔其实通过对人和世俗价值的全盘否定来与过去告别。不管是刘浪,还是孙权,他们的忏悔和转变都异常突兀,没有过渡。在这样的忏悔中,我们首先感受到的是神的力量,而不是人的力量。在肯定神的前提下,北村对写作充满了疑惑和痛苦,"我对这些作品没什么好说,我只是在用一个基督徒的目光打量这个堕落的世界而已"。① 确实如此,如果一切都已经被神主宰,成为注定,文学和人还有什么意义?

第二个阶段,北村创作了《周渔的喊叫》《望着你》和《玻璃》。这个时期的创作表现出人的挣扎。尤其是《周渔的喊叫》,相对于其他的神性写作,它显得有些另类。这部小说中没有出现明显的二元对立模式,小说结尾破天荒地没有出现基督的拯救。爱情理想破灭的周渔,也没有走向毁灭,而是痛定思痛后重新嫁人。经过不堪回首的青春和爱情,人开始走向

---

① 北村:《我与文学的冲突》,《当代作家评论》1995 年第 4 期,第 66 页。

成熟。然而,作为教徒的北村很快地引起了警觉——"我意识到这种试炼几乎影响到我的信心,于是我创作了《望着你》这样的纯爱小说来安慰自己"。① 之后的《望着你》《玻璃》在总体结构上依然回归了二元对立模式。这一阶段的创作尽管关注了人的困境,却较少涉及人的忏悔,因此,我们看不到人对抗困境时所产生的力量。北村关注的是人向神的转变,却忽视了神的道成肉身。因此,北村对人是苛责的,否定的,看不到人的价值和意义。在这个阶段中,北村借《玻璃》中的达特之口表明对文学的态度,"宗教的开始就是人的结束,就是诗歌的结束,就是文学的结束"②。

第三个阶段,经过困惑和挣扎的北村通过将自己和文学作为世界上的"光"和"盐",为人性挣扎进行了总结,并以此作为文学与宗教和解的路径。"我意识到:我可能只是一个器皿,我的个人如果不再以光和盐的方式存在于世界,我的所有追问和纠结不但没有意义,还会被心思缠绕以至于陷入黑暗,最后令我信心陷落。"③这个阶段的作品有《公路上的灵魂》《愤怒》《我和上帝有个约》等作品,它们在宣扬基督时更加理直气壮。《公路上的灵魂》探讨了包括犹太教、基督教、马克思主义,甚至法西斯主义在内的多种不同的追求和信仰。为图解作者的主张,小说附上了一个爱情故事为主线,美丽的伊利亚周旋于代表不同信仰的男人——卡尔、阿尔伯特、铁山、马克之间,尽管伊利亚阶段性地着迷或依附于其中的某个男人,但最终被基督教徒马克所赢得。

看北村的小说很容易让人想起浪子回头、起死回生等圣经中经典的寓言故事。他的小说中多次出现的地名——樟坂也具有象征和预言的性质,让人想起圣经中的罪恶之城所多玛。受宗教寓言故事的影响,北村小说中的忏悔人物共性有余,个性不足。他们的性格极端,所犯罪行类似,

---

① 北村:《玻璃·前言——〈文学的"假死"与"复活"〉》,上海三联书店 2010 年版,第 3 页。

② 北村:《玻璃》,上海三联书店 2010 年版,第 111 页。

③ 北村:《玻璃·前言——〈文学的"假死"与"复活"〉》,上海三联书店 2010 年版,第 2—3 页。

忏悔也都源于和基督的因缘际会。也许是出于宣教的目的,让故事更加通俗易懂,小说中的罪也多停留在罪行层面,而缺少对罪性的深入探讨:《愤怒》中的李百义杀死了警察钱家明,《我和上帝有个约》中陈步森杀死了官员李寂,《孙权的故事》中孙权失手勒死了自己的朋友张良,《施洗的河》中黑社会老大刘浪也是坏事做尽,杀人如麻。此外,他们中的多数人在性格上表现出"梦游"的特点:内心迷茫,过于专注自身感受,对外界始终处于半屏蔽状态。这样的精神气质很容易让我们想起拉斯柯尼科夫。然而他们与拉斯柯尼科夫的不同在于:前者的犯罪是出于自怨自艾者的冷漠或复仇;后者的犯罪不仅是对社会不公的暴力抗争,更有对被侮辱被损害的人们的同情和怜悯。孙权、刘浪对现实和他人,甚至亲人、恋人都表现得十分冷漠。孙权经过几次人生的失败后,终日喝酒买醉,对死心塌地爱他的女友只有肉体上的需求,没有精神上的爱恋。在一次莫名其妙的争执中,孙权失手掐死了朋友张良。刘浪从小阴郁寡言,与父亲互相憎恨,和家人关系十分冷漠。长大后,刘浪不择手段地赚钱,当上黑社会老大。他对任何人都不讲情面,甚至杀死了自己的弟弟。陈步森从小被母亲遗弃,心中缺少温情,长大后决定用暴力主宰自己的命运。北村企图为人们提供另一种他自己所认可的世界观和人生观,企图为现代社会的心灵困境提供出路,但是心中没有爱的人真的能单靠基督称义吗?

北村认为神格的获得是需要彻底的非人格化的实现,非人格化是通神的特征,在于用神性的目光注视一切,它将消解一切关于道德、社会、政治等人性内涵和意识形态内容,正如医生实验中穿迷宫的白鼠,对于医生来说,他的痛苦已"非人格化了"①。然而,即便是白鼠这样卑微的生命也应该被尊重、同情和怜悯,何况,人类并非实验的白鼠,文学也不是纯理性的实验。

2. 执著于宗教精神的赞颂——张承志

张承志写作《心灵史》以自我拯救为出发点,他认为写作是源于"前定的宿命"和"拯救自己的渴望"。《心灵史》的写作不以他人为读者对象,

① 北村:《神格的获得与终极价值》,《文学自由谈》1990年第2期,第60页。

"我并不盼望人们读它,这是一部平凡的书。无论是夸奖或是批评,于我毫无意义。我写它仅仅为了自己。我甚至不奢望多斯达尼的肯定"①。张承志认识到文学回归个人体认的重要性。然而,他却将自己所赏识的宗教精神当作不变的本质进行赞颂,缺少了辩证性思考,也忽略了共性的宗教精神下的个体生命。

在《心灵史》的写作上,张承志不是以人物为主人公,而是以一种宗教精神作为"这部毕生作的主人公"。这种精神是坚守心灵自由的牺牲精神,出现在他创作的大多数西部小说中,如《终旅》《西省暗杀考》《残月》。这种献祭牺牲的忏悔精神源于一个古老的宗教故事:圣人易卜拉欣遵照真主指示,用自己的儿子伊斯玛仪勒做古尔邦(献祭仪式)。在他举刀刺向自己的儿子时,真主准许他改宰一只羊。这个故事对教徒们的启示是:人的生命才是最贵重的献祭。尽管这个故事出现在诸多一神教经典中,但哲合忍耶教众的身体力行更为淋漓尽致地诠释了它的内涵。18世纪末,清政府插手中国西北伊斯兰教派之争,哲合忍耶教祖马明心遇难。此后,哲合忍耶历代教主和教众为维护信仰自由,200年来世代复仇,并为此承受了难以想象的苦难,甚至付出了生命的代价。在哲合忍耶的这段历史中,张承志看到了与中国实用理性传统不同的另一种心灵传统。他的西部小说大多取材于这段历史。小说中叙述的抗争与牺牲不为土地、名誉,甚至不为胜利,只为心中的真主。无论是马明心入兰州城,还是十三太爷进官营,亦或诸多无名教众的"终途"之旅,都是古尔邦的举意——他们把自己的生命当作古尔邦的羊献上。

信仰哲合忍耶的老百姓们有争相传抄宗教秘籍的风习,《心灵史》的资料收集很大部分得益于这些手抄秘籍。这些手抄秘籍的作者多为宗教领袖,为赞颂真主、传承宗教精神和教派历史而写作。在写作目的和方式上,张承志受到手抄秘籍的影响,在对宗教和宗教精神的片面赞颂中很多事实和论辩会被忽略和掩盖。诚然,富有血性的牺牲精神可以振奋孔孟

① 张承志:《心灵史·后缀》,花城出版社1991年版,第217页。

之道的疲软。然而,以善为目的的恶仍然是恶。

为着信仰自由和灵魂得救,多斯达尼(哲合忍耶教徒)前赴后继地舍西德(牺牲)。对教徒而言,神的赦免比现世的律法更为重要:神赦免的是罪性,律法审判的只是罪行。他们重视罪性的赦免,却忽视了现实中的罪行。罪行是道德和法律层面上的,指现实社会中人们触犯法律的行为,而罪性是相对于神而言的,是指人类道德上的残缺和不顺服。它源于人类的骄傲和自由意志,罪性不涉及具体行为,具有普遍性、继承性和原初性。人可以没有罪行,但不可能没有罪性;有罪行的人,尽管肉体上受到法律的制裁,但通过忏悔仍然可以从神那里得到灵魂的拯救。《西省暗杀考》《心灵史》中,哲合忍耶教徒世代复仇,不仅追杀血债累累的清政府官员,也追杀他们未曾参与此事的无辜后人。太多的死亡和鲜血使作品引起巨大争议,尽管这种血性的抗争彰显了巨大的心灵力量,但永无休止地冤冤相报真的好吗?

在张承志的西部小说中,教徒的意志和行为都代表着集体,我们很难感受到教徒作为个体的人在面对流血和死亡时的内心感受。《心灵史》中"举意"的教徒内心都极为坚定:浴血奋战的自不必说,苟且偷生的也是为了保存教种而选择隐忍。张承志力图揭示与孔孟之道不同的另一种"人道"精神的存在。这样的"人道"在文化的意义上也许具有一定的启发性,但对个体生命而言却不乏残忍。它过于关注集体的精神和抽象的心灵,却忽略了个体真实的灵肉冲突。尽管作品充满了冲突和对抗,但这种冲突不是灵魂的内在冲突,而是心灵自由与外在强权的矛盾。不管是教祖、毛拉,还是普通教众,虽然忍受着常人难以想象的苦难,但我们对他们真实的内心一无所知。《黄泥小屋》中隐约透露出人物内心的矛盾和冲突,然而这种矛盾和冲突在之后的创作中却渐渐消失。《西省暗杀考》《残月》《终旅》等小说塑造了一个或几个主要的人物形象,但这些人却并不代表自己的个体生命而存在,而是"那潮水中的一粒泡沫""岩石中的一个棱角"[1]。他们汇

---

① 张承志:《心灵史·走进大西北之前——代前言》,花城出版社 1991 年版,第 1 页。

合在一起,共同铸就了本质的大浪和岩石森林。在人物形象塑造上,我们看到是类似英雄纪念碑的群像塑造,具有更多"类"的性质,而不是"个"的特点。在体裁上,小说以情节和个体形象塑造取胜的特征无法满足作者高声赞颂的需要。《心灵史》突破了以往小说的形式,呈现出小说、历史、诗歌、散文多种体裁混合的特点,抒情和议论占据了很大的篇幅。从这以后,作者更是放弃了小说的写作,转向了散文。

3."月""玉"争辉的无尽挽歌——霍达

对历史的喜爱为霍达的创作提供了更多资源,作为回族穆斯林,宗教信仰的潜移默化又使霍达的小说表现出不同的特质。因此,霍达的小说具有更为开阔的视野。她创作的《年轮》《红尘》《未穿的红嫁衣》等小说都跳出了当时的主流文化语境,表现出对人性本身的关注。《年轮》写的是"两女共侍一夫",《红尘》写了一个从良的妓女,《未穿的红嫁衣》写的是"小三"的故事。如果站在道德制高点来看,这些小说中叙述的人和事都是被批评甚至被鄙夷的对象,但霍达却从人性角度给予了深深的同情和怜悯。其饱含忏悔意识的长篇小说——《穆斯林的葬礼》,更被冰心誉为一部"奇书"。

《穆斯林的葬礼》秉承了霍达作品中一贯的对人的关注和怜悯,流露出对生命易逝、物是人非的感伤。个人的事业、家庭、爱情、青春、生命在时间、战争、疾病面前不堪一击。纯洁美丽的韩新月刚刚考上大学,美好的人生尚未开始,便遭到疾病的扼杀。本分善良的姑妈原本有个幸福的家,战争使她成为孤家寡人,在一个永远也不可能实现的盼望中过完一生。热情英俊的奥立佛在一次空袭中丧生,年轻的生命戛然而止。也正因为如此,在展示人们在"逐玉"中耗尽一生的悲剧时,作品流露更多的是惋惜和同情,而不是道德上的指责。即使是利欲熏心的浦绶昌,小说也肯定了他"不是一个仅仅为盈利而活着的一般商人:他有一双识宝的慧眼……他有一双聚宝的巧手"。舍月逐玉也并非一个"俗"字便能说尽,"逐玉"的人中不仅有蒲绶昌这样损人利己的商人,也有梁亦清、韩子奇、"玉魔"老人这样的品行高洁者。红尘难以看破,世俗的牵绊太多! 重要的是,人心是否能保持向善的追求。在霍达看来,"觉得人生在世应该做那样的人,即使一生中全是悲剧,悲剧,也是幸运的,因为他毕竟完成了并非人人都能完成的对自己的心灵的冶炼过程,他毕竟经历了并非人人都能经历的高洁、纯净的意境。人应该是这样的大写的'人'"。① 人心是善和恶的战场,惟有不断忏悔才能保持向善的力量。

《穆斯林的葬礼》肯定了人对抗战争、命运时所展示的力量和对真善美的不懈追求。小说中的故事多是悲剧,但我们却能从中感受到积极的能量和奋发的力量:吐罗耶定老人敬拜真主的虔诚;梁亦清精益求精的工匠精神;姑妈在"博雅"宅的任劳任怨;战争中韩子奇和沙蒙·亨特一家的友谊;亨特太太的热情和慈爱;奥立佛的乐观和青春洋溢;伦敦空袭后的废墟中人们依然在迎接节日的到来;岁月流逝,却万古常青,古老的"博雅"宅中又孕育了新的生命……这些不正是生命的意义所在吗? 韩新月和楚雁潮是小说中最光彩夺目的两个人物。韩新月是美好和纯洁的化身,她始终怀着良善之心,对未来充满憧憬。面对别人给予的善意和爱,她用更多的爱去回报;面对别人的恶意和嫉妒,她保持初心,坚持自我。楚雁潮是一位优秀的青年学者,对于事业,他兢兢业业,潜心教学和学术,不计得失;对于爱情,他不顾家庭反对、宗教藩篱和世俗伦理,大胆追求,倾尽一生爱恋。尽管韩新月没能逃脱死亡的阴影,但他们之间的爱并没有因此逝去,正是这种超越世俗和利益纷争的爱情使得这部小说大放异彩——爱跨越了民族、宗教和生死,展示出巨大的力量。

因为是写人的小说,饱含着对人的同情和赞美,所以《穆斯林的葬礼》中的忏悔显示出论辩性,有对宗教本身的深入思考。作品中的人物梁君璧是最应该忏悔的人:她故意设计陷害忠心耿耿的老侯,将他一家赶出奇珍斋;她不愿放弃名存实亡的婚姻,使韩子奇和冰玉天各一方,也导致冰玉母女的永远分离;她拆散了相爱的梁天星和容桂芳,一手导演了梁天星的婚姻;她长期冷淡韩新月,以教义为名阻扰楚雁潮和韩新月的相恋,间

① 霍达:《穆斯林的葬礼·后记》,北京十月文艺出版社 2015 年版,第 605 页。

接导致新月的死亡。但梁君璧却是对真主最虔诚的人,她恪守教规教义,从九岁开始每天早起做晨礼,从未间断。然而,在她身上,我们看不到真正的忏悔行为,尽管她每次祈祷都会在主面前认罪,但她始终心怀怨恨,偏行己见,导演了一起起悲剧。

这种论辩性品格使小说在人物形象塑造上极其成功。小说中的人物都有着与众不同的鲜明的性格特点,但又没有落入脸谱化,有着自身的张力。超然世外的吐罗耶定、嗜玉如命的"玉魔"老先生、手艺精湛的梁亦清、奸诈而又精于玉器的浦绶昌、热情好客的亨特夫妇、积极乐观的奥立佛、美丽纯洁的韩新月、儒雅痴情的楚雁潮、木讷厚道的梁天星、又红又专的郑晓京、漂亮骄傲的谢秋思、油头粉面的唐俊生、"嘴不饶人"的罗秀竹、善良而又不幸的姑妈……即使是出场不多的人物,作者也赋予了他们与众不同的生命,音容笑貌赫然眼前。在这些诸多人物形象中,最意味深长的人物形象当属韩子奇和梁君璧。作为徒弟,韩子奇不忘师恩、赴汤蹈火;作为艺人,他天赋异禀、勤奋好学;作为商人,他精明又不失诚信……这样一个出类拔萃的人,却因前半生的弃月逐玉,后半生充满痛苦和忏悔。作为丈夫,他让妻子梁君璧多年来的守候落空;作为爱人,他不能义无反顾地回馈梁冰玉的爱情;作为父亲,他难以弥补儿子多年来缺失的父爱,让女儿和生母永远分离。他的身上最为集中地体现了灵魂和肉体的剧烈冲突,坚强与软弱、担当与退却、昂扬与消沉、高尚与自私、精明能干与执迷不悟等多种自相矛盾的性格集中体现在他一个人身上。梁君璧制造了悲剧,也用自己的人生演绎了悲剧。梁君璧曾是美丽动人的小家碧玉。父亲梁亦清突然归真,作为长女的梁君璧毅然挑起家庭重担。丈夫韩子奇携玉避难,梁君璧再次独撑门户。她的性格中有刚强和勇于担当的一面。然而,面对丈夫和妹妹的背叛,梁君璧不愿放弃,也不愿原谅,活在怨恨中。梁君璧的情感和态度极其复杂,一方面,她怨恨他们,丈夫和妹妹的爱情毁掉了她的人生和期盼,韩新月的存在又无时无刻不在提醒她曾经遭到的背叛;另一方面,她又无法忘却与韩子奇相濡以沫的过往,也无法彻底抛却与冰玉的手足之情,对膝前承欢的韩新月,也不是完全没有感情。韩新月的死唤醒了梁君璧的母爱和忏悔,她一丝不苟地为女儿进行了最后的洗礼。

张承志和北村都热衷于通过忏悔来叙写不变的本质,而《穆斯林的葬礼》中的忏悔是"月""玉"争辉的个体心灵历程。小说肯定了"月"的终极价值,却没有将其具化为某种宗教或宗教精神,上升为社会良知。"玉"虽然代表着世俗,但在道德品行的层面上也有着与"月"同辉的价值所在。"弃月逐玉"固不可取,但身在红尘,又有几人能像吐罗耶定那样做到彻底地"弃玉逐月"。人无法成为神,但神却可以道成肉身。"新月"是伊斯兰教的标志,象征着教门的生生不息和繁荣昌盛。但小说中"月"的意象没有拘泥于宗教象征,在结尾部分,古朴的"博雅"宅中又出现了两个小小的"新月"——梁天星的孩子青萍和结绿。尽管小说以"葬礼"为题,但"月"的意象最终指向了生命的美好和生生不息。

三、 从狭义忏悔到广义忏悔

刘再复、林岗在《罪与文学》中将忏悔分为狭义忏悔和广义忏悔。狭义忏悔是带有宗教色彩的对于罪责的承担,即在宗教范畴内的忏悔;广义忏悔则是灵魂的自我拷问与审视。[1] 宗教能够赋予忏悔以超越性,但宗教强调预设的本质,否定人的自由意志和理性,忽略了忏悔的内在真实。在宗教神话的外衣下,一方面忏悔容易被别有用心的特权阶层利用,成为社会良知,变异为统治阶层的帮凶,从而背离个人良知和责任体认;另一方面忏悔会演变为以"信"为前提的天堂通行证,成为动机不纯、充满功利的自我拯救的手段,正如马斯洛娃对聂赫留朵夫的指责一样,"你今生拿我寻欢作乐,来世还要拿我来拯救自己!"[2]真正的忏悔并非是信教后的心灵解脱,或奔向终旅的洒脱。相反,它是对自我的惩罚,灵魂会因此背

---

[1] 刘再复、林岗:《罪与文学》,中信出版社 2011 年版,第 417 页。

[2] 列夫·托尔斯泰:《复活》,力冈译,人民文学出版社 1992 年版,第 176—177 页。

负起更为沉重的负担。狭义忏悔和广义忏悔的分歧正是《卡拉马佐夫兄弟》中宗教大法官与基督的分歧。而文学要表达的忏悔应该是充满痛苦的灵魂拷问和自省,是广义上的忏悔。

其实,就这三位作家的主观意愿而言,他们都认为自己所写的不是宗教,而是比宗教更高的意义和追求。张承志说:"不应该认为我描写的只是宗教。我一直描写的都只是你们一直追求的理想。是的,就是理想、希望、追求——这些被世界冷落而被我们热爱的东西。"①北村认为,神学是一门用哲学的方式证明神存在的学说,它只思想神,却不能接受神,更不能发现神。而宗教更不过是在繁复仪式中满足人的自然崇拜,建立人的虚假信心而已。永恒的是生命。生命才是人的源泉和根基。② 霍达表示,她写《穆斯林的葬礼》无意于渲染民族色彩,也无意于借宗教来搞一点儿"魔幻"或"神秘"气氛。《穆斯林的葬礼》写的是人和人生,而且是这样的人和人生——"即使一生中全是悲剧,悲剧,也是幸运的,因为他毕竟完成了并非人人都能完成的对自己的心灵的冶炼过程,他毕竟经历了并非人人都能经历的高洁、纯净的意境。"③然而,具有宗教信仰的作家往往具有另一种"启蒙"意识,他们急于向长久以来缺乏信仰的民众指明,宗教或宗教精神是更好的人生选择和社会选择,这种迫切的心态可能会导致文学的功利性和忏悔的功利性。不管是北村还是张承志,他们作品中的忏悔都没能超越宗教的范畴,一方面他们的小说都是在"信"的基础上对宗教或宗教精神的宣扬,强调的是神的意志或集体意志,忽略了个人的自由意志,缺少对宗教和宗教精神本身的质疑;另一方面他们强调精神和心灵,追求超越性价值,误解了现实精神,与现实处于紧张的二元对立状态,使小说从某种程度上缺少了现实维度,忽略了个体心灵的真实。

---

① 张承志:《心灵史·走进大西北之前——代前言》,花城出版社1991年版,第8页。

② 唐小林:《论北村的基督宗教诗学》,《社会科学研究》2006年第3期,第163—164页。

③ 霍达:《穆斯林的葬礼·后记》,北京十月文艺出版社2015年版,第605页。

　　因此,尽管宗教能够赋予文学以忏悔意识和灵魂向度,但从狭义忏悔到广义忏悔仍然有一个舍筏登岸的过程,这需要做到两点:一要抛弃对神的无条件臣服,重拾人的自由意志。忏悔"乃是个体对道德责任的体验和体认,而不是拿着道德权威的名义和其他外部权威的名义去号令他人"①。"个人良心乃是一种平常心。而社会良心角色则是将自己的良心视为代表性良心,权威性良心,标准性良心。而良心一旦权威化、标准化与制度化,就会转化为一种权力,一种可以号令他人良心和侵犯他人良心的专制形式。"②因此,宗教往往排斥理性,强调"信"的重要。"信"要求人们丢弃自由意志,无条件地臣服于神。而人一旦缺乏自由意志和质疑,就不再是独立的个体,对个人良知的体认也就成为空话。二要直面现实。忏悔是内在的真实,是现实的一种。忏悔的反躬自问不仅需要善作为参照,而且需要跟现实发生碰撞,处于自在状态的善,不与现实发生碰撞,无法产生震撼心灵的力量,因此忏悔是道成肉身的挣扎,具有两个维度:一是灵魂向度,二是现实精神。19世纪俄罗斯文学忏悔之作不仅在于灵魂向度,也在于对现实的深切关怀。这种现实精神一方面表现为对弱小的同情和怜悯,另一方面表现为真诚的自我解剖。"俄罗斯的无神论是从同情中诞生的,是从对世界的恶、历史的恶和文化的恶之不能忍受中诞生的。"③《罪与罚》中描绘了彼得堡地区底层人们所生活的人间地狱:妓院酒馆遍布,到处弥漫着一股臭味。人们衣不蔽体,栖身于矮小破旧的出租房里。因为穷困,成长中的孩子忍饥挨饿,才华横溢的学生无法继续学业,纯洁善良的少女被迫卖淫。然而,贪婪、自私的老太婆阿廖娜·伊凡诺夫娜却大发穷人财,积累了大量财富。如果上帝是慈悲的,万能的,怎么能忍受这样一个不公平的世界存在?"陀斯托耶夫斯基拒绝40年代的唯心主义的人道主义,拒绝谢林,拒绝对'最高的和最美的东西'的崇拜,

①　刘再复、林岗:《罪与文学》,中信出版社2011年版,第430页。
②　同上,第432页。
③　尼·别尔嘉耶夫:《俄罗斯思想》,雷永胜、邱守娟译,生活·读书·新知三联书店2004年第2版,第89页。

反对对人的本质的乐观主义认识,他转向了'实际生活的现实主义',而且不是那种肤浅的现实主义,而是深刻的、揭示了人的本质深处的全部矛盾的现实主义。"①因此,拉斯柯尼科夫的忏悔不是为了在死后的世界得到拯救,而是在现实泥沼中向善的心灵追求。

这里有两点需要澄清。一是灵魂向度不是对理性和自由意志的排斥,相反,人类对真理、生命的追求应该建立在理性基石之上。在罪与得救之间有两条路,一是信,二是忏悔。信心不在于人,而在于神,它直指结果,忽略过程。强调对未知之物的信心是自欺欺人的盲从。在没有充分理由证明上帝存在的情况下,信仰不应该仅凭意志获得,"这样做会降低自己的自由和人格。它是一种只有在极端情况下才有理由的信念自杀"②。因信称义会导致人自由意志和理性的丧失,这正是陀思妥耶夫斯基所不能忍受的。而忏悔则不会,忏悔不依赖假定的预设,它注重的不是结果,而是过程。在这个过程中,自由意志和良心的碰撞更多地展示出人的存在和人的力量。因此,不是信心,而是忏悔才具有拯救人类灵魂的力量。波伊曼认为,真正信仰上帝的人就是那些在其生活道路上凭道德诚信而活着的人。有些不信者会上天堂,而有些虔诚的、永不怀疑的真正的信者却不会。③

二是现实精神不是"为现实所用"。现实精神是基于同情和怜悯之上的对现实的深切关注和对自我的灵魂拷问,不以实用性为目的。而"为现实所用"则带有强烈的功利性色彩。在中国实用理性的强大惯性下,现实精神一不小心就被简单地误读为"为现实所用",从而丧失灵魂的温度。因此,中国的现实主义文学往往注重现实问题的描摹和揭示,热衷于救亡图存、阶级斗争、经济建设的宏大主题,相对而言,忽略了人的心灵挣扎和

---

① 尼·别尔嘉耶夫:《俄罗斯思想》,雷永胜、邱守娟译,生活·读书·新知三联书店 2004 年第 2 版,第 90 页。

② 路易斯·P·波伊曼:《宗教哲学是什么》,黄瑞成译,中国人民大学出版社 2014 年版,第 195 页。

③ 同上,第 207 页。

呐喊，忽略了内在的真实。在政治的实际需要中，对人的同情和怜悯——这种原本最具人道主义的情感也被极端化，被别有用心地利用，渐渐转变成为非人道的整人道具。如果说力图凭借某些主义去解决怎么办的问题，会使文学丧失独立的品格，把"主义"换成"宗教"亦然。

无论是将神作为道德权威去号令他人，排斥人的理性和自由意志，还是规避现实，许诺一个死后世界的福利，这样的忏悔都会导致文学失去论辩性，成为宣教的工具。真正的忏悔作为个人良知责任的体认，是良知和现实的碰撞，它并不源于宗教，也不仅限于宗教。它具有灵魂的向度，却依然有着现实的温度。忏悔者对他人予以同情和怜悯，却拷问自己的灵魂。文学所应表现的正是这种伟大的忏悔精神。这也从另一个角度证明，即使是缺乏宗教传统的国家也有产生真正的忏悔之作的可能。

"忏悔—赎罪"型人道主义的中国化

——再论方方长篇小说《水在时间之下》

在基督教福音人道主义深厚土壤里生长起来的 19 世纪俄罗斯文学，代表人道主义文学的最高成就。从它进入中国的那一时刻起，就融入了中国的血脉，深刻地影响着中国几代作家，毫不夸张地说，中国的作家和读者心中都迷恋般地藏有俄罗斯文学情结。

以"爱"为最基本的教义，以"平等"为最基本的生活准则，以"拯救"为最基本的目标的福音人道主义是俄罗斯文学思想上的精神向导。对"自由"、"平等"、"博爱"的迷恋，对善者的赞美与对恶者的暴露，对道德自我完善的执著追求，形成了俄罗斯人道主义文学神圣而高贵的品质。通过苦难的体验、良心的发现、人性的觉醒、灵魂的拷问到忏悔赎罪再到人性的崇高、灵魂的复活，是俄罗斯人道主义文学最典型的表现形式，我称这种人道主义文学为"忏悔—赎罪"型人道主义。

这种力主人性崇高、精神向上的人道主义，在中国现当代文学中则普遍演绎成"演绎—累积"型人道主义，即人物的情感、思想和行为从最初给出的人性的固定值出发，以善为中心，在等值化水平演绎人性，人性演绎过程同时也是人性累积过程。故而，中国现当代文学中鲜有纯正地道的"忏悔—赎罪"型人道主义之作出现。2007 年，曾经以《风景》《祖父在父亲心中》《行云流水》《一唱三叹》等小说享誉文坛而被封为新写实小说主将之一的方方发表的中篇小说《万箭穿心》，初现"忏悔—赎罪"型人道主义之端倪，2008 年，随着方方长篇小说《水在时间之下》的发表出版，"忏悔—赎罪"型人道主义终于"春暖花开",结出硕果。

复仇者之复仇

《万箭穿心》属于"忏悔—赎罪"型人道主义之作,叙写一个自我归罪者甘愿受难而赎罪的故事。丈夫马学武偷情,妻子李宝莉报警告发,致使丈夫含恨跳江自尽。丈夫的死并没有带走怨恨,怨恨植入了公婆和儿子心中,他们联合起来向李宝莉复仇。丈夫死后,一贯骄横泼辣、我行我素的李宝莉一改霸道作风,真心诚意地自我归罪、赎罪,默默地承受着极度艰难,用超常的生命付出挣钱赡养公婆、抚养儿子。然而,她用十三年的生命付出,不仅没有温暖公婆和儿子的心,化解他们心中的恨,进而获得他们的同情和宽容,反而被儿子扫地出门。在这里,自我归罪者出示了忏悔和赎罪,但复仇者却拒绝给予同情和宽容,恨和恶留下来了。人道主义在此受阻而没有搭建起"心的桥梁",只好由赎罪者独自在人道主义的一侧自我完善了。李宝莉放弃了用法律为自己讨回公道的权利,远离冤冤相报的复仇,在劳作中有尊严地为自己活着。万箭穿心的李宝莉因此而坚强,受伤的心灵因善和爱的抚慰而放射出人性的光辉。

真正纯正的"忏悔—赎罪"型人道主义最终是不留"恶"、不存"恨"的,《水在时间之下》显然符合这个标准。

断言《水在时间之下》符合"忏悔—赎罪"型人道主义,全因为它是一部典型的由复仇与忏悔构建的人道主义之作。小说主要写一个名叫"水上灯"的汉剧名伶恩怨情仇的一生,复仇与赎罪的一生。前半辈子,她活在被遗弃、被侮辱、被欺凌、被迫害之中,更活在仇恨和渴望复仇之中,简直就是一个完全被仇恨暴虐的复仇女神。她又嫉恶如仇、申明大义、侠骨柔情、真情舍命,但是,一旦被仇恨所纠缠,她就失去了人生的目标,直到复仇的目的一一达到后她才觉悟悔恨。痛定思痛,她找回人性的爱源善根,忏悔赎罪。后大半辈子,她告别都市的繁华喧闹,隐姓埋名于市井,自在地活在庸常之中,更活在赎罪和拯救之中。水上灯整个一生,分明就是一部复仇史和赎罪史。

"忏悔—赎罪"型人道主义一般包含人性演进的三个发展过程,其逻辑表达式可以这样描述:人物由犯罪施恶到人性发现、归罪忏悔,再到赎罪拯救、人性升华。《水在时间之下》亦如此:水上灯因怨恨复仇到水上灯在爱与恨、善与恶、复仇与宽容之间反复搏斗,再到水上灯人性发现、人性升华而忏悔、赎罪、拯救。颇有隐喻意味的是,水上灯在人生的三个阶段分别以不同的名字示人:在被遗弃、被欺凌、被迫害与复仇阶段叫"水滴",在复仇与宽容搏斗阶段叫"水上灯",在赎罪拯救阶段叫"杨水娣"。

在《水在时间之下》里,水滴是一个奇异的存在,一个仿佛从地狱里跑出来专与世人作对的幽灵、魔鬼、灾星,小说也一再借助叙事者和人物之口宿命般地把所有罪恶都归于她,请看下面这几处描写:

> 叙事者说:"唉,水滴一生下来就知道自己到这世上来就是与它作对。对于水滴,这世界四处潜伏着阴谋。就像暗夜阴森的大街,每一条墙缝都有魔鬼出没。水滴就在它们起起伏伏的呼吸中行走。这气息,穿过水滴的皮肤,渗进她的血液和骨髓。水滴知道自己走在魔鬼的包围圈里,知道她就是它们养育的,那些魔鬼的唾液就是她成长的营养。而她就是它们在人世间的替身。"(《水在时间之下》,上海文艺出版社 2008 年 12 月出版,第 7 页。以下引文,直接在文后标页码。)

> "五福茶园"大当家水成旺被玩杂耍艺人"红喜人"失手扎死,大太太李金荣归罪于刚出世的水滴,说她是"灾星自天而降"、"煞星上门"。(第 26 页)

> 养母慧如在水灾降临之际决定离开杨家,十来岁的水滴跪求她不要抛弃他们,她愤恨尖利地说:"我要告诉你,我离开杨家,还有一个重要原因,就是我无法再忍受你。你是一个幽灵,是一个要靠吸人

血活着的幽灵。谁摊上你，都不得好死。我一分钟都不想再见到你。"（第100页）

万江亭和玫瑰红准备结婚，肖锦富派人重伤万江亭，玫瑰红故意归罪于水滴："我早就说过，谁沾上你谁就倒霉。"（第182页）

就连生母李翠也怨恨地说："看看你的亲人，还有朋友。沾着你就是个死，没死也活得人不人鬼不鬼。你是一个幽灵，你的呼吸都有毒，你来这世上，就是让身边的人都死光的。我虽然生了你，但我又怎敢留在你身边。你自己好自为之吧。"（第448—449页）

果真如此吗？为了对水滴公平，我们必须为她说几句公道话。在这部小说里，身世最悲惨、所受的侮辱和迫害最深重、命运最坎坷的人物，要算她了。因此，她也是小说里最让人怜悯同情的一个人物。80年前，她出生不久，就被水家视为"灾星"、"煞星"、"妖孽"而抛弃；大约六七岁开始，她每天跟着养父杨二堂"下河"（替人家倒便桶），备受邻居和路人的侮辱，屡遭水家二少爷水武一伙人的欺凌与殴打；养母经常莫名地责骂毒打她，并在水灾逃难之际对她说，他们不是她亲生父母，她从来就没有爱过她；父亲被水家人重伤，水家不付医疗费，父亲死在医院；无钱葬父而贱卖自己；她随戏班行走江湖唱戏，不幸被刘家老爷强奸，她逃跑，又被戏班抓回，强逼她陪刘老爷过夜；汉口沦陷，她和陈仁厚死里求生，辗转逃难；她有心成家，结果是负气嫁人做了小，接下来又当了寡妇；她真心相爱的陈仁厚最终离她而去进寺庙当了和尚，等等。她表面光彩照人，背后却有着无穷的痛苦，她感叹："我不知道后面还会有什么厄运，但好像它已经赖上了我。"（第409页）

对于这样一个极其不幸的女子，我们除了深深地同情她不幸的遭遇，还会忍心去指责她吗？是的，她不该那么记仇，不该在幼小的心灵就埋下那么深重的仇恨，可谁是罪魁祸首，又有谁为她的不幸负责呢？该指责的首先是那些直接侮辱她、伤害她的人。我们虽然不主张她持恶报复,却能够理解她为何要报仇。她恨亲生母亲李翠,并且一心想要报复她,是因为李翠当年贪求水家的安稳日子而狠心地将她抛弃。抗日战争结束后,当她看到因家破人亡而流落街头的母亲时,尽管她内心深处"一阵隐痛",但恨意仍存,所以当母亲提出想与她一起生活时,她断然拒绝。她恨养母慧如,不是因为养母总是看她不顺眼,每天对她不是斥责教训就是谩骂毒打,对此,她从来不记仇。她恨她,是因为养母背叛父亲而与艺人吉宝私通,于是,她跟踪盯梢,用恶作剧的方式阻止养母对父亲的背叛、吉宝对养母的勾引。她恨玫瑰红,不仅因为玫瑰红总是低看她、羞辱她,更因为玫瑰红唆使慧如背叛杨二堂、贪图富贵背叛万江亭而与禽兽不如的肖锦富结婚(平心而论,玫瑰红嫁给肖锦富也是迫不得已,一是她不愿放弃十几年拼来的一切,二是为了保护万江亭,让肖锦富不再伤害他),致使万江亭悲痛欲绝,割腕自尽。所以她一直与玫瑰红过不去,"心里恨极玫瑰红",发誓一定要报仇。她最恨水家,是因为水家视她为"幽灵"、"灾星"、"煞星"而将她抛弃,还因为水家人特别是二少爷水武经常侮辱她、欺负她、设计陷害她,更因为水武一伙人仗势打死了养父杨二堂。对水家,她有着解脱不了的深仇大恨,这仇恨是如此的强韧持久,仿佛与生俱来,"是前世就埋下的种子,她一出世就开始发芽,现在已经长成一棵树。"

而对于爱她的人,水滴有情有义,一点也不马虎,总是以恩相报,甚至愿意以死相报。她爱猥琐、懦弱、窝囊的养父杨二堂,可怜他、心疼他,是因为杨二堂待她胜于己出,处处护住她。她爱万江亭,不仅因为万江亭是她崇拜的汉剧名角,为人善良正义,还因为万江亭同情她,喜欢她,认定她是一块好料,送她到戏班学戏,开启了她艺术生涯。可以说,万江亭是她艺术生涯的第一个导师。她爱余天啸,不仅因为余天啸是汉剧泰斗,更因为在她走投无路时,是余天啸伸出援手救她出虎口,并认她做干女儿,让她有了一个温暖的家。对这个彻底改变了她命运的恩人,她视为亲生父亲,发誓今生今世就是"做牛做马做奴才"也要好好孝敬他。

这就是水滴,爱憎分明,爱就爱到心,恨就恨入骨。她有自己的处世做人的原则,谁欺负我,我就恨谁,就向谁报仇。在水滴身上,恨以两种方式表达着她作为一个弱女子的强势生存之道。第一种方式是记恨复仇,以恶抗恶,冤冤相报。7 岁那年她和杨二堂"下河"被水家二少爷水武一伙人侮辱殴打,心里第一次有了痛苦,随之而来的,"是她人生的第一次仇恨"在心里生根,对水家乃至对有钱人的仇恨也是从这里开始的。然而,当时的"水滴"和后来的"水上灯"都缺乏明确的阶级观念,因此,当她有目标地采取报复行为时,不是针对所有的有钱人,而是有选择地针对直接伤害她的有钱人。所以,针对水武一再的侮辱和伤害,她以牙还牙,同泼血或涂血色的方式报复见血就晕的水武。与此相联系的第二种方式是以恨作为动力,通过个人奋斗而成为有钱人。"水滴对有钱人的仇恨虽是从这天开始",而同时,"水滴对有钱人的向往也是从这天开始"。这让水滴成为一个很矛盾的人,一方面,"她痛恨他们",另一方面,"她却又想成为他们中的一员"。她天真的认为,只有出人头地才能成为有钱人,只有成为有钱人才能不被别人欺负。"姆妈,你莫生气。我长大了一定要去挣很多钱,我保证不会让你和爸爸被人屈服。"说到底,这还是复仇,不过,这已经是复仇的另一种表现形式,以恶衬善的复仇形式。此时的水滴,实在是一个十足的复仇者。

复仇者之人性搏斗

水上灯果然红了,一夜狂风暴雨,"打落一枝玫瑰红,却开出一盏水上灯"。16 岁的水上灯一夜间红遍汉口,正如其艺名所含之意:"一盏明灯,随水而来,飘在水上,光芒四射。"从记恨发誓复仇的那一天起,她就盼望着这一天的到来。现在,盼望变成了现实,复仇的机会来了,她有了向所有欺负过她,而她又为之憎恨的人——复仇的本钱了。接下来,我们发现善的力量也借助种种方式进入水上灯的人性建构之中,极力疏导、稀释、化解她心中的复仇欲火。水上灯在爱与恨、复仇与宽容之间来回奔突,心灵承受着善与恶、爱与恨的反复搏斗的煎熬。在人性搏斗阶段,水上灯人性结构中的力量尽管还是怨恨和复仇占上风,但人性向善的含量也在累积发展。此中,爱与恨、复仇与宽容的强度较量搏斗达到了四个回合,水上灯人性演变的丰富性、复杂性由此见出。

第一回合。蹿红狂妄傲慢的周上尚做人不正走歪道,寻花问柳,沾染梅毒而命丧黄泉。干爹余天啸和老师徐江莲、黄小合借机开导水上灯如何做人。徐江莲说:"我看来看去,演戏能红到最后,讲究的已经不是戏,而是人了。人得正,戏才能正。戏正了,便能一直红。"(第242页)黄小合说:"你的红,跟周上尚太像,走红的年龄也与他差不多少。看看今天的他,你也要反省。一个戏子,不光要在演习上下功夫,更要在做人上下功夫。学你的干爹余天啸,你才能红得长久。"(第243页)余天啸说:"致周上尚于死地的是他的人不正。人若不正,不光毁自己的戏,连命都毁得掉。"(第243页)水上灯听进了干爹和两位老师的话,后悔自己不该负气与周上尚以命相赌。这一抹人性的光亮对于水上灯太珍贵了,表现出她人性中开始滋生了悔悟和宽恕的情感。但是,这一善的情感是在周上尚惨死而触景生情,加之前辈及时跟进的教导下发生的,尽管珍贵,却很脆弱。果然,水武的设计陷害又激起她复仇的欲望,她不接受水文的道歉,心硬如铁,发誓要报仇,"我要告诉你,以前我跟你水家只有杀父之仇,现在又多了一样羞辱之恨",我对水家的仇恨"比天高比海深"。之后余天啸劝她不要寻仇,要学会忍让:"对于水家,就算有宿仇,往后你也不能这样硬碰硬去顶",当戏子最要紧的就是谦和本分,"得让人时须让人"。水上灯嘴上应诺了,但仇还结在心上。这一回合,宽容暂时占了复仇的上风。

第二回合。水文借给儿子过生日办堂会的机会,亲自登门道歉并邀请水上灯,想化解水上灯对水家的怨恨。陈仁厚也乘机劝她不要仇恨水家,她嘴上不答应,"心里却已经听进去了",她走进了水家。这一步的跨出与跨入,说明她对水家的恨开始松动了,心结开解了,之所以如此,多半要归功于水文一再真诚的道歉。其实,水上灯对水家的仇恨说穿了,就是对水武的仇恨,而对水家的当家人水文,她的情感颇为复杂,既仇恨又宽恕,既鄙视又同情,她恨水文当年逼李翠无情地抛弃了她,鄙视水文为了保住水家,卑鄙地叫李翠嫁给汉奸陈一大;而水文多次阻止水武对她的寻衅,一再为水武和水家向她道歉,渐渐地获得了她的同情和宽恕。她与水武的深仇大恨一时难以化解,当她应戏迷之请准备再唱一曲时,猛然看到半途回家的水武,分外眼红,"我原准备应大家之邀,再唱一曲《贵妃醉酒》,但是,我看到我的一个仇人。这个仇不是别的仇,是杀父之仇。我不想唱给这样的人听,所以要对各位说声很抱歉。"(第338页)这个回合,宽容和复仇平分秋色。

第三回合。闲散至极的水上灯经常遇到水文,每回水文都要请她喝茶吃饭。水文平缓温和,水上灯心里便生出依赖之情,"而对水家的仇恨,也因为水文的缘故,渐渐淡下。"水上灯一直误认为菊妈是她的亲生母亲,恨她抛弃了她。菊妈为了救李翠,被三个日本兵轮奸,水家言其晦气而将她赶出,临死之前,菊妈把真相告诉了水上灯:你不是我女儿,20年前的那个春天,水家遭难,你父亲的惨死,你大妈的噩梦,你母亲的跪求,你哥哥的冷漠,你的被抛弃。水上灯刚刚淡化的仇恨又一次被激发起来,她想不到:"一直以来伤害她的人,竟是她自己的家人。而她的亲人,却全都是她最深重的仇人。"(第355页)对于水上灯,最残酷、最不能让她接受的打击,莫过如此了,她觉得自己心里的痛似乎超过了以往任何时候。这个回合,宽容被复仇离间。

第四回合。肖锦富想霸占水上灯,他拿出一间皮货铺子与部下张晋生做交易,逼他让出老婆水上灯,张晋生表面答应,私下借黑道老大贾屠夫之手杀了肖锦富。水上灯无意中把张晋生如何设计杀害肖锦富的事告诉了玫瑰红,玫瑰红心生恶念,"她的丈夫害死的毕竟是我的男人",我要为他报仇,也要她尝尝当寡妇的滋味。玫瑰红将此事告诉了水文,水文与张晋生有仇,又想到张晋生是个厉害的角色,说不定哪天会害了水上灯,便想除掉他。水文暗中告诉贾屠夫,张晋生如何唆使他的女人银娃引诱肖锦富,一怒之下,贾屠夫杀了张晋生。水上灯听到张晋生身亡的噩耗,断定是玫瑰红把张晋生设计杀肖锦富的事泄了出去。在肖府,她当着许多为玫瑰红过生日的宾客,一口气掴了玫瑰红十个嘴巴,以解多年来对玫瑰红的怨恨,过后,玫瑰红就疯了。这个回合,循环式的复仇劫持了宽容而独行,同时也在恶的释放中耗尽了力量。

在四个回合的人性搏斗中,复仇与宽容这两种截然相反的情感彼此消长,表现在水上灯身上,是她人性中宽容的善的力量在明显上升,而复仇的恶的力量在逐渐淡化。当两种人性的较量搏斗达到一定长度时,就会出现均衡状态。处在这种状态中的水上灯,更容易接受同情、怜悯、宽容等善的情感的引导,由此而进入人性完全觉悟的境界,但此时此刻她需要一个契机、一张进入人道主义福地的通行证。水上灯在等待着,读者也在等待着,小说遵从存在和人性演进的逻辑,适时地给出了契机和条件,水上灯终于破茧而出、化蛹为蝶了。

复仇者之忏悔赎罪

水上灯的良心发现、人性觉醒从这里开始:玫瑰红被飞机投下的炸弹炸死在医院。水上灯顿时傻了,她自我归罪、自我谴责,是因为她当众打了玫瑰红十个嘴巴,致使她精神分裂住进医院而被炸死。与其说玫瑰红是被炸弹炸死的,不如说她是被水上灯羞辱死的,或者说,玫瑰红是被水上灯引向死亡之途。水上灯为此陷入痛苦的自责与悔悟之中,"又一条生命,以更悲剧的形式,死在自己手上"。

特别是她在日本投降之后,从逃难中返回汉口时,目睹水家的"五福茶园"易主,一直仇恨水家,巴不得他们家破人亡的水上灯,居然没有半点的幸灾乐祸之情,反倒心烦意乱、爱恨莫辨。当得知水文被日本人杀害、大太太为之跳江自尽、水武疯得更加厉害、水家彻底毁掉时,一直被仇恨纠缠的水上灯触景生情而内疚而悔恨。她心知肚明,这一切悲剧,均与她有关,因为是她为了保护陈仁厚而对日本人说了谎,致使水文惨死在日本人刀下,而且殃及全家。她心痛至极,悔恨不已,"我活着是为了想看到他们比我活得更差,或者干脆让他们死去。现在我的目的已经达到,可是我的心却痛得更加厉害。"(第 451 页)当初,"她是多么仇恨水家,多么讨厌水文,多么巴不得水家彻底完蛋。而当这一切,变成真的,她心里又是多么难过,多么惶恐,多么内疚。当年所有的仇恨之心报复之意,都随着人死随着时间随着心境,反成了悔恨。"(第444页)悔恨是良心发现后直接生成的情感,良心的呼吁所显示出来的是指认"现存在的有罪",是善的伦理对恶的伦理的否定。对于水上灯,那就是在自我否定中自我归罪。

自我归罪在情感上通向悔恨和忏悔,在行动上通向赎罪和拯救。赎罪始于自我归罪、悔恨和忏悔的作用,而目的则是拯救。水上灯告别伤心之地,告别舞台,告别人性扭曲一味复仇的"水上灯",隐于庸常市井,让"杨水娣"的名字来安顿她后大半辈子的赎罪人生。仿佛是托尔斯泰《复活》中聂赫留朵夫迈入的赎罪之路,跨越几十年的时空,穿越不同的国度,在民间中国再现了。人性苏醒后的聂赫留朵夫深刻地忏悔自己的罪过,四处奔走为马丝洛娃减刑,当所有的努力都告失败后,他踏上陪马丝洛娃去西伯利亚流放的征途,从此开始,聂赫留朵夫"精神的人"终于战胜了"兽性的人",灵魂复活,过起一种"全新的生活"。水上灯在几十年里通过"救人"而"自救",先是为失去双腿不能自理的同为汉剧名伶的"林上花"活着,后为她最大的仇人、如今沦为乞丐的傻瓜哥哥水武活着,当活着的根据和理由都消失后,她才平静地离开人世。

以美丽善良的女性来扮演受难者和拯救者,是受宗教影响的英国文学、法国文学特别是俄罗斯文学的传统,这一文学传统在新时期中国文学中也多有表现,如冯晴岚之于罗群和宋薇(鲁彦周《天云山传奇》)、满清王朝贝勒府的千金小姐多罗格格之于石义海大爷(刘心武《如意》)、"米豆腐西施"胡玉音之于谷燕山(古华《芙蓉镇》)、李秀芝之于许灵均(张贤亮《灵与肉》)、马缨花和黄香久之于章永璘(张贤亮《绿化树》《男人的一半是女人》)、农村妇女杜玉凤之于国民党中将申公秋和解放军女战士苏岩(张笑天《离离原上草》)、叶叶之于杨万牛(郑义《远村》)、活佛小老婆曲珍之于古热村工作组组长的"我"(刘克《古碉堡》)、母亲和家珍之于福贵(余华《活着》)、母亲刘月季之于前夫钟匡民及全家(韩天航《母亲和我们》)、儿媳王葡萄之于地主兼伪保长的公爹孙二大(严歌苓《第九个寡妇》)、美貌女匪首郑幺妹之于匪首柳大卯（电视剧《大西南剿匪记》，原名《最高特赦》），等等。应该说，《水在时间之下》以经典再现的方式更加突出了这一文学传统。水上灯命运多舛的一生，其苦难让人同情，其不幸让人心疼，其复仇让人理解，其赎罪让人赞叹，这实在是一个貌美性野、敢爱敢恨、良善多情的受难者形象，犹如一朵美艳的"恶之花"开在粗粝的原野，吸纳着天地之精华，经受着人间之风雨，野生野长，花开花落。

水上灯苦难、复仇和赎罪的一生，在人性演变和人道主义建构上，与《德伯家的苔丝》《巴黎圣母院》《复活》《罪与罚》等"忏悔—赎罪"型人道主义之作有着一致性。所不同者，《复活》等作品人物的忏悔赎罪经过宗教的引渡而进入人性升华、灵魂复活的崇高境界，而水上灯的忏悔赎罪则由世俗伦理的引导而走向既基于民间又超越其上的自在人性，其"忏悔—赎罪"的人道主义则体现出中国化特色。照理讲，读完小说，我们应该获得如同阅读完《复活》等小说一样的感觉，心灵受到强烈的震撼。我要说，读完《水在时间之下》，我充满着感动，这感动里含有同情、悲悯、赞美等情感，但没有产生深度的精神震撼。感觉告诉我，这里定有原因。我找到的原因有两个。其一来自小说结构本身的原因。这部描写汉剧名伶水上灯苦难、复仇、赎罪的一生的故事，实际上只写了水上灯前二十多年的苦难史和复仇史，即从1920年写到抗日战争结束，而之后漫长的五十多年的赎罪史，作者只用了二千多字的《尾声：活在时间之下》作了一个极其简单的介绍。忏悔赎罪是一种纯粹高尚的情感和行为，水上灯的人性升华有待于她赎罪描写的质量，由于作品重在描写水上灯的苦难和复仇，其人性建构性的积极力量没有得到足够长度内容的支持，故而没有积累起情感的、思想的、精神的厚度和力度。其二是水上灯形象本身的原因。水上灯的人性演进到忏悔赎罪阶段时，已经积累了足够的伦理力量，她完全有可能向人性升华的崇高境界挺进，但就在这个关口，她却松弛下来。水上灯甘愿为残废的"林上花"和已经成为傻子的仇人水武活着而活着，这种赎罪之举无疑是高尚的，但她的动机却出卖了她。原来，她厌倦了人世，本不想活，而照顾他们，既达到了赎罪的目的，又为自己找到了一个活下去的理由。这种平淡的"没有了魂"（林上花语）的活着，扛住了生命，却没有激活生命。这是《水在时间之下》让我不满意的地方。她本可以什么都不说，像平常一样，"脸上没有一丝表情，像一汪湖水，就算起了风，也没有波动"，从容、散淡、超然地活着，在庸常中活出别样的精神境界。也许有人会说，如果让水上灯的情感、思想和精神也推演到崇高境界，岂不是与《复活》《罪与罚》等作品同辙同调，那又有什么意思呢？是的，艺术贵创新忌重复，可谁又敢理直气壮地说，通向纯净、圣洁、崇高之路只有一条呢？

活在时间之下

《水在时间之下》是现实主义的写法，但书名和《楔子》则富有哲学意味。书名"水在时间之下"是"水滴"、"水上灯"、"杨水娣"一生的隐喻，《楔子》解题释人，用的是生命哲学的阐释。这里有两个声音，一个是水滴的声音，一个是叙事者的声音，两个声音相互呼应，又相互阐释。

水滴出生那天下雨，取名水滴，暗喻这孩子的命就像一滴水，刚落下，就得干。可水滴不认这个命，她说：一滴水很容易干掉，被太阳晒，被风吹，被空气不声不响地消化，"结果我这滴水像是石头做的，埋在时间下面，就是不干"。时间是永恒的，那么在时间之下永不干涸的水滴自然也就获得了永恒。水在时间之下而不干，水在时间的境域自在地存在，不为时间左右，不为时间定义，与时间同在，表现出水滴生命力的强盛。

当然，这是语义转换之后意指人的生命精神的永恒，落实到现实层面，就成为水滴对自己的人生所作的表白。水滴一生下来就意识到她来到这个世界就是专与它作对的，"如果这世界是污秽的，我这滴水就是最干净的；如果这世界是洁净的，我这滴水就是最肮脏的。总而言之我不能跟这世界同流。"（第1页）永恒的水滴是不会被抛弃的，"这世上没有什么可以抛弃我，只有我抛弃它"。这种与世抗争、与世为敌的人生态度，表现出水滴生命意志的强盛。在复仇阶段，水滴以恨和复仇的方式表达了自己对这个世界的否定，在忏悔赎罪阶段，她鸡皮鹤发、蓬头豁齿、邋遢肮脏地隐于市井民间,又何尝不是以更彻底的方式抛弃这个曾经让她悲剧接着悲剧的世界。

而叙事者对时间则作出了与水滴不同的理解:"这世上最柔软但也最无情的利刃便是时间。时间能将一切雄伟坚硬的东西消解和风化。时间可以埋没一切,比坟墓的厚土埋没得更深更沉。"(第2页)水滴生命的有限性,注定她终究要越出时间的境域,"她果然被时间埋在了深处,连一点光亮都没有露出来"。叙事者由此而感慨:"唉,其实这世界上,最是时间残酷无情。"一个以坚实的现实材料为内容的小说竟然结束在这一句话上,便只能化作人生如梦如烟的一声叹息。

叙事者悲观宿命的感慨合乎现实逻辑、生命逻辑,却不合乎水滴的逻辑。我愿意对此作这样的诡辩性的理解:水滴活在时间之下,这种主动与被动、定义被定义、强势与弱势的关系,决定她要采取抗争的方式,与时间一样活在永恒之中,这是水滴对自我生命力和生命意志的确认。当水滴去世后,她就越出了时间的境域,不再被时间定义了。时间只有与生命对话才具有存在意义,它不能为非存在的"无"定义。这是它的能指,也是它的自我限定。

(原载《文艺争鸣》2011年第6期)

两个女人的忏悔

——艾伟长篇忏悔小说《爱人有罪》《南方》

艾伟于 2006 年和 2014 年先后出版了长篇忏悔小说《爱人有罪》和《南方》①。两部小说的主角均为永城县西门街的美女,她们无意犯罪却被罪恶附身,以至于成为"罪恶之源"、"悲剧之源",几乎所有的罪恶因她们而起,而与她们密切相关的人,不是犯罪就是死亡。其区别在于,前者是一个被命运捉弄而无罪生罪的善良女子余智丽的赎罪史,后者是一个红颜祸水般的女子罗忆苦的忏悔录;前者之赎罪取"生的状态",即余智丽在负罪中赎罪,后者取"死的状态",即罗忆苦亡魂以回叙的方式,对自己一生所犯的罪过的坦白与忏悔。两个女人的忏悔及其忏悔叙事各有特点,但都显示出中国忏悔文学本土化的特色。

上:一个女人的赎罪史

一

年轻漂亮的西门街街花余智丽夜晚回家,路过小树林时被人强奸,她指控经常跟踪她的鲁建,鲁建为此进了监牢。受冤枉的鲁建希望她替他

---

① 艾伟:《爱人有罪》,春风文艺出版社 2006 年版;《南方》,人民文学出版社 2014 年版。

洗刷罪名,遭到她的拒绝,于是心生仇恨。三年后,真正的罪犯现身,余智丽决定尽其所能还鲁建以清白,可执法机构根本不愿改正当年依靠逼供立案而犯下的错误,她深怀愧疚,只能以行善救赎自己。八年后鲁建出狱,他怀着复仇的欲望找到余智丽,两人相逢,一场复仇剧刚刚开演就出人意料地发生逆转,其语义由复仇主题改写为赎罪忏悔主题。

这是《爱人有罪》的故事梗概。故事只是这部小说的枝干,撑开故事内容的则是中国作家向来不擅长的心理分析。受情感、情绪乃至无意识支配的心理活动与受清晰逻辑掌控的故事情节各自张力,加之人物时常在仇恨与救赎、善良与暴虐之间搏斗,致使小说表达的思想既丰富又呈现出不确定性。

于是就有了种种解说:从心理分析角度看,这是一部心理小说(汪政);从男女关系角度看,这是一部爱情小说(金仁顺);从生命角度分析,这是一部关注女性命运,对"生命的各种可能性状态进行了犀利的追问"的小说(洪治纲);从宗教角度看,这是一部走向基督的小说(陈树宝);从人性角度考察,这是"对于我们真正的灵魂问题的有力量的观察和想象"的小说(李敬泽);从性爱角度剖析,这是一部写"虐恋"的小说(王宏图),在虐恋之上,写"爱的处境,爱迸发的可能性,及爱的结果归零这样一种状态"(施战军),①等等。

艾伟对《爱人有罪》也作了自我阐释。他说:"我想探究的问题是,中国人究竟有没有'罪'感及如何去解决这个'罪'的问题。"他追问中国人究竟有没有"罪感意识",但没有给出答案,而是顺着这个问题往下说,是在中国人有"罪感意识"的语境中展开的,既然女主人公余智丽觉得自己有罪,那么,她就要赎罪。但问题来了,余智丽如何赎罪?艾伟说:它的难度,首先是这样一个小说在我们没有什么资源可以依凭,因为"中国人没

---

① 参见《艾伟长篇小说〈爱人有罪〉研讨会纪要》,《文学港》2006 年第 4 期,第 196—207 页;金仁顺《黑羽毛 白鸽子——关于艾伟的〈爱人有罪〉》,《当代作家评论》2006 年第 3 期,第 130 页;陈树宝《〈爱人有罪〉:一个走向基督的小说》,《语文教学与研究》2008 年第 23 期,第 90 页。

有神可以依靠"。因此,这个小说的难度,其实就是我们时代的精神难度,即我们有没有足够的精神资源去理解这样一个表面上看起来的"圣人"。在这方面,中国作家面临的问题比托尔斯泰要难得多。托尔斯泰在"处理聂赫留道夫的时候,几乎不需要任何理由,就可以让他跟着妓女玛丝洛娃去西伯利亚赎罪"。而我在写余智丽这样一个救赎者形象时,需要给出充足的理由,说明是什么思想力量使她在"救赎"这条路上走下去的? 遗憾的是,艾伟给出的答案却偏题跑题了,他说我动用了大量的心理描写,还动用了心理学上的"快感"资源,以此强调余智丽在救赎中是有快感的,我甚至觉得她在受苦中有幸福感的①。在这种随感性的表述中,作用于赎罪忏悔的思想资源或伦理资源变成纯粹的技术性的心理描写,而赎罪忏悔则沦为性欲意义上的"快感"。我理解艾伟,他想写"罪"与"赎罪",而非宗教伦理资源不能导向赎罪忏悔的观念又约束了他的解题。好在这种观念没有影响到他的创作,当他在写余智丽时,一个优秀作家的品质还是充分发挥出来了,他写余智丽的罪感意识和赎罪忏悔,动用的还是本土的伦理资源。艾伟的《爱人有罪》及之后的《南方》再一次显示,结合了现代人性思想的中国本土伦理资源,也能够使罪人在良知的感召下产生罪感意识,继而知罪、归罪、赎罪、忏悔。据此可以理直气壮地说,新时期以来忏悔文学的兴起,是对中国文学乃至世界文学的一个重要贡献。

最后,艾伟从"救赎"与"快感"的纠结中导出《爱人有罪》的主旨,这是一部"关于人的丰富性的小说"、一部"混杂的小说",它有多个方向,既有向上的一面,又有向下的一面。准确地说,这是关于作品内容质量的表述而非作品主旨的界定。窃以为,这部小说有着多个意义方向,但它的主向/主旨,无疑是写一个女人的赎罪史。

二

余智丽的赎罪史源于她被强奸的严重事件。在这起事件中,她是受

---

① 参见《艾伟长篇小说〈爱人有罪〉研讨会纪要》,《文学港》2006 年第 4 期,第 207 页。

害者,不该由她来负罪赎罪,由于她的指控而导致无辜者鲁建获罪入狱,她无意中成为一个有罪的人。一起强奸事件的发生,由此改变了好几个人的命运,原本是受害者的余智丽变成了负罪者,从此她开始了旧罪未去、新罪又生、赎罪接着赎罪的历史。而与她密切相关的几个人也由此改变了命运:鲁建因她的指控而入狱,母亲因与她激烈争吵而自杀身亡,丈夫和女儿被她抛弃,陈康因爱她而杀人。关押在监牢里的鲁建愤恨地说:"这个女人是他悲剧的源头。"而她的悲剧源头也源于这起强奸事件,没有这个事件,所有的悲剧都不会发生。可以这样说,这起事件是所有悲剧的源头,所有命运改向的源头,它自然也就成为这部以"罪与罚"、"负罪与赎罪"为主旨的小说的逻辑起点。

余智丽是一个善良正直、心地纯洁的女人,一旦她获知鲁建被冤枉的真相,立即产生了知罪负罪的念头。她深知自己是有罪的,她要为鲁建洗刷罪名,同时也是为了救赎自己。当她的请求遭到执法机构拒绝后,她就拼命地行善做好事,"没有人知道我这样做的心思,他们都认为我思想好,其实我这样做只为了我自己。我发现这样做能让我平静。"从做好事中获得内心的平静以达到自我救赎,是一个弱女子自我缓释的解救之道。同样,当母亲被她气死后,她感受到了来自哥哥、嫂子、邻居和亲戚们的无声谴责,还有来自她内心的自我谴责,"她知道自己罪孽深重,从此将背负害死母亲的罪名。"这次,她为自己找到的解救之道是结婚,她同王光福草草结婚,是一次"刻意的逃避",是"无可选择的选择"。结婚成为她躲避伤害的良策,婚姻确实给她的内心带来了暂时的宁静。

在做好事中淡忘罪感意识并逐渐麻木自己,在婚姻中逃避伤害,这些都不是否定旧我以重建新我性质的赎罪。如同忏悔文学经典之作《复活》《罪与罚》,这部小说的忏悔者余智丽之赎罪是有明确对象的,这个人就是因她的指控而入狱的鲁建。当鲁建还关押在监牢里时,她可以暂时忽视这个人的存在,以做好事和结婚来安慰自己、麻木自己,把自己从尴尬的处境中解救出来;当鲁建刑满释放后,她就不能再逃避了,她必须直接面对他的追罪,如果她真想赎罪的话。

八年后,鲁建出狱,余智丽真正意义上的赎罪忏悔才正式开始。真要实施赎罪,这个弱女子才深知赎罪是多么的艰难。她的赎罪是从害怕开始的,像八年前一样,鲁建每天盯梢她,与八年前不一样的是,鲁建对这个曾经仰慕心仪的女人充满了欲望和仇恨,他要向她报仇。余智丽感受到了这种危险,她约他见面,真心诚意地向他道歉:"对不起。真的对不起。我不知道怎么补偿你。你不要再跟踪我了。我是个有家庭有女儿的人。不要再跟踪我了。我求你了。"这已经是低声下气的哀求了,"对不起",是负疚知罪;"我不知道怎么补偿你",言下之意,她愿意补偿他的损失甚至接受他的任何惩罚;求他不要再跟踪她,是因为她害怕他的行为会伤害她的丈夫和女儿。

这样一次哀求怎能消除鲁建由八年牢狱折磨而积累起来的心头之恨?他继续跟踪她,每天晚上都站在她家楼下的电线杆下面。她突然发觉,他的眼神温和,像思念她很久的样子,不像要伤害她。她心生情愫,开始担心他,惦念她,心疼他。这个感觉纤细灵敏、心地善良纯净的女人情感的这种微妙的变化,无疑有着非常复杂的内容,里面有愧疚,有爱意,有欲望,混合了道德的内容、情感的内容和欲望的内容。接下来,就看随着事态的发展,这些混存而又各自张力的力量要把她引到哪个方向。

一个瓢泼大雨之夜,看到仍然站在电线杆下面的鲁建,这个文静的女人开始被欲望驱动而疯狂了,她不假思索地拿起雨具朝他奔去,跟随他来到他的家。让人震惊的情感裂变、人性裂变开始了:她竟然愿意他强暴她,以平复他的仇恨,"如果这样能让他平复她愿意"。这样的念头一旦出现,她就希望强暴早点来临,"好像唯此她才能得到解脱"。于是,她脱光衣服让他强暴,做爱之后她感到疼痛,整个身体像在燃烧,但心里竟然产生了温暖的感觉,"她对他没有恨,奇怪的是她竟有一种满足感,有一种被折磨的快感,就好像她因此得以重生。那施加在她身上的粗暴,在她这里变成了一种解脱,她因此在心里产生了一种感恩的情怀"。这段性心理描写怎么看怎么让人不舒服,这哪里是在赎罪,分明是欲望的狂欢。用性补偿鲁建,实质上是经济的交换原则与赎罪作了低级交易,它满足了性欲却损害了赎罪。始于消解仇恨的性行为,只能终于性欲的快感,而所谓的解脱、重生、感恩,则沦为"快感"的注脚,远不是人性的重生和精神的升华,一项近乎神圣的人性之旅、精神之旅,一开始就走了样、变了味。

多年以来,即使与王光福结婚以来,余智丽由于被强奸而留下的深刻的心理阴影,致使她变成一个几乎没有性欲的女人,自从与鲁建发生性关系后,她的性苏醒了。这之后,她经常与鲁建疯狂做爱,"一闻到他的气味,她的身体就会像突然注满了液体似的膨胀起来"。这令她奇怪,因为她意识到理性与身体的要求有冲突,但她没想到身体的力量是这么强大,几乎战胜一切,使她很快地抵达快乐的彼岸。这说明,她完全被性所掌控所支配了。对于一部忏悔小说,对于一个赎罪的女人,这个起点实在不妙。她听从身体的召唤,凭借性作为赎罪的资源,预示着她赎罪的质量不高,至多从性感觉的快乐原则走向世俗伦理性质的悔罪赎罪水平,不可能进入充满悲悯情怀并以精神为导向的灵魂获救的水平。

有例为证。例1:余智丽带着赎罪补偿的念头与鲁建结婚,自然也期待婚姻给她带来幸福,可实际上的状况如何呢?她的闺蜜王艳说:余智丽与鲁建结婚后一直受苦、受煎熬,是一个悲惨的女人、可怜的女人!原因是鲁建常常粗暴地对待她、折磨她,稍有不顺心的事就对她动粗,特别是他知道余智丽为救他而以性与李大群作交换(未成)的事后,心生恶念,把全部的愤恨发泄在她身上。她从不抱怨,总是理解他的粗暴行为,"他的体内有仇恨也是正常的",因为她的错误,把一个无辜者变成一个罪犯。她认为,他对她动粗施暴也是正常的。她默默地忍受着他的折磨,甘愿受苦,"充满了献身的勇气",说穿了,还是补偿伦理在暗中起着主要作用。这一点,让粗鲁的鲁建大为迷惑、惊奇、感叹:"她对一切似乎没有抱怨,好像受苦就是她这一生应该领受的。他这么折磨他,她还要死命地抱住他,安慰他。她真的是个好女人。"

例2:以性作为赎罪的筹码,直接导致她抛弃丈夫和女儿而与鲁建结婚,走到这一步,并非她所愿,实在是被逼无奈之结果。事后,她伤心伤意地忏悔自己的罪孽,"她觉得自己总是害人。到处害人。现在又伤害了王光福这样的老实人",实在是罪孽深重。因罪而悔恨而忏悔,往下发展,可以走向人性和精神的高地,而没有得到更大伦理道德和人性力量支持的余智丽,其忏悔只能止步于由世俗伦理定义的一般性忏悔。

例3:陈康为了解救受折磨的余智丽,杀了鲁建。她深知这一切都是因为她,陈康杀死鲁建,但罪责在她这里,一切都应该由她来承担。她决定替陈康领罪而自首,自然也是犯罪,即在替罪领罪中犯罪。这一冒死替罪貌似耶稣的受难(耶稣是历史上最伟大的替罪者,甘愿为人类受难而复活),实则相距太远,诚如摩罗所说:"耶稣从《旧约》的背后走到前台来,借助《新约》拔地而起,成为万世景仰的救世主,成为人类拯救良知,谋求福祉并承担一切罪责的解放者。在那个著名的十字架上,他流出的是鲜血,担起的是人类的一切罪,催生的是人类的良心和自由。"[①]而余智丽的替罪还停留在偿还伦理水平,既然陈康是为了她而杀死了鲁建,那么,她就要代陈康去领罪,其中没有更多的人性内容和更广的精神背景。

立足于这个观点,我对《〈爱人有罪〉:一个走向基督的小说》一文的观点及其分析有些异议。该文以基督教思想观照《爱人有罪》,将余智丽视为耶稣一样的人物:"余智丽可以说是无罪的,可是,她是小说中唯一一个知罪、悔罪的人,也是唯一一个在赎罪的人。她不仅以苦行在替个人赎罪,而且,她也像耶稣一般以牺牲个人为代价来拯救他人。王世乾、陈康就是她的病人,她在救人时就是圣母,崇高而神圣,又是基督,有博大的怜悯之心……在一个没有'罪感'的环境里,众多的罪人在上演着各自的'罪孽',余智丽的基督精神就是'救世的福音'"。她在自己的督促下完成自我灵魂的救赎,闪耀着"宗教式的光芒"、"圣母般的光辉"[②]。套用基督教思想,并在此思想的启示下拔高人物形象,结果就有了这种夸张的分析。余智丽就是一个俗人,她的知罪赎罪源于道德良知的感化,有一种偿还意

---

① 摩罗:《原罪意识与忏悔意识的起源及宗教学分析》,《中国文化》2007年第2期,第57页。

② 陈树宝:《〈爱人有罪〉:一个走向基督的小说》,《语文教学与研究》2008年第23期,第90—92页。

识在起作用,至于宗教伦理精神,与她的赎罪忏悔一点关系也没有。在缺乏宗教思想(主要是基督教思想)就难以产生赎罪忏悔意识观念的支配下,简单地看待中国文学,要么干脆否定中国文学不可能产生忏悔文学,要么像上文那样,将人物的赎罪忏悔纳入基督教思想之中,将中国的赎罪忏悔西方化。中国文学缺乏忏悔意识是事实,可近现代以来特别是新时期以来,中国文学用现代人性激活本土伦理资源,即在精神层面接受西方忏悔意识的启示,在内容层面则以接受了现代人性改造的本土伦理思想作为资源,从而创作出"人性—伦理"性质的"中国式的忏悔文学"。《爱人有罪》就是这样一部小说。

三

余智丽负罪于鲁建,当她决定向他赎罪后,其行为让人震惊,不仅甘愿奉献身体,而且还不惜抛夫别女与他结婚,这该是怎样一个特别的人物呢?

八年前,鲁建是一个单纯的年轻人,迷恋美女余智丽。平白无故地成了强奸犯后,他变成了一个在活着中积蓄仇恨,在仇恨中活着的魔鬼般的人物。出狱后,他的人性复杂,形象多变:有时他是一个处心积虑的复仇者,其复仇对象是余智丽。他认为余智丽冤枉了他,毁了他,她必须为此付出代价;他甚至想对她实施一次真正的强暴,以了却心头的怨恨。有时他是一个流氓无赖,为了达到深度伤害余智丽丈夫王光福的目的,他竟然以"我已经睡了她几次……我们是天生的一对"这样耍无赖的话来刺激王光福;又指使人殴打王光福,逼他与余智丽离婚。有时,他是柔情的审美者,见到八年后的余智丽仍然端庄、干净、沉着,身上有一种光芒,这种光芒使他有一种自惭形秽的感觉,感到她"高尚",神圣不可侵犯;与她结婚后,他发现她不仅美,而且心肠好,他就更喜欢她了。有时,他又是凶狠残暴的恶人,常在家中对余智丽实施暴力,逼得她差点自杀身亡。

他原本没有罪,罪是强加于他的。但自从他逼王光福离婚并指使人殴打他开始,他真的犯罪了。与余智丽一起生活,他对她经常实施家暴,逼得她自杀,也是犯罪。最严重的是,他炸死派出所副所长姚力,更是犯罪。尽管他一再谴责自己,但直到他被人所杀,他始终是一个没有罪感和赎罪自觉的人。

下:一个女人亡魂的忏悔录

读过《爱人有罪》,再读《南方》,感觉这是又一部《爱人有罪》。两部小说发表的时间虽然相隔八年,但在血缘上一脉相承,都是关于忏悔的故事,可谓姐妹篇。特指出,罗忆苦亡魂以回叙方式自悟其罪、自悔其罪,不是"生而不忏,死而方悔"[①],而是"生而有悔,死而更悔"。

一

姗姗来迟又步履艰难的忏悔意识及其生成的忏悔文学,如《狂人日记》《古船》《绿化树》《男人的一半是女人》《蛙》等小说,对罪的追问与对罪的忏悔,总是在"历史之罪"、"现实之罪"或"阶级之罪"之中展开"我之罪"的叙写,或者通过"我之罪"追问"历史之罪"、"现实之罪"或"阶级之罪"。艾伟的两部忏悔小说没有明显地将"我之罪"与深刻的现实问题和广阔的精神背景联系起来,比如《南方》,虽然它叙写的故事发生于1963—1995年,跨越两个截然不同的时代,艾伟将这两个时代命名为"政治年代"和"经济年代"[②],孟繁华和张维阳则称其为"革命年代"和"后革命年代"[③],命名不同,意思却差不多。这两个时代基本等同于余华在《兄弟》中所描写的两个时代:前一个是"文革"的故事,那是一个精神狂热、本能压抑和

---

① 彭正生:《一部亡魂的忏悔录:评艾伟〈爱人有罪〉》,《文学评论》2016年第5期,第216页。

② 艾伟:《时光的面容渐渐清晰——关于〈南方〉的写作》,《东吴学术》2015年第5期,第66页。

③ 孟繁华、张维阳:《对一种历史的隐喻和考量——论艾伟的长篇小说〈南方〉》,《绵阳师范学院学报》2016年第4期,第1页。

命运惨烈的时代,相当于欧洲的中世纪;后一个是现在的故事,那是一个伦理颠覆、浮躁纵欲和众生万象的时代,更甚于今天的欧洲。《南方》淡化了"历史之罪"和"现实之罪"的描写,从"历史—现实"的层面退回到"人性—伦理"的层面,叙写"我之罪"。

忏悔是个人化的精神行为,始于罪者的罪感意识,用良知把自己的灵魂打开,通过自我坦白、人性搏斗,达到审判"我之罪"的目的。忏悔实质上是罪者的自我审判,"在忏悔中,自我既是审判者又是被审判者,同一个自我担当不同的角色,相互对话。"①罗忆苦正是这种自我审判的忏悔者。

写到这里,猛然想起,为何艾伟的两部小说的赎罪忏悔者都是漂亮的女人?为何罗忆苦和余智丽出生于不同年代,成长于不同家庭,命运却如出一辙,均以悲剧结束?我不相信这是作者有意而为之,我只相信这是中国传统观念强大的遗传力量的使然。中国自古以来就有"红颜祸水"、"红颜薄命"的说法,西门街的两位美女的悲剧命运正应验了这种传统偏见。难以释怀,唯有感叹。

罗忆苦是一个令人十分同情的女子,她有幸成长于新时代,却不幸落入风尘之家。母亲杨美丽是个寡妇,一个既美丽可人又风骚浪荡的女人,西门街的男人们都垂涎她的美色,她将浪荡女人的本领发挥到淋漓尽致的水平。罗忆苦从记事起就看到母亲不断地和男人相好,与各色男人做皮肉生意。她这样做,既是生存的方式,为了生计她不得不以身体与男人交换;又为了身体的欲望。但她没想到是,她的这种不良行为像遗传基因,植入了女儿的血脉之中,"事实上娘对我的影响深入骨髓,比如对男女之间这档子事,我从来不觉得有什么障碍。"性意识的早到催生了罗忆苦身体的早熟,早熟的身体异常敏感,奔涌着强烈的欲望,她发现,身体发育后,她和母亲一样喜欢男人们围着自己打转。还在中学读书时代,她就引诱同桌夏小恽,让夏小恽对她神魂颠倒,而她则在夏小恽的撩拨亲抚中获得身体的愉悦。她与夏小恽幽会,让夏小恽亲她的身体,但她坚决不让夏

---

① 刘再复、林岗:《罪与文学》,中信出版社 2011 年版,第 39 页。

小恽进入她的身体，并直言不会和他结婚，"我告诉他，夏小恽，我不会和你发生关系，因为我和你不会结婚的。我娘不会让我嫁给你。你爹夏泽宗是国民党，我嫁给你，我这一生就完了。"那一刻夏小恽无比悲伤，他后来一步步地堕落犯罪，这无疑是始因之一。在阶级斗争越来越激烈的革命年代，夏小恽父亲的国民党身份决定了他的生存远比风尘之家的女儿还要糟糕。罗忆苦呢？耳濡目染了革命年代的残酷，使年少的她能够在欲望与生存之间，分得清谁轻谁重，对于她来说，生存的考虑大于欲望的鲁莽，欲望止于生存的选择，她不会让欲望一往无前而危及自己的生存。这是她人生初试遇到的第一个男人，带有欲望初探的性质，何况那时她还在读书，更何况还有她母亲的一再告诫。如果她遇到的这个男人不是身份有问题的夏小恽，而是携带着革命印记的红二代，她又会怎样呢？

1965年罗忆苦招工进机械厂，在这里她遇到了她人生中的第二个男人肖俊杰。肖俊杰是标准的红二代，父亲肖长春解放前是地下党，解放后任永城县公安局政委。一开始，罗忆苦反感肖俊杰，但肖俊杰竟敢跳伞的惊人之举让她改变了对他的看法。跳伞不仅表现了肖俊杰英雄般的气魄，而且隐喻般地提示了肖俊杰家庭拥有的权力。她想攀上这根高枝。此时，她自然而然地想起年幼时肖长春曾把她母亲赤身裸体拖到街上示众的一幕，母亲为此痛恨肖长春，把肖长春祖宗十八代都骂了一遍。她怕母亲记仇不同意，但耻辱的记忆终究敌不过对现实权力的依附，表现在她身上，是身体的欲望与对权力的欲望一拍即合，直接促使她作出了一个果断的决定：抛弃夏小恽，投向肖俊杰。凭她从小练就的本领，她很快俘获了肖俊杰，夏小恽为之失恋痛不欲生想自杀。她不能视而不管，她找到他，安慰他，劝他不要自杀，"如果你真的喜欢我，我打算把罗思甜介绍给你，我和思甜长得一模一样，你看见她就相当于看见我。"但有一个条件，你可以亲她，却不能和她发生关系，因为我娘不会让罗思甜嫁给你。转而又求妹妹罗思甜："你现在还没有男朋友，你就可怜可怜他，你替我去安慰一下他。"让她没想到的是，他们很快相爱了。照常理讲，作为负心人的她，此时应该为他们祝福，因为这样既解决了她的担心——担心夏小恽想不开自杀，又解决了妹妹单身的处境。可她知道此事发展到这一步后，妒火中烧，怪夏小恽心变得太快，几个月前还对她海誓山盟，转眼就同罗思甜爱上了，让她面子上不好受，便蛮不讲理地指责夏小恽，强求他不许和罗思甜好。这就是负心又霸道的罗忆苦，既要抛弃夏小恽，又不许他与罗思甜相爱，说穿了，这是自私的占有欲的极端表现。夏小恽有充分的理由不理睬她的无理要求，她转而借助母亲的力量阻止他们结婚，逼得走投无路的他们只能私奔，打算去香港找夏小恽的母亲。夏小恽偷渡被捕坐牢，罗思甜回到永城生下孩子。母亲伤心透了，她原本指望罗思甜嫁个好人家，现在罗思甜彻底毁了她一半的梦想，她想收拾这半壁破碎的河山，让损失降到最小，便瞒着罗思甜，与罗忆苦一起把孩子放到洗澡桶里，让其随着河流漂走。遭受如此致命的打击，罗思甜突然变得放荡，随便与男人发生关系，任意糟蹋自己。直到这时，罗忆苦才意识到自己有罪于罗思甜，"要是我没把夏小恽介绍给她，她就不会怀孕，也不会私奔，更不会变得像娘一样同男人乱七八糟"，是我害了她。更有罪于夏小恽，想起夏小恽囚禁在广州的牢房里，想起夏小恽的父亲夏泽宗死于肖长春的枪口，她感到命运的无常与残忍，从而产生了很深的自责："为何与我有过亲密关系的男人从来没有好下场？"

罗忆苦真正的忏悔从这里开始，而罗忆苦人性的激烈搏斗也从这里开始。一方面，身体的欲望与复仇的欲望合力，一步步地将她引到罪恶深渊，她成了"罪恶之源"；另一方面，良知伦理又将她迷失的灵魂唤醒，让她在内疚、负罪、赎罪中忏悔。

二

罗忆苦亡魂在永城已经停留七天，将有另外一个灵魂来引领她。在离开这里之际，她回想自己这一辈子，觉得真是罪孽深重，但是，"我的灵魂虽然黑暗、罪恶、自私，一样有着不安的忏悔，一样有着对'好'的渴望。"人性善与恶的对立导致人性的搏斗、灵魂的拷问。

罗忆苦对罗思甜、夏小恽的负罪感没有扎到人性深处，来也匆匆，去也匆匆。她敏感的身体在欲力的推动下又开始捕捉新的目标。适时,她发现了她生命中的第三个男人——刚从国家队退役分配到机械厂人事科工作的前亚运会冠军须南国,两人眉来眼去,情投意合。先是肖俊杰听信传言生气辱骂她,还动手打了她,傻子杜天宝为她报仇咬掉肖俊杰的左耳朵,又糊里糊涂地砍伤了三个人,为此犯罪坐牢。她抱怨杜天宝给她添乱,同时心生内疚,觉得杜天宝毕竟是为她坐牢的。接着是肖俊杰发现须南国与妻子罗忆苦有隐情,拿出父亲的手枪威胁须南国,要他离开罗忆苦。枪被杜天宝偷走后,他吓晕了,精神处于一种既无助又迷狂的状态。他偏执地认定是那天威胁须南国时把枪落在了他家里,于是要须南国交出枪,两人发生激烈争执,冲突之中,他没把须南国杀死,却误杀了须南国的老婆胡可。肖俊杰被枪毙后,她有一种深深的负罪感:我真的感到对不起肖俊杰,是我害了他,我欠着。他今天的悲剧我是永远也脱不了干系的,我难咎罪责。

杜天宝因她而犯罪,肖俊杰因她杀人而被枪毙,她预料不到,罪恶还在不远处静静地等候着她。当刑满释放的夏小恽高调归来时,罗忆苦的欲望又被激活了。夏小恽一副富家公子的派头,而关于他的传奇般身世的传闻更增添了他的光彩,她想与夏小恽重温旧梦,把他从妹妹手里夺回来。她谄媚他、勾引他,终于把夏小恽重新诱惑到自己的石榴裙下。然而,她的横刀夺爱害死了自己的亲妹妹。在见到罗思甜尸体时,她深怀愧疚,"虽然我内心深处不肯承认是我害死了罗思甜,但我知道罗思甜的死和我是有关的"。仍然是止于一般道德性的后悔内疚,而无实质性的悔罪赎罪的表现,结果是一罪未去一罪又起,罪与罪相生,罪与罪纠缠,这是罗忆苦忏悔的特点。

罗忆苦深知害死妹妹,又与母亲交恶后,在永城呆不下去,于是和夏小恽逃离到广州。在广州他们度过了一段纸醉金迷的日子,肆意挥霍让她有一种苦尽甘来的感觉。不久,罗忆苦发现夏小恽的真相,他根本没有找到母亲,事实是,他的财富不是来自传说中的身在香港的富豪母亲,而是来自行骗和赌博。但此时的她已经上了贼船,退不回去了。退不回去,只能将错就错，充当起夏小悻骗财骗色的帮手，在罪恶泥潭里越陷越深。十年的行骗生涯，他们自掘坟墓，亲手把自己往毁灭的绝路上推。她时常意识到这一点，但又习惯性地逃避这种意识的追问，结果只能在精神的深度伤害的麻木状态中心安理得地活着。她终于在极度不堪的处境中有所醒悟，特别是在夏小悻卷走她行骗的所有金钱后，她的罪感意识便转化为复仇意识：是夏小悻把我带入了地狱，我一生中最好的年华被他毁掉了，我已经陷入深渊，没有人可以救得了我。我意识到仇恨正从我的身体里渗透出来，这仇恨只针对夏小悻。一年后，她找到夏小悻，趁他和一个女人"修炼"熟睡之时，用装满金钱的密码箱砸死了他。

回叙一笔。她在东莞骗走了须南国给儿子治病的两万元钱，等于要了须南国的命。事后她自悟其罪，"我当然知道这是大罪。我竟然对如此可怜的父子下手，只能用鬼迷心窍来形容我。"她最不能原谅自己的罪过，莫过于她骗走了一向有恩于她的杜天宝的十万元钱，连同骗走的还有他对她的情感。她深深地忏悔：杜天宝那么天真，那么信任我，我却骗了他，"我可以骗任何人，但不能欺骗这个傻瓜……只有杜天宝才会在我落难的时候收留我。我想起他的家庭，这确实是他们的救命钱。如果我把这钱拿走，我以后会被雷劈死，死无葬身之地。"原来，她骗杜天宝的钱是为了救急，以完成夏小悻生前的遗愿，把这笔钱交给他还活着的儿子——她当年和母亲送走的那个孩子。她这样做既是替夏小悻赎罪，更是为自己赎罪。"那是我一生罪孽的起点"，她终于以赎罪完成了自己的忏悔。

三

淡化"历史之罪"和"现实之罪"的描写不等于完全无视"历史之罪"和"现实之罪"，比如罗忆苦的"我之罪"中就有"现实之罪"的阴影，她与夏小悻疯狂地行骗、赌博之所以能持续十多年，且有那么多的信众，正是伦理颠覆、浮躁纵欲时代的表征。而直接描写"革命伦理"对"人性伦理"的撕裂，即"现实之罪"对"我之罪"的定义，则由肖长春来演绎。

肖长春是革命的象征，一个被身份规约的人物。解放前他是永城地下党,解放后他出任永城公安局政委,在他的观念里,革命高于一切,人伦亲情等世俗伦理可以弃之不顾。这一信念与革命伦理具有高度的同质化。放荡的杨美丽与男人乱爱被他从床上抓起来后,直接拖到大街上示众,他完全意识不到,这一以革命名义实施的惩罚行为符合革命伦理,却又以施恶的性质践踏了普遍的人性伦理,事实上是另一种犯罪。他的儿子肖俊杰偷取他缴获的降落伞玩跳伞,他毫不留情,将他关了半个月。当肖俊杰失手杀死胡可后,他秉公执法铁面无私,亲自判处儿子死刑,妻子周兰为此疯了。他的这一做法无可厚非,既符合革命伦理,也符合民间伦理,杀人偿命天经地义。让人非议的是,在儿子行刑的当天,他照常上班工作,行刑之后他回到家,像什么事也没有发生一样。此种表现可以两说:一种情况是他强打精神故作镇定,一种情况是他完全丧失了人性。人性地分析,我倾向于前者。毕竟是他亲自批准判了儿子死刑,他不可能不悲痛不自责,但他坚守的革命伦理使他不能有一丝私情的表现。他做到了,事实证明,他是一个出色的革命伦理的践行者,可正是这一冷酷严正的形象,让人洞见了他人性被扭曲、被分裂的状态。

我以为,肖长春这辈子最后悔的事,应该是他力挽夏泽宗留在大陆这件事。当年他是地下党,为了制止国民党溃败撤退引起社会治安混乱的继续恶化,他偷偷地潜伏到舟山,把准备逃往台湾的永城安保局长夏泽宗挽留下来,并许诺在新政府里给他安排一个位置。但解放军进城后,肖长春的话根本不作数,他对此无能为力,尽管夏泽宗对革命有功,可他的国民党身份与“革命”的不相容,其“阶级原罪”早就决定了他的命运只能是悲剧,他最终惨死于“文化大革命”的暴力之中。作为曾经的敌对阶级,他对“革命”有深刻的感受,革命果然不是请客吃饭,不是做文章,不是绘画绣花,革命是暴动,是一个阶级推翻另一个阶级的暴烈行动。他一面嘲讽肖长春有时候很蠢,“你总是高估自己”;一面又自嘲:“当然,我也高估了你,上了你的当,吃了一辈子苦。”临死之前,他悲伤地对肖长春抱怨:“我没想到弄到家破人亡,我一家子都被你害了。”

多年后,特别是在他经历了牢狱之灾后,他的人性渐渐苏醒复活,幡然悔悟，觉得自己曾经相信的一切只不过是一场荒唐大梦，这场梦不仅毁掉了别人的一切，也毁掉了自己的一切，他悔恨负罪："你害死了夏泽宗，夏家家破人亡全是你的缘故。你还杀死了儿子，周兰因此疯了，如今罗忆苦又死于非命。是你把罗忆苦这辈子毁掉了。你觉得自己真的是罪恶之源。"

肖长春的忏悔落到"我之罪"，又深透到"历史之罪"和"现实之罪"之中，从这个意义上来说，肖长春的忏悔拓展并丰富了这部以写一个女人亡魂忏悔为主旨的小说的内容。肖长春的忏悔与罗忆苦和余智丽的忏悔殊途同归，同样显示出中国忏悔文学非宗教化的特色，即人的忏悔在很大程度上取决于经过了现代人性改造的本土伦理资源，而非外化的宗教伦理资源。

（原载《玉溪师范学院学报》2017 年第 10 期）

既问忏悔，又问原罪

——评蒋韵长篇小说《你好，安娜》

近几年，我格外关注当代忏悔小说，阅读海量的王春林知道我的这一新喜好，每每发现新发表的忏悔小说，他总会在第一时间告诉我。大概是两个月前，他告诉我，《花城》双月刊将在第 4 期刊发蒋韵的一部长篇忏悔小说。这部小说就是《你好，安娜》。老实说，我喜欢这部小说，却不喜欢它的名字。在这部写四个女人赎罪忏悔的小说里，唯独安娜在故事开始的第一年——要知道，这部忏悔小说从开始到结束，足足经历了四十多年——就过早地弃世而淡出了。安娜去世时，才 22 岁，花开花落一刹那，哪里谈得上什么"好"？

小说的主人公是素心，教名"玛娜"。蒋韵说：起初，这个长篇不叫现在这个名字，叫《玛娜》。这是一个译音，当然也可以把它写作"吗哪"。它是《旧约》里的故事，摩西带领犹太人出埃及，行走在旷野之上，没有粮食可吃，于是上帝就让旷野中长出一种植物，它结出的白色小果实可以食用。这白色的救命果实就是吗哪或者玛娜。摩西和他的族群历经几十年，就是靠着这叫吗哪的果实走出了旷野。但是这个白色的吗哪，这水灵的果实，人们只能随摘随吃，按需所取，吃多少摘多少，不能贪心地把它带回帐篷中据为己有。它在帐篷中过一夜，就会迅速地变质、腐烂，臭不可闻。"而我小说中的主人公，一个因爱情而盲目和痴狂的少女，就是窃取了原本不属于自己的东西，整个余生，被罪恶感所折磨和惩罚，陷入深渊。只有一次，仅此一次，她把吗哪带回到了帐篷，可变质的，不仅仅是白色的小果实,还有她灿如春花的生命。"①

蒋韵坦言:这是我写《你好,安娜》的初衷。

一

1970年代,天资秀出的下放知青彭承畴在火车上偶遇安娜、素心和三美,一次短暂的相遇,演绎了一段才子佳人般浪漫而又悲惨的爱情故事。彭承畴钟情于安娜,便在这之后登门,将一个记录着他秘密的黑色羊皮封面的笔记本悄悄地交给安娜,托她保管,使原本友好相处的三位闺蜜产生了微妙嫌隙,激起了妒忌、欺骗、怨恨、贪心等人性弱点,造成了接二连三的悲剧。从此,三位闺蜜生死诀别、天各一方,开启了漫长的自我惩罚和自我救赎的忏悔之路。四十多年后,三美、彭承畴和素心不期而遇,他们以暗示的方式揭开了当年被人性弱点和悲剧掩盖的真相。

这是一个源起于特殊年代里由荒诞现实力量引发的悲剧,一个由悲剧连接罪与罚、罪与救赎的忏悔故事,拆开来看,是关于三个女人——安娜、素心和三美的忏悔故事。

安娜的忏悔故事。在三个女人中,安娜是第一个自我归罪,又是一个以死谢罪的纯情少女。她有幸生在高级知识分子家庭,却生不逢时。父母是大学教师,父亲教苏俄文学,1957年被划为"右倾",下放到水库工地劳动,死于中毒性痢疾。父亲去世时,安娜5岁。受家庭熏陶,安娜自小喜爱读书,那是一种与生俱来的热爱。她所读的书,多是中外名著,在那个疯狂灭绝封资修的年代,她偷偷地阅读这些名著无疑是一种危险的行为。在静谧的阅读中,她开始悄悄蜕变。她完全没有意识到,阅读不仅丰富了她的思想情感,而且美化了她的形象和气质:"她变得美丽。当然,比起丽莎,她没有她当初那么明艳,那么光彩夺目。她的美是沉静而深邃

---

① 蒋韵:《记忆的背影——长篇小说〈你好,安娜〉创作谈》,www. sohu. com/a/329208549_369033。

的，有如一条深河。她从曾经的平凡中脱颖而出，让人惊讶。仔细看，她的五官，其实并没有多大改变，但，它们之间突然呈现出了一种难以言喻的魅力和美，变得神秘、动人。"①难怪彭承畴在火车上匆匆见过安娜一面后，就再也放不下她。他感叹：她美，可他认识比她更美的；她聪慧，他见过比她更聪明的。他无法解释，心想这也许就是他的命运："被一个幻影似的人魅惑。"

这种由神秘意识暗中左右的感觉实在不妙，他从她超凡脱俗的美中竟然隐约感觉到她是一个充满"聊斋"气息的"幻影般的人"，一下子就将她支到神秘宿命之途，提前预设了她的灰飞烟灭。这样幻影般的少女只适合欣赏而不适合去爱，远远地欣赏她最好，千万不要去招惹她，让她生爱，她一生爱便消失。柔弱、纯情、美丽，于她是表，她的内里有一种决绝的力量，每当关键时刻，便不顾一切地冲撞出来。

1968 年，16 岁的安娜和同学子美（三美的姐姐）主动要求去内蒙古建设兵团干革命。去兵团要政审，她和子美的家庭都有问题，组织上不批准，她们就咬破手指写血书，誓与家庭决裂，扎根边疆一辈子。当年，她是凭着一腔革命热情奔赴边疆，又是凭着一股革命信念和一种英雄气概跳到刚刚解冻的河水里去救一只落水的小猪仔——那是公共的财物。她不知道刚刚解冻的河水的厉害，当然，就是知道她也会这样奋不顾身，结果，落下来治不好的病根，变成了"病美人"。理想敌不过坚硬的现实，她告别理想而病退回城。她早已不是那个为了理想割破手指写血书而奔赴边疆的激情少女，她自叹："我永远也不会成为一个自然之子，我不愿意一辈子心甘情愿为它付出。"（第 10 页）子美也早被生活造就成一个"实用、自私、庸俗、欲望满心"的妇女，除了孩子和丈夫，心里再也装不下别的东西。这就是安娜和子美那一代人的青春和命运——从对理想的追求到对理想的破灭。

---

① 蒋韵：《你好，安娜》，《花城》2019 年第 4 期，第 20 页。以下引本期刊的文字，直接在文后标页码。

病美人是个唯美主义者,她随物赋形,努力使自己病成一幅画,病成永恒之美。她没有意识到,她的这种唯美主义恰恰与"精神狂热、本能压抑和命运惨烈"的时代格格不入。唯美主义是她自我防御的一道防线:一方面以孤独、唯美的冷艳面世,抵抗外界的浊流恶浪,拒绝同流合污;一方面自洁情操,内修人格精神。还是那句话:这样唯美自处、超凡脱俗的女人只适合欣赏而不适合去爱,她一生爱便消失。

很不幸,她竟然生爱了。安娜、素心和三美在绿皮火车上与彭承畴偶遇,在这之前,素心已对彭承畴生爱,而安娜和三美则是初次认识彭,但她们已经多次从素心不无夸耀的介绍中知道她的这位"哥哥"。偶遇匆匆,安娜与彭也就一句简单到不能再简单的应答性质的对话,但这并不妨碍他们彼此生爱。彭清楚地意识到,火车上匆匆一面,他就再也放不下她了。他想不明白这情因何而起,以为是命运。其实,这份隐情早就等候在那里,单等安娜的出现。安娜呢?与彭蜻蜓点水似的见面,见过也就见过了,并没有让她怎么在意生情。两三个月后,当三美领着彭到她家,她开门看到彭时:"她竟然有种如释重负的欢喜:他终于来了。她想。那一刻她知道了,原来,她一直在等着他呢。她知道他会来,果然。"(第16页)这说明,意识显然远不如潜意识敏感,当意识还在迟疑时,潜意识已经凭窗望君了。三人围桌而坐,她像看一个新人一样凝视着这个俊美的青年。他向她们诉说家庭的不幸,父母于暴风恶浪初起时的自杀,安娜心里涌起了波澜,突然觉得自己非常怜惜他,尊敬他,关键的是,她爱他。连三美这个旁观者也强烈地感觉到:他们是天造地设的一对;他是维特,她就是夏绿蒂;他是贾宝玉,她就是林妹妹;他是渥伦斯基,她就是他的安娜。

趁三美上卫生间的空暇,彭把一个黑色羊皮封面的笔记本——一本记录着他的秘密、他的隐私、承载着他的身家性命的笔记本交给安娜,安娜明白这是他对她的信赖和托付。一直对母亲怨恨的姐姐在乡下与放羊倌结婚,一年后领着丈夫回家,母亲为他们腾房间换被子时,藏在枕头里的笔记本突然掉下来,母亲当时心慌意乱,无暇他顾,来不及追问,安娜知道母亲迟早会醒悟过来,她太了解已经被恐惧惊吓过度的母亲对"这种东西"的敏感度了。假如它不幸落在母亲手里，必将被焚毁。所以，趁母亲还没有从大女儿意外归来、并且领回一个乡下女婿的震惊中清醒过来之前，她要找一个安全的地方来藏匿它，她想到了素心，便把笔记本转移给素心。

劫数难逃，素心下夜班回家，途中遭歹徒抢劫，放在书包里的笔记本被抢走。安娜得知，两眼一黑，失去了知觉。清醒后，她自责忏悔，为笔记本的丢失可能会给彭带来的严重危险和致命伤害而痛心疾首。她写下她的抱歉、愧疚、悔恨，她对他的感情，她对他的爱，她在心里连连喊着"对不起"、"对不起"，然后以死谢罪。

在这部小说中，若论人性最复杂、忏悔赎罪最逼近灵魂的人物，无疑是素心。自从"笔记本事件"之后，她负罪而行，在自我惩罚与自我救赎的忏悔中默默地度过了四十多年。她的悲剧，直观地看，是源于那个具有"罪恶之源"性质的笔记本，或者说源于彭承畴，三美曾愤愤不平地说："我一度特别恨他，他为什么这样大摇大摆跑来，扰动我们的生活？改写我们的人生？"（第 62 页）究其根本，她的悲剧则源于她的妒忌、怨恨、贪心等人性弱点的作祟。"笔记本事件"发生时，她和彭承畴已经认识了三年。四年前的夏天，彭承畴的姑姑找到当年的闺蜜方霭如家，她要在临终之前，把在这里下放的侄子托付给方霭如，素心母亲乐意应托。这样，素心就有了一个"哥哥"。还在与这个哥哥见面之前，素心对他已经满怀爱意了。第二年夏天彭承畴第一次来到素心家，看到他第一眼时，她就被他迷惑了，她发自内心地喜欢这个才华横溢的哥哥，她心中的白马王子。他给她大段地背诵普希金的诗，那一刻，她激动、幸福。她迫不及待地向三美描述他的到来，就像描述一个神话、一个奇迹。她兴奋地描述他的背诵，他的声音的魅力。她说她在他的背诵中，甚至能听到涅瓦河的水声。她毫不费力地就用"他"代替了普希金的奥涅金，甚至是普希金本人。之后，彭每次来她家，都会给她带来几本书，"他就像是她的导师，在精神上，引导着她，引领她走出小城的格局。"（第 30 页）三年的一千多个日日夜夜的思念交往，这个一再申明自己是独身主义的少女，在心里已经把彭承畴当作她理想的情人了。她自信她与彭在兴趣上、情感上有着高度的默契,在爱情上她有得天独厚的优势。

但是,彭承畴遇到安娜后,"事情就这样发生了"。让她想不到的是,彭竟然把记录着他的隐私的笔记本交给了仅仅认识才几个小时的安娜,她气得发抖,难过、委屈、失落、愤怒。她把这一切怪罪到安娜身上,觉得是她横刀夺爱。安娜不知内情,当她决定把笔记本从家里转移出去,暂时托付给素心时,给出的理由是:你是他的亲妹妹,交到你手里,应该是最安全的。照理说,素心会断然拒绝安娜的请求:夺走了我的初恋情人,还要我替你保管他的笔记本,这不是欺人太甚吗?素心是个心地善良的少女,更何况她与彭相识已经三年,他的思想,他的喜怒哀乐,他的过往,他的一颦一笑,都历历在目,她不愿把笔记本推出去而可能给他造成致命的伤害。再者,她也想看看笔记本里究竟写了些什么。一旦应诺,她就要像保护自己的生命一样保护它。她整天把它带在身上,当遇到歹人抢劫时,为了要回笔记本,她拼命争夺,最后不惜与歹徒交易,舍身换回笔记本。所以,当安娜想要回笔记本时,她撒谎了,"我用我的血和命交换过来的东西,我怀着剧痛生下的幼崽,凭什么,要拱手给她?我凭什么要成全她呢?"(第69页)此时,情绪完全被妒忌、怨恨占了上风的素心,一点也没料到,安娜一听说笔记本丢失,就等于要了她的命。当安娜自杀身亡后,她猛然意识到自己罪孽深重,欠了安娜一条命!"此生此世,我将负罪而行。"罪埋在她的身体里,成为她的血肉,她的灵魂。这罪是如此深重,以致于她要用此生此世来赎罪,在往后的四十多年里,无论是在工厂,还是在大学当教师,或是兼当作家,她始终把自己当作一个有罪的人,一刻也不放松对自己的严厉惩罚、自我审判。她要让安娜在自己的作品中复活,发表作品时,均以"安娜"作为笔名,"我活一天,安娜就活一天。"她从不奢望得到已经死去的安娜的原谅宽恕,所以永远不对安娜说"请原谅"!在她看来,忏悔是自我负罪、自我救赎,而指望受害者原谅宽恕无疑是降低或躲避赎罪的借口。她不能说"请原谅",那是她作为忏悔者必须坚守的尊严。

这就是素心，一个既怨恨又愧疚、既自责又自尊的忏悔者。

二

夹在安娜和素心之间的三美，压根儿想不到她也成为"笔记本事件"的一环。她和彭从素心家出来，彭说想去安娜家，她本不情愿，实在是推辞不了，更何况当时，彭又没说去安娜家做什么事。当彭背着她把笔记本交给安娜时，被她无意中看到，她为他的这种不信任耿耿于怀，同时，她又为素心愤愤不平而抱怨：他认识安娜才多久？一共才几个小时，就把笔记本交给她了！而且，还是偷偷地背着我！她知道素心喜欢彭，心里有彭。当第二天见到素心时，她连忙说"对不起"，后悔带彭去安娜家。此时的三美的自责止于后悔、愧疚，远不是也不该是归罪性质的忏悔。安娜自杀身亡后，特别是她在失去了生命中最宝贵的爱情和天赐的歌喉后，猛然悟出人性本恶的奥义，道出恶与罪的连带关系，由此而向自己追罪忏悔："在你面前，我常常觉得自己也有罪，为什么当初我要告诉你笔记本的事？我为什么要把这个秘密告诉你？挑起你的妒忌？假如，你压根儿不知道有那个笔记本存在的话，一切，也许就不会发生了。"（第 62 页）生活中没有假如，假如不属于逻辑，不属于现实。假如彭不拿出"罪恶之源""悲剧之源"的笔记本，后面的所有悲剧就不会发生。假如三美没看见彭把笔记本交给安娜，或者三美不把这个秘密告诉素心，就不会激起素心的妒忌心。假如素心不把笔记本整天带在身上，笔记本就不会遭歹人抢劫，或者素心不妒忌、不怨恨，她就不会掩瞒真相而留下笔记本，安娜就不会自责过度而以死谢罪。假如丽莎不回家，笔记本就不会被母亲发现，安娜就不会急忙将其转移给素心，笔记本也就不会遭到歹人抢劫。拆去"假如"的设问，假如便变成"笔记本事件"的一个个环节，在一个完整的逻辑链条上，这些环节逻辑缜密、环环相扣，缺少哪一个环节都不行。三美出示"假如"，意在追罪归罪，被"笔记本事件"牵连到的人物，人人有罪，人人都要赎罪忏悔。

安娜忏悔了，素心忏悔了，就连"无罪之罪"的三美也忏悔了，而最应该忏悔的彭承畴,那个携带"罪恶之源""悲剧之源"的人却隐遁消失了。自从安娜自杀身亡到小说结束,他只露过三次面。第一次露面:送安娜去火葬场,灵车出门时,彭承畴出现,他跪下,把脸埋在盖着被子的安娜身上,看得出来,他很悲痛,他总算做了他该做的。读到这里,我连连抱怨作者对其的描写图工减料了,但读到下面,我终于明白,此处的描写正是这个人物此时的表现:止于悲痛,远未忏悔。当三美她们捧着骨灰盒准备去往城市另一头的陵园骨灰堂时,三美发现,彭承畴不见了。他没有和她们告辞,走的悄无声息,而且从此消无声息,如同从未存在过他这个人。"他搅起了这么大的波澜,夺人性命,置人死地,然后泥牛入海,泯灭了有关自己的一切痕迹。"(第43页)原来,这是一个让人失望的人。第二次露面:"笔记本事件"后,彭先去法国学习酿酒,然后做红酒生意,在波尔多地区有自己的葡萄园和酒庄。妻子是一个设计师,有自己的工作室。他们都拿到了外籍护照,他的英文名字叫迈克。现在,他是一个成功商人,住别墅,拥美妻娇儿,经常行走于世界各地。安娜的姐姐丽莎为了培养两个女儿,下岗后到北京打工,最后到他在北京的家里当保姆。女儿莽莽考上北京舞蹈学院,女主人热情,留莽莽吃饭。迈克看到莽莽愣住了,仿佛是安娜复活了。得知保姆叫余丽莎,他立刻明白这个保姆、这个莽莽是谁了。他惊诧感叹:原来,安娜早已来到了他身边,可他竟然浑然不知。现在知道了又能怎样呢?感叹之后又是悄无声息。他早已把为他殉情而死的安娜淡忘了,无论怎么说,他都不该如此冷漠。第三次露面:"笔记本事件"发生后的第44年,三美与彭偶然相遇,他们都是在飞往美国之前来观看素心的话剧《完美的旅行》。言谈中,彭说他准备在山西清徐建一个名叫"薇安"的酒庄。三美明白,这个名字寄托着他对他生命中的两个女人的纪念,即小薇和安娜。我毫不怀疑他情感的真诚,就如同我们不怀疑平时冷酷虚伪的周朴园对已经死去三十年的侍萍思念情感的真诚,可我总感觉这里的描写像少了点什么?什么呢?仍然是我紧盯不放的负罪忏悔。

演出结束后,素心与三美、彭承畴见面。四十多年来,她在忏悔中等待着这一天,等待彭承畴回来,亲手"把那个夺去了安娜的生命、夺去了我做人的全部尊严和幸福的东西，一个我生出的怪胎，交给它的主人。"(第69页)终于等到这一天，她平静地对彭承畴说："彭，能给我一个你的地址吗？我有东西要快递给你，一样非常重要的东西。"彭显然已经猜到素心要交给他一样什么东西，"不用问，素心，我知道是什么，从一开始，我就知道，从四十四年前，我就知道，你，不会让人抢走它的。我也知道，为了保住它，你一定付出了惨重的代价，对吧？"(第91页)太绅士了，两个女人为他付出了如此惨重的代价，他竟然如此淡定，难道他就不能为之而忏悔吗？我对《你好，安娜》不满意的地方，除了名字，再一个，就是关于彭承畴这个人物的描写。为何不把他作为忏悔者来写呢？要知道，将他写成忏悔者形象，岂不更能丰富小说的意涵。

最后说说忏悔者丽莎。丽莎本不在"笔记本事件"构成的环节之中，因她带着丈夫回家导致笔记本无处可藏而转移，才引发了后来的悲剧，使她自然也构成"笔记本事件"的重要一环。自始至终，她都没有意识到她与"笔记本事件"有关。她的忏悔，来自另一个方向。

丽莎自幼喜欢舞蹈，天赋极好，可被愈演愈烈的"革命"吓得如同惊弓之鸟的母亲，极力反对女儿以舞蹈为终生事业，一气之下，她下放到雁北一个最严寒最苦焦的村庄。插队几年，她不回家，也不给家里音信。在农村，她把自己当成青壮男人，同他们一样干最苦最累最危险的活。又草率地与大她八岁的放羊倌成贵速成婚姻。在知青返城大潮中，为了两个女儿接受城市优越的教育，她忍痛割爱与成贵离婚。母亲一再劝他改嫁，她始终不答应。原因很简单，是她心里一直念着成贵，觉得愧对他。她怎能不格外念念于他呢？她记得，在她最孤独、最难过、最难熬的日子里，是成贵给了她温暖，给了她一个家，让她慢慢地愈合了伤口。她记得，当她决定带两个女儿回城奔前程要与他离婚时，天性善良的成贵竟然一点怨言都没有，这让她悲痛难抑，忍不住对成贵哭诉："这辈子，对不起你了，下辈子吧！下辈子我做牛做马，报答你！"从那时候起，她心里明白，"这辈子，我永远都是成贵的老婆、前妻，我不会再嫁给任何人了。一个人，干了忘恩负义的事，还希望人生美满，那可就太贪心了！"(第84页)面对母亲一次次的劝说,她只能向母亲兜底:"妈,你知道,当初,你让我改嫁,给我介绍对象,我为什么不答应吗? 我不能答应! 这辈子,我只想做成贵的老婆,我愧对他。"(第83页)

表面凶狠而心地善良的丽莎啊,你的那些凶狠,原本就不是你的性格所致,是被残酷的现实所迫而佯装出来的,其实,你的善良本性早在幼时的舞蹈中就被激活了,命运注定你如同素心一样,此生此世负罪而行,你是一个为受难而生的忏悔者。

三

在我阅读的当代忏悔小说中,作家自觉地运用多种文体或跨文体结构作品,在他叙与自叙、描写与剖析、虚构与非虚构之间建立起更具张力的叙事艺术,该首推莫言的《蛙》,再就是这部小说了。

这个漫长的忏悔故事由第三人称叙事者完成,在叙事者构建的主文本之中,小说又植入/镶嵌了三个子文本,即由男女主角——彭承畴和素心写作的两篇小说和一部话剧。三个子文本与主文本的关系,它们既存在于主文本之中,又以独立的形态与主文本构成互文关系,造成文本间的互文性呼应、渗透。因此,人物的经历、情感、人性,尤其是人物未能意识到的无意识、隐喻性的意指以及罪感意识和忏悔意识,均得到了更丰富更漂亮的表现。

第一个文本:彭承畴小说《天国的葡萄园》(节选),即笔记本所录小说。小说叙述了作为知青的"我"与同样是知青的小薇在火车上偶遇相识一见钟情,彼此相爱后便有了第二次的相见,没等来第三次见面,小薇因被公社分管知青工作的一个主任玷污而自杀。根据从安娜自杀前写给彭承畴的信中透露出的信息,完全可以断定"我"即彭承畴,"你说,自从小薇死后,你以为自己再也不会有爱情"。从这种性质上来说,这篇小说即近期热捧的时尚文类"非虚构小说"。何为"非虚构小说"? 众说纷纭,但并非莫衷一是,无非是这个意思:"非虚构作为一种'通用'的写作方法,在报告文学、传记文学、散文等文体中，所占比重就重。而在小说、诗歌(叙事诗)等文体中，所占比重就轻。非虚构在纪实类文体中的表现形态相对简单，这里不做论述。而在小说中的表现形态则异常复杂。如以真实的事件和人物为题材的小说，非虚构比重就重，故称为非虚构小说；如以想象的事件和人物为题材的小说，非虚构比重就轻，一般称小说或纯小说。"① 王蒙的解释简洁更为精准："虚构是文学的一个重要手段，非虚构是以实对虚，以拙对巧，以朴素对华彩的文学方略之一。于是非虚构小说作品也成为一绝。绝门在于：用明明以虚构故事人物情节为特点与长项的小说精神、小说结构、小说语言、小说手段去写实，写地地道道有过存在的人与事，情与景，时与地。"②

彭承畴在火车上匆匆见过安娜一面后，就再也放不下她。他疑惑，我怎么会爱上她呢？他无法解释，心想这也许就是他的命运："被一个幻影似的人魅惑"。他真的无法解释吗？我就纳闷了，他一眼看上安娜就喜欢上她，难道他的感觉不会提醒他，这个名叫安娜的美女太像小薇了。正是安娜像极了他的初恋情人小薇，所以，他一眼瞧见安娜就爱上了她，他把对小薇的深情厚意完全投射在了安娜身上，小薇与安娜互为镜像而合二为一了。她们的年龄、身份、长相、个性、命运，都极其相像，就连他与她们相遇的方式，也一模一样。她们共同的悲剧命运，看似是命运的捉弄，而揭开命运的面纱往深里看，他与她们的那种思而不得、求而不得、得而顿失、爱情难圆的命运，全因为背后隐藏着一个巨大的暴力，是暴力黑手之所致。

第二个子文本：素心的自传小说《玛娜》，也是非虚构小说。这个子文本的主要功能在于，它以人物自我剖析的方式，对主文本的叙述作了情节的补缺和人物剖析的丰富。素心娓娓道及彭姑姑是基督教徒，终生未嫁；彭姑姑与素心母亲是同事又是闺蜜；彭姑姑是她的教母，她的教名就是彭

---

① 段崇轩：《重建文学的"虚构"诗学——兼谈"非虚构"思潮》，《扬子江评论》2019 年第 4 期，第 23 页。

② 王蒙：《"非虚构小说"？》，《小说选刊》2019 年第 4 期，第 15 页。

姑姑给取的;彭姑姑临终前托孤,素心母亲应诺;素心私恋彭,视他为心中的白马王子;"笔记本事件"中素心的妒忌、怨恨、舍身、贪心、负罪、忏悔。因有了这个子文本,素心形象就丰富起来了,整个文本的脉络也就贯通顺畅了。

第三个子文本:素心的话剧《完美的旅行》。一个名叫刘刚的孩子,从家乡一个叫"东京城"的东北林区,来到内地一座工业城市,和陌生的父母、兄弟姐妹开始了新的生活。他讨厌城市,讨厌陌生的家人,便偷偷地离家出走。幸好在火车上碰到父母的朋友、母亲的闺蜜忆珠阿姨,忆珠把他领回家。孩子的父母十分感激忆珠。孩子不喜欢平庸沉闷的城市,忆珠领他开始"想象之旅",即在想象中开始精神之旅。忆珠极有天赋,她用她的想象、她的语言,为孩子描绘出多姿多彩的名山大川、沙漠草原,以及城市、村庄,还有人类的瑰宝。孩子越来越迷恋"完美的旅行",越来越爱忆珠阿姨,常常脱口称呼她"妈妈"。孩子的母亲为之妒忌、愤怒,便强行拖走孩子,把他反锁在屋里。孩子气极自杀,被母亲发现后救活。母亲诬陷忆珠,组织了一场惨无人道的批斗会,忆珠忍受不了奇耻大辱而自杀身亡。母亲悔恨,自觉忏悔难,赎罪难:

> 忆珠,你解脱出苦海了。你赢了。从此,坠入深渊的,是我。……原来,作恶,是一件这么容易的事!原来,一个普通人和一个罪人之间,只有这么一念的距离!一念的距离,就分出了天堂和地狱!忆珠,我送你进了天堂,而我,坠入了地狱。
>
> ……
>
> ……忆珠,我永不对你说,"请原谅"这三个字,我不说,我不说,我不说!和罪恶相比,这三个字,太轻佻,它们算什么?算一张当票?用它,赎回自己的罪孽,赎回自己的良心的安宁?大恩不言谢,那大罪呢?所以,忆珠,我在地狱里,我不说,请原谅——请原谅——请原谅——(第90页)

这是一部隐喻性很强的话剧，我们完全有理由将母亲对忆珠的忏悔视为素心对安娜的忏悔。比如在前面的非虚构小说《玛娜》里，安娜在素心拒绝交出笔记本的第二天清晨自杀身亡，素心的悲哀与这里母亲发出的悲哀如出一辙："她利落地杀了自己，然后，让我坠入人间地狱。"（第69页）"我"即素心即这里的母亲。又如结尾处素心在心里默默地对安娜说，我负罪忏悔，但我绝对不说"请原谅"，似乎只要她说出"请原谅"这三个字，就是对安娜侮辱，对忏悔的亵渎。"我"即素心，也应该与这里的母亲是同出一人吧。

四

中国本无原罪意识，又无忏悔意识，缺乏拷问人性和审判灵魂的思想资源，因而从不追问原罪。中国本土特色的忏悔，要么是直视过错性质的"当下之罪"，纳入认错反省的范畴；要么采取一种拒绝承担罪责的方式，其突出的表现是抓"替罪羊"，把罪责推给不在场的"他者"。即使是中国版《复活》的《古船》，甘愿背负"阶级原罪"和"家族原罪"的忏悔者——从父亲隋迎之到儿子隋抱朴，身负的双重原罪也不是宗教性质的神降原罪，而是现实暴力逼压下的"当下之罪"。《你好，安娜》竟然既问忏悔，又问原罪，着实让我惊讶，不禁对它高看一眼。

《你好，安娜》的原罪追问，是被"笔记本事件"倒逼出来的基于反思剖析性质的追问。由三美出示追问，又由三美解答。仔细辨析，也就两处。一处：也就是三美悔恨自己为何当初要把笔记本的秘密告诉素心，因而挑起素心的妒忌时，她自叹："人，千万不要轻易去挑战人性中的弱点，如果说有原罪的话，人性中的弱点，或者，恶，就是我们的原罪……素心，我们都有罪。"（第62页）二处：姐姐子美希望三美把房子留给自己未来的孩子，她断然回答：我不要孩子，不管我将来是独身还是成家，我绝不会要孩子！"人太坏，不想让这世界上再多一个坏人，这是我能为这世界做的唯一一点好事。"她对人彻底失望了，"人是战胜不了人性中的恶的，一辈子太长,它终究会在某一个地方某一个角落等着擒获你,让你一生成为它的奴隶:这就是人类的共同命运。这就是人类大同。"(第 71 页)素心终生不嫁,想必也是这种想法吧。

人性弱点即人性之恶即原罪,这还不是一个人的原罪,是整个人类的原罪。应该说,这是在宗教伦理的原罪说之外,根据现实伦理和人性属性提出的又一种原罪说。

原罪是基督教的传说,它是指人类生而俱来的、洗刷不掉的罪行。《圣经》说:人有两种罪——原罪和本罪。原罪是人类始祖犯罪所遗传的罪性和恶根,它是人类一切罪恶和灾难的根源,由此引申出人生有罪、人性本恶、人生就是赎罪的宗教伦理。而从原罪伦理中又引出"忏悔"和"赎罪"伦理。本罪是指人类挡不住尘世的各种诱惑所犯下的各种过错、罪孽。它们的区别:原罪是先天的、神降的;本罪是后天的、人为的。

基督教文化是西方文化三大来源之一(另两大文化来源是希腊文化和罗马文化),它的原罪伦理对西方的文学、文化、政治、经济、伦理乃至整个社会心理的影响极大,即使是在反对宗教神本主义和来世主义的文艺复兴运动之后,特别是在基督教利用宗教改革又获得了新的生存和发展空间之时,原罪伦理在新教领袖路德和加尔文那里仍然获得了极大的发挥,他们确信,任何人生而有罪,只有笃信上帝,才能获得灵魂的救赎。

原罪还可以理解为本源的、原始的、祖先留下的罪恶,包括饕餮、贪婪、懒惰、淫欲、嫉妒、暴怒、傲慢等人性弱点。这种原罪说类似于中国的性恶论。但性恶论在中国文化中并不占主导地位,中国古代的人性论主要是性善论与性恶论的彼此对立消长。一是性善论:一种主张人性本善的理论,由孟子首先提出。他说:"人性之善也,犹水之就下也。人无有不善,水无有不下。"[1]其要义:"恻隐之心,人皆有之;善恶之心,人皆有之;恭敬之心,人皆有之;是非之心,人皆有之。恻隐之心,仁也;羞恶之心,义

---

[1] 《孟子·告子章句上》(典藏版),杨伯峻译注,中华书局 2016 年版,第281 页。

也；恭敬之心，礼也；是非之心，智也。仁义礼智，非由外铄我也，我固有之也，弗思而矣。"①孟子意思很明确，人性本善，只要按照人性去做，就可以成为一个善人。二是性恶论：一种主张人性本恶的理论，由荀子首先提出。他在《荀子》中专列一篇《性恶》讨论人性本恶，开篇便说："人之性恶，其善者伪也。""伪"即人为的意思。人性本恶，其要义："今人之性，生而有好利焉，顺是，故争夺生而辞让亡焉；生而有疾恶焉，顺是，故残贼生而忠信亡焉；生而有耳目之欲，有好声色焉，顺是，故淫乱生而礼义文理亡焉。然则从人之性，顺人之情，必出于争夺，合于犯分乱理而归于暴。故必将有师法之化，礼义之道，然后出于辞让，合于文理，而归于治。用此观之，人之性恶明矣，其善者伪也。"②

"性恶"有"好利""疾恶""耳目之欲"和"好声色"等本能欲望，若任其发展下去，就会引发争夺、残贼、淫乱的局面，因此，要使一个社会仁义、忠信、礼义，就要行"师法之化，礼义之道"，才可能"归于治"。由此观之，人性本恶，善是人为的。而"性善论"和"性恶论"之外的"性无善无恶论"和"性亦善亦恶论"，均强调后天修养的作用，实是对孟子的性善论和荀子的性恶论的发挥与调和，作一种折中的处理。

《你好，安娜》把人性之恶作为原罪，抵达了一种人性真实，吐露出一种绝望的悲剧人生观。人性本恶，人注定摆脱不了恶的纠缠，人必然会不停地犯罪；而人又要负罪而行，不停地赎罪。这就像那个推石上山的荒诞英雄西绪福斯，明知这种劳作既无用又无望，却日复一日地将巨石一次次推上山顶，石头因自身的重量又一次次从山顶上滚落下来。他反抗神降于他的这种宿命，"当他离开山顶、渐渐深入神的隐蔽的住所的时候，他高于他的命运。他比他的巨石更强大。"③西绪福斯断定一切皆善，推石上山本身足以充实人的心灵。我曾在一篇文章中说："人人心中都有善与恶

---

① 《孟子·告子章句上》(典藏版)，杨伯峻译注，中华书局 2016 年版，第286 页。

② 《荀子·性恶》，安小兰译注，中华书局 2016 年版，第 283 页。

③ 阿尔贝·加缪：《加缪文集》，郭宏安等译，译林出版社 1999 年版，第 707 页。

的潜存,它们常在原始的欲望与文明的社会道德之间奔突,并受其制约与定义;人性的质量取决于道德的水平。"①既然连基督教忏悔伦理都为人类指出了一条出路——人通过赎罪最终可以获得新生,那么,从现实人性中如何生发出善的力量,就显得特别重要了。不过,我的这种追问并不影响这部小说在特定语境中生成的意义,我视它的这种意义,是对时代和人性开出的一份诊断书。

(原载《小说评论》2020 年第 1 期)

---

① 王达敏:《寓言叙述的两种写法——再读〈美好的侏人〉和〈无风之树〉》,《文学评论丛刊》第 3 卷(2000 年)第 2 期,第 218 页。

第二辑

超越原意阐释与意蕴不确定性

——《活着》批评之批评

题　解

　　本文约定："超越"在文中有两层含义：一是否定性的超越，如否定、颠覆、解构、解合法性等。二是无否定性倾向或浅度否定性的超越，如突破、超过、不确定性、非中心性、模糊性等。"原意阐释"，特指作者本意阐释。

　　超越原意阐释，目的是回到文本本身，排除作者本意阐释对作品意义意蕴的规约、限定。原意阐释可能是正确的，但对于一部意蕴丰富意义多向的作品来说，它把握或揭示的只能是作品的一部分真实。狄尔泰感叹："从理论上说来，我们在这里已遇到了一切阐释的极限，而阐释永远只能把自己的任务完成到一定程度，因此一切理解永远只是相对的，永远不可能完美无缺。"①原意阐释也可能是不正确的。如果是前者，它唯一的负效应是将其他阐释引入一个视界，遮蔽了阐释的广阔视域，进而中断作品意蕴的揭示和意义的生成。如果是后者，则会产生误导。超越原意阐释，就是要把作品置于一个广阔的阐释视域，对其作多视角、多层次、多侧面

----

　　①　狄尔泰：《阐释学的形成》，引自马新国主编：《西方文论史》，高等教育出版社1994年版，第586页。

的阐释。之所以要这样做,是因为文本是一个充满丰富的"潜在意义"并有待读者在阅读活动中加以具体化的结构。潜在意义是含在不确定的,它由两种表现形态,一是文本"此在"直接呈现的意义,二是阐释者在阅读、解释和创构过程中生产的意义。第二种表现形态是一切好小说的重要标志,经典之作常读常新便是这种潜在意义的使然。同一时代不同的解读者与不同时代的解读者总是力图根据自己的视界对作品作出新的解释,从这个意义上说,一部好小说的意义意蕴永远是流动的、不确定的,每隔些年头,总有些独具慧眼的评论家从中读出新意来,以此丰富潜在意义的内存。这样的作品至少有两个以上的解,存在着难以限定的可能性。确定的是事件的过程,不确定的是它的潜在意义。《活着》是这样的小说。这样的小说势必会引起多种阐释与批评。《活着》从1992年发表以来,先有作者的原意阐释,继而出现的批评大体上形成相异的两途:沿着作者原意阐释的思路作"阐释之阐释";超越原意阐释的否定性批评。

正题:原意阐释

根据题目的设定,作者的原意阐释为正题。正题是本文逻辑理路的起点,且先入正题。

余华是一位不回避对自己的小说作本意阐释的作家,在作品解读方面,他有着异乎寻常的领悟天赋与理性言说的才能。他对他的主要作品差不多都作过解释,有的三语两语,有的专文解说,甚者则一而再、再而三的论及。从情感的力度和阐释的深度来看,他最倾情的小说无疑是《活着》。他对《活着》的本意阐释不是最多,明显少于《许三观卖血记》,但却是最到位最深思熟虑的,所言所论均落到实处。相比较而言,对《许三观卖血记》的阐释常往虚里走。《活着》和《许三观卖血记》、福贵和许三观是余华的至爱,在两者之间,他从不作优劣高下之分的价值判断①。感受体会余华的阐释文本,是不难触摸到不同的情感温度的。

《活着》是余华转变对世界、人生、生命和现实的态度的一部标志性的小说,一部形而下的平面叙述与形而上的人生思考并存的小说,他怎能不格外予以关爱呢?

且先看余华的原意阐释:

> 长期以来,我的作品都是源出于和现实的那一层紧张关系……
>
> 前面已经说过,我和现实关系紧张,说得严重一些,我一直是以敌对的态度看待现实。随着时间的推移,我内心的愤怒渐渐平息,我开始意识到一位真正的作家所寻找的是真理,是一种排斥道德判断的真理。作家的使命不是发泄,不是控诉或者揭露,他应该向人们展示高尚。这里所说的高尚不是那种单纯的美好,而是对一切事物理解之后的超然,对善与恶一视同仁,用同情的目光看待世界。
>
> 正是在这样的心态下,我听到了一首美国民歌《老黑奴》,歌中那位老黑奴经历了一生的苦难,家人都先他而去,而他依然友好地对待世界,没有一句抱怨的话。这首歌深深地打动了我,我决定写下一篇这样的小说,就是这篇《活着》,写人对苦难的承受能力,对世界乐观的态度。写作过程让我明白,人是为活着本身而活着的,而不是为活着之外的任何事物所活着。我感到自己写下了高尚的作品。②

这几段文字可视为《活着》的原意阐释的标准文本。它是概括性的,

---

① 在一篇访谈录中,《书评周刊》记者王玮问余华:很多读者认为《活着》比《许三观卖血记》好看,也有人持相反的意见,您怎么看? 余华说:对我来说,福贵和许三观是我的两个朋友,我在生活中曾经与他们相遇过,而且以后还会经常相遇。至于说他们谁更优秀或者说他们的故事谁更精彩动听,我不知道(见余华:《我能否相信自己》,人民日报出版社,1998年版,第219—220页)。

② 余华:《活着·前言》,南海出版公司1998年版,第2—4页。

在其他地方,余华对其要义又分别一一再论:

活着是生命本身的要求:人的理想、抱负,或者金钱、地位等等,与生命本身是没有关系的,它仅仅是人的欲望或者是理智扩张时的要求而已。人的生命本身是不会有这样的要求的,人的生命唯一的要求就是"活着"。①

活着就是承受苦难并且与苦难共生共存:作为一个词语,"活着"在我们中国的语言里充满了力量,它的力量不是来自于喊叫,也不是来自于进攻,而是忍受。忍受生命赋予我们的责任,忍受现实给予我们的幸福和苦难、无聊和平庸。作为一部作品,《活着》讲述了一个人和他的命运之间的友情,这是最为感人的友情,因为他们互相感激,同时也互相仇恨;他们谁也无法抛弃对方,同时谁也没有理由抱怨对方。他们活着时一起走在尘土飞扬的道路上,死去时又一起化作雨水和泥土。② 面对所有的苦难,每个人都应该高兴愉快地去尝试克服、度过它。③

活着是对生命的尊重:福贵是属于承受了太多苦难之后与苦难已经不可分离了。他不需要有其他的诸如反抗之类的想法,他仅仅是为了"活着"而"活着"。他是我见到的这个世界上对生命最尊重的一个人,他拥有了比别人多很多死去的理由,可是他活着。④ 是这个世界上最有理由发出"活着"的声音,最有理由说他"活着"的一个人。

概而言之,《活着》的原意阐释的思想核心最终可以落实到一句话上,那就是"活着就在活着本身"。尽管余华说《活着》还讲述了"眼泪的宽广和丰富"、"绝望的不存在"、"我们中国人这几十年是如何熬过来的";尽管他一再表白《活着》所讲述的远不止这些,它讲述了作者意识到的事物,同时也讲述了作家所没有意识到的事物,一部作品完成之后,作者也成了读

---

① 余华:《我能否相信自己》,人民日报出版社 1998 年版,第 216—217 页。
② 同上,第 146 页。
③ 同上,第 224 页。
④ 同上,第 219 页。

者,这时,"他发现自己知道的并不比别人多"①。可批评家们认准的还是"活着就在活着本身"这一解释。应该看到,余华的原意阐释是不包含这些内容的,这些表白是他在原意阐释之外所作的补充说明。

表面上看,余华的原意阐释具有存在主义的意味,其实不然,这种退守忍耐的生命意识是古老中国生存智慧的现代版。对此,福贵们烂熟于心,无师自通,用不着刻意去追求,只要褪尽外在的一切非分之想,固守命定之一端,就可化解苦难,让生命在苦难中超然腾升。

追求生命的安全长久和痛苦的解脱,是以生命为本的中国传统文化的重要命题。对于中国人来说,活着是生命的全部意义,好活自然要活,赖活也得活,活着,活下去,"不怨天,不尤人"②,是生命的第一义。中国文化的两大主干儒家和道家均将这一命题纳入到人生论的构建中,儒道相互分别,但对待生命的态度却是相通的。

儒家强调个体生命的保全和个体人格的修养,适度享受生命。儒家持守中庸之道,凡事必须适中合度,才会长久地安乐享受下去。若享受荣华富贵过度,就会紊乱痛苦;而喜悦和悲哀过度,则会狂躁心焦。人应该像天地万物那样安命乐生,"天地之大德曰生"③,而中庸之道就是天地间于生命最有利的至高无上的准则,"中庸之为德也,其至矣乎"④。任何的对立、冲突、分化、裂变、抗争,都会妨碍生命的成长,给生命造成痛苦。儒家正是一种以乐生为美德的生命哲学,这种生命哲学要求人们无论在什么艰难悲苦的厄运下,都要乐观生活,热爱生命,活着,活下去。孔子的生活态度就是"饭疏食饮水,曲肱而枕之,乐亦在其中矣。""发愤忘食,乐以忘忧,不知老之将至云尔。"⑤认为不忧愁不伤悲的人才接近君子的人格,

---

① 余华:《我能否相信自己》,人民日报出版社 1998 年版,第 136 页。
② 《论语·宪问》。
③ 《易·系辞下传》。
④ 《论语·雍也》。
⑤ 《论语·述而》。

"仁者不忧,勇者不惧"①,"知者乐水,仁者乐山。知者动,仁者静。知者乐,仁者寿。"②这种乐生态度,被鲁迅视为"僵尸的乐观"。③ 梁漱溟由此析出了中国人生活的两面,他认为"中国人虽不能像孔子所谓'自得',却是很少向前要求有所取得的意思。他们安分知足,享受他眼前所有的那一点,而不作新的奢望,所以其物质生活始终是简单朴素,没有那种种发明创造"。虽然中国人的车不如西洋人的车,中国人的船不如西洋人的船,中国人的一切享用都不如西洋人,"而中国人在物质上所享受的幸福,实在倒比西洋人多。盖我们的幸福乐趣,在我们能享受的一面,而不在所享受的东西上——穿锦绣的未必便愉快,穿破布的或许很乐;中国人以其与自然融洽游乐的态度有一点就享受一点",这种人与自然浑融,从容享受生活的态度,"的确是对的,是可贵的,比较西洋人要算一个真胜利。"但在精神生活这一面,他认为中国人是失败的,"没有自己积极的精神",而只为"容忍与敷衍者"。④

道家的人生观更加超然,老子一再强调:知足者常乐。孔子以人活着,活下去为第一义,老子则以顺其自然求得生命的安全与长久。老子的生命哲学具有自然伦理主义倾向,在他看来,由欲望而生的竞争是令人痛苦的,而知足者却无欲常乐。"知足之足,常足矣。"⑤又说"知足之辱,知止不殆,可以长久。"⑥否则,不满足就会生出欲望,欲望又会生出祸乱,"祸莫大于不知足,咎莫大于欲得。"⑦冯友兰一语见底,认为"道家哲学的出发点就是全生避害"⑧,为了"全生避害"以"利命",老子持自然、无为、谦退、不争、贵柔、尚弱、守雌、致虚守静、生而不有、为而不恃、长而不宰、

---

① 《论语·子罕》。

② 《论语·雍也》。

③ 《鲁迅全集》第三卷,人民文学出版社 2015 年版,第 12 页。

④ 《梁漱溟学术论著自选集》,北京师范学院出版社 1992 年版,第 46—49 页。

⑤ 《老子》第 46 章。

⑥ 《老子》第 44 章。

⑦ 《老子》第 46 章。

⑧ 冯友兰:《中国哲学简史》,北京大学出版社 1996 年版,第 58 页。

居下、取后、慈、俭、朴等人生态度,目的是"以退为进"、"以弱胜强"、"以静制动"、"以柔克刚",让人"少私寡欲",委屈卑下,自满自足。

活着,活下去,本是儒家的人生信念,然而在儒家那里,活着还须做点牺牲,而在道家及老子这里,"只要能够活着,活下去就达到了终极目的"。①

至此,入世与出世的儒道两家共同给定的命题又经他们的演绎阐释给出了圆满的解答。这种人生观基于农业文化的自给自足性——农业文化的自给自足表现在人生态度上,是只求富足和安定,性善安贫乐道,知足常乐,后经以儒道为代表的传统思想(主要是自然伦理主义思想)的反复浇灌,遂凝结成中国人的生存之道,这是中国的特色。这种根植于深厚的民族文化土壤的人生观、人生态度体现着价值两面,尤其是进入现代以来,它的价值两面各归相异相对的两个价值体系,代表着两种社会方向、两种文明力量:先进与落后、进取与退守。无论是持守一端,还是超然其上,都难以不被质疑。余华既然也作了如是说,看来想不被质疑也不可能了。

反题:超越原意阐释的否定性批评

相对于"原意阐释之阐释",超越原意阐释的否定性批评晚起,到目前为止,以张梦阳和夏中义、富华的批评为代表。

反题1 张梦阳在论阿Q与中国当代文学的典型问题的一篇文章中立论:从阿Q到许三观,贯穿着20世纪世界文学中的"一种全新的写作态度和思维方式"。在这个理论语境中,他分析了当代众多小说,余华的《活着》和《许三观卖血记》是其中作为重点深论的两部长篇小说。他先将《活着》与《阿Q正传》比较,认为《活着》集中笔力雕刻福贵,在表现人物

---

① 高旭东:《生命之树与知识之树——中西文化专题比较》,河北人民出版社1989年版,第60页。

精神上"实现了突破"。福贵继承并凸现了阿Q的乐天精神,说明我们中国人这几十年以至几千年是如何熬过来的,是怎样乐天地忍受着种种苦难,坚忍地"活着"的。正是本根于这种精神,阿Q才没有发疯或自杀,福贵也没有跟随他所有的亲人一道去死。《活着》称得上是一部"洋溢着象征"的真正的小说,福贵乐天地"活着"的精神是一种"寓居世界方式的象征"。他具有一定的典型性,但是与阿Q相比"差距甚大"。其中症结在于:鲁迅对阿Q的精神胜利法这种"与世界打交道的方式"主要采取批判的态度,深刻揭示了它负面的消极作用,让人引以为鉴,克服自身类似的弱点。余华对福贵乐天地"活着"的精神主要采取赞颂的态度,对其负面的消极因素缺乏深掘。

这一比较是《活着》与文学大师的经典之作之比,点到为止,但高下优劣立见。接着又让《活着》与《许三观卖血记》相比,从《许三观卖血记》的创获中反照《活着》之不足。《许三观卖血记》是《活着》的深化,是余华朝前迈进的一大步。作家通过许三观这个典型形象,从与阿Q既同又异的另一个更为具象、更为残酷的视角批判了中国人"求诸内"的传统心理与精神机制。所谓"求诸内"就是拒斥对外界现实的追求与创造,一味向内心退缩,制造种种虚设的理由求得心理的平衡。《许三观卖血记》比《活着》深刻之处,"正在于对许三观'求诸内'负面消极性进行了异常深刻的批判,却又没有采取贬斥、嘲笑的态度,令人从许三观的失败和固执中感受到他是位既可悲又可爱的人。"①因此,许三观的典型意义明显高于福贵。

张梦阳从《许三观卖血记》中读出了作者对中国人"求诸内"的活法进行了"深入的揭示与严酷的批判"这一宏大意义,着实让我大吃一惊,我读来读去,就是读不出"严酷的批判"。不过,这不是本文要讨论的问题。

反题2 到目前为止,余华研究中让我拍案叫绝、感叹再三的宏论,

---

① 张梦阳:《阿Q与中国当代文学的典型问题》,《文学评论》2000年第3期,第45—46页。

是夏中义、富华的长篇专论《苦难中的温情与温情地受难——论余华小说的母题演化》①，此作将余华研究推到了一个新的水平。

此作"系统地追溯余华小说的母题演化，旨在从价值论角度对余华长达十余年的文学生涯给出一个经得起玩味的评估。"余华小说的母题演化在 20 世纪 80 年代与 90 年代之间划出一道沟堑，具体以《在细雨中呼喊》与《活着》标出界线。《在细雨中呼喊》虽刊于 1991 年，"但其价值取向仍属 20 世纪 80 年代"。其母题演化的轨迹是从"苦难中的温情"到"温情地受难"。从 1987 年的《十八岁出门远行》到《在细雨中呼喊》，余华小说极力叙写"人性之恶"与"人世之厄"，表现"现实境遇层面的生存之难"与"生命体验层面的存在之苦"。但到《活着》等作品则大变，"纷纷转为乡土的牧歌"。从《在细雨中呼喊》表现的"苦难中的温情"到《活着》推崇的"温情地受难"，看字面只是对那母题基因的词序的先后置换，但其纸背却正策动着一场价值哗变。

《活着》领"价值哗变"之先风，自然要先论《活着》。谈《活着》，实际就是谈福贵。夏中义、富华认为，这部礼赞福贵"活着"的小说，福贵显然已成为作家眼中的"特殊人物"，亦即福贵肯定已不是日常意义上的文学典型，而绝对已提升为某种足以呈示古老中国生存智慧的文化偶像了。

　　若通观全篇，若考察福贵为表征的总体取向，当小说将人物在历史暴虐中被戕害，冷冷地看作"仿佛水消失在水中"那样散淡，若无其事，故无须悲哀——这便让笔者听到了余华母题价值断裂时的那声暧昧的钝响。余华于 20 世纪 80 年代呼唤"苦难中的温情"所以值得珍惜，无非是艺术地呈示了如下的两条"精神底线"：一是践履了一个苦难承当者对正义的诉求；二是所有正义诉求皆无不指控现实的不公及其邪恶者的罪孽。然当福贵于 20 世纪 90 年代走上文学法庭，

---

① 夏中义、富华：《苦难中的温情与温情地受难——论余华小说的母题演化》，《南方文坛》2001 年第 4 期，第 28—39 页。

竟倡言"温情地受难",这便在冷酷剥夺弱势群体的孤苦诉告权的同时,又慷慨地豁免了现世秩序及其历史本应承担的道义与政治责任。福贵有何理由这么说呢?

亟须追述福贵的思路。显然,福贵与其命运的关系是在社会——历史框架中展开的,但福贵对此关系的考量则被纳入了宇宙——生命维度。这就是说,当福贵抽去人的社会属性而将其还原为赤裸裸的自身自然时,不小心将人的价值性也过滤了,而只剩下了人的生物性——于是他对人的终极关怀也就被简化为"活着"一词:惟问人是否"活着",不追问咋个"活法"? 为何活? 如何活? 活在何等水平?(第 33 页)

不仅福贵,还有许三观,他们都沿袭着遗传的"犬儒"立场"温情地受难",化苦为乐,苦中作乐,于是,《活着》和《许三观卖血记》也就无形中成了"乡土中国的生存启示录"或本土"圣经"。

夏中义、富华对《活着》及《许三观卖血记》的另一种理解,尖锐凌厉,见地精辟,让人叹服,尽管以上所论偶有事实与理性被想象力与情绪暂时所控的迹象,但大体上是可以被接受的。然而,当他们的论述继续推进达到极致处时,想象力与情绪就占了主导地位,其结论让人瞠目结舌:

余华所以尊福贵为偶像,是企盼自己乃至中国人皆能像福贵那样"温情地受难",即增强全民忍受苦难的生命韧性,其最佳途径,便是模拟福贵从精神上自行阉割自身对苦难的"痛感神经",一俟"痛感神经"没了,人麻痹得像木头或石头,"人世之厄",苛政之暴,纵然再惨再烈,也无从感受了,反倒要倾空感恩命运仍能让自己"活着"了。这一妙策大概只有余华才能如此大大咧咧地想象出来。(第 33 页)

相比较,《活着》和《许三观卖血记》这组 20 世纪 90 年代长篇作为"二期工程",它对"精神"库存的开发特点,显然体现在从民俗气息浓郁的"酸曲子,荤故事"中掘出历代农民赖以忍辱负重、绵延至今的

那种群体生存理念或乡土"智慧",以期诱导当今中国人也能"温情地受难"。（第 34 页）

《活着》的视野既然横跨近百年中国史,那么,作者对不幸死于战争、饥荒及"文革"的无辜者,就不能不表一点哀思或悲悼,而恐怕不宜用"死得很好"四字来含混地应付九泉下的冤魂,无形遮蔽了那段生灵涂炭的痛史。否则子民的生命也就真的贱得像尘土一颗,草芥一粒,被历史的飓风一卷就没了,没事似的,不仅无辜,而且无聊,成了无偿修饰历史的轻薄花边。（第 32—33 页）

（以上着重号为笔者加）

夏中义先生是我敬重的一位学者,他为文坦诚激越,以思想先锋深刻、学识敏捷扎实行走学界。他和张梦阳对《活着》的否定性批评,代表了余华小说研究的另一种声音,比常规视界的研究具有更高的学术价值,其基本看法应无可非议。他们都是在学理层面进行批评,态度真诚而严肃,而且有深厚的学术背景和深思灼见作为支撑,绝非哗众取宠的卖弄与不负责任的鼓噪。我充分尊重他们极有创见的研究,但并不说明我没有疑问。在学术上,科学的悖反现象层出不穷,只是我们常常被现象或理论的预设所遮蔽而看不到或不愿看到它的存在。李政道在《物理学的挑战》的学术报告中,预测了 21 世纪科学有四大问题,其第一大问题是:理论对称,但实验结果不对称。在文学研究中,这种悖反现象似乎更多。在这里,我关心的是三位学者的否定性批评与批评对象的关系,以及与此相关的文学阐释原则。

在我看来,三位学者超越作者愿意阐释的批评有三个理论支点,这三个支点既构成了他们主体阐释的"先结构",又成为其批评的逻辑构架。

他们的第一个重要的理论支点是鲁迅小说。不论他们承认与否,他们理想的小说文本是鲁迅小说,尤其是以《阿 Q 正传》《狂人日记》《祝福》等为代表的批判现实主义小说,更是他们用来衡量别的小说的一个标尺。用这个标准衡量《活着》,当然会量出它与《阿 Q 正传》的巨大差距,析出它及它的作者"企盼"并"诱导"当今中国人像福贵那样"温情地受难",消极地承受人性之恶、人生之苦。任何一部作品,无论它怎样优秀,都经不起这样的推论。张梦阳直接拿《阿Q正传》与《活着》比较,夏中义、富华携带的比较文本也是《阿Q正传》及鲁迅的本意阐释。我以为,《活着》非《阿Q正传》,它们不是一路的小说,各有各的意蕴和潜指。余华也非鲁迅,这两篇小说表现了他们不同的写作立场和本意设置。两条不会相交的平行线,硬是要以一个去规定另一个,只会人为地造成批评的失范。以一个作家或一部作品的写法来衡量、规约写作路数乃至写作立场与此相异的另一个作家或另一部作品,乃批评之大忌。

夏中义、富华的第二个理论支点是针对余华的原意阐释。作者的原意阐释之所以重要,是因为它提供了作者的写作本意或作品的基本意义,沿着作者的原意阐释,可以更好地把握作品。但是,作者的原意阐释即使是正确的,也不是唯一的绝对,它只能是众多解释中的一种。接受美学和文学接受理论认为,一部作品的意义并不完全是由作者给定的,而是由读者与作者共同创造的。伊塞尔甚至将作品区分为文本与作品两极,认为"艺术的极点是作者的本文,审美的极点则通过读者的阅读而实现",作品产生于读者与文本的相遇和交流过程中,是读者与作者共同创造的产物。[①] 我相信,绝大多数从事中国现当代文学研究的学者都熟悉此理论,并乐意接受这一理论。但一到具体的文学批评中,包括笔者在内的不少学者,又不知不觉地将作者的原意阐释视为作品内含与外显意义的全部,视作者为阐释的权威者、唯一的合法者。夏中义、富华对《活着》的否定性批评,是以《阿Q正传》及鲁迅对其所作的本意解释为标准的,从否定余华的原意阐释开始,然后再推及作品。论其质,抓的还是作者的原意阐释。我在想,如果余华对《活着》不作本意解释,或者他也能像鲁迅那样对

---

① 伊塞尔:《本文中的读者》,引自马新国主编:《西方文论史》,高等教育出版社1994年版,第594页。

《阿Q正传》《狂人日记》等小说作出批判现实主义的解释①,我们又该怎样评价它呢?

三位学者的第三个理论支点是西方现代的人生观,它隐含在否定性批评之中,实际上起着主控作用。西人言生命的意义、生命的目的不在自身,而在身外,这一生命取向已凝定为西方文化的一个传统。于是,寻求生命的意义、生命的目的成为西方学者解释世界和人生的一个重要途径。怎样才能使生命变得有意义呢? 美国学者艾温·辛格对西人的人生态度、人生理想作了综述:有意味的生命——不止是幸福或有意义——应该追求一种目的,我们选择这个目的,是因为它超越个人福祉的目标。我们的理想起初可能源于自私的利益,但最终是造福于他人的。当我们为这样的理想而创造而奋斗时,我们就获得了并且也感觉到了人生在世的意味。综观人类追求人生意味的种种不同方式,最为常见的还是"意义的生长",尤其当这意义包含着跨个人理想的价值创造的时候。任何生命的意味,总是在于它影响其他生命的功能,越是有益于大多数生命,我们自己的生命意味就越大。因为到那时候,"人生就进到一个新的完满阶段,它超越了任何个人的渺小性"。② 生命的意义、目的不在自身而在身外的跨个人理想的价值创造,用西人的这种人生观及生命哲学来衡量福贵们,自然会对福贵们的"活法"作出否定性的价值判断。要求福贵们抗争命运,追求跨个人理想的价值创造,从道理上来说该无疑义,从国民性建设上来说也实属必要,但以此作为对福贵"活着"的价值判断,显然是超出了文化语境和时代情境的单向思考的结果。

---

① 鲁迅说他之所以要写《阿Q正传》,是因为"要画出这样沉默的国民的魂灵来……作为在我的眼里所经过的中国的人生"(《俄文译本〈阿Q正传〉序及著者自叙传略》),"是想暴露国民的弱点"(《伪自由书·再谈保留》)。在《我怎么做起小说来》中他自述:"说到'为什么'做小说罢,我仍抱着十多年前的'启蒙主义',以为必须是'为人生',而且要改良这人生。"其小说的取材,"多采自病态社会的不幸的人们中,意思是在揭示痛苦,引起疗救的注意"(《南腔北调集》)。

② 艾温·辛格:《我们的迷惘》,广西师范大学出版社2001年版,第138—144页。

最大的不确定性等于最多的可能的确定性

在现代主义和后现代主义语境中,"不确定性"是后现代主义区别于现代主义的两大构成原则之一,另一构成原则是"内在性"。不确定性是后现代主义的根本特征,它主要代表中心消失之结果,这一范畴具有多重衍生性含义,诸如模糊性、异端、多元化、无中心、反叛、反创造、分解、解构、去中心、差异、断裂性、消解定义、解神话、解合法性等等。这是一种对一切秩序和构成的消解,它永远处在一种极端的否定之中。不确定性更是后现代主义文化思潮重要组成部分的后结构主义哲学和文学理论的首要特征。后结构主义主要是一种解构理论,亦称解构主义,它是在批判结构主义中产生的一种理论流派,以法国的德里达的解构理论和后期罗兰·巴尔特的理论为代表。他们通过对文本中心及作者权威的否定,把人们的目光引向对于读者参与文本意义创造过程的关注,形成被称为解构主义的"消解式批评"。后现代主义及解构主义对一切的否定性指向,使不少学者视它们为异端,指责它们专意破坏,而不建设。表面看是如此。这是它们面对世界的言说方式,以解构现存的一切为己任,并在此种反叛中确立自己特异的形象。后现代主义及解构主义作为一种世界性的文化思潮,它们绝对不会只有破坏而没有创获,只有颓废而没有进取。从学术创构的角度看,后现代主义及解构主义并非真的要消解世界的一切构成原则,并进而解结构。我曾在《稳态学》一书中说:结构是不可解构(消解)的,只要存在着时间和空间,结构就永远存在;结构始终是世界的存在方式。在我看来,后现代主义及解构主义要解构并废除的,一是意识形态话语霸权,二是整体化观点和结构中心主义。它们的理论策略与激进的言说方式一致,在破坏中呈现事物的真相。它们认为,结构中心是人为的、虚设的,结构中心主义遮蔽了结构的真实存在。结构一旦被拆解了中心和深度模式,自然就回到"无深度的平面",处于平面化的开放状态。在这里,一切选择都不是被选择过的,一切意义既是潜含的又是新生的,"怎么都行"(费耶阿本德语)。结构的平面化和开放性状态使结构具有可塑性和意义的不断再生性。由于意蕴丰富、意义多指向,结构潜存的意蕴反而变得不确定了。

这是人类思维的又一次重大革命,从此,人们不会再用老眼光来看世界了。如果我们对西方现代科学、尤其是 20 世纪科学往往在相互批判和相互否定的偏激中创构新理论、开辟新领域的学术个性有些了解的话,就不会再对后现代主义及解构主义耿耿于怀了,看到它们在破坏中作出的最大发现、最大创获,我们还有什么可抱怨的呢?

落实到文学作品上。文学文本是一个完整的结构,意蕴简单且没有生长性的封闭结构是自足的结构,而意蕴丰富且具有生长性的结构始终处于开放状态。由于内潜丰富、意义多指向,文本意义变得不确定。文本只要存在两个以上的解,其内含就是不确定的,表现为不确定性。越是内在张力与生长性越强的优秀作品,其不确定性就越大。我对此的结论是:不确定性是作品内含丰富的表现;最大的不确定性等于最多的可能的确定性。

把《活着》放到 20 世纪文学中进行观照,还真不敢狂言它不行。《活着》是一部朴实纯净的小说,像土地一样朴实,像山溪一样纯净,具有一切好小说都有的流畅。它写的是乡土农民,表现的则是一种高尚的人道同情。相比较而言,《许三观卖血记》就没有这么纯净,许三观身上有戏谑的喜剧成份,漫画式的叙写常常不经意地邀粗俗同行。我知道我这一不慎重的比较可能要被不少学者和作家看低,因为他们认定《许三观卖血记》比《活着》好。我只能忠实于我的感觉,这没办法。恕我再直言,我以为《活着》是写给那些如今年龄在 45 岁以上,并且家庭或个人曾不同程度地遭遇过如同福贵一样苦难的人看的,这些人体验过人生的大悲大劫、大苦大难,能于《活着》的简单平实之中读出特样的况味。

《活着》单纯,单纯到只有一句话的长度:农民福贵为"活着"而"活着"。阔少爷福贵赌博输光祖产祖业,从此一蹶不起,厄运频频。先是父亲气急攻心从粪缸上掉下摔死,母亲病死,接着是儿子有庆被医院抽血抽死,女儿凤霞产后大出血而死,妻子家珍病死,女婿二喜做工遇难致死,外孙苦根吃豆子被撑死。一个个亲人相继先他而去,到晚年,孤苦的福贵与一头通人性的老牛相依为命。

故事就这么单纯平实,但它又与丰富相通。余华是一位在写作中追求单纯的作家,在他看来,单纯简洁是最高的艺术原则。他甚至认为:一位艺术家最大的美德是两种,"一种是单纯,一种是丰富。假如有人同时具备了这两种,他肯定就是大师了。"①撇开作者的原意阐释赋予的"先有"、"先见"而直入文本,从《活着》中读出的则是不确定的意蕴。

《活着》意蕴的不确定性得益于意蕴的"含在"而不是"确指",以及与此相匹配的"本原状态的叙写",即"客观事实的叙述"、"纯粹客观的叙述"。关于这一点,我注意到了郜元宝先生的论述。他说:我们很难断定余华对自己笔下的苦难人生究竟有怎样的想法和感觉,事实上,余华越是将人间的苦难铺陈得淋漓尽致,他寄寓其中的苦难意识就越是超于某种令人费解的缄默与暧昧。余华小说刻意延迟、回避甚至排除主体对苦难人生与人生的苦难作明确的价值评判和情感渗透,好像站在"非人间的立场",客观冷静地叙述人间的苦难。直观地看,这种叙写方式是一种"不介入的方式",抽去了叙述过程中知性主体和道德主体的方式,把"无以名状的情感涵容在平面化的叙述中",让苦难以苦难的本原状态呈现出来。余华把他的情感凝固在不事张扬、无需传达、不可转译的某种"前诠释"的原始状态,还置到某种身在其中的"在世""在……之中"的生存原状,融入"活着"这种最直接最朴素的生存感受,让一切都在存在平面上超于混沌化。②

严格地说,《活着》的"本原状态的叙写"——"客观事实的叙述"并不十分纯粹,一是作品携带着作者的人道同情,这一点是不难感受到的。二是福贵历经人生劫难而大彻大悟之后发出的不谐音:

---

① 余华、潘凯雄:《新年第一天的文学对话》,《作家》1996年第3期,第7页。

② 郜元宝:《余华创作中的苦难意识》,《文学评论》1994年第3期。

这辈子想起来也是很快就过来了,过得平平常常,我爹指望我光耀祖宗,他算是看错人了,我啊,就是这样的命。年轻时靠着祖上留下的钱风光了一阵子,往后就越来越落魄了,这样反倒好,看看我身边的人,龙二和春生,他们也只是风光了一阵子,到头来命都丢了。做人还是平常点好,挣这个挣那个,挣来挣去赔了自己的命。像我这样,说起来是越混越没出息,可寿命长,我认识的人一个挨着一个死去,我还活着。①

由宿命转而自慰,这种"精神胜利法"在透悟人生真谛之时,表现出的是一种消极的人生态度。在此之前的几十年里,福贵是活着不知活着为什么的人,所以才活出混沌的境界。活着的目的太明确,就必然要在生命中注入理想、智慧和向身外拓展的驱力,但这些是不属于福贵的。福贵凭一己之力,依靠生命的本能承受着并抵抗着悲剧命运的频频袭击,于苦难极限处善待生命。在这个意义上,余华说《活着》是一部高尚的小说。如果没有这一段"不谐音",该多好。这自然是我的一厢情愿,当不得真。

《活着》基本上是本原状态叙写,这种叙写营构的意蕴(意义)无明确指向而又多指向,"怎么看都行"。作者的原意阐释自然是其中之一解,而且我认定它是最基本的意义之所在。张梦阳、夏中义等人的超越原意阐释的否定性批评,深刻地揭示了《活着》意义的另一面,不论你对他们的否定性批评认可到何种程度,但有一点是必须坚持的,那就是他们是以否定的方式抵达它的意义的。余华和张梦阳、夏中义等人对《活着》作出的这两种阐释,从相对的两面揭示了传统的中国人,尤其是生活在社会底层的乡村农民的人生态度:与命运抗争的乐观的人生态度和消极忍耐的病态的人生态度。这两种人生态度在一定程度上又与传统的国民性相通。

毫无疑问,《活着》蕴含的思想、意义绝对不限于这些。一是因为《活着》没有走向绝对性的确指,二是因为福贵不是典型人物。福贵因为不是

---

① 余华:《活着》,南海出版公司1998年版,第191—192页。

典型人物,就少了典型的局限性而比典型具有更多的可塑性和生长性。典型是"类"的称名,是个别性与普通性、个别现象与广阔的社会背景统一确定后的特指。典型形象的内涵即使再丰富,但它的位置与范围是确定的。典型的能指和所指明确,具有强烈的指向,其指向的基本意义一旦落实,就不易改变。19 世纪以前的文学首功在于典型人物的塑造,并由此发展出关于典型及典型塑造的理论。20 世纪文学的重大变化之一,就是不再以塑造典型人物为文学的最高任务。19 世纪以前的文学主要以典型形象名,而 20 世纪的文学,特别是西方的现代主义与后现代主义文学,以及相当数量的拉美文学,却是以作品名,人物在此中丧失了思想、性格、精神,成为物质世界的符号。既然这样,就不能以典型作为最高标准来要求福贵。《活着》写的是一个极其卑微的农民是怎样化解苦难而乐观的"活着"。他是悲剧年代里像他那一类卑微苦命的传统农民如何"活着"的一个标本,他身上虽然体现了中国传统的文化心理、人生态度,但他不代表"当代中国人"。他只是他,在那个年代,他只能以苦难的方式"活着"。他不这样"活着",又能怎样呢?

（原载《人文杂志》2003 年第 3 期,人大复印资料《中国现代、当代文学研究》2003 年第 8 期转载）

福贵为何不死

——再论《活着》

在 1998 年的一次访谈中,余华说:福贵是"我见到的这个世界上对生命最尊重的一个人,他拥有了比别人多很多死去的理由,可是他活着。"[①]这句话指出了一个事实,作出了一个判断。

一个事实:福贵比别人多很多死去的理由,然而他活着。《活着》是一个名叫福贵的老人对其苦难一生的叙述。在近四十年里,他经受了人间的大悲大难,亲历了一家四代所有亲人的死亡,是一个倒霉透顶的人。他是乡间不大不小的财主徐家的阔少爷,父亲指望他光宗耀祖,重现上辈的辉煌,同时也祝愿他一生既福且贵。徐家对儿子的全部希望都浓缩在"福贵"二字上,这也是乡土中国最高的人生目标。

期望儿子既福且贵,偏偏他是既苦且悲,如此天壤之别的反差构成的悲剧命运正是福贵一生的写照。四十年前,阔少爷福贵醉生梦死、荒唐至极,终于遭报应而命走背字,从此,苦难与灾祸频频降临于他,将他一次又一次地逼上绝望的境地。

他的人生厄运是从他的堕落开始的,按照民间的说法,他的遭难与受罪,全是他自作自受的结果。他是远近闻名的败家子,自小顽劣,无德无信,父亲恨他"不可救药",私塾先生断言他"朽木不可雕也"。长大后,创业理财的本事他一点没学会,倒是无师自通地承袭了其父恶劣的遗风,钻

---

① 余华:《我能否相信自己》,人民日报出版社 1998 年版,第 219 页。

妓院,迷赌场,整日沉溺于嫖娼与恶赌之中,终于将祖产祖业输得干干净净,父亲为之气急功心从粪缸上掉下来摔死。自此,苦难与厄运像一对难兄难弟紧紧地伴随着福贵:先是母亲病死,接着是儿子有庆被医院抽血过多而死,女儿凤霞产后大出血致死,妻子家珍病死,女婿二喜遇难横死,小外孙苦根吃豆子被撑死。一个个亲人相继先他而去,他却依然活着。

死亡是极其悲惨的厄运,让人不可思议的是,柔弱的福贵竟然在一次又一次灭顶之灾的打击下,一次又一次地在死亡的边缘止步,于苦难悲伤的极限处善待生命,默默地承受着生命之重而无怨无悔地活着。不仅活着,而且越活越通达。这就不能不让人对他不幸的命运产生深深的同情之时,又油然升起敬意。为余华把脉,想必他正是从这种情感中赞叹福贵是"这个世界上对生命最尊重的一个人"。因为在《活着》的中文版(1993年)和韩文版(1997年)的序言里,余华就表达了这样的意思:《活着》讲述了"一个人和他的命运之间的友情","写人对苦难的承受能力,对世界乐观的态度"。

但这个被客观性坐实的指认实则是一个主观性很强的判断,它既是情感判断,更是价值判断。有了这样一个打通了自然伦理主义和生命本体论的价值定位,福贵的"活着"就不是"赖活",而是"好活"了。但是,如果说福贵本人从一开始就有这种明确的生命意识,那确实是抬举了他。福贵全凭一己之力,依靠生命的本能并接受中国古老的生存智慧的启示自然而然地活出境界的,即使到了大彻大悟的晚年,他也没有获得这种具有存在主义意味的生命意识。相反,我们倒是从他的人生感慨中品出了"不谐音":

> 这辈子想起来也是很快就过来了,过得平平常常,我爹指望我光耀祖宗,他算是看错人了,我啊,就是这样的命。年轻时靠祖上留下的钱风光了一阵子,往后就越过越落魄了,这样反倒好,看看我身边的人,龙二和春生,他们也只是风光了一阵子,到头来命都丢了。做人还是平常点好,挣这个挣那个,挣来挣去赔了自己的命。像我这

样，说起来越混越没出息，可寿命长，我认识的人一个接着一个死去，我还活着。

这才是福贵的人生观，既宿命，又自慰。借助"精神胜利法"，说到底，还是乡土中国的一种普遍的人生观。用现代的观点来看，福贵的人生顿悟中确实包含着过多的消极因素，但对于在漫长的艰难中苦苦挣扎的中国底层的弱小百姓来说，实在很难否定这种人生态度的合理性及存在价值。

我曾感叹：如果没有这一段"不谐音"，该多好！因为在这之前的几十年里，福贵是活着不知活着为什么的人，他从来不追问为何活？如何活？所以才活出混沌的境界。再想想，福贵不这样说，又该怎样说呢？若换成很现代很哲思的说法，那一准不是福贵。对于福贵，我们更看重的，是他在苦难中所体现出的生命力量及精神演变史，而不是过多地去纠缠他怎么说。福贵无知无识，他对自己人生态度的真情告白，是乡土民间情感的自然流露，而余华对其的价值判断则是对福贵的生命向度所作的现代陈述。二者互为一体，即使在话语的层面，它们之间也有不少可通约之处。

亟待追述福贵的精神史。福贵的精神史是在"生命—人性"的层面展开的，这让习惯了现代启蒙叙事和当代革命叙事的中国读者多少有些意外。《活着》一改 20 世纪中国文学凝定的主流叙事传统，没有把一部苦难史写成革命史或思想史，而是写成了朴实的生命精神史。从一开始，余华就没有打算让福贵去承载"社会—历史"与"启蒙—革命"的宏大意义，尽管福贵的苦难史中也映现出战争的血腥、政治的荒诞、精神的恐怖、饥饿与贫困，但这一切都是在福贵的苦难史和精神史的视阈展开的。尽管我们从中能够读出残酷、荒谬、反讽，但这一切都不能改变我们对福贵的精神史的追问。

福贵为何不死？为何活着？笔者认为若不进行这样的追问，并通过这种追问去揭开福贵被苦难遮蔽的生命意识，就不可能对福贵的生命意识及精神史有真正的理解与把握。这是解读福贵并进而把握《活着》要义的惟一通道,至少可以说,这是最佳的通道。

福贵为何不死? 为何活着? 余华有一个经典性的表述,那就是:"人是为活着本身而活着,而不是为了活着之外的任何事物所活着。"①换言之,"人就是为活着而活着,没有任何其他的理由,这是人和生命最基本的关系,生命要求他活着,他就活着。"②这句话怎么读、怎么解都透着生命本能的自然主义气味,让人不能理直气壮地为福贵的"活着"进行有力的辩护。除此之外,它不仅没有说清楚什么,反而为不少评论家诟病福贵提供了口实。余华都说福贵是为活着而活着,我们还有什么可说的? 我相信余华说这句话是有特殊语境的,只有在特殊的语境中,它才会拨开简单性而显现出确定性的意指。但在还没有透析福贵的生命意识及精神史之前,最好将它先悬置起来。

福贵的生命意识及精神史是在"苦难—死亡"的维度展开的,他的"活着"时刻遭受着苦难与死亡的威逼与诱惑,他没有顺从,也没有屈从;他取忍耐、承受的方式,即取"不争之争"的方式,与苦难与死亡进行抗争。我这样说,并不是说福贵从一开始就有主动自觉的承受苦难、抗拒死亡的生命意识与勇气,相反,在猛然跌入苦难与死亡之门时,福贵完全是一副纨绔子弟的落魄相,相当脆弱,不堪一击。苦难与死亡威逼着福贵,然而又启悟了福贵的生命意识。在近四十年的生命历程里,福贵经历了从怕死到家人劝其不死,再到尊重生命而活着的精神演进的过程。

说到福贵为何不死、为何活着,不能不特别提到与福贵生命密切相关的两个女人。这两个女人,一个是他慈善的母亲,一个是他温存的妻子家珍,正是这两个女人,为福贵接通了中国古老的生存智慧。她们是福贵的人生导师,正是她们把福贵从死亡的边缘拉回,用温情苏醒了福贵,用责任开导着福贵,让福贵感悟着生命的责任、生命的意义。当一向丑恶行走,在嫖赌中讨生活的福贵输光了祖产祖业,丢魂落魄地回到家后,父亲

---

① 余华:《我能否相信自己》,人民日报出版社 1998 年版,第 146 页。
② 余华语。引自张英:《文学的力量》,民族出版社 2001 年版,第 9 页。

气恨交加,声嘶力竭地喊道:"孽子,我要剐了你,阉了你,剁烂了你这乌龟王八蛋。"此时的福贵早已崩溃麻木,心如死灰,但他还是意识到自己非常害怕父亲可能要"剁烂"他。而母亲和妻子此时却给了他活下去的亲情与勇气,妻子安慰他:"只要你以后不赌就好了。"母亲一再劝导他:"人只要活得高兴,穷也不怕。"在往后的艰难岁月里,每当福贵或家庭遭遇不幸时,家珍总是宽慰他好好活着——为自己,更为这个家活着。

一句"人只要活得高兴,穷也不怕",说得人热泪盈眶,全是因为这句极其平常的话里凝结了千年的智慧、千年的情感。听的是话,入的是情,将之溶于生命,足可以化解苦难、超越苦难,在之后的四十年里,福贵就是用这句话夯实了活着的信念。所以,他就能够在被国民党军队抓去拉大炮、当壮丁,接着又被逼当兵的近两年里,紧紧地守着握着活着的信念,天天在心里念叨着要活着回去。这也是他在所有亲人相继先他而去,他却依然活着的根本原因。他始终坚信:即使生活是悲惨的,也要好好地活下去,"家珍说得对,只要一家人天天在一起,也就不在乎什么福分了"。到晚年,孤苦的福贵与一头通人性的老牛相依为命而乐观地活着,在世而超然。

我一下子读懂了福贵,读懂了余华为什么会说"福贵是我这辈子见过的最有理由说他是'活着'的一个人","他的声音应该比所有人群'活着'的声音都要强大得多"。① 他是这个世界上对生命最尊重的人。由此,我自然也就理解了余华那句暂时被我悬置起来的经典性表述的要义。余华不是从启蒙的或革命的需要来写福贵,而是从生命存在和人性的角度切入福贵的生命意识及精神史的。这种意义一旦被确定并被建立起来,就与 20 世纪中国文学的主流思想相悖,而以迂回的方式与生命存在的现代性思想相通。余华在《活着》的前言中说的一段话也可以为之佐证:"正是在这样的心态下,我听到了一首美国民歌《老黑奴》,歌中那位老黑奴经历了一生的苦难,家人都先他而去,而他依然友好地对待世界,没有一句抱

---

① 余华:《我能否相信自己》,人民日报出版社 1998 年版,第 217 页。

怨的话。这首歌深深地打动了我,我决定写下一篇这样的小说,就是这篇《活着》,写人对苦难的承受能力,对世界乐观的态度。"①

以我之见,可能正是这种生命存在的现代思想,使得这本叙写中国人的人生经验和生命意识的小说,首先在西方文学发源地的西欧被接受、被赏识。西方人认为《活着》"这本书不仅写得十分成功和感人,而且是一部伟大的书"。"这里讲述的是关于死亡的故事,而要我们学会的是如何去不死。"②

能够为《活着》所体现的生命存在的现代性思想提供最好例证的近期佳作,是南非著名作家库切的小说。这位荣获了 2003 年诺贝尔文学奖的作家,在反思种族隔离制度、殖民主义等罪恶的同时,深刻地剖析了人性的不同侧面。库切与局外人,以及被嫌恶、被侮辱与被损害的人心念相通,正是有了这种体验,库切塑造的人物体现了人性的深度。面对压迫和苛政,库切笔下的人物常常显得消极被动,似乎无力反抗,但按照作家的意图,这恰恰是人性避免被完全操纵和吞噬的最后一搏,在不参与的消极状态中进行抵抗是人反抗压迫的最后途径,正应了无为而不为的逻辑。透过人的懦弱和失败的表象,库切发现、肯定并且弘扬了人性的闪光点。③ 我不敢说《活着》已经达到了与库切的《耻》等长篇小说一样的人性深度,但二者所表现的思想倾向是相同的。

然而,惯于在启蒙话语和革命话语的框架内思考问题的评论家们可不这样看,他们站在启蒙和革命的立场,以现代知识分子的眼光来审视福贵。他们期待福贵有所行动,去反抗自己的命运,或者愤怒抗争,或者痛不欲生,或者对现实进行质疑并进行形而上的追问,或者至少,他要以死来表达自己的人生态度——以死相抗是中国弱势群体面对强势力量的迫

---

① 余华:《活着·前言》,南海出版公司 1998 年版,第 3—4 页。

② 德国《柏林日报》,1998 年 1 月 31 日。意大利《共和国报》,1997 年 7 月 21 日。见《活着》封底,南海出版公司 1998 年版。

③ 石平萍:《关注局外人的诺贝尔文学奖得主库切》,《外国文学》2004 年第 1 期,第 4 页。

压而取胜不了的情况下,通常采取的一种抗争方式。

遗憾的是福贵没有这样去做!福贵经受了败家的悔与恨之后,就再也没有为难过自己了。福贵让这些评论家们太失望了,他们对福贵既"哀其不幸",更"怒其不争"。他们眼中的福贵是一个软弱、愚昧、落后的可怜人,认为福贵没有苦难意识,消极受难,屈从于命运而被动地活着,是一个被生活压平了的人,失去了存在价值的人。

否定福贵之后必然要指责余华,自《活着》发表、出版以来,特别是2000年以来,总是不断地有人据此批评余华。而这个天生倔傲、心性甚高的家伙偏偏不接这个茬,对否定性批评始终保持沉默,从不作任何辩解与回应,像没事似的。如果追踪余华这些年在国内国外到处接受访谈、作演讲的忙碌身影,就会发现,他所到之处的言说,一讲到《活着》,讲到福贵,丝毫不改初衷,其要点均是对那句经典性表述的一再阐释与反复强调。这可不可以说,余华是以"不辩之辩"的方式在回应着否定性批评呢?

余华于《活着》之外的言说毕竟不是最重要的,问题的症结在于:福贵为何不反抗?为何不以死抗争?我的一位同事在一篇解读《活着》的文章里对其作了很精彩的论述:"首先我们设身处地想一想福贵一生所经历的是不是事实,我们的回答应该是:福贵的一切努力与挣扎、无奈与隐忍是可能而现实的,福贵不可能去反抗什么,因为每一场灾难的发生,那个真凶都隐形遁迹地躲在事件的背后,所以即使反抗,福贵也找不着目标。福贵对它的居心叵测一无所知,更不料它还会在下一个路口等着他,他只按他对生活的理解去活着,以他和他的亲人们相濡以沫的温情去面对不期而至的苦难。该做的他都做了,只是任凭他怎么努力也摆脱不了苦难而已。面对这样一个卑微而无辜的人,我们除了怜其不幸,还能指责他什么?"[1]贫穷的农民福贵面对苦难与灾难,只能采取这种隐忍的方式。

我亦持此论。我要强调的一点是,福贵承受苦难、抗拒死亡,取的是

---

[1]　蒋涛涌:《持守与颠覆——〈活着〉的另一种解读》,《安徽大学学报》2002年第26卷增刊,第39页。

"不争之争"的方式,从这个意义上来说,福贵的"活着"是另一种反抗——不是激烈的革命式的反抗,而是用生命的存在化解苦难,并进而抗拒死亡的反抗。

应该能够读出《活着》着意表现的这种意蕴意向,它毕竟隐含得不深。其实,余华早已在《活着》的序言里,就非常明确地指出了这一点:

> "活着"在我们中国的语言里充满了力量,它的力量不是来自喊叫,也不是来自进攻,而是忍受,去忍受生命赋予我们的责任,去忍受现实给予我们的幸福和苦难、无聊和平庸。作为一部作品,《活着》讲述了一个人和他的命运之间的友情,这是最为感人的友情,因为他们互相感谢,同时也互相仇恨;他们谁也无法抛弃对方,同时谁也没有理由抱怨对方。……与此同时,《活着》还讲述了人如何去承受巨大的苦难,就像中国的一句成语:千钧一发。让一根头发去承受三万斤的重压,它没有断。[1]

> 前面已经说过,我和现实关系紧张,说得严重一点,我一直是以敌对的态度看待现实。随着时间的推移,我内心的愤怒渐渐平息,我开始意识到一位真正的作家所寻找的是真理,是一种排斥道德判断的真理。作家的使命不是发泄,不是控诉或揭露,他应该向人们展示高尚。这里所说的高尚不是那种单纯的美好,而是对一切事物理解之后的超然,对善和恶一视同仁,用同情的目光看待世界。[2]

遗憾的是,这些批评家没有读出《活着》的意蕴意向,没有读懂余华的解说。不是他们读不懂《活着》及余华的解说,而是他们所持的启蒙立场和批判意识遮蔽了他们的眼光。

---

[1] 余华:《我能否相信自己·〈活着〉韩文版(1997)序》,人民日报出版社1998年版,第146—147页。

[2] 余华:《活着·前言》,南海出版公司1998年版,第3页。

　　福贵为何不死、为何活着,最深层的原因恐怕还是传统文化性格的使然。我曾在《超越原意阐释与意蕴不确定性——〈活着〉批评之批评》一文中,从中国传统文化的两大主干——儒家和道家构建的人生论中,追问了福贵忍受苦难,进而化解苦难、超越苦难而活着的人生态度的历史渊源,以及精神力量的来源。我是在普遍性原则的支持下作出这一历史追问的,它的好处是直接寻出普遍性,但我忽视了普遍性的有效性,没有注意到这一原则的规约性,因而没有充分注意到这一历史追问实际上取消了社会分层与群体分类的处理,忽视了反题的存在,即面对苦难和死亡,不是所有的中国人都像福贵这样活着。在人生观与生存方式方面,君王与臣子、文士与军人、志士与豪杰、商人与财主,乃至民间普通百姓,各有特定阶层的价值取向,他们在对待苦难、荣辱、迫压、生死的态度上,其间有着明显的区别。譬如,对待死,中国历史上的志士仁人和英雄豪杰不畏死,他们各有自己突出的表现。一是宁死不屈之志士,宁可自杀丧失生命,也不愿受其辱、没其志或有愧于心。尤其是在民族存亡和国难当头的危急时刻,他们勇于赴死,明知命绝而不畏惧,或举刀自刎,或举火自焚,或笑赴刑场而不惧。二是"士为知己者死"之仁者,以一死而报知遇之恩。三是"死士",即为了某种承诺、某种原则、某种理念而慷慨赴死。四是洁身自好者,或忧国忧民、怀才不遇,或受谗言,遭贬斥,始终不愿与世俗同流合污而毅然以死谢世。

　　志士仁人和英雄豪杰不畏死有其传统,从孔子的"杀身以成仁",孟子的"舍生取义",到诸葛亮的"鞠躬尽瘁,死而后已",中国的英雄志士将这些传统凝定为一种人生观,即死要死得其所,死要"重于泰山"。在死是需要时,不死或畏死是可耻的。

　　而中国民间普通百姓,尤其是贫苦的农民,在生死问题上所抱的态度则是"好死不如赖活"。好活自然要活,赖活也得活,活着,活下去,"不怨天,不尤人"。如此这般,其主要原因有二:其一,中国民间百姓乐生恶死的情感非常强烈,以至于有学者将中国文化概括为"乐感文化","吾国人

161

之精神，世间的也，乐天的也"。① 避凶死、忌自杀、求善终，已经成为中国普通百姓普遍信奉的人生观。这种人生观使中国普通百姓对生活的苦难、人世的痛苦和不幸的命运有着相当强的忍耐力、承受力，所以，即使是"赖活"、"歹活"、"偷活"，也要顽强地活着，不轻易采取断然结束生命的自杀行为。其二，更重要的是，中国普通百姓一般皆持有"类我"的人生观，也就是说，个我的生命不全是个人的，而主要是家庭的、家族的，乃至国家的，这样就在一定程度上抑制了自杀行为。② 避害全生，不死而活着就成为占人口绝大多数的中国普通百姓共同遵循的人生观与生存原则。对于他们来说，自杀就是招供，招供自己已经被生活所击垮，或者招供自己不理解生活。一个最有生命力量的人不是选择自杀，而是选择活着。

这里面有农民福贵。不过，余华笔下的福贵形象，已经潜含着作者的意图，这是不难把握的。

（选自王达敏《余华论》，上海人民出版社 2006 年版）

---

① 王国维：《红楼梦评论》，引自雷达、李建军主编：《百年经典文学评论》，长江文艺出版社 2004 年版，第 14 页。
② 郑晓江：《善死与善终——中国人的死亡观》，云南人民出版社 1999 年版，第 114—127 页。

民间中国的苦难叙事

——《许三观卖血记》批评之批评

读了《活着》，再读《许三观卖血记》，发现这是另一部《活着》。两部小说都是关于当代中国社会普通百姓在苦难和厄运中如何生存、如何活着的故事。两部小说都蕴含着中国人代代相传的知天知命的生命意识和生存智慧，其乡土民间叙事均通向深度的人道主义。所不同者，《活着》是命运交响曲，写倒霉透顶的农民福贵在极其悲惨的命运的打击下，面对家人一个个宿命般地先他而去，他却依然活着，而且越活越超脱；在生与死的命运冲突中，最终是生战胜了死，具有形而上的生命哲学的意味。《许三观卖血记》是苦难交响曲，写身份卑微的工人许三观以卖血抗争苦难而凄惨地活着，体现出世俗化的民间叙事的特点，具有形而下的生活哲学的韵味。

《活着》和《许三观卖血记》是余华的至爱，余华正是凭着这两部小说首先走向世界，继而走红国内的。1998 年，《活着》获得了意大利最高文学奖——第 17 届格林扎纳·卡佛文学奖，从此，《活着》和《许三观卖血记》好评如潮，并开始进入经典运作与建构的阶段，人们在民间化与现代性、民族化与世界性的想象中为它们建立了经典性。与此同时，由于它们呈现与蕴含的意义的不确定性，又引发出截然相反的两种批评：肯定性批评与否定性批评。这两种批评都以某种人生观、价值观及意识形态作为判断的标准，在自设的语境中，它们的言说都具有一定的合理性。当自设语境与文本语境相合或相近时，其批评在很大程度上切合作品的实际；当自设语境与文本语境不合或相对时,其批评不是对作品作了误读误解,就是强行将作品纳入自设语境之中,逼迫作品就范。说到底,自设语境是一种先定预设、先天为真并且具有排他性的话语系统,尤其是绝对排他性的自设语境,是极力排斥通约性的。而对作品的正确判断与评价,是不能以绝对排他性的自设语境作为唯一视界的。绝对排他性的自设语境内的批评尽管有时也能够在某些方面或某一点上有独到的看法,但它的"独到的看法"常常不仅不能将它的有效性覆盖到整个作品,反而将视界定于一端或一点,从有限的合理走向极端的偏执,影响了批评的正确性。如同《活着》,《许三观卖血记》所蕴含的意义也处于明晰又含混、确定又不确定、单纯又丰富的状态,这样就为各种批评提供了建构自设语境的可能性。我以为,正是这种意义表面处于确定性的"显在",而实际处于不确定性的"含在",在为《许三观卖血记》造就了经典性的同时,也为批评预设了不确定性。批评的不确定性不断撑大了《许三观卖血记》的意蕴和意义的边界,丰富了它的内涵,无论是肯定性批评,还是否定性批评,都对它的意蕴作了真正意义上的发掘。我作批评之批评,是想在拆除绝对排他性的自设语境的情况下,努力抵达《许三观卖血记》的苦难叙述之中,去体会、去把握它真正的真实。

一

我在《超越原意阐释与意蕴不确定性——〈活着〉批评之批评》一文中说:"余华是一位不回避对自己的小说作本意阐释的作家,在作品解读方面,他有着异乎寻常的领悟天赋与理性言说的才能。他对他的主要作品差不多都作过解释,有的三言两语,有的专文解说,甚者则一而再、再而三的论及。从情感的力度和阐释的深度来看,他最倾情的小说无疑是《活着》。他对《活着》的本意阐释不是最多,明显少于《许三观卖血记》,但却是最到位最深思熟虑的,所言所论均落到实处。相比较而言,对《许三观卖血记》的阐释常往虚里走。"①即使这样,余华对《许三观卖血记》所作的原意阐释,还是对批评家们产生了不容忽视的深度影响。我们不难发现,在作者的原意阐释与肯定性批评之间,其理路和思想有着内在的逻辑联系,因此,解读余华的原意阐释,是通往《许三观卖血记》及其批评的一条必经之路。

余华对《许三观卖血记》作了较多的阐释,其要点有二:

一、许三观抗争命运,虽然失败,却拥有生命的力量。余华是在回答《活着》与《许三观卖血记》谁更优秀的提问时表达这个看法的:

> 对我来说,福贵和许三观是我的两个朋友,我在生活中曾经与他们相遇过,而且以后还会经常相遇。要说这两个人:福贵是属于承受了太多苦难之后,与苦难已经不可分离了,所以他不需要有其它的诸如反抗之类的想法,他仅仅是为了"活着"而"活着"。他是我见到的这个世界上对生命最尊重的一个人,他拥有了比别人多很多死去的理由,可是他活着。许三观是我另外一个亲密的朋友,他是一个时时想出来与他命运作对的一个人,却总是以失败告终,但他却从来不知道失败,这又是他的优秀之处。所以这两个人都是我生活中重要的人物,至于说他们两人谁更优秀或者说他们的故事谁更精彩动听,我不知道。②

余华从许三观不知失败,在失败中体现出生命的力量的看法,让我突然想起余华在一次访谈时讲的一个故事。这个来自《圣经》的故事仿佛是专为余华的这个看法预备的,我将其移过来作为余华对许三观看法的注解。

《圣经》里的故事是这样的:有一个人非常富有,有一天这个人突发奇

① 王达敏:《超越原意阐释与意蕴不确定性——〈活着〉批评之批评》,《人文杂志》2003 年第 3 期,第 90 页。

② 余华:《我能否相信自己》,人民日报出版社 1998 年版,第 219—220 页。

想,带着全家人去了一个遥远的地方,他把自己的全部家产托付给一个他最信任的仆人。他在外面生活了二十年后,人老了,想回来,于是就派一个仆人回去,告诉原先那个管理他家产的仆人,说主人要回来了,结果报信的仆人被毒打一顿,让他回去告诉主人不要回来。可是主人不相信这个结果,他认为自己不应该派一个不够伶俐的人去报信,于是就派另一个仆人回去,这一次报信的仆人被杀了。他仍然不去想从前的仆人是不是已经背叛他了,他又把自己最疼爱的小儿子派去了,认为原先的仆人只要见到主人的儿子,就会像见到他一样,可是儿子也被杀害了。一直到这个时候,他才意识到,过去的仆人已经背叛他了。"这个人向我们展示的不是他的愚笨,而是人的力量。他前面根本不去考虑别人是否背叛自己,人到了这样单纯的时候,其实是最有力量的时候。"①

确实,许三观是在没有明确的抗争意识的情况下,被迫用不断卖血的方式来抗争苦难的。许三观每当遭遇苦难与厄运的袭击而难以挺过去时,卖血就自然而然地成为他唯一的拯救之策。这种被迫抗争之举,正是中国民间底层百姓面对苦难与厄运时普遍采取的应对方式。至于许三观为何反抗,而福贵为何不反抗,我认为余华没有找对原因。问题的关键在于,福贵不是不反抗,而是无可反抗,他即使想反抗,也找不到目标。因为他面对的不是实在的苦难,而是无影无踪的命运。当命运将死亡的灾难一次又一次降临到他全家时,他全然不知那个隐形遁迹在死亡背后的真凶,而且更料不到它还会在下一个路口等着他。他只能按照他对生活的理解去活着,以隐忍抗争的方式,即"不争之争"的方式活着。在生与死的决斗中,一个最有生命力量的人不是选择死亡,而是选择活着。福贵自然不是"苟活",而是在体验了人生的大悲大难,领悟了生命的要义之后,超然乐观地活着。

许三观面对的不是宿命般的命运,而是实实在在的苦难,所以他要采取应对之策,用卖血来救难,否则他就挺不过去。研究《活着》和《许三观

---

① 余华:《我能否相信自己》,人民日报出版社 1998 年版,第 243 页。

卖血记》、福贵和许三观，必须作出这种存在意义上的区分。

二、《许三观卖血记》是一本关于平等的书。余华在《许三观卖血记》韩文版（1998）序言中说："这是一本关于平等的书"。他没有直接说许三观，而是说有这样一个人，他知道的事很少，认识的人也不多，只有在自己生活的小城里行走他才不会迷路。他有一个家庭，有妻子和儿子，同其他人一样，在别人面前他显得有些自卑，而在自己的妻儿面前则是信心十足，所以他也就经常在家里骂骂咧咧。这个人头脑简单，虽然他睡着的时候也会做梦，但是他没有梦想。当他醒着的时候，他追求平等。"他是一个像生活那样实实在在的人，所以他追求平等就是和他的邻居一样，和他所认识的那些人一样。当他的生活极其糟糕时，因为别人的生活同样糟糕，他也会心满意足。他不在乎生活的好坏，但是不能容忍别人和他不一样。"[1]最后，余华说这个人的名字可能叫许三观。在这里，余华实际指的是许三观们。追求平等是现代意识的体现，可许三观追求的平等，却是人性之恶的表现，这一点也许是余华没有意识到的。当他得知妻子许玉兰婚前和何小勇有过一次生活错误后，为了"平等"，他寻找机会也犯了一次生活错误。当偷情之事被揭开之后，他理直气壮地对许玉兰说："你和何小勇是一次，我和林芬芳也是一次；你和何小勇弄出个一乐来，我和林芬芳弄出四乐来了没有？没有。我和你都犯了生活错误，可你的错误比我严重。"他认定许一乐是何小勇的儿子，心理憋着气，觉得自己太冤，白白地替何小勇养了九年的儿子，于是，他处处刻薄一乐，并严厉地告诉儿子二乐、三乐，要他们长大后，把何小勇的两个女儿强奸了。

这就是许三观追求的平等，这就是心胸狭隘、以复仇的形式平衡心理的许三观。但许三观毕竟不是无赖可耻之徒，从本质上看，他是一个心地善良又心软的人。许三观的人性之恶逐渐消退而人性之善持续上升，是从何小勇发生车祸后，他终于同意让一乐为何小勇喊魂开始，特别是经过"文化大革命"的种种磨难之后，温情引领着他的人性通向了伦理人道主

---

[1]　余华：《我能否相信自己》，人民日报出版社 1998 年版，第 137—138 页。

义。从人性的结构与人性的发展来看，许三观的人性远比福贵复杂丰富。

二

真正对《许三观卖血记》作出了深入研究的批评，是由批评家们的肯定性批评和否定性批评共同完成的。在作者的原意阐释之后，先起的是肯定性批评，然后是肯定性批评与否定性批评并行。肯定性批评以国外媒体的评价和吴义勤、张清华及张梦阳的批评为代表。

肯定性批评 1　国外媒体对《许三观卖血记》的意义和意蕴的评价直取要义：法国《读书》杂志认为，这是一部精彩绝伦的小说，是外表朴实简洁和内涵意蕴深远的完美结合。法国《视点》杂志认为，在这里，我们读到了独一无二的不可缺少的和卓越的想象力。法国《两个世界》认为，余华以极大的温情描绘了磨难中的人生，以激烈的形式表达了人在面对厄运时求生的欲望。法国《新共和报》认为，作者以卓越博大的胸怀，以简洁人道的笔触，表达了人们面对厄运时求生的欲望。比利时《展望报》认为，余华是唯一能够以他特殊时代的冷静笔法，来表达极度生存状态下的人道主义的人。比利时《南方挑战》认为，这是一个寓言，是以地区性个人经验反映人类普遍生存意义的寓言。① 这种言简意赅、直抵实质的点评，虽非专论宏论，但它的批评却是深刻精到的。由于它直取要义，同时又将所取要义的表述直接凝定在观点和看法上，这样就使得它实际上直接为其他的批评提供了观点和看法，而事实也确实如此。因此，切不可小视这种点评的力度及影响力。

肯定性批评 2　吴义勤的专论题为《告别"虚伪的形式"——〈许三观卖血记〉之于余华的意义》。② 吴义勤文章的逻辑起点定在一个视点上，那就是以《许三观卖血记》来认定余华文学创作的"转型"，同时又以余华

---

① 引自徐林正：《先锋余华》，浙江文艺出版社 2003 年版，第 87—88 页。

② 吴义勤：《告别"虚伪的形式"——〈许三观卖血记〉之于余华的意义》，《文艺争鸣》2000 年第 1 期，第 71—77 页。

文学创作的"转型"来确认《许三观卖血记》的意义。余华的文学创作由"虚无"到现实、由先锋到写实,短篇小说《两个人的历史》和中篇小说《一个地主的死》开其端,到长篇小说《活着》和《许三观卖血记》则大功告成。吴义勤对《许三观卖血记》有一份特别的情感,他认为"这是一部奇特的文本,从纯文学的意义上讲它的巨大成功是 90 年代任何一部其他文本所无法企及的"。它的出现,标志着余华文学创作转型的最终实现。从主题学层面看,《许三观卖血记》的意义有二:一是人的复活,二是民间的发现。

其一,人的复活。复活者,许三观也。先锋文学阶段,余华小说中的人物是充分抽象化、符号化的存在,到《两个人的历史》《一个地主的死》《活着》和《许三观卖血记》等小说,余华笔下的人物被重新贯注了生命的血液,恢复了人所具有的现实性和人性。特别是许三观,他自动呈现的平凡人生、朴实话语和丰富复杂的性格,已经与民间中国融为一体了。吴义勤认为余华对许三观的塑造主要集中在三个维度上:一是对于许三观顽强、韧性的生命力的表现;二是对于许三观面对苦难的承受能力和从容应对态度的表现;三是对于许三观的伦理情感和生存思维的表现。应该说,吴义勤的眼光是锐利准确的,他对余华的思想倾向和许三观形象意义的把握,基本上与小说的语境相吻合。三个维度的表现,全部集中在"卖血"行为及卖血背后所生成的精神维度上,对于许三观来说,他对待苦难的唯一方式就是"卖血",本质上,血是"生命之源",但许三观恰恰以对"生命"的出卖完成了对于生命的拯救与尊重,完成了自我生存价值和生存意义的确认。在小说中,"卖血实际上已经升华成了一种人生仪式和人性仪式。"

其二,民间的发现与重塑。首先,《许三观卖血记》重建了一个日常的"民间"空间。小说没有设置尖锐的矛盾冲突,而是以民间的日常生活画面作为作品的主体,民间的混沌、民间的朴素、民间的粗糙甚至民间的狡猾呈现出它的原始生机与民间魅力。在许三观应对苦难的人生境遇中,我们感受到的是那种来自乡土民间的生活态度和人生境界。其次,《许三观卖血记》体现了先锋作家从贵族叙事向民间叙事的真正转变。吴义勤说:"在我看来,这是一部真正贯彻了民间叙事立场的小说",正因为如此,"我们在《许三观卖血记》中既不会遭遇知识分子启蒙立场所张扬的那种批判性传统,也不会遭遇贵族叙事所抛洒的那种高高在上的怜悯,而只会感动于那种源于民间的人道主义情怀对于人生与现实的真正理解。"这是我乐意接受的一种看法,我在论《活着》的《超越原意阐释与意蕴不确定性——〈活着〉批评之批评》《福贵为何不死——再论〈活着〉》和《八九十年代文学之一:从启蒙到世界性——以余华的"少爷三部曲"为例》等文章中提出的看法和论述与此不谋而合。

肯定性批评 3 张清华的专论题为《文学的减法——论余华》①,重在揭示《许三观卖血记》所包含的"人类性"因素。2000 年秋末,张清华在德国海德堡大学汉学系客座讲授题为"中国当代文学中的历史叙事及历史意识"的课程时,常询问德国及其他欧洲国家的学者,问他们最喜欢的中国作家是谁,回答中所喜欢最多的是余华和莫言。他问他们,中国当代作家很多,为什么偏偏喜欢余华和莫言? 回答是:"感觉他们两个与我们的经验最接近。"问他们最喜欢的作品是哪部? 几乎所有的回答都是《许三观卖血记》。从这一很有意思的事实中,张清华首先想起的是一条有关文学交流的规律,即"经验的最接近"是不同文化背景下的文学能够沟通的一个最重要的条件,认为这不仅是一个"原因",而且还应该是一个"标准",它表明一部作品所包含的"人类性"的量。而《许三观卖血记》正是这样的作品,"我相信它已经具备了'世界文学'的可能",这表明余华在他的小说写作中,一定选择了一条特殊的道路,即一条特别简便而又容易逾越民族文化屏障的道路。

遗憾的是,张清华对《许三观卖血记》包含的"人类性"因素的看法到此为止,他仅仅完成了一个揭示,至于这"人类性"包含了哪些内容,他提而未论。也许他认为这些内容是不言自明的,无须再论。但这一终止,将已经悄悄来到身边的"世界性"也放弃了。"人类性"与"世界性"相通,但

---

① 张清华:《文学的减法——论余华》,《南方文坛》2002 年第 4 期,第 4—8 页。

"人类性"不等于"世界性","人类性"必须有"现代性"才能转换成"世界性",否则,它必然要受限于自然主义的生成原则。

肯定性批评 4 鲁迅研究专家张梦阳先生在《阿 Q 与中国当代文学的典型问题》一文中对《许三观卖血记》的肯定性批评①,是从启蒙立场出发的,他认为从阿 Q 到许三观,贯穿着 20 世纪"一种新的写作方式"。他分析了当代众多小说,余华的《活着》和《许三观卖血记》是其中作为重点深论的两部长篇小说。但对这两部小说的价值判断,他竟然作出了截然相反的两种批评。他先将《活着》与《阿 Q 正传》比较,认为《活着》集中笔力雕刻福贵,在表现人物精神上"实现了突破"。福贵继承并凸现了阿 Q 的乐天精神,说明我们中国人这几十年是如何熬过来的,是怎样乐天地忍受种种苦难,坚韧地"活着"的。正是本根于这种精神,阿 Q 才不致发疯或自杀,福贵也没有跟随他所有的亲人去死,中华民族也才坚忍不拔地顽强延续了五千年。《活着》称得上是一部"洋溢着象征"的真正的小说,福贵乐天地"活着"的精神正是一种"寓居世界方式的象征"。他具有一定的典型性,但是与阿 Q 相比差距甚大。其症结在于:鲁迅对阿 Q 的精神胜利法这种"与世界打交道的方式",主要采取批判的态度,深刻地揭示了其负面的消极作用,让人引以为鉴,克服自身类似的弱点。而余华对福贵乐天地"活着"的精神主要采取赞颂的态度,对其负面的内在消极因素缺乏深掘。

关于这一点,我在《超越原意阐释与意蕴不确定性》一文中提出了我的看法与批评。我认为,"《活着》非《阿 Q 正传》",它们不是一路的小说,各有各的意蕴和潜指。余华也非鲁迅,这两篇小说表现了他们不同的写作立场和本意设置。两条不会相交的平行线,硬是要以一个去规定另一个,只会人为地造成批评的失范。以一个作家或一部作品的写法来衡量、规约写作路数乃至写作立场与此相异的另一个作家或另一部作品,乃批

---

① 张梦阳:《阿 Q 与中国当代文学的典型问题》,《文学评论》2000 年第 3 期,第 43—51 页。

评之大忌。"①《阿 Q 正传》是启蒙立场和启蒙语境中的启蒙叙事,意在"要画出这样沉默的国民的灵魂来",以此挖掘并批判国民的劣根性。《活着》是民间立场和民间语境中民间叙事,意在表现民间中国的生命意识和生存智慧,用人道主义接通生命存在的意义。

接着,张梦阳先生又让《活着》与《许三观卖血记》比较,断言《许三观卖血记》一反《活着》的叙事立场而转为对中国人的"活法"进行了"深入的揭示与严酷的批判",由此而得出结论:"《许三观卖血记》是《活着》的深化,是余华朝前迈出的一大步,作家是通过许三观这个典型形象,从与阿Q既同又不同的另一个更为具象、更为残酷的视角批判了中国人'求诸内'的传统心理与精神机制。"所谓"求诸内",就是拒斥对外界现实的追求与创造,一味向内心退缩,制造种种虚设的理由求得心理平衡和精神胜利。《许三观卖血记》比《活着》深刻之处,"正在于对许三观'求诸内'负面消极性进行了异常深刻的批判,却又没有采取排斥、嘲笑的态度,令人从许三观的失败和固执中感受到他是位既可悲又可爱的人。"因此,"许三观的典型意义明显高于福贵"。而且,我们通过这一形象还联想和省悟到:"如果不从根本上纠正中国人'求诸内'和追求绝对平等的致命弱点,将心理定势与精神走向扭转为求诸外,在建设中求生存,竞争中求发展,中国的改革开放事业就不可能成功,或者暂时成功了还会被巨大的惯性拉回老路。这就是许三观的内涵意义,是这个典型形象给予我们的哲学启悟。"

如果说,张梦阳先生对《活着》及福贵的批评是由所持的不同观点所致的话,那么,他对《许三观卖血记》及许三观的批评,就有误读误解之嫌了。因为,无论是作者余华本人,还是作品显现的意蕴和意义,都没有"深入的揭示与严酷的批判"的倾向。你可以不满意许三观的"活法",可以从许三观的"活法"中揭示出中国人"求诸内"的消极性,并且还可以分析这

---

① 王达敏:《超越原意阐释与意蕴不确定性——〈活着〉批评之批评》,《人文杂志》2003年第3期,第92页。

种消极性对社会和人性的发展极为有害,但这一切都不能以曲解作品为前提。

三

否定性批评以夏中义、富华和谢有顺的专论为代表。

否定性批评 1 夏中义、富华也持启蒙立场,所不同者,张梦阳从启蒙立场看出《许三观卖血记》的积极意义,而夏中义、富华则从启蒙立场看出《许三观卖血记》的消极意义。看来,用同一立场看待同一部小说(或事物),也会得出截然相反的看法。夏中义、富华的专论《苦难中的温情与温情地受难——论余华小说母题演化》,①将《活着》和《许三观卖血记》看成同一种性质的小说,对它们均作了在所有批评中最为精彩又最为深刻的批评。二位学者在自设语境中对福贵"温情地受难"并且"生物性"地"活着"进行批评后,接着批评许三观:

> 说罢福贵,再说许三观,不啻是"活宝"一对。他俩一农一工,一乡一城;一是全家唯一的幸存者,化苦为乐,一是举家患难,苦中作乐,在演示"温情地受难"一案,可谓既"分工"又"协作"。
>
> 先说"分工"。笔者曾言作为余华母题基因的"苦难",本含"境遇层面的生存之难"与"体验层面的存在之苦";若就小说人物所遭逢的生存困境而言,则又可分"人性之恶"与"人世之厄"。假如说,福贵重在以盲目皈依宿命来忍受"人世之厄",从而使不堪忍受的人生灾难变得可被忍受;那么,三观则旨在以温情的自我复制来置换"人性之恶",亦即以终身"卖血"滋润人伦来冲淡"嗜血"之欲所引爆的血亲仇杀。由于福贵、三观皆能艺术地做到"足恃于内,无求于外",故他们

① 夏中义、富华:《苦难中的温情与温情地受难——论余华小说母题演化》,《南方文坛》2001 年第 4 期,第 28—39 页。

也就能"协作"扛起"温情地受难"这块金匾，不仅"苦难"皆踩脚下，且有大能耐化屈辱为欣慰，化卑微为高贵：比如福贵明明一生多祸且贱，在小说中却俨然成了超越红尘的"真人"；又如三观为成家、保家、养家、救子几近卖完了最后一滴血，却依然豪迈得像阿Q"手执钢鞭将你打"。其实能让三观神气的资本并不雄厚，因为他倾满腔碧血所凝成的功绩仅仅是为一家子糊口，"活着"而已。诚然，比起孙有才，三观能如此呕心沥血，近乎捐躯地为人夫为人父，任何一个稍知沧桑者都不免感动，甚至潸然泪下，但同时，三观并不识其悲壮仅仅是在生物学水平作"困兽犹斗"，这又未免蒙昧。……故亦可说，若曰《卖血》是另一种"活着"，那么，《活着》便是另一种"卖血"。显然，这儿的"血"作为隐喻已属引伸义，它并非指在脉管流淌的鲜红稠液，而是指尊严人格在痛感现实苦难时的那份道义的"血"性。然不论福贵，还是三观，人所以为人的那份"血"性，皆已被小说兜售得差不多了。当他们既不直面"人性之恶"，同时亦放弃指控"人世之厄"，这老哥俩当然也就能乐呵呵地庸碌终生。（第33页）

问题还在于，《许三观卖血记》(包括《活着》)无形中成了"乡土中国的生存启示录"或"本土圣经"，余华从民俗气息浓郁的"酸曲子、荤故事"中，掘出历代农民赖以忍辱负重、绵延至今的那种群体生存理念或乡土智慧，以期诱导当今中国人也能"温情地受难"，消极地承受人性之恶、人世之厄。

我在《超越原意阐释与意蕴不确定性》中，从批评主体自设的"先结构"的三个理论支点入题，逐层分析了夏中义、富华关于《活着》的看法与批评的偏误，这些分析也完全适合于批评二位学者关于《许三观卖血记》的看法与批评，此处不再论。

否定性批评2 谢有顺的专论《余华的生存哲学及其待解的问题》[①]，

---

① 谢有顺：《余华的生存哲学及其待解的问题》，《钟山》2002年第1期，第106—118页。

从存在主义的视角研究余华小说。通观全文，不难看出，谢有顺亮出的牌面是存在主义，但牌底仍是启蒙主义。他也把《活着》和《许三观卖血记》看成同一种性质的小说。平心而论，谢有顺对余华小说的整体把握体现出独到的见解，尤其是在逻辑推演中对《活着》与《许三观卖血记》、福贵与许三观所作的灵动而思辩的分析，紧贴着文本和人物，其分析相当到位。但一进入价值判断，那种自我预设的"先结构"——存在主义和启蒙主义就成为他评价《活着》和《许三观卖血记》的潜在原则。

既然取了存在主义的视角，那么就要用存在主义并结合启蒙主义来确认福贵和许三观"活着"的意义。"从存在的意义上说，福贵并非勇敢的人，而是一个被苦难压平了的人，为此，他几乎失去了存在的价值。"到晚年，福贵主动地将那头老牛也称为"福贵"，与自己同名，是将自己的存在等同于动物的存在，实际上是对"我是谁"这一问题的放弃，宣布自己从世界退出，这意味着一个人对自身的存在的自觉放弃。而福贵表现出来的所谓平静，实际上只是一种麻木之后的寂然而已。从中，"我不仅没有读到高尚，反而读到了一种存在的悲哀"。

而到了许三观，他认为这种感觉更加强烈，"这个人，好像很善良、无私，身上还带着顽童的气质，但他同时也是一个讨巧、庸常、充满侥幸心理的人，每次家庭生活出现危机，他除了卖血之外，就没想过做一些其他事情，这有点像一个赌徒和游手好闲者的性格"。到最后，卖血居然成了他的本能，"这是个悲剧人物"，余华却赋予了他过多的喜剧，正是这种戏剧性，使苦难丧失了给人物及读者带来自我感动和道德审判的可能。他甚至用加缪笔下的西绪福斯形象来比较许三观，发现二者无论在生命意识上还是在存在质量上，都有着天壤之别。

西绪福斯推石上山是一则希腊神话：诸神为了惩罚西绪福斯，判他把一块巨石不断地推上山顶，石头因为自身的重量又从山顶滚下来。明知这种劳作既无用又无望，但西绪福斯仍日复一日，迈着坚定的步伐，将巨石一次又一次地向山顶推去。存在主义哲学家兼文学家的加缪称"西绪福斯是荒诞的英雄"，当他看见巨石一会儿功夫滚到下面世界时，他又得再把它推上山顶。于是他又朝平原走去，"当他离开、渐渐深入神的隐蔽的住所的时候，他高于他的命运。他比他的巨石更强大"。之所以如此，是因为他是"有意识"的，"西绪福斯，这神的无产者，无能为力而又在反抗，他知道他的悲惨的状况有多么深广：他下山时想的正是这种状况。造成他痛苦的洞察力的同时也完成了他的胜利。没有轻蔑克服不了的命运"。而西绪福斯的喜悦和幸福也在这里，尽管他深知巨石还会滚下来，但推石上山的努力本身使他满足。"登上顶峰的斗争本身足以充实人的心灵。应该设想，西绪福斯是幸福的。"①加缪坚信人的斗争，哪怕是徒劳的，也是伟大和高尚的。

　　谢有顺沿着加缪的思路进入比较，他自然是先看到西绪福斯是有意识的存在，"他的命运是属于他的"，"他是自己生活的主人"，"他的命运是他自己创造的"，他在痛苦面前一直没有失去自我。但福贵和许三观就不同了，"他们没有抗争，没有挣扎，对自己的痛苦处境没有意识，对自己身上的伟大品质也没有任何发现，他们只是被动、粗糙而无奈地活着；他们不是生活的主人，而只是被生活卷着往前走的人。"他们都是被生活俘虏的人，被动的存在者。

　　这一比较，是形而上的崇高与形而下的卑微的比较，高下优劣一目了然。但谢有顺的论述存在着不甚合理之处，第一，西绪福斯是形而上的抽象化的存在，而许三观则是形而下的现实的存在，将两种不同的存在强行纳入同一价值体系进行比较，实是找错了比较对象。第二，加缪对西绪福斯的阐释仅仅是一种阐释，我们也完全可以从西绪福斯无怨无悔的生存态度及"无用又无望"的劳作中对其作出相反的判断。即使西绪福斯的神话只有加缪这一种解释，我认为西绪福斯与许三观在本质上仍有着内在的一致性，即面对苦难时，他们或用劳作或用生命之血对苦难与命运作了积极的抗争。第三，至于如何面对苦难、抗争苦难，不同的民族和不同的阶层的人，各有不同的应对方式，不能强求一律。对待苦难，积极抗争是

---

① 阿尔贝·加缪：《加缪文集》，译林出版社 1999 年版，第 706—709 页。

一种方式,承受苦难并化解苦难也是一种方式,而取隐忍抵抗的"不争之争"方式,更是中国底层百姓普遍采取的抗争方式。

四

苦难是文学的母题,也是余华小说反复渲染的主题。从存在主义的观点看,苦难不是别的,它是人类存在的基本状况,人类永远摆脱不了苦难。但人在面对苦难的同时又必须抗争苦难,否则就要被苦难所吞噬。人是在与苦难相处并抗争苦难中成长起来的,从这个意义上来说,苦难永远是人类存在的主题。

苦难有很多的表现形态,其常见的表现形态主要有三:一是由物质性匮乏引起的物质性苦难;二是由不幸的命运或种种权力迫压造成的生存性苦难;三是由价值失范、意义虚无和精神焦虑造成的精神性苦难(又称心灵苦难)。像福贵、许三观这类生活在社会底层的普通百姓,与他们的存在发生关系的苦难,一般是物质性苦难和生存性苦难。

对待苦难,不同的国家和不同的民族的不同阶级、阶层的人,在不同的环境和不同的时代各有不同的态度和应对方法,面对苦难,人为何活、如何活、活在何等水平上、何等境界中,就成为衡量人的生命质量和精神维度的一个重要标志。

民间中国面对苦难有三种境界:第一种境界,屈服于苦难或厄运而忍辱苟活;第二种境界,承受苦难,与苦难同在,在默默的隐忍或抵抗中化解苦难,作被动式的有限度的抗争。多数处于苦难之中的普通百姓活在这种境界,如许三观。特别要指出的,第二种境界的范围比较大,其存在方式多处于流动状态,具有相当大的不确定性。这种境界最好的走向,是通向生命本真状态,超然乐观地活着,如福贵。第三种境界,主动积极地抗争苦难,在体验苦难中体现出生命的伟大和精神的崇高,并为人类提供可以效仿的理想的道德原则和精神向度。

福贵和许三观活在第二种境界,由于这种境界之中的存在状态和生命意义常处于不确定性,致使人们对活在这种境界中的人的判断,常常会发生歧义,并出现肯定亦对,否定亦对,或肯定亦错,否定亦错的尴尬局面。如何正确地感受活在这种境界的普通百姓的情感思想和生命意识,并对其作出既符合文本又符合现实的判断,就成为批评的难题。因为这里没有纯粹绝对的存在,自然也就不可能有绝对性判断。在这里,绝对性原则只能让位于相对性原则,不然,对福贵和许三观,为何有这么多的歧义。

在中国现当代文学中,第一种境界的苦难叙事一般通向两途:一是伦理叙事,一是启蒙叙事;前者多为民间叙事,后者多为革命叙事。第三种境界的苦难叙事一般也通向两途:一是启蒙叙事,一是宏大叙事,前者指向现实批判,后者通向伟大崇高。而第二种境界的苦难叙事多限于民间叙事,它足踏乡土民间,心系人道伦理和生命本体论,并可在人道主义的引领之下通向人类性和世界性。

《许三观卖血记》是纯粹的民间叙事,它显示:许三观与其生命的关系是在"生命—人性"的层面展开的,他的生命历程是一部苦难史。从一开始,余华就没有让民间叙事的《许三观卖血记》及许三观去承载"社会—历史"与"启蒙—革命"的宏大意义,尽管许三观的苦难史中也映现出饥饿与贫困、政治的荒诞与社会的动乱,但这一切都是在许三观的苦难史中自然呈现出来的,是作为苦难叙事的背景材料而存在的。《许三观卖血记》超越了启蒙叙事而走向民间叙事,既不是启蒙呐喊,也不是作为启蒙批判的对象,它是来自民间的生命歌唱。既然如此,我们就不能用启蒙叙事或革命叙事来规约《许三观卖血记》及许三观,用启蒙叙事或革命叙事来解释它(他)们。从上述的种种批评中,我们很容易发现,一旦启蒙话语强行进入《许三观卖血记》之中,对其的批评无论是肯定,还是否定,都与作品的本意不合。而一旦取民间视角、民间立场去看《许三观卖血记》,作品的意蕴及意义就随着批评者的解读而愉快地展开了。

我作如是观、如是说,是想尽可能地贴近《许三观卖血记》的本意,对其构建的意蕴与意义作出正确的评论。至于《许三观卖血记》有没有问题,是否需要批评,这是另一个问题。我只想说,《许三观卖血记》不仅存在着问题,而且问题还不少。以我之见,《许三观卖血记》最大的病症之一,是大量的庸俗低劣而又消极的世俗性描写,压低了人物面对苦难和呈现人性的思想境界,心胸那么狭隘,且品德也很糟糕的许三观后来竟然变得那么高尚,着实让人感到有些突然。由此而生发出的另一病症,是许三观的人性状态能够保证他以卖血的方式被动地抵抗苦难,但不能使他主动地走向阔大的精神境界。"卖血"的十三次变奏,变奏出的仍是苦难。文学展示苦难,更需要展示某种超越苦难的精神。在这一点上,它明显不及《活着》。《许三观卖血记》最大的贡献,是起于苦难叙事,用"卖血"来丈量苦难的长度、强度,以此考量许三观承受苦难、抗争苦难的力度,终于伦理人道主义。此中,善成为主体,成为中心力量。

(原载《文艺理论研究》2005 年第 2 期)

岂 止 遗 憾

——《兄弟》批评

在期待中等来的长篇小说《兄弟》，先到的上部（上海文艺出版社2005年8月出版）毁誉参半，也让我生出一些遗憾，便把希望寄托于下部，希望它妙手回春，开出胜境。在希望与疑虑中等来的下部（上海文艺出版社2006年3月出版），让我遗憾接着遗憾，还有一旦升起就怎么也抹不去的失望。

曾经以先锋小说成名，又以《活着》和《许三观卖血记》名扬中外的余华，在上一部长篇小说《许三观卖血记》问世之后的第十个年头隆重推出的《兄弟》，该是又一部问鼎于文学史的经典之作，然而事实正好相反。正如谢有顺所批评的那样：《兄弟》是有失水准之作，在余华的写作中，它根本不值一提。

如此之大的落差，只能说明余华的写作出了问题。就《兄弟》而言，其问题究竟出在哪里，这才是关键。

一

我首先关注的是，《兄弟》是一部什么样的小说？或者说，余华写作《兄弟》意在表现什么？

余华是一位乐于对自己的小说做原意阐释的作家，他总是在前言、序言和后记中坦言其写作的本意，阐释其作的思想蕴含。这一次也不例外，

其《后记》一如既往,坦言见底:

> 五年前我开始写作一部望不到尽头的小说,那是一个世纪的叙述。2003 年 8 月我去了美国,在美国东奔西跑了七个月。当我回到北京时,发现自己失去了漫长叙述的欲望,然后我开始写作这部《兄弟》。这是两个时代相遇以后出生的小说,前一个是"文革"中的故事,那是一个精神狂热、本能压抑和命运惨烈的时代,相当于欧洲的中世纪;后一个是现在的故事,那是一个伦理颠覆、浮躁纵欲和众生万象的时代,更甚于今天的欧洲。一个西方人活四百年才能经历这样两个天壤之别的时代,一个中国人只需四十年就经历了。四百年间的动荡万变浓缩在了四十年之中,这是弥足珍贵的经历。连接这两个时代的纽带就是这兄弟两人,他们的生活在裂变中裂变,他们的悲喜在爆发中爆发,他们的命运和这两个时代一样地天翻地覆,最终他们必须恩怨交集地自食其果。

通过兄弟两人的命运来表现两个时代的特征,抵达时代的真相,无疑是一种带有史诗性的宏大叙事。虽然《兄弟》所取的依然是民间的立场和民间的视角,但它从内里到整个结构都涌动着宏大叙事的冲动,其叙事直奔"时代特征",具有宏大叙事的性质。

看惯了余华的小说,乍一读《兄弟》,还真有点不习惯。余华以前的小说,对历史和现实均采取淡化的写法,即将历史和现实处理为隐现交织的背景状态,或干脆将历史和现实抽象化为意象,作为存在的隐喻,在此背景之上或之中叙写人性和人的命运。但这次余华却出人意料地启用被他疏远了二十多年的"正面强攻"的写法,据余华解释,所谓"正面强攻"的写法也就是"强度叙述",它属于 19 世纪现实主义小说的传统,"《兄弟》用的是19世纪小说那样的正面叙述，什么也不能回避"。① 这种"正面强攻"的写法在叙写宏大的时代、复杂的社会现实和人性，以及构建史诗等方面，积累了丰富深厚的经验，因此，当余华2005年9月5日做客新浪网，主持人问他为什么要采取这种"正面强攻"的写法，以前为什么没有尝试过这种写法时，余华说：我以前尝试过，像《活着》和《许三观卖血记》，那时候都是寻找一种角度去写。这次是我第一次从正面去写那个时代，努力把这两个时代的特征表现出来。

这就是说，《兄弟》首先要表现的是两个时代的特征，即《后记》中所说的，一个是"精神狂热、本能压抑和命运惨烈"的时代，即禁欲和反人性的时代，另一个是"伦理颠覆、浮躁纵欲和众生万象"的时代，即纵欲和人性泛滥的时代。

在对比性中对"文化大革命"和改革开放的八九十年代这两个时代的特征作这样的概括，应该说基本上是切合事实的。问题是，这样的概括若出现的上世纪80年代初，还不失为一种发现，但在21世纪初再做出这样的判断，已经不是发现，而是共识和常识了。控诉、揭露、剖析"文化大革命"的禁欲和反人性，从上世纪70年代末的伤痕文学开始一直持续至今，成为新时期文学反复钻探的主题。而专注于从负面描写改革开放年代浮躁纵欲和人性泛滥的作品，也从80年代开始一直持续至今。贾平凹早在1986年就写出了表现一个时代"浮躁"特征的长篇小说《浮躁》，1993年又写出并出版了表现这个时代纵欲和人性泛滥为特征的长篇小说《废都》。而90年代所谓的"身体写作"、"下半身写作"和"美女写作"，更是将这一时代特征泛化了。如今继续写这两个时代，如果还止于或满足于平面化的一般时代特征的揭示而不作深入的探索，其作品是不可能攀上新的高度的。

我个人的看法是，《兄弟》对两个时代及其特征的叙写是共识叙述、常

---

① 引自李捷汶：《兄弟夜话：这个时代最大的现实是超现实》，《上海壹周》2006年3月22日。

识叙述,缺乏余华惯有的那种在敏锐的灵悟中做出独到发现的特点。我很难判断余华如此这般是思想迟钝所致,还是为激情所累?总之,《兄弟》是一部缺乏思想深度和精神超越的小说。

从这个看法出发,我同意葛红兵对《兄弟》的批评。他认为《兄弟》从受虐者的方面出发,表现"文革"受压抑的一面,是冷色调的,忧郁的,但对施虐者来说,"文革"又是狂欢化的,亮色的。"余华在这种多视角的复调的写作方面显然不成功,他在精神上没有超越我们以前对'文革'的理解,没有对人性的复杂性做深入的考量。"余华从性的角度进行了尝试,但又局限在历史性书写中,作品往往以人物为命运为中心,从过去到现在进行书写。具体到这部作品中,兄弟两人总是被动地接受命运的安排,而不能超越历史。"小说中很难看到直接面对灵魂的拷问,可以说有历史,但没有超越历史的灵魂。"余华没有摆脱绝对化的二元思维,"他没有为我们提供一种深刻性和复杂性,更没有在精神层面提出更加升华的救赎方向。他似乎相信人性的爱或情能够战胜邪恶,但我们也在此看出汉语写作的局限:写了爱同时也写了爱的无能为力,没有发现,没有超越人类的精神资源。"[1]包括余华在内的中国作家,面对 20 世纪中国丰富复杂的社会现实,无论是进行史诗性的宏大叙事,还是作视点下沉的民间叙事,都需要寻找并确立新的独特的历史观念和视角,从而对历史和现实做出深度的把握。只有这样,作家所创作的作品才不会流于现象的描述,平面的把握,才会在探知历史和现实深处的蕴含时,超越现象、超越常识、超越日常经验,在超越中做出新的发现。

与此相联系的另一个问题是,《兄弟》对"文革"和"改革开放"这两个时代的叙写,不经意间反映出余华思想的后退和创造力的下降。这肯定是余华不愿意看到和不乐意承认的。否定禁欲和反人性的"文化大革命"无疑是对的,指认改革开放年代荒诞、浮躁、纵欲的现实也没有错,据此,

---

① 葛红兵等:《〈兄弟〉的意义与汉语写作的困境》,《当代文坛》2006 年第 1 期,第 102 页。

怎么能说余华思想后退了呢?

必须从两个方面来看这一判断。首先,余华对两个时代特征的把握,在价值判断上是有选择的把握,但两个时代的特征在小说中却构成一种诡秘的关系,即等值并置的关系,这是让人难以觉察的。"精神狂热、本能压抑和命运惨烈"是前一个时代的"整体性特征",而"伦理颠覆、浮躁纵欲和众生万象"则是后一个时代整体性特征中的一面,即负面现实的特征。后一个时代的正面现实特征,应该是现代化和市场经济带来的物质文明、消费自由,以及人性的解放与创造。在这个时代,乌托邦式的精神、理想遭到了否弃,与此同时,现实性的现代精神已经在现代性中找到了自己的根基。

因为四十年浓缩了欧洲四百年的进程,历史环节的被删除与历史内容的被浓缩,使历史不是像在演进中累积,而是像在决斗中天翻地覆。于是,后一个时代是对前一个时代的否定,作为历史,前一个时代是已经存在过的,作为价值判断的对象,它是被否定的。由于后一个时代在小说中是以负面现实呈现的,于是,《兄弟》叙写的两个时代,一个是被否定的前一时代,另一个则是被否定的现时代的负面现实,让人没想到的是,《兄弟》从一个被否定的时代进入另一个同样被否定的负面现实,否定性的力量让兄弟两人始终摆脱不了荒诞的悲剧的命运。宿命又出现了。宿命是余华先锋小说的主题,但它不应该成为现实永远不变的命题。在余华先锋小说中,宿命通向历史与现实的暴力及人性之恶,但在这部本来可以开出人性胜境的作品中,宿命又成为人性发展的障碍,这是让人遗憾的。

在前一个时代,宿命没有成为主导力量,在精神狂热和本能压抑的极端处境中,余华写到了人性的力量,宋凡平和李兰公开相爱,隐忍抗争暴力,之所以让人感动,全是因为人性的感召。那个变态的时代是不能容忍人性公开存在的,尤其不能容忍人性在地主之子宋凡平和地主婆李兰之间生长,所以,他们的命运必然是悲剧。

但后一个时代仍然取负面现实和否定的视角,对人物描写却是不利的。李光头和宋钢虽然身在两个时代,由于作家取的是同一个视角,人物及人性始终在一个方向滑行。李光头和宋钢的人性结构,从一开始就被设定好了,以后他们在不同时代、不同处境中的表现,都是人性的初始结构顺着同一个方向的推进。例如李光头,他的人性质量在七、八岁时初见端倪,到14岁那年的"偷窥事件"发生时基本定型,他出卖偷窥秘密与后来他自封福利厂厂长、厚颜无耻地追求林红、追求而不得之后一气之下做结扎手术、倒卖破烂发横财、异想天开地举办全国处美人大赛等等荒诞之举,都是人性在同一个方向和同一质量方面的粗俗化的表现,没有出人意料的独特的发现。

什么是人性出人意料的独特的发现,以《活着》为例,从福贵默默承受苦难的隐忍中看到他对生命的尊重,看到人性的力量,这就是出人意料的独特的发现,这就是余华。但《兄弟》下部一改余华在1986—1995年创作先锋小说和《活着》《许三观卖血记》等小说的思路,而是接上了他在90年代中后期所写的《为什么没有音乐》《炎热的夏天》《女人的胜利》等世俗叙事一路小说的思路,只能说明余华思想的后退和创造力的下降。

一

突然想起贾平凹的一段创作经历。从1983年起,贾平凹开始构建"商州世界",第一层地基由叙写商州独特的地域文化风貌、历史沿革和时世新变,被当时的文学界称为"新笔记体小说"的"商州三录"(《商州初录》《商州又录》《商州再录》)和长篇小说《商州》夯实。在其之上的《小月前本》《鸡窝洼的人家》《腊月·正月》分别从爱情、婚姻、家庭的角度切入现实,写当前乡村的社会变革与人们的道德观、价值观的变化。而紧接而来的《远山野情》《天狗》《黑氏》《人极》等小说则淡远两种文明的冲突,专意描写穷乡僻壤的古朴纯真的人道遗风,原始感情和现代文明之间的关系,显现出传统文化的魅力。

到这时(1985年),贾平凹构建的"商州世界"已经初具规模,冉冉升起。这些小说显示出贾平凹深得中国传统文化重精神、重情感、重气韵的审美原则,写得古朴庄雅、优柔虚静、情趣蕴藉、气韵生动。

也就是在这时,贾平凹开始不满意这些作品"软的笔调",决定改变自己的写作风格。贾平凹阴柔纤弱,心却野大,向往古拙旷达,他一再表白,他非常崇拜汉代艺术,欣赏它粗犷、有力、浑厚、夸张、气魄,"汉代的文化是最有力量和气度的,而比雍容富贵的盛唐文化更引起人的推崇和向往。"正是基于这一点,他推崇大汉之风,"在霍去病墓前看石雕,我觉得汉代艺术最了不起,竟能在原石之上,略凿细腻之线条,一个形象便凸现出来,这才是艺术的极致。所以,在整个民族振兴之时振兴民族文学,我是崇拜大汉之风而鄙视清末景泰蓝一类的玩意儿的。"①他想摆脱自己的小家子气,把小家子气的硬壳突破一下。他要借助一部小说来实现自己的愿望,于是,长篇小说《浮躁》应运而生。他想在这部小说中把生活面打开,写中国目前正在发生的事情,又把它和历史进程联系起来,造成一种比较宏大的规模,并想在其中"增加一种气势",把气势搞充实,以增加浑厚感。这是史诗之作和宏大叙事的构想,"《浮躁》就是力图表现中国当代社会的现实的,力图在高层次的文化审视下来概括中国当代社会的时代情绪的,力图写出历史阵痛的悲哀与信念的。小说写到的仍是我许多作品曾经写过的一块叫商州的地方,它是我的故乡,更是我的小说的世界。我描写它的时候,希望人们意识到那块土地所蕴藏的意义,企图把这种意义导向对于历史,对于传统,对于现实的民族生活,对于种种人生方式及社会人性内容的更深刻的醒悟和理解"。②

尽管《浮躁》出版后好评如潮,尽管它出版之后很快就获得了"美孚飞马文学奖",但它强张气势的宏大叙事明显与贾平凹的心性、文性不合。我个人的看法是,贾平凹的才能不是写史诗的才能,他优柔的叙事风格难以支持浑厚的宏大叙事。好在贾平凹在小说结笔时就意识到了这一点。

---

① 贾平凹:《闲瞻集》,中国文联出版公司1995年版,第393—395页。

② 《浮躁》1988年获美孚飞马文学奖,贾平凹在中国作家协会和美孚石油公司在北京举行的新闻发布会上的讲话。引自孙见喜:《贾平凹前卷》第一卷,花城出版社2001年版,第525页。

他在《浮躁·序言之二》中说：这部作品我写了好长时间，它让我吃了许多苦，倾注了许多心血，我意识到这是我 34 岁之前的最大一部也是最后一部作品，"我再也不可能还要以这种框架来构写我的作品了。换句话说，这种流行的似乎严格的写实方向对我来讲将有些不那么适宜，甚至大有了那么一种束缚"。之后，他又回到与自己的文性相合的写法上来。

由贾平凹看余华，我要说，余华的心性、文性也不适合写史诗和宏大叙事。那么，余华的才能主要表现在哪些方面呢？

我在《民间中国的叙事者》中说，余华是一位具有天赋的小说家，他身上有一种灵性，一种能够在不经意间把存在的事物、理性的思考和生活的体验融入感觉之中，并以先锋叙述或世俗叙述的形式将其表现出来的才能，其小说蕴涵着浪漫诗性的特质。由于有了这样的特质，余华才能够用先锋现代的思想观念倾听中国社会从文化和人性深处传来的声音，用灵悟的感觉去捕捉其中隐秘的信息。当他与现实关系紧张，以敌对的态度看待现实时，所表现的多是人世之厄、人性之恶、暴力本能、历史荒诞和宿命的内容，然后将其演绎成从形式到内容都非常先锋的小说文本。当他用温情的眼光看待世界，对善和恶　视同仁，超然一切事物之上时，则又进入民间中国的苦难人生，从中发掘出最传统又最现代的人性内容，这就是《活着》和《许三观卖血记》在民间叙事中所蕴含的新的人道主义思想。我的结论是：余华来自民间，其经历和学识决定了他最适合叙写民间中国的故事和人生，而不适合叙写复杂浑厚的史诗和宏大叙事；余华的文学趣味及其创作个性适合从简单中见丰富，而不适合在繁复中营构复杂；余华的浪漫自由之心与先锋精神可以使他在适度的创新中获得成功，而不适合在守成中拼实力、拼才能；余华是有宿慧之人，适合用灵悟涵化思想，用感觉捕捉人性，而不适合做社会学式的直接反映，用理性表现思想和人性。

《兄弟》再次证明我对余华心性、文性特点的把握是基本正确的，不过这回他是从误用才能这方面对我的判断做出了证明。至少到目前为止，余华还没有拿出真正意义上的史诗之作和宏大叙事来证明他具有这方面的才能。

作家总是在不断变化、不断超越中实现自己的文学理想,但作家在此中既要认清文学的本性,也要认清自己的才能和潜质。从理论上讲,超越自己、突破自己是对的,但不适合自己心性和文性的所谓超越、突破肯定是不可取的。一个智慧的作家,他应该知道自己的文学创作在哪些方面是可以超越、可以突破的,哪些方面是不可以超越、不可以突破的,哪些恒定的东西只能在创作中丰富而不能突破,更不能否弃。

《兄弟》不是史诗,也不是真正意义上的宏大叙事,它是在宏大叙事的名义下进行的民间化的苦难叙事和欲望叙事,上部始于欲望叙事终于苦难叙事,主体是苦难叙事;下部则为欲望叙事所主导。

可以将《兄弟》概括为"两个时代的裂变与两个人的命运",无论是通过两个时代的裂变写两个人的命运,还是通过两个人的命运写两个时代的特征,都是一种宏大叙事的构想。但这种看似相同的表述其实是有区别的,因为通过两个时代的裂变写人的命运,中心落在人的命运上,而通过人的命运写时代的特征,中心则落在时代特征上。在前者,即使时代和人一样彰显,但时代不能淹没人物,一般情况下,时代被淡化为人物活动的背景,余华以前的小说就是这样来处理的。在后者,好的情况下,人的命运可以反映时代的特征,人的命运与时代特征可以构成互相演绎的关系。差的情况下,人物具有被符号化倾向。人物被符号化在现代主义文学中常常是一种高度抽象化,具有形而上意义的形象,但在写实主义文学中,人物的符号化则是一种被表象化,在一个方向被一再复制的形象,《兄弟》介于这两种情况之间。所以,他要以兄弟作为连接两个时代的"纽带",然而问题也就出在这里。既要表现两个时代的特征,又要叙写两个人的命运,其结果是二者在表面互为,但暗中又相互较劲侵害。从《兄弟》叙事的走向来看,余华在两个时代的裂变、两个时代的特征与两个人的命运之间,显然更看重前者,否则,他就不可能在上部用比写主角兄弟两人多得多的篇幅来写宋凡平和李兰的爱情与悲剧,就不可能在下部不厌其烦地进行粗俗化的欲望叙事,由此叙写了大量的由李光头、周游、宋钢和林红牵出的荒诞现实。这些粗俗化的情节各不相同,但在意义上是等值的,那就是用荒诞现实来表现这个荒诞时代伦理颠覆、浮躁纵欲的特征。

"时代特征"暂时是胜利了,但人物却为此付出了代价。当那些荒诞的落俗庸俗的欲望叙事裹着人物往前走时,人物实际上已经被"时代特征"购买并被符号化了。尤其是李光头,他的形象越来越趋向符号化,其种种荒诞之举已经具有表演的性质。

三

我说李光头形象在下部越来越趋向符号化,其种种荒诞之举已经具有表演的性质,但我并不否定李光头是这部小说中最生动的形象,最具有时代性的形象。一部《兄弟》,其实就是李光头生命的欲望史、浪漫史。《兄弟》可以没有其他人物,这些人物都可以置换、更换,就连宋钢也可以换成另一个人,但它绝对不能没有李光头。没有李光头,《兄弟》就会大为失色,或者就会成为另一种文本。余华对李光头也是宠爱有加,所以,当《新京报》记者问他:小说中李光头形象特别丰富,他粗俗、贪财,但又讲义气,重视兄弟情谊;而宋钢形象则比较单一,除了懦弱,他似乎没有什么特征,你自己怎么看时,余华说:从作者的角度出发,我也很喜欢李光头形象,我自己觉得最成功的还是这个角色。他这个人物形象有鲜明的时代特征,他是一个混世魔王,他做的事情都是大好大坏,没有小好小坏,可是也有人说他是当代英雄。李光头这样的人物本身就很容易出彩,而宋钢则是一个弱者,写一个弱者很难表现得很完美。①

我说李光头是这部小说中最生动的形象,但并不认为他就是最成功最完美的形象,他与这个标准还有相当大的距离。我说李光头是一个生动的形象,是因为这个人物具有戏剧性,天生就是一个演员,他能把流氓、

① 甘丹采写:《余华回应各界质疑 坚称〈兄弟〉让自己最满意》,《新京报》2006年4月4日。

无赖、偷窥者、奸商、暴发户与痴情者、恩人、时代的宠儿集于一身,是一个最混账最王八蛋又最讲义气最敢作敢为的混世魔王。他不停地在人性的两极跳来跳去,他不喜欢在人性的中间地带拖泥带水,所以,他的所作所为都是惊人之举。可惜,这个人物在下部的一系列荒诞的惊人之举,越来越趋向符号化,具有表演的性质,如自封福利厂厂长、厚颜无耻并花样百出地追求刘镇的大美人林红、追求而不得之后一气之下做结扎手术、在县政府大门口静坐示威、倒卖破烂发横财而暴富、异想天开地举办全国处美人大赛、从俄罗斯请来一位画家为自己画巨幅肖像、疯狂地与林红做爱三个月、打算花两千万美元搭乘俄罗斯联盟号飞船上太空游览……这样,就把欲望化叙事本身深含的人性裂变的内容和时代特征简单化和粗俗化了。

相比较而言,上部在苦难与压抑中叙写的李光头形象是一个很好的造型,尽管有不少人认为小说的开头是一个非常污浊、不堪入目的黄色镜头,但我以为开头的两章恰恰是整部小说写得最好的部分,是最能显示余华叙述才华的两章。它通过一个 14 岁的少年在欲望的驱使下发生的偷窥行为,诱发了刘镇男人们集体性的变相偷窥,以一种荒诞的充满幽默的叙述,写出了那个禁欲与反人性的时代人们的性压抑,以及用人性扭曲的形式有限度地宣泄被压抑的欲望。

为了使这个 14 岁少年的偷窥行为在生理和心理上具有逻辑依据,小说写到了李光头在七八岁时无意中偷看到新婚的母亲李兰和继父宋凡平的性生活动作,便趴在长凳上模仿,没想到激起了性欲,从此乐此不疲,不知羞耻地抱着电线杆摩擦起欲。这一描写,虽然使李光头的偷窥行为有了生理和心理的逻辑依据,但却违反了人的生理和心理的生长逻辑,让人怀疑一个只有七八岁的儿童怎么会有这么早熟的生理和心理?

兄弟之兄的宋钢,怎么看都像一个受难者形象。在母亲去上海治病,父亲被批斗关押的“文化大革命”初期,他和弟弟李光头相依为命。父亲被造反派毒打致死安葬乡下老家后,母亲把他留下来照顾风烛残年的老地主爷爷,一呆就是十年。在那个视地主为阶级敌人并时时刻刻对其进行专政的年代,一个未成年的孩子要去照顾一个没有任何经济来源且生命快走到尽头的老人,谈何容易?这十年他和爷爷是怎么过来的,其中的苦难辛酸,局外人恐怕是很难想象的。苦到尽头的爷爷终于老死了,"宋钢告别了相依为命十年的爷爷,走向了相依为命的李光头"。下部从这里开始。

谁曾想到,苦尽甘来的兄弟,却因为林红而分道扬镳,但兄弟之情仍然深埋在他们心底。宋钢始终不忘母亲临终前的嘱咐,承诺"我会一辈子照顾李光头的。只剩下最后一碗饭了,我会让给李光头吃;只剩下最后一件衣服了,我会让给李光头穿"。所以,在李光头做生意失败穷困潦倒时,他瞒着林红偷偷的接济李光头,直到被林红发现并逼着他与李光头断绝兄弟关系为止。为此,他无奈、苦恼、难过极了。

直到这里,小说对宋钢的描写都是人性的自然表现,但从五金厂破产倒闭,宋钢下岗开始,宋钢也被赋予了"时代特征"的意义而符号化了。他加倍干活,拼命挣钱,结果不仅没有改变困境,反而得了终生不治之症。而此时的李光头正春风得意,在经济上、政治上和事业上都达到了极为辉煌的顶峰。这样就构成了一种反讽:老实勤劳的宋钢想好活却活得走投无路,混世魔王李光头反复折腾反而活得格外风光;好好干活的宋钢挣不了钱,耍无赖玩投机的李光头偏偏暴得大富。

《兄弟》要的就是这种伦理颠覆,一切都颠倒的反讽效果。宋钢被江湖骗子周游引诱走上行骗之路,当他告别苦海般的江湖,失魂落魄地回到刘镇时,才知道林红早已跟李光头走了。他感到万念俱灰,生不如死,便卧轨自杀了。

宋钢自杀,更加剧了这个"伦理颠覆、浮躁纵欲和众生万象"的时代的悲剧效果:宋钢是被他自己杀死了,也是被这个时代的负面现实杀死的。

我不同意余华的看法,说什么宋钢是弱者,写弱者很难表现得很完美。这完全是他为没有写好宋钢而找了个借口,好像文学只青睐强者形象而鄙视弱者形象。了解文学的人都不难发现,一部世界文学史或中国文学史,几乎是一条站满了千姿百态的弱者形象的艺术画廊,就连余华的

《活着》和《许三观卖血记》中也不乏这样的形象。

《兄弟》的另两个重要人物是上部的宋凡平和李兰。他们因爱和同情走到一起,在那个禁欲和反人性的时代,他们坦然相爱,用激情浪漫张扬爱,有尊严地活着,成为刘镇一道惊人的风景线。他们的爱起于上部,又终于上部,终止的不仅是爱,还有生命。

余华以往小说中的人物,一是完全为人世之厄和人性之恶所陷的人物,二是在苦难中相依为命、默默承受苦难或隐忍抗争苦难的人物。而《兄弟》中,竟然出现了一个很不平凡的宋凡平,真可谓是余华写作史上的一个奇迹。宋凡平之所以不平凡,恰如我的朋友藏策所说:乃是因为他集体育明星、武林高手、演说家、刘镇名人、模范丈夫以及慈父、猛男等大众文化的梦想于一身的人物。他是能屈能伸的大丈夫,能伸时,他潇洒地谈情说爱,用拳头捍卫尊严。在灾难降临不能硬拼时,他隐忍达观,用乐观缓解苦难,以屈抱伸。当红卫兵和造反派轮番抄家时,他客气地迎送,请他们喝茶,话里透着热情;当三个红卫兵要他教"扫荡腿"时,他言传身教,耐心细致;他故意用摔倒来换取儿子的欢心,把用树枝做成的筷子说成是"古人的筷子",以消除孩子因抄家而产生的不快心情,还连夜带他们到海边玩;每次批斗回家,他洗完脸后,马上变成一个快乐的人;左胳膊被打脱臼了,他骗孩子说是左胳膊累了,让它休息几天,以遮掩残酷血腥的真相,不让孩子因为这场突如其来的灾难而伤害到他们。更可贵的是,在他人归罪的处境中,宋凡平"居然还能清醒地不转化为'自我归罪'者,或许能为中国人摆脱奴性,不向违反人性的权力臣服,最终获得精神的拯救提供一些依据"。①

在隐忍抗争中,"屈"是一种韧性很强的意志,它需要意志一刻不停的提醒与支撑。意志稍不留神,"屈"就会不知不觉地滑向软弱。宋凡平就有这种打盹的时刻,那是他在被造反派关押囚禁并饱受折磨的日子里,一

---

① 李霆:《〈兄弟〉(上)的生存意识与叙事伦理》,《小说评论》2006年第1期,第66—67页。

天,李光头和宋钢给他送来煎虾和酒,我们不愿意看到的一幕终于发生了:他自己没吃,而是谦恭地递给那些戴红袖章的人;他们忙着吃虾,他就谦恭地端着碗。

这一细节,怎么看怎么让人不舒服。这一举动已经不是隐忍,而是近乎讨好了。葛红兵比我眼力锐利,他发现宋凡平努力在家庭内部营造爱的温馨,可是一旦步入社会,却是不堪一击,"宋凡平对待暴力基本上没有反抗,直至被打死"。① 这是宋凡平的自然表现,还是余华的"走神",恐怕两者都有。

从艺术角度看,《兄弟》中写得最成功的人物形象不是李光头,也不是宋凡平,而是李兰。李兰是全书中一个最有人性张力和人性深度,艺术上最具文学性的形象。这个形象的成功之处,就在于作者按照生活的逻辑和人性的逻辑,写出了李兰作为小镇上一个普通女子从自卑活着到自尊活着的精神史,以及她在自卑与自尊的数度演变中显现出的人性力量。

第一个丈夫李山峰在厕所偷看女人屁股被淹死后,她在耻辱与自卑中度过了黑夜与白天不分、人鬼难分的七年,带着襁褓中的儿子躲在阴暗的屋子里不敢见人。如果说第一个丈夫给她带来的是恨、耻辱和自卑,那么,第二个丈夫宋凡平给她带来的则是爱、幸福和自尊。宋凡平让她骄傲地抬起头来,"她觉得自己从今往后再也不用低头走路了"。然而,他们的幸福在一年多后随着宋凡平被造反派活活打死而崩溃,但李兰没有因此而被击垮。她在屈辱中自尊,在自尊中坚强地活着:她强忍悲痛安葬丈夫,并一再告诉两个孩子不要在别人面前哭泣;为了纪念宋凡平,她坚持八年不洗头;面对无休止的批斗和来自周围的羞辱,她骄傲地做着她的地主婆,坚持不让儿子在入学时更改家庭成分。这个看上去柔弱良善、隐忍活着的女人,原来竟然是一个有心劲的人,骨子里非常坚强。

好像在余华以往的哪部小说里见过李兰,感觉没错,李兰是《活着》中

---

① 葛红兵等:《〈兄弟〉的意义与汉语写作的困境》,《当代文坛》2006 年第 1 期,第 100 页。

福贵的慈善的母亲和温存的妻子家珍这两个人物形象的合而为一。原来,这是一个"陌生的熟悉人"。

四

《兄弟》上部出版之后从毁誉参半,到下部出版时,几乎只有批评的声音了。

谢有顺批评《兄弟》情节失真,语言粗糙,是一部失败之作,在余华的写作中,它根本不值一提。

李敬泽快人快语,一篇《被宽阔的大门所迷惑》的批评文章,敏锐尖锐,处处刺中《兄弟》的软肋。他批评《兄弟》简单粗俗,批评余华以血统论推定人类生活中的卑微和高贵、善和恶,过去四十年来中国人百感交集的复杂经验被他简化为一场善与恶的斗争,一套人性的迷失与复归的巨大隐喻;余华从来不是一个善于处理复杂的人类经验的作家,他的力量在于纯粹,当他在《活着》中让人物随波逐流时,他成功了,但当他在《兄弟》中让人物做出一个又一个选择时,他无法细致有力地论证人物为何是这样而不是那样,于是只好粗暴地驱使人物;余华降低了他的志向,误用了他的才能。①

北京大学中文系教授张颐武批评《兄弟》"是一部煽情的小说",它基本上重复了余华在 20 世纪 90 年代初作品的框架和格局,延续了"苦闷的记忆"的主题,写法和想法上没有超越,显得很保守。

与余华同时成名的先锋作家残雪告诉记者,她在网上看到《兄弟》的若干章节,感觉很次,所以没有再看下去。作家李洱认为这是一部失败的作品,在余华的水平线之下,写得"不诚恳、不准确",等等。

面对几乎一边倒的批评之声,余华通过媒体逐一进行辩解与反驳。他声称《兄弟》是一部让自己满意的作品,"还是我最厚重的一部小说",

---

① 李敬泽:《被宽阔的大门所迷惑——我读〈兄弟〉》,《文汇报》2005 年 8 月 20 日。

"也是我最丰富的一本书",到目前"还没有发现它有什么缺憾"。他甚至调侃地说:"当年我发表《活着》时,许多批评家纷纷拒绝,等到了《许三观卖血记》,大家又不能接受我 80 年代的作品了。《兄弟》出来了,很多火力集中在《兄弟》上部,我就想,我的《兄弟》什么时候安全呢? 可能要等到新的作品发表就可以了吧? 结果《兄弟》下部出来后,火力又转向了它,而《兄弟》上部就安全了。为了让《兄弟》上、下部都安全,我要尽快写出新的长篇。"凡此种种,不一而足。

聪明的余华这回怎么这么不自信? 在我看来,他那些看似很自信的辩解,恰恰显露出他内心的不自信;《兄弟》有这么多明显的缺陷,我就不相信余华感觉不到。他为《兄弟》辩解,与很多人的批评较劲,只会有两种情况:一种情况是他真的以为《兄弟》如他所说的那么好,所以他要辩解;另一种情况是他也看到了《兄弟》存在着缺陷,但又不愿意这么快就承认,于是就想通过辩解和自我阐释来纠正人们对其的看法,以此肯定《兄弟》是一部好小说。

如果是前一种情况,不是我们误读了《兄弟》,误解了余华,就是余华自己误读了《兄弟》,所谓"不识庐山真面目,只缘身在此山中"。如果是后一种情况,我们就要为余华感到遗憾了。但愿不是后一种情况。我非常赞同作家陈村的看法:"一个作家,写完了就应该闭嘴。在这点上,余华是不对的,他的做法有点傻。这个问题韩少功做得不错,他写完了作品,很多媒体想采访他,他一句话也不说。作品写完了,就让别人去阐述,自己不应该站出来说话,要说话也应该在作品发表许多年以后。"这一点,聪明的余华应该明白。

有关《兄弟》的评论还没有展开,我期待真正深入学理的评论尽快登场。《兄弟》即使有我所说的这些缺陷,但它并没有改变我的一个基本看法,那就是:到目前为止,余华依然是中国当代为数并不多的最好的小说家之一。

(原载《文艺争鸣》2006 年第 3 期)

一部关于平等的小说

——余华长篇小说《第七天》

　　1997 年 8 月 26 日，余华在《许三观卖血记》韩文版作序中声称"这是一本关于平等的书"。他没有直接说出许三观，而是说有这样一个人，他知道的事情很少，认识的人也不多，只有在自己生活的小城里行走他才不会迷路。当然，和其他人一样，他也有一个家庭，有妻子和儿子；也和其他人一样，在别人面前显得有些自卑，而在自己的妻儿面前则是信心十足，所以他也就经常在家里骂骂咧咧。这个人头脑简单，虽然他睡着的时候也会做梦，但是他没有梦想。当他醒着的时候，他追求平等。"他是一个像生活那样实实在在的人，所以他追求的平等就是和他的邻居一样，和他所认识的那些人一样。当他的生活极其糟糕时，因为别人的生活同样糟糕，他也会心满意足。他不在乎生活的好坏，但是不能容忍别人和他不一样。"①最后，余华说这个人的名字可能叫许三观。在这里，余华实指的是许三观们。平等是现代政治制度化的产物，追求平等是现代意识的体现。可许三观追求的平等，哪里是真正意义上的平等，分明是心胸狭隘、以我为尺度的原始平均主义。更有甚者，许三观追求的平等里还残留着人性之恶的基因，稍不留意就破土而出。例如，当他得知妻子许玉兰婚前同何小勇有过一次生活错误后，为了"平等"，他寻找机会也犯了一次生活错误。当偷情之事被揭开之后，他理直气壮地对许玉兰说："你和何小勇是

---

① 余华：《我能否相信自己》，人民日报出版社 1998 年版，第 137—138 页。

一次,我和林芬芳也是一次;你和何小勇弄出个一乐来,我和林芬芳弄出四乐来了没有?没有。我和你都犯了生活错误,可你的错误比我严重。"他认定许一乐是何小勇的儿子,心理憋屈,觉得自己太冤,白白地替何小勇养了九年的儿子,于是,他处处刻薄一乐,并严厉地告诉儿子二乐、三乐,要他们长大后,把何小勇的两个女儿强奸了。

这就是许三观追求的平等,这就是心胸狭隘、以复仇的形式平衡心理的许三观。好在许三观的人性结构以善为主,而且不耻之行为也仅此一次。特别是在经过"文化大革命"的种种磨难之后,善良引领着他一步步地走向生命之境。我仍然坚持己见,认为《许三观卖血记》的要义不在"平等"而在"人性精神"。它的最大贡献,是起于苦难叙事,用"卖血"来丈量苦难的长度、强度,以此考量许三观承受苦难、抗争苦难的力度,终于伦理人道主义。

余华真正以平等为要义的小说,我以为是刚刚出版的长篇小说《第七天》(新星出版社 2013 年 6 月出版)。

荒诞绝望的现实世界

《第七天》打通生死(阴阳)二界,描写了截然相反的两个世界:一个是危机四伏、宿命暴虐、荒诞绝望的现实世界;一个是欢乐温情、死而永生、死而平等的死者世界。小说笔落非现实的阴界,这里的杨飞、杨金彪、鼠妹刘梅、李青、谭家夫妇、李月珍、张刚、伪卖淫女等人的魂灵以返身回望的方式,自由出入生死二界,比较生死二界,最终的结论是:死者世界(阴界)比生者世界(阳界)好。死者世界比生者世界好,是因为死者世界公平、自由、温情,而生者世界(现实世界)则残酷、荒诞,令人绝望。绝望的现实世界,权力称大、金钱横行、社会不公、官员腐败、暴力强拆、事故瞒报、刑讯逼供、冤假错案、警民对抗、自杀、卖淫、行骗造假、底层百姓极度贫困;多数人死于非命,李月珍被车撞死,李青割腕自尽,鼠妹跳楼自杀,杨飞和谭家饭店老板全家死于一场火灾,张刚被人刺死,李姓男人被枪决,大型商场火灾夺走几十人性命,郑小梅父母死于暴力强拆,等等。

生而不平等,便指望死而平等,对于所有人来说,"死亡是唯一的平等"。那个雅可布—阿尔曼苏尔的臣民,羡慕玫瑰的美丽和亚里斯多德的博学,他深知自己平生不能企及,便"期望着有一天能和他们平等,就是死亡来到的这一天,在他弥留之际,他会幸福地感到玫瑰和亚里斯多德曾经和他的此刻一模一样"。① 可《第七天》描写的现实世界,人生而不平等,死后也不平等。

在通往阴界入口处的殡仪馆,其候烧大厅分为等级森严的两个区域:由沙发围成的贵宾候烧区域和由塑料椅子排成的普通候烧区域。

> 贵宾区域里谈论的话题是寿衣和骨灰盒,他们身穿的都是工艺极致的蚕丝寿衣,上面手工绣上鲜艳的图案,他们轻描淡写地说着自己寿衣的价格,六个候烧贵宾的寿衣都在两万元以上。我看过去,他们的穿着像是宫廷里的人物。然后他们谈论起各自的骨灰盒,材质都是大叶紫檀,上面雕刻了精美的图案,价格都在六万以上。他们六个骨灰盒的名字也是富丽堂皇:檀香宫殿、仙鹤宫、龙宫、凤宫、麒麟宫、檀香西陵。
>
> 我们这边也在谈论寿衣和骨灰盒。塑料椅子这里说出来的都是人造丝加上一些天然棉花的寿衣,价格在一千元上下。骨灰盒的材质不是柏木就是细木,上面没有雕刻,最贵的八百元,最便宜的两百元。这边骨灰盒的名字却是另外一种风格:落叶归根、流芳千古。

最要紧的是墓地。贵宾死者都有一亩以上的豪华墓地,正在待烧的六人,有五人的墓地建在高高的山顶上,面朝大海,云雾缭绕,都是高山仰止景行行止的海景豪墓。只有一人把墓地建在树林茂密、溪水流淌、鸟儿啼鸣的山坳里。而普通死者的墓地只有一平方米,随着墓地价钱的疯涨,

---

① 余华:《我能否相信自己》,人民日报出版社 1998 年版,第 137 页。

不少死者就连这一平方米的墓地也消费不起，他们不由感叹："死也死不起啊！"还有那些没有墓地、骨灰盒的贫困者，死后只能进入"死无葬身之地"。

死者焚烧待遇也有等级之别。殡仪馆有两个焚烧炉，进口的炉子烧贵宾死者，国产的炉子烧普通死者。但一有豪华贵宾到来，两个炉子都要停止服务，专门伺候其人。豪华贵宾是权力高位者，第一天到来的是一位半个月前突然去世的市长。从早晨开始，城里的主要交通封锁，运送市长遗体的灵车及跟随其后的轿车缓慢行驶，要等市长的骨灰送回去后道路才能放行。一千多大大小小官员向市长遗体告别，两个焚烧炉停烧，专等市长遗体到来。

荒诞产生了！这里的荒诞是双重的荒诞，"以死写生"——从死者世界反观现实世界是第一重荒诞，这是借助变形而实现的技术性、形式性的荒诞；以荒诞形式表现的荒诞现实是第二重荒诞。此中，荒诞模糊了生与死的边界，即现实与非现实的边界，但又掌控着现实，抵达现实的真相。现实与荒诞互指，有时是将现实的荒诞置于虚幻的荒诞之中构成反讽，用虚幻的荒诞解构现实、否定现实；有时是荒诞成为现实的意指，荒诞在现实本身。在《第七天》里，荒诞叙事承载二义：否定现实，栖居非现实平等之地。

温情遭遇宿命

余华说他写作《第七天》的时候感到现实世界的冷酷，下笔很狠，令人绝望，所以需要温暖和至善的内容来调节作品，给自己也给读者以希望。余华是一位残酷而温情的作家，大致以《活着》为界，在这之前，余华以敌对的态度看待现实，描写现实。在他看来，现实丑恶荒诞，处处充斥着苦难、血腥、暴力和死亡，而这一切均由人世之厄、人性之恶和种种神秘的宿命力量之所致。从《在细雨中呼喊》《活着》开始，余华小说原有的元素依旧，但此时出现了新的元素：一是温情，二是生命力量（人性力量）。无论是《在细雨中呼喊》表现的"苦难中的温情",《活着》《许三观卖血记》和《兄弟》上部表现的"温情地受难",温情已经成为福贵、许三观、李兰、宋凡平等苦命人隐忍抗争苦难、暴力和死亡的生命力量,用"活着"战胜"死亡",用"知命"战胜"宿命",在苦难的极限处,在生与死的边缘顽强生存,善待生命。

《第七天》的温情叙写一如既往的感伤温暖,与荒诞叙写并行而成为贯穿小说的另一条主线。本指望温情凭依"润物细无声"的功力,渗透粗粝荒诞的现实而开出新境,但温情终究不敌荒诞现实和宿命的联手设陷而被死亡所俘获。小说中的温情主体如杨飞、杨金彪、李青、李月珍、鼠妹、伍超等人,无一例外地被宿命劫持到死亡之途。小说甫一出版,媒体批评率先登场,几乎是一边倒的否定之声,唯独对杨金彪和杨飞的父子之爱、鼠妹和伍超的恋人之情的描写,读者和评家一致称好。杨金彪和杨飞是两股血脉经上天"无形之手"的点拨而流淌到一起,有意要为他们演绎一段传奇而又刻骨铭心的人间悲情剧。一位怀胎九个月的母亲急产,一不留神,婴儿从火车厕所圆洞里滑掉到铁轨上,年轻的扳道工杨金彪抱起婴儿,还未结婚就提前进入了父亲的角色。从抱起杨飞的那一刻起,杨金彪一生的选择就从此命定了。也就是从那一刻起,他们开始了长达 41 年的相互依存、相互感激的情感之路。为了杨飞的成长,杨金彪把自己的人生嵌入杨飞的人生轨道,既为父又为母,历经艰辛。苦尽甘来,命运突然将杨金彪的人生引向死亡的宿命之途,他在退休的第二年突患绝症。儿子拒绝死亡发来的信息,为了替父亲治病,他辞职、卖房。父亲预感到死亡的来临,为了不拖累儿子,他不辞而别病死他乡。他们生相依、死相恋,在生死二界相互寻找,永别之后竟然重逢于阴界。

鼠妹和男友伍超这对同病相怜、生死相依的恋人,因误会的离间而先后撒手人间。鼠妹因收到伍超送给她的生日礼物是一个山寨版 iphone,认定他骗了她,伤心欲绝跳楼自杀。伍超悔恨归罪,卖肾为鼠妹买墓地而身亡。李青与杨飞昙花一现的爱情和昙花一现的婚姻基于真情真爱。貌美高傲的李青断然拒绝许多求爱者而把爱主动地出示给"便宜货"杨飞,是因为她看准杨飞善良、忠诚、可靠。人品不是婚姻的全部,婚姻需要双方在经营中不断提高其质量。他们面临的问题是,杨飞只能给她平庸的生活,而和从美国归来的博士一起则能开创一番事业。对于李青,平庸的爱情不是她生命的全部,所以她要离开杨飞。他们超越世俗的爱让人由衷地感动,而他们相互爱恋的分离更是让人心酸。他说:"我永远爱你。"她说:"我仍然爱你","我结婚两次,丈夫只有一个,就是你。"任谁也想不到,离开杨飞预示着李青不幸的开始,她没有看到死亡在向她遥遥地招手,她更没有想到,将她一步一步地引向死亡,也将杨飞引向死亡的凶杀,竟然是超现实的神秘力量借助现实之手实现的。

平等永生的乌托邦世界

现实世界丑陋荒诞,无可救药,便把希望寄托于人性中的美好情感,以为它能够改变现状世界。然而,在权力异化、金钱横行、欲望疯狂、荒诞泛滥、宿命偷袭的现实世界,作为社会组织结构之一的人性美好情感的"温情",注定难当重任。它不仅没有改变现实,反而遭遇现实和宿命的阻击而悲伤离去。绝望之际,《第七天》,虚构了一个美好的死者世界。准确地说,美好的死者世界特指"死无葬身之地",即没有墓地和骨灰盒的死者世界,而那些有墓地和骨灰盒的死者则进入"安息之地"。

"死无葬身之地"原意是孤魂野鬼的荒凉之地,余华变换语义,将其转换为美好世界,一个人人死而平等的世界。语义经过这么一转换,奇迹发生了,那些无权无势的贫困者的亡灵均被引渡到幸福之地,一个如同伊甸园的美好世界。这个世界河水长流,青草遍地,树木茂盛,树枝上结满了有核的果子,树叶都是心脏的模样,它们抖动的也是心脏跳动的节奏。这是一个有灵性的世界,树叶会向你招手,石头会向你微笑,河水会向你问候。这里没有贫贱也没有富贵,没有悲伤也没有疼痛,没有仇也没有恨。在俗界因结仇而双双丧命的警察张刚与男扮女装的"伪卖淫女"李姓男人,到了"死无葬身之地"后,竟然成了一对快乐的棋友,谁也离不开谁,

"他们之间的仇恨没有越过生与死的边境线,仇恨被阻挡在了那个离去的世界里。"这里的空气新鲜,自然清净,食物丰富,人人生活悠闲,和谐自在,一派幸福欢乐祥和的景象。他们常常围坐在草地上,快乐地吃着喝着唱着,"他们的行动千姿百态,有埋头快吃的,有慢慢品尝的,有说话聊天的,有抽烟喝酒的,有举手干杯的,有吃饱后摸起肚皮的",有载歌载舞的。这里的人有情有义,俨然一个大家庭,得知鼠妹即将前往安息之地,所有亡灵排着长队,他们捧着树叶之碗里的河水,虔诚地洒向鼠妹身上,为她净身入殓,然后,他们在夜莺般的歌声中送鼠妹去安息之地。

这是乌托邦。可余华急忙解释,这个世界不是乌托邦,不是世外桃源,但它十分美好。余华为何要否定他虚构的这个理想世界不是乌托邦呢? 想必另有深意,不得而知,我只能根据事实作出判断。乌托邦是近代才出现的词,拉丁文 Utopia 的音译。它源自希腊文 ou(无)和 topos(处所),意为"无地方"(no place or nowhere),即"无何有之乡"之意。此词首先出现于托马斯·莫尔(Thoms More)1516 年出版的《乌托邦》(The Utopia)一书。根据古希腊时期的阿里斯托芬的《鸟》中描绘的"云中鸟国",第欧根尼的《共和国》设计的"共和国"和克拉底的"Pera"诗中所写的"Pera 岛",特别是犬儒学派在此基础上设计的乌托邦社会,以及近代莫尔虚构的"乌托邦",概其要点,可以对乌托邦社会做出这样的描述:这是一个理想的共和国,无地域、无民族、无国家的限制;无阶级、等级、地位和贫富之分,人人平等,互助互爱;彻底废除私有制,实行财产共有,物资按需分配;人人无欲无惑,生活安宁幸福,和谐自由;社会成员生活简朴,满足于大自然的恩赐;重视国民教育和学术研究,提倡公共道德,以养成良好的社会风气;犬儒学派甚至倡导取消家庭,社会成员集体生活,在两性相悦的基础上共妻共夫共子。

《第七天》描绘的"死无葬身之地"具备了乌托邦理想社会的基本特征。乌托邦是虚无缥缈的存在,"明知在现实世界的根基上不可能建立这样的空想共产主义社会,还偏要一本正经地去构设,只能理解为这是犬儒派与现实社会为敌的一种方式,通过对彼岸美好世界的描绘,以此达到对现实社会的全然否定。"①我主观判断，余华描绘这个超现实的美好世界，其深意也应该在此而不在彼。

阅读之后

阅读之后是评价。评价要追问的是，《第七天》是怎样的小说？它写得怎样，达到了何种水平？它为何一出版就遭到媒体和网络的恶评，其存在的问题究竟在哪里？

我是在期待中等来《第七天》的。在当代作家中，余华是我最喜欢的作家之一，我与《活着》《许三观卖血记》《在细雨中呼喊》等小说气味相投，在情感、思想和审美上与它们仿佛有着天然的契合。《兄弟》让我遗憾过，我甚至把对它的遗憾视为我对自己的遗憾，便希望他的下一部小说再现王者风范。那则极富煽情之功能的广告语特别成功，它是这么写的："比《活着》更绝望，比《兄弟》更荒诞。"应该再加一句"比《许三观卖血记》更残酷"。一下子就把读者的口味和期望值都吊起来了，吊得高高的。一时之间，《第七天》未售先热，身未动，心已远，真可谓满城竞说《第七天》。因为有《兄弟》在前的提醒，我对这则广告语并没有在意，只当是商家的炒作策略，不能当真。

《第七天》好读，半天就读完了，可为了解读它、评价它，我一直处在纠结中，不能为自己的看法做出一个肯定性的判断，写到这里，我仍像踩在跷跷板上，摇摆不定，有一种有劲使不上的无力感。在我的余华研究中，这是从未有过的经历。我是一个不愿意为别人的意见所左右而轻易改变看法的人，我自然不赞同那些轻率过度的评价，而特别看重那些有学识、有思想并作出真知灼见的评价。我有自己对一部作品评价的习惯，一般情况下，我非常看重第一次阅读获得的感觉，那是没有经过理性硬性介入的纯粹来自艺术审美的直接把握，不做作，不扭曲，不掺假。我初读《第七

---

① 王达敏：《犬儒考古》，《传媒与教育》2008 年第 1 期，第 89 页。

天》的感觉是，它肯定不是余华最好的小说，明显不及《活着》和《许三观卖血记》，没有达到它们的艺术水准，没有充分做到既言在此（所叙之故事）又深意在彼（纸背蕴含的思想和人性精神）的完美统一。郜元宝说它是一部有新的探索但未能有所超越之作，虽有可读性但总体上显得"轻"和"薄"，是很准确评价。自然也不是余华"最差"、"最烂"的小说，我认为它是余华力求创新、超越而在艺术表现上存在明显缺陷的小说，一部逊于《活着》和《许三观卖血记》而胜于《兄弟》的小说，一部容易阅读但难以对其作出准确评价的小说。其难，难在它的价值处在一个个滑移不定的节点上，不易拿捏。它艺术表现上存在的问题，我勉强拿捏得住的有这么几点。

其一，以死写生，用阴间乌托邦世界的美好来比照现实并对荒诞绝望的现实予以批判否定，是余华小说创作中一次有意义的超越性的前行。荒诞有自身运作规律，只当它足够自信且积累起一定的数量和质量时，荒诞现实才能达到自我否定的效果。当它一味符号化时，存在的荒诞就脱离现实语境和文本语境而成为表演性的荒诞。《第七天》所写的荒诞情节，多半是被讲述的，随机插入或硬性拼贴上去的，游离于故事之外，有人讥其为"新闻串烧"，话虽重，却不无道理。

其二，与此相联系的是，导致温情叙写与荒诞叙写时常分离。小说现实内容中的这两种力量对立但不能分离，当它们共存于同一语境时，各自存在又相互影响对方，荒诞现实在温情的作用下显现其真相，温情遭遇荒诞现实的阻击而身陷泥淖。而当它们分离时，荒诞独行，而温情只能被非现实的神秘力量——宿命所陷。而这，必然会削弱作品批判现实的力度。

其三，这部小说叙述逆行，由死的世界写到生的世界，那么，支撑起全部现实重量的支点必然是"死者世界"。但死者世界在作品中一分为二，一个是"安息之地"，一个是"死无葬身之地"。前者是有墓地和骨灰盒的死者之地，后者是没有墓地和骨灰盒的死者之地；前者有贫富、地位、等级之分，后者都是生而贫困，没有权势、地位的弱势群体，死后人人平等也合情合理。为何要做出这种源于现实世界的二元对立的区分呢？二者合一的死者世界——阴间乌托邦,岂不更合"以死写生"、人人平等的本意? 现实世界一切有碍人类生存和发展的现象,一旦进入平等永生之地,便顿然消失。这便是反讽,其意义在反讽观照中毫无遮掩地呈现,而现在,小说在作这种反讽呈现时,还得时时提醒自己:远处还有一个否定性的"生而不平等,死亦不平等"的"安息之地"存在着呢?

（原载《扬子江评论》2013 年第 5 期,人大复印资料《中国现代、当代文学研究》2013 年第 12 期转载）

另一部《活着》

——周大新长篇小说《天黑得很慢》

2018年1月,《人民文学》杂志和人民文学出版社同时推出周大新长篇小说《天黑得很慢》。作者周大新和编辑将其定位为"中国首部关注老龄社会的长篇小说",并给出内容简介:小说以"拟纪实"的方式,用万寿公园的黄昏纳凉活动安排结构全书。周一到周四,是养老机构、医疗保健机构、养老服务机构、健康专家的推介活动;周五到周日,是陪护员钟笑漾用亲身经历讲述陪护老人的故事。后三章是小说的主体部分,描写退休老法官萧成杉的晚年生活际遇,直面"老龄困局",反映了中国老龄社会的种种问题:养老、就医、再婚、儿女等等,既写出了人到老年之后身体逐渐衰老,慢慢接近死亡的过程,又写出了老年人精神上刻骨的孤独,同时,更写出了人间自有真情在。

我读《天黑得很慢》,竟然读出《活着》的味道,发现这是另一部具有"生命伦理人道主义"性质的《活着》。

一

在2006年出版的《余华论》一书中,我反复比较《活着》与《许三观卖血记》这两部生命叙事小说的异同,其中的一段论述直达要义:

　　读了《活着》,再读《许三观卖血记》,发现这是另一部《活着》。两部小说都是关于当代中国社会普通百姓在苦难和厄运中如何生存、如何活着的故事。两部小说都蕴含着中国人代代相传的知天知命的生命意识和生存智慧,其乡土民间叙事均通向深度的人道主义。所不同者,《活着》是命运交响曲,写倒霉透顶的农民福贵在极其悲惨的命运的打击下,面对家人一个个宿命般地先他而去,他却依然活着,而且越活越超脱;在生与死的命运冲突中,最终是生战胜了死,具有形而上的生命哲学的意味。《许三观卖血记》是苦难交响曲,写身份卑微的工人许三观以卖血抗争苦难而凄惨地活着,体现出世俗化的民间叙事的特点,具有形而下的生活哲学的韵味。①

形而上的生命哲学显示:福贵在近四十年的生命历程里,经历了堕落败家到重新做人、从怕死到家人劝其不死、再到尊重生命而活着的精神演变的过程。我的理解是:福贵面对苦难、厄运和死亡而坚韧地活着,是中国普通百姓,尤其是处于生活底层的贫苦农民普遍遵循的人生观和生存智慧,用人道主义接通了生命存在的意义。余华曾坦言写作意图:《活着》"写人对苦难的承受力,对世界乐观的态度。写作过程让我明白,人是为活着本身而活着的,而不是为了活着之外的任何事物所活着。"②"福贵是我这辈子见过的最有理由说他是'活着'的一个人","他的声音应该比所有人群'活着'的声音都要强大得多",③他是这个世界上对生命最尊重的人。

我对其的表述是:关爱生命、尊重生命、体悟存在的终极意义,是20世纪文学艺术在描写苦难,指认存在的荒诞中拓展的一个世界性的命题,体现出人道主义的新思想、新走向。换言之,人在无可反抗,反抗也没有意义、没有价值的极端残酷的处境中,关爱生命、保全生命,或者说,在不参与直接反抗的状态中隐忍地抵抗而"活着",恰恰是最人性最人道的表

---

① 王达敏:《余华论》,上海人民出版社 2006 年版,第 75 页。
② 余华:《我能否相信自己》,人民出版社 1998 年版,第 146 页。
③ 同上,第 217 页。

现。这种人道主义,我命名为"生命伦理人道主义"。

生命伦理人道主义遵循善和爱的原则,尊重生命、关爱生命。这本是人道主义最基本的命题,但它无论是在神本主义人道主义阶段,还是在文艺复兴以来的人本主义人道主义阶段,都没有得到真正的落实。长期以来,人存在的意义和价值是由神(上帝)、国家、民族、集体、阶级、革命、意识形态来定义的,是在反抗、启蒙、斗争、勇敢、牺牲、无私、崇高、伟大等宏大意义上被表述的。在这样的语境中,个人、个体的生命没有地位、没有意义、没有价值,甚至是被否定的存在。从人道主义的立场来看,关爱生命、尊重生命,把生命当作存在的第一原则,是人类文明的一大进步。

这一原则,已经成为现代生命哲学、伦理学特别是生命伦理学的灵魂、最高本体,即生命伦理学以生命存在的价值为其全部理论的中心,表现出特别强烈的人本主义伦理学倾向;生命伦理学坚持从个人生命本体的内在性出发,排除一切道德的、宗教的、形而上学的和理性主义或功利主义的外在性规定;生命伦理学认为生命的存在是一种连续性的运动或行为,正是由于生命的运动,才产生了人类生命的价值意义和道德行为。

二

相对而言,如果说《活着》是命运变奏曲,《许三观卖血记》是苦难变奏曲,那么,《天黑得很慢》则是生命变奏曲,三者有别,但都可以归入"生命伦理人道主义"的大题目之下。

由萧成杉的"活着"组构的生命变奏曲,展现了生与死、抗命认命与知命正命的反复搏斗,其变奏曲由拒老(不服老)、恐老、无奈服老到用温情接通人性关爱,善待生命而好好地活着。

首先是拒老不服老。生老病死,自然规律。人人老境,该转换角色、调整心态、顺应现实。如何转换角色调整心态,已经开始体验了老年生活的作者给出了经验:第一,是陪伴你的人会越来越少。祖辈、父辈的亲人大都已经离你而去,同辈的人多已自顾不暇,晚辈人都有自己的事情在忙碌,就是你的妻子或你的丈夫,也有可能提前撤走,陪伴你的,只有日子。你必须学会独自生活和品尝孤独。第二,是社会对你的关注度越来越小。不管你的事业曾经怎样辉煌,人怎样有名气,衰老都会让你变成一个普通的老人,聚光灯不会再照着你,你得学会静静地待在社会一角,去欣赏后来者的热闹和风光,而不能忌妒不满抱怨不停。第三,是前行路上险情不断。骨折、心脑血管堵塞、脑萎缩、癌症等等,都有可能来拜访你,你想不接待都不行,这一个混蛋刚走,另一个流氓又来,直到把你折磨得力气全无。你得学会与疾病共处,带病生活,视病如友,不要再幻想身无一点疾病,重新生龙活虎。第四,是准备回到床上,重新回到幼儿状态。母亲最初把我们带到人世是在床上,经过一生的奋斗,我们最终还要回到人生的原点——床上,去接受别人的照料并准备骑鹤远遁。第五,是沿途的骗子很多。很多骗子知道老人口袋里有些积蓄,于是想尽办法要把你的钱骗走,打电话、发短信、来邮件、试吃、试用、试听,快富法、延寿品、开光式,总之,一心想把你的钱骗走。对此,你得提高警惕,捂紧自己的钱包,不要轻易上当,把钱用在刀刃上。

不消说,这是现实常态及消极性的应对之策,而积极性的应对之策即积极性的人生态度,该是积极主动地拥入"爱之光"。"爱之光的光源有三个,一个是他人,包括老人的亲人;一个是社会,包括政府和慈善机构;再一个就是老人自己,每个老人经过一生的历练,在心底都积聚有或多或少的爱意。这三个爱之源头释放的爱意,会交汇在一起发出一种华彩之光,将人生最后一段路程照亮。"[①]

已经到了 73 岁的萧成杉好像还不明白这些道理,事实是,不是他不明白,而是他不愿明白,拒绝明白。照常理,已经退休十多年的他,应该早就被现实生活规诫而完成了角色转换,放平心态走好另一段人生,可他仍然脾气暴躁,生性好强,老而不认老:他想留住原来的地位和优越感,但越来越没人理他;他渴望抱孙子,但一直未能如愿,且与女婿产生矛盾,彼此

① 周大新:《天黑之前》,《长篇小说选刊》2018 年第 3 期,第 84—85 页。

生隙怨恨；女儿私自做主为他请来陪护员，他极力反对，"他主要是不认老，总觉得自己还年轻"（周大新：《天黑得很慢》，人民文学出版社 2018 年版，第 38 页。以下引本书的文字，直接在文后标页码）；只因为一个小伙子称呼他"老人"，触犯了他的禁忌，便与小伙子愤怒而视并动手劈倒了小伙子，"我最恨别人说我老，那小伙子犯了我的忌，你说我哪里老了？"（第 42 页）三年前他妻子去世，身心孤独寂寞的他终于放下身段相亲，无奈性功能衰退，办不成性事而告败；非常搞笑的是，为了洗雪奇耻大辱挽回面子，他竟然买通洗脚房靓妹与他联手上演一幕"嫖娼案"，以证明他宝刀不老，"他还是一个男人"；为了实现人生最高价值，他计划用 15 年时间写三本书（300 万字），以成为一个被人们长久记住的法学家。这项大工程迟迟未动笔，与姬姨重组家庭的愿望失败后，再婚的路被阻截，他也不愿再走，索性放下，便想起写书。如果将写作当作养老的一种方式，又该当别论，可他写书，像是与"老"赌气斗气，潜意识里还在想着出名。

拒老是恐老。拒老是行为，恐老是心理，恐老反而有害养老。果然，一次写作中他突发心肌梗死，活过来后，他才意识到自己真的衰老了，写不动了，于是放下写作，先对付衰老而投入健身，由于一心想着各种延年益寿的奇方妙招，终因轻信而屡次受骗。经过再婚失败、心肌梗死和受骗上当，他对衰老和疾病有了真正的恐惧，从心里开始服老了。意识到老，生活态度随之发生变化：孩子们喊他爷爷，他会应答；愿意往公园那伙老人里凑，听他们哼唱闲聊，看他们下棋打牌；坐公交车他也愿意接受钟笑漾的安排，默默地坐到老幼病残孕专座上；努力弥合与女婿常生的紧张关系。他想开了，看开了，"人不管结几次婚，只要你活得比配偶久，最终都是要一个人过的。寂寞是必须要品尝的人生美味，没啥不得了的。"（第 103—104 页）寂寞既是存在性、感受性的，还是情感性、精神性的，他锁住人的心理情感精神，自然要将人置于落单、封闭、苦闷、凄凉、颓靡、孤独的境地。而将寂寞视为"人生美味"，则是激活并救活寂寞，使其翻出新意，开出新境。这种巨大的语义翻转完全基于人生的顿悟，直扑生活美学和存在哲学的要义，着实让人惊讶！

他真的想开了,看开了吗?他真的服老"认命"而"知命""正命"了吗?我怀疑!至少到目前为止,萧成杉的认命并将寂寞作为"人生美味"来品尝的愿望还仅仅处于梦想的水平。从心理感觉和理性认识的层面分析,迫使萧成杉服老认命的力量均来自负面的消极性的打击,而受打击挫败服输对他来说是极不情愿的无奈之举,带有较多的悔悟的成分,其认识的根扎得不深不牢,一旦时机合适,他还会旧病复发,重蹈覆辙。一语成谶,不久后他参加原来工作单位举办的迎新茶话会,因对座次的不满而暴怒,导致血压瞬间升高晕厥昏迷。无疑,他的"知命""正命"还缺少正面的积极性的力量的支援,即需要源自情感的、精神的"爱之光"的照拂以及生活/生命的启示,超越生命意识的局限,方能使他真正"知命"而好好地活着。

三

萧成杉生命意识的真正转变乃至超越,进而平稳地落到"知命""正命"之道,由自然本源的乐天生命观和人道主义的关爱共同使力促成。

服老的生命意识刚刚萌发,萧成杉转眼又钻进延长寿命的"回"字形胡同里,这说明,恐老的阴影还在纠缠着他,钟笑漾便想法子让他从中走出来。而现有的科学目前还不能真正解决问题,未来的科学还远未到来,骗子利用伪科学败坏了科学,听说伏牛山里有个长寿村——元阳村,于是,钟笑漾带着萧伯伯去长寿村取真经。

元阳村远离现代文明,人与自然共生共存,看过元阳村的自然环境和村民的吃、喝、穿、住后,萧成杉基本上明白了元阳村人为何长寿的外在原因:"你们这儿的土地、空气和水都未污染;你们吃的是当年长成收获的粮食和山珍;喝的是比城里卖的矿泉水还好的和泉和安泉里的水;穿的是自己织的有益于皮肤的山麻布;住的是用原木做墙的有着木头清香的房子,一切都从大自然中来,当然会长寿了!"(第153页)

这还不够,关键是元阳村人有一个乐天的心态,这是长寿的内在原因。村里第二高寿的九月叔107岁,他的长寿经验言简意赅:"人呐,你就得想点儿美事才行,整天想着美事你才能高高兴兴!"(第154页)过了百岁的杞奶奶亦如是说:"我这人就是永远觉得自己的日子过得好,心里头啥时候都觉得很满足,不去同别人比三比四。"(第155页)村子里过了百岁的老人几乎都是这种乐天的心态,猛然想起,这不正是中国传统的"乐感文化"最简洁最纯朴的表达吗?李泽厚研究中国文化思想,认为以儒家为骨干的中国文化的特征或精神是"乐感文化",其关键在于它的"一个世界"(即此世间)的设定,即不谈论也不构想超越此间的形上世界(哲学)或天堂地狱(宗教),老百姓活着,都只是为了保持或追问人世的幸福和快乐。《论语》首章首句便是:"学而时习之,不亦说乎?有朋自远方来,不亦乐乎?"孔子还反复说"发愤忘食,乐以忘忧,不知老之将至云尔"、"饭疏食饮水,曲肱而枕之,乐亦在其中矣"(《论语·述而》)。这种精神不只是儒家的教义,它已经凝定成中国人的普遍意识或潜意识,成为一种"文化—心理结构"或民族性格。元阳村人无师自通地将这种"乐感文化"注入生命意识中,代代相传,成为他们共同遵循的生存法则。

萧成杉终于明白元阳村人长寿的根本原因,他不由感叹:"可惜咱们没有出生在这儿。"话刚落音,抬着滑竿的脚夫接话了:"可我们羡慕的是你们这些生活在北京城里的人,而不是元阳村的村民,真让你长期住在这儿,没有座机电话,没有手机信号,没有网络,电视信号断断续续,电灯亮亮停停,没有饭店、酒吧、茶馆、车站、咖啡厅,更没有音乐会、戏剧、歌舞、运动会让你看,你肯定不会习惯的!"萧成杉想想也是,"尽管住这里人会长寿,可真要让我选择,我还是想回北京,那儿多热闹呀;来这元阳村里过日子,会把人寂寞死的。"(第156页)

两难之境:一边是现代化的城市,一边是原始状态的山村;两难选择:二者不能兼顾,只能选一舍一。看来,这一条萧成杉做不到。但第二条真经,他乐意去做,"我真得向元阳村的老人们学学,心里只想好事、快活的事,不想烦事和难受的事"。(第156—157页)

乐天的生命意识原本就是人道主义的题中之意,当它将人道主义思想激活释放出来后，就会超越一己之境而与之合流，一并驶入生命伦理人道主义宽广的水域。在萧家，一直是钟笑漾陪护照顾萧伯伯，他们之间是陪护与被陪护即雇主与雇员的关系。她同情他陷入老龄困境，尤其是老人的女儿萧馨馨患重度抑郁症自杀后，她信守承诺，完成馨馨姐的托付，决定继续在萧家当陪护员，直到萧伯伯生命结束。从元阳村回来后，老人仿佛复活正在新生，法官坚硬的理性被温润的情感所融化，他在自我救赎之时主动地对遭遇不幸的笑漾伸出了援手。笑漾来自农村，为供男朋友石一伟上大学又读研究生，心甘情愿地到城里当陪护员挣钱。在怀孕被石一伟抛弃后，她决意报复，想投毒害死他。她的谋划被萧成杉识破，他阻止了她去杀人犯罪，并劝她要好好地活着。这时，她也不断地想起元阳村老人们说过的话"要想好的事情，想快乐的事情"，她听从生命的召唤，决定活下去，把孩子生下来，放弃追索复仇，好好地活着。

　　一句"好好地活着"，让我自然而然地再次想起《活着》。当自小顽劣、不可救药、整天沉迷于嫖赌的阔少爷福贵输光了祖产祖业后，失魂落魄地回到家里，此时的他早已崩溃麻木，但他还是意识到父亲可能要"剁烂"他。而慈善的母亲和温存的妻子这时给了他活下去的亲情和勇气，妻子安慰他："只要你以后不赌就好了。"母亲一再劝导他："人只要活得高兴，穷也不怕。"正是这两个女人把福贵从死亡的边缘拉回，她们用温情苏醒了他，用责任开导着他，让他感悟着生命的责任、生命的意义。在往后近四十年的艰难岁月里，每当福贵及全家遭遇不幸时，妻子家珍总是宽慰他要好好地活着。

　　这件事发生后，他们之间的关系及情感发生了微妙的变化，彼此相互理解、相互同情、相互感激、相互关爱，陪护与被陪护的身份渐渐淡化，亲情越来越浓，俨然一家人。他仿佛变成了父亲，悉心照顾着临产的笑漾，为她做饭，陪她去医院检查，以家人的身份在手术单上签字，孩子出生后，为了解决孩子户口，他提出与她结婚，且特别说明："当然是象征性的，一切都和过去一样，我和你只是名义上的夫妻。只是用这种办法来适应北京落户的现行规定，来解决你遇到的难题，让承才有一个正常的家，使他的心灵不至于受到伤害。"（第192页）笑漾感激他，想尽义务与他同床，却遭到他的怒斥。他病情开始严重，尤其是在半身瘫痪、耳聋、右眼失明、记忆力快速衰退等病症相继发生后，他害怕自己完全失忆痴呆后，会给笑漾以后的生活带来麻烦，便立即采取行动，先与她办理离婚，"我所以与你办了离婚手续，就是为了让你成为一个离婚者而不是一位遗孀。遗孀这种身份不太好听，也不利于再婚"。（第237页）接着立遗嘱办公证，将自己的房产和存款全部留给笑漾和笑漾的儿子承才。做完这一切后，他想服毒自杀放弃生命，如同上次他救笑漾一样，这次是笑漾发现了他的异样后，提前阻截而救了他，真心诚意地劝告他："你一定要活下去，活到上天确实不让你活的那一天再说。我坚决不让你提前走，我一定要让你看到自然生命最后一天的风景。"（第239页）

生命变奏曲再次奏响，"立命""正命"的主题经过多次变奏终于达到高潮，生战胜了死，正命战胜了认命。在往后的日子里，无论生活多么艰难，无论生命多么危险，他们一家相依为命，尊重生命，关爱生命，全凭着自己的人性能力和情感力量，从偶然性中建立起属于自己的"必然"，这就是充满着生命力量和人性力量的生命伦理人道主义。

四

《天黑得很慢》以"活着"为主题的生命变奏曲，其男女主角即萧成杉和钟笑漾的角色定位大有讲究，钟笑漾既是女主角又是叙述者，萧成杉则是被叙述的男主角，这种关系就决定了叙述的中心必然要落在男主角身上，而这也正是作者及文本的意图。但这部生命变奏曲非男主角一人所能为，它必须与女主角合奏才能圆满完成。钟笑漾的陪护员身份决定了她一开始是以配角的形象出现的，当萧馨馨自杀之前将为父亲养老送终的重任托付给她时，她的角色为之突变，由配角变主角。她尽心尽责，用她的人性能力激活萧伯伯的生命意识和生命力量，共同谱写了这部"老年生命变奏曲"。而这，又何尝不是她的生命变奏曲呢？

为了保证这部生命变奏曲单纯简洁直抵人性深度,削去枝蔓,在人物设置上,其他角色如萧成杉的女儿萧馨馨、女婿常胜以及钟笑漾的男朋友石一伟均在中途相继消失或隐退。应该说,这是比较老派的写法,传统的戏份化入其中,在小说技术越来越现代的今天,这种重功力的写法难以讨巧。鄙视技术无疑是否定艺术,过分追逐技术纯属本末倒置。窃以为,技术只要与所表达的对象相得益彰就是优秀的,至于它是现代的还是传统的,并非最紧要,说到底,最终还是要看写出来的作品是否优秀。《天黑得很慢》以人性叙写取胜,单纯的情节和单纯的人物奏出了人性丰富的生命变奏曲。

说了男主角,再说女主角。在这部小说里,钟笑漾是一个集陪护员、女儿、妻子、母亲于一身的形象:是她行陪护员之职,尽心尽力地照顾萧伯伯的日常生活起居;是她受馨馨姐的托付,替她行女儿之责赡养萧伯伯;是她借妻子名分,给了萧伯伯一个温馨的家;最后,是她施母爱,用乳房逐渐唤醒萧伯伯失去的记忆,慢慢地治疗他的老年痴呆。关于这个情节,网上有女性读者提出强烈批评。

情节是这样的:为了治疗萧伯伯的老年痴呆,笑漾去山西吕梁山深处的一座道观,求道长邬眉研制的灵丹妙药。道长强调:他给的药只是一味辅药,主药则是女人。她大吃一惊,道长道其因:"要把一个男人内心里尚存的一点清醒意识唤起并使其逐渐扩张,当然需要药物调整;但最好的手段是让他接触年轻女性,异性之间爱的力量是一种巨大最原始的力量,只有它能透过厚重的无意识之墙,渗透到那尚在的一点点清醒意识层里。"笑漾似懂非懂地点点头,便问他如何接触:道长开示:"吃奶!……让病人噙住年轻女性的奶头。吃奶是人出了母腹之后学会的第一个动作,在这个属于本能动作里,饱含着人对活着和延续生命的全部向往。这个动作男人一生中重复多次,最初是在母亲那里,后来是在情人那里,对它的记忆深入每个男人的骨髓,极其深刻,唤醒对这个动作的记忆最有可能!而一旦唤醒了对这个动作的记忆,就可能使其产生连带记忆,他忆起的内容就会逐渐增多。"(第254—255页)

批评者质问：这段情节令我等女性读者非常难堪，它让作家显示出一种很不得体的天真想象。如果老年痴呆的是老奶奶，根据道士或作家的想象，那药方大概应该是"处男"了。作家把这个情节置于书尾，大概是想借此形成交响乐的华彩乐段，绕梁三日荡气回肠，然而，这种审美观、这样的想象力真是令人想捂住双眼。

一道难题。用吃奶治疗男性老年痴呆症，按照社会伦理原则判断，它属于不道德行为；而按照个人伦理要求来判断，它则属于个人道德行为，虽不提倡，却可以理解。个人伦理相当于李泽厚所说的道德。李泽厚研究人性，将伦理界定为外在的社会对人的行为的规范和要求，通常指社会的秩序、制度、法制等等，将道德界定为人的内在性，即个体的行为、态度及其心理状态。道德是伦理的内化，伦理是道德的外化。刘小枫将研究伦理的伦理学分为理性伦理学和叙事伦理学："理性伦理学探究生命感觉的一般法则和人的生活应遵循的基本道德观念，进而制造出一些理则，让个人随缘而来的性情通过教育培育符合这些理则。"这些理则，就是理性伦理，即李泽厚所说的社会伦理。"叙事伦理学不探究生命感觉的一般法则和人的生活应遵循的基本道德观念，也不制造关于生命感觉的理则，而是讲述个人经历的生命故事，通过个人经历的叙事提出关于生命感觉的问题，营构具体的道德意识和理论诉求。"[1]这些伦理诉求就是叙事伦理，亦即我所说的个人伦理。二者之区别，理性伦理关心道德的普遍性，而叙事伦理则关心道德的特殊性，即从个体的独特命运的例外情形，去探问生活感觉的意义，紧紧搂抱个人的命运，而不可能编织出具有社会群体规范性的理论原则。

批评者指责吃奶情节，其观念来自社会伦理/理性伦理强调的道德的普遍性，而吃奶治疗男性老年痴呆症则是个特殊性。道长告诉笑漾，任何一种病落到某个人身上，都有特殊性，不能拿已有的医学结论来套。特殊性只能用特殊性来对待，关键在于笑漾的道德诉求。作为陪护员，她完全

---

① 　刘小枫：《深重的肉身》，华夏出版社 2004 年版，第 3 页。

有理由拒绝这种有失贞洁、有伤大雅甚至有伤大德的特殊治疗方法,但作为感恩者和良知者,她的人性能力超越了社会伦理的规范而遵从内心的道德诉求,纯属个人行为,无可指责。问题在于,这是文学,即便是个人的道德诉求,也要在一定程度上受到社会伦理的规约,其特殊性的表现要恰到好处,充分地掌握好"度",既能为社会伦理所接受,又能畅发个人道德诉求。

道理可以这么说,但它经不起追问和反证。我们所不愿看到的伦理悖论及伦理困境出现了:无论肯定或否定一方,都必然伤害另一方。伦理困境的形成是基于伦理观念在二者之间不能兼容,即彼此不能以对方为前提,相反则以对方为对立面的情况下产生的。

呜呼!我该如何评说?谁能为我解惑呢?

（原载《中国当代文学研究》2019 年第 2 期）

忏悔小说余华味

——评杨仕芳小说《而黎明将至》兼及《白天黑夜》

一

杨仕芳的中篇小说《而黎明将至》我读了两遍。第一遍是从《小说选刊》2015 年第 4 期上读到的，读后的感觉是：这是一部我所期待又合我口味的小说。之所以有这种感觉和判断，原因有二。一是我在阅读它时品尝到了余华小说的味道。在中国当代作家中，余华是我最喜欢的作家之一。十多年前的 2006 年，我出版了一本《余华论》，自信对余华小说尤其是对以《活着》《许三观卖血记》以及《在细雨中呼喊》为代表的乡土小说所独有的气味很熟悉。我曾在一篇文章中说：余华是一位具有天赋的小说家，他身上有一种灵性，一种能够在不经意间把存在的事物、理性的思考和生活的体验融入感觉之中，并以先锋叙述或世俗叙述的形式将其表现出来的才能，其小说蕴涵着浪漫诗性的特质。由于有了这样的特质，余华才能够用先锋现代的思想观念倾听中国社会从文化和人性深处传来的声音，用灵悟的感觉去捕捉其中隐秘的信息。当他与现实关系紧张，以敌对的态度看待现实时，所表现的多是人世之厄、人性之恶、暴力本能、历史荒诞和宿命的内容，然后将其演绎成从形式到内容都非常先锋的小说文本。当他用温情的眼光看待世界，对善和恶一视同仁，超然一切事物之上时，则又进入民间中国的苦难人生，从中发掘出最传统又最现代的人性内容，这就是《活着》和《许三观卖血记》在民间叙事中所蕴含的新的人道主义思想。①

余华小说独有的味道,主要从《活着》《许三观卖血记》以及先锋文本《在细雨中呼喊》等小说中散发出来,苦难、暴力、悲伤、疼痛、死亡、宿命、温情、人性是构成它们的基本元素。这些小说单纯简洁的叙述中有着丰富畅美的质地,悲伤和疼痛之中有着消弭一切的人性温情。余华之后,余华成了偶像,从者甚多,一意模仿者有之,立志超越者有之,遗憾的是,至今无人学得了余华。余华不可学,学余华必死。余华的那种天赋的才气,以及超越经验和理性而直接透悟生命存在的灵性,是学不来的。说得更严谨更准确些,大致以《在细雨中呼喊》为界,这之前的先锋余华是可以学的,因为包括余华在内的整个先锋作家的创作,差不多都是从祖师爷卡夫卡等西方现代作家那里批发来的,那种实验性、技术性的先锋是可以按照配方制作的,其共性远远大于个性。无怪乎许多初学者偶一尝试,都能学得有模有样。我绝对不是有意要否定先锋小说,关于先锋小说,我曾在多篇文章中对它的正面意义和价值作过充分肯定,此处的语境让我单挑了它的负面价值来说事。而这之后的灵性余华难学,他的那种看似单纯简洁的叙述具有极大的诱惑性和欺骗性,其叙述蕴涵的丰富畅美还真不是一般所谓的优秀作家能够达到的。即使有些作家在叙述的技术层面达到了余华的水平,但他们达不到余华在灵悟之中抵达人性和生命本真状态的水平。《活着》和《许三观卖血记》这两部关于中国人"活着"的故事,已经成为绝唱!近二十年来,这类"活着"的故事蔚为大观,但没有一部能够与《活着》和《许三观卖血记》相媲美。

《而黎明将至》像极了《在细雨中呼喊》,其间有苦难、悲伤、疼痛、死亡、宿命和温情,但它换了一套笔法,即将先锋叙述的笔法换成世俗叙述的笔法。与此相应,其装扮亦由"现代先锋"换成"世俗乡土"。最关键的是,字里行间时时散发出余华小说的气味。我由此而断定,杨仕芳是学过

① 王达敏:《余华论》,上海人民出版社 2006 年版,第 203—204 页。

余华的。好在杨仕芳也没藏着掖着。他坦言对余华、莫言、马原等作家非常崇拜,曾受过他们的影响。"我是从模仿开始,那如同看到别人在建房子,也跟着建,结果却发现怎么建都不如意,也就是说结果发现自己建设的房子没有了存在的价值,因为建得再好也只是别人的模仿品。终于明白模仿的结果只是在用别人的语言写别人的小说,唯独没有自己。于是我开始想到了区别,构建区别于别人的房子。于是我重新审视自己,挖掘内心里的期待和渴望,以自己的眼光去看世界,理解世界,解剖世界,把自己的观点竖立起来",终于有了自己的作品。[①] 我没读过杨仕芳登堂入室的初作,若从《而黎明将至》和《白天黑夜》来看,它们有余华的味道而没有莫言和马原的影子。乡土叙事惯于叙写苦难人生、恩爱情仇,或像余华那样,写处在生存绝境中的人坚韧地"活着",体现出人对生命尊重的人道主义思想,杨仕芳有意识地避开共性写作的惯性,这样就为他的写作能够开出新境提供了可能性。《而黎明将至》写什么呢?答曰:写忏悔。准确地说,是主写忏悔,次写宽容。忏悔先出,宽容跟进,实为一部纯正的忏悔小说。

中国文学缺乏忏悔意识,故而少见纯粹的忏悔之作。忏悔是文学元素中的宝石,曾于19世纪把俄罗斯文学推演到世界文学的高峰状态。上世纪80年代以来,忏悔意识伴随着"反思"而进入中国当代文学,它逐渐演进发展,至今已经形成了越来越明显的忏悔文学思潮。从去年开始,我的学术兴趣转移到忏悔文学上,集中关注新时期以来的忏悔小说。我从海量的小说中一眼看上《而黎明将至》,实在是期待之所至。这是我喜欢它的第二个原因。

据杨仕芳说,《而黎明将至》原是长篇小说《白天黑夜》中的一章,在完成初稿后,他没有勇气期待这部长篇小说会被某家杂志社或出版社收留,也没有勇气把手稿锁在抽屉里,于是就把它分成六部中篇小说往外投寄,

---

① 互动百科:《阅读是一种心灵放飞》,http://www.baike.com/wiki/%E6%9D%A8%E4%BB%95%E8%8A%B3。

发表在不同杂志上。上网检索,得知《白天黑夜》已经于 2015 年 8 月由漓江出版社出版。既然有这么回事,我必须读了《白天黑夜》之后,才能决定是评中篇《而黎明将至》,还是评长篇《白天黑夜》。这样就读了第二遍《而黎明将至》。

《白天黑夜》六章,《而黎明将至》位于第二章。每章独立成篇,人物相互交织,叙事者"我"贯通始终。六个中篇组构的乡村故事,其基调是"淡淡的哀伤和感伤式的温情",其主调是忏悔和宽容。从艺术的完整性来衡量,第二章最好,从忏悔演进的人性质量来分析,也是第二章最好,其他五章均或多或少存在某方面的缺陷。权衡再三,最终决定专评《而黎明将至》。因为读了长篇,实在割舍不了第六章《在黑夜抵达》中关于人物忏悔的描写,而这些描写正是《而黎明将至》中人物忏悔逻辑展开的内容,将其纳入分析之中,是对人物应有的尊重。

二

在当代语境里,忏悔是宗教伦理(基督教伦理)的专利,是"西学中用"。多数学者认为,中国由于缺乏宗教(指作为国教而存在的宗教),致使"中国文化缺乏忏悔意识"、"中国文学缺乏忏悔意识"。说中国文化和中国文学缺乏忏悔意识是事实,说中国缺乏超越性的宗教伦理也是事实,但这绝对不是造成中国文化和中国文学缺乏忏悔意识的根本原因。西方人通过宗教伦理的罪感意识进入忏悔之境,而中国民间经过世代累积起来的人性力量亦可以通过道德良知把人引领到忏悔之境。由于西方文化里的宗教伦理具有普世性,其忏悔意识作为人道主义思想体系中的一个重要组成部分,早已灌注到了全民的意识里,因此,西方文学作品所描写的忏悔,宗教伦理就起到了直接的作用。而中国新时期以来较多文学作品中的忏悔描写,是从知错认错阶段开始,然后再由人性导引而渐入救赎忏悔之境。这篇小说便是如此。

少年杨树枝顽劣,喜欢恶作剧,经常在山路上挖坑害人跌跤。他这次挖坑原本是想捉弄“我”,但被“我”识破。没想到,挑着柴火的村妇刘婄凤一脚踏空,慌乱中滚下山坡重伤致残,终生瘫痪,本来就风雨飘摇的一家因而陷入了更加深重的苦难之中。如此严重的祸事,兄弟二人(哥哥杨树枝和弟弟“我”)始料未及,他们没有想到要伤人,只是觉得这么做很好玩。他们还没有来得及辨别是非善恶,恐惧就降临了。“恐惧像夜色般包裹着我们,快窒息了,似乎走向刘婄凤的死亡也向我们走来。……我们商量着逃离村庄,逃离刘婄凤的阴魂,却又不知能逃到哪里去,结果连床铺都没有离开。这种无法逃遁之感,使我们陷入无比沮丧与惶恐之中。”深度的恐惧造成深度的伤害,以至于杨树枝每晚入睡后猛然惊醒,悄悄下床,抓起锄头走向村外山路,填平坑洼。这种梦游的无意识行为显示,恐惧、自责、归罪、赎罪等意识,已经越过知错认错水平而提前进入朦胧的忏悔之境。对于一个少年来说,这委实是个奇迹!作为旁观者的“我”呢?“内心的罪恶感”时常浮上心头。两个少年由此而开始了一生的忏悔。

知罪之后是赎罪,赎罪最直接的功效是减轻罪者内心的煎熬。为了赎罪,杨树枝辍学外出打工挣钱,其动机是想把父亲治不好的病人全送到大城市医治。杨树枝是个倒霉透顶的人,有心赎罪却又让恶钻了空子,结果是良心之罪未了,刑罚之罪又起。为了把刘婄凤的丈夫杨梅林从监狱里赎出来,他参与制造假币犯了罪,负罪潜逃又伤了人。直到这时,他才清醒地意识到:自从“出事后,我就一直在逃,后来发现逃到哪儿都逃不掉。知道吗?从刘婄凤受到伤害时起,我就开始逃了,在心里逃,那是一辈子都逃不掉的啊。我逃不出对刘婄凤的伤害啊。”刑罚之罪不可逃,唯有自首。自首前,他跪在刘婄凤坟前的诉说和忏悔,终于抵达了人性宁静的港湾。

作为共谋者的“我”,有心赎罪忏悔却不敢坦露心底的罪孽,“我下意识地套上面具,遮掩了自己的虚妄与懦弱”,只能在心里默默地承受着罪责。杨树枝跪在刘婄凤坟前磕头忏悔,望着他的背影,“我”猛然涌起一股负罪感,不由跟着跪下去。这一跪,是“无声胜有声”的中国笔法。对于不善于心理剖析和灵魂叙事的中国作家来说,这种笔法既是扬长,也是避短藏拙。可我觉得,有作为的作家在此应该出新招。杨树枝在刘婠凤坟前下跪忏悔,那是他在经过漫长的赎罪之后的情感流露,一种由内向外的忏悔行为。而"我"的这一跪,难免有被感染之嫌。

这不,又一个悔罪者跪下忏悔了。这次在刘婠凤床前跪下的男人叫杨梅林,他是刘婠凤的丈夫。十年前,他抛家别子外出做副业,一去十年,杳无音讯。要是他不外出,刘婠凤会上山打柴出事故而瘫痪吗?小儿子杨果会死吗?大儿子杨桃和女儿杨花会辍学吗?从这个角度来说,杨梅林是造成这一系列罪过的间接的谋害者。如果说杨树枝是罪过的直接肇事者,"我"是在场的共谋者,那么,杨梅林则是不在场的隐形的共谋者。现在,这个不负责任的男人终于失魂落魄地回来了。我想,当他看到破败的家庭,躺在床上如同"活死人"的妻子,一准后悔至极,悲痛至极。中国底层百姓不善于自我剖析式的忏悔,关键时刻,"跪"成为世代传承的经典仪式。杨梅林跪在妻子床前,声泪俱下,不停地扇自己的耳光,以此自我惩罚、真诚忏悔。

在这部小说里,命运最悲惨、所受打击最大、最让人同情的人,无疑是刘婠凤了。自从她受伤瘫痪后,人就垮了;她一垮,这个家也跟着垮了。刘婠凤是个有情有义的女人,明事理,多思量,从不呼天喊地、寻死寻活,她不声不响地把所有的悲伤和疼痛咽下去,吐出来的则是可以化解一切的温情。她明白,对于这个家,她是个累赘,觉得自己这样活着等于犯罪。中国民间善良人性在此逆转了忏悔方面,竟然让一个无罪的受害者产生了罪的意识,"她不忍心让家公承受这份罪孽。她拖累了这个家,已是罪人,不能再犯罪"。自我归罪就要赎罪,对于刘婠凤来说,活着比死亡更难受,活着即地狱,活着就是犯罪;不能再犯罪,唯有结束自己的生命。对于丈夫杨梅林来说,帮助妻子结束生命则是犯罪,"可让她在煎熬着,一样是罪孽啊"。与其看妻子继续受罪,不如自己以犯罪来谢罪,这种合乎人性而不合乎道德、法律的民间行为,实在是诡异难辨。虽然谢罪的形式被扭曲了,但忏悔的内容却是真诚的。

不能不好奇地追问:当忏悔之声响起后,它为何能够一直遵循人性善的走向而畅行？首先要归功于小说设置了一个良好的人性环境，细究起来，你会发现，尽管小说里的祸事不断，悲剧一个接着一个发生，但其中没有一个有意作恶的坏人。杨树枝挖坑伤人纯粹是少年的恶作剧，后来他制造假币犯罪，也是因为要救杨梅林出狱的缘故；"我"眼看着刘婧凤走向危险而没有制止，是因为"我"被这突如其来的祸事吓呆了，而事后的有意隐瞒，全因恐惧所致；杨梅林承受不了妻子的苦苦哀求，帮她自杀，并非一时糊涂，实在是见不得妻子生不如死的悲痛；至于杨果之死，那是命运有意的捉弄。其次要归功于一个人，这个人就是刘婧凤的家公杨立山。刘婧凤受伤致残，全家的重负一下子落到他身上，一边是久治不愈的儿媳妇，一边是三个年幼的孙儿孙女，此时，寻找肇事者以求索赔理应成为他首要的任务。小说若遵循这个思路往下写，会自然而然地走向俗套，不是肇事者被弄得倾家荡产而滋生仇恨，就是两家以恶还恶而非命。双方生恶复仇，忏悔还能登场吗？在中国民间，杀人偿命，欠债还钱，天经地义，而杨立山从一开始就放弃了追罪索赔，宽容大度地原谅了这个不谙世事的少年的恶作剧。其实，杨立山早就知道这件事是杨树枝干的，他一直没有对任何人说起，"杨立山有一次对我说，他原谅了我，还要我原谅自己，不要为难自己"。良知启示下的忏悔与大爱感召下的宽容是相通的，具体到这部小说，宽容的杨立山在人性下潜的深度上已经胜出杨树枝。由此观之，杨仕芳对身上积淀着深厚传统伦理的乡人的理解，在这方面他还真不怎么输给余华。

三

初读杨仕芳小说，其人对我是陌生的，借助资料获悉，杨仕芳是广西侗族人。他说："我是一个纯侗族血统的写作者，我的祖先创造了语言，却没有创造文字，使得我现在的表达不得不借助外语，即汉语。在创作过程中，我发现许多侗族语言思维是无法用汉语来表述的。……在汉语小说中，我时常以侗族文化传统的目光和视角来看待这个世界，以及这个世界的汉族文明,从而发现了许多被生活表层掩埋的奇诡现象。"①杨仕芳小说,我只读了《而黎明将至》和《白天黑夜》,就这两部小说而言,我的感觉告诉我,它们是地地道道的汉语小说,我从中感受不到侗族文化的信息。于是感叹语言的神奇,一旦你使用哪种语言思维、用哪种语言作为表达的媒介,你的其人其文都要被它塑造。

又获悉杨仕芳气质忧郁,曾有人戏言他是广西文坛的"忧郁王子",称他的小说创作是"忧郁的写作"。这话我信,因为《而黎明将至》和《白天黑夜》就染上了忧郁的色调。一般来说,忧郁气质的人容易多愁善感,好悲剧人生的叙写,喜形上命运的思考,落实到文艺创作上,其审美多趋向"淡淡的哀伤和感伤式的温情"。杨仕芳曾说:"我所写下的故事并没有多少快乐,更多的是悲伤和疼痛。"②这部小说写悲伤、写疼痛、写死亡,而左右这一切的则是无处不在的命运。小说一开始就入此道:"每当想起那只土坑,我总不禁怀疑,很多时候,人的命运并不掌控在自己手里,一些不起眼的事物,已然在不经意间改变人的一生。那只土坑便是。"一切的灾祸、死亡都源于那个不起眼的小小的土坑,要不是那个土坑,刘婧凤就不会受伤致残终生瘫痪,家公杨立山就不会在绝望的苦愁中悲伤地死去,小儿子杨果就不会到河里摸鱼淹死,大儿子杨桃就不会辍学外出打工,女儿杨花就不会被家庭拖累而嫁不了人家;要不是那个土坑,杨树枝就不会铤而走险参与制造假币而入狱;要不是那个土坑,杨梅林就不会帮生不如死的妻子自杀而犯罪。所有这一切均是命运之所至,而且是一眼望不到头的绝望的宿命播撒其间。乡人信命,中国人讲"命",必须连带讲"运",命是定数,运是变数,二者互动,变化无穷而难测。此种性质使命运具有偶然性、不确定性、不可知性和神秘性,它高高在上又遁迹无形,无影无踪又无处不在,隐于生死背后离间一切、操纵一切。

① 梁帅:《我是一个纯侗族血统的写作者——对话杨仕芳》,《北方文学》2015年第10期,第94页。

② 谢墨鱼《广西新锐作家杨仕芳:铸造民族精神和灵魂》,http://gx.people.com.cn/n/2014/0922/c179477 - 22394741.html。

　　窃以为,杨仕芳写命运的才能,一方面是民间文化传统对其的沾溉之所至,另一方面是个性气质与思想情感共同作用之所至,再一方面是受到了余华的影响之所至。写命运是余华的拿手好戏,可以这么说,余华小说隐形的母题是命运,从人难逃荒诞现实的设陷与捉弄的《十八岁出门远行》《西北风呼啸的中午》《四月三日事件》开始,到人为深藏于内心深处的人性之恶所困的《现实一种》《一九八六年》《河边的错误》《往事与刑罚》,再到神秘宿命的《死亡叙述》《难逃劫数》《世事如烟》《两个人的历史》《命中注定》,再到人最终难逃悲剧命运的《鲜血梅花》《古典爱情》《祖先》《此文献给少女杨柳》,最后到"立命"、"正命"、"知命"的《活着》《许三观卖血记》,余华小说构成了循序渐进、结构严整和乐思(主题)丰富的"命运变奏曲"。

　　杨仕芳写命运,可以视其为对余华及其《活着》和《许三观卖血记》的致敬。他叙写命运的诡异莫测,在它的离间之下,生命脆弱,人力难敌,这是余华先锋小说的路数。写命运的同时写人性对命运的渗透,写忏悔对命运的起死回生,就使《而黎明将至》(包括《白天黑夜》)的命运叙事的语义发生了一百八十度的大逆转。这就是我看好它并力推它的主要原因。

卑微者人性精神演进的表征

——评长篇小说《男人立正》及其人道主义内涵

一

我在《民间中国的苦难叙事——〈许三观卖血记〉批评之批评》一文中说:"读了《活着》,再读《许三观卖血记》,发现这是另一部《活着》。"如果我说《男人立正》也是另一部《活着》,①凭我对许春樵的了解,他一准不乐意接受。但是我要说,读了《男人立正》,感觉它就是另一部《活着》。

三部小说都是关于民间中国社会底层的卑微者——普通百姓在苦难和厄运中如何生存、如何"活着"的故事。

《活着》是一个名叫福贵的乡间老人对其苦难一生的叙述,在近四十年间,他经受了人间的大苦大悲,亲历了一家四代所有亲人的死亡,是一个命运极其悲惨的人。他是乡间徐家的阔少爷,自幼顽劣,无德无信,长大后,整日沉溺于嫖娼与恶赌之中,终于将祖产祖业输得干干净净,父亲为之气急攻心从粪缸上掉下来摔死。从此,他痛改前非,安分守己,但苦难、厄运和死亡像瘟神一样紧紧地纠缠着他:先是母亲病死,接着是儿子有庆被医院抽血过多而死,妻子家珍病死,女儿凤霞产后大出血致死,女

---

①　许春樵:《男人立正》,《小说月报》(原创版)2006 年第 5 期;中国青年出版社2007 年 1 月出版。

婿二喜遇难横死,小外孙苦根吃豆子被撑死。一个个亲人相继先他而去,他却依然活着,不仅活着,而且越活越超脱、越通达。

《许三观卖血记》叙写一个身份卑微、名叫许三观的丝厂送茧工被迫以卖血抗争苦难而凄惨地"活着"的故事。每当他及全家遭遇苦难和厄运的袭击而难以挺过去时,卖血就成为他惟一的拯救之策,用卖血来救难。血卖得越来越快、越来越稀、越来越少,尤其是后九次卖血,是在二三个月内发生的,卖血的间隔越来越短,最后短到只有三四天。这样卖命式的卖血就成为许三观及全家人最重要的生存方式,活下来的惟一的拯救之路。最终,卖血与活着在许三观的意识中相互置换、相互重叠了。

《男人立正》仿佛是将《活着》中无所不在的由"隐形上帝"操纵的"厄运"和《许三观卖血记》中一步不离地紧追许三观并将其推向绝境的"苦难"合而为一了,叙写下岗工人陈道生为救女儿而筹集巨资,又为还债而残酷地"变卖自己",进而自我拯救的故事。

这实在是另一部《活着》。在这部叙写"活着"的故事里,人物的生活轨迹依旧,命运依旧,可人性的内涵却发生了变化。小说的主角陈道生像《活着》中的福贵一样,也是一个屡遭厄运袭击、倒霉透顶之人:人到中年偏偏被工厂下岗,尽管他多年来一直是双河机械厂的优秀工人,市劳动模范;下岗后给欧亚公司打工,因不能与商场上的流弊合谋而惹了许多纰漏,只好辞职;借钱开服装店,由于他坚决不卖假名牌,不干缺德事,服装店在亏损中坚持一年多就倒闭了;女儿陈小莉吸毒贩毒,又为吸毒卖淫被逮捕;为了救女儿,他听从好友刘思昌的建议,向三圣街三百多户人家借来 30 万块钱,没想到这是刘思昌为他设下的一个陷阱、一个骗局,钱一到刘思昌手里,人和钱就消失了,陈道生由此陷入了绝境。

这时的陈道生处在两难之境,法院开庭审判女儿小莉的日子在即,律师忠告他,最好在开庭之前为女儿搜集到无罪或减罪的证据,而他此时心里想得最多的是如何还街坊们的钱。在他看来,两者都重要,但还钱更重要,街坊们的钱比小莉的判刑重要得多。从此,陈道生开始了为期八年的艰苦悲凉的卖命还钱的历程。这八年,他卖过糖葫芦,卖过血,到医院当过男护工;代医生照看病人出了事故被开除后,又到快件公司送货;无奈之下,他还到火葬场当过背尸工,遭受过死者家属的侮辱;他甚至还决定卖肾还钱,因不符合移植条件而落空;后来,他在农民企业家的表弟的开导与帮助下,到乡下养猪三年,终于还清了所有的欠债。不幸的是,还清了债务的陈道生被查出胃癌晚期扩散,一个星期后就去世了。他把他的善良诚实留给了大家,然后带着尊严离开了人间。

然而,三部看似都是关于卑微者如何"活着"的故事,其蕴含的思想及人性内容是有差异的,各自具有独特意义。所不同者,《活着》和《许三观卖血记》蕴含着中国人世代相传的知天知命的生命意识和生存智慧,其乡土民间叙事均通向深度的人道主义。二者之区别,《活着》是命运变奏曲,面对苦难和死亡的威逼,柔弱的福贵取隐忍抵抗的方式,在生与死的命运冲突中,最终是"活着"战胜"死亡",具有形而上的生命哲学的意味,其意义和价值,在于从苦难和死亡的叙写中突出生命精神,用人道主义接通生命存在的意义。《许三观卖血记》是苦难变奏曲,它的意义在于用"卖血"来丈量苦难的长度、强度,以此考量许三观承受苦难、抗争苦难的力度,终于伦理人道主义,具有形而下的生活哲学的韵味。

《男人立正》所写的"活着"的故事,其蕴含的思想和人性精神显然不在活着本身,它也写了陈道生抗争苦难、抗争命运的坚韧顽强,但它的思想和人性精神的走向明显在彼不在此,那么,它的创获究竟在哪里呢?

二

《男人立正》出示的第一个最直接最显在的命题,显然是"承诺守信"的道德命题。我相信相当多的读者在读了这部小说后的第一个判断,会直接地落在"诚信"上。

诚信确实是《男人立正》出示的伦理思想之一,不过,它却是从社会道德沦丧和诚信缺失的视角入题的。小说叙写的故事发生在 1994—2003年的双河市三圣街。1994 年的双河市如同余华在《兄弟》的后记中所概

括的那样,集中体现了这个时代"伦理颠覆、浮躁纵欲和众生万象"的特征:

> 1994年秋天双河市到处走动着比夏天更加烦躁不安的步子,整个城市就像一个喝多了酒的醉鬼,面红耳赤,逻辑混乱,被酒精勾兑起来的欲望和野心在活蹦乱跳的霓虹灯光煽动下肆无忌惮,歌馆酒楼舞厅迪吧洗脚屋美容院流行病毒一样迅速蔓延到城市的每一个缝隙中,与此同时,《一无所有》《跟着感觉着》《穿过你的黑发的我的手》之类的毫无理性的歌声灌满了酒气熏天的大街小巷,城市的夜晚流淌着一种变质酸奶的气息。
>
> 夜晚的黑暗已经完全掩盖了城市的真相,灯红酒绿的绚丽装饰着阴险而龌龊的动机,在那些醉生梦死的表情背后,大多数人都愿意不计后果地活着,部分怀揣着恐怖主义勇气的男女们走进了歌馆酒楼舞厅迪吧洗脚屋美容院,他们在不同性质音乐的刺激或安慰下,目光与灯光一样暧昧,数钱的姿态仓促而果断,假皮鞋、假服装、假烟酒、假钢材、假钞票、假汽车、假人参、假文物、假税票在这些欲壑难填的背景中真实的成交,成交之后,他们握手拥抱,然后开始跳真舞,赌真钱,吃真摇头丸,买真避孕套,来真的卖淫嫖娼,这种有罪的繁荣和糜烂的物质快感如同服用了过量的性药一般,使城市夜晚和城市媒体在一种假象的膨胀中虚妄地狂欢,并因此加速了堕落与崩溃的步伐。

这个伦理颠覆、浮躁纵欲的时代不讲信用,诚信普遍缺失,而败坏社会道德风气的坑蒙拐骗反而成为时尚。三圣街上,"卖假的就是卖真的,卖真的反而相当于卖假的"。道德失去了它严肃的规约性,而不道德却合法化了。于是,理直气壮地卖假"世界名牌"的小老板们一个个迅速地变成了大款,而坚持卖真货不卖假货的陈道生却连连亏损,弄得自己一贫如洗;一向慷慨仗义的刘思昌贩毒,被道上的朋友骗得倾家荡产后,转过来又骗最好的朋友陈道生;蛮横强悍、心狠手辣的周挺放高利贷为生,到头来被广东一位老板不声不响地骗走十年的心血,还欠下十万块钱的债;假币贩子郭文达自称是国家安全部的秘密人员,竟然骗过了许多人,致使他的犯罪活动屡屡得手;就连憨厚诚实的王大昌业务做大后,居然在外边也包养了一个女人……

许春樵要表现的,是社会群体的诚信缺失与个人坚守诚信之间构成的冲突在伦理学、社会学上所具有的现实意义。具有反讽意味的是,小说中坚守诚信的人,不是掌控着权力的立法者、被奉为上宾的港商和让人羡慕的企业家,而是卑微的小人物陈道生,以及像陈道生一样卑微的居住在三圣街的那些普通百姓。

三圣街的百姓们如同陈道生居住的 76 号大杂院,多是下岗工人和做小生意的穷人,他们无条件的借钱给陈道生,是因为陈道生为人厚道,人缘极好,他们都信任他。更重要的是,他们同情他,愿意倾其所有帮助陈道生救出犯罪的小莉。中国民间对待那些受屈辱的人、堕落的人,甚至是犯罪的人,通常不是取决于国家的法律原则,而是取决于纯朴的人性同情,这就是他们能够原谅犯罪的小莉,并伸出援手的原因。特别让人感动的是,当他们得知陈道生被刘思昌所骗的真相后,说得最多的,不是逼陈道生还钱,而是劝他不要寻短见,"只要不上吊,钱可以不要了。"他们是这么说的,竟然也是这么做的,自此,谁也没有有意地为难过陈道生。

而陈道生并未因此而装傻,街坊们的仁义大度更坚定了他还钱的决心,他向街坊们承诺:"刘思昌能把钱还给我更好,不还给我我也绝不装孬赖账,我陈道生再也不寻短见了,只要我还有一口气,我挣一分钱还一分钱。""只要我活着,当牛做马,一分钱也不少还。"心有诚意,必有信语善行,从此,他玩命般地挣钱,干最苦最累的活,终于用八年的时间,耗尽了生命之力而信守了一个承诺。

由此可以这么说,陈道生是卑微的,又是伟大的。卑微者,身份地位也;伟大者,人格精神也。不说卑微者必伟大,至少可以说卑微者也伟大。

突然想起小说的名字,好多天以来,我一直对这个名字不以为然,没想到写到这里时才真正品出它的味道和喻意。"男人立正",即男人要正直做人,说的是陈道生,意指的又岂止是男人,它分明指人人都要诚信正直做人。对于当今社会,这无疑是一个急待解决的大课题。从这个意义上说,小说的名字及其出示的诚信命题倒是天衣无缝地吻合了。

三

诚信虽然是一个大命题,但它毕竟是一个一般意义的道德命题,十多年来的小说创作已经对它作了连篇累牍的叙写,其中不乏优秀之作。许春樵的目的,显然是要从一般意义的道德命题进入更深层次的人性命题,探寻并表现人性觉悟与人性升华的路径及其丰富性。研读作品,不难发现这人性的命题,便是"赎罪—报恩"。

因欠了邻居们30万块钱,陈道生心中有一种深重的犯罪感,觉得对不起大家,连累了大家。在他人都不归罪于他的处境中,陈道生居然还能清醒地产生"自我归罪"意识,正是人性觉醒的开始。

自我归罪就要赎罪,通常情况下,赎罪是以忏悔方式来实现的,确切地说,是以忏悔意识的产生并跟进忏悔行为来实现的。忏悔是对自己所犯的错误或罪行表示悔过,请求宽恕。也就是说,忏悔的目的是赎罪,但《男人立正》中的陈道生无须对他的所作所为——借钱救小莉,以及借钱本身这件事赎罪,这就决定了他的赎罪不是忏悔式的,而是报恩式的;报恩的惟一方式是还钱。

陈道生之所以要真心诚意地报恩邻居们,是因为像他一样贫苦的邻居们在他有难之际均伸出了无私的援手,奉献出了一份善心,且不要他任何回报。这份超功利超世俗的纯粹出于爱与善的情感让他承受不起,无论如何也要报答,而报答的方式就是还钱。他一再向邻居们表白:"我对不起你们,我欠你们最多的不是钱,而是恩,所以你们相信我,钱没还尽,恩没报答。"甚至在他还清了全部债务,然后在酒店宴请三圣街三百多位债主时,他仍然含泪感谢大家对他情深似海,义重如山,"你们都是我的恩人，我还清了钱，但还不了恩，我只能备几杯酒，敬你们，敬我的恩人"。

许春樵对陈道生的人性精神做这种人道主义的开掘，无疑是受到了以托尔斯泰和陀思妥耶夫斯基为代表的俄罗斯文学的影响，不过要强调的是，俄罗斯文学中的赎罪式的忏悔是灵魂拷问式的，它源于基督教的原罪意识，因而具有神性的崇高与伟大。我愿意将我在另一篇文章中的一段评论移过来，以说明我对俄罗斯文学的一种理解："俄罗斯文学的精神里灌注着高贵而伟大的气质，长于人性的深度揭示，并使其在现实层面通过苦难的体验或心灵的忏悔而通向伦理人道主义，继而在精神层面通向宗教人道主义。"①人道主义是俄罗斯民族的传统，别尔嘉耶夫说："人性毕竟是俄罗斯具有的特征，人性是俄罗斯思想之最高显现。"②它通常包含从人性觉醒或人性发现到人性升华再到自我拯救、人格完成或人性崇高的三个过程，经典之作如托尔斯泰的《复活》和陀思妥耶夫斯基的《罪与罚》等作品。

忏悔源于基督教的原罪意识，在以基督教教义为最高道德原则的民族，只有与之相适合的世俗道德才能存在，才有意义。中国是伦理社会，它的世俗性与以上帝为最高存在的民族、国家的区别在于，任何宗教，只有在符合并满足世俗伦理道德的情况下才能存在，才有意义，所以中国没有宗教式的原罪意识。中国文学尤其是当代文学，其赎罪是世俗性的悔过、认错，就事论事，受现实的伦理道德规约，在对与错中作价值选择，缺乏震撼人心的灵魂拷问。即使有，也是简陋浮浅的，不是缺少人性升华的第二个环节——中国当代文学普遍缺少这个环节，就是攀登不上自我拯救、人格完成或人性崇高的第三个环节，或者整体浅显简单进入不了博大深厚的境界。中国当代很难出现像托尔斯泰和陀思妥耶夫斯基这样伟大的人道主义作家，除了现实的诸多原因外，另一个重要原因，是他们普遍

---

① 王达敏：《执着的守护者与尖锐的质疑者》，《小说评论》2005 年第 3 期，第80 页。

② 别尔嘉耶夫：《俄罗斯思想》，雷永生、邱守娟译，生活・读书・新知三联出版社 1995 年版，第 88 页。

缺少托尔斯泰和陀思托耶夫斯基那种博大的人性精神和崇高的人道主义襟怀。还有一个更最重要的艺术标准，那就是：当我们读莎士比亚、托尔斯泰、陀思托耶夫斯基、雨果、哈代、梅里美、马尔克斯等伟大作家的代表作时，觉得他们不是用文字、用技巧，甚至也不是用思想、用理性在写作，而是用灵魂、用生命在写作。

我以为，写作的最高境界，莫过于用灵魂、用生命写作。在这一点上，中国作家应该看到自己的差距。考量中国的当代作家，发现他们并不缺乏思想、情感、技巧，甚至也不缺乏现代观念和生活体验，惟独缺乏的就是这种最致命的用灵魂、用生命写作的境界。

必须说明，我是在理想人道主义或审美人道主义的语境中比较 19 世纪俄罗斯文学与中国当代文学的，一个时代有一个时代的文学，我深知在经过了 20 世纪现代主义文化思潮及其现代主义、后现代主义文学对神圣、崇高、伟大作了摧毁性的消解之后，再要求文学回到 19 世纪俄罗斯文学那里，已经是不现实的了。但 20 世纪文学，包括中国当代文学，尤其是新时期以来的文学，对人性、人道主义的描写一刻也没有停止过，不过，它们更多是从反人道的现实处境中叙写被压抑的人道主义。不可否认，这种人道主义缺乏从正面直接进入人道主义深远世界的主动性，多止于思辨批判。而近几十年出现在西方文学、近十多年悄然出现在中国当代文学中的世俗人道主义思潮，在神性人道主义止步的地方，从世俗人性的层面开拓了人道主义新境界，表现极度生存状态下人对生命的关爱，极端处境中人性的力量，恢复人的尊严，崇尚人自身蕴涵的生命精神，西方当代作品如德国作家蒂洛·蒂尔克的长篇小说《奥斯威辛的爱情》、获电影奥斯卡奖的《美丽人生》、《辛德勒的名单》（根据同名小说改编）、《拯救大兵瑞恩》、《钢琴家》（根据同名小说改编）等作品；还有 2002 年度诺贝尔文学奖获得者、匈牙利作家凯尔泰斯·伊姆莱的代表作《命运无常》（又译为《无形的命运》）、2003 年度诺贝尔文学奖获得者、南非著名作家库切的《耻》等作品。中国当代作品有《活着》《许三观卖血记》《白豆》《母亲和我们》《生命通道》等作品。它们已经从新写实小说初期的作品叙写普通百姓的灰色人生、无奈的生活、低调的情感的生存状态中走出来,从人性中提取人物关爱生命和自救自尊的力量。《男人立正》也是这一路的作品。

四

许春樵是一位具有探索精神和创新意识,又具有现代思想意识和许多想法的作家,包括这部《男人立正》在内,他已经发表出版了两部长篇小说和几十部(篇)中短篇小说,这些小说多为上乘之作,是一位产生了广泛影响的优秀作家。但他还未完全进入用灵魂用生命写作的境界,我总认为他以前的写作有时过于理性化,与现实问题也没有拉开足够的距离;文学被现实问题纠缠得太紧,有碍文学的提升,对创作绝对不是个好兆头。

《男人立正》显示出许春樵的思想及其文学创作的新变化,即从处于生存绝境中的卑微者陈道生身上提升出自我拯救和维护尊严的人性力量。这是《男人立正》最有价值的创构,由此而与单纯叙写苦难厄运一类的小说打开了距离,并且由此而通向世俗人道主义新思潮之中,从卑微的小人物身上发掘出高尚的人性精神。如果《男人立正》仅仅写诚信,那它还是在传统道德的圈内打转,而进入赎罪报恩的命题,特别是进入自我拯救、坚守尊严的命题,才是将传统道德作了现代性的处理之后的人性升华。

陈道生自杀前后与被骗之后的思想变化,一定程度上显示出人性精神由自弃自毁向自救自尊的方向演进。当女儿小莉因吸毒贩毒和卖淫被逮捕后,陈道生觉得自己和76号大杂院所有人的脸被丢尽了,尊严受到严重的伤害,他要用自尽的方式表达对76号大杂院里所有人的忏悔和赎罪。自杀未果,被邻居们发现救活后,所有人都宽恕了他。但他不能够宽恕自己,他必须救出小莉,小莉救不出来,他和76号大杂院的所有人都将一辈子抬不起头来做人。其实,此时的陈道生以死来维护的哪是什么尊严,而是传统道德一贯看重的所谓的"面子"。直到他被刘思昌骗走30万块钱而使其陷入绝境时,他的生命中才突然爆发出自我拯救和坚守尊严

的人格精神:

> 软弱了半辈子的陈道生在这个夜晚表情和语言都很坚硬,手臂的起落和升降如同一个喋血的军人指挥一场刺刀见红的肉搏战,坚决而果断。这个夜晚因此而改变了走向,陈道生不像是被别人安慰,而是安慰别人;不像是被别人拯救,而是拯救别人。他内心潜伏了几十年的犟劲和血性被唤醒后,就有一种死而复生的感动。

绝境犹如一座炼狱,处于此中的人,不是毁灭,就是复活。死于此,生于此,炼狱只是提供了一个考验人的形式,关键在于人的自我拯救、自我复活的信心和意志。复活后的陈道生虽然还身处苦难厄运之中,但他的精神早已超越"此在"的限定,内心涌动着的人性精神正引导他将赎罪转化为自我拯救,将卑微地活着转化为有尊严地活着。正是有这种人性精神的支撑,对于陈道生来说,绝境中的磨难已不再是惩罚性的苦役,而是自我拯救的复活之途。陈道生既活在苦难厄运之中,更是活在自尊自救之中。我甚至把陈道生自我归罪并主动承受苦难的举动,视为他自我拯救和坚守尊严的表征。我也清楚,我的这些发现在小说中并没有完全拓展开来,这是《男人立正》的遗憾。如果小说的中心落在这里,该多好啊!

这篇小说真正让我的心灵产生深深震撼的,却是看似不经意实则有深意的结尾部分:陈道生去世一个月之后,刘思昌从南美的多米尼加给陈道生汇来 50 万人民币——刘思昌当年逃到泰国后,借道又逃到南美小国多米尼加,从做小生意开始,最后成立"加华国际商贸公司",专门从中国进口轻工纺织产品,公司很快成为多米尼加共和国十大国际贸易公司之一,他自己也因此而成为多米尼加家喻户晓的富豪。2003 年 10 月 28日,也就是在陈道生死后一周年的祭日,刘思昌跳楼自尽。

我揣想,刘思昌主动汇款给陈道生,既是还钱,更是赎罪。这八年来,他除了躲避追捕、承受苦难之外,来自心灵的谴责也一定让他备受煎熬吧? 他与陈道生是最亲近的朋友,我想,他当初做梦也没有想到要去骗陈道生。他是在走投无路的情况下才出此下策的，而且仅是说说而已，并没有当真。没想到"一根筋"的陈道生竟然将此事当真了。他更知道骗走了陈道生借来的这 30 万块钱，等于杀了陈道生，也杀了自己。这么多年来，他一定是在自责、忏悔中度过的；想必他也经常默默地发誓，一定要偿还陈道生这笔钱，不偿还这笔钱，就无法消除灵魂的煎熬。当他得知陈道生为还钱积劳成疾而去世后，良心受到了沉重的打击，他承受不了，只能以死谢罪。这实际上是小说中没有展开的另一个通过赎罪而自救自尊的故事。

这个故事完全可以发展成为另一部长篇小说，一部甚至比《男人立正》更好的长篇小说。

读了这个结尾，感动之余，才猛然联想起作者对陈道生之死的描写过于轻率了。把一个在绝境中自救自尊并活出不屈精神的卑微者写死，也许是为了获得悲剧的效果，但有尾收刘思昌之死这一笔，这样的处理就显得简单了。如果让陈道生继续活着，活在尊严中，我想，经历了人生大悲大难的陈道生，在收到刘思昌的汇款与获知刘思昌自尽的噩耗后，两个被灵魂浸透了的人性的相撞，一定会让陈道生的人性释放出更加璀璨的光辉，并由此开拓出人道主义的新境界。

（原载《扬子江评论》2008 年第 2 期）

第三辑

半部好小说

——杜光辉长篇小说《西部车帮》

陈忠实先生强力推荐的长篇小说《西部车帮》,应该很优秀。据作者杜光辉说,1990 年他发表了中篇小说《车帮》,[①]反响甚好,许多朋友劝他将其扩写成长篇小说,经过反复思考和再度创作,于是就有了这部 31 万字的《西部车帮》。

我读后的感觉一言难尽,我只能说,这是一部让我连连击节称赞又频频扼腕叹息的小说,一部瑕瑜互见、优庸并存、好差尖锐对立的小说。我称赞它的前半部,而它的后半部则让我为之叹息。我的判断是:它的前半部优秀,很大程度上具备了许多好小说都有的特点;它的后半部平庸,沾染了上个世纪 80 年代以来的一些差小说最容易犯的毛病。

一位作家的一部小说,竟然让优庸好差如此尖锐并存,这究竟是怎么回事?它说明了什么?问题出在哪里?这些疑问一经提出,就会使研究的视线越出评论对象的边界而与某种普遍的文学现象相联系。

疑问引出两个问题:一、为什么《西部车帮》的前半部优秀,是好小说,其依据是什么? 二、为什么它的后半部平庸,是差小说,其依据又是什么?

---

① 杜光辉:《车帮》(中篇小说),《鸭绿江》1990 年第 3 期,《新华文摘》1990 年第 6 期转载。杜光辉:《西部车帮》(长篇小说),花城出版社 2003 年 6 月版。

要回答第一个问题,必须先谈中篇小说《车帮》。

《车帮》3万来字,是个篇幅不大的中篇小说,其容量和时间长度是充分浓缩的。它讲述的是20世纪上半叶中国西北五省最大的马车帮的兴衰史与传奇性的故事,以新一代的"大脑兮"吴老大的传奇人生作为叙写的主要内容。① 吴老大是个落地生根的传奇性人物,一生以吆车为生。吆车是个苦行道,但车帮的老大"大脑兮"的位子却是每个车户都觊觎的。在马车帮里,大脑兮是当家人,具有至高无上的权力。因此,车帮里每时每刻都存在着争夺大脑兮位子的明争暗斗。即使是夺得了大脑兮权力的人,稍稍松懈或一不留神,其位就会被别人所取代。吴老大的父亲在竞争大脑兮中败给了对手,便转而把全部的希望寄托在儿子身上,希冀十几年后,由儿子去击败他的对手,夺取大脑兮的权位。3岁时,吴老大就被父亲抱到车上,随车帮走南闯北,在道上颠簸历练。做大脑兮的人必须公道、正直、机敏、仁义、有勇有谋,还要有高超的吆车本事。大脑兮必须在任何方面都超过别人。吴老大7岁时,父亲开始用大脑兮的标准训练他,一刻也不放松。几年下来,吴老大养成了坚毅、冷峻、刚强的性格,练出了超乎常人的力气和吆车的本事。超人的训练培养出了超常的人,吴老大提前完成了父亲的心愿,他13岁独自吆车,17岁当上大脑兮,不到20岁就把自己的车帮发展成西北五省最大的车帮,成为威名远扬的车帮老大,车帮行道里人人敬重的"老大中的老大"。

小说自始至终贴着吴老大的传奇人生写,写他的性格、胆识、智慧、品德,以此凸现他充满魅力的野性形象。吴老大的本事和功夫过人,他特意从牲口店里订做的五斤四两的鞭子,比别人的鞭子足足重了一半,整个西北五省的车户,没有人能抽得响这根霸气十足的鞭子。他过人的机智从小就显现出来,十四岁那年,车帮在道上遇到土匪,他急中生智,将金子(车帮全部的货款)塞进骡子的尻门子里,躲过了土匪的抢劫,使车户们免

---

① 大脑兮,陕西关中的土话,马车帮的老大,相当于南方帮会的帮主,掌握着车帮的所有大权,只有最强者才能夺取大脑兮的地位,获得大脑兮的权杖。《车帮》中称车帮老大为"大脑西",《西部车帮》中称其为"大脑兮",为了统一,均称"大脑兮"。

遭倾家荡产的灾难。"智"不能少"勇",智勇双全才能成大能人,吴老大过人的胆量与勇气在 17 岁那年得到了淋漓尽致的发挥。一次,他率领车帮行到坡陡路窄的半坡时,突然遇到甘肃帮下坡,按道上的规矩,下坡车应该让上坡车,但对方仗着人多势大,该让道时却不让,大脑兮权衡了双方的力量后,决定倒车让道。吴老大挺身而出,一边据理力争,一边以勇相威胁,他刀穿胸肌,震慑了对方,使甘肃帮服输让道。这一刚勇之举,使他赢得了大脑兮的桂冠。刚勇和功夫是表,善和仁义是里,吴老大的善举、仁义和义气更为突出,可见三例。一例:一个村堡斩杀两个被逮住的土匪,吴老大见两个毛匪可怜,料定他们是迫于生活的无奈才当土匪的,于是出钱铺路,又以情动人,刀下救出两个土匪。两个土匪磕头谢恩,名叫刘四的土匪入车帮吆车,名叫孟八的土匪投奔了革命队伍,解放后任中国人民解放军某部军长。二例:车帮在山道遇土匪,吴老大威震土匪,并劝他们弃恶从善。这也是一伙出于生活的无奈才当土匪的穷苦人,吴老大主动帮他们出售野物和皮货,有了经济收入后,这些人从此绝了土匪生涯。不仅他们感激吴老大,就连这条道上的所有土匪都敬重吴老大的仁义,一旦相遇,都赔罪退去。三例:刘四逛窑子被坑骗又挨打,吴老大邀集西北五省车户讨回公道,既替刘四等车户出了怨气,又树立了威信。

车帮有帮规,吴老大的车帮比别的车帮又多出了"三戒":一戒逛窑子,这是吴老大为自己定的规矩,自从他的父亲逛窑子伤身吆车丧命后,他从此戒了途中逛窑子的嗜好。二戒恶赌,自从嗜赌如命的刘四输掉了牲口、车、婆娘的事情发生之后,他严令车户们不论何时何地都不准恶赌。三戒张狂,自从 18 岁那年被一位高深莫测的老者教训之后,他立下帮规:车帮进村过镇,一律"整衣拂袖,牵缰而行",不能有一丝张狂之色。

然而,吴老大这个人物是现实性的,传奇性不过是他过人之处的自然显现。他是从褐黄凝重、温厚沉实的黄土高原土生土长的一位西北汉子,他身上蕴涵着古老的秦汉文化重伦理尚精神的传统,而他身上张显的"江湖气",则是这一传统精神在特殊职业、特殊环境中的自然放大与倾斜。从吴老大形象反观《车帮》,这篇小说就一览无余了。可以这么说,《车帮》

叙写的是吴老大和他的车帮在古道上的一幕幕传奇性故事,再现的则是从古老的文化传统那里延续而来的一段历史,它张扬着古朴雄健、充满生命强力与传奇色彩的野性人生,揭示出西部独特文化形态的魅力。

分析了《车帮》,再接着分析《西部车帮》。

我首先注意到扩写后的《西部车帮》的篇幅差不多是《车帮》的十倍。十倍于《车帮》的篇幅,若在原构架内运思营建,完全可以想象《西部车帮》会达到何种丰富的程度。可事实并非如此,我们看到,当作者遵循艺术规律在原构架内纵笔丰富吴老大形象,拓展车帮这一文化现象所携带的历史内涵时,作品就在一种文化精神的走向上丰富起来。遗憾的是,他没有将这个文化精神走向坚持到底,因为他的眼已经盯到别处,心中想着另一种更宏大的东西,这东西其实从他扩写《车帮》时就提前预设好了的。开始,他没敢破坏《车帮》已经建立起来的艺术形象,但这并不妨碍他可以从中塞进一些内含着其他意义的情节。当作品行至中途,待《车帮》构建的艺术形象被丰富得差不多时,他立即在宏大意义的召唤下,将作品强行纳入另一条轨道,从历史叙事转入政治叙事,两股相互背离的斥力在撕扯着作品,此时,他已顾不上这些了,既然新的航向已经确定,那就要坚定地将它走到底。从这一点上看,作者既是个理性很强的人,又是个意志很执着的人。当叙事者顾后不顾前,带着作品匆匆忙忙走到终点时,我仿佛听到疲惫不堪的作者一声深深的叹息。

没有冤枉《西部车帮》,不妨对它作具体分析。

从作品的整体结构来分析,《车帮》主要写吴老大的马车帮在 20 世纪上半叶的兴衰,时间跨度约二十年,尽管它没有点出具体的年代,但故事所处的年代及大致的时间长度还是能够估摸出来的。我确定它的故事发生在 20 世纪一、二十年代至四十年代,应该不会有错。而《西部车帮》则接着《车帮》的时间,一直写到改革开放的 80 年代,共 29 章。前 16 章叙写的内容与时间长度正好与《车帮》一致,后 13 章从土地革命写到改革开放的 80 年代,也就是说,后 13 章是全新的内容。前 16 章基本上是《车帮》内容的扩写与丰富,而后 13 章则是新作。两部分内容的分别泾渭分明,我称前 16 章(前半部)是"半部好小说",后 13 章(后半部)是"半部差小说",其依据是我对它们的艺术把握与审美判断。

从作品传达出的思想来分析,《车帮》的思想主旨是历史与文化的,前文已作了分析。而《西部车帮》的思想主旨,作者在《自序》中作了提示,"通过对这支马车帮近百年的兴衰史的思考,我试图站在一定的历史高度揭示中国西部农村近百年变革的社会内蕴,以及对更人性、更公道、更文明的农村社会的追求。"正是这种对宏大意义的追求,导致了"半部好小说"与"半部差小说"的发生。我还发现,由于作品前半部与后半部的意蕴与思想主旨各不相同,还造成了作者这段特别的提示自相矛盾,即前后句陈述的内容自相矛盾。在作品中,作为民间组织形式的马车帮,到土改后不久就终结了,既然如此,就不可能有马车帮近百年的兴衰史。再者,马车帮在 20 世纪的一段历史不能作为中国西部农村近百年变革历史的主体部分,它承载不了如此宏大又十分明确的政治使命。

下面分而论之,先说"半部好小说"。

《西部车帮》的前半部仍然保持《车帮》原有的艺术构架和意蕴营构的方向,以吴老大的传奇人生作为叙写的主要内容。除了对《车帮》原有的故事、情节和人物作了必要的丰富外,《西部车帮》的前半部还新写或扩写了一系列非常重要而又精彩的人物和情节,要者有四:

其一,开篇首章《甘草店的女人玉蓉》是新写的一章,写甘草店小镇上一家马车店东家的三姨太——风骚浪荡而又多情美貌的女主人玉蓉与马车帮大脑兮的风流韵事。古道、西风、马车店、风骚多情的女人、粗犷野性的汉子,这是多么传奇的"江湖世界"啊! 但它意在突出马车帮大脑兮权位的重要性,以及吴老大的父亲为何要让儿子夺回大脑兮权位的原因。吴老大的父亲吴骡子五年前搬倒一个大脑兮,掌握了马车帮的大权,顺理成章地和甘草店那家马车店的女主人玉蓉结为露水夫妻。一年前,他因指挥车帮失误,不得不将大脑兮的权位让给了马车柱。失去了大脑兮,就必然还要失去他喜欢的玉蓉。因为像玉蓉这样的女人是大脑兮的专利品,无论他们怎么相爱都不行,这既是道上的规矩,也是生计的考虑。他不甘心失败,立誓要夺回他心爱的女人。于是,他把希望寄托在还只有3岁的儿子身上,指望他有朝一日夺回大脑兮的权位。

其二,张富财是第二个新出现的重要人物,他是西安北乡三家庄村的财主、大东家、首户,外号"大骚驴"、"老骚驴"。在小说的前半部,张富财是"恶者"的代表,他仗着自己财大势大,又有兄弟在国军当团长,在村子里一贯作威作福。车户们长年在外吆车,他就肆无忌惮地糟害车户们的婆娘女子,致使好多女人被强奸后寻死,而车户们则敢怒而不敢言。在善与恶的对峙中,代表恶势力的张富财不是体现为政治的意义,而是体现为伦理和人性的意义。小说没有把张富财作为剥削阶级的代表,而是从民间立场出发,极力表现他为富不仁、仗势欺人、贪色无人性的一面。更为重要的是,在与张富财的斗争中,表现了吴老大远见、沉着、有勇有谋、隐忍、能屈能伸的品格和斗争策略。当张富财当团长的兄弟被共产党的队伍打死后,侯三趁机带着一班被老骚驴糟害过婆娘女人的车户们去复仇出恶气,没想到,还没等报上仇,他们就被老骚驴请来的兵们给绑了,并准备出殡后处治他们。吴老大沉着应对这突如其来的祸事,他立即派人好好招待看守的兵们,让他们不要对关押的车户们下黑手;接着与前任大脑兮马车柱一起去城里给团长吊孝;最后带着三家庄村的车户、车户的儿子、孙子为团长戴孝送灵。老骚驴激动之余,领教了吴老大的厉害,"这崽娃子用软刀逼我哩!"思前想后,权衡得失,他不得不放了被绑的车户们。

其三,新出现的第三个重要人物是车户侯三,这是《车帮》中土匪出身、嫖赌成性的刘四这个人物的一分为二后分出的另一个人物,善者留给了土匪出身的刘四,恶者划给了嫖赌成性的侯三。侯三嗜赌如命,屡教不改,是个糟糕透顶的车户。别看他在前半部是个不起眼的角色,谁也没把他当回事,可到了后半部,这个流氓无产者一跃而成为红色政权的当权者,统治三家庄村达二十多年的土皇帝。他和老骚驴张富财,一前一后,成为三家庄村解放前与解放后两个"恶者"的代表。而且,作者还通过张丝儿之口,从这两个人物本质的一致性上揭示出作品重要的思想内涵。

其四,两处人物传奇性的扩写也很重要。一处:牲口店屡瘦如骨、待人和善、隐而不发的老店主,谁也不知道也不相信他竟然是武功极深的高人,面对前来店里故意挑衅抢钱的闲痞们,他一忍再忍,实在忍不下去时,也只是不显山不露水地教训了他们一顿,仅限于点到为止。老店主隐忍的性格影响了吴老大,当他从牲口店抱回五斤四两的鞭子时,不再有任何轻狂之举。另一处:27 岁那年(《车帮》中,此时的吴老大是 18 岁),吴老大把三家庄村马车帮发展成西北五省第一大帮,他和他的马车帮在西北古道上威名远扬。此时的吴老大心高气傲,"张狂起来觉得天都太小、地都太窄,恨天无环,恨地无柄","吆起车来,目空一切"。一次,车帮从一个小村庄穿行,吴老大和往常一样,"裤腿挽得老高,袖子挽过肘弯,坦胸露腹,盘腿坐在辕上",高傲前行。车帮行至村中,遇一位鹤发童颜的老者坐在路中央挡道。这位老者武功高深,他教训吴老大:"你敞胸露怀,挽裤腿抹袖子,想在这村里打架吗?""小伙子,有天大的本事都不可张狂,天下的世事大得太哩。天外有天,山外有山,太张狂了不定哪天栽跟头哩。"吴老大诚恳地接受老者的教训,从此以后,吴老大和车户们进村过镇,一律弯腰牵缰而行,以示对人的尊重。《车帮》也写到了这个情节,但下面更传奇的情节则是这次扩写的。教训了吴老大之后,老者原地弹跳离地三尺有余,落地时已到马路外边,飘然而去。原来是一世外高人。此人是谁?白鹿塬虚静宫道长是也!吴老大拜见道长,道长观天象测时世兴衰,又一眼洞穿吴老大的命运。他的神秘意识灵动飘逸于超时空的现实,遥遥地注目于未来,冥冥之中遥视着时世的兴衰与吴老大的人生沉浮。这是后半部的内容,没想到作者竟然通过这种非现实的神秘意识打通了过去与未来的联系。

经过再度创作,吴老大形象及作品的内容、意蕴、特色较《车帮》有了很大的丰富,怎么看它都是一部涵化着民族传统文化精神又笔走坚实现实的小说,但它较一般的现实主义小说又多了一层浓浓的传奇色彩,编者甚至就称这部小说"描绘了一幕幕古官道上的江湖传奇,讲述了一部西北骚土上的人生意义。"传奇性和传奇色彩包含着大量的文化信息,同时又丰富着艺术魅力。不错,传奇性和传奇色彩确实成了这部小说艺术魅力的一个亮点。不过,这部小说中的传奇性和传奇色彩多是现实自然的,只是在人物描写时适度地运用了一些传奇小说的笔法。在我看来,所谓的传奇性,是指事物、现象和人物行为超出了寻常的程度和认识范围。《西部车帮》的传奇性和传奇色彩主要表现在两个方面:一是自然环境和现实本身因奇特而显现出传奇性和传奇色彩。例如,马车帮长年累月奔波的千年古道上,就充满着传奇色彩:道上满是急流、陡壁、冰坎、深渊、大漠、古泽、急弯、大坡、暴雨、狂风、冰雹、冬雪,还有土匪、绑票、贪官、污吏、凶杀、格斗、黑店、赌局、窑子、烟馆。在这种有着传奇色彩的大漠古道与高山大坡之间,行进着一支一百多人的车帮,他们唱着古老的歌谣,把塞外烈风、大漠夕阳、古树孤烟、骤雨狂风与军匪绑票、窑姐暗算、同行相倾一起化入西部汉子野性的豪气中。二是人物传奇性的描写,虽然落墨走笔不多,因有自然与现实的传奇色彩烘托着,便氤氲蔓延了。

分析了半部好小说,自然还要分析那半部差小说。说它差,是就小说整体艺术而言的,如果单看小说的后半部,它还是有一些可取之处的,尤其是侯三形象,为重新审视并反思历史提供了一个很好的解剖对象。他可以让我们透过这个流氓无产者的革命史,看到"革命时期"——从土地革命到"文化大革命"时期——极左的政治阶级论与极左路线是如何使唤并异化革命的。

从17章《改朝换代》开始,《西部车帮》由历史叙事转入政治叙事,其历史背景主要是解放初期至"文化大革命"时期的历次政治运动,叙述土地改革、合作化运动、人民公社运动、反右派运动、"文化大革命"的历次政治运动造成的荒诞而残酷的现实。这段令人不堪回首的历史,基本上是一部逐步强化阶级斗争而使之达到登峰造极的地步、政治权力逐步膨胀变异并消解一切、政治运动逐步升级并最终自我崩溃的历史。最后一章《圆了汽车梦》,写吴老大的儿子吴七斤在改革开放年代辞职办起了三家庄汽车运输股份有限公司,圆了吴老大的梦,则是小说的尾声。

后半部的主角不再是吴老大,取而代之的是侯三。侯三因嫖赌成性,"挣的钱都被窑子掏走了",而成为三家庄最穷的人;最穷就最革命,流氓无产者的侯三因此成为最革命的人。这既符合革命的原则,也符合人性的原则。"革命时期"的头一场革命——土地改革一开始,侯三凭着最穷、与老骚驴张富财的仇恨最深、最会想着法子收拾"那驴日的老骚驴"而当上了农会主席。他依仗一无所有和个人复仇的冲动获得了"人上人"的地位,又用恶的方式去满足他卑鄙的欲望。"他确实有种预感,用不了多长时间,他就是三家庄的皇帝,是三家庄说一不二的大脑兮。三家庄的人都是他的子民,三家庄的女人都是他的妃子,他想弄谁就弄谁,想啥时候弄就啥时候弄。要不,下这么大的劲把张富财宰了图啥哩?"他要像当年的张富财一样,吃香的喝辣的,女人们由自己挑着弄,他不准任何人对他的权威有丝毫的冒犯。他终于坐稳了权位,真正成了三家庄的土皇帝,他想整谁就整谁,想怎么干就怎么干,"我说了就算,我就是政策。"有时他又想:"我如今当上了三家庄的大脑兮,也算得上三家庄的土皇帝了,没有三宫六院七十二妃子三千美人,最少也该有几个姨太太吧。"自己现在啥都不缺,就缺几个姨太太,"这狗日的共产党啥都好,待自己也不薄,给自己分了车分了牲口分了房子分了地,还让自己当了三家庄最大的官,可就是不让娶姨太太。"这里的路被堵死了,但不妨碍他把全村所有的女人都当作他的女人,他先运用阶级斗争的强劲攻势迫使张富财家的女人们就范,逼她们任他随意使唤;又利用权势与狠毒,任意糟害村子里的其他女人,乃至下放女知青,成为一个"比张富财还坏"的恶人。

至此,小说显现出来的意义昭示我们:当流氓无产者带着种种卑鄙的欲望混入革命队伍,并且成为革命的主要力量时,这个革命的性质就会发生人们不愿看到的变化,革命既指向应该被革命的对象,同时又更多地指向不该被革命的对象和革命自身。正是这种荒诞的现实与极左的阶级论并行合力,导致了不该发生的历史灾难一再发生,且愈演愈烈。作者还借身陷"文化大革命"囹圄之中的张丝儿之口,从侯三这个人物身上揭示出

小说蕴涵的另一层深意：

> 三家庄从我爷的统治到侯三的统治,尽管社会、口号、旗帜都发生了很大的变化,但统治我们这个民族几千年的封建社会的基因已经渗透到了我们的血液中,还在左右着我们的社会和社会成员。皇帝是天子,代表天爷来统治百姓,侯三是支书,代表贫下中农来统治三家庄。其实,社会变革最关键的不是改朝换代,封建社会里经历了上百次的改朝换代,但没有从根本上使社会进步,关键是他们没有制度的变革……新中国成立这么多年了,但是许多根本性的社会制度还没有建立起来。有的即使建立起来了,还没有脱离原有制度的巢臼,让这一部分人反过来再去统治另一部分人,所以就会出现打倒了我爷张富财,又出现了侯三这类新的恶霸,新的恶霸代替旧的恶霸……要是这个社会不发生根本的改变,就是把侯三枪毙了,还会出现第二个侯三。所以,我们国家下一步的关键是进行法律建设,极大的限制个人的权力,极大的张扬法制的权力和民众的权力,使社会真正从独裁性、随意性、黑暗性中走出来,走向法制化、科学化、透明化的高度民主,才能杜绝像我爷、侯三这类人物的出现……

话可以这么说,理也是这么个理,但说与不说却迥然有别。不说,不等于作品没有这个意义存在,不等于读者解读不出这层意义;不说更好,意义含而不露,意蕴就会在这种不确定性中具有更大的张力。说了反而让意义直露平走了,不仅如此,它还无形中将意义定位了;意义定位,表面上看意义被突出了,但实际上它严重地阻碍了意蕴丰富性的生成。从这里,可以看出作者对自己的不自信,他为何要采用这种笨拙的方法说出作品的意义呢?我猜想,他之所以如此这般,要么是缺乏自信,要么是内力不足没有把握好艺术表现的分寸。无论是哪种情况,作者总算是通过这段"重要揭示"达到了他在《自序》中已经预设好的意图。

既然《西部车帮》的后半部有侯三这么一个可以让历史开口说话的人

物作为主角,而且还有确定性的宏大意义的显现,为何还说它是半部差小说呢?

理由是《西部车帮》的政治叙事所持有的与主流意识形态主导下的历史叙事明显不同的民间立场,对"革命时期"历次政治运动的叙写与反思,对人物的人性描写和对作品意蕴的营构,以及叙事的特点,就连张丝儿的那段着意显示作品深度意义的宏论,都有似曾相识的感觉。我们不难从反思小说、寻根小说和20世纪90年代以来的《故乡天下黄花》《丰乳肥臀》《人之窝》《羊的门》等长篇小说中看到它的影子,听到它的声音。除了着重写侯三的第17章、20章和着重写吴老大的第28章差不多还保持着前半部的水平外,大部分的描写则大失水准,其叙事的功能仅仅在于一幕一幕地过政治运动,情节跟着运动走,人物跟着情节走。我能感觉得出来,作者在写后半部时,越来越缺少感觉,越来越缺少自信。艺术感觉与艺术把握到不了位,那么,就让理性引着叙事走。理性越来越突出,意识越来越明确,思想越来越清楚,正是这部小说最大的症结所在。

更为重要的是,《西部车帮》是两种叙事、两种话语和两种思想走向的强行对接,违背了艺术本身的规律。我们可以作一个比较:前半部是历史叙事,其历史叙事所持的民间立场和民间视角,大量涉及日常生活形态,以人伦世情为基调,叙写吴老大的善举、义气、仁义、正义、胆量、谋略、隐忍等性格及传奇人生。后半部是政治叙事,其间也有历史叙事的成分,但政治叙事大于历史叙事,其政治叙事持守的也是民间立场和民间视角,但民间立场和民间视角不是纳入日常生活形态,而是作为叙写、指认、反思和评价"革命时期"历次政治运动及人物的一种内在观点和态度;前半部以马车帮大脑兮吴老大为主角,后半部以侯三为主角;前半部写马车帮的兴衰史,并通过对吴老大传奇人生的描写,再现一种独特的文化形态的一段历史,张扬雄健的民族性格,揭示出西部文化的独特魅力。后半部写三家庄村在"革命时期"的荒诞现实与悲剧人生,它的内容已经与马车帮的历史没有任何关系。

把如此截然不同的内容、不同的文化蕴涵和不同的思想走向的两部小说强行对接到一起,不论作者怎样提示、怎样宏论,都无济于事,文学只遵循它本身的艺术规律。

　　这里又引发出另一个问题,即作家的权力究竟有多大? 不过,这是另一篇文章的任务。

　　(原载《小说评论》2004 年第 4 期;人大复印资料《中国现代、当代文学研究》2004 年第 10 期转载;选入《21 世纪年度文学评论选·2004 文学评论》,人民文学出版社 2005 年 5 月出版;2005 年 7 月获首届安徽省文联文艺评论一等奖)

从"半部好小说"到"一部好小说"

——读杜光辉长篇小说《大车帮》

一

1990年,《鸭绿江》第3期发表了陕西作家杜光辉的中篇小说《车帮》。据杜光辉说,《车帮》发表后,反响甚好,先是由《新华文摘》1990年第6期转载,接着入选建国45周年《陕西名家中篇小说精选》,又引起众多影视制作机构的兴趣,但许多朋友劝他将其改写成长篇小说。经过反复思考和再度创作,13年之后的2003年,杜光辉写成并出版了31万字的长篇小说《西部车帮》。

在此之前,我不知道杜光辉。陕西作家,我只关注陈忠实、贾平凹、路遥、高建群这几人,也就是说,作为小说家的杜光辉还没有进入我的阅读视野,更不用说研究了。我从茫茫书海中一眼看中了《西部车帮》,全是因为陈忠实。

大概是2003年7月的某一天,像往常一样,我漫不经心地逛书店。当逛到中国当代小说书架时,一行醒目的大字吸引了我:著名作家陈忠实强力推荐的长篇小说《西部车帮》。陈忠实是何等人物,他可是中国当代长篇小说之王啊!一部《白鹿原》,至今无人比肩。他"强力推荐"的小说,还能有错吗?出于对陈忠实的信任与尊重,我想都没想,立马买了一本。

然而,读过《西部车帮》后,我的感觉一言难尽,我只能说,这是一部让我连连击节称赞又频频扼腕叹息的小说，一部瑕瑜互见、优庸并存、好差尖锐对立的小说。我称赞它的前半部，而它的后半部则让我为之叹息。我的判断是：它的前半部优秀，很大程度上具备了许多好小说都有的特点；它的后半部平庸，沾染了上个世纪80年代以来的一些差小说最容易犯的毛病。于是，我写了一篇名为《半部好小说》的批评文章，[①]扎扎实实且有理有据地分析了《西部车帮》与中篇小说《车帮》的关系，《西部车帮》为何前半部优秀，是好小说，后半部平庸，是差小说？

《西部车帮》前半部优秀，是因为它仍然保持《车帮》原有的艺术构架和意蕴营构的方向，以马车帮的兴衰史和吴老大的传奇人生作为叙写的主要内容。除了对《车帮》原有的故事、情节和人物形象作了必要的丰富外，它还新创、扩写了一系列非常重要而又精彩的人物和情节，怎么看它都是一部涵化着民族传统文化精神又透出江湖传奇韵味的好小说。

后半部平庸，其主要原因有二。一是《西部车帮》是两种叙事、两种话语和两种思想走向的强行对接，违背了艺术本身的规律："前半部是历史叙事，其历史叙事所持的民间立场和民间视角，大量涉及日常生活形态，以人伦世情为基调，叙写吴老大的善举、义气、仁义、正义、胆量、谋略、隐忍等性格及传奇人生。后半部是政治叙事，其间也有历史叙事的成分，但政治叙事大于历史叙事，其政治叙事持守的也是民间立场和民间视角，但民间立场和民间视角不是纳入日常生活形态，而是作为叙写、指认、反思和评价'革命时期'历次政治运动及人物的一种内在观点和态度；前半部以马车帮大脑兮吴老大为主角，后半部以侯三为主角；前半部写马车帮的兴衰史，并通过对吴老大传奇人生的描写，再现一种独特的文化形态的一段历史，张扬雄健的民族性格，揭示出西部文化的独特魅力。后半部写三家庄村在'革命时期'的荒诞现实与悲剧人生，它的内容已经与马车帮的

---

① 王达敏：《半部好小说——读长篇小说〈西部车帮〉》，《小说评论》2004年第4期；人大复印资料《中国现代、当代文学研究》2004年第10期转载；选入《21世纪年度文学评论选·2004文学评论》，人民文学出版社2005年5月出版。

历史没有任何关系。"①二是后半部的大部分描写的艺术水准普遍下降，其叙事的功能仅仅在于一幕一幕地描写建国后的历次政治运动，情节跟着运动走，人物跟着情节走，正是这部小说艺术上最大的症结所在。

我的文章在《小说评论》编辑部压了一段时间，据说编辑将文章给杜光辉看了，他当时不能接受我的看法和批评。我能够理解杜光辉，好不容易写了一部反响较大，且又得到著名作家陈忠实"强力推荐"的小说，猛然遭到我这当头一棒，一时不能接受是自然的。三年之后的一天，杜光辉从北京给我电话表示感谢，说我的批评是对的，还说雷达、李星、李建军等评论家也认为我的批评意见是对的。他说，你没有想到吧，你的批评使我下决心重写这部小说，就按照你的意见，把前半部抽出来重写。之后几年我们常联系，还利用开会的机会在海南和北京见了两次面。这是一个爽直执着、真诚热情的西北汉子，每次通话或见面，他从头到尾说的都是如何重写这部小说。现在，这部改了18稿的《大车帮》（作家出版社2012年版）终于如期到达我手里。从《车帮》到《西部车帮》再到《大车帮》，三度创作两次重写，历时21年。我答应过杜光辉，如果这部小说达到了我心目中好小说的水平，我再写一篇文章，题目早就想好了，就叫《从"半部好小说"到"一部好小说"》。

二

《大车帮》是一部好小说，首先是作者遵循艺术规律，根据审美要求和写作意图，对《西部车帮》前半部的故事、情节、人物形象和地域性的民间文化特色作了极大的丰富。仍然以"大脑兮"②吴老大的传奇人生为主

---

① 王达敏：《半部好小说——读长篇小说〈西部车帮〉》，《小说评论》2004年第4期，第82页。

② 大脑兮，陕西关中的土话，马车帮的老大，相当于南方帮会的帮主，掌握着车帮的所有大权，只有最强者才能夺取大脑兮的地位，获得大脑兮的权杖。《车帮》中称车帮老大为"大脑西"，《西部车帮》和《大车帮》中称其为"大脑兮"。

线,叙写西安北乡三家庄马车帮由小到大、由弱到强的兴衰史,可重写的《大车帮》,其内容、厚度和艺术品位整个都提升了,还有思想意蕴在不经意间伸向民间文化、民族性和人性深处而表现出来的精神质地,开出了壮美的境界。雷达先生慧见锐识,直指要义:"车帮脚户们的漂泊生涯,大漠古道上的马车帮兴衰,指向了一种被我们相对忽视的来自民间的江湖文化,而它恰恰从另一向度上表现了中国农民可歌可泣的历史命运。"①当然,还有人性和人道主义涌动其中。

经过再度创作的《大车帮》成了一部完全用现实的材料建构的具有传奇性的小说:三家庄马车帮弱小难成大势,揽货、行路备受歧视和欺负。吴骡子贪恋黄羊镇马车店三姨太玉蓉的热炕,指挥马车帮过冰河判断失误,丢掉了大脑兮位子。他把希望寄托于志向远大的儿子吴老大身上,期待他有朝一日夺回大脑兮,他的最高理想,是期望儿子把三家庄马车帮壮大成西北五省最大的马车帮。新任大脑兮马车柱与吴骡子心系一处,把培养吴老大当作马车帮的大事。吴骡子带着 8 岁的吴老大随车帮上道历练,并请师兄刘顺义当文武师父。文武双修的吴老大长到 13 岁时,租了张富财的车,成为西北五省年岁最小的车户。18 岁那年,三家庄马车帮上坡时与下坡的甘肃马车帮相遇,对方仗着人多势众不让道,吴老大彪悍而出,一面据理力争,一面以勇争胜,他刀穿胸肌,震慑了对方,使甘肃帮服输让道。因此举,吴老大当上了大脑兮。为了一口井,三家庄与刘家堡子结下世仇,代代血拼,吴老大和刘家堡子马车帮大脑兮刘冷娃"化干戈为玉帛",两村言好,两个车帮合并,三家庄马车帮势力大增。吴老大行走江湖,与沿途各路各类人物广交朋友,包括土匪和刀客,既为朋友两肋插刀、行侠仗义,又打抱不平、主持正义,到 20 岁时,终于把马车帮壮大成西北五省最大的马车帮,他也因此成为声名远扬的车帮老大,江湖上人人敬重的仁义之士。日军逼近黄河,进犯陕西,吴老大带领马车帮开赴中条山,为部队运输弹药粮草,军民浴血奋战,最终击溃了日军的进攻。从战

① 见《大车帮》封底雷达先生的评语。

火中走出来的吴老大和他的马车帮继续行进在大漠古道,背负着国恨家仇,在人们敬重的注目中走向远方。

现实的故事扎根于西北厚重大地,同时又被传奇性和传奇色彩托起,较《车帮》和《西部车帮》,《大车帮》的现实描写更加厚实,而它的传奇性和传奇色彩不仅没有相应减弱,反而在江湖传奇描写方面继续渲染强化。传奇特色已经形成了"车帮三部曲"最具特色的艺术魅力,而且一部比一部突出。我依然坚持我在《半部好小说》中的看法,认为"车帮三部曲"的传奇性和传奇色彩的生成,主要表现在两个方面。一是自然环境和现实本身因奇特而显现出传奇性和传奇色彩。例如,马车帮长年累月、披星戴月奔波的千年古道上,充满着传奇性和传奇色彩:道上满是急流、陡壁、悬崖、冰坎、深渊、大漠、古泽、急弯、大坡、暴雨、狂风、冰雹、冬雪,还有兵痞、土匪、刀客、护院、飞贼、贪官、污吏、黑店、赌局、窑子、烟馆,轮番上演着绑票、抢劫、偷盗、凶杀、奸淫、欺诈、暗算。二是人物传奇性描写。在这种有着传奇色彩的大漠古道与高山大川之间,行进着一支一百多人的马车帮,他们唱着高亢辽远的古老歌谣,把塞外烈风、大漠夕阳、古树孤烟、骤雨狂风一并化入西部汉子野性的豪气中,把民间伦理特别是江湖伦理注入他们的性格中,其所言所行所为自然而然地表现出"江湖世界"植根于现实又超越其上的传奇性。

具体到《大车帮》,重写不仅丰富了吴老大、吴骡子、马车柱、侯三、玉蓉、翠花(在《西部车帮》中叫"丑翠")等人物形象,还新创了马车皮货店大掌柜刘顺义、江湖好汉孟虎和刘七、刘家堡子马车帮大脑兮刘冷娃、眉县马车帮刘大脑兮,以及抗日英雄、国民革命军第 38 军军长孙蔚如等人物形象。

吴老大是轴心人物,小说中几乎所有事件的发生和人物的活动都与他密切相关,他实在是一个无处不在的灵魂性人物,一个"人物中的人物"。对于这样一个关系到整部小说成功与否的关键性人物,作者自然要一而再、再而三地精心塑造。

吴老大文武兼备,智勇双全,仁义合一,是一个集农民、车户、大脑兮、义士、民间英雄于一身的人物形象。他的传奇人生是从粗粝艰难的环境中一步一步闯过来的,其性格和思想境界的形成及其表现,大致经历了由"文武双修和隐忍性格的磨炼"到"智勇双全的表现"再到"仁义精神的播撒"三个发展过程。《西部车帮》中,吴老大是3岁上道,7岁接受父亲按照大脑兮标准的训练,13岁吆车,17岁当上大脑兮,20岁把马车帮发展成西北五省最大的马车帮。《大车帮》将吴老大上道并接受大脑兮标准的训练的年龄后推,改为8岁,似乎更符合情理,而把他当上大脑兮的17岁改为18岁,则区别不大,其他依旧。他传奇人生的三个发展阶段,正好对应着三个相互递增的年龄段,第一阶段是8—13岁,第二阶段是13—18岁,第三阶段是18岁以后。《大车帮》基本保留了《西部车帮》关于吴老大智勇双全的描写,而对他的隐忍坚韧性格和仁义精神则作了浓墨重彩的加工,重写和增写了一系列非常重要而又精彩的内容。要者有四:

其一,文武双修的描写。为了把吴老大栽培成西北五省最大马车帮的大脑兮,吴骡子趁给师傅冯庚庚拜年之际,求他为儿子找一个学识渊博,武功高深,"仁义礼智信这五行上有道德"的先生。冯庚庚是马车皮货店掌柜,练武名家,其武功、学问、生意、义气、德性,在西北五省很有名,他见吴老大是块好料,便让自己的大徒弟刘顺义给吴老大当先生。从8岁到13岁,吴老大在刘顺义的调教下,文武双修,不仅练成了一身真功夫,读了许多书,明白了好多道理,还到处拜师学艺,学会了给牲口看相看病、治疗刀伤骨折,"西安北乡的车户,比他能耐的还真挑不出来几个"。

其二,忍让的描写。师傅刘顺义教给他的第一等能耐是"忍让"、"隐忍"。忍让既是性格修为,又是立世智慧,其原则是:行为上谦退、不争、贵柔、尚弱、居下,智慧上致虚守静,深谋远虑。此道行,典型的道家修为与处世原则。拜师习武之始,刘顺义就告诫吴老大:"人常说,山外有山天外有天,你以后学了功夫,最要紧的是不能狂妄,不能恃强欺弱。练武人最要紧的是学会忍让,只要不伤害你性命,再欺负都要忍让,这是师傅教给你的头一条能耐。"老话说,身教重于言教,巧了,侯三见刘顺义矮小瘦弱,透着读书人的文气,便怀疑他是否有真功夫,想知道他到底有多大能耐,于是,他一路上想了很多招数诱使刘顺义露一手,可刘顺义就是不露。直到吴老大 17 岁那年,他才见到刘顺义偶尔一露功夫。那年正月初五,吴老大到马车皮货店定做一根鞭子,几个闲痞来店里故意挑衅抢钱,谁也没有把瘦骨嶙峋、行动缓慢、面呈黄白之色,似有疾痼在身,像个病老汉的冯庚庚放在眼里,他们一再挑衅,老掌柜一忍再忍,实在忍不下去时,也只是不显山不露水地教训了他们一顿,仅限于点到为止。哪知闲痞们不识相,又来寻事,刘顺义挡了师傅,只露一手功夫,就吓得闲痞们作揖求饶。另一处:吴老大 9 岁那年,媳妇秋菊被为富不仁的张富财奸污自尽,吴老大要去杀张富财为秋菊报仇,父母劝他要忍,这个仇不是不报,只是时机未到,"你要记住,要干成大事情,光有勇不行,还得有谋,有勇无谋只是莽夫一个,成不了大事。"

忍让二例,内含二义。前者指向武德和品行,用吴骡子的话来说,就是"功夫人讲究真人不露相,露相非真人";后者指向智慧和谋略,说白了,就是"小不忍则乱大谋"。在往后的日子里,正是因为有了忍让的严格训练,吴老大才养成了遇事沉稳冷静,深谋远虑,宽容大度的性格,进而成就了他的事业和声名。

其三,仁善和义气的描写。古道行车,隐为江湖;吴老大不是侠客强于侠客,不是义士胜于义士。吴老大行走江湖,声名远扬,最终凭依的不是刚勇和武功,而是仁善和义气。我们已经在《车帮》和《西部车帮》里见识了吴老大的善举仁义,《大车帮》对其又有新创。一例"善举":吴老大只身夜闯刘家堡子,化解了两村人的世代血仇。二例"主持正义":大明宫马车帮的四个车户买骡子,被牙家和卖骡子的河南人联手坑了,吴老大拔刀相助,主持公道,既为苦主追回了钱,又整治了两个歹人。眉县马车帮孙大脑兮是个狠毒之人,借钱昧账还纵火,吴老大设计帮钱庄范掌柜要回了钱。三例"义气":义气是江湖世界的最高准则,道德化的"准法律"。[①] 行

---

① 陈平原:《陈平原自选集·江湖与侠客》,广西师范大学出版社 1997 年版,第 174 页。

走江湖既要主持正义,更要讲义气。所谓主持正义,即"路见不平,拔刀相助";所谓讲义气,即"为朋友两肋插刀",仗义行善。第29章"风凌渡吴老大刀下救孟虎",是《水浒传》及众多武侠小说的笔法,与第36章"吴老大刀下救土匪刘四",同属义理一脉。眼见浑身是血的刀客孟虎要被中条山护院刘七刀劈,吴老大挡了刘七的刀,救下孟虎,转而与刘七搏杀时又有意让他,二人感激,遂与吴老大结为生死兄弟。四例"民族大义":日军飞机轰炸西安,吴老大媳妇芹菜和玉蓉姨被炸死;西侵进犯的日军逼近陕西门户,大战在即。危难之际,民族大义高于一切,吴老大离家别子,带着马车帮上前线为作战部队运送弹药粮草,与日军恶战。因此,吴老大由民间英雄变成民族英雄。

西北高原褐黄凝重,温厚沉实,山川粗粝苍凉,民性雄浑冲荡,自古以来就是出英雄豪杰的地方。《大车帮》中,行走古道大漠的吴老大们刚勇侠义,就连天生丽质柔弱如水的女人,也有侠肝义胆的豪气,比如玉蓉和翠花。在《西部车帮》里,玉蓉是甘草店小镇上一家马车店的三姨太,一位貌美性温又风情万种的苦命女人。她是以车帮大脑兮的专利品、性伙伴、露水夫妻的性符号出现的,意在突出大脑兮权位的重要性。她多情,也想钟情,但生计的考虑是第一位的,"妹子为了日子,就顾不上情义啦!"到《大车帮》,玉蓉形象顺势而上,一变而成为一个多情多义、敢爱敢恨、敢作敢为的"女中豪杰"。新创情节主要有两处。一处:一车帮头牯得急症死在车店,牲口的主人想闹场索赔,车店赔不起。玉蓉叫丈夫、大婆娘、二婆娘带着家人和伙计全离开车店,然后锁上大门,独自与车帮摊牌讲理,讲不通就放火与车帮同归于尽。车帮大脑兮理亏认输。玉蓉念及他们不容易,退两成店钱给车户,令车帮一群汉子们十分感激。这件事发生之后,她决定不再接待任何车帮大脑兮,以后就在车店里给车户们唱戏。明里的理由是"我有娃了,我要让娃以后在人前挺着胸脯做人,就不能再弄那事情啦,我要对得起我娃跟他大"!其间隐着她对吴骡子的深情。车户们念她的好,她的仗义,由衷地称赞她是"女中豪杰"。二处:自从与吴骡子有了儿子后,她不再接待任何大脑兮,把身子只给吴骡子一人。二人两年未见,一夜柔情,一夜疯狂,第二天吴骡子出车"挂坡",体力不济,连人带车翻到沟底身亡。玉蓉不顾魏家的反对,执意要为吴骡子披麻戴孝,并带着18岁的儿子送吴骡子回家。她与丈夫魏掌柜临别时的相互包容、相互体贴、相互感激,让人心疼!

被三家庄车户们敬重的翠花——吴骡子的婆娘、吴老大的母亲,仗义、大气、贤惠,亦是"女中豪杰"。当玉蓉和儿子魏老二送吴骡子棺材回到三家庄时,她大仁大义,把玉蓉当作自己的亲姐妹,丈夫的另一个妻子,认魏老二为吴家的二儿子,并把一半家业划到魏老二的名下。

其他人物形象如吴骡子、马车柱、侯三、冯庚庚、刘顺义、孟虎、刘七、刘冷娃、张富财、孙蔚如等,都有精彩出色的表现。而越是具有"江湖气"的角色就越生动,如嫖赌成性的侯三、匪性痞气未脱的刘四、引而不发的江湖高人冯庚庚、草莽野性的孟虎和刘七,包括风骚多情狭义的玉蓉,其形象的艺术魅力更胜一筹。

三

因为我的一篇文章而重写,费时7年且改了18稿的《大车帮》,居然对我形成了无形的压力。书到手后急于阅读又不敢读,我的心情异常复杂,我是多么希望它是一部出色的好小说啊!可我又非常担心,生怕它没有达到我期待的水平而枉费了杜光辉7年的心血。《西部车帮》前半部写出了吴老大的成长史,车帮的兴衰史,其间还有一条复仇主线与其并行。这条主线因张富财的存在而存在,在三家庄,张富财是"恶者"的代表,他仗着财大势大肆意纵色祸害车户们的婆娘女子,而车户们只能忍气吞声,含冤蒙羞。有仇必报,有冤必伸,这是民间的铁律。怎么报仇雪恨?小说显示,一是车户们直接与张富财较量,但两次有限度的较量刚刚开始就失败了。吴老大及车户们明白,他们现在还斗不过张富财,于是有二,隐忍的谋略浮出现实的层面,成为三家庄车户们的斗争策略,表现为复仇能量的积累与复仇行动的伺机待发。小说前半部,复仇的能量一直在积累增长,但复仇时机尚未成熟,复仇行动终未启动。具有反讽意味的是,车户们的复仇愿望竟然被解放后成为三家庄的另一个"恶者"侯三实施了。后半部一开始的土地改革运动中,流氓无产者侯三凭着最贫穷自然就最革命的政治逻辑,当上了三家庄农会主席。在他身上,个人复仇的冲动与权力欲望的邪念一拍即合,在批斗大会上强行施暴奸污张富财孙女张丝儿被吴老大和车户们阻止后,他恼怒之极刀劈了张富财。复仇的邪念玷污了复仇原初的正义性。

我担心《大车帮》没有侯三刀劈张富财替车户复仇的情节,在原有的框架内复仇这条线索该怎样推进展开,以什么样的结局终篇?我生怕作者囿于原有的思路、原有的观念,在传统复仇主题文学的俗套中冤冤相报、纵恶施恶而迷失人性方向,把小说拖入非人道的泥淖。

这方面有教训。复仇是文学的重要母题,据王立等学者统计,古代中国复仇故事文本,现存大约三千种以上,[①]以至于影响到中国古代的礼教、法律、伦理道德、民族文化心理和人性质量。复仇是远古时代血族复仇遗传下来的伦理文化信息,"当人类文明进入对偶婚阶段之后,血族复仇直接转化为血亲复仇。"[②]在几千年的文学演变中,血亲复仇一脉粗壮,成为复仇母题家族中的旺脉大族,与其沾亲带故又别生血脉的大族有"行侠复仇"、"痴心女子负心汉式的复仇"、"阶级复仇"、"民族复仇"等。在中国传统观念中,复仇是指善者对恶者、好人对坏人、正义者对非正义者的道德化的行为,具有正教化、敦人伦、美风俗、主正义的作用,复仇者只要不是过当复仇,一般都能获得民间伦理乃至官方权力的支持。但复仇往往越过正义疆域,扭曲伦理原则,使正义复仇的伦理逻辑发生异化质变,或者一味地以恶抗恶,复仇者在恶性循环中迷失人性方向以至自我毁灭,或者是作者心胸狭隘、盲目短视,充分肯定残忍过度以至趋于非正义、非人性的复仇之举。如《水浒传》的英雄好汉们在快意复仇时常常滥杀无

---

① 王立、刘卫英:《传统复仇文学主题的文化阐释及中外比较研究》,北京师范大学出版社2011年版,第151页。
② 同上,第173页。

辜,扩大复仇范围,加剧复仇的残忍性,实际上是把人性中愚昧、野蛮、残忍、暴力的原始本能唤醒,并且是以一种人们习以为常的方式注入英雄豪杰的品质中,其影响就极为深远了。我充分肯定《水浒传》《三国演义》等作品的文学史意义,以及对民族文化心理影响的正面价值,但它们过度复仇的暴力倾向对后世产生了消极影响,也是不争的事实。

据此,不少学者认为中国传统的复仇主题文学缺乏人道主义。19世纪末20世纪初,人道主义作为现代观念传播到中国,与现代性的其他形式共同作用,促成了中国文学的现代转型。人道主义进入文学之中,必然要解构传统复仇母题的伦理逻辑,重新阐释人性内容。人道主义与复仇有着截然不同的伦理观念,复仇顾名思义就是因仇恨而报复,主张一方对另一方的绝对否定,常常以暴力对抗的形式实施。人道主义则从根本上取消了复仇天然的合法性,它更注重人性的发现、人性的觉醒和人性的升华,通过人对自身恶行恶德的否定(通常以悔悟、忏悔、赎罪的形式出现),消弥复仇的破坏性而通向以善爱为核心,以人为本,以自由、幸福和发展为目标的人性境界。我充分注意到了人道主义思想对新时期文学产生的重要变化,从80年代的《红高粱家族》、90年代的《白朗》《五魁》《美穴地》《石门夜话》《土匪》、新世纪的《昨日的枪声》《大西南剿匪记》等以土匪为描写对象的作品中,我们看到了复仇在善与恶对话时的相互诉说和人性的真相。从《五月乡战》《生命通道》《小姨多鹤》《南京!南京!》《金陵十三钗》《拉贝日记》等描写战争的作品中,看到了人类在自我毁灭之际的觉醒与拯救。从《施洗的河》《水在时间之下》等描写血亲复仇的作品中,看到了灵魂的救赎和人性的复活。

正是在这个提前提下,我来谈《大车帮》。《西部车帮》前半部关于张富财施恶与车户们复仇的描写,《大车帮》几乎原封不动地照搬,可读完重写的《大车帮》后,我的感觉是,作者的观念变了。他用现代观念,确切地说,就是用人性和人道主义的观念对复仇内容作了现代性的处理,对车户们与张富财、善与恶作了重新阐释。尽管复仇者的复仇誓言已经发出,复仇的能量与日俱增,但复仇的意识和复仇的行动却在悄悄地松动、淡化,

263

以致最终被理解、宽容和悔悟、谢罪转了方向,转向人道主义方向。

此中,理解、宽容在先,悔悟、自我归罪并谢罪紧紧跟上。张富财的恶行恶德,一一数来,主要是仗势奸污车户们的婆娘女子,根子坏在贪色纵欲上,而肆无忌惮地频频糟害姑娘媳妇,使受害者蒙羞丧命的行为,则是恶之表现。车户们与他的深仇大恨,全部集中在这件事上。至于车户们为了出恶气不租他家的车,他叫当团长的兄弟搬兵在道上收拾车户们,是因为车户们首先损害了他的利益,其次是他在村子里的地位受到了挑战,所以他要镇压。还有,当张富财兄弟剿匪而被土匪打死后,侯三带着一帮被老骚驴糟害过婆娘女子的车户们去他家寻仇时,被他请来的兵给绑了,也是因为车户们要复仇,而他怎么也不能使其得逞。除此之外,他可历数的恶行差不多就没有了。与此同时,作品中一些在场或不在场的声音一再暗示,张富财为富不仁,却还没有坏到不可救药、人性完全泯灭的地步。他的善根潜存着,有待善的引导和规约。机会来了,当他得知吴老大同刘家堡子大脑分刘冷娃平息了两个村子几十辈子的干戈血杀后,感激吴老大"立下了天大的功劳",便派人把他兄弟孝敬他的茅台酒送给吴老大。当吴老大需要他兄弟派兵保护车户在外不受欺负时,他豪爽应诺。他的悔悟认错归罪是从这里开始的:他强奸侯三的二女子,致使其怀孕,吴老大摆开场子与他论理,将心比心,他连连认错,"我过去对不起乡党,你让乡党们放我一马,我以后再也不敢糟蹋乡党的家人啦。"吴老大给儿子过百日,他送来重礼,触景生情,他悔恨觉醒,"我这辈子就吃亏在不知道咋着活人,这阵明白过来也晚了。"一旦明白了如何活人,就会如何做人。当吴老大率领马车帮出征中条山前线抗击日军进犯时,他摆酒为其壮行,感激吴老大"给咱三家庄壮了脸,给咱陕西乡党争了光",真心诚意地表示:"乡党上了战场,万一有了三长两短,阵亡的我给他家两亩水地,受伤的我月月给一块银元。再让风水先生挑一块好阴宅,葬埋阵亡的乡党。"

而吴老大和车户们之所以能够宽容他,也是因为他还有这些善根义德,他与车户们的矛盾,"是自家兄弟闹架"。除此之外,吴老大对张富财还存有一份感谢,"这些年三家庄马车帮越折腾越兴旺,与团长的庇护有很大关系。"

新创作的第 50—59 章,描写陕西军民抗击日军的进犯,其中有两个情节深化了小说的人道主义思想。一是被孙蔚如军长请来担任 38 军特务营武术总教官的刘顺义,面对敌人的进攻即将射击时,发现对方是个只有十五六岁的娃娃兵,顿生怜悯之心,便开枪伤及他扣扳机的右手指和小腿,并未夺去其性命。战斗间隙,卫生兵进行战场救护时,刘顺义要求卫生兵给这个日本娃娃兵包扎伤口。二是特务营俘虏了日本军官和日军妓女,侯三要几个车户当着日本军官的面强奸这个日本女人,"你们糟蹋我们中国妇女,我们也糟蹋你们日本女人,这叫冤冤相报。"国军司马副官赶来后立即制止了这种即犯了军法,又非人道的野蛮行为,"日本鬼子是畜生,咱们也是畜生?""这个日本女人才二十出头,或许刚从学校毕业,或许已经许了人家,或许才拜过天地,或许还在家孝敬父母、抚养弟妹,却被日本鬼子抓来,远离父母远离家乡,受日本鬼子的欺凌,我们再去蹂躏她,于心何忍"? 在这里,战争的残忍被人性的崇高所感化,洋溢着人道主义气息。

至此,人性和人道主义终于突破并超越了传统复仇母题定义的伦理逻辑,为《大车帮》开拓出了新境。重写的《大车帮》,既是内容的重写,更是思想的新创。我甚至认为,后者比前者更重要,若仅限于前者,《大车帮》充其量是《西部车帮》的扩容,而有了人道主义思想的融入,整个作品的思想境界就腾升起来了。

(原载《读书》2012 年第 11 期)

野性高原上的人性高原

——杜光辉"高原三部曲"之三《大高原》

　　杜光辉长篇小说《大车帮》《可可西里狼》《大高原》，所写皆为黄土高原和青藏高原发生的故事，我称之为"高原三部曲"。《大车帮》是民间传奇，写威震西北五省的一支马车帮由小到大、由弱到强的兴衰史，高扬原始雄风、刚勇豪气和江湖仁义①；《可可西里狼》写青藏高原无人区可可西里发生的善与恶的生死搏斗，"我在拷问我们人类中的丑恶，拷问我们人性中的丑恶"，题中之"狼"实为人之恶的隐喻；《大高原》写远离政治中心，地处偏远荒蛮的野性高原及其之上的人性高原。

一

　　杜光辉与黄土高原、青藏高原有着血脉情缘，黄土高原是他的血地，青藏高原是他的命地。他的青少年时代是在黄土高原和青藏高原度过的。他自述：少年时代的我，经历了黄土高原的粗犷博大、凝重浑厚。广

---

　　① 杜光辉于 1990 年发表中篇小说《车帮》，反响甚好，在朋友们的建议下，他将其改写成长篇小说《西部车帮》，于 2003 年出版。2004 年王达敏发表了一篇名为《半部好小说》的批评文章，指出《西部车帮》前半部优秀，是好小说，后半部平庸，是差小说。杜光辉接受了王达敏的批评意见，把前半部抽出来重写，于是就有了费时七年且修改了十八稿的长篇小说《大车帮》。关于这部小说，王达敏写了《从"半部好小说"到"一部好小说"》一文予以高度评价，此文发表于《读书》2012 年第 11 期。

袤的关中平原上,暴吼着直冲云天的古老秦腔;傍晚的村庄上空笼罩的炊烟里,喧着女人吼叫娃儿回家的悠长声音;严冬的旷野里,一群少年享受着吆狗撵兔的壮观;宁静的夜晚,偶尔喧起夜行人的脚步声,引起一阵狗的吠叫;巍峨的秦岭山上的小石屋里,燃烧的地灶煮着苦涩的老茶;河西走廊的千里古道上,挣扎着吱吱咛咛的车轮,还有疲倦的头牯和吆车汉子;陕北峁岭上哨起的信天游里,有汉子和姑娘在崖畔下缠绵;马号里充满着头牯屎尿味中,说书人讲的全是忠奸善恶、仁义礼智、忠勇刚烈的故事。耳闻目睹了憨厚的人和忠实的狗,还有报恩的狼;学富五车的大学生接受文盲老汉的再教育;浮华城市的喧嚣和贫瘠乡村的困苦;极度贫穷的无奈和相对富足的愉悦;传统的民间口头流传和现代政治教育共存的种种奇闻逸事。

再述青年时代:我经历了青藏高原的险峻雄奔。冰天雪地,狭窄坎坷的盘山公路上,行使着多少载重汽车,翻车死人的事故时时发生;黄河源头的扎陵湖畔,驻扎着地理探险家的帐篷;长江源头的通天河上,翻腾着令人恐怖的恶浪;巴颜喀拉、唐古拉的山口,我和战友站立在群山之巅,感慨大自然的永恒和旷古;人类难以生存的可可西里无人区,活跃着解放军的测绘部队;盘旋在蓝天白云间的雄鹰,不时俯冲下来捕捉旱獭和老鼠;艰难负重行走在雪原间的牦牛,朝着遥远的地方走去,后边嘹着藏族汉子的情歌,今晚不知在哪个姑娘的帐篷里喝上酥油茶;偏远的草原上,扎着黑色的帐篷,里面温馨着奶茶和手抓饭。作为中国人民解放军汽车第九团的一个班长,我和我的战友将一生最精彩的年华留给了青藏高原,将青春的热血、生命留给了可可西里①。复员之后的几十年里,杜光辉一直铭记着雄莽空旷的青藏高原,尤其是足以涤荡灵魂的可可西里。

显然,杜光辉将他少年时代的经历,一部分给了《大车帮》,一部分给了《大高原》,而青年时代的经历,基本上全给了《可可西里狼》。

---

① 杜光辉:《大高原·序言》,作家出版社 2016 年版;《可可西里狼(修订本)·自序》,作家出版社 2016 年版。

从《大车帮》到《可可西里》再到《大高原》，杜光辉以黄土高原和青藏高原为背景，创造了一个丰富厚重的文学世界。这个原始荒蛮、雄浑粗犷、古拙深厚的"高原世界"，就以它独特的形象从文学群山中挺立起来了。黄土高原和青藏高原磨砺并启悟了杜光辉，杜光辉将它们转化为文学形象，此中，杜光辉完成了一个作家由再现性写作到独特的艺术创造的转换。将"高原三部曲"放在当代文学中衡量，其形象如同黄土高原和青藏高原，气势恢宏、意蕴丰厚、境界高远，由此而登上文学之高原，呈现出大气象。

在这个背景之下评价《大高原》，"大高原"形象就有了双重意涵，一是自然的野性的大高原，一是在此之上生成的人性的大高原。

二

先说自然的野性高原。所谓"野性高原"，是指处于原始状态又未被文明沾染修饰的自然高原。《大高原》的描写对象，是一个地处青藏高原深处的农场，"伟大的喜马拉雅运动造就了这片神奇的高原，一层峰巅叠着一层峰巅，一溜山脉并着一溜山脉，一道峡谷挨着一道峡谷，一川河流连着一川河流，一片草滩缀着一片草滩。山巅、山脉、峡谷、河流、峭壁、草滩又相互串联纠缠，构成气象万千的地理地貌。黄河从山巅峡谷中曲曲弯弯地流出，巨大的落差像是从峡谷深处迸射出来，湍急地奔到这里，又猝然放慢脚步，浪下这片旷野。农场就驻扎在这里，命名为黄河滩农场"。在人类来到这里之前，它是一片荒蛮之地，几千年甚至几万年都是一个样子，实际上，这片被时间终结、被永恒定义、与死亡同在的原始之地，离远古更近，离我们更远。

仿佛是掉入茫茫荒漠戈壁原野的一个村落，黄河滩农场与世隔绝般地孤立在青藏高原深处。根据国防战备需要而在广袤边疆成立的半军事化农场，在和平年代毕竟要以垦荒种地为主。可这里的自然条件实在不适合生存。野性高原雄浑壮美又危机四伏，气候干燥少雨，飞沙走石顷刻间吞噬一切。黄河流到这里,既浇灌了农场,又更加彻底地孤立了农场。冬季河水下降,岸边全是雪白泛青的冰层,最寒冷的季节,河面冷实,可以通行。农场需要的物质都在这个季节用汽车送进,而农场收获的粮食也在这个季节运出。其他季节,农场与外界的联系就被浑浊的黄河阻截了。自然性野,野兽更野,每到冬季,饥饿的狼群不断地向农场发起袭击,人畜生命受到严重威胁。日复一日、年复一年地面对空旷高远的天,荒凉寂寞的地,人心也荒凉苦焦着。更何况农场是全一色的男人,只有苟场长一人结过婚,可婆娘远在家乡,一年难得见一次面,其他人想女人想成家而见不着女人,心就荒芜了。没有女人的世界不能称之为人的世界,无形中把人往非人的水平蜕化,这才是最野性最残酷的现实。农场突然来了一百二十个接受再教育的女大学生,还有一百二十个男大学生,对于饥渴难忍的农场男人来说,这不啻是天降甘霖。他们的梦想很快就破灭了,上级严令:下来的大学生不能少一个,也不能多一个,这是政治任务。所谓不许少一个就是不能让这些大学生逃跑伤亡,不许多一个就是不能让女大学生与男大学生接触生孩子。为了落实这项政治任务,苟场长采取了最直接最有效的措施,就是既不准男大学生接触女大学生,也不准农场男人接触女大学生。在革命高于一切、政治高于一切的年代,农场男人们想不通也得通,就因为这是一项政治任务,野性的西北汉子也只能听命服从,心里呢,憋屈着。

自然性野,人心苦焦,这是野性高原的一抹底色调。当你走进黄河滩农场,结识了苟场长、邢老汉、曹抗战、石娃等西北汉子,以及蒙丽莎、王学刚、李红梅、华艺等大学生后,会惊讶地发现,这片仿佛被世人抛弃被荒漠吞没的农场,简直就是远离尘嚣的世外桃源。

指认野性高原深处的"世外桃源",意味外边的世界不太平。何止是不太平,简直是人妖颠倒的悲剧加荒诞的闹剧。小说虽然没有说明故事发生的具体时间,但从中吐露的信息来判断,应该是从大学生下放农场接受再教育的 1975 年写到"文化大革命"结束。此时的外边世界,阶级斗争如火如荼,莫须有地制造出数不清数不完的阶级敌人;政治监控着每一个人,人人都有可能成为阶级敌人;人人戒备,人人自危,生怕哪里出错而招致杀身之祸,在那个一句话说得不对都会坐牢掉脑袋的年代,人人都是囚徒。黄河滩农场呢,俨然另一个世界。我曾在分析张贤亮小说《灵与肉》的文中描述过这样的农场:"西北边远之地,穷山恶水,荒凉贫瘠,远离政治权力中心,阶级斗争的指令送达到这里时,已经大打折扣了。虽然农场实行军事化管理,但它的农业生产方式,又决定了它以农业文化包裹政治文化。农业文化生产着民间伦理,在这里,民间伦理的承载者,甚至包括干部和劳教人员,既接受阶级斗争的指令,同时又以自己的伦理观念对阶级斗争持一种冷漠、疏远、鄙夷、抵抗、游戏的态度。"①比右派分子许灵均流放的农场更偏远更荒凉的黄河滩农场,更是一片人间福地:在这里,没有阶级敌人,没有阶级斗争,也不讲阶级斗争,人们遵循民间传统道德,讲情义,讲仁善,心胸像青藏高原那样宽广厚实;阶级斗争的指令爬山涉水送达到这里时,早已失去原有的意义;这里几乎没有等级之别、贫富之别,除苟场长偶尔发号施令外,人人平等相处;这里不愁吃不愁穿,石娃骄傲地说,我在这搭一顿吃的肉,比俺村的人一年吃的肉都多,他们一年吃的白蒸馍没有我一天吃得多,俺村的人都说我过上了神仙日子;他们野性豪爽,纯朴仗义,平日里先是大块吃肉,大碗喝酒,然后喝酽茶,抽旱烟,谝闲传,吼秦腔,高兴了唱,哀伤了唱,心里委屈了唱,真正是喜也唱,悲也唱,唱出了西北汉子全部情感;这里自由,从来没有政治学习,从来没有阶级斗争批斗会,而被外边世界批判的所谓宣扬封资修思想的才子佳人的老戏,则成为他们最喜爱的娱乐节目;他们竟然同意并且参与蒙丽莎举办的"纪念普希金诗歌朗诵会",竟然还同意蒙丽莎和石娃在大桥竣工庆典的活动中表演马克思与燕妮的爱情故事。就连来农场指导工作的上级领导邹部长,一旦渡过黄河而踏上黄河滩农场之地时,立即解除身上的"意识铠甲",把阶级斗争抛到脑后,与农场性野的男人们一道,纵情地吃肉喝酒

---

① 王达敏:《中国当代人道主义文学思潮史》,上海人民出版社 2013 年版,第 162 页。

唱老戏;大学生下放农场,说得好听点叫劳动锻炼,接受再教育,说得难听点,邢老汉称之为"充军"。对于这些落难的大学生,他们同情他们,故而善待他们,保护他们,他们同千千万万没有文化的中国底层百姓一样,对读书人有着一种仿佛与生俱来的尊重,见不得他们遭罪受苦。"大学生到这里锻炼,不知道躲过了多少灾难。真是塞翁失马,安知祸福?"

这才是《大高原》的主色调、主旋律,自然也是西北汉子杜光辉弹奏的心曲。

三

相对于外边的世界,"世外桃源"黄河滩农场自由、浪漫、和谐、安全、富足,与此相匹配的,是人性的放飞升华。人性是《大高原》最重要的思想元素,促成"野性高原"向"人性高原"演进的重要元素。它越过茫茫荒漠戈壁,跨过千年的古道黄河,与黄河滩农场一起落足于青藏高原腹地,在西北汉子的守护下落地生根发芽成长,在民间伦理、江湖情义和古典美学理想的感召下超拔升华。人性不仅体现在纯朴野性的西北汉子、落难的大喇嘛洛桑、下放的大学生身上,就连忠诚的狗(猛子)和报恩的狼(母狼王老五)也充满人性。一场之主苟场长霸道却心善,外表粗野中隐藏着机智,娴熟地应付着政治风云,不动声色地抵抗着阶级斗争的侵入,用民间伦理和江湖情义守护着一方净土;一生行善的民间智者邢老汉孤老心苦,蒙丽莎从他沙哑苍凉的唱腔中,感觉出了深秋晚风的冷冽,空中飘荡着枯黄的树叶,收过庄稼变得无比空旷的原野,严冬枯萎的蒿草,孤独老人的身影,空中孤雁的声声哀号。哀伤召唤人性,当他借助秦腔将人生的凄苦抒发出来后,精神为之一变,超然地面对世界,用善和爱对待这个世界,人性力量因此而升华。他成为农场的主心骨,蒙丽莎和石娃的干爹,母狼王老五的救命恩人;从小就失去父母,在西北几个城市流浪乞讨,受尽了人间侮辱的少年石娃,纯真豪情义气,对温情关爱他的蒙丽莎舍命相报,处处护着干姐蒙丽莎,不使她受一点伤害。大学生华艺下河捞木头遇险,他挺身而出下水救起华艺,而自己不幸被一根从上游冲下来的木头撞到脑袋而死;睿智的大喇嘛洛桑饱学参政,被贬到黄河滩边孤守小石屋,他落难而不落魄,世事洞明,人性坚强;等等。

女大学生蒙丽莎是一个美丽的天使,仿佛刚刚从天国降临,一尘不染,睁开一双出神的眼睛,打量着这片神奇的土地。她以她的美丽、善良、温情照拂着农场粗野的男人,复活了沉睡的人性。她浪漫多情,渴望爱情,心里恋着骑着骏马奔驰的西北汉子,以至于她在半明半昧的梦中欲望着雄健高大的男人。她听到他的呼唤,似乎还听到他急促的喘气,闻到他身上散发的高原气息,感受到他温热的鼻息。她想急切地扑到他宽广厚实的怀里,承受他的拥抱亲吻。初到农场之夜,她怎么也睡不着,"思绪一会儿像雪山顶上缭绕的雾岚,一会儿像黄河奔涌的激浪,一会儿像农场冰封的田地,一会儿像流泻在天地间的月光。她一会儿被梦中的西北汉子挑撩,一会儿被普希金挑撩,一会儿被济慈挑撩,一会儿被阿波里奈儿挑撩,一会儿被华兹华斯挑撩。她一会儿变成西北汉子庄稼院里的俏俊小媳妇,一会儿成了普希金的凯思,一会儿成了济慈的狄万,一会儿成了阿波里奈儿的玛丽,一会儿又成了华兹华斯的露伊莎。"这哪里还是已经承受了"文化大革命"好几年的磨难,从北京来这里下放的大学生,分明是从西方文艺作品中走出来的纯情的爱情女神。

当她第一次出现在农场汉子们的面前时,他们被蒙丽莎惊人的美震撼了,禁不住发出感叹:"狗日的,艳炸咧!"在大西北的话语里,艳就是漂亮、美丽,炸就是不得了。转而又生出同情心,"把这么好的女子整到这搭受罪,造孽呢!"这些常年见不着女人的汉子们觉得这样的女人能够和他们生活在一起,并且能够亲近她,简直受活极了。邢老汉心疼她,苟场长偏心她,石娃和曹抗战护着她,男人们默契着一个念头:她是他们心中不可亵渎的圣洁的女神,不容任何人对她有一丝的不敬,更不能让她受一点委屈。他们容忍她的任性、她的脾气、她的指责,喜欢她的风花雪月、小资产阶级情调。一句话,他们喜欢她的一切。

她施善爱于孤独的邢老汉、可怜的石娃及粗野的汉子们,让他们感受到莫大的幸福。她敬重善战刚勇的狗,称猛子是"战神巴克";她施善同情战死的狗,不忍心看到它们死后被剥皮煮肉,觉得应该像对待英雄一样安葬它们;她不忍心看到高雅、美丽、鲜活的野兔被猎杀。在她的人性感染下,整个农场汉子们的情感与美一起升华。

然而,小说中最精彩的乐章,竟然出现在义犬猛子之死和情义之狼王老五临终向邢老汉告别的描写上。猛子是农场群犬之首,孤傲,尊严,通人性,重情感。作为一条被豢养的狗,它从小就在主人的带领下与恶狼搏斗,是恶狼闻之丧胆的死敌,保卫农场的战神。洛桑称猛子勇敢、忠诚,比人更优,真乃一义犬!主人石娃救华艺而死,它哀伤呜咽,七天七夜不吃不喝,任人怎么劝说,它依然一动不动地盯着淹没石娃的黄河。它知道自己的生命已经走到尽头,必须追随自己的主人而去。令人感动震惊的一幕终于出现了:只见猛子走到河边,停住了脚步,转过身子,朝着邢老汉和蒙丽莎挣扎过来,突然前腿一扑,跪在地上,伸出舌头在邢老汉手上添了几下,又伸出舌头把蒙丽莎的手添了几下,然后挣扎起来,转过身子,摇摇晃晃地朝黄河走去,直到被河水卷去。看着被河水卷走的猛子,农场的汉子们和大学生们不由自主地双膝一屈,跪倒在黄河滩上。

有情有义的王老五是条母狼,十一二年前堕入猎人的陷阱,邢老汉慈悲为怀,救了它的命,治好了它的伤。从那以后,它念念不忘邢老汉的救命之恩,隔三岔五地给邢老汉送来捕获的猎物,成了一只报恩的狼。它已经年迈体弱,十天半个月都难逮到一只兔子,尤其是冰封之季,它经常饥肠辘辘,即便如此,只要逮到兔子,它总是想到要给邢老汉送去。老死之际,它向邢老汉告别托孤,吃完邢老汉喂给它的最后一次羊肉,它转身向旷野走去,才走出去一百多步就倒在地上,再也没有挣扎起来。

至此,《大高原》的语义发生了超越性的变化,高原还是那个高原,农场还是那个农场,人还是那些人,但它分明在有形的自然高原之上构筑了一个精神高原,即在野性高原之上构筑了人性高原。

(原载《名作欣赏》2017 年第 8 期)

论当前小说性描写热与性描写艺术原则

——以《白鹿原》《废都》为中心

　　所谓性描写,就是描写人类两性的性关系及性征性状。性描写的内容和对象由两大部分构成:一是性行为描写,性行为又可根据性活动的特点分为隐秘状态的心理行为和呈现状态的外在行为。隐秘状态的心理行为包括性心理、性反应、性感觉、性动机等,呈现状态的外在行为以性接触、性活动过程为内容。二是性征性状描写,性征性状描写也可根据描写部位的不同分为两个水平等级:第一性征(男女性别的主要特征)描写和第二性征(两性青春期出现的特征,亦称副性征)描写。性描写还可根据性关系的性质分为三种:一是与情爱发生联系的性爱性质的性描写,二是与性欲发生联系的非性爱性质的性描写,三是生物性的性描写。从文艺作品中的性描写来看,性描写大致可分为两个水平层级。第一水平层级主要描写拥抱、接吻、抚慰等位于亲昵与性爱、审美性的情爱与生物性的性欲之间的性行为,性征性状描写以第二性征为主。第二水平层级主要描写交媾的性行为,性征性状描写以第一性征为主。在实际创作中,两个水平层级的性描写连成一体,分离的状态只存在于有第一水平层级性描写而无第二水平层级性描写的作品中,而有第二水平层级性描写的作品,一般情况下必有第一水平层级性描写。隐秘状态的性心理、性反应、性感觉、性动机以不同的力度进入性行为、性征性状描写之中。

　　1993年文坛盛事之最,莫过于长篇小说热和性描写热的兴起,两者连体并生。从出版日期看,长篇小说热的高潮以贾平凹的《废都》和陈忠实的《白鹿原》的出版为标志,而性描写热的峰巅状态也以这两部作品为代表。不过,性描写热的兴起乃至达到高峰,不像它的母体长篇小说那样渐进而来,它陡然出现,便迅达峰巅。紧接着问世的《最后一个匈奴》(高建群)、《热爱命运》(程海)、《骚土》(老村)、《苦界》(洪峰)、《无雨之城》(铁凝)等一批长篇小说与《废都》《白鹿原》相汇,聚集成流。这么多严肃性的长篇小说不约而同地出现性描写,实为当代文学的奇观。一时间,《废都》《白鹿原》《骚土》等几乎成为"性小说"的代名词,人们争相购买,先睹为快,其意见看法又绝对不一致。有人喝彩,有人唾骂;有人说它们写出了性爱之美,有人则斥之为淫秽色情;有人声称它们是性描写的一次重大突破,从此以后,中国当代文学会有更长足的发展,有人却指责它们故意用性描写招诱读者,是文学创作中的一股逆流;有人认为它们的性描写太露太野太俗,有人看法与此相反,认为除个别作品外,其他大多数作品的分寸感极好,如此等等。争论常常处于谁也说服不了谁的僵持局面。

这次性描写与1985年当代文学第一次出现的性描写高峰相比,无论在数量和规模上,还是在性描写水平层级和深度上,都远远超过第一次性描写高峰的水平,显示了当代文学在性描写方面进入了一个新的发展阶段。1985年,张贤亮的小说《男人的一半是女人》的性描写处于性描写第一水平层级与第二水平层级之间,实写第一水平层级的性行为和性征性状,虚写第二水平层级的性行为和性征性状,它的价值和影响,正如有位评论者所说,《男人的一半是女人》突破了性描写的禁区。这次大规模性描写的特点有三:第一,由1985年性描写的一峰独秀发展成为群峰连绵的壮观。第二,由性描写的第一水平层级进入第二水平层级,由虚写第二水平层级发展为实写第二水平层级,由抽象审美的描写转为具象细微的描写。第三,将性撕开写,不仅写性行为过程,而且裸露性形态,逼真描写第一性征。这股性描写大潮,由贾平凹的《废都》、陈忠实的《白鹿原》开其先,其他作家虽然未达到他们二位的水平,但敢于将性撕开写却是一致的。男作家敢撕开写,女作家也不甘落后。

当前小说性描写热是一个十分重要的文学现象,必须正视并对它作出准确合理的分析。而要对性描写现象及性描写内容作出准确合理的分析,需要性描写理论相助。因为性描写理论可以为性描写和评价性描写提供共同遵循的艺术原则。遗憾的是,性描写理论至今没有建立起来,因此,我们在探索当前小说性描写热产生的必然性并分析性描写内容的同时,还要构建性描写的艺术原则。这是一个带普遍性的亟待解决的问题,这个问题不解决,就不能对《废都》《白鹿原》等小说的性描写作出准确合理的评价。对此,我们从三个方面展开论述:当前小说性描写热产生的原因;界定性描写性质的不确定性;性描写的艺术原则。

一

为什么在 1993 年出现性描写热,性描写热产生的原因是什么,是偶然的还是必然的? 这些追问一经提出,就与现时的社会文化心理和文学发展的逻辑必然性联系起来。毫无疑问,是多种因素形成的合力酿成了性描写热的奇观,它的必然性潜存在作家的意识中,也潜存在读者的意识中。不过,促成性描写热的诸因素混沌一体,难以一下透视清楚。而且,每位作家每部作品的性描写所受的驱动力不尽相同,更增加了辨析的困难。我认为,促成性描写热的主要原因有以下三种。

其一,世界范围内大众性文化浪潮的冲击与启示。

1992 年,性描写热浪一波接着一波:

1992 年,著名影星巩俐在《画魂》中裸体出镜,其中有"突破性"的裸体镜头。

闵安琪拍摄的陈冲写真集出版。

美国超级影歌两栖女明星麦当娜抛出惊世骇俗的"超级炸弹"《性·幻想·写真集》,令性开放的美国人也目瞪口呆。在这本轰动全球极其畅销的淫乱写真集里,不仅有麦当娜的裸照,而且还有性交、性虐待、性挑逗的实写。

美国性感明星玛丽莲·梦露逝世 30 周年,美国出现了一股"梦露热",梦露裸照再次风靡美国。

根据法国著名女作家玛格丽特·杜拉的小说《情人》改编的同名电影风靡法国,继而引起世界性的轰动。片中大量的"裸镜"把一向以性开放自居的法国人也"炸"得晕头转向。

1992年10月至1993年初,中国出现人体摄影画册出版热。这股热潮来势凶猛,蔓延迅速,短短几个月,全国就有十八家出版社,相继出版了三十多种人体摄影画册。一时间,从繁华的大都市到偏远的县城,不论是大书店,还是小书摊,全都摆上了一本又一本的人体摄影画册。这是一股浑浊的、鱼龙混杂的、以赚钱牟利为目的的"商业热潮",而非真正的人体艺术的"艺术热潮"。其中相当数量的作品尽量暴露女性的第一性征,并具有性暗示、性挑逗、性自慰的姿态。

1992年的性文化浪潮虽多为影视艺术形式,但它刮起的旋风必然会波及文学。我甚至认为(也许是谬见),1993年中国长篇小说性描写热是1992年全球性文化热的继续。

其二,文学商品化的需要。

文学是精神产品,它的价值相对于物质价值来说,表现为超功利、超实用的性质。多年来,文学由国家政府统一包起来,不受市场经济的左右。80年代中期以后,文学被抛入市场。文学一旦进入市场,就必然要受市场经济的转换而被商品化。在竞争的市场上,作为无经济实力支撑的文学一经成为商品,就要受市场那只"看不见的手"的牵引,去尽力采取并非它本意想采取的方法以达到出版和赢利的目的。不这样,作品难出版,即使出版了,也少有人问津。在一个时期内,读者最需要什么,最想看什么,常常决定着市场导向。文学的商品化,意味着文学创作和读者阅读过程被转换成一个商品生产与销售的过程,商品化的运行机制主宰着文学。经过前几年的通俗文学热、港台文学热、地摊文学热,很多读者已明显不满足这些文学的浅显、粗糙及情节人物的模式化,他们群体无意识地向审美价值更高的文学名著和高雅的纯文学转移,这样就为严肃性的长篇小说的兴盛开辟了一条通道。既然长篇小说有了一定的市场,为何还要大量的性描写相助？市场信息反馈证明，凡有性描写的小说，一概畅销。这就向人们提供了一个信息，性描写具有永久的魅力。抓住人类这一普遍的文化心理，将性描写纳入严肃性的纯文学的艺术营造中，往往就使作品成为"热门书"，产生"轰动效应"。例如，《废都》在出版之前，一种十分有利于它畅销的氛围已经形成，称《废都》是"当代《红楼梦》"、"90年代的《金瓶梅》"等蛊惑人心的宣传把人们的胃口吊得很高。小说一出版，果然洛阳纸贵，同一时刻，全国所有的书店书摊几乎都被《废都》所占领。《废都》的性描写名不虚传。但是，常常也有一些并无多少性描写成分的作品，为了畅销，也在书名和包装上大做文章。我们当然不能一概断定凡有性描写的小说都以经济为目的，但整体观之，这不能不是性描写热兴起的一个潜在因素。

其三，文学自身发展的必然。

这也许是最主要的原因。当代文学的逻辑演进及当代文学面向世界走向世界的开放性促使它必然要走到这一步。回顾当代文学在描写人的性关系方面由拘谨的情爱描写到自由的爱情描写、性爱描写，再到性行为、性征性状描写的发展过程，就会发现性描写热的出现，实是文学发展的必然。

情爱、性爱、无爱之性是人类性关系的三种不同的状态。情爱和性爱属爱情范畴，爱情正是这二者的统一。情爱是男女双方建立在性欲基础上，以精神情感上的互相吸引、追求心心相印为其特征。性爱是男女双方建立在感情的融合、精神的契合基础上，以满足生理（性欲）需要为其特征。事实上，情爱与性爱各自包含对方，只是在一定的情境中依照各自表现的程度而定。正常情况下，情爱中不能没有性爱，性爱中也不能没有情爱。"性欲赋予爱情以巨大的力量。它是爱情愿望的潜意识动机。爱情愿望反过来则从规定目的和达到目的的角度指导着性冲动。它赋予人的行为以意识的坚定性，使性欲同人的审美、道德、社会本性的高级领域结成和谐的统一体。性欲以'被取消的方式'，蕴含在爱情的愿望之中"。[①]
在文艺作品中，有情爱和性爱兼备的描写，也有二者分离的状态，还有
不属于爱情范畴的无爱之性的性描写，这一切，全系不同创作意图之
所为。

　　当代文学的性描写起步较晚，但进展极快，呈峰状突现式。"文化大
革命"前的"十七年"只有情爱描写，没有性爱描写，更无性行为、性征性状
描写。即便写到情爱，也是拘谨的狭隘的爱情主义。整个"十七年"文学，
爱情描写始终处于躲躲闪闪、羞羞答答的状态。那时的文学观念完全受
制于政治观念，于是，在文学观念里就存在着这么一种逻辑：爱情是资产
阶级思想，无产阶级不是资产阶级，所以，无产阶级文学不能写爱情。即
使写到了爱情，也尽量作净化处理。净化处理之所以非常必要，是因为通
过爱情描写也可突出英雄人物的崇高思想境界。"十七年"文学以英雄人
物的爱情作为描写对象，创作上有比较固定的模式：英雄人物会生产，会
搞技术革新，会同反革命分子作斗争，会做落后人物的思想工作，有勇有
谋，近于一个全能的完美的人。但他们在恋爱上都显得无能，呆头呆脑，
反应迟钝，常常是女方主动进攻，他们被动接受。因太关心革命事业，他
们都把个人的爱情放在一边。《百炼成钢》《红日》《林海雪原》等小说是这
样，就连"十七年"小说中爱情写得最好的《创业史》也是这样。艾芜的《百
炼成钢》是爱情描写较多的长篇小说，但它对爱情描写，除秦德贵与孙玉
芬不约而遇，相互第一次产生爱慕之情的那天晚上写得比较生动之外，以
后的爱情描写始终处于僵硬的水平。没有性爱描写，即使是常常导引情
爱向性爱渐进的拥抱接吻，也被那晚他们分别时的握手所代替。要知道，
那晚是个促发爱情的好时机，天上有月亮，空中有微风，田野里吐着泥土
的芬芳，这样温情脉脉的环境是多么容易产生激情啊！可惜，礼节性的握
手中止了性爱的发生。柳青的《创业史》有较多生动的爱情描写篇章，但

---

① 　基·瓦西列夫：《情爱论》，赵永穆、范国恩、陈行慧译，三联书店，1984 年版，
第 163 页。

大多落在徐改霞身上。徐改霞是一个有知识有主见的农村姑娘，人美心高，感情丰富且聪慧灵敏。她爱梁生宝，梁生宝也爱她。她几次向梁生宝发出爱情的信息，可被事业心迷了心窍的梁生宝不是反应迟钝，就是被姑娘家玩的小聪明所迷惑而判断失误。经过几次试探，徐改霞发现，她必须主动直言，不能再试探了。在梁生宝从山里回来后的一个夏日的晚上，改霞终于在田间小路上同生宝见面了。看得出来，生宝也异常激动。改霞柔媚地把一只闺女的小手放在生宝白布衫的袖子上，娇嗔地解释上次在黄堡桥头生宝对她的误会。好像改霞身体里有一种什么东西，通过她热情的言词、聪明的表情和那只秀气的手，传到生宝的身体里去了。生宝在这一霎时，想伸开臂膀把改霞搂到怀里。改霞等待着！读者也在等待着！发展下去，当代文学的性爱、性行为描写就要从此开始。然而，在这激动的时刻，"共产党员的理智，显然在生宝身上克制了人类每每容易放纵感情的弱点"。他突然想起："啊呀！有义草棚院一大群组员等着开会哩！"说着便推开了改霞，并要改霞"放平稳一点"，"再甭急急慌慌哩"，"咱俩的事，等秋后闲下来再谈"。这一绝情之笔是《创业史》的损失，也是当代文学的损失。

十年浩劫禁情禁性禁欲，爱情被赶得无踪迹了，直到新时期文学开始，爱情还是文学的禁区。可喜的是，新时期文学中的爱情描写发展极快。当刘心武在《爱情的位置》中讨论爱情应不应该在人的生活中占据一个位置，占据一个什么样的位置时，爱情描写已遍地开花了。从70年代末到1984年，虽然爱情描写仍以情爱内容为主，但性爱性征性状描写已露出苗头。性爱不出场，情爱难免干枯。当《人生》中的高加林和刘巧珍约会亲昵时，多情的巧珍依偎在加林身边，而不是扑入加林怀里。加林呢，他拘谨地搂着巧珍的脊背，而不是拥抱。动情之时，他们顶多互相亲一下额头或脸颊，而不是狂热的接吻。《被爱情遗忘的角落》趁存妮脱毛衣抖落粘在衣上的土粒时，露出了少女白皙丰美而富有弹性的乳房。这一石破天惊的景象顿时惊呆了小豹子，一股热血猛地冲到他头上，他抑制不住，就像山涧的野豹，猛扑上去。以往隔着衣服写第二性征如何丰美的抽象描述终于向前跨了一大步。1985 年,随着张贤亮的小说《男人的一半是女人》的出现,性爱、性行为、性征性状描写正式登台。在张贤亮笔下,当代文学中第一个女性全裸形象出现了:

> 她也不敢到排水沟中间去,两脚踩着岸边的一团水草,挥动着滚圆的胳膊,用窝成勺子状的手掌撩起水洒在自己的脖子上、肩膀上、胸脯上、腰上、小腹上……她整个身躯丰满圆润,每一个部位都显示出有韧性、有力度的柔软。阳光从两堵绿色的高墙中间直射下来,她的肌肤像绷紧的绸缎似的给人一种舒适的滑爽感和半透明的丝质感。尤其是她不停地抖动着的两肩和不停地颤动着的乳房,更闪耀着晶莹而温暖的光泽。而在高耸的乳房下面,是两弯迷人的阴影。

这段描写很美,美就美在它没有停留在性征性状的具细描写上,而是把赤裸的性征性状溶化在幽美的意象里,再用温美的描绘将其揉在具象又抽象、逼真又朦胧的梦幻般的景象里,体现了三分真实、七分朦胧的艺术妙趣。这里的性描写,是女性第二性征性状的审美描写,当视线焦点移到第一性征性状时,作者便立刻采用虚化蕴藉的艺术处理。小说是这样描写的:章永璘总是不自觉地朝黄香久那个最隐秘的部位看,但一会儿,那整幅画面上仿佛升华出了一种什么东西打动了他。这是超凡脱俗的美征服了人的性欲。这样,美丽的裸体因第一性征性状的被隐去而获得了完美。小说对性行为的描写也具有突破性,它在当代文学中首先描写了第二水平层级的性行为——章永璘和黄香久的做爱。但是,作者没有把性行为过程撕开写,而是将其转化为诗意的抒发,重在用审美感悟的方式对性爱过程作抽象描写。小说描写了他们的两次做爱。我们看第一次的描写:

> 这是一片滚烫的沼泽,我在这一片沼泽地里滚爬;这是一座岩浆沸腾的火山,既壮观又使我恐惧;这是一只美丽的鹦鹉螺,它突然从

室壁中伸出肉乎乎粘搭搭的触手,有力地缠住我拖向海底;这是一块附着在白珊瑚上的色彩绚丽的海绵,它拼命要吸干我身上所有的水分,以至我几乎虚脱;这是沙漠上的海市蜃楼;这是海市蜃楼中的绿洲;这是童话中巨人的花园;这是一个最古老的童话,而最古老的童话又是最新鲜的,最为可望而不可及的……

这种描写有雾中看月赏花的朦胧美。就是这样有分寸的审美式的描写,在当时还是引起了不少非议。时代还没有为性描写的畅行提供有利的条件,社会对性描写还多有防范。中国当代小说在积蓄着力量,期待着性描写的更大突破。机会来了,1992年大众性文化大潮的滚滚热浪挟着多种驱力,把中国当代小说的性描写一下子推向了峰巅。

二

怎样评价性描写,怎样界定性描写的性质? 历来是个非常棘手的难题。何难之有? 一入其中便知。你分明带着观点而去,但到最后,你才发现你不仅不能说服别人,反而对自己的观点也产生了怀疑。甚至,你在否定别人的观点时,无意间把自己的观点也否定了;你在阐述自己的见解时,恰恰又是在替别人的观点作证明。为何会出现这种困惑不定的、悖论的现象? 深入辨析,就会发现主要有三种不确定因素在制约着人们的思想。

不确定因素之一:人们对性描写的看法,手中所拿的标尺往往不一样,加之因时因地因人之异,他们所掌握的尺度也绝对不一致。他们对性描写的看法,对性描写性质的界定,通常不是采取科学分析的态度,更多的是采取主观论断。主观论断在整体把握上常常跳过分析阶段而一下子进入结论,忽视了分析对于论断的重要性。凭主观论断去界定性描写的性质,说穿了,就是以不确定去对待确定的对象。

不确定因素之二:至今没有一个公认的权威性的标准对性描写的性

质作出准确的界定。因而，无法确定性描写的合度标准，也无法统一人们的看法。

不确定因素之三：性描写是艺术问题，实际上，在如何评价性描写上，人们已不是把它当作艺术问题，而是当作道德问题来对待的。既然是道德问题，人人都可以依据自己的观点对它加以评说，而不关心它在文艺作品中的作用。这种剥离的结果，方便了判断，却误解了对象。任何事物，只有把它放到它存在的系统中，方能显出真实的意义和价值。把性描写从文艺作品中抽出来，这样，它就不再是艺术问题，自然是纯粹的道德问题了。道德是以善恶评价的方式面对对象的。道德趋向于美与善的追寻，并为人们指出符合社会规范的行为准则，是维系人与人、人与社会关系的坚韧纽带。不过，我们也应看到，道德面对对象时所作的判断，主要是对"恶"与"坏"等方面的感受，视性为耻为淫，视裸为色为黄的判断，就是这种感受的理性结论。相对而言，道德对美善的感受是不太强烈的。这种对事物的感受方式，必然带来判断的不确定性。况且，对善与恶的界定还存在一个"度"的问题，特别是在善与恶交界地带，二者浑然一体，不确定因素极大，面对这种状态下的善恶判断，往往主观随意性较大。道德评价只有融入艺术的审美评价之中，才能对性描写作出合理的评价。

然而，古今中外一切由性描写引起的争论，其焦点都集中在道德上。道德观念左右人思想的力量实在太大，因为它原本就是社会生命和人的生命的一部分。

三重的不确定，足可把人的思想搅得混沌一团。每次关于性描写的无休无止的争论之所以相持不下，其原因也即在此。针对这些不确定性，有人试图提出确定性的标准来规范性描写、界定性描写的性质，以便使作家、艺术家和读者能够区别性描写何为健康优美，何为黄色淫秽，何为庸俗低劣。就我所知，艺术界曾有人提出过怎样界定色情、淫秽的意见。在性描写上，文学与艺术面临着同样的难题，因此，下面的分析也照样适合于文学。这些意见可归纳成两条：其一，在作品中不准暴露第一性征即生殖器官及第二性征的阴毛。其二，不准出现性交、性挑逗、性暗示的动作和个人性自慰动作。① 这两条意见确实指出了要害之处,看起来具体确定,但经不起实证与分析,且先看第一条。

正题:不准暴露生殖器官及阴毛。

反题:世界美术史上许多著名的杰作裸露了两性的生殖器官和阴毛。例如,裸露了男性生殖器官和阴毛的名作,顺手拣来,有波里克莱托的《执矛者》,普拉克西台利的《赫尔美斯与小酒神》,米开朗琪罗的《大卫》《亚当的创造》《垂死的奴隶》,吕德的《马赛曲》,以及罗丹的《人的觉醒》,等等。裸露了女性阴毛的名作有安格尔的《泉》,哥雅的《裸体的玛哈》,靳尚谊的《跪着的女人体》,等等。这些具有极高审美价值的艺术珍品,圣洁至美,绝无色情淫秽之邪气。

结论:这条行不通。

再看第二条。

正题:不准出现性交、性挑逗、性暗示的动作及个人性自慰动作。

反题1:这些动作被列为淫秽黄色之列,是因为它们易引起性刺激。问题来了,低俗下流的自然主义(原生态)的性行为、性挑逗、性暗示、性自慰的描写确实具有很强的性刺激效应,但是,高雅优美的艺术形象就没有性刺激吗? 面对美丽无比的《维纳斯的诞生》《裸体的玛哈》《泉》《大卫》等,难道在强烈的美感冲击中就不夹有些微的性刺激的成分吗? 我怀疑!性刺激绝对不能与淫秽色情等同,性刺激是心理反应,淫秽色情是客观内容的定性。性刺激激起性心理反应,这个过程是意识的,并带有观念的成分。性刺激可发自丑恶心理,也可发自美善心理;既可为美所用,也可为淫所占。不过,在美的形象里,性刺激是潜在而轻微的,它起着强化美的力度的作用。它赋予美与美感以内在力量,使性刺激与审美结成和谐的统一体。性意识是人的本能意识,美感意识是人的观念意识,美感中有性爱成分,无可厚非,大家都想一想,难道不是这样吗? 性刺激在淫秽与低

---

① 参见董宏猷、李小明:《"裸神"在中国》,南海出版公司1993年版,第65、270页。

劣的性描写中，越过美感或抛开美感而直接为纯粹的性施力，是裸性的主要功能效应，这样便与淫秽与庸俗为伍了。

反题 2：不准出现性交动作，美术作品比较好解决，但在文学作品中却不易做到。文学作品中的性交描写应视具体情况作出判断，不能一概以是否有性交描写作为定性的标准。《金瓶梅》《废都》有些地方的性交描写过于生物化，显得污秽低俗，而《男人的一半是女人》《查泰莱夫人的情人》中的性交描写则圣洁美妙，关键在于怎么写。

正题误区：性挑逗、性暗示、性自慰，太抽象，难界定。美与淫好界定，难界定的区域在美与淫相交或过渡的中间地带。有例为证：《维纳斯的诞生》为世人所熟悉，画中，裸体的维纳斯像一粒圆润的珍珠，从贝壳中冉冉而起，升上海面。洋溢着青春生命的身体窈窕柔和，秀发在神风中飘起。纤长而略显柔弱的身体与稚气无邪的表情和右手捂胸、左手牵着柔美的秀发捂着阴部的羞怯动作完美统一，完全是一个美丽天使的形象。"特别耐人寻思的是她的一双出神的大眼，似乎在单纯无知中含有某种迷惘和哀伤。她像一个初落人世的婴儿，惊讶得发呆，可是又似乎预感到某些未知的苦难和不幸。"①当我们将视线从此移向麦当娜和玛丽莲·梦露的裸照时，情形就大不一样了。《"裸神"在中国》中梦露那幅侧身裸照，脸侧面向前方轻浮放荡的笑与有意挺立乳房乳头的动作正好形成最富性挑逗的焦点，具有裸淫的刺激。② 美与淫中间状态的美术作品我手边没有，但《白鹿原》中有些性描写显然处在这个敏感的地带。《白鹿原》的性描写没有引起很大的争议，有几个对它有利的因素：《白鹿原》是一部非常严肃的小说，其中的性描写实为必要；对《废都》性描写的非议引开了人们的视线。对性描写的"度"的把握是抽象的，主观的成分较大。主观上对"度"的衡量常采用比较的方法，《废都》性描写的"度"高于《白鹿原》，这样，就无形中降低了《白鹿原》性描写的"度"。如果没有《废都》，人们对《白鹿

① 迟轲：《西方美术史话》，中国青年出版社 1983 年版，第 69 页。
② 参见董宏猷、李小明：《"裸神"在中国》，南海出版公司 1993 年版，第 29 页。

原》的性描写又会怎样看呢？其他作品的性描写几乎没有引起争议，全都因为有个《废都》。

结论：这条不确定，也不能成为规范性的标准。分析至此，确定性还是落入不确定性之中。确定性的设想走向极端，便出现两种针锋相对的观点：禁锢主义与自由主义。这两种观点在性描写上形成了性开放与性保守对立的两极，它们一为取消性描写，一为泛滥性描写。前者在确定性中取消了确定性；后者在确定性中走向无规定性，其实也成了无确定性。两种观点虽少见于文字，但它们潜存在社会意识和个人意识中，有着不可忽视的力量。文艺领域里的性禁锢主义视性描写为洪水猛兽，一概加以否定并禁止。这样一来，性描写被消除了，但潜在的问题更大。性描写虽一时被压下去了，但下一次出现时，会更加惊人。水中葫芦，压得越深，浮出越高。彻底禁止性描写，对文艺创作是个损伤。性自由主义主张彻底放开性描写，其思路来自心理饱和原理和物极必反辩证法。将性描写彻底放开，以为人们受性刺激饱和之后便不再有性刺激的想法是轻率的。首先，不考虑社会普遍承受的水平而一味强调性描写泛化是脱离现实的。任何国家、任何时代都不会眼睁睁地看着性刺激把人们刺激到危险的饱和点上。再者，性刺激饱和之后，带来的不是性刺激的消除，而是对性刺激的依赖。我在拙著《第三价值》中说过："刺激是精神的麻醉剂，它的效应是导致精神麻木。久而久之，麻木成了一种本能的需要，没有深度的刺激反而引起精神焦灼不安……从心理学的观点分析，追求感官刺激，在刺激中过生活是一种精神变态。把感官刺激当作现实的代替品，不仅不能消除需要的焦灼，反而诱惑被压在无意识层中的原始本能苏醒并夺路喷发而出。它一旦喷发出来，就会危害受害个体以及整个社会。"[1]

---

[1] 王达敏：《第三价值》，安徽文艺出版社 1992 年版，第 165 页。

三

对待性描写,作家和读者的思路往往不在同一个方向上,作家多从艺术方面考虑,而读者则多从社会道德原则方面考虑。我的观点是:对待性描写,既不能单纯从社会道德原则方面考虑,也不能完全从纯艺术方面考虑,而应该从作品和作品的社会效应两方面出发,用整体性观点去看待性描写,将整体把握与具体分析结合起来。整体观照下的性描写作为立体的艺术形象,它的内涵和意义以及外延的意义和效应一般由三个层面的内容构成:第一层面,性描写的性质(善与恶,健康与淫秽)与社会道德原则的关系,即道德评价层面;第二层面,性描写自身蕴含的内容和意义,即内容和意义层面;第三层面,性描写的艺术效果(美与丑,雅与俗),即审美层面。三个层面的统一,其正价值方向趋向真善美的统一,其负价值方向趋向海淫海色,中间状态比较复杂,一般引起争议或带有突破性、探索性的性描写,多处在这个敏感的地带。对这些作品,应视其具体情况而定。文艺作品中的性描写应遵循真善美的艺术原则,我们分析性描写,也应遵从这一艺术原则。

第一层面:道德评价层面。决定一部文艺作品性描写的性质,尤其是决定处于健康与淫秽之间的性描写的性质,判别的标准不能仅看性行为、性征性状的描写达到何种水平,而是要看关键性的两点:一是作家怎么写,二是性描写所达到的水平能否为现时社会普遍道德心理所承受。作家怎么写之所以这么重要,是因为作家即使是描写第一水平层级的性行为和第二性征性状,也可以使性描写的性质通向色情淫秽。张贤亮的《男人的一半是女人》写到了第二水平层级的性行为交媾和第一性征性状,但由于作家采用了虚化的诗意描写,避开了性活动过程的赤裸展示和性征性状的精细描写,便使性描写从危险的边缘跃入美的境界。道德评价的最高标准是要求性描写达到美与雅的境界,而为现时社会普遍道德心理所承受的水平则是最低标准。文学史上许多优秀之作的性描写都符合美与雅的标准,因而不成问题。但对那些引起争议或带有突破性的性描写的评价,只能用最基本的标准去衡量。《男人的一半是女人》的性描写在当代文学中具有突破性和开拓性,虽然当时也引起过一些争议,但它还是能为社会普遍道德心理所接受的。相对而言,《废都》的性描写则超过了社会普遍道德心理承受的水平。社会普遍道德心理承受水平是极其抽象的标准,是个因人而异而又可升可降的标准,加之文明程度的差异、个人思想素养和个人生活体验的差异,这个标准就更难确定。但人具有天生的直觉把握的能力,能够大致把握住现时社会普遍道德心理的水平。

还有一类作品,它们的性描写超越了当时社会占主导地位的道德原则,也与社会普遍道德心理相悖,但由于它们或包含着重大的历史意义、丰富的思想、深刻的人性内容,或提出了新的道德思想,故而成为文学史上的奇书、彪炳千秋的名著,如《十日谈》《查泰莱夫人的情人》《金瓶梅》等。这种文学现象实际上提出了一种新的文学价值观,即这类文学作品的性描写的价值具有超时代的特点。它们的性描写虽然超越了当时社会普遍道德心理承受的水平,被指为"不善",但从整个人类文明的发展看,它们的性描写逐渐为文明所接受而表现出巨大的价值。对于这类作品,应审慎待之,要把它们与那些无实质内容而一味裸性的淫秽之作区别开来。同时,也要把这类作品中那些淫秽描写(如《金瓶梅》)与必要而适度的性描写区别开来。

第二层面:内容和意义层面。文艺作品中的性描写还必须遵循"真"的原则,使其蕴含着真实的内容和意义,成为作品艺术整体的一个有机组成部分。任何一部作品,倘以表现性为主旨,那就无价值可言,也丧失了文艺的品格。一个无法否认的事实是,在大多数伟大的作品中都有性描写,但它们不是为性而写性,而是通过写性,使其与广泛的人性内容、社会内容、思想意义、价值观念等联系起来,深化并丰富作品的内蕴。《红与黑》《忏悔录》《查泰莱夫人的情人》《男人的一半是女人》《白鹿原》等作品之所以优秀,不在于它们裸性达到何等水平,而在于它们通过性描写深刻地表现了丰富的人性、自由的思想、新的人道主义精神、纯美的性关系,以及一个时代社会的、政治的、经济的、道德的内容和社会世相。《十日谈》一百个故事,几乎篇篇与性有关,从宗教徒的男盗女娼、上流社会的偷情淫荡,到平民百姓的情爱性爱,无所不涉。但是,《十日谈》通过性描写,第一次在文学中向中世纪的宗教禁欲主义挑战,深刻地揭露了禁欲背后的纵欲。例如,在一座以圣洁著称的女修道院里,全体修女,包括她们的院长,都公然犯色戒,争着和当园丁的假哑巴男人做爱(第三天故事一)。"把魔鬼打入地狱"的故事是书中性描写最露的一篇。纯情少女阿莉白出家寻找侍奉天主之法,遇着修士鲁斯蒂科。修士诱骗少女,谎称最讨天主欢心的事,是把天主的对头魔鬼打入地狱。少女天真无知,便让修士把他的魔鬼三番五次地打入她的地狱(第三天故事十)。《十日谈》还通过性描写提出了新的道德思想:提倡人性,反对神性;提倡个性解放,反对宗教桎梏;提倡人道主义精神,反对封建宗教思想。被称为天下第一淫书的《金瓶梅》被列为中国古典名著,也不在纯粹的性描写上,它之所以能成为传世之作,是因为它通过性描写,深刻地反映了一个时代的政治、经济、道德和社会世相,以及人性的内容。

第三层面:审美层面。文艺作品中的性描写必须遵循美的原则,使其描写具有美的内容和形式,并能产生审美效应。这是对性描写的更高要求。美以真善为基础,真善以美为最高理想,最终达到真善美的统一。我们看到,许多杰出的文艺作品中的性描写健康优美,令人陶醉,其艺术的根结在于真善美的统一,在于美的创造。美以真善为基础,但有了真善不一定就美,《十日谈》中不少性描写是真的善的,但并不美——从当时和今天的审美标准来判断。有一点是肯定的,不真不善不可能美。问题是,美的创造对于那些与情爱发生联系的、以第一水平层级的性行为、性征性状为主的性描写来说容易做到,对于第二水平层级的性描写,也可像《西厢记》《查泰莱夫人的情人》《男人的一半是女人》那样,采取虚化蕴藉的描写,将其转化为优美的意象,但是,那些将性完全撕开,把性行为、性征性状写得很逼真、很生动,而又与一味裸性的淫秽描写有别的性描写,符不符合美的原则呢? 这里,遇到了现时审美标准与现时道德原则及思想观念的冲突,任何时代的审美标准总是以当时的社会文明程度为内在尺度的。这个问题的答案,可在下面的论述中见出。

四

根据性描写的艺术原则,我们分析近期几部有代表性的长篇小说。

《白鹿原》 像黄土高原一般朴实浑厚的《白鹿原》一问世,便轰动文坛。它以丰厚的历史内容、深邃的文化思想意蕴、鲜明的人物形象、史诗的艺术气魄把当代文学推上一个新的台阶。它是新时期文学和文化哲学思想的总汇,是新时期文学的艺术总结与文学开拓性两种力量孕育出来的一部带有"过渡性"的伟大力作、一部里程碑式的作品。如果说《保卫延安》代表 50 年代文学的最高水平,《创业史》代表 60 年代文学的最高水平,那么,《白鹿原》无疑代表了 80 年代至 90 年代(到目前为止)文学的最高水平。在性描写上,《白鹿原》也具有开拓性。

关于《白鹿原》的性描写,陈忠实谈了他的见解和创作原则。[①] 他说,在写作《白鹿原》的一开始就有重重心理障碍和顾虑,促使他克服这些心理障碍和顾虑的动力,来自两个方面:一是性描写作为这部小说的一个部分而不可或缺;二是在中国封闭的性文化、性心理与现代西方性解放思想之间作深入思考,认为"中国在走向现代文明的同时,其中也仍然有一个性文明的问题"。这一点,可能是他决定"把性撕开来写"的主导因素。他也清醒地意识到,把性撕开写必须把握好必要性和诱惑性之间的界线。他认为,首先要考虑的是,所有对性的描写是否属于必须,性描写虽然是揭示人物文化心理结构的一个重要途径,但不是每一个人物都必须写性交。在必要性确定以后,如何把握恰当的分寸才成为重要的一环。于是,他为自己确定了两条准则:一是作家自己必须摆脱对性的神秘感、羞怯感和那种因不健全心理所产生的偷窥眼光,而要用一种理性的健全心理来

---

① 陈忠实:《关于〈白鹿原〉的答问》,《小说评论》1993 年第 3 期。

解析和叙述作品人物的性形态、性文化心理和性心理结构;二是把握住一个分寸,即不以性作为诱饵诱惑读者。概括起来是十个字:"不回避,撕开写,不作诱饵。"

《白鹿原》有很多性描写,主要有六处:第九章,黑娃与田小娥的性爱;第十章,孝文和媳妇新婚之夜的做爱;第十五章,鹿子霖与田小娥的乱伦之淫;第十六、十八章,田小娥用性诱陷孝文;第三十三章,炉头的变态性行为;还有第三十二章一处为性征性状描写,即对朱先生生殖器官的描写。

我们先看这些描写是否必要。从《白鹿原》构建的艺术世界来看,性描写是这个艺术世界十分重要的组成部分,如果没有这些性描写,《白鹿原》不知要逊色多少。《白鹿原》中的性描写成功地将性与社会性、历史性、人性、性文化心理结合起来,起到了不可缺失的作用。六处性描写又以与田小娥有关的三处最重要、最出色,《白鹿原》因塑造了田小娥这朵凄艳的"恶之花"而更具光彩。

田小娥是《白鹿原》中最成功的形象之一,她多情善良而又放荡淫恶的一生,令人同情惋惜。她是郭举人的妾,是他任意使唤的性奴隶。长工黑娃的出现,激活了她潜存的生命意识。她对情窦未开的黑娃先是悄悄地试探,继而是暗送秋波,频频发出情爱的信息,终于,两情相撞,放射出性爱的火花。从世俗观点看,田小娥与黑娃的偷情,是伤风败俗之举。但从人性观点看,田小娥与黑娃的性爱,首先是为了满足性饥渴,是"闷暗环境中绽放的人性花朵",①合乎人性和人道。田小娥这种合乎人性的生命需要又是与反抗封建压抑一并产生的,她在以性的方式获得生命需要的同时,又以性作为反抗社会的武器。

田小娥与鹿子霖的乱伦之淫,本非她所愿,却达到了心甘情愿的效果。一个复杂的性格出现了。她是慑于鹿子霖的权势,还是为了出卖肉

---

① 雷达:《废墟上的精魂——〈白鹿原〉论》,《文学评论》1993 年第 6 期,第112 页。

体救黑娃？是性欲的刺激，还是心甘情愿？也许这些成分都有。如果说，她第一次用性反抗压抑与黑娃实现了真正的情爱，那么这一次就发生了质变。性在这里不是用来反抗，而是具有本能发泄和出卖的性质。鹿子霖人面兽心的面目也在此得到了一次有力的揭露。

田小娥受鹿子霖唆使用性诱陷孝文，是白鹿两家明争暗斗的一次重要行动。在田小娥方面，用性拉孝文下水，是为了报复白嘉轩对她的惩罚，洗刷耻辱；在鹿子霖方面，唆使田小娥用女色把孝文的"裤子抹下来"，表面上看来与田小娥的意图一致，是为了报复出气，而他的另一层不可告人的意图则是：让孝文犯淫通奸，给白嘉轩好看，以此击垮白嘉轩，使鹿家在白鹿两个家族争斗中占上风。这样，田小娥就因被鹿子霖唆使而堕入了一个巨大的阴谋之中。在以白嘉轩和鹿子霖为代表的两个家族的冲突中，她不明不白地充当了性工具。果然，白孝文没有抵挡住女色的攻击。诱陷孝文，本出于报复的恶念，但她达到了报复的目的却享受不了报复的快活，反而顿生内疚感和爱怜之情，责怪自己不该陷害孝文。这时，她人性苏醒，良心发现，一次又一次地忏悔自己的作恶："我这是真正地害了一回人啦！"

孝文的性格，在与田小娥的性爱中得到更深刻的表现。孝文是白家的长子、白姓家族的继承人。他像他的父亲一样，严守封建道德，仁义谦恭，正人君子。最初被田小娥诱淫时，虽然他一开始怒斥田小娥，但很快就被性所软化。意识中时时警告着他的道德随着性禁锢的解除便消失得无影无踪，灵与肉分离了。在灵与肉未完全分离的初次性活动中，孝文心理受道德的压抑而出现性无能的尴尬状态。一旦道德的束缚被解除，他便充分地显示了自己雄性的强健。

孝文与媳妇新婚之夜做爱的性描写，初看上去不甚重要，但联系全书看，却又是重要的一笔。孝文开始性无知，经由媳妇的点拨引导才受到性启蒙。初尝的美好使他变得极度贪婪，奶奶怕他色重伤身，父亲担心他重色忘德，便规劝管束他的性生活。从这里可以看出，白家对长子的道德教育，连性生活也介入了。而且，这段性描写为后来孝文与田小娥交欢时由性无能到性无度的描写,也是一个铺垫。

菜馆炉头(掌勺师傅)对马勺娃施行的变态性行为是恶淫,作者的用意是追溯鹿家门风不正的历史渊源。

白鹿原的圣人朱先生逝世,家人为他换寿衣。儿媳看到公公瘦得皮包骨头,大为惊讶,无意间突然瞥见公公腹下垂吊的阳具如此壮伟,非常惊异。作者写这一笔,其用意是强调朱先生人格的伟大。伟大的人格是否必然雄性壮伟,且不需论证,单说用这一形象暗示或强调朱先生人格的伟大,我以为大可不必。因为朱先生人格的伟大早已奠定,作为白鹿原最高文化圣哲和理想人格的朱先生,在他逝世前就已神圣化了。多此一笔,反添秽意。

《白鹿原》的性描写是否把握了恰当的分寸,是否健康,关键在于用什么眼光看。用静态道德判断的眼光看,则难免有犯色伤雅之嫌。而用现代文明发展的眼光看,则总体适度且自然蕴美。作者有意把性撕开写,除作品深刻内容之所需外,另一个潜在的目的,显然含有提高民族性意识、性文明水平的愿望。作品逼真生动具体细微地写到了性活动过程和性征性状,以及伴随性活动一并产生的性反应、性感受,确实达到了空前的水平。可以这么说,《白鹿原》的性描写已露到关键处,也就是在这个关键处,才显出分寸的重要。在这之前的过程,作者放开写,但一到这危险处,他便采用虚化和蕴藉的艺术处理,这样一来,等待露面的淫秽镜头便被冉冉升起的美感代替了。此外,作品中的性描写紧紧贴着人物活动,不游离、不架空,加之艺术氛围的渲染,以及作者生动优美之笔的浸润,淡化了原生态性描写的刺激,将性爱作了审美的提升。

《最后一个匈奴》《无雨之城》《苦界》《热爱命运》 《白鹿原》的性描写能为人们接受,那么这几部作品也就不成问题了。它们对性也采取撕开写的态度,无论是俏丽精明、义气豪爽又风流放荡的黑白氏与杨作新在旅店的云雨之欢(《最后一个匈奴》),还是女记者陶又佳与副市长普运哲的浪漫式偷情,美丽而放浪的现代女性丘晔与画家杜之的风流之举及做爱不成后他们关于丘晔阴阜美不美的争论(《无雨之城》),或是林育华与卡姬娅、邵颖、山崎禾子的性行为（《苦界》），都可以说是比较生动逼真的描写。在写法上，它们也与《白鹿原》相似，关键处一律采用了虚化蕴藉和诗意的艺术处理，分寸感很强。

《热爱命运》提供了性描写又一成功的范例。这是一篇以情爱性爱活动为主要内容的小说，性描写自然成为其中的一个重要部分。主人公南或是情爱性爱的中心人物，一切情爱性爱的信息均由他发出，一切爱的风波均由他引发。南或自称是个泛爱主义者，深爱他的叶小昙说他是"天字第一号的情种"。他最爱幻想，最不安分，一见到漂亮女人，就会产生性的冲动。他借宿农家，对农家女子蓝桂桂一见倾心，心旌摇荡，想入非非；在农村见一挑水女子，顿时视为天仙，忘乎所以，刻骨铭心；他有意与蓝桂桂的舅母保持距离，但又经不起她的女色和性刺激的诱惑；他与叶小昙相识，立即堕入爱河而不能自拔。确实，仅从对女性的泛爱来看，南或无疑是个性泛爱主义者。但是，南或不是荒淫无耻的好色之徒，他对挑水女子的爱慕，是风流才子对漂亮女人的欣赏，始终停留在幻想之中。他与之发生性关系的三个女人，一个是他的合法妻子蓝桂桂，一个是蓝桂桂的舅母（与她发生性关系，非他所愿，而是他经不起性感十足的女色的诱惑，何况只此一次，他当时尚未结婚），一个是他深爱的叶小昙（只这一个令他动了真情）。他对自己的泛爱观作这样的解释："我喜欢她的美貌，其实和喜欢一朵好看的花朵、一片彩色的云是一样的，她们都是大自然的杰作，可谓钟灵毓秀，物华天宝！钟爱她们就是钟爱完美，钟爱大自然令人惊叹的能力。她们代表一种境界，当你的精神步入这种境界，你就会从日常生活中的委琐庸俗中升华。"像这种风情万种、性爱盈盈的小说，性描写该是何种景观呢？《热爱命运》是诗化式的小说，对性描写更是作诗化表现，笔力主要投放在性感觉的描写上，即使描写性行为过程和性征性状，也是艺术审美化的，极为含蓄优美。

《废都》 《废都》是什么样的作品，是否成功之作，至今仍在争论之中。《废都》的方方面面几乎都引起了争论，其中争论最激烈的，莫过于性描写。

《废都》的性描写是否必要,是否合情理,是否泛淫泛色,争议极大。一部分人认为《废都》的性描写确有必要,庄之蝶与唐宛儿、牛月清、柳月、阿灿的性关系,"有助于塑造人物性格,揭示人物关系",有助于"剖露男女双方的性情"。①"庄之蝶通过性活动所暴露的灵魂的复杂,比之他在现实生活中的流露,要多得多。他的软弱,他的窘迫,他的不无恶谑的情趣,他的自相矛盾的女性观,他的本想追求美的人性却始终跌落在兽性的樊笼的尴尬,全可从他的性史中看到。"②不过,大多数人不这样看,我比较同意李洁非的看法。他说,我们可以把《废都》概括成"一个男人和许多女人的故事",这个男人亦即名作家庄之蝶,为他动情、争夺、气恼和自荐枕席的女人接踵而至,其中有他的妻子和朋友之妻,有与人私奔来城里的风流娘们,有小保姆,有素不相识的外省女人,还有操皮肉生涯的暗娼。这些五花八门的女人虽各逞其色其姿,却有两个相通之处:第一,全都美丽可人(唯那暗娼除外);第二,一见到庄之蝶便都想跟他上床,或至少在内心感受到来自庄之蝶磁石般的吸引力。庄之蝶其貌不扬,又非情场老手,但是怪了,他只要往女人跟前一站,女人们便骨酥筋软,心荡神摇,不能自已。唐宛儿甚至在见面之前,一听到庄之蝶的名字先已就有了异样的情绪,随后,她以闪电般的速度实现了与庄之蝶交媾的愿望,并立刻像一个真正的贞妇那样爱上了他,即使庄之蝶当着她的面与柳月做爱时,她也表现得极其宽容。汪希眠的妻子暗恋、苦恋庄之蝶多年,痴心不改。小保姆柳月明明是庄之蝶的玩物,明明知道后来庄之蝶把她当贴身丫头似的送与市长的跛脚儿子为妻,是利用她一身好肉,可在婚礼前夜她硬是跑到庄之蝶房间里来要求"临别纪念"似的最后一次性交。阿灿这个有夫之妇更奇了,和庄之蝶刚认识,才说了一阵话,就急匆匆地除去衣衫、乳罩、内裤,赤条条地给庄之蝶看,接着又和他做爱,并把这看成终于"美丽"了一次。

---

① 陈骏涛、白烨、王绯:《说不尽的〈废都〉》,《当代作家评论》1993 年第 6 期,第 40 页。

② 雷达:《心灵的挣扎——〈废都〉辨析》,《当代作家评论》1993 年第 6 期,第 27 页。

最荒诞不经的是孟云房替庄之蝶找来的那个暗娼,不知怎的,她一见到庄之蝶,在不知他姓什名谁的情况下,便放弃了赢利的目的,而只想纯粹出于感情目的与他睡一次。① 除庄妻牛月清和汪希眠之妻外,与他发生性关系的女人,都把能和庄之蝶做爱、当庄之蝶的情人视为幸事,引以为豪,深恐趋之不及,遗憾终生。这些女人除了性还是性,她们只有性本能和性交,在作品中完全等同于性符号。庄之蝶呢? 天生的情种,他见不得女人,一见女人,就急于剥衣脱裤上床,他见一个爱一个,乐此不疲。最荒淫的是,他和唐宛儿云雨未毕,又当着唐宛儿之面和柳月狂烈做爱。

《废都》引起非议最多的,是其中大量的关于性行为、性征性状的"原生态"描写。普遍的看法是,《废都》中的性描写存在的问题,一是缺少节制,显得有些多了、滥了,缺乏分寸感。作者把性撕开写,但又作了诱饵。二是有些描写层次很低,显得无聊低俗。还有那些只要有性描写的地方,就能见到的用来表示不得已而删去部分的方块符号,均显得低俗恶谑,客观上起到了煽情诱惑、诲淫诲色的效果。

(原载《当代作家评论》1994 年第 5 期,人大复印资料《中国现代、当代文学研究》1994 年第 12 期转载)

---

① 李洁非:《〈废都〉的失败》,《当代作家评论》1993 年第 6 期,第 32—33 页。

经典视域的文学评判

——评王春林《贾平凹〈古炉〉论》

贾平凹长篇小说《古炉》2011年1月出版,王春林为其撰写了长篇评论,题为《"一部伟大的中国小说"》,发表于《小说评论》2011年第3、4期。文章发表后,曾引起过质疑和争议,王春林坚持自己的看法,但他又不能视批评之声于不顾,为了更好地阐发自己的看法,他全面系统地研究《古炉》,于是便有了2015年5月出版的《贾平凹〈古炉〉论》。

王春林生长于黄土高原,性情温厚沉实,治学勤奋自信,是个有底蕴的人。我们同为中国小说学会"小说年度排行榜"评委,就我所知,新世纪以来,他跟踪阅读并评论当年小说、特别是长篇小说,其阅读小说的数量之多,撰写的评论文章之多,在近十年的评论家中,他很可能是第一人。每年的长篇小说有几千部,但凡突出者几乎都在他的阅读范围之内。这样的阅读量为他评判的准确性提供了支持,他不仅把握了新时期以来小说的宏观走向,各种小说潮流和小说家族的血脉流传,而且能够从纵横两个维度比较某一位作家或某一部作品出现的意义和价值。因此,他的评判具有可靠性,常常能够获得评委们的认可,尤其是在他不受外界干扰的情况下,其判断更为精准。

至于《古炉》,他的评论之所以引起非议,表面看来,全由他的主要观点——《古炉》是一部"伟大的中国小说"——所致。实际上,对王春林这一观点的非议,直接牵涉到对《古炉》的评价。《古炉》问世后,纷争顿起,尽管肯定性的看法一开始占多数,且多为批评界名人,但否定性的激烈批评也常常击中命门。

且先看肯定性批评:《古炉》是"大家的大作品,当之无愧"(李敬泽);《古炉》是宏大历史叙事中的乡村文本,用一种见微知著的方式进行历史文化反思,有着天然大美意境之作,达到了非常高的化境水平(聂震宁);贾平凹写出了那个年代中国人血液灵魂中深藏的东西,所谓真正的中国经验、中国情结,中国人是怎样的活着(雷达);《古炉》是当代文学的一个珍品,它的一个重大贡献,是《聊斋志异》之后中国人写现象和鬼魂之间,写人的希望,写人的梦想和苦难之间,找到了新的审美表达方式。它写到问题的残酷,是一部大的忧患之作,让人看完感到心灵的震撼(孙郁);《古炉》是贾平凹突破自身审美极限的优秀之作,拓展了中国乡土文学的传统,重新确证了文学与生活的关系以及现实主义的力量,展示了文学与生活的双重魅力(吴义勤);《古炉》是"落地的叙事,落地的文本"(陈晓明);《古炉》在文本上是向《红楼梦》致敬之作,它的叙事,其意义不仅是物质世界的现实复原,还是贾平凹对乡村人的独特审美方式的构建(何向阳);《古炉》描绘了中国底层乡村在"文革"时期的人间百态,完美地诠释了古炉村之于整个中国的象征寓意(王尧);等等。而将所有这些肯定性评价推到顶级状态的评价,那就是王春林的一句断评:《古炉》是一部"伟大的中国小说"。①

否定性批评选其二。一是邵燕君的批评,她的观点具有代表性,录其要义:贾平凹今日的写作路数,与其说是古典的,不如说是现代的;与其说是传统的,不如说是实验的。它故意和读者的阅读惯性拧着来,所有让叙述流畅起来的惯常通道全被堵死了,快感模式被取消了,深度模式被打散了,但以此为代价而突出出来的日常细节又不过是一些鸡零狗碎的泼烦日子,没有什么太值得把玩之处,更不像现代主义小说那样具有深奥丰富

---

① 樊炳辛编辑:《悲悯的情怀:贾平凹〈古炉〉研讨会在北京举行》,http://book.sina.com.cn/news/c/2011-06-13/1107287489.shtml;赵化鲁:《〈古炉〉争鸣备忘录》,《文学报》2012年1月12日"新批评";吴义勤:《〈古炉〉阅读札记》,《当代作家评论》2013年第2期。

的象征寓意。他的悖论在于,他要小说负载一个启蒙的主题,却摒弃了与启蒙思想共生的现实主义写作方法。《古炉》之所以难读,不仅是读者阅读的快感期盼被阻隔,更是深层的意义期盼的落空,即使是人性恶这样显得简单的主题,也没有通过文学的利刃剖开历史的岩层,让读者的心灵得到震撼。人物也没有活起来,全书真正的主角其实是古炉村,它背后还有一个大大的中国。以贾平凹的生活底蕴和写实功力,一部写农村人过日子的小说应该更有烟火气,有更多让人放不下的情节和人物。想想《红楼梦》《金瓶梅》那些写日常的看家本事,人物的栩栩如生,语言的个性鲜活,细节的微妙传神……《古炉》和它追摹的样本之间确实存在着不小的差距,这差距恐怕不仅在功力,也在心态。① 二是郭洪雷的批评,他从技术层面指出《古炉》"千疮百孔",概括起来有三种症状:一是人物丛杂,关系混乱;二是时空错乱;三是叙述"穿帮"。除此之外,《古炉》还存在细节失真、毫无节制的仿拟和自我重复等缺陷。②

两种评价天壤之别,加之"伟大的中国小说"概念本身的不确定性,关于《古炉》的争论自然要集中到王春林的观点上。"伟大的中国小说"概念原是美籍华裔作家哈金套用"伟大的美国小说"概念而给出的概念,而"伟大的美国小说"概念早在 1868 年就由 J. W. Deforest 提出:"一部描述美国生活的长篇小说,它的描绘如此广阔真实并富有同情心,告诉他们这就是每一个有感情有文化的美国人都不得不承认它似乎再现了自己所知道的某些东西。"哈金将其稍加改动就变成"伟大的中国小说"定义,他是这样表述的:"一部关于中国人经验的长篇小说,其中对人物和生活的描写如此深刻、丰富、真切并富有同情心,使得每一个有感情、有文化的中国人都能在故事中找到认同感。"这个概念的感受性和抽象性一目了然,根据它给出的弹性极大的标准,很难区分出何为伟大的小说,而且哈金也没有

① 邵燕君:《精英写作的悖论和特权——读贾平凹长篇新作〈古炉〉》,《文学报》2011 年 6 月 2 日"新批评"。
② 郭洪雷:《给贾平凹先生的"大礼包"——谈〈古炉〉中的错谬》,《文学报》2011 年 12 月 29 日"新批评"。

给出哪些作品属于伟大之作。但美国作家明白："伟大的美国小说只是一个设想,如同天上的一颗星,虽然谁也没有办法抵达,却是一个坐标,是他们清楚努力的方向。"而中国作家普遍缺乏"伟大的中国小说"的意识,"没有宏大的意识,就不会有宏大的作品。"①一旦中国作家有了"伟大的中国小说"意识,就会对我们的文学传统持有新的态度。至于怎样才能写成伟大的小说,作为作家的哈金的随意性很快就表现出来了,他竟然弃概念而不顾,直接把球踢给作家,"我们不应该制定标准,每个作家心里应该有自己的标准","怎样才能写成伟大的小说,应当完全是作家个人的认识"。②原来,这是一个虚拟性的概念,一个基于策略性考虑的观念性的意识,它从一开始就没有预设一个共同遵循的定义,它的目的不在于说了些什么,确定了什么样的标准,而在于给出了一种目标,以及抵达这种目标的途径和信心。

如此一来,我就要为王春林担忧了:连哈金都不能具体地确定哪些作品是伟大之作,你何必这么急于给《古炉》戴上"伟大的中国小说"的桂冠?你难道不知道有许多人不喜欢《古炉》吗?你难道就不考虑一旦你作出的评判不能得到绝大多数人的赞同就会受到非议吗?你不作出这样的断评,难道就不能深入地研究《古炉》吗?转而一想,如今的文学评论界还真要有王春林这样"傻得可爱"的评论家,敢于与众不同,敢于提出新见,即便错了也无妨,而可能正是这种"有创见的错",会给文坛一个深刻的提醒和启悟。

回到王春林这本专论,明显地感受到它的核心观点的强烈冲击,同时也才明白,引入"伟大的中国小说"概念,无论对《古炉》还是对《贾平凹〈古炉〉论》都极为重要。对于前者,这一评价其实是在经典视域作出的既基于文学史的观照又基于文学横向比较的判断,将《古炉》视为经典之作、伟大之作。对于后者,它是整个专论得以建构的理论框架的核心观点,所有的论述均由它延伸开去,所有的论述又围绕着它逻辑展开。一种普遍的文学研究现象反映,学者们喜欢在已经定评的经典之作、优秀之作上精耕

---

① 哈金:《呼唤"伟大的中国小说"》,《青年文学》2008 年第 11 期。

② 哈金、傅小平:《说到伟大小说,我们谈些什么?》,《南方文坛》2012 年第 2 期,第 69—70 页。

细作、反复浇灌,乐意为其锦上添花,而对当下新作却往往缺乏识力,故而不敢轻易作出判断,正如王春林在书中所说:"在我看来,'文革'结束之后,经过三十多年的积累沉淀,中国当代文学确实已经到了应该会有大作品产生的时候了。在某些时候,真正的问题或许并不在于缺乏经典的生成,而是缺乏指认经典存在的勇气。"①王春林的勇气和识力在这本专论中得到了充分的体现:"我觉得,贾平凹的这部《古炉》,实际上就可以被看作是当下时代一部极为罕见的'伟大的中国小说'。虽然我清楚地知道,我的此种看法肯定会招致一些人的坚决反对,甚至会被这些人视为无知的虚妄之言,但我却还是要遵从于自己的审美感觉,还是要冒天下之大不韪地做出自己一种真实的判断来。"(第164页)

果然,王春林的观点一出,立即受到陈歆耕等人的尖锐批评。谁都清楚,把一部刚刚问世的长篇小说封为经典之作、伟大之作,确实是冒险之举。我还是那句话,《古炉》能否成为"伟大的中国小说"不是最重要的,最重要的是王春林在这个核心观点的统领之下说了些什么,发现了什么,作出了那些创见,他的评论的意义和价值表现在哪些方面?

就《古炉》而言,坐实它是一部"伟大的中国小说",首先要看它是如何写"文革"的。王春林将《古炉》与其他"文革"叙事小说比较,认为《古炉》对"文革"的透视与表现"最具个人色彩"、"最具人性深度"、"最具思想力度";它既是"一个人的记忆",也是"一个国家的记忆",因为在一个乡村发生的"文革"与在全国发生的"文革"具有同构性,个别性里面包含着一般性,古炉村的"文革"是波及全国的"文革"的微缩版。我们常常感叹西方文学在两次世界大战后的突出表现,产生了那么多灌注着充沛的人道主义思想的伟大之作,反观我们在经历了抗日战争、解放战争及"文革"这样空前的民族大浩劫之后,却没有产生具有震撼灵魂的世界性的伟大作品。现在有了《古炉》,"我想,我们终于可以不无自豪地说,中国确实产生了一

---

① 王春林:《贾平凹〈古炉〉论》,北岳文艺出版社2015年版,第164页。以下出自这本书的引文,直接后文后标页码。

部可以与西方文学相对等的堪称伟大的'文革'叙事小说。"(第4页)说真话,看了王春林的这个评价,我当即吓了一跳,直观判断,《古炉》与《古拉格群岛》《静静的顿河》《这里的黎明静悄悄》《辛德勒的名单》《拯救瑞恩大兵》《命运无常》《美丽人生》等作品还有着明显的差距。我也明白,《古炉》是一部蕴含着中国民间智慧和佛道思想之作,它的意义和价值还有待发掘。就目前而言,它在"文革"叙事方面的贡献才是我们最看重的。王春林发现《古炉》的"文革"叙事有三个特点:一是揭示出"文革"的发生、发展与人性尤其是与人性恶的密切关系,一方面,"文革"的发生,乃是人性中恶的因素被唤醒、被激发的结果,另一方面,"文革"是政治运动,它在很大程度上助长了人性恶的日益膨胀。二是揭示出"文革"的阶级斗争在乡村演变为家族斗争。古炉村主要由朱姓家族和夜姓家族这两大家族组成,其他杂姓很少,且不能形成势力。朱、夜两大家族历来就有许多恩怨,一旦有了"文革"这样的契机,他们之间长期积累的恩怨自然会借机爆发出来。这样的描写符合乡村中国的现实,从新中国成立之初的土地革命到"文化大革命"等运动,几乎都是针对地富反坏右和资产阶级的。土改和"文革"在农村,其阶级斗争形式经常演变为家族利益之争,但阶级和家族没有分离,而是形成合谋关系。阶级始终在场,家族依附其中,既成为阶级的帮凶,又为自己在家族斗争中获胜借取力量,当它羽翼丰满时,便直接取代阶级而行使权力,其破坏性不在阶级斗争之下。三是揭示出隐秘人性对于古炉村"文革"发生着巨大的潜在影响,这种影响通过水皮、半香这两个人物得到了淋漓尽致的表现。总之,古炉村的"文革"确实自上而下,受黄生生等外来红卫兵的影响而发动的起来,"但认真地追究起来,就会发现关键的原因在于,古炉村或者说中国早就为'文革'的发生准备了充分的人性与文化土壤。"(第11—12页)表面上看,《古炉》写的是"文革"的故事,往里面看,它写的是藏于人类意识深处的一种普遍人性,揭示出人类共同的经验。这样,就把作品的格局和思想境界拓宽深化了,《古炉》及王春林的专论的主要意义和价值由此建构起来。

《古炉》的内容丰厚,如果只看到它关于"文革"非常态的暴力书写,那还是纸面文章,王春林发现贾平凹在作品中更多地把注意力放在常态生活层面,即以具有恒久性的乡村常态生活内容穿透非常态的"文革",既抵达深度人性,又揭示出乡村社会静态的文化形态。"文革"非常态的"动态"与乡村文化形态的"静态",彼此对立又互相渗透、互相制衡,二者的彼此消长形成富有意味的艺术张力,突出表现在两个方面:首先是《古炉》对乡村人情伦理的真切表现,这是题中应有之义,王春林一带而过是对的。其次是《古炉》对乡村世界神巫文化的艺术书写,这是贾平凹自 1983 年的中篇小说《小月前本》以来所有乡村叙事小说所具有的底色。所谓神巫现象,我将其归入非现实的神秘现实,而神秘现实实则是神秘文化的现实化,它大体由以信仰为核心的观念(如鬼魂观念、冥界观念、泛灵观念、迷信观念等神秘意识)和以仪式、风俗等为表现形式的行为事象(如巫术、方术、禁忌等神秘现象)这两个互为表里的层面构成一个整体。神秘文化是古老文化的遗存与发展,中国是一个延续了数千年的农业社会,传统的神秘文化的遗存相当丰富,这些古老原始的神秘文化依靠自身特有的神秘力,以及社会群体趋同去异的整合力,渗透到人的生产、生活的各个方面,潜移默化地影响着人的行为和意识。在后来的岁月里,这些原始的神秘文化并未因文明的进化而消失,由于文化的延续性、一贯性以及人们崇古性的护持,其中的许多神秘现象和神秘意识,作为文化遗存,沉淀到民族文化心理中,世代相传,成为传统文化的构成部分。从这种意义上来看,神秘文化、神秘现实虽然是非现实的,由于它是观念性的实存,它又是现实的。贾平凹乡村叙事小说对神秘现实的描写,广泛涵盖了神秘文化的所有内容,当这些神秘现实在小说中氤氲弥漫开来之后,一种鲜活的艺术效果就产生了:"历史与现实、神秘与世俗、传统与现代混沌一体,原始古朴而灵秀美丽的商州获得了美的展现,既突出了商州地域文化特有的风貌和神韵,又升华了小说的审美价值。"①稍感遗憾的是,王春林指出了

---

① 王达敏:《新时期小说的非现实描写》,《文艺评论》1997 年第 5 期;王达敏《理论与批评一体化》,安徽教育出版社 2011 年第 2 版,第 138—142 页。

《古炉》神巫现象描写的特点,但未能从文化和审美两个方面对其作出深入研究。要知道,这是《百年孤独》《喧哗与骚动》等许多穿透了古老的传统文化并带有地域文化色彩的经典之作、伟大之作审美表现的重要内容。

我读《古炉》,能够感觉到作者的情感温度,小说写"文革"给古炉村造成了深重的苦难,写人性之恶制造的种种悲剧,但贯穿于整个作品的则是博大的悲悯情怀。他同情狗尿苔、蚕婆、善人的不幸遭遇,同情那些根本不知道"文化大革命"究竟是怎么回事而被迫卷入其中的善良村民,就连遍施恶行的霸槽、黄生生等造反派,贾平凹也给予深深的同情,同情他们为恶驱使丧失了人性,为所谓的"革命"失去了生命。王春林指出悲悯情怀对《古炉》之重要,无疑是一种现代眼光的洞见。他发现悲悯情怀是统摄与烛照整个小说的叙事理念,并认为这种超越性的人道主义思想主要是通过狗尿苔和善人来体现的。一面写"文革"给古炉村造成的悲剧,一面写狗尿苔、蚕婆、善人等人物甘愿为人类承担罪责,由于《古炉》具有殊为难得的悲悯情怀,其思想艺术境界较之其他同类作品也就高出了许多。仍然感到遗憾的是,这部分内容没有写足。

颇为意外的是,专论在分析了《古炉》的悲悯情怀之后,突兀起笔,于是便有了这样一段文字:

> 最近一个时期,我一直在反复阅读台湾蒋勋从佛道的思想渊源出发解说《红楼梦》的一部精彩著作《蒋勋说红楼梦》(……从根本上说,《古炉》绝对应该被看作是一部颇得《红楼梦》神韵的原创性长篇小说)。反复阅读此作的一个直接收获就是,我越来越相信了这样的一种观点,那就是,大凡那些以佛道思想做底子的小说,基本上都应该被看作是优秀的汉语小说。只要有了佛道思想的底子,只要能够把佛道思想巧妙地渗透表现在自己的小说作品中,那么,汉语小说,自然也就会具有不俗的思想艺术品位。令人颇感遗憾的是,在一部中国现当代文学史上,能够真正参悟领会佛道思想,并且将其贯彻到小说作品中的作家,实际上是相当少见的。但写出了《古炉》的贾平

凹,却明显是这少见的作家中的一位。……我们之所以敢于斗胆断言,说《古炉》是一部当下时代难得一见的"伟大的中国小说",与这种思想底色的存在自然有着极密切的关系。(第37—38页)

此处王春林偷懒了,应该深论而未论,既然佛道思想对于《古炉》这么重要,他就有必要通过分析而坐实这个精彩的看法,让读者信服。因为"大凡……"的绝对性判断会遇到反证的质疑,在这种绝对性判断得不到百分之百文学实例保证的情况下,读者自然希望看到佛道思想是如何渗透《古炉》并使之成为一部"伟大的中国小说"的。

王春林擅长文本细读和人物分析,一部长篇小说最终能否挺立起来,很大程度上是通过人物形象来实现的。王春林深谙其道,所以格外用心,他的人物分析之精彩在学界多有赞誉。《古炉》人物几十位,出神入化者至少十来位,作者重点分析了其中的六个人物形象,他们是"神界"人物狗尿苔、蚕婆、善人,"半神半魔"人物霸槽、朱大柜、杏开。所谓"神界"人物,是形容他们从苦难之炉火中升华出了以慈悲关怀为核心精神,灵魂接近于"神界"。所谓"半神半魔"人物,是形容他们有时为善接近"神界",有时作恶接近"魔界"。

"神界"人物:狗尿苔卑贱丑陋,如同韩少功《爸爸爸》中的丙崽,是个永远长不大的怪人,备受歧视,总是处于被侮辱、被欺负、被迫害的状态之中,但这个人物又是小说中最多地承载着贾平凹写作意图的一个带有自传性的人物形象,一位"畸于人而侔于天"、甘愿为世人承担罪责的拯救者形象。蚕婆是"伪军属",一个善良仁厚的村妇,就因为她是所谓的"阶级敌人",人生凄苦,命运悲惨。但蚕婆以慈悲行善立身,使之成为古炉村不可或缺的乡村能人和传统伦理道德的化身。"乡间智者"善人郭伯轩同蚕婆一样,是阶级斗争时期古炉村被批斗的阶级敌人,但包括支书、队长在内的乡民们又无法摆脱对他的依赖,他以他的存在成为乡村社会那些普通乡民的精神支柱。

"半神半魔"人物:霸槽是《古炉》中最丰满动人且人性内涵最为丰富

的人物形象,他的内心世界里总是涌动着无毒不丈夫的人性之恶,某种意义上,他完全可以被视为小说中的一朵"恶之花"。在与狗尿苔的关系中,又可发现他人性之中还残存着善根。在土改中异军突起的朱大柜,从那时起一直担任古炉村支书,是古炉村所有权力系于一身的政治掌门人,他又是朱氏家族中一言九鼎的重要人物,事实上的家族族长,于是,他所出演的往往既是村支书又是家族族长的双重角色。他老谋深算,性质上如同霸槽,都属于正邪两赋、善恶交杂的人物。贾平凹善于写女性,如同《高老庄》中的菊娃、《秦腔》中的白雪,杏开性格中虽然不乏刚烈的一面,但总体上属于善良柔弱的传统型女性形象,令人遗憾的是,她们最后都无法避免被男性遗弃的结局。杏开的人物形象塑造主要是通过与霸槽的情爱纠葛而展开的,她对霸槽的爱达到了痴迷的程度,为其丧失了自主性;她对霸槽的百依百顺与对父亲的刚烈抗争,表现了她人性的复杂丰富。

读罢全书,我的判断是:这是一部对贾平凹其人其作透悟深刻、创见高出、述学畅达且具个人评论特色的论著。品评之余,能够感觉得到作者充足的思力和才气,他的思力表现在观点和看法的发现,以及理论框架的建构上;他的才气不是笔底生风的灵动,而是隐于平实之中的畅达之风。自然也能感觉得到专论的一些缺陷,比如由核心观点统领的理论框架就有点松弛,原因是作者没有平等地对待结构中的每个部分,尽管我们知道研究中不能平均使力,但也不能像他这样,有些部分铆足了劲写,有些部分则一笔带过或平平掠过,岂不知,它们即便是次要角色,可也是理论框架中的一个组成部分,起码是一颗螺丝钉,你怠慢了它,它就松懈,它一松懈,整体结构还能不松弛?又比如整个文本,可能是作者出手太快的原因,一定程度上阻碍了思力更深的推进和述学更精的表达,因而有些地方难免存有粗糙之嫌。

(原载《小说评论》2016 年第 5 期)

寓言叙述的两种写法

——再读《美好的俫人》和《无风之树》

　　贾平凹的短篇小说《美好的俫人》和李锐的长篇小说《无风之树》是两篇意蕴各不相同的小说，但它们所描写的对象和基本的叙事方式大致相同。其一，它们都以偏远古朴落后的俫人村落的俫儒作为描写对象，为新时期小说乃至中国当代小说增添了特异的俫人形象。其二，它们都以寓言叙述作为小说基本的叙事方式。所不同者：《美好的俫人》是纯正的寓言小说，而《无风之树》则是带有寓言意味的小说；《美好的俫人》的寓言叙述意在建构寓言寓意，而《无风之树》的寓言叙述则起着解构寓言又直抵现实意义的作用。由于所描写的现实内容和叙述目的的不同，两篇小说的主旨和意义也截然不同。

一

　　《美好的俫人》是一篇当代寓言。寓言是一种虚构的故事，它的意义不在故事本身，而在于引申意义。按照莱辛的说法，寓言的最终目的，也就是创作寓言的最终目的，就是一句道德教训。寓言所表述的并不是个别具体的真理，而是一个普遍的道德格言，并不是隐藏或者伪装在某一情节的寓意之下，而是引回到一个个别的事件上去，使我不仅在这个事件里发现若干和这道德格言相似之处，而且十分形象地在里面认出这一条道德格言。换言之，要是我们把一句普通的道德格言引回到一件特殊的事件上,把真实性赋予这个特殊事件,用这个事件写成一个故事,在这个故事里大家可以形象地认出这个普遍的道德格言,那么,这个虚构的故事便是一则寓言。①《美好的侏人》正是这样的小说,不过,我们现在还不能顺着这个铺设好的理路冒然地闯入它的故事。为了更好地解读它,我们有必要先解读作者的意图,和作者一道进入与它相连的另四篇小说,然后再进入它的寓言故事。

《美好的侏人》是一个独立的短篇小说,但发表后不久它便被它的作者玩魔术般地移至长篇小说《妊娠》中,成为其中的一章。与它一起进来的,还有另外四篇小说。五篇小说已经独立存在,为何又要取消它们的存在权而将它们重新组合,贾平凹在《妊娠》的《后记》中是这么解释的:

> 夜里阅读《周易》,至睌第三十八……灵感蓦然爆发,勾起了我久久想写又苦于未能写出的一部作品的欲火。
>
> 之后长长的三月之内,我做着这部长篇的总体构思工作,几乎已经有了颇完整的东西,但因别的原因,却未系统地写出,姑想是一头牛,先拿出牛肚,再拿出牛排,又拿出牛腿吧,这就是先后在报刊上发表的《龙卷风》《马角》《故里》《美好的侏人》等等。我始终有个屏弱的秉性,待这些东西分别发表了,外人皆认可是独立的中篇和短篇时,倒不敢宣言这全是化整为零的工作,组合长篇一事也就再不提及。也就在这期间,结识了作家出版社的编辑潘婧同志,她是女性,颇具都市文明风度,在编完我的《浮躁》之后,就注视着我的这些长短不一的作品,忽来信说:这也是一部长篇啊!一句话勾动我的初衷,给了我勇敢,我真感激她。但是,当我整理时,已发觉这些长长短短之文在分别发表时地点虽在陕南而村名各异,内容虽为一统而人名别离。潘婧同志说:读者要看你的流水账吗?既是化整为零,亦可聚零为

---

① 莱辛:《论寓言》,见《古典文艺理论译丛》(七),人民文学出版社1964年版,第137—153页。

整,我要你的是整头的牛！那么,我牵出牛来,请潘婧同志,也请读者同志只注意这牛是活的,有骨骼有气血的,而牛耳或许没有,牛蹄或许是马脚,牛毛或许是驴毛,那就希望你们视而不见,见而不言破罢了。①

暂且不说这么做是否符合艺术规律、是否必要,我们还是先看作者的意图。

《妊娠》共五章,其次序排列颇具深意。第一章是《美好的侏人》,接下来的四章依次是中篇小说《龙卷风》《故里》,短篇小说《马角》和中篇小说《瘒家沟》。在贾平凹构建的"商州地域文化小说"中,先于《妊娠》而存在的这几篇小说因与《小月前本》《鸡窝洼的人家》《天狗》《远山野情》《黑氏》等小说异趣而显示出商州地域文化的另一种风采。

经"聚零为整"成长篇后,五篇小说原先透着古朴民风和乡野气息的题目——隐去而为比喻性且思想蕴含非常明确的"意象性题目"所代替。作为这部小说的题目,"妊娠"形象地点化出了作者的意图。贾平凹用妇女妊娠总是"巨大的幸福"伴随着"巨大的痛苦"这一生育现象来比喻社会变革引起中国传统乡村发生痛苦裂变的现状,无疑是非常形象的。社会变革把崭新的经济观念和现代文明意识引入传统的乡村社会,进而引起人们心理上、观念上和行为上的种种变化,农民逐渐摆脱因袭的重负而迈向新的生活。另一方面,社会变革也唤醒了人心中被压抑已久的种种欲望,而其中的带有原始症状的贪欲、物欲和性欲等匮乏性欲望一旦溢出,就很快地与极端的个人主义联手而产生巨大的能量,在符合时代精神的名义下无视现存的社会规范和群体道德,由此而常常产生"恶",在张扬个性与开辟道路的同时,把一些美好的东西也摧毁了。在社会变革急剧变化的时期,尤其是在传统的价值观和道德规范虽然受到颠覆但还没有、也

①　贾平凹:《贾平凹文集·野情卷》,中国文联出版公司 1995 年版,第 324—325 页。

不可能全部退出历史舞台,而新的价值观和道德规范还没有建立起来的社会变革的初期,价值失衡、道德失范——美与丑、善与恶的并存是一个普遍的社会现象。如何看待并评价这种特殊的社会现象并权衡社会变革的得与失,是一个重大的社会学命题。贾平凹没有对这种社会现象作出二元对立的价值判断并进而概括这个时代的精神,他认为"一个时代有一个时代的精神,在当时并不被大多数人体察的,过后则明了矣,而要写出这个时代,此时代的作家只需真真实实写出现实生活,混混沌沌端出来,这可以说起码是够了。"①

《妊娠》前四章叙写的生活故事的意蕴与作品的意图基本一致,但第五章《瘛家沟》则以叙写乡间的奇闻轶事与怪诞传说为主向,它一半与前四章的意蕴相近,一半则遁入神秘魔幻越了轨。贾平凹的小说,从1983年的《商州初录》《小月前本》开始,非现实性的神秘现实的描写越来越浓,到《龙卷风》《故里》《瘛家沟》等小说则更盛。不过,《龙卷风》《故里》《马角》等小说中描写的神秘现实(神秘现象与神秘意识),是"非现实的现实化",在民间是被当作现实来对待的。而《瘛家沟》中的一些关于神秘文化的非现实性描写则肢解着客观现实的内容,并将其拖入民间文化遗存的观念性层面,由此而生出了怪诞魔幻的触须。而魔幻描写则是"非现实的现实幻化",与神秘现实描写有着根本的区别。

尽管《瘛家沟》的一些描写越了轨,但就整体而言,《妊娠》中各章的主旨和意义基本上是相近的。与其他四篇明显相异的是,《美好的侏人》是一篇寓言小说。在我看来,作者之所以将《美好的侏人》放在五篇之首作为第一章,其用意可能是让这篇隐含着"一个普遍的道德格言"的寓言故事作为《妊娠》的"引子"而统摄全体,以达到以虚带实、以"道德格言"引出现实的生活故事、以寓意喻指现实意义的目的。而其他四篇,仿佛是对它的演绎或注释。

现在,可以谈《美好的侏人》了。

---

① 贾平凹:《贾平凹文集·野情卷》,中国文联出版公司1995年版,第323页。

310

这是一篇用现实的材料构设的寓言。在一个偏远古朴、贫穷荒凉几乎与世隔绝的山村,不知从哪朝哪代开始,居住着清一色的侏人。这天,一个叫"大鼻子"的男侏人因掘井十多天,疲倦不堪,迷迷糊糊地靠着大树下的麻袋睡着了。第二天清晨,一个精瘦如柴的老头驾车至此,神神慌慌地拿走麻袋。麻袋是他遗在这里的,发现丢了,急忙返回寻找。大鼻子侏人一问,才知这是一麻袋钱币。大鼻子侏人有些懊悔。消息传到村里,全村骚动。男侏人们怨恨自己没有拾到这麻袋,一边讥笑打井的侏人没福,一边埋怨赶车的老头没有送给大鼻子侏人一部分钱。他们愤愤不平,立即联合起来去追赶大车。女侏人们也为打井人叫屈鸣不平。她们转而又想,"这也好。不义之财怎么能发得呢?凭良心安妥……咱这村子好仁义的。"她们觉得打井人做得对,"若不这样,他一下子有了一万五千元的钱,这村子里还会这么和和气气吗?钱是人造出来的,钱多了反过来要害了人。财大气粗,在家里就打老婆,骂孩子,甚至闹到重新捣腾老婆,去赌博。现在不能抽烟土了,就酗酒,勾引别家的媳妇女子。"男侏人们没追到大车,神情沮丧地回到家里。女侏人便指责自己的男人不该去追赶大车,"你追那老头干啥?要人家给钱,给多少钱?钱要回来,打井的要分,你们追的人要分,能分得公平吗?要闹事红脖子涨脸,亲不是亲,邻不是邻吗?"男侏人都自感羞耻,"为了那么一点钱险些坏了这个村子人的仁义"。他们真诚地赞美打井人,是他使他们避免了一场分裂,杜绝了罪恶的产生。接着,他们带着忏悔的心情帮助大鼻子侏人打井,于是,侏人村又出现了一派融洽和平的景象。

作为寓言,《美好的侏人》传达出的寓意其实就是一句道德格言:金钱是万恶之源。在小说中,这个古老的传统观念是由仁义村的侏人们发出的。在他们看来,金钱是个好东西,又是个坏东西。后一种观念由于历史悠久已凝定为传统观念,深深地潜存于人的深层意识中,因而比第一种观念的力量不知要强多少倍。前一种观念刚溢出尘封的意识层面,很快就被后一种观念淹没了。《美好的侏人》描写的侏人并非道德的楷模,它不过是借侏人们在欲望与道德之间的来回摆动,传达出一个道德教训,揭示了金钱与道德的对立关系。或者说,小说是在"金钱是万恶之源"这一道德格言的提示下,以迂回方式探知了道德与欲望在金钱诱惑之下的变化。从这个意义上来说,这是一篇地道的寓言小说。

《美好的侏人》传达出的意义绝对不止于此。顺着它营构的寓意往更深的人性的层面探寻,就会发现它还揭示了一个非常有意义的文化现象:人人心中都有善与恶的潜存,它们常在原始的欲望与文明的社会道德之间奔突,并受其制约与定义;人性的质量取决于德性的水平。

再顺着这一思路回到《美好的侏人》构设的寓言故事,我们首先窥到的是侏人们幽闭保守的价值观,那就是穷守善、富致恶的道德观念。在金钱与道德的二元对立的价值选择中,表现了侏人们对虽然贫穷但却安宁和谐的带有原始状态的农业文明的护守,对以金钱为标志的现代文明的抵抗。这当然不是叙事者和作者的观念。金钱是个中性物,它是文明的产物,同时又创造着文明。它能够激励人、帮助人,也能够诱惑人、腐蚀人,关键不在金钱,而在人性的质量。表象地看,金钱常常异化人,尤其是在一切以金钱为衡量标准的社会更是如此。所以,人们经常把种种过失、丑恶归罪于金钱。深入地看,不是金钱异化人,而是人异化金钱。在现代社会,金钱财福是衡量社会发展的重要标志,它作为一个巨大的物质文明的符号形象,已经上升为整个世界占主导地位的价值观。金钱一旦堂而皇之地进入现实生活,必然要改变人性中的善恶结构,改变现存的道德评价的标准。我想,《美好的侏人》的深意该在于此。

二

处于民间边缘的侏人群落,必定要远离大众社会,以便避免由于生理的缺陷而在对比中承受来自心理的、精神的乃至政治的、经济的和人性的种种压力。远离大众社会的有效距离最好是处于大众社会的边缘,这样既可以主动地阻隔大众社会的骚扰,又可以与大众社会保持若即若离的游丝般的联系。这样的地方最好处在人烟稀少、人迹罕至的偏远闭塞、交通不便的山区。非常巧合,《美好的侏人》中的侏人们居住的村庄坐落在陕南商州的群山峻岭之中,而《无风之树》的矮人们居住的矮人坪则藏在吕梁山最偏远的地方。寓言式的人物,寓言性的环境,这是多么容易产生神话、寓言和童话啊!可现实的矮人坪山高路遥、荒凉贫瘠,贫瘠得让人心寒,是一个谁也不愿去的地方。但这些不仅没有取消寓言叙述,反而强化了寓言叙述所需的神奇性。

《无风之树》的寓言式人物和寓言性环境是构成寓言的前提。谢泳甚至认为《无风之树》是"关于一个民族苦难记忆的寓言,是民族苦难的心灵史"。[①] 矮人坪人面对的苦难首先是由物质和性的严重匮乏而造成的生存苦难。矮人坪极端贫困,村里的绝大多数男人因贫穷和生理的缺陷而娶不到媳妇,性饥渴压抑着并异化着人性。无奈之下,队长曹天柱只好娶一个傻女人传宗接代,而其他的"瘤拐"只好在由队里出资救活逃荒的暖玉一家之后,把暖玉留下来作为他们的"公共媳妇"。特别是作为矮人坪唯一的"阶级敌人"拐叔(拐老五),所承受的苦难屈辱要比其他人更多更深。他因为替远走他乡的哥哥照看几亩地,土改时被定为富农,从此变成"阶级敌人",成为历次政治运动斗争的对象。

面对苦难,矮人坪人默默地承受,在承受苦难中习惯苦难,进而化解苦难。苦难意识一旦被取消或发生方向性的变化,生存的意义也随之发生变化。拐叔积几十年的人生经历所形成的人生观无疑具有代表性,他曾经产生过这样的看法:"瘤拐是人,不瘤拐也是人,是人就得受人的罪,人活一世其实就是受罪这两个字。"将人生的意义定义于受罪,这还是被迫承受苦难的意识表现。超越苦难、取消苦难,必须有化解苦难的方法或途径。拐叔(包括矮人坪所有的人)化解苦难的方法很简单,那就是在生活体验中无师自通地将生存意义进行置换,将承受苦难置换为享福。拐叔对牲口"二黑"说的一番话表露了这一生存意识:"人生一世,你怕也得

---

① 参见李国涛、成一等:《一部大小说——关于李锐长篇新著〈无风之树〉的交谈》,《当代作家评论》1995年第3期,第13页。

活一辈子,不怕也得活一辈子,怕不怕,反正就是一辈子。只要你还想活着,吃多大苦,受多大罪,当牛做马,那也是享福。你要是不想活啦,天天让你当皇上,天天让你吃烙饼、喝香油,天天让你穿龙袍、坐轿子,那也是受罪。"重要的是活着,活着虽然沉重,但活着便是享福。活着的意义就在活着的本身,活着即意义。因此,他们所承受的一切苦难、一切辛酸、一切屈辱都因活着而转换为"享福",凝定为生存的意义。

至此,《无风之树》的寓言叙述仍没有偏离建构寓言的方向。然而,《无风之树》的寓言叙述的目的不是建构寓言,而是借寓言叙述解构寓言,由此达到消解政治权力的目的。

矮人坪是贫穷的,又是安宁的。矮人坪人独自承受苦难需要和谐安宁的环境,他们不愿外界的人贸然地闯进来搅乱他们的生活。矮人坪与世隔绝、与世无争,但就是这样的地方,也没有躲过无孔不入的"文化大革命"的摧残。小说通过"树欲静而风不止"的象征性隐喻,表现了极端化的政治对民间的粗暴践踏。具有反讽意味的是,对"树欲静而风不止"这一象征性隐喻作出形象解释的,不是矮人坪的瘤拐们,而是来矮人坪清理阶级队伍、制造灾难的公社革委会刘主任:"知道什么叫'树欲静'吗,啊?树欲静就是说树它倒是想停住,想歇歇。可是风他妈×的一股劲地刮,一股劲地刮,刮得你想停也停不住,想站也站不住。阶级斗争也是这个样,也是他妈×的不由人,你想不斗也不行!知道了吧?都是原则!"矮人坪人想"静",但政治刮起的阶级斗争之"风"则疯狂地刮,矮人坪的和谐安宁被破坏了,瘤拐们自然要迁怒给他们带来灾难的刘主任和苦根儿:"你恁大的个,苦根儿也是恁大的个,跟你们说话就得扬着脸,扬得我脖子都酸啦。你们这些人到矮人坪干啥来啦你们?你们不来,我们矮人坪的人不是自己活得好好的。你们不来,谁能知道天底下还有个矮人坪?我们不是照样活得平平安安的,不是照样活了多少辈子了?瘤拐就咋啦?人矮就咋啦?这天底下就是叫你们这些大个的人搅和得没有一块安生地方了。自己不好好活,也不叫别人活。你们到底算不算人啦你们?你们连圈里的牛都不如!"

矮人坪的"瘤拐"对上面派来的"大个"干部的不满乃至愤恨,实际上是居下的民众对居上的唯恐天下不乱的政治运动者的否定。纯粹的现实内容被纳入寓言叙述之中,寓言故事、寓言人物和寓言环境构建寓意的功能被消解,象征性隐喻被转换为对纯粹的现实内容的直指。

矮人坪的男人们萎缩软弱,是一群软骨头,他们"绑在一块",也斗不过刘主任一个人,甚至不敢碰他"一个手指头"。他们除了"骨碌骨碌"地瞪着个大眼睛,什么也不敢干。他们只会在背后或心里发泄他们的愤恨。而敢于无视政治、阶级斗争,敢于蔑视刘主任、苦根儿权威的,倒是矮人坪瘤拐们的"公共媳妇"暖玉。暖玉与矮人坪男人们及刘主任结成的性关系,成了矮人坪人抵抗政治和阶级斗争的最后一道防线。在《无风之树》中,性无处不在,它静静地、柔美地流淌,随物赋形,继而悄然无声地腾升起来,形成一个巨大的意象。这原本不是我们想看到的,可结果只能是这样。在作品里,性常常是"瘤拐们"向强大的政治权力抗争的最后手段,是人性觉醒与放飞的场地,作品里的性关系总是与被压抑的精神状态息息相关。于是,小说展开了性与政治相互消解的描写。在"革命时期",政治权力具有无限的消解功能,没有什么力量能够阻挡它的意志。它蛮横地取消一切,迫使一切都成了它的附庸、它的工具,就连最私有的性爱也被它拉上了阶级斗争的战场,时时刻刻受它摆布。小说对此作了充分的描写,我们在男女的性爱生活中处处感受到一股强大的政治力量的粗暴干预。与此同时,小说着重描写了性爱对政治权力和阶级斗争消解的效应。在政治权力的压制下,性拒绝与政治合谋,它在抗拒政治并消解政治暴力的同时,自觉地投入人性的世界,在性爱中展现生命的意义。这一切,全因为有个暖玉。

性在作品中的作用,可以从三个方面来分析。

首先分析暖玉与矮人坪男人们的性关系。暖玉与矮人坪男人们结成的性关系是苦难岁月里被扭曲的人性中绽放的花朵。暖玉最初愿意留在矮人坪做瘤拐们的"公共媳妇",一是为了报答矮人坪人救活了她一家人的大恩大德;二是为了与葬于此的二弟做伴。饱受性饥渴的瘤拐们为"大个"世界来的暖玉愿做他们的"公妻"而感激不尽。他们供着她、养着她、护着她,让她做最轻松的活,记最多的工分。性是生命存在的状态,是人生命的需要,矮人坪的瘤拐们因贫穷和生理的缺陷而导致的性匮乏扭曲了他们的生命形式,是集性与美于一身的暖玉给他们带来了安慰,带来了生存的意义。于是,性在作品中不是体现为对种族的、家族的和家庭的繁衍功能,也不仅仅是获得快乐和享受的工具,性最终被认为是矮人坪男人们的生命形式。从矮人坪男人们的身上,我们能够感受到性的强大力量,在那个视性为不道德的年代,性绽放的纯洁花朵,足以让一切都黯然失色。《无风之树》将性作为生命存在的本性、存在的意义和存在的力量,既是对人的生命属性的确认,也是对性的合法性的指认。

接下来分析暖玉与刘主任的性关系。具有讽刺意味的是,作为官方意识形态代表的刘主任每次来矮人坪都是直奔暖玉家,睡了暖玉后才开会办事、传达中央文件、抓阶级斗争。矮人坪男人们虽然既不敢怒也不敢言,但他们在心里极瞧不起他:"你算啥呀你,端着公家的铁饭碗,还又跑到这儿来抢别人的,你是主任,谁抢得过你呀。""你今天下午刚刚在这盘土坑上睡了暖玉,你睡暖玉的时候身上就装着中央文件,你说,你怎么能叫群众信任你呀?"不仅群众不信任他,就连来矮人坪抓阶级斗争的苦根儿也指责他:"可你为什么非要睡到暖玉窑里?暖玉和阶级敌人睡,你来了又和暖玉睡,你当主任的和阶级敌人睡一个女人,你叫我怎么斗争?你还介绍我入党呢你,你自己就不够格儿!"刘主任是何许人也?黄土峁公社革委会主任,一贯专横霸道且以土皇帝自居:在这块土地上我说干啥就干啥,"党就是我,我就是党,我站到哪儿,革命立场就在哪儿!"我是领导,"领导就是你愿意,也得领导你;你不愿意,也得领导你。愿意不愿意都得领导你!"这样的人能让别人非议自己吗?出人意料的是,面对苦根儿的指责,刘主任不仅没有发火,反而吐出了深藏在心里的苦衷:"暖玉那儿收拾得又干净,饭又做得好。咱这穷地方,把革命工作做完了,就没啥干的,就没啥娱乐的。"重要的是,暖玉不是一般的女人,那是个让他着迷的女人呀!他之所以到谁也不愿去的矮人坪抓革命,全因为矮人坪有个暖玉。

从这里,我们窥见了这个非常"革命"的政治运动者心灵深处潜藏着的对革命的疲倦甚而厌弃的情绪,革命造成了他人生的缺失,对此他感到深深的不满。但他又不甘心这样走下去,暖玉的出现,唤醒了他被"革命"冷冻多年的人性,他觉得暖玉可以弥补他人生的缺陷。这时,一个念头在他的意识中产生了,他要娶暖玉。在革命高于一切的年代,一个领导革命的干部要与妻子离婚而同一个阶级不分的女人结婚,简直是在拿自己的政治生命开玩笑。革命与性爱发生了冲突,在二者中,干了一辈子革命的刘主任竟然在"革命时期"选择了性爱,这是对革命的最大嘲弄与否弃。尤奈斯库曾就人性说过这么一句话:"我觉得我们每个人身上其实都存在好几个人。"①刘主任呢?在我看来,他至少扮演了两种角色:领导革命的政治运动者与民间行为的实践者。说白了,他是集革命者与偷情者于一身。他所承担的两种角色互不相容,这使他常常处于苦恼之中。

最后,是民间的人性力量战胜了他多年持守的信念。最可悲的是,即使是在他为了娶暖玉而与妻子离婚,为此受到撤职处分时,暖玉也不愿和他结婚。暖玉爱的不是他。暖玉和他睡,全是为了应付他。她不畏惧他,相反,她常常嘲弄他。但她不敢得罪他,得罪了他,矮人坪就要遭难。为了矮人坪的男人们,暖玉不情愿地与他发生性关系。暖玉真正心爱的人是拐叔,她敢于在清理阶级队伍的会场上端水给受批斗的拐叔喝,敢于在拐叔死后为他哭,为他缝新衣。刘主任对此十分恼火,"这女人!真他妈×的一点阶级立场也没有!"拐叔一死,她觉得整个世界都空了。

最后分析性与政治权力的关系。解读作品,可以发现性成了探寻施行于它之上的政治权力运作目的的线索。在《无风之树》中,性时刻受到政治权力的监视和压抑;政治权力极力否定性的无阶级性,指责它搅乱了矮人坪的阶级阵线。政治权力企图让性按照它的意图、指令行事。与此相联系,政治权力为性制定了秩序,而这秩序同时又成为可解的形式:性

---

① 引自廖星桥:《荒诞与神奇——法国著名作家访谈录》,海天出版社 1998 年版,第 17 页。

必须放在阶级关系的基础上加以阐述,由此性成了阶级性的显在表征。政治权力通过对性的无阶级性的否定,对性加以限制,为性制定秩序,另一个重要的目的是让性自我否定。这样就可以达到对性的双重否定:一是政治权力对它的否定,二是性的自我否定,政治权力就是通过玩弄这种否定手段来对待纯真的性的。

在小说中,性成了一个政治问题,既然是政治问题,就要受到监视和控制,成为权力者强占的对象。福柯强调:权力本质上是一个强占权利,对东西、时间、肉体乃至生命本身的强占。① 性之所以会成为政治问题,全因为它被强行纳入政治关系中,而这,恰恰是它极力拒绝又不愿见到的。

三

《美好的侏人》和《无风之树》的两种寓言叙述体现了两种截然不同的目的意向性,前者是为了建构寓言,后者则是为了解构寓言,但在叙事结构上,它们却有着内在的一致性。如果把它们的叙述化简为一系列的叙述句子,即叙述“序列”,可以看出二者的同形性。《美好的侏人》的叙述序列可以这样描述:(1)偏远古朴、荒凉贫穷的侏人村宁静和谐,侏人们素以“仁义”自居。(2)一麻袋钱币引起全村侏人们的骚动,往日的宁静被打破。(3)受金钱的刺激,潜存于侏人们意识中的欲望(物欲)一览无余地溢出意识的层面。(4)金钱与道德、善与恶、美与丑发生冲突。(5)道德经受了考验,制止了金钱的诱惑,善战胜了恶,美战胜了丑,侏人村又恢复了往日的平静。对《无风之树》的叙述序列也可以作这样的描述:(1)偏远闭塞、贫瘠落后的矮人坪平静安逸。(2)“树欲静而风不止”,无事生非的阶级斗争之“风”搅得矮人坪不得安宁。(3)矮人坪人屈从于阶

---

① 引自刘北成编著:《福柯思想肖像》,北京师范大学出版社 1995 年版,第269 页。

级斗争的迫压。（4）民间意识与主流意识发生冲突。（5）矮人坪人消极抗争阶级斗争，消解并颠覆了极端化的政治权威，民间意识终于取消了主流意识的合法性地位。

叙述结构的同形性并不导向同样的结果。《美好的侏人》和《无风之树》在叙述结构具有同形性的情况下产生了两种不同的结果再次证实了这一艺术规律。《美好的侏人》营构的寓意蕴含的是一个传统的避恶扬善的道德教训，它的现实意义在于接受者对它的阐释。《无风之树》可以不用寓言叙述也能够展现它的生活故事，表现出大致相同的意义，但它的艺术效果，尤其是在艺术创新方面，无疑不及现在这样。寓言叙述的虚构性、特异性显示了它的独特意义。《无风之树》用寓言叙述这种古老的叙述方式接通现实，在叙述中避开寓意的营构而直抵现实，并与反讽叙述合力，最终达到了消解极端化的政治权力的目的。《无风之树》的寓言叙述是从第二个"序列"开始偏离寓言寓意营构方向而向纯粹的现实层面滑移的，现实否弃了寓言叙述通常持守的目的意向性——建构寓言寓意，但寓言叙述作为叙述方式一直持续到第五个"序列"。

寓言叙述构设的冲突在行动者与行动者之间展开。行动者是履行行动的行为者，他们并不一定都是人。他们可以是人，也可以是物或无生命的物质，"换句话说，一只狗、一部机器，都可以作为一个行为者而行动"。行为者不等于人物，人物指具有显著的人类特征的并能产生角色效果的行为者，"行为者是一个结构上的状态，而人物则是一个复杂的语义单位"。① 行为者具有确定的意图，渴望奔向一个目标。不过，在《美好的侏人》里，钱是第一行动者，是它引起了具有"仁义"之称、一贯追求宁静和谐的侏人村的侏人们的骚动。于是，侏人们成了第二行动者，二者构成的冲突围绕欲望与道德、善与恶、美与丑而展开。实际上，这种冲突关系因金钱的无意识性和被动性而变成第二行动者之间的冲突。而《无风之树》的

---

① 米克·巴尔：《叙述学：叙述理论导论》，谭君强译，中国社会科学出版社1995年版，第90页。

第一行动者是人物,即刘主任和苦根儿,第二行动者是矮人坪人,包括从"大个"世界来的暖玉。第一行动者与第二行动者之间构成的冲突围绕"清理阶级队伍"这一事件展开,第一行动者的凌厉攻势与第二行动者的消极抵抗在力量对比上明显悬殊,但第二行动者集体持守的民间意识和人性力量在不自不觉中削弱着第一行动者坚守的主流意识形态,致使刘主任在革命与性爱的冲突中厌倦革命,自觉地进入人性的温柔之乡。

《美好的侏人》叙述的故事,没有明确的年代、地点,连村名和人名也一一隐去,人物充分的符号化;还有,第三人称叙述者一直以侏人的视角来观照生活,这一切都符合寓言超越现实而着力追求寓意构建的要求。《无风之树》叙述的生活故事有确切的年代、地点,村名和人名也一一俱全,这一切构成了现实的客观性,时时刻刻点明生活故事的现实性。《无风之树》的叙述在艺术上有一个现代性的创新之处,那就是绝大多数出现在生活故事中的人物和动物(暖玉、拐叔、天柱、天柱的傻子老婆、刘主任、大狗、丑娃、丑娃老婆、糊米、传灯爷、二牛、牲口"二黑"),都是参与情节的第一人称叙事者,再加上一个实际上是以苦根儿的视角来观照生活的第三人称叙事者,一共是十三个叙事者。"这些叙事者在叙述展示故事的同时,也都以各自不同的身份参与了整个故事的进程,他们一方面以主体的方式叙述故事,另一方面则又以客观的方式被其他的叙述者叙述。"①因此,《无风之树》的现实内容在现实和心理的层面均呈现出立体的状貌。

(原载《文学评论丛刊》2000 年第 2 期,《当代作家评论》2001 年第 2 期摘转)

---

① 王春林:《苍凉的生命诗篇——评李锐长篇小说〈无风之树〉》,《小说评论》1996 年第 1 期,第 60 页。

第四辑

灵 魂 之 殇

——刘庆萨满文化长篇小说《唇典》论

可尊可敬的科学啊,当我秉承您的治学精神,带着由现实、客观、理性、唯物等知识训练出来的坚硬头脑走进萨满文化长篇小说《唇典》时,我所有的知识顷刻间稀里哗啦成了一堆破铜烂铁。这是一个全然陌生的世界,我拥有的知识敲不开它的门,更不用说走进它了。

这是一个怎样的世界啊? 在我们熟知的人类世界之外,居然还有一个比人类世界更远古、更神秘、更难以把握的神灵世界。这个与人类比邻而凡眼不能达及的世界,巫风神气弥漫,神灵鬼魂穿梭,数不清的神灵生于其中,不死不灭,世代共存;这个世界没有年代的标识,没有时间的磨损;神灵鬼魂们各有自己的爱好和习性,他们像人一样有喜怒哀乐,有情欲,有善恶,有各自的独门绝技——幻术和奇能。

萨满说:这是我们满人及其信奉的萨满教引以为豪的地方。基于"万物有灵"和"灵魂不灭"的思想观念,我们拥有一个庞大的神灵谱系,从大千世界自然神到氏族部落的祖先神,都是我们崇拜的对象。

萨满又说:萨满世界是生成的,不是虚构的。最古最古的年代,世上只是一个小水泡,天像水,水像天,后来,水泡里生出一个女神,族人叫她天神——万物之主阿布卡赫赫。天神小的时候像水珠,长大后变成天穹。她的上身裂出星神卧勒多赫赫,下身裂出地神巴拉姆赫赫。三个女神同身同根,同生同孕,合力造化万物。万物有灵,庞大的神灵谱系由此生成。仅星神就有包括北斗七星神在内的 52 位之多,还有雾神、霜神、山神、树神和动物神,动物神里又细分为老虎神、熊神、鹰神等等,多得数不清。除了这些自然的神祇,神灵谱系还有祖先神。

若追问:萨满世界是真实存在的吗?我想,科学肯定断然否定,会说这是反科学的迷信;常识自然也不甘落后,会说这不符合常识,分明是虚构的世界;一向聪明的作家会说,这是幻想的神话。而满人特别是他们的精神领袖萨满则肯定地说,这些都是真的。

我该相信谁呢?《唇典》的叙事者——满人的最后一个萨满满斗说,你们先别急着信谁不信谁,且听听我说的故事吧。我说的故事,我们满人叫"唇典",就是嘴唇上传承的故事,即世世代代、口口相传的故事。

一、 神奇的萨满世界

人神二界,泾渭分明。但在萨满眼里,人神共存一界——萨满世界。既然"万物有灵",那么,作为万物之首的人类,亦归于灵界。只不过,人活着时,灵肉一体,灵魂栖居于肉身之中;偶有逸出,那多半是在睡梦中或迷幻中,而其他魂灵多半也于此时趁机附入人体。人死则灵肉分离,肉身归入泥土,灵魂飞向灵界。人处于万物之中,亦可以说人处于万灵之中。万灵共存,人与神灵相互越界侵害的事就会频频发生,人的吉凶祸福、生老病死均源于此。这时候,就需要一位既通晓人神意愿又能与人神二界说上话的中介者来沟通彼此的联系,历史在急切地呼唤一位能够改变人类命运的人物出现。巫师应运而生,他成为历史上第一位人与神灵的代言人,而萨满则是紧随原始巫术演进到原始宗教萨满教阶段,并且是巫教一体阶段出现的新的神职人物——既脱胎于巫师又超越巫师,同时又保留了很多巫师法术的兼具人神两性的人物。据萨满教研究者的田野调查资料及相关的历史记录,可以确认,"萨满在民族生活中地位崇高,因为其不但会击鼓甩铃,焚香祈祷,吟唱神歌,和诸多的神灵交往,转达人的愿望,传达神的意志,有的还会模拟各种神兽灵禽翩翩起舞,甚至会钻冰眼、跑火地子、喷火、跳树等各种神技。萨满能够讲解'乌车姑乌勒本',即萨满教神话。这种神话充满了英雄主义,凝聚着族人的理想、愿望和憧憬,规范着人们的道德、行为,实际上它是原始时期氏族或部落的宪章。萨满不但在祭祀中扮演主角,而且往昔氏族、部落生活中的大事,如出征、打围、婚嫁、育子、送葬都要请萨满祈祷或举行一定仪式来求得神灵的庇佑。平时,萨满是氏族中普通的劳动成员,不享受特殊礼遇,然而氏族或其他成员罹难时,他是首当其冲的化导者,同时也是氏族的药师和女人育婴的保姆。恰如米·埃利亚德所言:'萨满不只是神秘主义者,萨满确实可以称得上是部族传统经验知识的创造者和保护者。他是原始社会的圣人,甚至可以说是诗人。'"①

如果此处的论说不错的话,萨满和萨满教正是巫教一体的产物。说萨满脱胎于巫师,萨满教源自巫术,并非贬低萨满和萨满教,而是更准确地还原萨满和萨满教的本相。

巫术是人类文明的源头。弗雷泽说:"在人类历史上巫术的出现要早于宗教",这是第一句话。第二句话,"古代巫术正是宗教的基础"②。弗雷泽根据事实做出的判断是正确的,人类文明的演变,其宗教发展史,是由原始巫术到原始宗教(自然宗教),再由原始宗教到天启宗教(历史宗教)。巫早于教,由巫入教才合乎历史逻辑。但在原始先民那里,原始巫术与原始宗教混存一体,或者说巫教同体,共生互为。二者之区别,在原始巫术时期巫术独自称大,巫师主要通过各种法术对特定目标施加影响。此时的原始先民萌发的"万物有灵观"和"惧神(魂灵)观"还未以超自然观念为前提,也非将施术目标视作礼拜求告的对象,而是为了对其施加影响,甚至将其制服。而原始宗教,据考古发掘和对近存原始社会的考察表明,其中已经出现对自然体的信仰和崇拜的观念。除此之外,原始宗教在由"巫教同体"到巫教逐渐分离的过程中,大量保留了以良善为本色的"白

---

① 王宏刚、王海冬、张安巡:《追太阳——萨满教与中国北方民族文化精神起源论》,民族出版社 2011 年版,第 21—22 页。

② J. G. 弗雷泽:《金枝——巫术与宗教之研究》上卷,汪培基、徐育新、张泽石译,商务印书馆 2013 年版,第 97、95 页。

巫术",而抛弃了充满仇恨并以施害为目的的"黑巫术"。近存的萨满教最能体现这种"巫教同体"的特征。

萨满教大致的演变路径,王宏刚等学者给出了描述:"萨满教萌生于人猿揖别后人类漫长的蒙昧时代,兴起并繁荣于母系氏族社会,绵延于父系氏族社会及相继的文明社会,其影响一直持续到今天。"①萨满教曾广泛流传于中国东北到西北的阿尔泰语系地区,包括蒙古语族的蒙古族和达斡尔族,通古斯语族的满族、鄂温克族、鄂伦春族、朝鲜族、赫哲族、裕固族、锡伯族,突厥语族的维吾尔族、哈萨克族、柯尔克孜族,等等。因为通古斯语称巫师为萨满,故得此称谓。

萨满教信仰"万物有灵"和"灵魂不灭"观念,认为自然界的变化和人的吉凶祸福、生死病老,均是各种精灵、鬼魂和神灵作用的结果。当许多宗教在漫长的历史演变中纷纷由原始宗教向天启宗教生成时,如琐罗斯德教、犹太教、基督教、佛教、伊斯兰教等宗教,萨满教还在尽心尽责地与各种各样的神灵鬼魂打交道,执意信奉众神,实际上是多神崇拜。这一点,无疑是它始终止步于原始宗教水平而未能向天启宗教发展的一个主要原因。当犹太教、基督教、佛教、伊斯兰教逐渐成为民族宗教甚至是人类性宗教,向着"高大上"目标建设"彼岸世界"时,萨满教还滞留于"此岸世界",孜孜不倦地为民间百姓做俗事。俗事繁琐沉重,加之萨满需要与数不清的神灵鬼魂打交道,萨满教再也无力也无心关注超拔的"彼岸世界"的建设了。萨满教属于原始氏族部落,属于游牧渔猎农耕乡土,属于雷电雨雾、山川湖泊、草原荒漠、村庄野寨,从这个意义上来说,萨满教是一个具有民俗特色的民间宗教。它有着漫长的历史传统,也有过辉煌鼎盛,当它于20世纪初开始快速衰败,到50年代后几乎湮灭后,作为一种宗教形式,它已经不存在了。但它创造的萨满文化却早已融入到曾被它泽被的民族的血液中,凝定为中国北方民族尤其是通古斯语族人的文化

---

① 王宏刚、王海冬、张安巡:《追太阳——萨满教与中国北方民族文化精神起源论·自序》,民族出版社2011年版,第1页。

传统。

做这些功课，全是为了获取进入《唇典》的资格。由此悟及，《唇典》是神性的满斗萨满讲述的故事，那么，你就必须取萨满的视角来领悟萨满文本。

萨满是人神两性之身，在世超世，"萨满是世上第一个通晓神界、兽界、灵界、魂界的智者。天神阿布卡赫赫让神鸟衔来太阳河中生命和智慧的神羹喂育萨满，星神卧勒多赫赫的神光启迪萨满晓星卜时；地神巴那姆赫赫的肤肉丰润萨满，让萨满运筹神技；恶神耶鲁里自生自育的奇功诱导萨满，萨满传播男女媾育之术。萨满是世间百聪白伶、百慧百巧的万能神者，抚安世界，传替百代。"（《唇典》，作家出版社 2017 年版，第 39 页。以下引本书的文字，直接在文后标页码。）满斗萨满是一个"天生的神选萨满"，天赋神性，他一出生，接生的韩萨满就发现这婴儿生就一双透着蓝绿色光芒的"猫眼睛"，能看见别人看不见的东西，"别人的白天是他的白天，别人的黑夜对于他还是白天。"说白了，他的猫眼具有夜视功能。少小时，他脑门上的一个小伤口愈合后变成手指甲大小的红色疤痕，这小小的疤痕竟然成了他的第三只眼睛，能够透视一切的"天眼"、"神眼"。三只眼的满斗透视事物的功夫无人可比，不仅能看见别人看不见的东西，还能看见别人的梦，看得见未来。他在自己的梦和别人的梦中看见的幻象，几年后都变成了现实。

萨满世界的主角是萨满，《唇典》里，真正伟大的萨满不是满斗，而是满斗的师父李良大萨满。李良萨满是"萨满中的萨满"，通晓许多连萨满们都不知道的法术。十年前，东宁县衙门不断地丢失重要档案，无计可施的官员请来了李良萨满破案。他告诉十三个手拿刀枪的兵士，我在作法时，护背的大铜镜会自动脱落滚走，你们跟着追上去。说完他开始跳神，跳着跳着，他身上的大铜镜果然落下，滚出衙门，一直滚到关帝庙后的一片乱坟岗子。铜镜在一个有新鲜土的坟堆边倒下不动，李良萨满让兵士挖开坟墓，棺材上面放着一堆档案，打开棺材盖，里面的死人戴着一副墨镜，死人的胸口上还放着三本档案。诸如此术，数不胜数。李良大萨满

"德艺双馨",法术高超,道德高尚,代表着慈善、悲悯、救赎、和谐、和平,是库雅拉满族人的"精神之父"。

他的出场,隆重庄严、神圣威武,裹挟千年萨满雄风:"大萨满走进了洗马村,神帽铜铃十九个,狼皮裙腰哗哗响,他身穿熟得极其柔软的獭皮对襟长袍,长袍领口到下摆均匀地钉着八个大铜纽,那是另一个世界的八道城门。长袍前面左右襟上各钉小铜镜三十个,六十个铜镜反射着阳光,就像周遭的城墙。他的背部钉着五个大铜镜,一大四小,大的是护背镜。他的左右袖筒绣着云彩,还有黑色的大绒,这些象征着羽毛,可以让他和他的神、助理神一起飞翔。李良萨满的披肩上面有一棵神树。树上悬挂三百六十个一万年前的贝壳,三百六十个贝壳里藏着三百六十天的月光。"(第 39 页)洗马村棺材铺赵家闺女柳枝中邪,一只灵性的公鸡爱上美貌的柳枝,变成梦魇钻进姑娘的睡房。在姑娘的梦里,公鸡是一个俊朗的库雅拉小伙子,他利用他的催眠术玷污了姑娘的清白。赵家请萨满驱邪,李良萨满是在三个萨满施法术降鸡精失败后登场的。第一个萨满是来自首善乡的何萨满,他动用了全部的功力,终未制服,自叹法力不够,治不了这东西。第二个萨满是来自崇礼乡的马萨满,他带着一把大铁刀走进洗马村,一个回合就败下阵来,脸色如灰声音颤抖着说:"这东西太厉害了,我的法破了。"第三个萨满是春化的女萨满韩桂香,自己找上门来的,施法术,也降不住鸡精。她无可奈何地说:"我没办法了,这东西八成在庙里受了香火,是一个淫物,他看上你们女儿了,要长住下去。"怎么办呢?她想来想去,只有请李良大萨满。

李良萨满施法术,终于使公鸡精现原形,刀劈了淫鸡。一只公鸡无论多么狡猾,即便道行深到能够奸淫一个可怜的处女的水平,但它终究逃不出大萨满李良的法网。李良大萨满法力无比,但仍然有术所不及之处。当他遇到凭一己之力制服不了恶神时,他能请到创世大神前来为其助力。库雅拉江开江,江水翻腾,冰块撞击,冰排如脱缰野马,瞬间吞噬一切。在江上捕鱼的郎乌春和他的伙伴陷入死亡的绝境。李良萨满在江边主祭,这位来自铁匠家族的萨满是火神的后裔,他请来火神托亚拉哈制服了水中的恶神傲克珠,这位盗火之神从恶神那里抢回了遇险的后生。

读《唇典》,猛然发现以《百年孤独》为代表的拉美魔幻现实主义小说的许多经典性的神秘魔幻形象在此汇集,看到现实与非现实的荒诞、神秘现实和魔幻在此浑然一体,能够感觉到马尔克斯等拉美作家小说和中国古代的志怪小说、神魔小说、奇幻小说,以及当代西藏作家扎西达娃小说对其的沾溉。信手拈来:公鸡精梦中奸淫柳枝,竟然使柳枝怀孕生下孽种满斗。一个姓关的萨满被害后,他的夫人,一个22岁的美貌妇人,拒绝显贵们的求婚,发誓为丈夫守节,然后上吊自尽。她死的那天,成群的飞鸟云集她家院落,哀鸣徘徊,十日不去。日本兵追杀受伤的姚玉堂,李高丽的鬼魂打死日本兵。库雅拉江水泛滥,恶浪滚滚,无数的蟾蜍从天而降,洗马村正在下的竟然是一场蛙雨,传说中的巨龙陷入河边的泥坑里。郎乌春去世前,家里的木匠板凳连响三天,妻子柳枝知道,这是郎乌春的死讯,他用这种方式将信息提前告诉她。李良萨满为未来的满洲国皇帝溥仪做家祭,为了隐瞒皇家的保护神不是龙而是一只比猫大的老鼠的事实,皇家杀死土祭李良萨满,以封锁真相外泄。李良萨满遇害身亡,消失后又现原形走到柳枝家门口,柳枝将他扶进屋,躺在尸床上的死者李良突然坐起来,走出房门,在郎乌春身后站着,郎乌春吓得狂奔,他以相同的速度追上去,郎乌春跑到哪里,他追到哪里,直到郎乌春骑上战马,马的嘶叫声惊吓了他,他才站住,然后,死人李良唱着神歌离开,消失在河谷旷野冰冷的雨水中。洗马村批斗牛鬼蛇神地富反坏右,白瓦镇凡是从事过萨满活动的人都被押到批斗现场,白瓦镇最大的牛鬼蛇神是从坟墓里拉出来的死人李良,被捆绑的李良忽隐忽现,最后变成彩云悠悠地飘向库雅拉山的方向。

二、 失灵年代人的命运

当代小说创作和评论有个现象值得关注,即写史的观念优先于其他观念,写史的目标高于其他目标。这种观念有意或无意地支配着许多作家的写作追求,也成为许多评论家评判作品的一杆标尺,于是,对凡是写了一段较长历史的作品如《红旗谱》《红日》《创业史》《钟鼓楼》《古船》《白鹿原》《丰乳肥臀》等小说的评论,总是首先将它们的文学价值与革命史、战争史、创业史、家族史、民族史、文化史乃至民族心理演变史联系在一起,而不论它们是否确实以此为主旨。恰恰是这种观念本末倒置了,把文学变成史学,岂不知,文学的首要任务不是书写历史、表现历史,那是历史学家的任务。文学写史,无非是把人放置于一种特殊的历史环境中,写人的情感、思想、性格、精神、命运。套用钱谷融先生的话,写好了人,也就写好了人所处的时代和社会。1980年代初,以《百年孤独》为代表的拉美文学对中国作家和评论家的影响极大,我们对《百年孤独》等拉美文学的热烈接受,是因为它们给我们提供了新的文学观念和新的文学表现形式。拉丁美洲有着深厚的现实主义传统,20世纪初搞现代派,基本上是模仿,搞了四五十年,发现这条路走不通,后来他们将西方现代派的文学观念和艺术形式与拉丁美洲的文化相结合,才开始文学的振兴。50年代出现了好作品,60年代出现了马尔克斯的《百年孤独》,震惊了全世界。这部魔幻现实主义的代表作、被称为"本世纪下半叶给人印象最深的一部小说,而且是任何一个世纪这类杰出作品中的杰作"的小说,很大程度上成为我们认识拉美文学的一个经典文本,我们对拉美文学的理解,集中体现在两个方面:一是拉美文学把大量神秘现实和魔幻形象纳入现实的叙写之中,使作品呈现出魔幻的特色;二是拉美小说善于通过家族的演变表现民族的兴衰史。《百年孤独》内蕴丰厚,任何解读都难揭开它蕴含的全部意义和思想,于是便有了各种各样的评论,其中,认为"《百年孤独》通过布恩迪亚一家七代人的经历和小镇马孔多的变化,表现了拉丁美洲百年的兴衰史、文明的演变史"的看法最多。马尔克斯恰恰不满意这种看法,他认为,如果同意《百年孤独》是拉丁美洲历史的缩影的话,"那它就是一部不完全的历史"。他对批评家们很失望,他说关于《百年孤独》,人们已经写了成吨成吨的纸张,说的话有的愚蠢,有的重要,有的神乎其神,但谁也没说出这部小说的本质。《百年孤独》不是描写马孔多的书,而是表现孤独的书,

"书中表现了孤独的主题"。孤独是团结的反面,"布恩迪亚家庭成员的失败是由于他们的孤独,或者说,是由于他们缺乏团结一致的精神。马孔多的毁灭,一切的一切,原因都在于此。"①哪种看法更切合《百年孤独》的要义呢?窃以为,马尔克斯的看法离小说的要义更近,也更符合文学的特性。

与《百年孤独》有着过多相似之处的《唇典》亦有着大致相同的命运。因为它描写了东北一个名叫白瓦镇的小镇始于 1910 年、终于世纪末的近百年的历史,大家几乎不约而同地直扑它的历史价值:《唇典》再现了东北近百年的民族变迁史、兴衰史、文化史和心灵史。是的,《唇典》几乎涉及了 20 世纪发生在东北大地上的所有大事件,如反对日本侵略、抵制日货、"九一八事变"、军阀混战、东北易帜伪满洲国成立、国共合作与内战、苏联红军出兵东北、日本战败投降、土改运动、大跃进、"文革"、联产承包至改革开放的新时代。我之所以用"涉及"而不用"描写",原因在于:这些历史只是作为事件出现,并作为背景存在的;所写历史既不系统也不连贯,作为历史描述,它们肯定是不合格的。在所有的描写之上,《唇典》腾升起来的是什么呢?我看到的是命运。具体地说,《唇典》主要表现了人在失灵年代灵魂缺失和萨满及萨满教衰亡的命运。

从有灵的年代到失灵的年代,其转折点发生在 20 世纪初。在有灵的年代,神灵的本领大过人的本领,所以萨满神圣、萨满教兴盛。在失灵的年代,人的本领大过神灵的本领,人不再需要萨满,因而萨满消失、萨满教湮灭。小说叙事者悲叹:在先前的有灵年代,人世间的一切举动都对应着神,旷野里风神吹动你的头发,爱神感知你坠入了爱河,雾神沾湿你的双鬓,欢乐之神和喜鹊一起歌唱。每有不幸发生,周围就刮起怜悯和忧伤的凉风。"那时候,生活的困难是神界引起的,只有借助善灵的帮忙才能得以消除。而这个灵媒正是有着无限信仰的萨满。萨满的最高目标是以死

---

① 加西亚·马尔克斯:《两百年的孤独——加西亚·马尔克斯谈创作》,朱景冬等译,云南人民出版社 1997 年版,第 51 页。

者的名义说话,被某个祖先灵魂和舍文附身,为深切的信任和希望提出善良的回答。"(第434页)有灵的年代,人神共存,充满着人性和人道主义的情怀。

在那以后,即失灵的年代,后代人只沉迷于自己的现实感受,皮肤和心膜变得像橡胶皮一样,看上去有光泽、有弹性,因为自身的贪婪,所受的欺骗,金钱的压力,还有强迫的威权,"心灵早已麻木,心神迟钝,逆来顺受,生如蝼蚁"。继而又沉迷于虚拟的网络世界,信息纠缠如茧,密得让人窒息,漫天的霾中,"灵魂彻底迷失,再也找不到回家的路。"从那以后,就没有萨满,灵魂关闭了与人交流的通道,"神灵世界拒绝再和人类沟通,心灵的驿路长满荒草,使者无从到达。铃鼓之路喑哑闭合,再也无法指破迷津,无助的灵魂流离失所。"(第434页)

人与自然、人与神灵的关系彻底断裂了。失灵年代,人类失去的不仅是萨满的神灵,更是精神的故乡。而失去精神家园的人们,注定要漂泊流浪,无所定居。还记得小说开端的1919年李良大萨满施术降公鸡精的一幕吗?虽然失灵年代从那时候已经悄然降临,但整个白瓦镇还处于萨满神灵的庇护中,李良大萨满仍然如往常一样神圣,拥有通神又附神的崇高地位。但到世纪末人与神彻底割裂后,曾经如同神灵一样神圣的李良大萨满,即便生命已经归入泥土,可怜的他还要惨遭被掘墓鞭尸批斗的厄运。曾经高高在上的萨满,即便死了,其魂灵被打入了十八层地狱,其肉身还要被狠狠地鞭挞。失灵年代不再需要萨满和神灵,这一幕就连满斗萨满的鬼孩朋友(鬼魂)铁脑袋都看清楚了,他劝满斗:"满斗,你为什么一定要做一个萨满呢?做萨满有什么好?""满斗,萨满这个古老的职业二百年前就没落了。这个世界只有鬼魂,没有神灵。"(第435—436页)历经命运捉弄的满斗终于想好了,他要在师父李良大萨满的坟前举办一个仪式,恳求师父帮忙,彻底地送走他身上的神灵。原来,当萨满并非他所愿,是李良看好他,要收他为徒。于是,他是一个命定的萨满,"不管我怎样拒绝,他认定我是他的传人。他想把他一生的本领传给我。"(第250页)但满斗却要用一生来逃离这种命运——拒绝成为一个萨满的命运。

信仰缺失、灵魂漂泊的年代,时代变化莫测,社会动荡不安,土匪四起,军阀混战,外敌入侵,内战频发,革命运动此起彼伏,生于其中的人行动清晰有力,可是命运多舛模糊,不知不觉地顺从命运的摆布。而吊诡神秘施恶的命运制造的厄运仿佛宿命,暗中操纵着人的命运。他们如同鲁迅的孔乙己(《孔乙己》)和博尔赫斯的胡安·达尔曼(《南方》),"只会在自己的厄运里越走越远,最后他们殊途同归,消失成为了他们共同的命运"①。

——郎乌春:1919 年灯官节,白瓦镇遭土匪洗劫,年轻的灯官郎乌春大难不死,由农民变成一个军人。他的军旅生涯,很多时候是身不由己,左右摇摆,他被各种组织和队伍拉拢,今天是这支队伍,明天可能又到了敌方。从 1919 年离开洗马村到 1930 年,他参加过几十次战斗,历经遇险、负伤、逃亡,终于由连长晋升为东北陆军第 13 旅第 29 团团长。1931 年"九一八事变",日本关东军攻占北大营,占领了沈阳、长春,白瓦镇也进驻了日军,郎团长奉上峰不抵抗命令,撤出白瓦镇。1932 年他摇身一变而成为满洲国第二军管区白瓦分区的团长,奉命攻打抗日救国军,可在清剿救国军时,他又故意开口子,放走陷入绝境的抗日军三连一百多人,过几天,他又带着队伍攻打抗日军,还在日军的铁甲军的保护下,向守在火车站的抗日军发起进攻。抗日组织计划谋杀他,幸运的是,在计划实施前,他阵前倒戈,郎团改名为白瓦救国军,从此,他坚定了抗日意志,成为抗联中一位英勇的师长。1940 年他遭到日满讨伐队的包围,恶战五天,当身边只剩下几个负伤的战士时,他接受日军的劝降放下枪,但拒绝在归顺书上签字,从那一刻起,作为战士的郎乌春死了,名誉扫地,"历史将他钉上了耻辱柱,写进了史书,他再做不回一个英雄。"(第 357 页)在后来的日子里,他无数次痛悔自己的懦弱,后悔没有战死。他活着,屈辱地活着,成了一个受难者,"命运在人们的身上心上划出了多少道伤口啊? 多得数

---

① 余华:《内心之死·温暖和百感交集的旅程》,华艺出版社 2000 年版,第 12 页。

也数不清。"(第419页)

——柳枝:这是一个被伤害被侮辱的不幸女子,一只公鸡梦中奸淫了她,致使她未婚先孕;她从心里感激郎乌春娶了她,但她又怨恨这个男人是个"势利之徒",他要的是她家的土地,而不是她这个人;婚后不久丈夫弃家而走,一走十几年,她恨他娶了她,又抛弃了她,更恨他给她送来一个野种——他和韩淑英的女儿蛾子要她抚养;神秘的抗日组织不断地给她下达指令,一会叫她拉拢郎团长,一会又叫她除掉郎团长;郎乌春受降被囚在洗马村,她用她的温情复活着他,彼此的怨恨不知不觉地消失,命运直到这时才将他们真正连在了一起;可由她养大的蛾子竟然在"土改"中抄了她的家,让她伤透了心;她接受命运的安排,接受来自郎乌春发来的死亡的信息,怀着思念丈夫和儿子的情感,泪流满面地离开了这个总是与她过不去的世界。

——花瓶姑娘:杂耍马戏团艺人,艺名腻儿,真名苏念。这又是一个被命运捉弄的善良的女人,父母穷苦而死,为还欠债,她把自己卖给了马戏团;被土匪绑票,却出于同情土匪和生存的需要,心甘情愿地嫁给匪首王良做压寨夫人;1947年王良战败被俘,她纠集先遣军残部搭救丈夫失败,从此隐姓埋名人间蒸发,二十多年后她被造反派挖出,被当作女土匪和历史反革命分子给枪决了。

——韩玉阶:白瓦镇首善乡大财主韩大定的儿子,一个满腔热血的爱国青年学生,1919年灯官节后,为反抗日本侵略,他成立保乡队,又率领保乡队远征;1945年国共合作时,他由伪满县长变成国民党党联负责人,随即又成为八路军的阶下囚;按照国共两党达成的协议,他从临时监狱里被放出来准备接管白瓦镇,可在走出监狱大门口时他又被国民党的另一支队伍拦下;1949年被镇压。

——王良:被贪财又贪色的弟弟出卖,商人王良成了土匪的绑票,关在木笼里囚了八年,获释后他拉起队伍当了土匪,很快成为关外最有名的悍匪。这样的恶匪竟然在山寨信奉"理想教",建立"理想村",颁布一整套教规教义,到1930年,理想教蔓延到整个库雅拉山区。他信奉的理想教是一个"人乃天主义"的乌托邦,坚持人本主义,倡导人人平等。但到山下山外,他们仍然抢劫肆掠、残杀无辜。郎乌春的军队攻克土匪山寨,王良带着夫人侥幸逃脱,随即拉起队伍,自任抗日救国军司令。如同郎乌春,当年的山上大爷战败而向日军受降时,拒绝了日本人要他当森林警察大队长的邀请,继续做他的粮食生意,抗战胜利后,当年的抗日救国军司令一变而成为国民党先遣军旅长,制造了许多血案,残杀土改工作队,策反民主联军白瓦支队副司令陶玉成叛变,杀害土改积极分子蛾子。1947年王良的先遣军被郎乌春率领的剿匪小分队击溃,生俘后被枪决。

——就连神性的满斗萨满,也难逃命运对他的捉弄。他是一个孽种,父亲是一只公鸡;他被土匪绑票上了山,逃出魔窟的途中加入了抗日队伍;受命炸毁日军飞机场,负伤后被苏军解救;奉命回国,为掩护身份特地穿日本军服,衣服上的名字是浩二,跳伞时失误摔失了记忆,成了一个傻子;弄巧成拙,没有人能证明浩二的身份,之后的几十年,他背负着叛徒、特务、历史反革命分子、强奸犯等罪名屈辱地活着。

这无疑是命运对命运的劫持,即无影无形的"元命运"对它播撒制造的属人的命运的操控劫持。元命运神秘莫测无常,它高高在上又遁迹无形、无处不在,掌控着人世的一切,决定着人的生死祸福,当它专意与人为敌时,人的苦难和厄运就降临了。劫持的过程是在现象层面借助现实事件实施,而被劫持者却看不到劫持者。问题到此并未结束,谁是元命运的制造者?或者说,元命运由谁掌控?这才是小说的至深要义。但小说没有呈示,作者刘庆显然也未至此获义。对这个要义的提取,不应该搁置。循着命运的来路探寻,发现命运的播撒与灵魂的丢失,源自人性幽暗深处被唤醒的各种欲望与暴力肆虐的结果。在这一点上,《唇典》与20世纪现代主义文学在思想观念和精神气质上有着一致性。

三、"灵魂树"及其隐喻

《唇典》共44章,读到第43章,劈面惊艳,老年满斗于无路可走的绝望之际,冥冥之中接受神灵的启示而种植"灵魂树",为死去的亲人安顿灵魂、复活灵魂。

师父李良大萨满死了,额娘赵柳枝和阿玛郎乌春死了,心爱的花瓶姑娘苏念死了,妹妹蛾子死了,还有韩淑英、子善、素珍也死了,满斗的亲人及知道他过去的人,差不多都死了。尽管萨满教已经不存在了,尽管他不再是萨满了,但作为曾经的萨满,满斗仍然采取萨满教的方式为死去的人安顿灵魂。他在给被师父灵魂附体的"走树"取名为"李良树"之后,陆续种植了额娘树、阿玛树、苏念树、蛾子树、素珍树、子善树、云清树,还有狼树、狐狸树……每棵树都有灵魂附体,虽然它们不会说话,不会走,不会飞,但它们棵棵有灵魂。满斗要用萨满的方式救赎死者,让他们的灵魂复活,并在此过程中达到自我救赎;他要用这种方式守护亲人故友,与死去的他们相聚,既重现当年人神共舞的萨满世界,又在这种重建中摆脱自己的孤独。他知道每一棵树都有灵魂,他想象每一棵灵魂树还原成它的本尊,每一棵树,每一个人,就像童话故事里说的那样,从此以后过上了幸福生活:

> 天空比一年当中的任何时候都蓝,天高气爽,白云朵朵。阳光洒下来,河里的莲叶隐隐发光,一片一片,水晶似的,泛出各种光芒。艳丽的花朵清香扑鼻,白的像水晶,红的像玛瑙,紫的像琉璃,鸟叫声汇在一起,蝉鸣风声合奏,像一支从未听过的曲子,一首从未听过的歌,柔美,如丝絮,如云朵,如潺潺的清亮的流水,欢乐无比。景色难以形容的清新美好,天空飞满黄色的蒲公英,还有其他的叫不出名字的红色花朵,有的三角形,有的球状,美到你不忍心让那些鲜花落地,用衣服接住,用心接住,接住满天飘飞的心酸和迷醉。那么多的翠鸟像绿色的衣袖翩翩的仙子,随风起舞。白鹭飞向漠漠的田野,毫无心机的野鸡成群结队地飞往库雅拉山,山岚是蓝色的,蓝得天一样、海一样。
>
> 他们每一个人都找到了自己最想过的生活。郎乌春和柳枝走在阳光里,他们刚刚吃过午饭,村道像一条发光的河,路两边晾晒的蒿

草散发着好闻的气味。蝴蝶在纷飞,母鸡在歌唱。清晨的露水医好
了蛾子的长脚症,她长成一个美丽的少女,妩媚多姿,顾盼生情。街
上跑过一只好看的黑狐,毛亮亮的,闪烁着金色的阳光,它一点不怕
人,像看家狗一样温顺。我的师父李良萨满长成一个慈眉善目的老
头,脑门红红的,他端坐在葡萄架下面看着棋盘,等待着村子里的晚
辈向他挑战。该说到我的花瓶姑娘了,她的脸上绽放着开心的笑容,
穿着一件大红的衣服,静静地等待着她的爱人,等待着她的满斗。而
满斗这会儿走在洗马村河边一座公园的石子路上,他看着一只只老
虎、野猪,还有别的灵兽一起嬉戏。洗马河的天空飞过江鸥,大河阔
阔荡荡,仪态万方——(第481页)

这是和谐自由、幸福快乐、人神共舞的世界,如同伊甸园一样美好的
世界,诗意的乌托邦。乌托邦是象征隐喻,它是被想象被认识的抽象存
在,不是现实的再现,即不是现实世界本身。满斗种植的"灵魂树"离萨满
世界更近,但它构建的乌托邦分明是"人世的乌托邦"而非"神灵的乌托
邦",说明人世的精神性的"灵魂"在更深刻、更超越的思想层面对他发挥
着深刻的影响。这样的世界美则美矣,可短时间内根本不可能实现。明
知在现实世界难以建立这种超拔孤独的乌托邦世界,却还要以萨满的方
式去构设它,只能理解为这是作者创构意义即获义活动的一种叙事策略:
通过对彼岸美好世界的描绘,达到对道德沦丧、伦理颠倒、物欲横流、信仰
坍塌的当下社会的批判与否定,为失魂的年代失魂的人类寻找灵魂、复活
灵魂。

这个"获义活动"是逐渐展开、依次实现的演进过程:首先是对现实的
绝望与否定,继而是对现实的超越——在对现实失望而又看不到希望的
精神困境中作出的想象性的超越,运用虚拟的方式建构象征性的隐喻形
象,其乌托邦想象还原了人类早期的朴素理想,代表着人类认识到目前为
止已经抵达的最高的存在境界。人类几千年来朝着这个目标奋进,其间,
有进步,也有后退;有光明,也有黑暗;有文明的创建,也有野蛮的毁灭,但

总的趋势是文明朝着越来越有利于人类的方向发展,怎么到了全球现代化的 20 世纪,人类反而距离这个目标越来越远呢?是隐喻,又是反讽;是否定,又是肯定;是解构,又是建构。

令人激动不已的《尾歌》再现高潮:利欲熏心的不法之徒盗走灵魂树,年迈的满斗踏上寻找灵魂树的不归路,"我决心上路,我要到那座陌生的城市里去,去找我的灵魂树,去看望我流离失所的亲人,去和每一棵灵魂树说话,祭奠它们,做最后的告别。"(第 484 页)这将是一个漫长的抵抗死亡,寻找生命之岸和灵魂救赎的故事。

为亲人故友寻找丢失的灵魂,实际上是为一个世纪人类寻找丢失的灵魂的隐喻,一个时代的命题。刘庆的《唇典》在 21 世纪的第二个十年,从 20 世纪文学特别是现代主义文学对人类跌入人性黑暗深渊而缺失信仰、缺失灵魂的悲叹中,以返身回顾的姿态,从萨满文化的通道踏上了人类在二千多年前就已经出发、到 19 世纪文学终于登上高扬灵魂的建构之途,是他为中国当代文学做出的一个了不起的贡献。

(原载《中国现代文学论丛》2019 年第 1 期)

感伤悲悯终为谁

——《唇典》读后再读《额尔古纳河右岸》

刘庆的萨满文化长篇小说《唇典》发表出版于2017年(《收获·长篇专号》2017春卷发表、作家出版社2017年7月出版),迟子建的充满萨满文化气息的长篇小说《额尔古纳河右岸》发表出版于2005年(《收获》2005年第6期发表、北京十月文艺出版社2005年12月出版)。阅读《唇典》并写作评论文章《灵魂之殇》之后,再读12年前问世的《额尔古纳河右岸》,果然有了意想不到的收获。

一

将出自两位东北作家之手的两部宗教文化同源同脉、时代背景同期同步且具有关联性的小说联系起来研读,让彼此构成的相互解读、相互发现的关系,作为我重读重释《额尔古纳河右岸》的一个新的视角。

意外发现之一:使鹿鄂温克部落萨满产生的独特性。萨满是萨满教的神职人员。萨满教是原始宗教,曾广泛流传于中国东北到西北的阿尔泰语系地区,包括蒙古语族的蒙古族和达斡尔族,通古斯语族的满族、鄂温克族、鄂伦春族、朝鲜族、赫哲族、裕固族、锡伯族,突厥语族的维吾尔族、哈萨克族、柯尔克孜族,等等。因为通古斯语称巫师为萨满,故得此称谓。萨满教信仰"万物有灵"和"灵魂不灭"的观念,认为自然界的变化和人的吉凶祸福、生老病死,均是各种精灵、鬼魂和神灵作用的结果。为了保障氏族的安全、繁衍和兴旺,需要一位既通晓人神意愿又能与人神二界说得上话的中介者沟通彼此的联系,萨满应运而生,成为人与神灵的代言人。萨满是人神两性之身,天赋神性,而成为萨满,必须经历神秘性的精神心理蜕变与升华的过程,即他们被超自然力的"神灵"解体与重组,受到了神灵的支配,最终变成神灵的代言人。因此,萨满的产生与传承不是世袭的,而是遵从神秘性的甄选机制。据萨满教研究学者考察,我国东北地区通古斯语族的各民族的萨满的产生与传承,大致有四种方式:一是老萨满用神验的方式选定接替人。老萨满年迈后,想寻找一位接替人,便把族中男女青年聚于一室,他焚香摇晃,一时香烟弥漫,谁被烟熏的发抖,乃至昏晕,谁就能成为新萨满。二是已故的萨满"抓"的。老萨满谢世后,氏族部落中没有能主持大祭的萨满,俗称"扣了香"的萨满。过了若干年,族中有人久病不愈,突然外出,或者去高山,或者去大江,过了一段时间回来便神志清醒,并有当萨满的愿望,便成了老萨满的"抓"的。三是孩童有病难治,家长祈神保佑,并许愿病愈后当萨满,伺候神祖。孩童病愈,经族人同意,便可当萨满。四是由族人推选几个品貌端正、口齿伶俐、敏慧好学的青年跟本姓萨满学习,通过考验,优秀者成为新萨满。而一名新萨满是否合格,只有在通过双重知识的传授后才能得到最终的确认。双重教育由神灵和年长的萨满传授,一是包括梦境、异象、神灵附体等出神类型的知识,二是通晓各种精灵的功能、部落的神话、秘密语言等传统类型的知识。①

《昏典》里的萨满产生与传承基本上属于上述第一种方式,即师徒相传的方式。小说中的第一代萨满是白衣萨满,他是第二代大萨满李良的师父,第三代萨满是小说的叙事者、满人的最后一个萨满满斗,他是李良大萨满的徒弟。而《额尔古纳河右岸》里新萨满的产生则越出上述四种情况,一般是在旧萨满去世后的第三年自然产生,即在不可预测、不可知的

---

① 王宏刚、王海冬、张安巡:《追太阳——萨满教与中国北方民族文化精神起源论》,民族出版社 2011 年版,第 167—168 页。

神秘迹象中悄然发生。某一天,一个人突然显示神力,大家从他超乎寻常的力量上,知道他要做萨满了。尼都萨满是这样:尼都在痛失心爱的姑娘达玛拉后,"他几天几夜不吃不喝,却仍能精力充沛地走上一天的路。他光着脚踏过荆棘丛的时候,脚却没有一点儿划伤,连个刺都不会扎上。有一天,他在河岸被一块石头绊了脚,气得冲它踢了一脚,谁知这块巨石竟然像鸟一样飞了起来,一路奔向河水,'咚——'的一声沉入水底。"(《额尔古纳河右岸》,北京十月文艺出版社 2005 年版,第 89 页。以下引自本书的文字,直接在文后标页码。)神灵附体后的尼都自然成为一代新萨满。妮浩萨满也是这样。尼都萨满去世后的第三年,春节刚过,妮浩就开始显示出神力了。她先是病了,昼夜睁着眼睛,不吃不喝不说话,足足躺了七天。驯鹿"玛鲁王"老死,它脖颈下的铜铃被取下,要存放在萨满那里,等选中了新的玛鲁王,再由萨满给它佩戴上。妮浩解下玛鲁王脖颈下的铜铃,干净利索地将它吞进肚子里,像没事似的,连个嗝儿也没打。一只雪白的小鹿仔被选中,它就要成为新的玛鲁王了,妮浩走向小鹿仔,张开嘴,轻而易举地吐出铜铃,然后把它挂在小鹿仔的脖颈下。使鹿鄂温克部落的玛鲁王诞生了,与此同时,新一代萨满也产生了。1998 年初春,山林发生大火,妮浩萨满跳神祈雨熄灭山火后力竭身亡。三年后的 2001 年,妮浩萨满和鲁尼的儿子马克辛姆身上出现了一些怪异的举止,他用猎刀割自己的手腕,把赤红的火炭吞进嘴里,喜欢在雨天出去奔跑,而到了天旱的日子,一看到大地上出现了弯弯曲曲的裂缝,他就会抱头大哭。族人们知道,他这是要成为下一代萨满了。

与此相联系的意外发现之二:使鹿鄂温克部落萨满具有人性至善情怀和牺牲精神。读两部小说,发现萨满因所在部落的大小强弱而神力有别、形象有别、地位有别。《唇典》所写的萨满是满族萨满,满族强盛,其萨满崇高神圣,由众神化育而生,百聪百伶,百慧百巧,是世上第一个通晓神界、兽界、灵界、魂界的智者,法术无边,精神超拔,是民族的精神象征。李良大萨满是"萨满中的萨满",法术高超,神圣威武,代表着慈悲、悲悯、救赎、和平,是库雅拉满族人的"精神之父"。而"天生的神选萨满"满斗,天赋神性神力,他一出生,其透着蓝绿色光芒的猫眼具有夜视功能,能看见别人看不见的东西。更奇特的是,他脑门上的一块疤痕竟然成了他的第三只眼睛,成为能够透视一切的"天眼",不仅能看见别人看不见的东西,还能看见别人的梦,看得见未来。他甚至具有让灵魂复活的超级法术,当他的亲人及知道他过去的人相继死去后,他接受神灵的启示而种植"灵魂树",为死去的人安顿灵魂、复活灵魂。相比较而言,作为弱小边缘的使鹿鄂温克部落的萨满,则近乎"居家的巫师",原始质朴民间,承担着沟通人神联系、保障部落平安的使命:部落有人生病,他们跳神治病;驯鹿发生瘟疫,他们跳神驱邪;部落随驯鹿迁移,他们择日选址;部落有人结婚,他们主持婚礼;部落有人病逝,他们主持丧葬仪式;等等,无论是尼都萨满,还是妮浩萨满,他们的神力超群却有限,远不能与《唇典》里的李良萨满和满斗萨满相比。比如尼都萨满为列娜治病,代价是一头驯鹿必须死去,以代替列娜去了黑暗世界。他用舞蹈(跳神)使吉田腿上的伤口消失,代价是吉田的战马在他的舞蹈中结束生命。妮浩萨满治病祛邪所付出的代价更大,每次跳神救活一个人,她自己就要失去一个孩子。明知结果残酷,但只要有人需要救治,她都义无反顾,为此,她先后失去了三个儿子和一个未出世的孩子,还吓跑了女儿贝尔娜,可她并未因此而悔恨,"治病救人对一个萨满来讲,是她的天职,也是她的宗教。"①最后,为了祈雨熄灭山火,她毫不犹豫地献出了生命。小说塑造的这两个萨满,充分体现出人性至善情怀和牺牲精神。

意外发现之三:由《唇典》的超越性析出《额尔古纳河右岸》的超越性。两部小说所写的时代大致相同,前者描写东北库雅拉满族人始于 1910年、终于世纪末的近百年的历史,后者描写额尔古纳河右岸一个使鹿鄂温克部落从 20 世纪初至 21 世纪初的百年历史。但是,写史并不是它们的目的。应该说,两部小说作者都可以在经验性写作的范式中,将其写成东北近百年的民族演变史、文化史、战争史,但它们对其都作了实质性的超

---

① 迟子建:《迟子建散文》,浙江文艺出版社 2009 年版,第 183 页。

越。前者几乎涉及了 20 世纪发生在东北大地上的所有大事件,如反对日本侵略、"九一八事变"、军阀混战、伪满洲国成立、日本战败投降、土地革命、大跃进、"文化大革命"、联产承包至改革开放的新时代,但这些历史事件只是作为背景存在,在此之上,《唇典》主要表现人在失灵年代灵魂缺失及萨满教和萨满衰败的命运。后者所写的使鹿部落因为深居原始森林,远离现代文明和权力中心,因此,近百年发生在中国大地上的许多历史事件,多数未能达及这里,而像日本侵略东北和"文化大革命"这样特大的历史事件,波及到这里时也减弱了力量,自然也少了许多血腥和残酷。这支居住在中俄边界的额尔古纳河右岸,数百年前被迫从贝加尔湖畔迁徙至此,与驯鹿相依为命,以游牧狩猎为生的鄂温克人,近百年悲凉沧桑的历史,很容易与迟子建感伤诗意的抒写一拍即合。迟子建将文化人类学的思考带入小说,于是产生了意义的超越。其超越性她自有表述:"我其实想借助那片广袤的山林和游猎在山林中的这支以饲养驯鹿为生的部落,写出人类文明进程中所遇到的尴尬、悲哀和无奈。"①话还没有说透。而要说透它,最好从这部小说的《跋》开始谈起。

二

2002 年,迟子建丈夫遭遇车祸不幸去世,她沉溺在悲痛之中。2005 年,她把对丈夫的哀思渗入获得第四届鲁迅文学奖中篇小说《世界上所有的夜晚》里。这部小说的女主人公也因丈夫遭遇车祸去世而哀伤欲绝,在目睹了底层百姓的种种死亡悲剧之后,"我突然觉得自己所经历的生活变故是那么那么的轻,轻得就像月亮丝丝缕缕的浮云。"于是,她走出了哀伤。这次创作使迟子建的哀痛得到了缓释,心灵与作品的女主人公一样经历了成长。但是,她一直在寻找一个合适的题材,希望写一部能告慰丈

---

① 迟子建、胡殷红:《人类文明进程的尴尬、悲哀与无奈——与迟子建谈长篇新作〈额尔古纳河右岸〉》,《艺术广角》2006 年第 2 期,第 35 页。

夫的小说。

机缘悄然而至。迟子建在《跋》中叙述：2004 年，她到澳大利亚访问一个月，有一周时间，她是在澳洲土著人聚集的达尔文市度过的。达尔文市是个清幽的海滨小城，每天吃过早饭，她带着一本书，到海滨公园坐上一两个小时，享受着清凉的海风。她说：在海滨公园里，我相遇最多的就是那些四肢枯细、肚子微腆、肤色黝黑的土著人。他们聚集在一起，坐在草地上饮酒唱歌。那低沉的歌声就像盘旋着的海鸥一样，在喧嚣的海涛声中若隐若现。当地人说，澳洲政府对土著人实行了多项优惠政策，他们有特殊的生活补贴，但他们进入城市以后，把那些钱都挥霍到酒馆和赌场里了，他们仍然时常回到山林的部落中，过着割舍不下的老日子。我在达尔文的街头，看见的土著人不是坐在骄阳下的公交车站的长椅前打盹，就是席地而坐在商业区的街道上，在画布上描画他们部落的图腾以换取微薄的收入。更有甚者，他们有的人倚靠在店铺的门窗前，向往来的游人伸手乞讨。还有一对土著夫妻在火车站候车大厅大打出手，场面悲哀凄切。"这幕情景把我深深地震撼了，我只觉得一阵阵地心痛！我想如果土著人生活在他们的部落中，没有来到灯红酒绿的城市，他们也许就不会遭遇生活中本不该出现的冲突。"面对越来越繁华越现代的陌生世界，"曾是这片土地主人的他们，成了现代世界的'边缘人'，成了要接受救济和灵魂拯救的一群！我深深理解他们内心深处的哀愁和孤独！"（第 253—255 页）他们是被现代文明的滚滚车轮碾碎了心灵而"困惑和痛苦着的人"。

同样的遭遇出现在鄂温克人身上。鄂温克人世世代代生活在那片被世人称为"绿色宝库"的大兴安岭原始森林中，他们是"森林之子"，夜晚住在可以看见星星的希楞柱（外族人称之为"撮罗子"）里，夏天乘桦皮船在河上捕鱼，冬天穿着皮大哈（兽皮短大衣）和狍皮靴子在山中打猎。他们喜欢骑马，喜欢喝酒，喜欢唱歌，在那片辽阔而又寒冷的土地上，他们像流淌在深山中的一股清泉，充满活力矫健地活着。当现代文明闯进这片原始森林后，世代生活于其中的使鹿部落就面临着灭顶之灾。始于 20 世纪60 年代大规模的森林开发，攫取式的过度采伐历经几十年，使那片原始森林苍老衰退快速缩小,动物锐减,而受害最大的,莫过于生活在山林中的游猎民族,"具体点说,就是那支被我们称为最后一个游猎民族的、以放养驯鹿为生的敖鲁古雅的鄂温克人。"(第 252 页)失去赖以生存的森林和动物,这个弱小的民族就濒临灭种的危机了。

为了解决鄂温克人的生存,进而把他们从原始状态引向现代文明,政府在山下建设定居点,以改变他们千百年来的生活方式。如同澳洲土著,在根河市郊的定居点,房子多半是空的,鹿圈里没有一只驯鹿。据说驯鹿被关进鹿圈里,不吃不喝,只几天时间,就接二连三地病倒直至死去。猎民急了,纷纷把驯鹿从鹿圈里解救出来,不顾乡干部的劝阻,又与驯鹿一道回到山里。老一辈人适应不了现代生活,他们喜欢住在夜晚能看见星星的希楞柱里,觉得住在山下的房子里,觉都睡不踏实。而年轻一代,则向往山外的现代生活。但也有例外,鄂温克女画家柳芭,凭着自己绚丽的才华走出森林,最终又满心疲惫地辞掉城市的工作回到山里,在困惑中葬身河流。

《跋》晚出,其思却在前,实为《额尔古纳河右岸》的前文本。至此,迟子建已经很清楚这部"告慰之书"应该写什么了,于是,就有了这部从情感之河里流淌出来的《额尔古纳河右岸》,以一位年近九旬的鄂温克族最后一个酋长的遗孀的自述,讲述"我"的爱情传奇,使鹿部落近百年的历史——这个古老部落从平和、浪漫、自由、宁静的生活过渡到下山定居的过程,从中能够看到鄂温克人在由原始向现代、野蛮向文明的大跨越过程中思想上出现的纠结、徘徊,承受着情感之悲和精神之痛,能够感受到迟子建深切至善的悲悯之情。

生活在 20 世纪的鄂温克人,与地球上幸存的至今仍然处于原始水平的土著人一样,其文明水平及生活习惯和生命观念,实际上离远古更近,离现代文明更远。《额尔古纳河右岸》里的使鹿部落鄂温克人信奉的萨满教,是原始巫术与原始宗教的同源同体,即原始宗教的萨满教里包含着丰富的原始巫术的成分。他们所有的生活习性、意识观念都与此密切相关。他们的意识观念源于原始思维,而原始思维则直接来自自然的启示。他们把人视为自然的一部分,故而亲近自然、尊重自然,与自然一体。他们以游牧狩猎为生,吃兽肉穿兽皮;喜欢喝桦树汁,喜欢用桦树皮做的盒子、桶和船;从来不砍伐活树做烧柴,即便上吊,也要找一棵枯树,因为按照族规,凡吊死的人,要连同树一起火葬。族人金德上吊,他不想害一棵生机勃勃的树,便选择了一棵枯死的树;习惯住在和睡在夜晚能看到星星的希楞柱里,"我的医生就是清风流水、日月星辰";正常死亡的人,一律采用风葬/树葬,而对没有存活下来的孩子和早产的死婴,则将其装进白布口袋里,直接扔在向阳的山坡上,让人的生命源于自然,归于自然;等等。

亲近自然、尊重自然的观念与原始人的另一观念互生,即"万物有灵"的观念。万物有灵观视一切生物和一切自然现象都是有灵的存在或有灵的显现,人生活在有灵世界,受神灵的支配,所以必须与神灵和谐相处,善待他们,崇敬他们,通神的萨满在氏族部落就充当了这一神圣职能。他们为族人治病、祈禳、超度亡灵、占卜及主祭祀行禁忌,均是与神灵打交道的方式。尊重神灵的另一种表达方式便是产生种种偶像崇拜,鄂温克人信奉的火神崇拜、驯鹿崇拜、"白那查"山神崇拜、祖先神崇拜、玛鲁神崇拜,或为自然崇拜,或为图腾崇拜,均体现为神灵崇拜。他们对神灵的崇拜,甚至达到了与神灵朝夕相处的程度。他们居住的希楞柱里不光住着人,还住着神。希楞柱入口的正对面挂着一个圆形皮口袋,里面供奉着由12种神偶组成的"玛鲁神",其主神是"舍卧刻",也就是他们的祖先神。

万物有灵观体现了人类的灵魂观,同时也体现了他们与所有物种平等相待的观念。既然万物平等,那么人类即便为了生存之需而将其他动物和植物当作生活资料,也就不能心安理得、理直气壮了。自省捕杀动物、砍伐树木得罪了神灵,是一种罪过,于是产生了赎罪的忏悔意识。鄂温克人打猎时,看见刻有"白那查"山神的树,不但要给它敬奉烟酒,还要摘枪卸弹,跪下磕头,祈求山神保佑。如果猎获了野兽,还要在神像上涂上一些野兽身上的血和油。一旦猎获了大型动物如熊和堪达罕,他们要举行更大的仪式,诚祭玛鲁神。

忏悔是忏悔主体对罪的自觉,在归罪赎罪中忏悔。弗雷泽在发现原始人的这种主动性忏悔习俗的同时,还发现原始人盛行的另一种忏悔习俗,即转罪。"把自己的罪孽和痛苦转嫁给别人,让别人替自己承担这一切,是野蛮人头脑中熟悉的观念。……于是他就根据这种观念行事,终于想出无数的坏主意,藉此把自己不愿承担的麻烦推给别人。"①这种让替身承担罪责的习俗在原始部落普遍存在,被原始人运用得极为娴熟,其转嫁方式五花八门。我们不愿看到的一幕竟然也出现在以放养驯鹿为生的善良的鄂温克人身上。他们崇拜熊,为了生计又不得不猎捕熊。猎杀到熊先祭拜熊,然后大家聚集在一起吃熊肉。吃熊肉时,他们要像乌鸦一样"呀呀呀"地叫上一刻,以便让熊的魂灵知道,不是他们要吃它的肉,而是乌鸦。转罪让他者替是一种恶,实际上是旧罪未了又添新罪,对于原始人或处于原始水平的现代土著来说,这一习俗在历史的那一刻也许就是一个善意的谎言,但它却渐渐形成人类的遗传基因,总是与人类的文明进程相伴随,成为引导人性向恶的一种潜在的力量。

国家开发大兴安岭,进山采伐树木,公路和铁路任性地往森林深处挺进,以游牧狩猎为生的鄂温克人的生存出现了前所未有的灾难。几乎是与世隔绝的原始部落,远离现代文明,其生存自由却艰难,浪漫却悲凉,居住环境恶劣,没有医院、学校、商店,一切仅仅维持在生命需求的最低水平。政府借森林开发之际,想改变他们的生存环境和生活方式,动员他们迁居山下。想法很好,可要求一个千百年来早已与自然融为一体,其生活习性就是生命存在的民族一步就跨入现代,不仅他们的观念还没来得及转变,就是他们的身体也在无意识地抵抗着改变。他们不愿住在夜晚看不见星星的憋闷的匣子里,不愿看到与他们相依为命的驯鹿被关进"监牢"般的鹿圈,因吃不到森林里的苔藓及上百种新鲜食物而活活饿死,不愿山下的所谓文明束缚了他们自由散漫的天性,对于政府的好意,他们一点也不领情。果然,他们像候鸟一样,一批接着一批下山,又一批接着一

---

① [英]J. G. 弗雷泽:《金枝——巫术与宗教之研究》下卷,汪培基、徐育新、张泽石译,商务印书馆 2013 年版,第 844 页。

批回到山上,"我的身体是神灵给予的,我要在山里,把它还给神灵。"(第4页)凝视返回原始山林的鄂温克人的背影,看着代表现代文明却已废弃的定居点,历史在这一刻仿佛停滞了。

三

这实在是个两难问题。从人类文明发展的角度看,从原始到现代、从野蛮到文明,即从游猎社会到农耕社会、工业社会、信息社会,大势所趋,既符合人类强势文明主体的愿望,又符合进化论的逻辑。威尔·杜兰特研究世界文明史,他发现:"假如这些民族停留在狩猎时期,或者一个民族只依靠狩猎的成果而存在时,则绝不会从野蛮进入文明。"[1]不能进入文明,不仅自己享受不了文明,反而还经常侵害文明,"狩猎与游牧部落经常对定居的农耕集团施以暴力。因为农耕是教人以和平的方式过着平淡无奇的生活,以及终生从事劳动。他们日久成富,却忘了战争的技巧与情趣。猎户与牧人习于危险,并长于砍杀,他们认为,战争只不过是另一种形式的狩猎而已,并不会觉得危险。一旦树林里的猎物被捕杀殆尽,或由于草原的枯萎减少了牛群的畜牧,他们就对邻近村落的肥美原野感到妒忌,并编造一些理由去攻击、侵略、占领、奴役与统治。"[2]中国历史上发生的无数战争,多半属于这种性质。人类从原始文明发展到农耕文明、工业文明,再到现在的信息文明/生态文明,是人类自我完善的发展进程。在这个进程中,人类是一个大家庭,一个共同体,不应该有一部分人被排斥在外。从生态文明的角度看,物种的丰富性更符合自然法则,人类的生存和发展需要多种种族、多种文明并存,在彼此互补的关系中完善世界的结构。

两种几乎是完全对立的看法各有其合理性,但各自又存在着误区。

---

① [美]威尔·杜兰特:《世界文明史·东方的遗产》,台湾幼狮文化译,华夏出版社2010年版,第4页。
② 同上,第20页。

若取第一种看法,似乎全球文明一体化是人类的必然选择。说穿了,这是以文明强势主体的观点为文明和野蛮下定义,取的是现代人的立场。当现代文明以自我为中心时,就会自我称大,就会有意无意地居高临下地俯视居下的土著人,甚至对他们产生歧视、鄙视的心理,进而强迫他们改变生存环境和生活方式,而不管他们是否愿意、是否适应"被定居"、"被文明",其结果是强人所难、好心办坏事的"软暴力"在善的名义下对土著人实施伤害。现实一再证明:现代文明的全球一体化是以文明的弱势种族的快速退化、衰败、灭绝为代价的。若取第二种看法,似乎更符合现代生态文明的观点,符合人性和人道主义。但它的误区常常就在它本身,以"存在的就是合理的"作为借口,漠视被包围在现代文明之中的土著人面临的种种伤害,显然又有违人性和人道主义。

对鄂温克人入情至深的迟子建显然赞成第二种看法的正面价值,自然也不排斥第一种看法的正面价值,而对这两种看法的负面价值她都极力反对。她对文明进程的思考,渗透了自己的情感。她在小说文本之中及文本之外的表述,一概不对文明作孰新孰旧、孰高孰下的区分,她认为文明本身没有新旧高下之分。在《额尔古纳河右岸》里,对游牧文明与现代文明作新旧高下之分已经没有意义,迟子建对鄂温克人在文明进程中所遭遇的"尴尬、悲凉和无奈"作人性和审美的表现,呈现出来的是温情的感伤、悲悯的同情和至善的人道主义,其中以悲悯为核心。我猛然意识到,正是因为有了感伤、悲悯和人道主义等具有超越性的精神元素,才能使作者的思考、小说的表现及读者的感受越出简单的价值判断而产生了思想情感的共鸣。

迟子建富于温情感伤的气质,对弱者、受苦受难者和不幸者充满同情和悲悯。在迟子建的情感里,同情就是怜悯、悲悯,反之亦然。其同情,是在怜悯和悲悯意义上被定义的,而怜悯和悲悯,则是同情的情感投射的质量,如同舍勒所分析的"情感参与",即同情者主动地参与到被同情者的情感之中,对他的不幸遭遇产生与之相同的情感,与他同悲同苦。她明白从原始向现代、野蛮向文明跨越时必然要付出一定的代价,她理解使鹿部落鄂温克人为何拒绝现代而回归原始,就连依莲娜的选择,她也给予理解与同情。根据鄂温克女画家柳芭原形塑造的依莲娜,是从鄂温克部落走出大山的第一个女大学生,她从北京一所美术学院毕业后到呼和浩特一家报社做美术编辑,在城市住久了心乱意烦,便回到山上。在山上待久了又嫌山里寂寞孤独,于是又背着她的画返回城市。然而要不了多久,她又会回来。上上下下,来来往往,既厌恶城市,又离不开城市;既留恋山野,又嫌弃山野,最后,她承受不了两种文明的强力撕扯而选择葬身于贝尔茨河。但迟子建不能容忍现代文明以拯救者的名义对鄂温克人实行"被定居"、"被文明"的软暴力行径,"可以用'悲凉'二字形容我目睹了这支部落的生存现状时的心情。人类文明的进程,总是以一些原始生活的永久的消失和民间艺术的流失做代价的。……我们为了心目中理想的文明生活,对我们认为落伍的生活方式大加鞭挞。现代人就像一个执拗的园丁,要把所有的树都修剪成一个模式,其结果是,一些树因为过度的修剪而枯萎和死亡。"其实,真正的文明是没有新旧之别的。她主张:"一些古老的生活方式需要改变,但我们在付诸行动的时候,一定不要采取连根拔起、生拉硬拽的方式。我们不要以'大众'力量,把某一类人给'边缘化',并且做出要挽救人于危崖的姿态,居高临下地摆布他们的生活。如果一支部落消失了,我希望它完全是自然的因素,而不是人为的因素。"①她出示同情、悲悯,以人性和审美的方式对这个世界作出了一个文化人类学意义上的提醒。

(原载《长江丛刊》2018 年第 9 期)

---

① 迟子建、胡殷红:《人类文明进程的尴尬、悲哀与无奈——与迟子建谈长篇新作〈额尔古纳河右岸〉》,《艺术广角》2006 年第 2 期,第 34 页。

人性涵化的历史叙事

——评完颜海瑞长篇小说《归去来兮》

　　九年前的 1999 年，初识完颜海瑞并读长篇小说《天子娇客》，感觉这是一部严谨、扎实、厚重的优秀小说。读其作观其人，发现这人也严谨、扎实、厚重。九年后读《归去来兮》，感觉这是完颜海瑞的又一部好小说，较之《天子娇客》，它不仅继续保持着严谨、扎实、厚重的风格，而且在此基础上又有了新的拓展。

　　好小说总是有思想蕴涵和思想指向的，根据好小说思想营构与表现方式，我将它们分为两种类型：一种是意义或意蕴在不确定性中蕴涵着意义或意蕴的丰富性；另一种是意义或意蕴在确定性中蕴涵着内容的丰富性。前者由于意蕴丰富、意义多指向，文本意义反而显得不确定。文本只要有两个以上的解，其意义或意蕴就是不确定的，呈现为不确定性。内在张力与蕴涵越是丰富的作品，其意义或意蕴的不确定性就越大。我对此曾做过结论：不确定性是作品意蕴丰富的表现，"最大的不确定性等于最多的可能的确定性"。我们熟悉的《哈姆雷特》《红楼梦》《阿 Q 正传》《雷雨》《活着》《尘埃落定》等作品，大致属于此类，特别是 20 世纪西方现代主义文学和中国新时期的先锋小说，此类作品居多。后者的意义一般直指，其意义或意蕴表现为确定性。由于意义直指专一，于是格外注重从思想、情感、人性等方面深掘与拓展，以营构深厚丰富的蕴涵，并力图在意义或意蕴的深化中引出新质，《复活》《罪与罚》《悲惨世界》《德伯家的苔丝》《子夜》《家》《白鹿原》等作品，可以归为这一类。

完颜海瑞的长篇新作,就其质,属于第二类好小说。

一

《归去来兮》主题明确,意义彰显,通过对康熙年间施琅大将军奉旨收复台湾这一历史事件的叙写,传达出希望海内和平、祖国统一的思想。恰如作者在《后记》中所言:"艺术地再现康熙朝台湾归来实现祖国统一的这段历史,谱写那一段特殊的复杂的背景下恩怨情仇的慷慨悲歌。以史为鉴,以情为纲,便是我创作这部历史小说《归去来兮》的主旨。"我还注意到,这部小说的历史意义还通向现实意义,在这个由显现意义向暗含意义的贯通之中,小说的思想价值由于获得了现实意义的支持而得到了很大的提升。

为了使这一宏大思想始终彰显在上,完颜海瑞像一位出色的导演,指挥着所有人物,使他们在各自角色的活动中,始终遵循着导演的意图,服从作品主旨的规约,生怕他们或出于个人恩怨而公报世仇,或勾心斗角而相互生恶残杀,或为生计所迫而陷入钱财的算计,或坠入情网而忘了宏大目标,或固守狭隘的民族主义而自我封闭,在以恶抗恶之中消解中华民族统一大业的合法性。除此之外,作者还潜入叙事者之中,借助叙事者全知全能的功能,眼观六路,耳听八方,不动声色地掌控着作品思想和情感的走向。于是,一部由所有角色齐心协力共同谱写"中华民族统一"这一宏大主题的历史叙事就开始了。

雄才大略、励精图治的康熙帝在铲除佞臣鳌拜,平定"三藩"叛乱,稳定了大清江山之后,力排众议,命施琅大将军征剿台湾,使分裂的国家归于统一。

福建水师提督、攻台主将施琅和福建总督姚启圣超越个人利益、个人恩怨和民族情仇,把收复台湾,实现中华民族统一的重任放在高于一切的地位。

就连隐居山林,始终如一地忠诚于国姓爷的方仁影;潜伏在施琅身边为仆为谍二十年，终于自责自悔而遁入空门的施福；因思念亲人而举兵投诚失败，被伯父刘国轩大义诛灭的刘信诚，也以天下苍生为重，希望江山统一，海内太平。

其至连耄耋之年的刘国轩之母，也感念清廷对其全家多年来的仁义厚待，特别是听了施琅的坦诚进言之后，她明辨时势，申明大义，特致书劝儿子幡然悔悟，以罢息干戈，归附朝廷，促天下之一统，建百世之功勋。

最后，就连企图死守台湾而与清廷誓不两立的郑克塽、刘国轩、冯锡范等郑军首领，在清廷恩威并济、剿抚兼用的强大压力之下，特别是在施琅大军压境之下，也不得不顺应时势，革心归诚。

二

《归去来兮》表现中华民族统一的主题，看似单纯，实际上，它处理的却是一个非常棘手的政治命题，有着强烈的意识形态色彩。意识形态的政治判断往往是主位判断，主位判断是强制性的绝对判断，它的属己性质决定了它对事物的判断，是根据自己的需要作出的。当主位判断在相互对立的二者之间发生移位并各守立场时，就会出现许多令人困惑的难题。比如，在这部小说里，中华民族统一，由谁来统一谁？当然是由康熙为代表的清朝来统一郑氏的台湾。然而问题来了，由清朝来统一与明朝有着民族继承关系的台湾，首先就存在着合法性问题。因为，郑成功代表明朝攻克被荷兰人占领的台湾是合法的，据此，郑成功被称为民族英雄，这一点，就连康熙帝也认可。还有，他及他的子孙据守台湾继续反清复明，从汉民族本位立场上来讲也是合法的，而清朝对明朝的颠覆却有着不合法性之嫌。这样，对郑氏的降将施琅奉旨专征台湾这一历史事件及施琅这个人物的价值判断，就出现了历史离间的效果而使价值判断处于两难之境。

处理这样敏感的题材需要高超的智慧，完颜海瑞睿智，他跳出意识形态和民族主义的复杂纠缠，从简单处着手，用民本主义接通民族主义，以民本主义思想规约民族主义和国家主义。这一招绝妙，使被意识形态和民族主义纠缠不清的问题顿时变得单纯明晰，具有四两拨千斤的奇效。

民本主义以民为本位，这种思想是中华文明的核心价值之一。三千年前的殷商时代就有"民为邦本，本固邦宁"（《尚书》）的观念，这是民本主义最初的思想源头。春秋战国时期是民本主义思想的建立时期，左丘明提出"天生民而树之君"（《左传·文公十三年》），老子提出"圣人无常心，以百姓心为心"（《老子·第四十九章》），荀子用比喻形象的指出君与民的关系："君者，舟也；庶人者，水也。水则载舟，水则覆舟。"（《荀子·王制》）而孟子则对民本主义作了具体明确的阐述。孟子的民本主义思想有两个相互联系的内容构成，一是政治的，二是经济的。在政治方面，孟子的民本主义思想把民众视为天下国家的根本，而把天子、国君、大夫视为从属，他说："民为贵，社稷次之，君为轻。是故得乎丘民为天子，得乎天子为诸侯，得乎诸侯为大夫。"（《孟子·尽心下》）在经济方面，孟子的民本思想主要表现在"制民恒产"和"减轻征税"的仁政思想上。孟子说："民之为道也，有恒产者有恒心，无恒产者无恒心。苟无恒心，放僻邪侈，无不为已。及陷乎罪，然后从而刑之，是罔民也。焉有仁人在位，罔民而可为也？是故贤君必恭俭、礼下，取于民有制。"（《孟子·滕文公上》）孟子认为百姓有了稳定的财产，才能安居乐业。此外，孟子还主张对民众减轻征税，为的是保障民众生活的稳定。"制民恒产"和"减轻征税"的目的，是为了民众生活安定；民众生活安定则社会稳定，天下太平。冯友兰先生在解说孟子的民本思想时说："孟子虽仍拥护'周室班爵禄'之制，但其在政治上经济上之根本的观念，则与传统的观点，大不相同。依传统的观点，一切政治上经济上之制度，皆完全为贵族设。依孟子之观点，则一切为民设。此一切皆为民设之观点，乃孟子政治及社会哲学之根本意思。"[①]孟子的以民为国家天下之根本的民本思想对后世思想家的影响极大。

必须强调，中国传统的民本主义思想家在强调"民本"的同时，又强调

---

① 冯友兰：《中国哲学史》（上册），中华书局1961年版，第145页。

"君王",于是就有了两种不同取向的民本主义,一种是作为君主统治术的民本思想,一种是以民众为中心的民本思想。前者虽称之为民本思想,实际上,它的价值取向还是以君王为本位,其代表思想就是荀子的"君舟民水"论。这个观点对后代的影响很大,很明显,它是站在君王的角度立论,告诫君王:民众是一种既危险又可以利用的存在,必须好好对待他们、利用他们。后者才是真正意义上的"以民为本位"的民本主义。其根本区别在于:前者设定主位是君,次位是民,"民本"是君王根据统治的需要而赐予百姓的;后者设定主位是民,次位是君,"民本"是国家体制结构的规定。真正的民本主义应该是后者,但是,在长期以天子、君王为主位的中国传统社会,这种民本主义并没有真正实现过,直到明清以来,特别是五四新文化运动和中华人民共和国成立以来,它才有了实质性的进展。

《归去来兮》的民本主义思想有一个逻辑演进的过程,其出发点是伦理意义上的民本思想,这种民本思想心系民众生存的苦难。两岸对峙,战争连年不断,百姓深受其害。同情百姓的苦难,希冀两岸罢息干戈而归于统一,形成了《归去来兮》民本主义思想的基本内容。无论是康熙帝厚待刘国轩在大陆的亲属的仁义之举,福建总督姚启圣反思自责时奏请拆除"界墙",让沿海移民重归故土的大胆建议,施琅在惨烈之极的澎湖海战之后,眼见双方死伤无数,顿生不再残杀的念头,为避免百姓再次遭受战火之苦,他冒险赴台湾招抚刘国轩的壮勇;或是方仁影以天下苍生为重对施琅的劝告,刘诚信临死之前对伯父刘国轩的忠言;还是刘国轩之母修书劝降儿子,施福良心责备、自我悔悟,都是民本思想的具体表现。我们发现,就是在这个过程中,政治意义的民本思想悄悄地跟进,这就是贯穿整个作品并在最终得以实现的中华民族统一的思想。二者在演进中构成互为关系:要解除百姓之苦,必须停止战争,实现中华民族统一;实现中华民族统一,目的是为了解除百姓之苦。正是这种始于解除百姓之苦终于中华民族统一的民本思想,淡化并超越了各种利益关系,把目标集中到民族统一大业上来。

三

　　我说《归去来兮》的民本主义思想有一个逻辑演进的过程，其出发点是伦理意义上的民本思想，之所以作出这样的判断，理由有二：一是康熙、施琅、姚启圣等代表庙堂立场的民本思想，说到底还是"君舟民水"论的再版，他们看到战争给百姓们带来了深重苦难，希望通过和平统一的方式解除他们的遭难，让他们安居乐业。这种"民本"是暂时给与的，是在不损害"君"和"国"利益的前提下给与的，不是真正意义上的以民为本位的"民本"。但作者非常机智，他在叙事中尽量淡化了这一点，其艺术手段之一，就是把小说中的民本思想从政治的和意识形态的视域悄悄地过渡到伦理的视域，让二者相互涵化，互为对方。于是，《归去来兮》最有独创性的思想价值和审美价值就出现了：用民本主义接通人性和人道主义，让人性和人道主义思想成为民本主义的核心价值。

　　我读《归去来兮》，觉得最能体现作者艺术水平及作品审美价值的地方，主要不是它的主题，关于收复台湾，实现民族统一的主题，是一个史实，用不着特别的创构。甚至也不是一般意义上的民本主义思想，因为这种思想在史料中也有记载。而是民本主义与人性和人道主义的"同构"，正是有了这种"同构"，夯实了作品的内容和意蕴，由人性和人道主义的丰美情思进入民本主义的质朴情怀、再进入中华民族统一的宏大主题，这分明是一部壮美而又富有哲思的交响曲啊！

　　一进入人性和人道主义的描写，《归去来兮》如同灵魂附体顿时鲜活起来。我甚至认为，如果没有人性和人道主义的描写，《归去来兮》就大为逊色，充其量只是一部史料扎实的历史纪实小说，而有了人性和人道主义的描写，它的思想价值和审美价值就整个腾升起来了。

　　如果追问这部小说的人性和人道主义出示了哪些内容和思想，答曰：主要是由善涵化的同情、悔悟和宽容，以及善对怨恨、复仇等恶念的消解与否弃。

善是伦理准则,在这部小说里,它又是生命向度取舍的标准。因为善,所以才会对人的不幸遭难和苦难处境深表同情。同情是人类普遍具有的一种情感,我视它为人道主义的逻辑起点,即人道主义生成的原点。必须规定:我在这里所说的同情,是指伦理意义上的对受苦受难和不幸者的怜悯。"在日常生活中,人们通常把它等同于对弱者或因各种原因而受苦的他人的怜悯。由此也可见,作为一种情感,同情意向性地指向他人,并传达出对他人充满关爱的信息。"①休谟、卢梭、叔本华、斯宾塞及亚当·斯密等哲学家和经济学家均持这种看法。它相当于舍勒在情感现象学中所说的第二种同情形式,即"情感参与"形式②,"我们日常所说的怜悯意义上的对他人的同情就属于情感参与这种同情形式"。但舍勒又特别强调:"但我们却不能把情感参与完全等同于怜悯意义上的同情。这是因为:在情感参与中,我们不但可以与他人同悲、同苦,也可以与他人同福、同乐。"③不过,这种幸福意义上的同情不在本文规定的范围之内。

善能够使人产生向外的同情情感,还能够产生向内的悔悟情感。悔悟是一种深刻的情感体验,它针对的并不是一个人既往生活的全部,而是其中带有"过错"、"罪过"以及"怨恨"、"复仇"等恶念的那部分内容。舍勒指出:所谓的罪过,就是由于人的恶行在时间的进程中不断累积而在位格中形成的一种"恶质"。悔悟的目的,就是要根除位格中的恶质,消除它对人的现在和未来的持续影响。悔悟还具有一种重生的力量,经过悔悟,人就拥有了一颗"新心",成为一个"新人"。④ 正是在这个意义上,舍勒又把悔悟称之为"道德世界的强大的自我再生力"。在悔悟过程中,怨恨及由

---

① 张志平:《情感的本质与意义——舍勒的情感现象学概论》,上海人民出版社2006年版,第116页。

② 舍勒在情感现象学研究中,通过对同情现象的精细洞察,发现同情现象有"情感共有"、"情感参与"、"情感传染"、"情感一体"四种形式(参见刘小枫选编:《舍勒文集》(上卷)之《同情现象的差异》,上海三联书店1999年版)。

③ 张志平:《情感的本质与意义——舍勒的情感现象学概论》,上海人民出版社2006年版,第123页。

④ 刘小枫选编:《舍勒文集》(上卷),上海三联书店1999年版,第674—710页。

此引发的复仇等恶念被否定,人性复活,善成为主导力量。

还是来看看《归去来兮》的人性和人道主义的出色描写吧:

福建总督姚启圣在看到因迁界、禁海给沿海百姓带来深重苦难时,顿生怜悯之情,并自我归罪,深感内疚自责,以自我否定的勇气再次奏请皇上恩准拆除界墙,让移民们重归故土。

征剿台湾的主将施琅是小说中人性最复杂最丰富的人物,他既是一个有勇有谋的优秀将领,又是一个既自卑又狂傲、既残忍又仁义、既怨恨又宽容、既君子又小人的人物。更准确地说,他是一个人性中善恶并存又相互搏斗,最终是善战胜恶而"再生"的人物。三十年前,施琅被逼降清,郑成功、刘国轩杀害了他父弟子侄共二十余人,他发誓一定要报复。二十年前,在福建的一次战斗中,施琅偶获刘国轩才十个月的幼子刘思明,本想一刀斩杀,却顿生恶念,蓄意谋划一个复仇毒计,将刘思明改名世雅,并向一切人隐瞒世雅身份,处心积虑地将其养大,不断地向他灌输刘国轩杀其父奸其母的谎言,期望有一天世雅能够亲手杀死其父刘国轩,让仇人的儿子替他洗雪家仇。现在,复仇的机会终于来了,康熙帝命他任福建水师提督,征剿台湾。到福建上任后,当他看到台湾、闽粤一带百姓深受战火其害,数百万百姓家破人亡、妻离子散时,他良心自责,怜悯同情百姓的苦难,决定将家仇私恨暂时放到一边。继而,他捐弃前嫌,以德报怨,专程拜访刘国轩之母,对其晓以利害,希望她劝儿子放弃私家仇恨,归附朝廷。特别是澎湖大战后,当他看到万具尸体漂浮海上,觉得再也不能打下去了,于是冒险亲赴台湾劝降,并打算把世雅交给刘国轩。还有,当他得知施福是藏在身边二十年的间谍时,怒火中烧,恨不得马上抓到他、宰了他。心底里,他还心系着施福,一想到施福的儿子还在刘国轩手中,他不仅没有通缉捕拿施福,反而为施福着想,斩杀了一个顶替施福之名的死刑犯,骗过了刘国轩。从这里,我们看到的施琅,是一个有血有肉、有仁有义,敢于担当的大丈夫。而在另一面,我们看到的施琅,却是一个心地阴暗卑鄙的小人。对于三次鼎力举荐他为福建水师提督的姚启圣,他表面上感其恩、谢其义,但暗地里常使坏,多次向皇上奏疏,捕风捉影,无中生有,尤其是在台湾归降之后,他还在奏疏中恶意中伤姚启圣,致使皇上对他和姚启圣这两位大清的功臣,一个是越发亲宠,一个是越发冷淡。这一个施琅,怎么看怎么令人厌恶。好在最后他终于带着"深深的愧疚和良心的自责",站在姚启圣的病榻前,真心诚意地向弥留之际的姚启圣作了悔悟,"总制大人,施琅能有今日不敢忘怀大人的鼎力举荐之恩,卑职反躬自省,确是有愧于大人,我……"虽然是欲言又止,但他想说的话,这态度中都有了。姚启圣一笑泯恩怨,我们除了欣慰,还能要求施琅再做些什么吗?这一处的描写,最见人性深度和人性诡秘的复杂性,真要为完颜海瑞先生叫好!

二十年前,施福受先王郑成功和武平侯之命,隐匿于施琅身边为仆为谍,不断地把施琅的行踪及朝廷对台的密议传递给台湾,而施琅一家对他的器重和厚爱,让他长期以来陷入惶惑惭愧和良心责备的痛苦之中。这次,刘国轩命他暗杀施琅,他不忍心下手,再者,"如果杀了施琅,会使形势更加动荡,更将拖延台湾、闽粤亲人的团聚,自己岂不成了罪人?"此刻,良心让他选择了善,选择了自救,他留下一份充满着感恩与忏悔之情的信,与施琅一家告别而遁入空门。

……

至此,我的结论是:《归去来兮》是一部用民本主义接通并超越民族主义和意识形态而与人性和人道主义"同构",即由人性和人道主义进入民本主义再进入中华民族统一这一宏大主题的优秀之作。

(原载《文艺百家》2008 年第 2 期)

诗意乡土与温暖人性

——读刘春龙长篇小说《垛上》

《垛上》是当代乡土小说,评家几乎一致指出:这部以林诗阳为主角的小说,既是林诗阳个人的成长史——叙写林诗阳从 1975 年高中毕业回乡到 2013 年他由县委副书记退居二线任县人大主任、历时 38 年的人生历程,又是垛田的变迁史、湖的兴衰史和乡村社会的发展史。作者生于垛上,长于垛上,自称"垛上人"的刘春龙亦作如是说:过去写垛田多是零打碎敲,形成不了气候,必须写一部长篇,全景式地反映垛田这块土地上发生的一切,关于垛田的过去、现在和未来。于是,就有了这部历时多年、数易其稿、长达 40 万字的长篇小说。

我在刚完成的一篇文章中说,当代小说创作和评论有个现象值得关注,即写史的观念优先其他观念,写史的价值高于其他价值。这种观念有意或无意地支配着许多作家的写作追求,也成为许多评论家评判作品价值的一杆标尺。于是,对凡是写了一段较长历史,特别是 20 世纪中国历史的作品如《红旗谱》《红日》《创业史》《青春之歌》《钟鼓楼》《古船》《家族》《白鹿原》《丰乳肥臀》《唇典》等作品的评价,总是首先将它们的文学价值与宏大的革命史、战争史、创业史、家族史、民族史、文化史乃至民族心理演变史联系在一起。从文学的本性来说,写史显然不是文学的首要目标;文学写史,无非是把人放置于一种特殊的环境中,写人的情感、思想、性格、精神、命运。而写好了人,也就间接地写好了人所处的时代和社会。但写史的冲动自 1980 年代以来,已经形成了强势文学潮流,并且形成了相互模仿、相互复制的经验性写作模式,致使许多道行不深的作家身陷其中而不自知。

写史,关键是怎样写。《垛上》对"史的叙述"作了超越,它将史纳入个人的成长史及诗意审美化的艺术表现中,其语义在此过程中悄然发生转换,由"史"而"诗","史的意识"逐渐冲淡,而"诗的表现"愈发浓厚。

早有识力精准的评家一眼看出《垛上》是里下河版《平凡的世界》,我读后的感觉是,它具有汪曾祺小说的韵味,其主角林诗阳与四个女人的情爱描写更像《人生》,而在人的精神追求上则逼近《平凡的世界》。若用粗俗的比喻来概括《垛上》的特点,可以给出这样的表达式:《垛上》=史的叙述+汪曾祺小说+《人生》+《平凡的世界》。文学的相互影响历来遵循或模仿或创化的路径,路径不同,文学的品位就有了高下优劣之分。将历史叙事、汪曾祺小说的韵味、《人生》的情感人性和《平凡的世界》的精神追求融汇成艺术整体,创化出个人的文学,是《垛上》的艺术特色。

由此,我读《垛上》,读出了一种久别的趣味和情感,一种沉在心灵深处的记忆被唤醒。这是感觉,而表达感觉则依赖语言。人类智力的优点是感觉超越语言,比语言丰富,而弱点则是语言滞后感觉,比感觉迟钝。语言难逮感觉是事实,而人们不得不用语言来表达感觉也是事实。若用语言表达我读《垛上》后产生的感觉,我的感觉是:诗意乡土与温暖人性。

先说诗意乡土。丁帆先生研究中国乡土小说,在《中国乡土小说史》中,他将乡土小说的审美特征概括为"三画四彩"。所谓"三画",即乡土小说的"地方色彩"与"异域情调"交融一体的"风土人情",可以展开为差异与魅力共存的风景画、风俗画和风情画。"三画"是现代乡土小说赖以存在的底色,体现为乡土小说的外部审美要求,而作为"三画"内核的"四彩",即自然色彩、神性色彩、流寓色彩和悲情色彩,则是现代乡土小说的精神和灵魂之所在。"三画四彩"已经成为中国现当代乡土小说比较恒定的审美形态,当它们与"思想内容"有机一体时,必然使乡土小说的描写成为审美化的体现。当它们被"思想内容"的种种表现形式挤压、侵占其而排斥之后,就造成了乡土小说艺术审美的严重流失。这种思想内容突显而审美表现缺失的现象,在 20 世纪 40 年代的解放区文学和 50—70 年代的乡土小说中多有表现,而新世纪以来的乡土小说,亦过度迷恋故事的叙写,只见史的叙述而难见"三画"描写,从而取消了乡土小说之为乡土小说的审美规定性。正是在这种文学背景中,我充分肯定《垛上》的诗意乡土描写的审美价值。

垛田自成乡土,其地貌独特,历史悠久,文化丰厚,乡风民情纯朴天然,《垛上》对这个充满生机的乡土世界作了诗意的描写。

垛田今生:"村庄与村庄之间尽是一块块草垛一样的土地,像是漂浮在水上,原先叫坨,又叫圪,现在人们都叫它垛田,也叫垛子。这土地很特别,大小不一,形态各异,四面环水,互不相连,据说浮坨公社就有上万个垛子……这里的人也特别,叫垛上人。"(《垛上》,作家出版社 2015 年版,第 9 页。以下引本书的文字,直接在文后标页码。)垛上种植着各种瓜果蔬菜,有西瓜、酥瓜、香瓜、梨瓜、南瓜、菜瓜……有青菜、萝卜、番茄、刀豆、茄子、生姜,生机盎然。最美的景象无疑是油菜花盛开季节,湖有万湾多碧水,田无一垛不黄花,"金黄的花,碧绿的水,黝黑的土,浑然天成,相映成辉,恰似无声的诗,犹如立体的画,更像流淌的曲。"(第 321 页)

垛田前世:垛田非自然形成,而是由人工堆积而成。这里原是一片沼泽,先民们为了生存挖土垒垛,慢慢就形成了成片的垛田。在乡人的观念里,垛田是生命之根,非人力所能为,是天意神力之所赐,于是就有了种种关于垛田由来的美好传说:"一说是八仙过海时,何仙姑抖落片片花瓣,这花瓣就变成了垛子,荷城也由此得名。一说是铁拐李偷吃蟠桃,被王母娘娘打入凡尘,罚种金瓜,那垛子就是铁拐李随口吐出的粒粒瓜子。还有一说是大禹治水有功,深得舜的赏识,舜紧急召见,欲委以重任。大禹顾不得满身泥水,披星戴月,日夜兼程。当走到东海之滨时,只见茫茫泽国,白浪滔天,此处竟未治理,大禹心急如焚,浑身乱抓,身上的泥巴一块块掉下来,变成横一块竖一块大一块小一块的垛田了。"(第 111 页)这三种传说赋予了垛田富有荷花的清香、金瓜子的殷实吉祥、泥土的厚重质朴的优秀品质。

双虹湖:湖水浩淼,水波荡漾,满湖的芦苇在微风的吹拂下,摇曳生姿,沙沙有声,苇旁的水面上零星地漂浮着几朵野睡莲、荇菜花,船行中,不时惊奇几只野鸭"扑棱棱"地飞向远处,还有游鱼"呼隆隆"乱窜。尤其是雨后湖上出现的"双虹"——海市蜃楼的美景,既是自然巧夺天工的创造,又是人生美好的隐喻。

乡风民俗和民间传说:从乡风民俗(如"歇夏")到民间传说(如"无节柴"传说、"冬瓜钥匙"传说、"酒泉眼"传说),从节庆时的民俗表演到湖神会引发出的基于神灵崇拜和祖先崇拜的民间信仰,均作了诗美的描写。而这样的诗美描写,与小说主干的史的叙述有机一体,很好地提升了《垛上》的美学价值。

再说温暖人性。温暖人性诞生于诗意乡土,诗意乡土是因,温暖人性是果,很难想象在垛田系水的清净柔美、平和冲淡的环境里会有大奸大恶之人的生存之地,会有你死我活的斗争。这里有阴谋与阳谋、嫉妒与算计、偷奸与伤害,但这一切都被"一只无形的手"掌控在剧烈冲突之外,即使是村官三侉子,虽然他算不上好人,也绝对不是坏人。在刘春龙眼里,他们是人,是和这块土地相依为命的各色平常人,他们的身子虽然已经进入现代意识高扬的时代,但观念上仍然秉承农业文明代代相传的乡村伦理,却又不拒绝现代意识踏足此境,无师自通地平衡着传统伦理与现代意识,因而能够自然地用同情和宽容的态度看待世界,处理人际关系,与天争却能够在合度的范围与自然和谐相处,与人争又能够在伦理的规约之下与人善意相待,将主控 20 世纪的斗争哲学化解为平和冲淡的日常生活美学。其中,对林诗阳与四个女人的情爱描写,足以见出《垛上》人性描写的上佳功力。

我有一个不成熟的看法,认为能否写好女人、写好情爱性爱,是检验一部作品、衡量一位作家是否优秀的硬指标。相对而言,女性形象较男性形象更具有文学性,一部文学史,实际上是一部站满了女性形象的画廊。对于男性作家来说,写好女人,写好情爱性爱,原本就是他们的梦,他们的心曲,他们怎能不格外地驱情使力呢?

林诗阳的个人成长史,实际上是他的事业史和情爱史的双线并行。作为文学,有关林诗阳的事业史的描写,是现实主义写实的笔法,而一旦笔落他的情爱描写,则浪漫专意,真的是心到笔到,把传统的"才子佳人"故事写得风生水起,旧貌换新颜。林诗阳从一个涉世不深的高中毕业生到成长为县级领导,事业的历练是一个方面,更重要的是,在他人生的道路上,总是有俏丽温善的女人对他的尽情照拂,是她们把他从一个心高气傲而屡遭挫败的毛糙小伙子培养成一个有情有义的成熟男人,他的失意、沮丧、委屈、发奋、同情、悔恨、宽容等人性内容在此一一展开。

这四个女人依次出现,她们是英姬、沈涵、红菱、虞家慧。

女一号英姬怎么看都像《人生》里漂亮多情、心地善良的刘巧珍,她是大队支书三侉子的女儿,用今天的话来说,她是乡村社会的官二代。人天生丽质,又有文化,这样的女子,该是多么让人羡慕啊!还在她很小的时候,父亲就把她许配给东坝的一户人家。长大上高中后,她有了主见,要为自己选择合意的人,这人就是林诗阳。一旦相中了意中人,她像巧珍一样,抛开姑娘的羞怯心,主动亲近林诗阳,并且很快地与林诗阳有了肌肤之亲。可林诗阳呢?此时心里还矛盾着,他心里想她,又烦她粘人;他喜欢她,想娶她,又顾虑她有婚约;他喜欢她,可不喜欢她爸她妈和她的三个哥哥;想到她明年就要回村当赤脚医生,可自己什么都不是,心里自卑。其中最大的坎,是他恨她父亲三侉子。他当代课教师,三侉子给了别人;他招工,三侉子不同意;他当兵,三侉子借口他是独子,却让自己的儿子顶了;他高考,三侉子还是不同意。为了儿子的前程,林诗阳的母亲不得不让对她垂涎已久的三侉子上了身。林诗阳发现这个秘密后,痛苦极了,他要报仇,于是,在大队干部会议上,他与三侉子发生了激烈争执直至扭打,结果被免去大队团支部书记职务而离开湖州,英姬为此哀怨凄楚。父亲这边的路被堵死了,纯情专一的英姬偷见诗阳,提出私奔,诗阳犹疑,尽管心有不甘,可也只能如此。这说明,诗阳的态度并不坚决,他是被英姬推着勉强往前走的。三侉子发现苗头,将女儿软禁起来,同时催东坝亲家赶快办婚事。英姬拒绝抗争,装疯、绝食、上吊,想尽了一切办法,连死的心都有,最终,她不能不屈从现实。出嫁前,她央求父亲,叫他从今往后不要为难林诗阳。可怜又可爱的姑娘,直到这时,她想到的不是自己的委屈、自己身心遭受的伤害,她还在为林诗阳的前途、幸福操心哩!林诗阳不明就里,曾经怨恨英姬失信。多年之后,当他得知真相后,为自己误解英姬而内疚,为失去英姬而痛悔。

女二号沈涵是在英姬出嫁、林诗阳怨恨而情爱顿失时出现的,他们都在公社蔬菜脱水厂上班。沈涵是现代女性,"要文化有文化,要容貌有容貌,就像她的名字一样,要内涵有内涵。"这样的好姑娘,林诗阳自然喜欢。林诗阳出众的才华俘获了沈涵的芳心,她直接向林诗阳表达了爱慕之情:"我不嫌你的出身,我不嫌你的家庭,我不要你入赘,我就是要嫁到你家;我爱你的懒散,我爱你的邋遢,我爱你的忤逆,我爱你的多情;一句话,我就是爱你。我爱你的优点,也爱你的缺点。"(第 174 页)如果不出意外,这两个相互欣赏的浪漫恋人会在文学的助力下很快地走到一起,但命运捉弄着他们,原来他们是同父异母兄妹,林诗阳得知真相后,一边承受着彻骨的痛楚,一边将真相继续隐瞒。历史的悲剧已经过去,但它造成的后遗症还是殃及了两个真心相爱的恋人。为了让沈涵死心,林诗阳决定与红菱结婚。

这样,女三号红菱登场了。在这部小说中,心地最单纯、最干净,而命运最不幸,所受的伤害最深重的人要算红菱了。因此,她也是这部小说中最让人同情的一个人物。别看她刚出场时只有 19 岁,与林诗阳结婚时顶多也就 20 岁,别看她戏份很少,可她的分量最重,尤其是她遭遇劫难七八年后与林诗阳相逢又离别的一幕,让人悲痛又感激。当初她嫁给林诗阳,是少女般的姑娘对有文化有地位的林支书的爱慕,而林诗阳决定与红菱结婚,一开始并非爱她,而是为了拒绝沈涵,好让她死心,"好不好就是她了"。虽然是无心之言,却是林诗阳当时的真实心境,好在他们婚后把日子过得像恋爱。当幸福的钟声敲响之时,劫难猛然降临,红菱到镇幼儿园开会途中,被人贩子拐骗卖到一个偏僻山村。她拼命抗争,想方设法逃跑,可山路就那么一条,村里天天有人把守,莫说人了,就是一只鸟也难飞出去。她不能不屈从现实而认命,她在生下她和林诗阳的女儿后,又为茚家生了一儿一女。七八年后,她终于逃出山村回到家乡。此时,林诗阳已经是有妇之夫,失散多年的夫妻猛然相见,是喜是悲?是苦是甜?是爱是恨?一言难尽,什么都有。林诗阳铁定了心,他要把可怜的红菱领回家,"跟我回家吧。"他的话一出口,就遭到了红菱的拒绝:"诗阳哥,有你这句话我就知足了,我已经让你担心了这么多年,也耽误了你这么多年,我不能再害你了。对不起,你是有家庭的人,我妈告诉我了,我也是有家庭的人了,不管我对现在这个家庭喜欢不喜欢,我都不能跟你走。"(第336页)"那边毕竟有我生活了七八年的'家'……那边有我的孩子,还有你的女儿,我爱他们;那边的生活虽说清苦,但人家对我很好,也许是我犯贱,我倒有点喜欢现在这种生活了;那边好多人家的孩子需要我这个老师,你就当妹妹我去支教了,好吗?"(第342页)可怜的红菱,在她特别需要得到亲人安慰、被人同情时,反而表现出大度和宽容的态度,让人心灵震撼。她把一切委屈、悲痛咽下去,吐出来的则是人性的温情。对于这样一位心地善良而命运多舛的女人,我们为她合掌祈福吧!

女四号虞家慧是林诗阳高中同学,县委副书记虞海涛的千金,真正的官二代。她条件优越,要长相有长相,要地位有地位,要经济有经济,关键是她还有一个好爸爸。她嫁给林诗阳,或者说林诗阳娶她,说到底,并不是他们爱得有多深,而是两个婚姻不幸、情感压抑已久的人,在各种力量的驱动下走到了一起,自然也有两情相悦的时刻。她有官二代的通病,傲慢使性耍脾气,好在她能够把自己的言行控制在不让人讨厌的限度。也许是前一段婚姻让她受了伤,心里落下了阴影,在生活中出于防备和自我保护,她有适度地使些小计谋、耍些小心眼,但不直接伤害人,说到底,她本质上是一个心地善良的女人。

史的叙述直追要义大义,当它顺风顺水时,领风气之先,与时代思想文化主潮同步,但它时常会因时过境迁或自身的局限而变旧,渐渐失去价值,中国当代文学在这方面多有教训,而表达人类情感的诗意乡土和温暖人性则是永恒的。《垛上》将二者熔铸一炉,因此,它既是一部具有史的意义,又具有人类永恒情感的乡土小说。

（原载《中国作家研究》2019 年第 1 期）

废墟上的灵魂

——论阿来小说《云中记》兼及刘庆小说《唇典》

　　阿来长篇小说《云中记》首发于《十月》2019 年第 1 期，作者为其贴出的标签是"地震题材小说"，为纪念 2008 年汶川地震而作。动笔于汶川地震十周年纪念日，完稿于 2018 年国庆节。之所以酝酿十年才动笔，是因为他觉得面对这场突如其来而导致几万人丧命的悲剧，不能轻易触碰，如果写得不好，就愧对在地震中失去了生命的那些人。尤其不能带着灾民的心态写地震灾难，灾民的心态就是希望被别人照顾。应该写出生命的价值和意义，领会不出这个东西，要么就写得哭天哭地，要么就写成好人好事。果然，"十年过去了，我没见到过一本写汶川地震让我感动的书。"他一再告诫自己，要慎重深思，他对自己的要求是：写出对生命的敬畏，对人性的尊重。"十年前，地震发生后不久，不少人一窝蜂写地震，我当然也有冲动写。但是我每次有冲动开写的时候，我就会反问自己，还有没有更好的写法。还是再放一放。2018 年 5 月 12 日，汶川地震十周年那天，我突然被一个细节触动内心，想起在地震中失去的那么多生命，不禁热泪盈眶。我觉得开写的时刻，真正到来了。我就把手头上正写得很顺的另外一部长篇小说放下，马上就开写这部酝酿已久的关于汶川地震的小说。就是《云中记》。"作品完成后，他很自信，"我相信，这部作品是能站得住脚的。经得住时间的考验，留的住的。"北京十月文艺出版社总编辑韩敬群读了《云中记》后，断言"这肯定是阿来继《尘埃落定》《空山》之后最重要的一部作品，也注定会成为近几年甚至整个中国当代文学创作中最重要的一部作品。"①

若问《云中记》怎样写汶川地震,说出来会吓你一跳,写招魂。小说可以压缩到一句话的长度:云中村最后一个祭师阿巴从移民村潜回已成废墟的山村,为亡灵招魂,安抚鬼魂。

无独有偶。它竟然与东北作家刘庆2017年发表出版的萨满文化长篇小说《唇典》在思想取义上有着惊人的一致性,二者互为镜像,可以构成相互解读相互阐释的关系,以《唇典》为参照,能够更好地发现《云中记》蕴含的思想精神和生命存在的深刻命题。

一

《唇典》是一部内容厚重思想现代的萨满文化小说,满人最后一个萨满说的故事。小说描写了东北一个名叫白瓦镇的小镇始于1910年、终于世纪末的近百年的历史,再现了东北近百年的民族变迁史、兴衰史、文化史和心灵史,几乎涉及了20世纪发生在东北大地上的所有大事件,如反对日本侵略、抵制日货、"九一八事变"、军阀混战、东北易帜伪满洲国成立、国共合作与内战、苏联红军出兵东北、日本战败投降、土改运动、大跃进、"文革"、联产承包至改革开放的新时代。确切地说,《唇典》主要表现了人在失灵年代灵魂缺失和萨满及萨满教衰亡的命运。

从有灵的年代到失灵的年代,其转折点发生在20世纪初。在有灵的年代,神灵的本领大过人的本领,所以萨满神圣、萨满教兴盛。在失灵的年代,人的本领大过神灵的本领,人不再需要萨满,因而萨满消失、萨满教湮灭。萨满是人神两性之身,既通晓人神意愿又能沟通彼此联系的人,成为人与神灵的代言人。先前的有灵年代,人世间的一切举动都对应着神,而这个神灵正是有着无限信仰的萨满。萨满的最高目标是以死者的名义

---

① 张杰:《酝酿十年,阿来终于完成地震题材长篇小说〈云中记〉》,https://e.thecover.cn/shtml/hxdsb/20;郑薛飞腾:《专访阿来:十年过去,没一本写汶川地震的书让我感动》,http://culture.ifeng.com/a/2018。

说话,被某个祖先灵魂和舍文附身,为深切的信任和希望提出善良的回答。有灵的年代,人神共存,充满着人性和人道主义的情怀。

在那以后,即失灵的年代,萨满及萨满教消亡。没有萨满,灵魂关闭了与人交流的通道;人与自然、人与神灵的关系彻底断裂了。失灵年代,人类失去的不仅是萨满的神灵,更是精神的故乡。而失去精神家园的人们,注定要漂泊流浪,无所定居。老年满斗于无路可走的绝望之际,冥冥之中接受神灵的启示而种植"灵魂树",为死去的亲人安顿灵魂、复活灵魂。师父李良大萨满死了,额娘赵柳枝和阿玛郎乌春死了,心爱的花瓶姑娘苏念死了,妹妹蛾子死了,还有韩淑英、子善、素珍也死了,满斗的亲人及知道他过去的人,差不多都死了。尽管萨满教已经不存在了,尽管他不再是萨满了,但作为曾经的萨满,满斗仍然采取萨满教的方式为死去的人安顿灵魂。他在给被师父灵魂附体的"走树"取名为"李良树"之后,陆续种植了额娘树、阿玛树、苏念树、蛾子树、素珍树、子善树、云清树,还有狼树、狐狸树……每棵树都有灵魂附体,虽然它们不会说话,不会走,不会飞,但它们棵棵有灵魂。满斗要用萨满的方式救赎死者,让他们的灵魂复活,并在此过程中达到自我救赎;他要用这种方式守护亲人故友,与死去的他们相聚,既重现当年人神共舞的萨满世界,又在这种重建中摆脱自己的孤独。在伦理颠覆、浮躁纵欲的世纪末,利欲熏心的不法之徒盗走灵魂树,年迈的满斗又踏上寻找灵魂树的不归路。"我决心上路,我要到那座陌生的城市里去,去找我的灵魂树,去看望我流离失所的亲人,去和每一棵灵魂树说话,祭奠它们,做最后的告别。"①

《云中记》描写的云中村,是一群藏族先民一千多年前从西藏最古老的原始苯教的发源地迁徙到四川汶川群山峻岭中定居而形成的一个小山村。传说在西边很远的地方,有三个兄弟,他们把野马驯养成家马,发明了水渠浇灌庄稼,部落因此人丁兴旺,子民多到如同映在湖中的星星一样。三兄弟决定分开,把多如星星的子民播撒到广阔大地。大哥留在原

---

① 刘庆:《唇典》,作家出版社 2017 年版,第 484 页。

处,二哥向南,三弟阿吾塔毗向东。东进的道路最漫长,当他们到达群山
耸峙的森林地带时,差不多已是群山的尽头。再往前,是人烟稠密的平
原。为了开阔视野,他们总是沿着高高的山脊行进。到达云中村的时候,
阿吾塔毗离开部众,独自睡在星星最密集的那片天空下面。那天,他梦见
辛饶弥沃祖师,祖师告诉他要停止前进,现在应该向下转入森林。此时,
迁移中的他们一直避免进入森林,有意避开树林中的矮脚人。故事里说
的矮脚人还处于原始水平:他们住在森林里,用木头搭盖低矮的房子,也
有人住在洞里或树上;他们穿着树皮和兽皮做的衣服;他们用弓箭狩猎,
长于攀爬树木;他们长得矮小,在茂密的森林里自由穿行;他们的语言类
似于鸟语,一种非人的语言。阿吾塔毗率领他的部众进入森林,遇到矮脚
人的拼命抵抗,阿吾塔毗果断地宣布对说鸟语的矮脚人正式开战,因为神
已经指点说,这里就是东进的终点,这里就是部落新的家园。尽管所有的
矮脚人都投入了战斗,尽管他们召集了很多山妖水怪和树林里的毒虫来
参战,但他们的村庄还是被战马踏平。阿吾塔毗用霹雳火驱散了成阵的
毒虫,挥舞闪电之鞭夺去了山妖水怪的魂魄。阿吾塔毗得神之助,挥舞一
片乌云,便收集了矮脚人的哭声和密如飞蝗的石头箭镞,他一抖乌云的披
风,矮脚人都被自己的箭镞杀伤。最后,他们用火攻击矮脚人,一些矮脚
人被林火烧死,一些矮脚人被火从森林里驱赶出来,整个部落被消灭殆
尽。矮脚人的鬼魂聚集在逼近村子的树林的边缘,悲伤的哭泣声把树林
的边缘弄得湿漉漉、冷冰冰的。阿吾塔毗独身进入森林去安抚那些亡灵
鬼魂,答应永远不破坏他们的墓地,答应鬼节到来的时候给他们施食,就
像对待自己部落的亡灵一样。认命的矮脚人的鬼魂这才平静下来,从此,
云中村人刚建起的房屋才不会在夜里无故倾倒,新开垦的庄稼地才不会
生出那么多害虫。

带领部落从西边横穿高原,来到高原东部的阿吾塔毗,征服了矮脚人
并荡尽了森林中的妖魔鬼怪后升了天,灵魂化为云中村后终年积雪的山
峰,成为了山神——信仰苯教的云中村人的守护神。

云中村所处的森林地带土地肥沃,气候温润,食物丰富,种族繁衍迅

速,很快就人丁兴旺,于是,便有很多族人往下进入更深的河谷,这样就有了现在的瓦约乡的七个村庄。只是那些村庄的人后来改变了信仰,放弃苯教而转信佛教,云中村人就不再视他们为同一族了。

不幸的是,这个存在了一千多年的村子,2008年5月12日被八级地震毁灭,瞬间变成一片废墟。成为废墟的云中村不能重建,据地质考察,它坐落在一个巨大的滑坡体上,最终会从一千多米的高处滑落坠入岷江。2009年4月云中村的幸存者们移民到平原上的一个村庄。四年多后的2013年5月9日,云中村的祭师阿巴从移民村返回已成废墟的家乡,他要履行自己的职责,侍奉山神,安抚鬼魂。

二

说句不恭敬的话,阿巴虽然生于祭师世家,却不是严格意义上的祭师。他当祭师并非家传或神授,也非自己所愿,而是政府为了发展当地旅游,弘扬并传承非物质文化遗产,特意指定他当祭师的。因为他出身于祭师世家,乡里派他到县里接受非物质文化遗产培训学习,培训结束,他领到了非物质文化遗产传承人证书,成为一个由政府认可的祭师。遗憾的是,半路出家的阿巴尽管成为了一个合法的祭师,但他却无超自然的能力,不能通灵。对于一个祭师,通灵是基本功,是当祭师的必备条件。不能通灵,就好比说公鸡不会打鸣、母鸡不会生蛋一样遭人嘲笑。村前的老柏树是云中村的神树,地震前一年现出垂死之相,村民们求阿巴救活神树。阿巴在树前摆开香案,他穿着祭师服,带着祭师帽,摇铃击鼓,向东舞出金刚步,旋转身体,向西舞出金刚步,大汗淋漓。似乎真有神灵附体,但老树仍然降着枯叶,树皮不断绽裂剥落,直至枯萎而死。乡亲们埋怨:"这个祭师到底是半路出家,通不了灵,和神说不上话呀。"他懵懂自问:"寄魂在树上的神去了哪里?"这不是自打耳光吗?

身为巫师——巫术时代的祭司,在苯教里被称为祭师/祭司,在萨满教里被称为萨满,就要有超自然的法术和神力,这是成为巫师、祭师/祭司和萨满的不二法门。人类文化思想的发展,是巫术早于宗教。在原始宗教之前的"前宗教时期",即原始巫术时期,巫术独自称大,巫师通天通地、通神通灵,掌握着沟通神界与人世的权力。原始人的宗教观念源于万物有灵论,布留尔受弗雷泽《金枝》的启发,认为万物有灵论的假说包含两个连续的阶段。"第一,原始人在梦中看见了死人和离别的人,和他们交谈,和他们厮杀,听见他们的声音,触摸着他们,他被梦中出现的这些幻象所惊讶,弄得心慌意乱——他相信这些表象的客观实在性。……第二,他们想要解释那些使他们惊慑的自然现象,亦即确定这些现象的原因,于是立即把他们对自己的梦和幻觉的解释加以推广。他们在一切生物身上,在一切自然现象中,如同在他们自己身上,在同伴身上,在动物身上一样,统统见到了'灵魂'、'精灵'、'意向'。"①此时的原始先民萌发的"万物有灵观"和"惧神(魂灵)观"还未以超自然观念为前提,也非将施术目标视作礼拜求告的对象,巫师主要通过各种法术对特定目标施加影响,甚至将其制服。

而到了原始宗教阶段,据考古发掘和对近存原始社会的考察表明,其中已经出现对自然体的信仰和崇拜的观念,人类只有到这样的历史阶段,才会产生对神灵进行礼拜求告的观念。而对于有害于人的魔鬼妖邪之类的超自然体,仍继续采用法术来对待。近存的萨满教和苯教最能体现这种"巫教同源"的特征。

萨满教曾广泛流传于中国东北到西北的阿尔泰语系地区,包括蒙古语族的蒙古族和达斡尔族,通古斯语族的满族、鄂温克族、鄂伦春族、朝鲜族、赫哲族、裕固族、锡伯族,突厥语族的维吾尔族、哈萨克族、柯尔克孜族,等等。因为通古斯语称巫师为萨满,故得此称谓。萨满教信仰"万物有灵"和"灵魂不灭"的观念,认为自然界的变化和人的吉凶祸福、生老病死,均是各种精灵、鬼魂和神灵作用的结果。为了保障氏族的安全、繁衍

---

① 〔法〕列维—布留尔:《原始思维》,丁由译,商务印书馆 1981 年版,第 10—11 页。

和兴旺，需要一位既通晓人神意愿又能与人神二界说得上话的中介者沟通彼此的联系，萨满应运而生，成为人与神灵的代言人。萨满是人神两性之身，天赋神性，其法力超乎寻常。《唇典》里的萨满，崇高神圣，由众神化育而生，百聪百伶，百慧百巧，是世上第一个通晓神界、兽界、灵界、魂界的智者，法术无边，精神超拔，是民族的精神象征。李良大萨满是"萨满中的萨满"，法术高超，神圣威武，代表着慈悲、悲悯、救赎、和平，是库雅拉满族人的"精神之父"。而"天生的神选的萨满"满斗，天赋神性神力，不仅具有一般萨满的法术，还具有让灵魂复活的超级法术。即便是迟子建《额尔古纳河右岸》所写的萨满——比较弱小边缘的使鹿鄂温克族萨满，尽管他们几乎是"居家的萨满"，原始质朴民间，法力有限，但他们仍然秉承着巫师血脉传统，承担着保障部落平安的使命。

苯教祭师亦如此。苯教是我国西藏古代盛行的一种原始宗教，也是藏族传统文化的根基。苯教文化还辐射到我国西部广袤地区，如新疆、云南、四川等省区都有苯教文化衍生的苯教亚文化或称苯教次文化。苯教的名称，用法较多，"一般的写法有本教、本波教、苯教、苯波教、笨教、钵教、钵波教、黑教等，其中前七种写法是藏文 bon 或 bonpo 的不同音译名。bon 的最初含义是反复念诵之义。在苯教处于原始阶段时，巫师作法时反复念诵一些简单的咒语或祭文，由此，bon 成为各种法事的代名词。后来由于各种法事的内容和形式相异而分称为各种 bon。"①从观念和内容上来说，苯是指人们对自然万物最初的较为朦胧的认识的总和，其核心包括鬼神、精灵、魂魄、命数、运道等，即一切与精灵们相关的东西。当人们把握不住自己的命运时，就希望得到神灵的帮助。苯教是泛灵信仰的多种崇拜，如同萨满教等原始宗教，崇拜天地、日月、星辰、雷霆、雪雹、山川、陵谷、土石、草木、禽兽，乃至自然万物，包括幽灵巫鬼，以祈福禳灾为事。其法事仪轨主要为跳神舞、祭祀、祈祷、占卜、念咒、驱魔、幻术等。于是就

---

① 杨学政、萧霁虹：《苯教文化之旅——心灵的火焰》，四川文艺出版社 2007 年修订版，第 17 页。

产生了沟通神灵的巫师,这些人在苯教里被称为苯波、祭师、祭司,他们能"上达民意,下传神旨"。据《西藏王统记》得知:苯波能"上祭天神,下镇鬼怪,中兴人宅";可行"纳祥求福,祷神乞药,增益吉寿,兴旺人才之事";"指善恶路,决是非疑,能得有福通,为生者除障、死者安葬、幼者驱鬼,上观天象,下降地魔";还可"护国奠基,祓除违缘之事"。①

三

　　阿巴半路出家当祭师,没有通灵法术,和神说不上话,难怪遭到乡亲们低看,嘲笑他是"半吊子祭师"。事出有因,新中国破旧立新,批判封建迷信,取缔祭师,村里拆毁寺庙,苯教大神辛饶弥沃塑像被推倒,寺庙改建成小学。云中村仅有的两个宗教职业者,一是喇嘛,二是阿巴父亲,他们生不逢时,喇嘛不再去庙里,阿巴父亲被迫改行当修路爆破手,一次修机耕道爆炸巨石,不慎人被炸碎掉到江里,彻底从这个世界消失。再有,云中村在山上修建水电站,现代科技给云中村带来了光明和动力,阿巴私下嘀咕:"什么都好,要是不禁止祭祀山神、安慰鬼魂就更好了。人的日子好过了,鬼神的日子也应该一样好过。"(阿来:《云中记》,《十月》2019年第1期,第32页。以下引该刊的文字,直接在文后标页码。)意思是:人的日子好过了,鬼神的日子却悲惨了,因为机器轰鸣,电灯照射,鬼魂无处藏身又无法现身,要么自行消灭,要么飘向野外,成为无家可归的孤魂野鬼。与此相联系,云中村人的鬼魂意识渐渐淡薄,直到地震前,云中村人几乎不谈论鬼神,更不敬奉鬼神,人在现世的需要变得越来越重要,缥缈的鬼魂就变得不重要了。是地震惊醒了人们的鬼魂意识,悲伤的人们被悲伤的鬼魂惊扰,云中村简直成了一个鬼的世界,他们纷纷求阿巴安抚亡灵鬼魂。

---

　　① 　索南坚赞:《西藏王统记》,引自杨学政、萧霁虹:《苯教文化之旅——心灵的火焰》,四川文艺出版社2007年修订版,第21页。

要命的是,阿巴不会通灵法术,甚至连鬼魂都没有见过,他对这个世界是否有鬼魂一直心存疑惑。他是云中村祭师的儿子,父亲不仅不能将安抚鬼魂的法术教给他,连自己也不得不放弃祭师之职而改行。改行后的父亲只能在夜里偷偷地给鬼魂施食。小时候,他虽然没有看见过鬼魂,但从父亲在阴影处给鬼魂施食的法事中,意识到这个世界可能真的有鬼魂。可真正的鬼魂,他从未见过。后来他从非物质文化遗产传承人培训班学到的,仅是有关祭祀山神的一些知识和一些简单的宗教仪轨,与安抚鬼魂无关。阿巴上非物质文化遗产培训班,人类学教授讲得很清楚,祭师担负两个任务:祭祀山神和安抚鬼魂。祭祀山神是原始的自然崇拜,是文化遗产,要传承;事鬼是迷信,要扬弃。所以,阿巴只会祭山神而不会安抚鬼魂。为了安抚人心恢复重建,担任瓦约乡乡长的外甥仁钦要他做法事安抚鬼魂,目的是安抚活着的人。为了救急,在仁钦的指点下,他去卓列乡找到了七十多岁的苯教老祭师,从他那里学习了一些如何安抚鬼魂的仪轨和祝祷词。也就是说,他的祭神和招魂是在宗教仪轨中实施的,形式代替了内容。宗教知识和简单的宗教仪轨可以通过学习掌握,但仅有这些还不能进入神秘现象而通灵。那些通灵的法术和超自然的神力是在代代相传中接通神灵鬼魂的幽闭路径,并在接受神示的启悟中获得的。以此为标准,阿巴离一个真正的祭师还很远。他非常清楚,自己尽管通过短期培训速成了祭师,却没有真正进入角色,觉得自己不是一个真正的祭师,分明是在表演当一个祭师。

佛家说:"心善则美,心真则诚,心慈则柔,心静则明,心诚则灵。"心诚所至,因缘和合,神灵现身。心诚的阿巴回到山上为亡灵招魂慰魂,是他这一生最崇高、最神圣、最辉煌的时刻,当他从山道上往云中村攀爬时,他实际上已经感召了神灵并被神灵附体了,待他实施招魂慰魂法事时,他竟然从一个半吊子祭师突变而成为一个通灵的真正的祭师了。当他用刚学来的仪轨和祝祷词安抚村中那些不肯消散于无形的鬼魂时,阿巴感觉这是他一生中少有的伟大时刻。

他不是从未见过鬼魂吗? 神灵终于让他在山上见到一次亡魂显灵。

当他来到已成废墟的磨坊看望被埋在巨石下的妹妹,对着那块巨石作法并和妹妹说话时,两朵鸢尾花倏忽有声相继开放。他相信这是妹妹的亡魂显灵,通过花和他说话,这就是鬼魂存在的证明。

他不是不能通灵吗?当他穿戴上祭师全身行头,摇铃击鼓,走村串户,替每户人家的亡灵招魂,告诉亡灵,他回来了,回来陪伴他们。他声声呼唤鬼魂:"回来,回来!回来了,回来了!"仿佛有一种力量帮他打开了神秘之门,顿时,他感觉自己通灵了,恍然看见每一个死去的人,都活生生地来到了他的眼前。他进入他们的过去,这些死者和已经去往别处谋生的生者混合构成的每一户人家的历史,都浮现在眼前。此时,他的身体里充满了奇异的能量和巨大的热情,这能量和热情都是他不熟悉的,从来没有体验过的。"这就是一个祭师作法时该有的状态。他想,从这一天起,自己是一个真正的祭师了。"(第 44 页)

四

现在要追问的是,阿巴为何要返乡安抚鬼魂?他给出的理由是:我是云中村祭师,又是非物质文化遗产继承人,安抚鬼魂是我的职责。但这个世界究竟有没有鬼魂,他一直心存怀疑,并不十分肯定。而作为一个祭师,他本是应该相信有鬼魂的。他从未见过鬼魂,又必须相信有鬼魂,这就是他内心难解的矛盾。此时,人性悄然使力而越过神秘意识,让阿巴的情感自然而然地往鬼魂方面偏移,他想到的是,万一真的有鬼魂的话,云中村的鬼魂就真是太可怜了。活人可以移民,鬼魂能移到哪里去呢?他心里总是惦记着云中村的亡灵,可以想象得到,这四年多来,在移民村家具厂当工人的阿巴,一准是在内疚、自责、煎熬中度过的。他听从内心深处的忏悔之声,我必须回去,照顾云中村的鬼魂。于是,他像满斗一样,从此踏上"回家"之路。终于在这一天,他决定辞职返乡照顾亡灵鬼魂。临行前,他向从云中村移民来的每户人家告别,他对乡亲们说:"你们在这里好好过活。我是云中村的祭师,我要回去敬奉祖先,我要回去照顾鬼魂。

我不要他们在田野里飘来飘去,却找不到一个活人给他们安慰。"(第22页)并恳求乡亲们不要把他回乡的消息报告给政府,要是分管移民村的干部知道他要回到一片废墟的云中村而没有阻止,那干部就会被处分撤职。他悄悄地潜回云中村没有给移民村干部添麻烦,却给当乡长的外甥仁钦惹下了大麻烦。眼看舅舅上山快一个月还未下山,仁钦上山来看他。仁钦和上级签过责任状,保证移民村的人安居乐业,不发生一起回流现象,保证全乡不因为震后次生地质灾害造成新的人员伤亡。现在,云中村居然有一个人从移民村回流了,而且这个人还是他的亲舅舅。他知道舅舅上了山就不会下来,知道自己对舅舅没有办法,劝不了他。他何尝不理解舅舅,他也是云中村的孩子,阿吾塔毗的子孙,他的母亲、他的根还在山上,但他是乡长、共产党员、政府干部。情感上,他理解舅舅;理智上,他要劝舅舅下山。说一千道一万,舅舅就是不下山,他的理由很充分,他要履行职责:照顾亡灵,敬奉山神。仁钦知道,一切劝说都是没用的,他也知道,一个人返流到一个不知道什么时候就会突然消失的村子,其结果自己不是被降职就是被撤职。明知如此又只能如此,他认了,他觉得这是他的命:"我舅舅一回云中村,我这乡长就当不成了。我舅舅这个人,我知道我劝不动他,我相信也没有人能劝得动他。他不是为自己,他是为死去的云中村,我也是云中村人,这件事我认命。"(第94页)认命的仁钦果然因舅舅回流云中村被处分停职,尽管后来他又官复原职,毕竟这件事影响了他的仕途。作为祭师的后代,共产党员仁钦形象里,隐隐约约还立着一个祭师的影子。他有着干部的素质和年轻人普遍共有的理想抱负,同时又受到血缘亲情和苯教文化的深刻影响,亲情与职责、信仰与政策的不能统一,必然导致他选择的艰难,他最终无奈的认命,可视为他对另一种选择的肯定性表达。这说明,这个有文化、有理想的共产党员干部身上,还流淌着阿吾塔毗的血液。阿来会意于此,实在是仁钦形象创造的一大收获。

由此,阿巴决意返乡安抚鬼魂,其深意有二:一是安抚鬼魂,带他们归入大化永恒之途;二是让活下来的人放心,好好地活着。他一再强调,他是祭师,安抚鬼魂是他的职责。他对村长和云中村的人说,活着的人有政府管,死去的人由我来管。他对任乡长的外甥仁钦说,乡长管活着的乡亲,我是祭师,死去的人我管;政府把活人管得很好,祭师管死去的人。他决意这样去做,不仅因为他是祭师,更因为他在地震后也倾向于鬼魂的存在。还在他向老祭师学习招魂术时,老祭师就告诉他:"人死后,鬼会存在一段时间,少则几个月,多则几年。先是不知道自己已经死了。但这些鬼会惊讶于自己的身体怎么变得如此轻盈,他们飘来飘去,又高兴又惶惑。习惯了沉重的肉身嘛,有人还想找回那只皮囊嘛!再后来,鬼就会明白自己已经死了,脱离那个肉身了。慢慢地,它们就会被光化掉,被空气里的种种气味腐蚀掉,变成泥土。"一旦鬼化为泥土,化为磷火,化为风,一个鬼就消失了。老祭师特别指出:苯教的鬼与佛教的鬼有所不同,佛教的鬼转生,转生为人为牛,我们的鬼不转生,他们只是存在一阵子,然后消失。所以要安抚鬼魂,怎样安抚,"就是告诉他们人死了,就死了。成鬼了,鬼也要消失。变了鬼还老不消失,老是飘飘荡荡,自己辛苦,还闹得活人不安生嘛,告诉他们不要有那么多牵挂,那么多散不开的怨气,对活人不好嘛。"(第84页)原来,招魂安魂慰魂最终是为了活着的人。返乡上山安抚鬼魂的阿巴通悟了,他现在相信世间存在鬼魂,"而且,他也相信鬼魂存在一段时间,就应该化于无形,从这个世界上彻底消失,化入风,化入天空,化入大地,这才是一个人的与世长存。"(第88页)失去家园的鬼魂没有归宿,只能哀鸣于荒野,鬼魂不能自我救赎,更不能救赎他人,只能成为无家可归的孤魂野鬼。在云中村消失之前,阿巴要把散在野外的幽魂一个一个地召唤回来。他击鼓摇铃,在夜色中走向死寂黑暗的废墟深处,抛撒动物形状的食子和粮食。他无数次地告诉鬼魂,死亡已经发生,紧接而至的将是云中村的消失。如果还有鬼魂没有意识到这一点,永远带着惶惑带着惊恐与怨怼之气不肯归于大化,等到云中村消失了,世上再无施食之人,他们就会成为永世的饿鬼与游魂了,那就比下了佛教宣称的饿鬼地狱还要悲惨。

阿巴是一个虔诚的苯教祭师,尽管他并不明白宗教里那些宏深抽象的道理,可他对人死后灵魂归于大化的理解,又是何等深奥。他不是凭知识而是凭神示顿悟得出的,一旦悟出,他便进入灵魂的崇高境界。对于阿巴来说,为亡灵招魂是他抵达生命永恒和世界深处的一个途径,那里才是他的生命原乡,灵魂的皈依之处。而死亡则是通向另一个世界的出口,也是告别灾难而获得救赎的解脱方式。在回乡祭祀山神和安抚鬼魂的过程中,有一种力量在驱使着他与亡灵对话、与鬼魂共赴永恒,也就是在这个过程中,他不断地发现自己、完善自己、升华自己。他要安顿无家可归的亡灵,然后,他要带着这些亡灵和云中村一起大化而去,以自己的牺牲成全一个祭师的天职。这种牺牲精神以救赎为前提,人性在这里通往了神性。

滑坡体的裂缝越来越大,云中村的大限一天天逼近。仁钦上山劝舅舅下山,阿巴誓与云中村一道消失。临别之时,阿巴宽慰仁钦:"不要怪罪人,不要怪罪神。不要怪罪命。不要怪罪大地。大地上压了那么多东西,久了也想动下腿,伸个脚。唉,我们人天天在地上鼓捣,从没想过大地受不受得了,大地稍稍动一下,我们就受不了了。大地没想害我们,只是想动动身子罢了。"(第126—127页)而仁钦在告别之际,以祭师的装扮和苯教仪式为舅舅送行,一种神圣的庄严感在他们心中油然升起,这是《云中记》的精彩华章。

半年后的一天,大限终于降临,大地轰鸣、震颤、绽裂,巨大的滑坡体迅速下滑沉降,坚固的山体变成了液态,道路酥软,泥沙流淌,岩石翻滚,树身歪斜倾倒,地震中都没有倒塌的石碉也轰然倒下,群鸟惊飞,阿巴镇定自若,笑颜以对,与鬼魂和云中村一道随滑坡体葬身自然,他以这种方式归于大化而获得了生命的永恒。这是他和鬼魂最好的生命存在——永恒的存在。他的这种牺牲精神不仅与苯教灵魂升入天国有着同等的意义,也与耶稣基督在十字架上将自己献祭以达到替人类赎罪的行为有着相同的意义。他死了,他的灵魂却复活在生命的永恒之中,从现实的此岸抵达了灵魂的彼岸。

五

《云中记》不简单,它将一个安抚鬼魂的故事引向灵魂叙事,其语义转换具有隐喻的功能,它与《唇典》在灵魂叙事的取义获义上有着一致性。当"不存在的存在"、"非现实的现实"成为生命的真实状态时,隐喻便在语义转换中实现了它的意图。从修辞角度来说,隐喻是一种比喻,用一种事物暗喻另一种事物,它是一种建立于本体和喻体之间相似点基础上的"仿佛"结构,意义在于增加话语的层次和本文的厚度。在这部小说隐喻的语境中,喻体借助自己的属性指向了更深邃的精神或观念,最终抵达生命的永恒世界,即灵魂的彼岸世界。以此来指实并超越现实世界,同时为现实世界确立一种精神性的价值。

请看,满斗和阿巴,他们一个是萨满教最后一个萨满,一个是苯教最后一个祭师,但他们不约而同地把招魂并安顿鬼魂当作一件大事,其因缘也是惊人的一致,并且他们的内疚和忏悔也是惊人的一致。

满斗最终踏上寻找被丢失的灵魂树,实则是一个大隐喻。满斗为亲人故友寻找丢失的灵魂,隐喻着人要寻找被极端化的暴力、物质、欲望所抛弃的精神,即一个世纪以来被人类丢弃的灵魂。阿巴的招魂慰魂并最终与鬼魂一起归于大化而获得生命的永恒,隐喻着精神性灵魂对现实世界的超越与救赎。其实,世上有没有鬼魂并不重要,但有没有灵魂却非常重要。习近平说:"一个国家、一个民族不能没有灵魂。"①令人遗憾的是,像《云中记》《唇典》这种将招魂安魂转换为精神性灵魂创造的作品,在中国当代文学中很少见。阿巴形象,无疑是中国当代文学继《唇典》在萨满文化中创造的满斗形象之后,于民间苯教文化中创造的又一个新的人物形象。

与此相对照,是现实世界愈发膨胀的物质欲望和无德私利对精神的

---

① 2019 年 3 月 4 日,习近平在看望参加全国政协十三届二次会议的文化艺术界、社会科学界委员时的讲话。

抛弃,精神成了亡灵般的游魂。《云中记》实录了三例。例一:瓦约乡一户农家乐宰客,引起游客的愤怒。例二:无良文化公司精心策划美丽姑娘央金回乡,拍摄作为伤残灾民的央金姑娘的回乡记。他们要求不知情的央金姑娘按照事先的设计表演,上山拍摄,天上是无人机,地上是摄制组,全然不顾阿巴的感受,不顾地下的亡灵或野地里的游魂是否被惊吓。商业的运作,名为包装央金,实为文化公司在消费苦难挣不义之钱。例三:在外作恶多端的中祥巴注册公司,到故乡搞乡村旅游观光,热点是乘热气球观看已成废墟并即将消失的云中村。巨大的红色热气球漂浮在云中村上空,惊吓魂灵。缺德的中祥巴如同无良文化公司,消费苦难,挣黑心钱。

于是,阿巴的招魂就有了双重意义:一是他为死去的亡灵招魂,是为了安抚鬼魂,给死者以尊严,给生者以安慰;二是他的招魂隐喻着人要为被物质欲望抛弃的精神招魂。

顺便提及,阿来小说善于浪漫诗化的描写,写得很美,即使是这部写地震灾难的小说,也不乏浪漫诗意的描写,很大程度上提升了《云中记》审美水平。尤其是仁钦母亲寄魂鸢尾花的描写,是经典性的。小说是这样描写的:仁钦来到妈妈的葬身之地,前些日子在阿巴的呼唤中应声而开的那枝鸢尾花已经结出了成熟的蒴果。蒴果微微的开裂,露出了果荚里细细的黑色种子。仁钦轻轻晃动顶着蒴果的花茎,成熟的鸢尾种子就落在了他的掌心。他对舅舅说:我要播种它们,让它们年年开花。仁钦收走了种子,母亲就不在这里了。她跟着种子来到了儿子身边,即便云中村消失了,她也不会孤单。

小说尾收一笔:目睹了云中村消失全过程的仁钦悲伤晕厥,第二天醒来,"回到家里,仁钦看到窗台上阳光下那盆鸢尾中唯一的花苞,已然开放。那么忧郁,那么鲜亮,像一只蓝色的精灵在悄然飞翔。"(第141页)一个悲剧接着悲剧的故事,因灵魂的升华,还因最后这充满优美想象的一笔,整篇小说就升腾起来了。

(原载《扬子江评论》2019年第6期)